# 잃어버린 시간을 찾아서 7

## 소돔과 고모라 1

À LA RECHERCHE DU TEMPS PERDU
SODOME ET GOMORRHE

# 잃어버린 시간을 찾아서 7

## 소돔과 고모라 1

마르셀 프루스트 김희영 옮김

민음사

## 일러두기

1 이 책은 Marcel Proust의 *Le Temps retrouvé, A la recherche du temps perdu* (Gallimard, "Bibliotheque de la Pleiade", 1989)를 번역했다. 그리고 주석은 위에 인용한 책과 *Le Temps retrouvé*(Gallimard, Collection Folio, 1990), *Le Temps retrouvé*(Le Livre de Poche, 1993), *Le Temps retrouvé*(GF Flammarion, 2011)를 참조하여 역자가 작성했다. 주석과 작품 해설에서 각 판본은 플레이아드, 폴리오, 리브르드포슈, GF-플라마리옹으로 구분하여 표기했다.

2 총 7편으로 이루어진 프루스트의 『잃어버린 시간을 찾아서』를 원고의 길이와 독서의 편의를 고려하여 13권으로 나누어 편집했다. 1편 「스완네 집 쪽으로」(1, 2권), 2편 「꽃핀 소녀들의 그늘에서」(3, 4권), 3편 「게르망트 쪽」(5, 6권), 4편 「소돔과 고모라」(7, 8권), 5편 「갇힌 여인」(9, 10권), 6편 「사라진 알베르틴」(11권), 7편 「되찾은 시간」(12, 13권)

3 작품명 표기에서 단행본은 『 』, 개별 작품은 「 」, 정기간행물은 《 》로 구분했다.

차례

## 소돔과 고모라 1

## 「소돔과 고모라」의 주요 등장인물

**파리에서**

**나** 게르망트 공작 부인 저택에서 공작 부인의 귀가를 기다리다가 샤를뤼스와 쥐피앵의 이상한 만남을 목격한다. 게르망트 대공 부인이 베푸는 연회에 참석하고 죽음의 빛이 완연한 스완과 대화를 나눈다. 어머니와 함께 두 번째로 발베크에 간다. 죽은 할머니의 추억이 불현듯 엄습하면서 깊은 죄책감에 사로잡힌다. 알베르틴과 자동차로 발베크 근교를 산책하며 베르뒤랭 부인의 만찬에 가기 위해 지방 열차를 탄다. 베르뒤랭 부인의 패거리와 조우하고 샤를뤼스와 모렐의 관계를 알게 되고, 알베르틴의 고모라적 성향에 깊은 충격을 받는다.

**게르망트 공작**(바쟁) 프랑스 명문 게르망트 가의 12대 후손이자 사촌 누이인 오리안의 남편이다. 거대한 체구와 막대한 부로 포부르생제르맹을 압도하지만 오만방자하고 천박하며, 친척의 사망 소식도 아랑곳하지 않고 쾌락을 추구할 생각만 하며, 예전에는 아르파종 부인, 지금은 쉬르지 부인과의 관계로 아내의 마음을 아프게 하는 잔인한 인간이다.

**게르망트 공작 부인**(오리안) 게르망트 공작의 아내이자 콩브레 근방에 있는 게르망트 성의 성주 부인으로 오랫동안 화자에게 몽상의 대상이 되어 왔다. 스완을 비롯한 지적 사단의 우두머리로 뛰어난 지성과 재치로 사교계를 석권하지만, 남편의 바람기 때문에 하인들을 괴롭히고 사교계에도 권태를 느낀다.

**샤를뤼스 남작**(팔라메드) 게르망트 공작의 동생이자 생루의 외삼촌이다. 왕족의 오만함과 뛰어난 지성을 갖추었으나 기이한 언행으로 사람들을 놀라게 한다. 당대의 시인이자 명문가 출신의 로베르 드 몽테스큐를 모델로 한 것으로 알려져 있다. 바이올리니스트인 모렐을 만나기 위해 베르뒤랭 살롱의 열렬한 신도가 된다. 연인의 마음을 사로잡으려고 거짓 결투를 꾸미고 사창가를 엿보는 일까지 망설이지 않는다.

**쥐피앵** 게르망트 공작 저택 안마당에 딸린 가게에서 조끼 짓는 재봉사로 일하다가 조카딸에게 일을 맡기고 관청에 다닌다. 샤를뤼스와 관계를 맺으면서 충실한 심복이 된다.

**게르망트 대공**(질베르) 게르망트 공작의 사촌으로 열렬한 유대인 반대파였으나 자신의 잘못을 깨닫고 스완에게 고백한다. 게르망트 공작보다 조금은 유연한 귀족상을 연출한다. 모렐과 수상쩍은 관계를 가지며, 훗날 아내와 사별하자 막대한 재산가인 베르뒤랭 부인과 결혼한다.

**게르망트 대공 부인**(마리질베르) 바비에르-바이에른 공작 가문의 출신으로 조금은 우수에 찬 게르만적인 아름다움을 구현한다. 샤를뤼스를 좋아한다는 말이 떠돌기도 한다.

**쉬르지**(쉬르지르뒤크) **후작 부인** 게르망트 공작의 정부로, 뛰어난 외모의 아들들이 샤를뤼스의 관심을 끌자 기뻐하지만 이내 그와의 교제를 금지한다.

**생루**(로베르) 게르망트 가의 후계자로 동시에르 병영에서 근무하는 군인이자 화자의 친구이다. 유대인 여배우 라셸을 사랑하나 가족의 반대로 뜻을 이루지 못하고 모로코로 파견된다. 진보적인 지식인으로 드레퓌스 지지파이다. 나중에 스완의 딸 질베르트와 결혼하여 스완 가와 게르망트 가를 맺는 연결 고리가 된다.

**스완**(샤를) 부유한 유대인 증권 중개인이자 뛰어난 예술적 안목의 소유자로 콩브레에서는 화자 가족의 이웃사촌으로 등장한다. 오데트라는 화류계 여인과의 결혼, 이어서 드레퓌스 사건의 발발은 사교계에서 그의 지위를 위태롭게 한다. 죽기 전에 아내 오데트와 딸 질베르트를 게르망트 공작 부인에게 인사시키고 싶어 하지만 끝내 소망을 이루지 못한다.

**발베크에서**

**어머니** 첫 번째 발베크 여행 때 화자를 동반했던 할머니를 대신하여 아들과 함께 발베크를 찾지만 이내 돌아가신 어머니에 대한 추억에 사로잡혀 생전에 고인이 원하셨던 일을 하기 위해 다시 콩브레로 떠나려고 한다. 얼굴 모습도 점차 자기 어머니를 닮아 간다.

**할머니** 딸과 손자에게 헌신적이었던 여인으로 샹젤리제를 산책하다 쓰러진 그 비극적인 사건이 '마음의 간헐'을 통해 재현된다. 발베크에서 마지막으로 사진 찍던 모습이 화자의 마음에 깊은 상흔을 남긴다.

**알베르틴 시모네** 가난한 고아 출신으로 스완 부인의 살롱을 드나들던 건설부 관료인 봉탕 씨의 조카이다. 친구들과 무리를 지어 발베크 해변을 산책하면서 자유분방한 태도로 화자를 매혹하지만, 이제 뱅퇴유 양의 친구를 유년 시절부터 알고 있다는 고백으로 화자를 질투와 고통의 소용돌이로 몰아넣는다. 「갇힌 여인」과 「사라진 알베르틴」으로 구성되는 '알베르틴 소설'의 여주인공이다.

**프랑수아즈** 콩브레의 레오니 아주머니 댁 요리사였으나 지금은 화자의 집에서 가정부로 일하는 충직한 여인이다. 고풍스러운 언어와 전통적인 가치를 표상한다.

**호텔 지배인** 모나코인으로 귀화한 루마니아 태생의 국제적인 인물이다. 유년 시절을 여러 나라에서 보낸 탓에 상이한 억양과 부정확한 언어 사용으로 손님들을 당혹스럽게 한다. 거만하지만 특정 손님들에게는 각별한 주의를 기울인다.

**에메** 발베크 그랜드 호텔의 식당 책임자로 비수기에는 파리의 레스토랑에서 일한다. 손님들에게 인기가 많으며 생루의 애인인 라셸과 샤를뤼스의 관심을 끌 만큼 묘한 매력이 있다.

**셀레스트 알바레** 외국인 노부인을 동반하여 발베크에 왔다가 화자의 지인이 된다. 프루스트가 사망할 때까지 가정부로 일하면서 집필 생활에 많은 도움을 주었던 셀레스트 알바레를 실제 모델로 하고 있다. 그리고 언니로 나오는 마리 지네스트는 이런 셀레스트의 언니이다.

**캉브르메르 후작 부인**(젤리아) 노르망디의 귀족으로 발베크 근교의 라 라스플리에르 성관을 베르뒤랭 부인에게 임대해 준다. 피아노를 잘 치며 며느리와의 혼동을 피하기 위해 노후작 부인, 노부인 혹은 미망인으로 불린다.

**캉브르메르 후작** 캉브르메르 후작 부인의 아들로 캉캉이라는 별명으로 불리기도 한다. 막대한 재산을 가진 부르주아 출신의 르그랑댕의 여동생과 결혼한다. 지적인 아내에 비해 지나치게 못생기고 무식하고 천박한 인물이다.

**캉브르메르 후작 부인**(르네) 캉브르메르 후작과 결혼하여 귀족의 반열에 오르면서 귀족의 흉내를 내고 싶어 하는 부르주아 출신의 속물이다. 콩브레의 주임 신부를 초청하여 발베크 근교 지명의 어원에 관한 연구를 하도록 후원한다.

**블로크** 화자보다 한두 살 많은 학교 친구로 지금은 연극 연출가로 활동하고 있다. 과장되고 무례한 언행으로 사람들에게 불쾌감을 주는 희화적인 유대인상을 표현한다. 그리스 신화나 호메로스와 같은 고대 시인의 언어를 인용하기 좋아한다.

**블로크의 사촌 누이들** 이중 하나는 여배우 레아와 동거하기도 하고, 알베르틴에게도 유혹의 눈길을 던지는 등 고모라적 취향의 여성들을 상징한다.

**니심 베르나르** 블로크의 작은할아버지로 블로크의 가족을 위해 발베크 근교에 호화로운 별장을 빌린다. 매일처럼 호텔에서 식사를 하며 호텔의 보조 요리사와 관계를 맺어 주위의 분노를 산다. 요리사를 배신하고 농장에서 일하는 쌍둥이 동생을 유혹하면서 우스꽝스러운 오해를 낳기도 한다.

**베르뒤랭 부인** 출처를 모르는 부의 소유자로 예술의 진정한 후원자임을 표방

하나 유일한 야망은 게르망트 공작 부인처럼 파리 사교계의 여왕이 되는 것이다. 귀족 계급에 대한 배타적인 증오와 숭배를 구현하면서 작은 패거리의 '여주인'으로 군림하지만, 나중에 베르뒤랭 대공과 결혼함으로써 자신의 꿈을 실현한다.

**셰르바토프 대공 부인** 러시아의 귀부인으로 막대한 재산가이다. 파리 상류 사회로부터 외면당하자 베르뒤랭 살롱의 단골손님이 된다. 지적인 여인이지만 거대하고 못생긴 모습에 화자는 사창가의 포주로 착각한다.

**브리쇼** 베르뒤랭 살롱의 단골손님으로 현학적인 대학교수의 표상이다. 베르뒤랭 살롱에서의 천박하고도 상투적인 대화에 지쳐 떠날 생각도 하지만, 세탁부와의 관계를 폭로하겠다는 베르뒤랭 부인의 협박으로 누구보다도 열렬한 신도가 된다. 콩브레의 주임 신부가 쓴 책을 반박하면서 노르망디 지명의 어원에 관한 장황한 담화를 늘어놓는다.

**코타르** 베르뒤랭 살롱의 단골손님으로 처음에는 남의 말을 곧이곧대로 믿는 순진한 사람이었으나, 이제는 파리의 저명한 의사가 되어 관용어 사용에도 놀라운 발전을 보인다. 거만하지만 아내의 마음을 헤아릴 줄 아는 자상한 면도 있다.

**사니에트** 훌륭한 고문서 학자이나 소심하고 순진한 성격 탓에 베르뒤랭 살롱의 놀림거리가 된다.

**스키(비라도베츠키)** 폴란드 출신의 조각가이다. 베르뒤랭 부인이 편리하다고 해서 붙여 준 이름이다. 화가 엘스티르와 피아니스트 드샹브르, 그리고 현재는 바이올리니스트 모렐과 함께 베르뒤랭 부인의 살롱을 장식하는 예술가 군단을 형성한다. 피아노도 잘 치고 모든 방면에서 다재다능하다는 점과 게으르다는 점 때문에 베르뒤랭 부인이 선호하는 예술가이다.

**모렐(샤를 혹은 샤를리)** 화자의 작은할아버지의 시종이었던 부친의 정체를 숨기고, 자기에게 이득이 되는 일이라면 뭐든지 마다하지 않는 허영심 가득한 출세 지향주의자이다. 그러나 샤를뤼스가 주려고 하는 귀족의 작위도 거절하고 콩세르바투아르 친구들의 평가를 무엇보다도 중요시하는 순수성도 간직하고 있는 모순된 인물이다.

# 1부

하늘의 불길을 면한
소돔 주민의 후예, 남자-여자*의 첫 출현

"여인은 고모라를 가지고 남자는 소돔을 가지리니."**
— 알프레드 드 비니

그날(게르망트 대공 부인 댁에서 파티가 있던 날) 공작 부부를 방문한 일에 대해서는 앞에서 얘기했지만, 훨씬 전부터 나는 그들의 귀가를 엿보았으며, 이렇게 엿보던 중 특히 샤를뤼스 씨에 관한 사실 하나를 발견했고, 하지만 이 발견은 그 자체로 무척이나 중대한 것이어서 지금까지, 그에 적합한 자리와 지면이 확보될 때까지 이야기를 미루어 왔다는 것은 주지의 사실이다. 앞에서도 말했지만,*** 나는 브레키니 저택까지 올라가

* 38쪽 주석 참조.

** 이 제사(題詞)는 알프레드 드 비니의 『운명』(1864)에 수록된 「삼손의 분노」에 나오는 구절이다.("곧 추악한 왕국으로 물러가면서/ 여인은 고모라를 가지고 남자는 소돔을 가지리니./ 분노한 시선을 멀리 던지면서/ 두 성(性)은 각기 따로 죽어 가리니.") 소돔과 고모라에 대한 하느님의 분노는 「창세기」 18장과 19장에서 다루어진다.

*** 『잃어버린 시간을 찾아서』 6권 443~447쪽 참조.

는 가파른 비탈길이, 프레쿠르 후작 소유의 마차 보관소 위로 분홍빛 종탑에 의해 이탈리아풍으로 즐겁게 장식된 모습이 내려다보이는 그 경이로운 전망대를 떠나 있었다. 공작 부부가 귀가 중이라 계단에서 살피는 쪽이 더 편리하다고 생각했기 때문이다. 높은 곳에 머무르지 못하는 게 아쉬웠지만, 그래도 점심 식사가 끝난 후여서 조금은 아쉬움이 덜했다. 그 시각에는 아침처럼 그림 속 작은 인물이 된 브레키니와 트렘 저택의 하인들이 손에 먼지떨이를 들고 붉은 버팀벽 위에 경쾌하게 드러나 보이는 넓고 편편하게 펼쳐진 투명한 운모판 사이로 가파른 비탈길을 천천히 올라가는 모습은 볼 수 없었기 때문이다. 지질학자의 관점에서 관조하지 못하는 나는 적어도 식물학자의 관점에서, 결혼을 시켜야 할 젊은이들을 밖에 내놓으려는 그런 집요함과 더불어 공작 부인이 안마당에 전시해놓은 작은 관목과 희귀 식물들을 계단 덧문 사이로 바라보면서, 올 것 같지 않은 곤충이 신의 섭리와 같은 우연으로 그 몸을 내맡긴 버려진 암술을 찾으러 오지 않을까 묻고 있었다.* 호기심으로 점점 대담해진 나는 아래층 창문까지 내려갔는데, 창문은 열려 있었으며 덧문 또한 반만 닫혀 있었다. 그 순간 떠날 준비를 하는 쥐피앵의 인기척이 내 귀에 똑똑히 들려왔으며, 하지만 쥐피앵은 블라인드 뒤에 숨은 나를 볼 수 없었

* 바닐라 나무의 수태 과정에 대해서는 『잃어버린 시간을 찾아서』 6권 342~345쪽 참조. 이런 식물학적 테마를 위해 프루스트는 메테를랭크의 『꽃의 지성』(1907)과 다윈의 연구에서 영향을 받았다고 지적된다.(『소돔』, 폴리오, 547쪽 참조.)

으므로 나는 그대로 꼼짝하지 않고 있다가 빌파리지 부인 댁에 가려고 안마당을 천천히 가로지르는 샤를뤼스 씨에게 들킬까 겁이 나서 급히 옆으로 비켜섰다. 이제 그는 배가 나오고, 한낮의 햇빛 아래 늙어 보였으며 머리칼도 반백이었다. 빌파리지 부인의 불편한 몸이(샤를뤼스 씨와 개인적으로 완전히 사이가 틀어진 피엘부아 후작이 아프다는 소식에서 비롯된) 샤를뤼스 씨가 방문을 하는 데, 어쩌면 난생처음으로 이런 시각에 방문을 하는 데 필요했던 모양이다. 왜냐하면 게르망트네 사람들은 사교 생활에 적응하는 대신, 자신들의 개인적인 습관에 따라 사교 생활을 변경하는 독특한 취향이 있었고(그들은 자신들의 개인적 습관이 사교 생활과 무관하다고 믿었으며, 따라서 그런 가치 없는 사교 생활이 그들의 개인적 습관에 복종하는 것은 지극히 당연한 일로, 이렇게 해서 마르상트 부인은 방문일이 따로 없었지만 매일 아침 10시부터 정오까지 여자 친구들의 방문을 받았다.) 이런 취향에 따라 남작도 이 시간을 독서나 오래된 작은 장식품 같은 것을 찾는 일에 남겨 두어 오후 4시에서 6시 사이를 제외한 다른 시간에는 결코 방문을 하지 않았다. 6시가 되면 그는 조키 클럽이나 불로뉴 숲으로 산책을 갔다. 잠시 후 나는 쥐피앵에게 발각되지 않으려고 다시 뒤로 물러서는 동작을 했다. 곧 그가 사무실로 떠날 시간이었고, 그는 거기서 저녁 식사 때가 되어서야 돌아오곤 했는데, 조카딸이 단골손님의 드레스를 마무리하기 위해 여자 견습생과 함께 시골로 가 있는 일주일 전부터는 반드시 그런 것만도 아니었다. 그러다 쳐다볼 사람이 아무도 없다는 걸 깨달은 나는 혹시 기적 같은 것이 일어나서, 그토록 오래 기다려 온 처녀에게 멀리서 사자(使者)로 파견된 곤충의 도착(그렇게 많은 장애물과 먼 거리, 반대되는 일이 일어날 가능성과 위험을 극복하고)과도 같은, 거의 기대할 수 없는 도착을 놓치지나 않을까 겁이 나 다시는 방해받지 않기로 결심했다. 이런 기다림은 곤충이 보다 쉽게 꽃을 받아들일 수 있도록 수술이 본능적으로 방향을 바꾸는 수꽃에서처럼, 더 이상 수동적인 행동이 아님을 나는 잘 알고 있었다. 마찬가지로 이곳에 있던 암꽃도 곤충이 오면 좀 더 용이하게 침투할 수 있도록 '암술대'를 애교 있게 휘면서, 마치 가식을 떠는 열정적인 아가씨처럼 곤충이 할 일을 반쯤은 눈에 띄지 않게 할 것이다. 식물계의 법칙 역시 점차 상위 법칙의 지배를 받기 마련이다. 곤충의 방문이, 다시 말해 다른 꽃의 씨앗을 가져다주는 일이 통상적으로 꽃의 수정에 필요하다면, 자가 수정, 즉 꽃 자체에 의한 수정은, 마치 같은 친척 사이에서 반복되는 결혼처럼 퇴화나 불임을 야기한다. 이에 반해 곤충에 의해 이루어지는 교접은 동일 종의 다음 세대에, 이전 세대가 알지 못하던 활력을 부여한다. 그렇지만 이런 비약적인 발전도 과도할 수 있고, 종(種)도 지나치게 불균형적으로 발전할 수 있다. 그렇게 되면 항독소(抗毒素)가 우리를 병에서 보호하듯, 갑상선이 비만을 조절하듯, 패배가 자만심을 벌하고 피로가 쾌락을 벌하듯, 또 수면이 그 차례로 피로를 쉬게 하듯, 자가 수정이란 예외적인 행위가 시의적절하게 나타나서 나사를 조이거나 제동을 걸거나 하여 과도하게 일탈한 꽃을 정상으로 돌려놓는다. 나의 성찰이 내가 나중에 묘사할 것과 같은 경향을 띠면서 이미 꽃의 명백한 술책으로부터 문학 작품의 모든 무의식적인 부분에 해당되는 결론을 도출하고 있을 때, 샤를뤼스 씨가 후작 부인 댁에서 나오는 모습이 보였다. 그가 후작 부인 댁으로 들어간 지 몇 분 지나지 않아서였다. 어쩌면 나이 든 친척이나 하인을 통해서 그는, 단순한 불편함에 지나지 않았던 빌파리지 부인의 병세가 호전됐거나 완전히 치유되었다는 소식을 들었는지도 몰랐다. 자신을 쳐다보는 사람이 아무도 없다고 생각한 그 순간, 햇빛 때문에 눈꺼풀을 떨군 샤를뤼스 씨의 얼굴에는 평소 활기찬 담소와 의지의 힘으로 유지되던 긴장이 완화되고, 인위적인 활기도 둔해졌다. 대리석처럼 창백한 그의 얼굴에서 코는 상당히 컸고, 섬세한 이목구비는 조형적인 아름다움을 변형시키는 어떤 다른 의미도 그의 의지적인 눈길로부터 받고 있지 않았다. 그저 게르망트 가문의 일원으로서, 팔라메드 15세로서 콩브레의 소성당에 조각되어 있을 것 같았다. 그러나 가족 전체에 걸친 보편적인 특징이 샤를뤼스 씨의 얼굴에 보다 정신적이고, 특히 부드러운 섬세함을 더했다. 빌파리지 부인 댁에서 나오는 순간, 내가 그의 얼굴에서 그토록 순진하게 펼쳐지는 걸 보았던 상냥함과 선량함이, 왜 평소에는 그렇게 격렬하고 불쾌한 기이함과 험담과 잔인함과 지나치게 예민한 오만함으로 변질되었는지, 또 인위적인 난폭함 아래 감춰져 있었는지 안타까운 생각이 들었다. 그는 눈이 부신 듯 햇빛에 눈을 깜박거리며 거의 미소를 짓는 것 같았는데, 이처럼 편안하고 자연스러운 얼굴에서 뭔가 다정하고 무장 해제된 모습을 보자, 샤를뤼스 씨가 만일 지금 남이 자신을 보고 있다는 사실을 안다면 얼마나 격분할까 하는 생각을 하지 않을 수 없었다. 남성다움에 그토록 열중하고, 남성다움을 그렇게나 자랑스럽게 여기며, 다른 사람들은 모두 보기 싫게도 여성화되었다고 여기는 이 남자를 보며 내가 떠올린 것은, 그의 이목구비나 표정과 미소가 그렇게도 일시적으로 그런 모습을 띠었으므로 내가 갑자기 떠올린 것은 바로 여성이었기 때문이다!

그의 눈에 띄지 않게 자리를 뜨려 했지만 그럴 틈도 필요도 없었다. 내가 보았던 것은 무엇일까? 지금까지 어쩌면 한 번도 만난 적 없던 안마당에서 마주치자(샤를뤼스 씨는 오후 늦게 쥐피앵이 관청에 간 동안에만 게르망트 저택에 왔으므로) 남작은 반쯤 감았던 눈을 갑자기 크게 뜨고 무척이나 주의 깊게 가게 문턱에 서 있는 옛 조끼 재봉사를 바라보았으며, 반면 재봉사는 샤를뤼스 씨 앞에서 돌연 그 자리에 못 박힌 듯 식물처럼 뿌리를 내리면서 매혹된 표정으로 늙어 가는 남작의 살찐 모습을 응시했다. 그러나 이보다 더 놀라운 것은 샤를뤼스 씨의 태도가 변하자, 쥐피앵의 태도 역시 이내 어떤 은밀한 예술 법칙을 따르듯이 샤를뤼스 씨의 태도와 조화를 이루기 시작했다는 점이다. 남작은 이제 자신이 받은 인상을 감추려 애쓰면서 무관심을 가장했지만, 그럼에도 그곳을 떠나기가 아쉬운 듯 왔다 갔다 하면서, 그렇게 하면 눈동자의 아름다움이 더 부각된다고 생각했는지 허공을 쳐다보며 거만하고도 무관심하며 우스꽝스러운 표정을 지어 보였다. 그러자 쥐피앵은 이내 내가 늘 보아 온 그런 겸손하고도 선량한 모습을 잃어버리고 — 남작과 완벽한 대칭을 이루면서 — 머리를 쳐들고, 상반신을 돋보이는 위치에 놓고 한쪽 주먹을 괴상하고도 건방지게 허리에 대고, 엉덩이를 불쑥 내밀고 교태를 부리는 포즈를 취했는데, 그것은 마치 신의 섭리로 불쑥 나타난 뒝벌*을 대하는 난초꽃과도 같은 모습이었다. 쥐피앵이 그토록 역겨운 모습을 할 수 있으리라고는 한 번도 생각해 본 적이 없었다. 하지만 두 명의 벙어리가 나오는 이런 연극 장면에서, 쥐피앵이 자신이 맡은 역할을 그렇게 즉흥적으로 잘 연기하리라는 것 또한 알지 못했다. 그는 그 역할을 아주 오랫동안 반복해서(물론 쥐피앵이 샤를뤼스와 마주친 것은 이번이 처음이지만) 연습해 온 사람처럼 보였다. 이런 완벽함은 외국에서 동포를 만날 때나 본능적으로 도달하는 법인데, 표현 수단이 동일하면 이전에 만난 적이 없어도 서로를 저절로 이해하게 되지 않던가.

이 장면은 게다가 정말로 희극적이지만은 않은, 어떤 기이함 혹은 자연스러움이라고 할 수 있는 것으로 각인되어 그 아름다움이 계속 커져 갔다. 아무리 초연한 표정을 짓고 방심한 척 눈꺼풀을 내리려 해도 샤를뤼스 씨는 자기도 모르게 가끔씩 눈꺼풀을 치켜뜨고 쥐피앵에게 주의 깊은 시선을 던져야만 했다. 그러나 (아마도 이 같은 장면이 이곳에서 무한히 연장될 수 없다고 생각했는지, 아니면 나중에 독자가 알게 될 이유 때문인

* 정식 명칭은 우수리뒤영벌로 꿀벌과의 벌이다. 몸통은 아주 크나 날개는 작으며, 활동성이 많고 '윙윙거린다' 하여 영어로는 '범블비(bumble bee)'라고 불린다. 그러나 이 책에서는 우수리뒤영벌이라는 다소 생경하게 느끼지는 이름 대신 좀 더 많이 알려진 뒝벌 혹은 문맥에 따라 그냥 벌로 옮기고자 한다.

지, 아니면 끝으로 모든 것의 짧음에 대한 감정에서 각각의 행동이 그 때문에 명중하기를 바라게 하고 그리하여 온갖 사랑의 풍경을 그토록 감동적으로 만드는 이유 때문인지는 모르지만) 샤를뤼스 씨는 쥐피앵을 바라볼 때마다 자신의 눈길에 어떤 말을 담으려고 애쓰는 것 같았고, 그 때문에 그 눈길은 평소에 그가 알거나 알지 못하는 사람에게 보내는 것과 지극히 다른 빛을 띠었다. 그는 다음과 같은 말을 하려는 사람의 특별한 시선으로 쥐피앵을 응시했다. "나의 무례함을 용서하시오. 하지만 당신의 등에 기다란 하얀 실이 달려 있는 게 보이는군요." 혹은 "내가 잘못 보았을 리 없어요. 당신은 틀림없이 취리히 출신일 겁니다. 골동품상에서 여러 번 만난 것 같아요." 이렇게 이 분에 한 번씩 같은 질문이 샤를뤼스 씨의 눈짓에 담겨 쥐피앵을 향해 강렬하게 던져졌는데, 이는 마치 동일한 간격을 두고 무한 반복되면서 새로운 모티프나 음조의 변화, 주제의 '반복'을 — 지나치게 화려한 준비 부분과 더불어 — 가져오는 베토벤의 그 질문하는 듯한 악절과도 비슷했다. 하지만 그와 달리 샤를뤼스 씨와 쥐피앵의 시선은, 적어도 일시적이긴 했지만 뭔가에 이르고자 하는 목적이 없다는 점에서 아름다웠다. 이런 아름다움의 발현을 나는 남작과 쥐피앵을 통해 처음 목격했다. 이들 두 사람의 눈에 떠오른 것은 취리히의 하늘이 아니라, 내가 아직 그 이름을 알아내지 못한 어느 동방 도시의 하늘이었다. 샤를뤼스 씨와 조끼 재봉사를 사로잡을 수 있었던 요소가 무엇이었든 그들 사이에는 협정이 체결된 듯 보였고, 그 불필요한 시선은 이미 정해진 결혼에 앞서 베풀어지는 축제처럼 의례적인 서곡에 불과했다. 보다 자연에 가까워진 두 사람은 — 그리고 이런 다양한 비교는, 우리가 몇 분 동안 살펴보면 동일한 인간이 연이어 인간, 인간-새, 인간-곤충 등으로 보여 그 자체로도 더욱 자연스러웠다. — 마치 한 쌍의 새처럼 보였는데, 수컷이 먼저 다가가려고 하면 암컷인 쥐피앵은 이런 술책에 어떤 신호로도 응답하지 않고 놀라지도 않은 채 자신의 새로운 친구를 무심히 응시했으며, 수컷이 먼저 수작을 부린 이상 자기는 깃털을 쓰다듬는 정도로 만족하는 게 보다 자극적이며 유일하게 효과적인 방법이라고 판단한 듯 보였다. 그러다 마침내 쥐피앵은 무관심한 척하는 것만으로는 부족하다고 생각한 듯했다. 상대를 확실히 사로잡은 이상, 자기를 쫓아다니게 하고 욕망하게 하려면 한 걸음만 더 나아가면 된다고 판단했는지 쥐피앵은 사무실에 돌아가기로 결심하고 정문을 통해 밖으로 나갔다. 그렇지만 그는 두세 번 뒤를 돌아본 후에야 거리로 사라졌는데, 남작은 이런 발자취를 놓칠까 봐 몸을 벌벌 떨면서 그를 붙잡으려고 급히 달려갔다.(그래도 그는 휘파람을 불며 허세 부리는 표정으로 문지기에게 "또 봅시다."라고 외치는 것을 잊지 않았으며, 반쯤 술에 취한 문지기는 부엌 뒷방에서 손님들을 대접하느라 그 소리를 듣지 못했다.) 샤를뤼스 씨가 커다란 뒝벌처럼 윙윙거리며 문을 지나가는 순간, 이번에는 진짜 뒝벌 한 마리가 마당 안으로 들어왔다. 난초꽃이 그토록 오래전부터 기다려 왔으며, 또 그렇게 희귀한 꽃가루를, 그것 없이는 난초꽃이 숫처녀로 남아 있을 그런 꽃가루를 가져온 벌이 아니라고 누가 알겠는가? 그러나 나는 곤충이 장난치는 모습을 더 이상 관심 있게 지켜볼 수 없었는데, 몇 분 후에 그보다 더 주목을 끄는 쥐피앵이 돌아왔고(샤를뤼스 씨의 출현이 야기한 감동 때문에 자신이 잊어버리고 간 상자를 가지러 왔는지, 아니면 단순히 좀 더 생리적인 이유 때문이었는지는 모르겠지만) 곧 그 뒤를 따라 남작이 들어왔기 때문이다. 남작은 갑자기 일을 서두르기로 결심했는지 조끼 재봉사에게 불을 빌려 달라고 했으나 곧 이어서 "불을 빌려 달라고 했지만 깜빡하고 여송연을 가져오지 않았군요." 하고 바로 지적했다. 환대의 법칙이 애교의 규칙을 물리쳤다. "들어가시죠. 필요한 것은 모두 드리겠습니다."라고 말하는 조끼 재봉사의 얼굴에는 경멸이 아닌 기쁨이 자리했다. 그들이 들어간 후 가게 문이 닫혔고, 그래서 나는 더 이상 아무 소리도 들을 수 없었다. 벌의 모습도 놓쳤고, 그것이 난초꽃에 필요한 곤충이었는지도 알지 못했지만, 매우 희귀한 곤충과 그 포로가 된 꽃 사이에서 나는 기적적인 교접이 일어날 가능성을 믿어 의심치 않았으며, 한편 샤를뤼스 씨로 말하자면(나는 이 두 사건을 오로지 신의 섭리와 같은 우연 덕분에 — 그 우연이 무엇이든 간에 — 비교하는 것이지, 식물학의 몇몇 법칙과 때로 사람들이 지극히 부적절하게도 동성애*라고 부르는 것으로의 접근을 시도하려는 과학적인 의도 같은 건

* 프루스트는 동성애(homosexualité)라는 단어를 싫어했다. 그의 관점에서 남성이 남성을 사랑하는 것, 즉 동일 성을 사랑하는 것은 생각할 수도 없는 일로, 한 남성에 대한 남자-여자의 욕망은 근본적으로 그 육체적인 외양에도 불구하고 이성애적인 것으로 파악된다.(F. Leriche & C. Rannoux, *Sodome et Gomorrhe de Proust*, Atlande, 2000, 111쪽)

없다.) 그는 몇 년 전부터 이 저택에 쥐피앵이 없는 시간에만 찾아오다가 빌파리지 부인의 불편함 같은 아주 우연한 사건을 계기로 조끼 재봉사와 만났고, 그리하여 재봉사와 함께 자신과 같은 종류의 인간들에게 마련된 행운, 나중에 알게 되겠지만, 쥐피앵보다 훨씬 젊고 아름다운 사람 중의 하나인 이 지상에서 함께 관능적인 쾌락의 몫을 누릴 수 있도록 운명 지어진 남자, 즉 나이 든 신사만을 사랑하는 남자를 만나는 행운을 갖게 되었다.

내가 여기서 말한 것은 게다가 그 일이 있은 지 몇 분이 지나서야 이해한 것으로, 그와 같이 현실에는 눈에 보이지 않는 속성이 붙어 있어 어떤 상황이 그 속성을 제거할 때까지는 볼 수가 없는 법이다. 아무튼 그 순간 나는 옛 조끼 재봉사와 남작의 대화를 들을 수 없는 게 정말 안타까웠다. 이윽고 쥐피앵의 가게가 임대할 가게와 아주 얇은 칸막이 하나로 분리되어 있다는 사실이 생각났다. 그곳에 가기 위해서는 우리 아파트까지 올라가 부엌에 있는 하인 전용 계단을 통해 지하실로 내려가서 안마당 넓이에 해당하는 지하실을 쭉 따라가면 됐는데, 그러면 가구장이가 몇 달 전까지만 해도 목공일 한 것들을 빽빽이 쌓아 놓았던, 그리고 앞으로는 쥐피앵이 석탄을 쌓아 두려고 하는 그 지하층의 지점에 이를 테고, 거기서 몇 계단만 올라가면 쥐피앵의 가게 내부에 닿을 것이었다. 더구나 내가 가는 길은 전부 가려져, 나는 어느 누구의 눈에도 띄지 않을 것이었다. 가장 조심스러운 방법이었다. 하지만 나는 그 방법을 택하지 않고, 사람들의 눈에 띄지 않도록 애쓰면서 한가로운 표정으로 벽을 따라 안마당을 한 바퀴 삥 돌았다. 내가 사람들의 눈에 띄지 않았다면, 그건 나의 현명함보다는 우연의 덕이었을 것이다. 지하실을 통해 가는 편이 더 안전한 방법이었지만, 내가 그렇게 신중하지 못한 결정을 한 데에는 다음과 같은 세 가지 이유가 있었으리라 생각한다. 첫째는 초조함 때문이었다. 그다음에는 어쩌면 뱅퇴유 양의 창문 앞에서 몸을 숨겼던 몽주뱅* 장면에 대한 기억이 아련히 되살아났기 때문일 수도 있다. 사실 내가 목격한 이런 종류의 사건은 무대 연출이 항상 지극히 부주의한 가운데 일어났으므로 가장 사실임 직하지 않은 성질을 띠었고, 이는 마치 새로운 진실의 발견이 비록 부분적으로는 비밀리에 이루어지지만, 항상 위험으로 가득한 행동의 보상일 수밖에 없음을 말하는 것만 같았다. 끝으로 세 번째 이유는 그 유치한 성격 탓에 감히 고백하기도 힘든데, 무의식적으로 결정되었다고 생각한다. 생루의 군사 법칙을 따르기로 한 이래 — 그리고 그 법칙의 모순됨을 깨닫긴 했지만 — 나는 보어 전쟁**에 관해 매우 자세히 살펴보았고, 과거의 탐험 이야기나 여행 이야기 들을 다시 읽게 되었다. 나는 이런 이야기들에 깊이 빠져들었고 스스로에게 좀 더 용기를 부여하려고 그 이야기들을 직접 내 삶에 적용했다. 갑자기 몸이 아파 며칠 밤, 며칠 낮을 연이어 자지 못하고, 게

* 뱅퇴유의 딸이 자기 아버지 사진에 침을 뱉는 몽주뱅 일화에 대해서는 『잃어버린 시간을 찾아서』 1권 277~286쪽 참조.

** 1899년부터 1902년까지 영국이 남아프리카를 점령하려고 했을 때 그곳 원주민인 보어인들이 반발하면서 일어난 전쟁이다.

다가 드러눕거나 마시거나 먹지도 못한 채 피로와 고통이 얼마나 심한지 영영 거기서 빠져나올 수 없을 것 같은 생각이 들 때도, 나는 모래사장에 던져진 채로 유해한 식물에 중독되어 바닷물에 젖은 옷을 입고 고열에 몸을 벌벌 떨다가 이틀이 지나 몸이 좀 나은 것 같으면, 어느 원주민이나 어쩌면 식인종일지도 모르는 사람들을 찾아 발길 닿는 대로 걸어가는 나그네들을 생각했다. 그들의 사례가 내게 힘을 북돋우며 희망을 주었고, 나는 한순간이나마 절망에 빠졌던 자신을 부끄럽게 생각했다. 영국군과 마주친 보어인들이 밀림을 되찾기에 앞서 광활한 평원을 통과해야 했을 때 위험에 직면하기를 두려워하지 않았던 사실을 떠올렸다. '꼴좋군!' 하고 나는 생각했다. '작전 무대라야 겨우 우리 집 안마당이고, 또 드레퓌스 사건을 놓고도 두려움 없이 여러 번 결투에 임했던 내가, 두려워할 거라곤 안마당을 바라보는 일 말고도 할 일이 많은 이웃들의 시선밖에 없는 내가 그들보다도 겁이 많다니!'

그러나 가게 안에 들어섰을 때, 쥐피앵 가게의 아주 작은 소리도 내가 있는 가게에서 들린다는 걸 깨닫고는 마루가 삐걱대지 않도록 조심하면서, 나는 쥐피앵과 샤를뤼스 씨가 얼마나 신중하지 못한지, 또 그들에게 얼마나 운이 따르고 있는지를 생각했다.

나는 감히 움직일 수 없었다. 게르망트네 마부가 아마도 그들의 부재를 틈타서 내가 있는 가게 안으로 지금껏 마차 보관소에 보관했던 사다리를 옮겨 놓았던 모양이다. 그러므로 사다리에 올라가 문 위에 난 작은 창을 열면, 바로 쥐피앵의 가게 안에 있는 것처럼 그들의 말을 들을 수 있을 것이었다. 하지만 소리가 날까 봐 두려웠다. 그러나 그렇게 걱정할 필요는 없었다. 이 가게에 도착하기 위해 몇 분이 지난 것도 아쉬워할 필요가 없었다. 쥐피앵의 가게에서 처음 순간 들려온 소리가 분절되지 않은 음향에 지나지 않는 것으로 미루어 볼 때, 그들은 거의 말을 하지 않는 것 같았다. 소리는 매우 격렬했고, 그보다 한 옥타브 높은 신음 소리가 나란히 지속적으로 이어지지 않았다면, 나는 누군가가 내 옆에서 다른 사람의 목을 졸라 죽이고 그런 후에 그 살인자가 다시 살아난 희생자와 더불어 범죄의 흔적을 지우려고 함께 목욕을 한다고 생각했을 것이다. 나는 훗날 고통보다 더 소란스러운 것이 바로 쾌락이며, 특히 그것에 —『황금 전설』에 나오는 거의 사실임 직하지 않은 사례에도 불구하고, 이 경우에는 해당되지 않는 것으로 아이를 가질까 봐 겁을 낼 필요도 없었지만* — 청결에 대한 즉각적인 배려가 덧붙여진다면 더욱 소란스러워진다는 결론을 내렸다. 약 삼십 분이 지난 후 마침내(그동안 나는 작은 창을 통해 그들을 보려고 살며시 사다리를 기어 올라갔지만 창문을 열지는 않았다.) 그들 사이에 대화가 시작되었다. 쥐피앵은 샤를뤼스

* 아마도 프루스트는『황금 전설』이 중세 도상학에 미친 영향을 보여 주기 위해 에밀 말(Emile Mâle)이 인용한 일화를 환기하는 것으로 보인다고 지적된다. 네로 황제가 자신이 해방시킨 남자 노예와 결혼하면서 그가 출산할 수 있도록 의사에게 모든 노력을 기울여 줄 것을 부탁하고, 마침내 묘약의 효과로 개구리를 출산한 노예가 그 개구리를 궁전에서 키웠다는 일화이다.(에밀 말,『프랑스 13세기 종교 예술』(1898);『소돔』, 폴리오, 548쪽에서 재인용.)

씨가 주는 돈을 완강히 거부했다.

그런 후 샤를뤼스 씨가 가게 밖으로 한 걸음을 옮겼다. “왜 턱을 그렇게 면도했어요?” 하고 쥐피앵이 남작에게 아양 부리는 투로 말했다. “근사한 턱수염은 정말 멋진 건데.” “피! 역겹군!” 하고 남작이 대답했다. 그렇지만 그는 문지방에서 여전히 지체했고, 쥐피앵에게 동네 소식을 물었다. “모퉁이에 있는 군밤 장수에 대해 아무것도 모른다고? 왼쪽에 있는 끔찍한 인간 말고, 오른쪽 짝수 편에 있는 그 키 크고 건장하며 머리가 새까만 녀석 말일세. 그리고 자전거를 타고 약을 배달해 주는 아주 상냥한 녀석을 둔, 맞은편 약방 주인은.” 이런 질문을 받자 아마도 기분이 상했던지, 쥐피앵은 마치 아양 떠는 키 큰 여인이 배신을 당해 분하다는 듯 몸을 뒤로 젖히면서 대답했다. “그러고 보니 당신 바람기가 있군요.” 괴로운 듯 차갑고 꾸민 어조로 내뱉은 이런 비난의 말이 아마도 샤를뤼스 씨의 마음을 움직였는지, 그는 호기심으로 인해 빚어진 나쁜 인상을 지우려는 듯 쥐피앵에게 뭔가를 간청했는데, 하지만 목소리가 너무 낮아 무슨 말인지 알아들을 수는 없었으나, 아마도 그 간청은 두 사람을 가게 안에 더 오래 머무르게 하고, 또 조끼 재봉사의 마음을 감동시켜 그의 괴로움을 지우기에 충분했던 모양이다. 왜냐하면 쥐피앵이 자존심을 충분히 회복한 사람의 행복에 젖은 표정으로, 회색 머리 아래 살찌고 충혈된 샤를뤼스 씨의 얼굴을 응시하면서 그가 방금 부탁한 것을 들어주기로 결심했기 때문이다. “엉덩이가 꽤 실하군!” 같은 품위 없는 지적을 한 후, 쥐피앵은 남작에게 교만하면서도 고마움을 담은 감동의 표정으로 미소를 지으며 "그래, 좋아, 우리 큰 아기!"라고 말했다.

"전차 운전사 얘기로 돌아가 보면," 하고 샤를뤼스 씨가 집요하게 말을 이었다. "모든 걸 다 차치하고라도 그자는 귀갓길에 뭔가 재미있는 걸 제공해 줄 수도 있었을 거네. 사실 나는 바그다드 시내를 일개 장사치로 돌아다니던 왕처럼* 날 즐겁게 해 주는 몸매를 가진 야릇하고도 귀여운 사람을 좇아간 적이 있었지." 여기서 나는 예전에 베르고트에 대해 했던 것과 동일한 관찰을 했다. 만약 베르고트가 법정에서 대답을 해야 했다면, 그는 판사들을 설득시키기에 적합한 문장 대신, 특유의 문학적 자질이 자연스럽게 가리키는, 그래서 사용하는 데서 기쁨이 느껴지는 자기 스타일의 문장을 사용했을 것이다. 마찬가지로 샤를뤼스 씨도 조끼 재봉사에게 그의 사단에 속한 사교계 인사들이 쓰는 것과 동일한 언어를 사용하면서 나름의 기벽을 과장하기까지 했는데, 그가 극복하고자 하는 소심함이 오히려 그를 과도한 자만심으로 몰고 가거나, 혹은 더 이상 자신을 통제하지 못하게 하여(자신과 같은 환경이 아닌 사람 앞에서는 더 많이 당황하는 법이므로) 게르망트 부인에 따르면 오만하고 조금은 광적인 그의 본성을 드러내고 폭로했기 때문이다. "그의 발자취를 놓치지 않으려고,"라며 그가 말을 이었다. "나는 학교 선생처럼, 젊은 미남 의사처럼 그

---

* 『천일야화』에서 칼리프 하룬알라시드는 바그다드의 밤거리를 돌아다니는데, 화자는 『되찾은 시간』에서 이런 칼리프와 자신을 비교한다.

귀여운 사람(petite personne)이 탄 전차 안으로 뛰어들었네. 내가 '귀여운'이란 말에 여성형을 사용한 것은 단순히 문법 규칙을 따르기 위해서지.(마치 우리가 어느 왕자에게 '전하께서는 괜찮으신가요.(Son Altesse est bien portante.)'라고 말할 때 '괜찮으신가요(portante)'라는 형용사에 여성형 표시를 하는 것처럼 말일세.)* 그 사람이 전차를 바꿔 타면, 나도 '환승권'이라고 불리는 도저히 믿기 어려운 것을 어쩌면 페스트균과 함께 받았는데, '나 같은' 사람을 집어넣는 전차가 언제나 1번 선이었던 것만은 아니네.** 이런 식으로 나는 세 번이나 네 번까지도 갈아탔다네. 어느 때는 밤 11시에 오를레앙 역에 좌초하기도 했는데, 거기서부터 집까지 돌아와야 했지! 오를레앙 역은 그나마 나은 편이야! 한번은 대화를 시도할 틈도 없이 기차를 타고 오를레앙 시까지 간 적도 있으니까. 그런데 그 끔찍한 객차 안에서는 '그물 선반'이라고 불리는 세모 모양의 뜨개 망 사이로, 철도가 통과하는 지역의 주요 걸작 건축물 사진만이 보였네. 빈자리는 하나밖에 없었고, 내 앞에는 역사적 건물로 오

* '사람'을 뜻하는 프랑스어의 personne가 성의 구별 없이 여성 명사이기 때문에 '귀엽다'는 형용사의 여성형이 사용되는 것처럼, "전하께서는 괜찮으신가요.(Son Altesse est bien portante.)"에서 주어인 son Altesse가 여성이기 때문에 형용사에 여성형 어미 e가 붙는다는 의미이다.

** 기차나 전차를 갈아탈 때는 환승권(correspondance)이란 표를 주는데, 샤를뤼스는 자기에게 적합한 노선은 항상 1번 노선인데도 사람들이 자기를 아무데나 집어넣는다고 화를 내고 있다. 그리고 1900년 만국 박람회를 위해 건설된 오를레앙 역은 현재 오르세 미술관이 있는 오르세 역(파리 7구 소재)의 옛 이름으로, 20세기 초반에는 파리와 오를레앙(루아레 데파르트망 소재) 노선의 종착역이었다.

를레앙 대성당의 '전망' 사진이 하나 있었는데, 프랑스에서 가장 추한 그 성당*을 보자니 안염이 도질 것 같아, 또 누군가가 광학 펜대에 붙은 유리알 속에 든 탑을 내게 응시하도록 강요하는 것 같아 무척 피로하더군. 나는 그 젊은이를 따라 오브레**에서 내렸네. 그의 가족이(가족이 있다는 것만 빼고 다른 결점을 모두 상상했는데 말이지.) 플랫폼에서 기다리고 있더군! 파리로 돌아가는 기차를 기다리는 동안 위로가 되어 준 건 디안 드 푸아티에의 집***을 보는 일뿐이었네. 그녀는 나의 왕족 조상 가운데 한 사람을 현혹했지만, 나라면 차라리 살아 있는 미인을 좋아했을 걸세. 바로 그런 이유로 홀로 돌아가는 쓸쓸함을 달래려고 나는 침대차에서 일하는 종업원이나 기차 운전사와 사귀고 싶어 하는 거라네. 그렇다고 너무 놀라지는 마시게." 하고 남작은 결론을 내렸다. "모든 건 사회 계층의 문제니까. 나는 사교계 젊은이들을 육체적으로 소유하고 싶은 생각은 전혀 없네. 그러나 한 번씩은 건드려 봐야 마음이 진정되더군. 내 말은 물리적으로 소유한다는 의미가 아니라 마음의 금선을 건드린다는 의미라네. 한 젊은이가 답장도 하지 않고 내 편지를 팽개치는 대신, 내게 멈추지 않고 편지를 쓰고 정신

---

* 생트크루아 도를레앙 대성당은 13세기에 시작해서 1858년에 완성되었다. 샤를뤼스는 스완과 마찬가지로 당시 유행했던 비올레르뒤크의 복원 작업에 찬성하지 않았다.

** 오브레는 오를레앙 시의 한 구역 이름으로, 오브레 역의 예전 이름은 오브레-오를레앙 역(gare des Aubrais-Orléans)이었다.

*** 오를레앙 시에 있는 르네상스 시대의 카뷔(Cabu) 저택을 가리키는 것으로 1940년 화재로 소실되었다.

적으로도 내 소유가 된다면, 적어도 다른 젊은이에 대한 걱정거리가 날 사로잡지 않는 이상은 마음을 진정할 수 있을 것 같네. 정말 이상하지 않나? 사교계 젊은이들에 관해서, 이곳에 오는 이들 중에 아는 사람이 없나?" "없는데, 내 아기. 아! 그래, 검은 머리에 키가 매우 크고 외알 안경을 쓰고 항상 웃으면서 뒤를 돌아보는 자가 있지." "누군지 모르겠군." 쥐피앵은 좀 더 묘사를 보완했지만, 샤를뤼스 씨는 누구를 말하는지 알아채지 못했다. 그는 옛 조끼 재봉사가 친하지 않은 사람들의 머리 빛깔은 잘 기억하지 못하는, 우리가 생각하는 것보다 훨씬 많은 그런 사람들 중의 하나임을 알지 못했던 것이다. 그러나 검은 머리를 금발로 바꾸는 이런 쥐피앵의 결점을 잘 아는 나는, 그 초상화가 정확히 샤텔로 공작을 가리킨다고 생각했다. "서민 출신이 아닌 젊은이들 얘기로 돌아가 보면," 하고 남작이 말을 이었다. "요즘 나는 어느 이상한 젊은이, 아주 지적인 프티 부르주아에게 푹 빠져 있는데, 그 녀석이 여간 버릇없게 구는 게 아닐세. 내가 얼마나 대단한 인물이며, 또 자신이 표상하는 것이 얼마나 미세한 비브리오균에 불과한지에 대해서는 개념조차 없지. 어쨌든 상관없네. 그 어린 당나귀 녀석이 내 신성한 주교복 앞에서 마음껏 울부짖으라지." "주교라고!" 쥐피앵은 샤를뤼스 씨가 방금 발언한 마지막 말에 대해 아무것도 이해하지 못하고, 주교라는 단어에 놀라 소리쳤다.* "하지만 그건 종교와는 전혀 어울리지 않는데." 하고 쥐

* 추기경은 순교를 상징하는 붉은색 옷을 입으며, 주교는 보속이나 통회를 상

피앵이 말했다. "우리 집안에는 교황이 세 분 있네." 하고 샤를뤼스 씨가 대답했다. "그리고 나는 추기경의 자격으로 붉은 옷을 입을 권리가 있지. 내 종조부(從祖父)인 추기경의 조카따님이 내 조부에게 원래 상속인을 대신하여 공작의 작위를 가져다주었거든.* 자네는 은유란 것을 도통 알아듣지 못하고, 프랑스 역사에도 관심이 없는 모양이군. 게다가," 하고 그는 어쩌면 결론을 내린다기보다는 경고하는 의미에서 이렇게 덧붙였다. "물론 두려워서 나를 피하는 젊은이들이, 단순히 나에 대한 존경심 때문에 좋아한다는 소리도 내지 못하고 입을 닫아 버리는 젊은이들이 내게 매력을 행사하려면 사회적 신분이 아주 높아야 하네. 하물며 무관심한 척 가장한다면 그들의 의도와 정반대 효과가 날 수도 있으니까. 어리석게도 그런 무관심이 길어지면 구역질이 나더란 말이지. 자네에게 보다 친숙한 계층에서 예를 하나 들어 보자면, 저택을 보수하면서 나는 내가 자기들 집에서 잔 적이 있다는 말을 하는 영광을 서로 차지하려고 다투는 공작 부인들 사이에 질투를 야기하지 않기 위해, 소위 '호텔'이라는 데를 가서 며칠을 보낸 적이 있네. 내가 머무는 층 객실 담당 종업원 중 하나를 알고 있었기에, 나는 그자에게 마차 문을 여닫는 재미있는 어린 '제복 입은 종업원' 하나를 가리켰는데, 그 어린 종업원 녀석이 내 제안을 거부했지. 나는 너무 화가 나서 내 의도가 얼마나 순수했

---

징하는 자색 옷을 입는다.

* 원래 상속인을 대신해서 대습 상속인을 세우던 제도를 가리킨다.

는지 보여 주려고 내 방에 올라와 단 오 분 동안만 말하는 조건으로 우스꽝스럽게도 고액의 돈을 제안했다네. 기다렸지만 녀석은 오지 않았고, 나는 그 못된 어린 불량배의 낯짝을 보지 않으려고 뒷문으로 나왔네. 나중에 안 일이지만 녀석은 내 편지를 하나도 받지 못했더군. 첫 번째 편지는 시기심 많은 객실 담당 종업원에게, 두 번째는 품행이 단정한 주간 근무 안내원에게, 세 번째는 어린 종업원을 좋아하여 디아나* 여신이 일어나는 시각에 함께 잠자리를 한 야간 근무 안내원에게 빼앗겼던 거라네. 하지만 나의 불쾌감은 지속되었고, 따라서 그 제복 입은 종업원을 사냥한 고기인 양 은 쟁반에 담아서 가져왔다 해도,** 구역질을 하며 밀어냈을 걸세. 정말 유감이었지. 우린 진지하게 얘기를 했고, 이젠 내가 기대했던 일도 우리 사이에 끝났네. 하지만 자네는 중개인으로서 내게 뭔가 큰 도움을 줄 수 있을 것 같은데, 그래, 생각만 해도 기분이 좋아지는군. 아직 아무것도 끝나지 않은 것 같단 말이지."

이 장면의 시작부터 나의 부릅뜬 눈에는 하나의 혁명이, 마치 마술 지팡이에라도 닿은 듯한 그런 완전하고도 즉각적인 혁명이 샤를뤼스 씨에게서 이루어졌다. 그때까지 나는 아무것도 이해하지 못했고 보지도 못했다. 악덕은(언어의 편의상 이렇게들 말하는), 마치 정령의 존재를 모르는 인간에게서 그 인

---

* 『잃어버린 시간을 찾아서』 4권 338쪽 주석 참조. 로마 신화에서 달의 여신을 가리키는 디아나는 주로 밤이 되면 잠에서 깨어나 활동을 시작한다.

** '제복 입은 종업원'을 가리키는 프랑스어의 chasseur에는 '사냥꾼'이란 의미도 있다.

간이 모르는 정령이 눈에 띄지 않는 것과 같은 방식으로, 각자의 악덕은 우리를 동반하고 있다. 선함이나 교활함, 명성과 사교적 친분 관계는 그 자체로서는 드러나지 않으며 우리는 그것을 감춘 채 지니고 있다. 오디세우스도 처음 순간에는 아테나 여신을 알아보지 못했다.* 그러나 신들은 즉각적으로 다른 신들에게, 비슷한 사람은 비슷한 사람에게 금방 인지되는 법이며, 이렇게 해서 샤를뤼스 씨 또한 쥐피앵에게 인지되었다. 지금까지 나는 샤를뤼스 씨 앞에서 임신한 여자 앞에 서 있는 어느 방심한 남자와도 같았다. 남자가 여인의 무거운 허리를 알아보지 못하고 집요하게 "그런데 무슨 일이오?"라고 무례하게 물으면, 여인은 미소를 지으면서 "예, 요즘 몸이 좀 피로해서요."라고 되풀이한다. 그러다 누군가가 그에게 "그녀는 배가 부르잖아."라고 말하면, 갑자기 그 배 외에 다른 것은 아무것도 보이지 않는다. 이성이 눈을 뜬 것이다. 오류가 사라지면 또 하나의 의미가 다가온다.

오랫동안 한 번도 의심해 본 적 없다가 남들과 비슷한 개인의 매끄러운 표면에서, 고대 그리스인들에게 친숙한 단어를 구성하는 글자가 그때까지 눈에 보이지 않는 잉크로 그려져 있다가 갑자기 나타나는 것을 보면서도 지인인 샤를뤼스 씨 같은 신사들을 이런 법칙의 사례로 인용하고 싶지 않은 사람들은, 그들이 지금까지 살아오면서 얼마나 여러 번 사회적인

* 트로이 전쟁 후 오디세우스가 이타카로 귀환하기까지의 여정에는 "포세이돈의 끈질긴 원한과 아테나 여신의 지속적인 보살핌"이 있었다.(이진성, 『그리스 신화의 이해』, 아카넷, 312쪽 참조.)

실수를 저지를 뻔했는지만 기억해도, 주위의 세계가 처음에는 그 일에 보다 정통한 이들에게 제공하는 수많은 장식을 벗어던진 채로 드러나 보이는지를 이해하게 된다. 이런저런 남자의 특징 없는 얼굴에서 여인의 오빠나 약혼자 또는 애인임을 가리키는 것은 하나도 없었으므로 그들은 "낙타처럼 고약한 년!*"이라고 말하려고 했다. 그러나 그때 다행스럽게도 이웃 남자가 속삭인 말 한마디가 그들의 입에서 그 운명적인 말이 나오는 것을 가로막는다. 그러자 즉시 므네, 트켈, 파르신**과 같은 예언의 말들이 나타난다. 그는 앞에서 '낙타처럼 고약한 년'이라고 불리는 것이 적절치 않은 여인의 약혼자나 오빠 또는 애인이다. 그리하여 이 유일하고도 새로운 개념은 그때부터 우리가 그 가족들에 대해 가지고 있던 개념들로 보충되어 그 개념의 일부를 재편성하고 후퇴 또는 전진하게 할 것이다. 샤를뤼스 씨에게 마치 반인반수의 괴물과 말을 짝짓기하듯, 나머지 다른 인간들과 구별되는 한 존재를 결합시키고, 그 존재가 남작의 몸과 하나를 이루어도 아무 소용 없는 일로, 나는 결코 그 존재를 알아보지 못했다. 그러나 이제 추상이 물질화되고 이렇게 이해된 존재는 단번에 눈에 보이지 않는 존재

* 프랑스어에서 낙타는 '품행이 가벼운 여자'나 '창녀'를 가리키는 은어다.

** 구약 성서 「다니엘서」 5장에 나오는 일화로, 바빌론의 왕인 벨사차르가 성전 기물을 파괴하고 잔치를 벌였을 때, 누군가의 손이 나타나 "므네, 트켈, 파르신"이라고 벽에 적자, 왕은 다니엘에게 그 글자를 해독하라고 명한다. 각기 '계산, 무게, 분리'를 의미하는 이 말은 나라의 수명이 다했고, 왕의 무게가 미흡하며, 그리하여 나라가 분리된다는 의미라고 다니엘은 풀이했고, 왕은 그날 밤으로 살해되었다.

로 남아 있던 힘을 상실했다. 샤를뤼스의 새로운 인간으로의 변신은 이렇듯 너무도 완벽했으므로 그의 얼굴이나 목소리에서의 대조뿐 아니라, 나와의 관계에서도 지금까지 내 정신에 비일관적으로 보이던 온갖 것이 명료해지면서, 마치 글자로 쪼개져 되는대로 놓이면 별 뜻이 없다가 알맞은 순서로 다시 놓이면 우리가 결코 잊을 수 없는 어떤 사상을 표현하는 문장처럼 자명해졌다.

게다가 나는 조금 전에 빌파리지 부인 댁에서 나오는 샤를뤼스 씨의 모습을 목격했을 때, 그가 왜 여자로 보였는지 이제 이해하게 되었다. 그는 여자였다!* 단순히 기질이 여성적이라는 이유 때문에 남성다움을 이상으로 삼고 일상생활에서는 외관상으로만 다른 남성들과 닮은, 보기보다 모순되지 않은 존재들의 종족에 속했다. 거기서 각자는 만물을 보는 눈 안에 새겨져 눈동자의 작은 면 속으로 음각된 하나의 실루엣

* 동성애를 설명하기 위해 독일의 히르슈펠트(Magnus Hirschfeld, 1868~1935) 의사는 완전히 남자도 완전히 여자도 아닌 간성(間性), 즉 남자-여자 이론을 개진했는데, 이 이론에 대해 앙드레 지드는 『코리동』(1924)에서 이렇게 논평했다. "어떤 책들 — 특히 프루스트의 책들 — 덕분에 대중은 그들이 모른 척했던, 혹은 처음에는 모르는 척하는 편이 낫다고 생각했던 사실을 두려움 없이 냉정하게 바라볼 수 있게 되었다. 그러나 이런 책들은 동시에 세인들의 의견을 잘못 유도하는 데 많은 기여를 하지 않았는지 우려가 되기도 한다. 남자-여자, 즉 간성(성의 중간 단계)에 관한 이론은 — 전쟁이 일어나기 훨씬 전부터 히르슈펠트 박사가 독일에서 주장했던 것으로, 마르셀 프루스트도 이에 동참하는 것처럼 보이는 — 틀린 것은 아니지만, 동성애의 어느 특정 증상, 즉 남성이 여성 역할을 하는 성도착이나 여성화, '소도미'의 경우만을 설명하고 있으며, 바로 내 책에서는 다루지 않는 부분이다."(『소돔』, 폴리오, 549쪽에서 재인용.)

을 지니고 있는데, 그들에게서 이 실루엣은 님프가 아닌 미소년의 것이다. 저주를 받은 이 종족은 모든 피조물에게서 가장 큰 삶의 기쁨인 그들의 욕망이, 벌을 받아 마땅한 수치스럽고 고백할 수 없는 것임을 알기에 평생을 거짓말과 거짓 맹세 속에서 살아야 한다. 자신의 신을 부인해야 하는 종족, 왜냐하면 그들이 기독교 신자일지라도 법정에 피고로 출두할 때면, 그리스도 앞에서 그리스도의 이름으로 자기들의 삶 그 자체인 것을 중상모략이라는 듯 부인해야 하기 때문이다. 어미 없는 아들, 그들은 어미의 눈을 감겨 줄 시간까지도 거짓말해야 한다. 우정 없는 친구, 남들에게 인정받는 매력으로 자주 우정을 불러일으키고, 착한 마음씨가 대개는 그 우정을 느낀다 할지라도, 거짓말 덕분에만 발전하는 관계를, 신뢰와 성실을 보이려는 처음의 열정이 혐오감으로 거부되고 그들이 상대하는 것이 공정하고도 호의적인 정신의 소유자가 아니라면, 적어도 상대가 관습적인 심리 때문에 그들에게 정신을 잃고 그들이 고백한 악덕에서 자신에게 가장 이질적인 애정을 분출하는 관계를, 마치 몇몇 판사들이 원죄나 종족의 숙명에서 끌어낸 이유로 성도착자에게는 살인을, 유대인에게는 배신을 가정하며 또 쉽게 용서하는 그런 관계를, 어떻게 우정이라고 부를 수 있단 말인가? 끝으로 — 나중에 이야기가 전개되는 과정에서 수정되겠지만, 적어도 내가 그때 그들에 대해 묘사한 첫 번째 이론에 따르면, 그리고 그 모순이 그들을 보게 하고 살게 만드는 환상에 의해 은폐되지 않는다면, 그들을 무척 분노하게 했을 테지만 — 그들은 사랑의 가능성이 닫혀 있는 연인들이다. 그 가능성에 대한 희망이 그토록 큰 위험과 고독을 견딜 힘을 주지만, 그들이 사랑하는 사람이 여성적인 것이라곤 전혀 없는 남자, 성도착자가 아닌 남자, 따라서 그들을 사랑할 수 없는 남자이기 때문이다. 그러므로 그들의 욕망은, 돈으로 진짜 남자를 사지 않는 한, 그렇게 산 성도착자를 상상력의 도움을 받아 진짜 남자로 여기지 않는 한 영원히 충족될 수 없다. 그들의 유일한 명예는 덧없는 것이며, 그들의 유일한 자유는 죄가 발각될 때까지만 한시적으로 유예된다. 그들의 유일한 지위도, 마치 전날 런던의 모든 극장에서 박수갈채를 받고 모든 살롱에서 환대를 받은 시인*이 다음 날에는 모든 하숙집으로부터 쫓겨나 머리를 누일 베개 하나 없이 삼손처럼 맷돌을 돌리며

두 성(性)은 각기 따로 죽어 가리니.

라고 말하듯이 불안정하기만 하다. 유대인들이 드레퓌스 주위에 모여든 날과 마찬가지로 수많은 사람들이 희생자 주변에 모여드는 가장 불행한 날을 제외하고, 그들은 같은 부류에 속하는 사람들의 호감을 사는 일에서 배제되는데 — 때로는 교제하는 일에서도 — 이런 부류의 사람들은 있는 그대로의 그들 모습을, 더 이상 마음에 들지도, 인정하고 싶지도 않

* 오스카 와일드(Oscar Wilde)를 가리킨다. 그는 1895년 동성애자로 기소되어 유죄 판결을 받고 이 년 동안 수감된 후 프랑스로 망명하여 1900년에 사망했다. 여기 인용된 시는 비니의 「삼손의 분노」에 나오는 구절로 9쪽 주석 참조.

은 온갖 결점을 부각시키는 모습을 거울에 비추듯 보게 해 주어 혐오감을 준다. 그리하여 그들은 사랑이라고 부르는 것이(또 말장난을 하면서 사교적 감각으로 시(詩)나 음악, 기사도, 고행이 사랑에 덧붙일 수 있는 온갖 것들을 합친 것이) 자신들이 선택한 미의 이상형이 아니라 치유될 수 없는 병에서 비롯된 것임을 인식하게 된다. 그들은 또한 유대인처럼(자기와 같은 종족만을 사귀고 항상 의례적인 말이나 관습적인 농담만을 일삼는 몇몇 사람들은 제외하고) 서로를 피하고, 그들과 가장 대립적인 사람들이나 그들을 원치 않은 사람들만을 찾으면서, 그 사람들이 거절하면 용서하고 호의를 베풀면 열광한다. 그러나 또한 그들에게 가해진 도편 추방제*와, 그들이 처한 치욕스러운 상태로 인해 자기들과 같은 부류의 사람들하고만 함께 모이며, 끝내는 이스라엘에 가해진 것과 흡사한 박해로 인해, 한 종족이 가지는 그런 육체적이고 정신적인 성격을 — 때로는 아름답고 대개는 추악한 — 갖게 되는데, 그 결과 그들은 같은 부류의 사람들과 교제할 때만 긴장이 풀리고(그들과 가장 대립된 부류에 보다 많이 섞이고 더 깊이 동화되어, 외관상으로는 가장 성도착자처럼 보이지 않는 사람이 그보다 더 심하게 성도착자로 남아 있는 사람에게 온갖 야유를 퍼붓는데도 불구하고), 거기서 삶의 버팀목을 발견하기까지 한다. 그리하여 그들은 자신들이 하나의 종족이라는 사실을 부인하면서도(그런 종족의 이름으로 불리는 게 최

* 고대 그리스에서 시민들의 비밀 투표로 위험 인물을 십 년 동안 해외로 추방하던 제도이다.

대의 치욕인) 그 종족임을 은폐하는 데 성공한 자의 가면을 벗기는 일은 서슴지 않는데, 이는 그런 사람들을 해치려는 의도보다는, 그런 일을 싫어하지는 않지만 스스로를 변명하기 위한 것으로, 마치 의사가 맹장염을 찾아내듯 역사 속에서 성도착자를 찾아내어 이스라엘인이 예수를 유대인이라고 말하면서 기뻐하는 것처럼, 소크라테스가 그들과 같은 부류임을 환기하면서 기뻐한다. 그들은 동성애가 정상이었던 시절에는 비정상적인 인간이 없었으며, 그리스도 이전에는 반그리스도인이 존재하지 않았으며, 또 치욕만이 죄악을 만들어 낸다는 사실은 꿈에도 생각하지 못하는데, 왜냐하면 이 악덕은 모든 설교나 사례와 처벌에도 굴하지 않고, 지나치게 특별한 그들의 타고난 기질 탓에 그 악덕과 대립되는 도둑질이나 잔혹과 불성실 같은, 보통 사람들에게서 보다 잘 이해되고 따라서 면죄부를 받는 몇몇 악덕보다 타인들에게 더 혐오감을 불러일으키는 그런 자들만을 살아남게 했기 때문이다.(물론 이 악덕에는 보다 고귀한 정신적 미덕이 수반되기도 한다.) 그들은 프리메이슨 단원들이 모이는 비밀 집회소보다 더 광범위하고 효율적이며 의심을 덜 받는 비밀 결사단을 조직하는데, 그 이유는 이 결사단이 동일한 취향이나 필요, 습관, 위험, 수련, 지식, 거래, 어휘 등에 근거하고 있어, 소속된 단원들이 서로를 알아보고 싶지 않을 때에도 즉시 자연스럽게, 혹은 자발적이거나 비자발적인 묵계에 따라 서로를 알아보게 하기 때문이다. 거지는 마차 문을 닫아 주는 대귀족에게서, 아버지는 딸의 약혼자에게서, 병을 고치고 싶은 자와 고해 성사를 보고 싶은 자와 자신을 변호해야만 하는 자는 각기 자신이 찾아간 의사와 신부와 변호사에게서 같은 부류의 사람을 알아본다. 그들 모두는 각자 비밀을 지켜야 하지만, 나머지 사람들은 의심도 하지 못하는 타인들의 비밀을 간파하고, 그래서 가장 사실임 직하지 않은 모험 소설도 사실처럼 보게 된다. 왜냐하면 이런 소설적이고 시대착오적인 삶에서는 대사(大使)가 수형자의 친구이며, 대공이 귀족 교육이 부여하는 자유분방한 태도로(소시민이라면 몸이 떨려 감히 시도하지도 못할) 대공 부인의 댁에서 나오자마자 불량배와 협의하러 가기 때문이다. 인간 집단으로부터 배척받은 부분이긴 하지만 의미 있는 부분으로, 그들이 있을 것으로 의심되는 곳에는 존재하지 않고, 그들의 존재를 짐작조차 할 수 없는 곳에서는 처벌도 받지 않은 채 무례하게 자신을 드러낸다. 이 집단의 단원들은 민중이나 군대, 신전, 감옥, 왕좌 등 도처에 존재한다. 요컨대 그들 대다수는 다른 부류의 사람들과 친밀하고도 위험한 관계 속에 살면서 그런 부류의 사람들을 자극하고, 자신의 악덕을 마치 자기 것이 아닌 양 상대방과 얘기하며 장난치는데, 이런 장난은 상대방의 무분별한 행동이나 잘못으로 조련사가 맹수에게 잡아먹히는 스캔들이 터지는 날까지 몇 해 동안 계속된다. 그러나 그때까지는 그들의 삶을 숨겨야 하고, 보고 싶은 것에서 시선을 돌려야 하고, 보고 싶지 않은 것에 시선을 고정해야 하며, 그들이 사용하는 어휘 중 많은 형용사의 성을 바꿔야 하는데, 그래도 이런 사회적 구속은 그들의 악덕이나 부적절하게도 사람들이 그렇게 부르는 것이, 타인에 대해서가 아니라 바로 자신에 대해 부과하는 내적 구속에 비하면 그래도 가볍게 느껴지는 까닭에 그들의 눈엔 악으로 보이지 않는다. 그러나 보다 실질적이고 분주한 몇몇 사람들은, 그들 자신이 직접 거래하러 갈 시간이 없거나 또는 다른 사람과의 협력으로 얻어지는 삶의 단순화와 시간 절약을 포기할 수 없어 두 범주의 그룹을 만드는데, 그중 두 번째는 절대적으로 그들과 같은 부류의 사람들로 구성된다.*

이런 현상은 특히 가난하고 시골에서 올라와 아는 이 하나 없는, 그저 언젠가는 의사나 유명한 변호사가 되겠다는 야심 외에 다른 것은 아무것도 가지지 못한 사람들에게서 특히 두드러지는데, 아직은 의견 하나 없는 텅 빈 머리와 예의범절을 알지 못하는 몸뿐인 그들은 '라탱 가'**에 있는 그들의 작은 방을 위해, 유익하고도 진지한 직업으로 이미 '성공한' 사람들 — 자신들도 거기 끼어들어 유명해지고 싶은 — 집에서 관찰하고 모방한 것에 따라 가구를 사듯이 자신들의 머리와 몸도 재빨리 장식할 수 있기를 기대한다. 그림이나 음악, 실명(失明)에의 경향과 마찬가지로, 자기도 모르는 사이에 유전적으로 물려받은 특별한 취향은, 어쩌면 그들에게서 생생하고 절대적인 힘을 가진 유일하고도 독창적인 그 특징은, 말하고 생각하고 옷을 입고 머리를 꾸미는 방식에서 그들이 모방

* 앞의 문장이 이성애자로 가장한 동성애자를 묘사하고 있다면, 여기서는 이성애자와 동성애자의 두 그룹으로 그 관계를 설정하는 사람들을 가리킨다.

** '라탱 가' 혹은 프랑스어로 '카르티에 라탱'이라고 불리는 이 지역은 소르본 대학 등 여러 대학과 대학생들이 많이 모여 있는 대학가이다.

하는 사람들, 그들의 경력에 유익한 사람들과의 모임조차 이런저런 저녁에 놓치게 한다. 그런 일이 없다면 그저 동창생이나 스승 혹은 성공한 사람들, 그래서 그들의 후견인이 되어 줄 동향인하고만 접촉할 동네에서, 마치 어느 소도시 중고등학교 2학년 교사*와 공증인이 둘 다 실내악과 중세의 상아 세공품에 대한 사랑 덕분에 쉽게 친구가 되듯이, 그들은 자기와 같이 특별한 취향을 가진 다른 젊은이가 접근해 오면 재빨리 알아챈다. 자신들의 직업을 인도하는 것과 똑같은 실천적 본능과 직업 정신을 기분 전환 대상에도 적용하는 그들은, 이를테면 옛 담배 케이스나 일본 판화, 희귀한 꽃의 애호가들만 모인, 문외한의 출입이 결코 허용되지 않는 모임에서 그런 젊은이들을 만나는데, 그곳은 학구적인 기쁨과 유용한 거래, 경쟁에 대한 두려움 때문에 마치 우표 시장처럼 전문가들의 긴밀한 이해와 수집가의 치열한 경쟁 의식이 동시에 지배한다. 저마다 자기 자리가 있는 그런 카페에서 열리는 모임이 낚시 동우회인지 편집부 직원의 모임인지, 아니면 앵드르 향우회**인지 어느 누구도 알 수 없을 정도로 그렇게 단정한 복장과 신중하고 냉정한 표정으로 그들은 유행의 종아인 젊은이들을, 몇

* 당시 중고등학교(lycée)는 6학년에서 시작하여 1학년에서 끝나고, 그 위에 철학반이 있는 칠 년 코스였다. 2학년 교사는 1학년 교사(우리에게는 고등학교 3학년 교사에 해당된다.)나 철학 교사에 비해 상대적으로 열등한 위치에 있었다.

** '앵드르 향우회'란 프랑스 상트르 주에 위치하는 앵드르 지역 출신의 사람들 모임을 가리킨다. 어느 도시나 지역에 존재하는 향우회나 여타 모임처럼, 동성애자들의 모임도 이렇듯 인간적인 범주에 속하는 모임의 하나일 뿐이라는 점을 말하고 있다.

미터 떨어진 곳에서 자기 정부들이 법석을 떠는 그 젊은 '멋쟁이들'을 남몰래 바라보는데, 이렇게 감히 눈도 들지 못하고 감탄만 하는 사람들 사이에는 이십 년이 지난 후 아카데미 회원이 되기 직전의 사람도 있고, 또 클럽의 고참 회원이 된 사람도 있으며, 이젠 살이 찌고 머리까지 허옇지만 가장 매력적이며 그들과 같은 부류인 샤를뤼스 같은 사람도 있었지만, 다른 곳, 다른 세계, 다른 외적 상징 아래서는 낯선 표시를 하고 있어 그 다름 때문에 서로를 알아보지 못했다. 그러나 이런 그룹도 이제는 한발 진보했다. '좌파 연합'이 '사회주의 연맹'과 다르듯이, 멘델스존 음악 협회가 스콜라 칸토룸과 다르듯이,* 어느 저녁 다른 식탁에서는 소맷부리 아래로 팔찌를 드러내거나, 때로는 벌어진 옷깃 사이로 목걸이를 내보이면서 그 집요한 눈길이나 낄낄거리는 웃음과 애무로 중학생 무리를 재빨리 도망치게 하는 과격파들도 있었는데, 이 경우 종업원은 끓어오르는 분노를 억누르며 공손히 시중을 들었지만, 드레퓌스파에게 시중을 들던 저녁처럼 팁을 챙기는 이득이 없었다면 경찰을 부르러 가는 데서 기쁨을 느꼈을 것이다.

---

* 1898년에 결성된 좌파 연합으로 프랑스의 첫 사회주의 정당인 공화주의자들은 발데크루소(1899~1902) 내각을 지지했다. '사회주의 연맹'은 '프랑스 사회주의 노동자 연합'을 가리킨다. 1879년에 창설되어 점진적인 개혁을 목표로 했으므로 가능주의자들의 분파로 인식되었다. 스콜라 칸토룸(『잃어버린 시간을 찾아서』 5권 54쪽 주석 참조.)은 1896년 뱅상 댕디(Vincent d'Indy)에 의해 음악 교육 기관으로 개조되었는데, 반유대주의자였던 댕디는 바그너에 깊이 심취했고, 따라서 바그너의 혐오 대상이었던 유대인 작곡가 멘델스존을 싫어했다.

이런 전문 조직에 대해 우리 정신은 고독자의 취향을 대립시키는데,* 한편으로 우리의 정신은 조직화된 악덕과 이해받지 못하는 사랑은 완전히 별개의 것이라고 믿는 고독자를 모방하는 데 지나지 않으므로 인위적인 노력이 많이 필요한 것은 아니지만, 다른 한편으로는 이런 상이한 계층이 적어도 다양한 생리학적 유형이나 병리학적 또는 단지 사회적 진화의 연속적인 단계에 부응한다는 점에서는 조금은 그런 노력을 필요로 하기 때문이다. 그리고 사실 어느 날엔가 고독자들이 때로는 단순한 피로감 때문에, 때로는 편의에 따라 이런저런 조직에 끼지 않는 일은 지극히 드문 법이다.(예를 들면 전화를 설치하는 데 극렬히 반대했던 사람들도 마침내 자기 집에 전화를 놓고, 이에나 사람들을 초대하고, 포탱 가게에서 식료품을 사는 것처럼.)** 게다가 고독자들은 보통 전문 조직에서 별로 환대받지 못한다. 왜냐하면 그들은 비교적 순수한 삶을 산 탓에 경험이 부족하고, 그들이 빠져 있는 몽상이 포화 상태에 이르러 전문 조직의 단원들이 제거하려는 그런 여성화된 성격이 몸속에 강하게 새겨졌기 때문이다. 또 이렇게 새로 가입한 몇몇 사람들에게서 여성은 내적으로만 남성과 결합하는 게 아니라 겉

---

* 여기서는 전문 조직에 속한 동성애자와 개별적인 동성애자, 즉 고독자를 구별하고 있다.

** 이에나 가문은 나폴레옹 시대에 귀족이 된 명문으로, 게르망트 공작 부인은 처음에는 그들과 친교를 맺지 않다가 나중에 가서야 그들 집을 드나들면서 제정 시대의 웅장한 스타일에 관심을 갖게 된다.(『잃어버린 시간을 찾아서』 6권 349~351쪽 참조). 펠릭스 포탱은 파리 8구 말제르브 대로에 있는 식료품 가게로, 프루스트의 일을 돌보아 주던 셀레스트 알바레가 장을 보던 곳이다.

으로도 추하게 드러나며, 신경질적인 경련 상태에서 흥분하며 날카로운 웃음으로 무릎이나 손을 발작적으로 떨었는데, 이런 모습은 언저리가 꺼멓고 울적한 눈에 물건을 잡을 수 있는 발을 가진 원숭이가 연회복을 입고 검정 넥타이를 맨 것만큼이나 보통 남자들과 닮아 보이지 않는다는 사실을 우리는 인정해야 한다. 그리하여 이 새로운 신입 회원들은, 그렇지만 그들보다 덜 순결한 이들이 그들과의 교제가 위험하다고 판단하는 바람에 가입에 어려움을 겪지만, 그럼에도 결국은 받아들여진다. 그리하여 상업과 대기업이 개인의 삶을 변화시켜 지금까지는 너무 비싸서 구입하지 못하거나 심지어는 발견할 수조차 없던 물건들도 쉽게 구할 수 있게 되는 것과 같은 편리함을 누리면서, 혼자서는 거대한 군중 속에서 발견할 수 없었던 것들을 넘치도록 맛보게 된다. 그러나 제아무리 이런 배출구가 많다 해도, 몇몇 사람들, 특히 어떤 정신적인 구속도 느껴 본 일 없이 그들의 사랑을 가장 예외적인 사랑의 유형으로 여기는 사람들 사이에서 모집된 신입 회원들에게는 사회적 구속이 여전히 무겁게 느껴지는 법이다. 그러나 지금은 그 성향의 예외적 성격이 여성보다 우월하다고 믿으며, 여성을 경멸하고, 동성애를 위대한 천재들이나 영광스러운 시대의 특권으로 간주하는 사람들에 대해서는 언급하지 않기로 하자. 그들은 자신의 취향을 타인과 공유하려고 할 때도, 마치 모르핀 중독자가 모르핀에 대해서 하듯이 그런 체질을 타고난 사람들보다 그럴 가치가 있는 사람과, 마치 다른 사람들이 시온주의와 병역 거부, 생시몽주의와 채식주의와 무정부

주의를 설교하는 것처럼,* 사도의 열정을 드러낸다. 그중 몇몇을 아침에 잠잘 때 기습해 보면, 그 표정은 여성 전체를 상징한다고 할 만큼 보편적이고 경이로운 여성의 얼굴을 보여준다. 머리칼 자체도 그 점을 확인시켜 주는데, 기울어진 머리칼이 어찌나 여성스러운지 머리를 풀어 헤치면 자연스럽게 땋은 머리가 양 볼에 드리워진 모습이, 마치 남성의 육체라는 무의식에 갇혀 있던 젊은 여인이나 소녀 혹은 갈라테이아**가 잠에서 깨어나자마자 누구의 가르침도 받지 않고 재치 있게, 감옥에서 빠져나오는 아주 작은 길도 스스로 이용할 줄 알고, 자신의 삶에 필요한 것을 찾아낼 줄도 안다는 걸 보여 주는 듯하여 감탄을 자아낸다. 물론 이 매혹적인 얼굴의 젊은이는 "나는 여자다."라고 말하지 않는다. 설령 그가 여성과 살고 있다 해도 — 여러 가지 가능한 이유로 인해 — 그는 자신이 여성임을 부인하고 남성과 결코 관계를 가진 적이 없다고 맹세할 것이다. 우리가 조금 전에 묘사했듯이 파자마 바람으로 침대에 누워 검은 머리카락 아래 두 팔과 목을 드러낸 채로 자는 모습을 그녀가 본다고 하자. 그 경우, 파자마는 그녀의 속옷이 되고 얼굴은 아름다운 스페인 여자의 얼굴이 된다. 젊은

---

* 시온주의란 19세기 후반 반유대주의 물결에 맞서 팔레스타인에 유대 국가를 건설하려는 유대인 민족주의 운동이며, 생시몽주의는 미래 산업 사회가 종교적 협동 사회로 수립되어야 한다는 생시몽(Saint Simon)의 사상을 추종하는 운동이다.

** 그리스 신화에서 바다의 님프인 네레이스 가운데 하나로, 양치기 소년 아키스를 사랑하나 외눈박이 거인 폴리페모스의 질투로 죽음에 이른다. 피그말리온 신화와 귀스타브 모로의 「갈라테이아」(1880~1881)로 유명해졌다.

이의 정부는 자기 눈앞에 드러난, 어쩌면 말이나 행위보다도 더 진실한 속내에, 게다가 행위 자체가 이미 털어놓지 않았다면 곧 사실로 입증될 그런 속내에 겁을 먹는데, 그 까닭은 모든 존재가 자신의 쾌락을 추구하며, 또 그 존재가 그렇게 사악한 자가 아니라면, 자기와 반대되는 성에서 쾌락을 추구하기 때문이다. 그런데 성도착자에게 악덕은 상대방과 관계를 맺을 때가 아니라(지나치게 많은 이유가 그 관계를 명령하기에) 여성과 쾌락을 취할 때 시작된다. 우리가 조금 전에 묘사한 젊은이는 분명 여성인 탓에 그를 욕망의 눈길로(특별한 취향 때문이 아니라) 바라보던 여성들은, 셰익스피어의 연극에서 소년임을 자처하는 변장한 소녀에게 느끼는 것과 동일한 실망감을 느끼게 된다. 그것은 동일한 속임수로서 성도착자 자신도 그 사실을 알고 있어 일단 변장이 제거되면 여성이 느낄 환멸을 짐작하며, 또 성에 대한 이러한 속임수가 얼마나 시적 환상의 원천이 되는지도 감지한다. 더욱이 그가 자신의 까다로운 정부에게 "나는 여자요."라고 고백하는 것은 무익한 일로(만약 그녀가 고모라가 아니라면), 그렇지만 그의 몸속에 존재하는 무의식적이지만 명백한 여성은 얼마나 간교하고도 민첩하게, 또 얼마나 덩굴식물처럼 집요하게 남성 기관을 찾는지! 하얀 베개 위로 곱슬거리는 머리카락만 보아도, 밤이 되어 젊은이가 본의 아니게, 또 부모의 반대에도 찾아 나선 것이 여성이 아님을 우리는 쉽게 알아차릴 수 있다. 정부가 아무리 그를 비난하고 가두어도, 다음 날이면 이 남자-여자는 마치 나팔꽃이 곡괭이나 갈퀴가 있는 쪽으로 덩굴손을 뻗듯,

한 남성과 어울릴 방법을 찾아내리라. 그 남성의 얼굴에서 우리를 감동시키는 섬세함을 찬미하고, 그의 다정함에서 보통 사람들은 갖지 못한 그런 자연스러움을 찬미하는데, 그 젊은이가 권투 선수를 찾아다닌다고 하여 우리가 어떻게 비통해할 수 있단 말인가? 그것은 동일한 현실이 가진 상이한 양상이다. 심지어 우리를 역겹게 하는 모습이 가장 감동적이며, 그 어떤 섬세함보다 감동적이다. 왜냐하면 그것은 자연의 무의식적인 경이로운 노력, 즉 성의 자체 인식을 표상하기 때문이다. 성의 속임수에도 불구하고 최초의 사회적 오류가 그로부터 멀리 놓아 둔 것을 향해 탈주하려는 은밀한 시도가 나타난다.* 어떤 이들은, 어쩌면 가장 소심한 유년 시절을 보낸 이들은, 남성의 얼굴에 자신의 쾌락을 결부시킬 수만 있다면, 그들이 느끼는 쾌락의 물질적 종류에 대해서는 전혀 신경 쓰지 않는다. 또 어떤 이들은, 어쩌면 보다 격렬한 관능을 소유한 이들은 육체의 어느 정확한 지점에서 그 물질적 쾌락을 느끼기도 한다. 그들의 고백은 보통 사람들에게 충격을 안길지도 모른다. 그들은 어쩌면 사투르누스** 별자리 아래서만 배타적으로 사는 게 아닐지도 모른다. 왜냐하면 대화나 교태, 관념적인

---

* 여기서 말하는 성의 자체 인식이란 성을(남성을) 그 자체로(다른 남성에게로) 향하게 하는 것을 의미하며, 또 최초의 사회적 오류란 플라톤의 『향연』에서 말하듯이 남성과 남성을 성적으로 갈라놓은 것을 가리킨다.

** 우리말로 산양자리 또는 토성이라 불리는 이 별자리는 고대 로마 신화에 나오는 농경 신인 사투르누스(또는 그리스 신화의 크로노스) 신에서 연유한다. 점성술의 전통에 따르면(베를렌의 『사투르누스의 시』(1866)가 보여 주듯이) 사투르누스는 자연에 위배되는 사랑이나 성도착을 주재하는 별자리로 간주된다.

사랑에서만 여성이 존재하는 첫 번째 부류의 남성과 달리, 두 번째 부류의 남성에게서 여성은 완전히 배제되지 않기 때문이다.* 그러나 이 두 번째 부류의 남성은 여성을 사랑하는 여성, 그 여성이 그들에게 젊은 남성을 갖게 해 주는 여성을 원하며, 또 그 젊은 남성과 함께 더 큰 쾌락을 맛보기를 원한다. 나아가 그들은 남성과 함께 느끼는 동일한 쾌락을 그 여성과 더불어 느끼기도 한다. 그러므로 첫 번째 부류의 남성을 사랑하는 이들에게서 질투는 그들이 남성과 더불어 맛보는 쾌락, 그들에게 유일하게 배신으로 여겨지는 그런 쾌락에 의해서만 자극을 받는다. 왜냐하면 그들은 여성과는 사랑을 나누지 못하고, 또 오로지 관습에 의해서만, 또 결혼의 가능성을 유지하기 위해서만 사랑을 해 왔으므로, 그 사랑이 주는 쾌락을 상상하지 못하며, 그들이 사랑하는 사람이 그러한 쾌락을 맛보는 것도 도저히 견디지 못한다. 반면 두 번째 부류의 남성은 흔히 여성과의 사랑을 통해 질투를 유발한다. 그 이유는 그들이 여성과 갖는 관계에서, 여성을 좋아하는 여성을 위해 상대 여성의 역할을 하며, 또 그 여성은 그들이 남성에게서 발견하는 것과 거의 동일한 것을 주기 때문인데, 그 결과 질투에 사로잡힌 친구는 자신이 사랑하는 남성이 그에게는 거의 남성이나 다를 바 없는 여성에게 빠졌다고 느끼는 동시에, 그 남성이 자신으로부터 빠져나간다고 느끼면서 괴로워하게 되는

---

* 여기서 첫 번째 부류는 소심한 자들로 남성의 얼굴을 응시하는 것으로 만족하는 자이며, 두 번째 부류는 보다 격렬한 관능의 소유자들로 육체의 정확한 지점에서 쾌락을 느끼는 자들이다.

것이다. 왜냐하면 이런 여성에게 그는 뭔가 자신은 모르지만 일종의 여성이기 때문이다. 또한 어린아이 같은 짓으로 친구들을 괴롭히고 부모를 놀래 주기 위해 여자 원피스와 비슷한 옷을 고르고 입술에 루주를 바르고 눈을 검게 칠하는 데 열중하는 그런 미친 젊은이들 얘기는 하지 말자. 그들의 얘기는 잠시 접어 두기로 하자. 왜냐하면 그들은 자신들의 성적 욕망으로 인한 형벌을 지나치게 가혹하게 짊어질 사람들로, 포부르생제르맹의 젊은 여인들로 하여금 스캔들을 일으키고, 온갖 관습과 절연한 채 그들의 가족을 우롱하는 삶을 살도록 부추기다가, 내려가는 것이 재미있다고 생각해서, 아니 내려가는 것을 멈출 수 없어 그대로 굴러떨어지는 비탈길을 드디어는 어느 날인가 끈기 있게 다시 올라가 보기로 결심하지만 결코 성공하지 못하게 하는 그런 동일한 악마에 사로잡혀, 자신들이 저질렀던 죄를 보속하려고 엄격한 신교도의 태도로 평생을 헛되이 보내는 모습을 뒤에서 보게 될 것이기 때문이다. 끝으로 고모라와 계약을 맺은 사람들의 얘기도 뒤로 미루자. 샤를뤼스 씨가 그들을 알게 되는 날 우리는 다시 그 얘기를 할 것이다. 차례가 되면 이런저런 다양한 모습으로 나타날 이 모든 사람들의 얘기는 제쳐 두고, 현재로서는 이 첫 번째 얘기를 마치기에 앞서 조금 전에 시작한 고독자들에 관해 한마디 덧붙이고자 한다. 고독자들은 자신들의 악덕을 실제보다 예외적인 것으로 간주하면서, 그저 남들보다 오랫동안 그것을 의식하지 못한 채 자기 안에 간직하고 있다가, 그 사실을 깨달은 날부터는 홀로 살기 위해 떠난다. 처음에는 아무도 그가 성도착자인지 시인인지 속물인지 악인인지 알지 못하기 때문이다. 연애시를 배우거나 외설적인 그림을 바라보던 중학생이, 그때 만약 같은 반 친구의 몸에 닿기라도 한다면 한날 여성에 대한 욕망과 동일한 욕망 속에서 그 친구와 소통한다고 생각했으리라. 자신이 느끼는 것의 실체를 라파예트 부인과 라신, 보들레르, 월터 스콧을 읽으면서 인지하는데, 어떻게 자신이 남들과 비슷하지 않다고 믿을 수 있단 말인가? 비록 자신이 지어낸 것을 거기에 덧붙이며, 감정이 같아도 그 대상은 다르며, 또 자신이 다이애나 버논이 아니라 롭 로이*를 욕망한다는 사실을 이해하기에는 아직 스스로를 관찰하는 힘이 많이 부족하지만 말이다. 지극히 명료한 지성의 관점보다는 자신을 방어하려는 본능적인 신중함에서 행동하는 그들 대다수에게서, 방의 거울과 벽은 여배우들의 싸구려 컬러 사진에 덮여 보이지 않는다. 그들은 이런 시를 쓴다.

이 세상에서 나는 오로지 클로에만을 사랑하네.
그녀는 성스러우며 금발이라네.
그녀에 대한 사랑으로 내 가슴은 벅차오르네.

우리는 이런 이유로 어린아이의 금발이 나중에 짙은 갈색 머리가 되듯이, 그들에게서 더 이상 전혀 찾아볼 수 없는 취향

* 『롭 로이』(1817)는 월터 스콧의 역사 소설로, 스코틀랜드의 전설적인 무법자 롭 로이가 다이애나 버논과 프랭크 오스발디스톤의 사랑을 도와주는 내용이다.

의 원인을 그런 삶의 초기에 위치시켜야 할까? 여배우들의 사진이 위선의 시작이며, 다른 성도착자들에게는 또한 혐오감의 시작이 아닌지 누가 알겠는가? 그러나 고독자는 바로 이런 위선에 괴로워하는 자들이다. 어쩌면 또 다른 집단인 유대인의 예를 들어 봐도, 교육이 그들에게 미치는 힘이 얼마나 취약한지, 또 그들이 어떤 방법을 써서라도, 어쩌면 자살과 같은 끔찍한 행동이 아니라(이런 미치광이들은 아무리 주의를 기울여 봐야 다시 본래 상태로 돌아가기 마련이어서, 강물에 몸을 던진 것을 구해 놓으면 곧 다시 독약을 먹거나 권총을 구입한다.) 다른 종족의 인간들은 이해하거나 상상하지도 못하는 삶, 오히려 고독자에게 필요한 쾌락을 증오할 뿐만 아니라 그 빈번한 위험과 지속적인 수치심이 고독자 자신에게도 혐오감을 불러일으키는 그런 삶으로 되돌아가려고 하는지를 설명하기에는 부족할 것이다. 어쩌면 이런 고독자를 묘사하기 위해 우리는 아마도 길들지 않은 동물이나 길들였다고 믿지만 여전히 사자로 남아 있는 새끼 사자, 혹은 백인의 편안한 삶에 절망하며 야생적인 삶의 위험이나 그 이해하기 힘든 기쁨을 선호하는 흑인을 생각해 봐야 할지도 모른다. 자신의 정체가 드러나 다른 사람들과 스스로에게 더 이상 거짓말하는 게 불가능하다는 사실을 깨닫는 날이 오면, 그들은 자신의 괴물 같은 모습에 대한 공포, 혹은 유혹의 두려움 때문에 같은 부류의 사람들을 피하면서(그렇게 많지 않다고 생각되는), 또 수치심 때문에 나머지 다른 사람들을 피해 시골에서 살기 위해 길을 떠난다. 진정한 성숙에는 결코 이르지 못하는 그들은 우울증에 빠지고, 그래서 가끔 달이 뜨지 않은 어느 일요일, 길을 따라 산책을 나갔다가 갈림길에 이르면, 때마침 이웃 성관에 사는 유년 시절의 친구 하나가, 서로 한마디도 하지 않았지만, 이미 와서 그들을 기다린다. 그러면 그들은 어둠 속 풀 위에서 한마디 말도 없이 예전의 놀이를 다시 시작한다. 그리고 다음 주 그들은 서로의 집을 찾아가지만, 그들 사이에 있었던 일에 대해서는 한마디도 비치는 일 없이, 마치 자기들이 정확히 아무 짓도 하지 않았다는 듯이, 다시는 결코 어떤 짓도 하지 않으리라는 듯이 그저 아무 얘기나 지껄이지만 그들의 관계에는 약간의 냉랭함과 빈정거림과 원망과 짜증이, 때로는 미움이 서린다. 그러다 이웃에 사는 친구는 말이나 나귀를 타고 조금은 고된 여행길을 떠나 산꼭대기에 올라가 눈 속에서 잠을 잔다. 자신의 악덕을 나약한 기질과, 소심하고 집 안에 틀어박히기 좋아하는 생활 탓이라고 여기던 혼자 남은 친구는, 해발 수천 미터 고도에서 해방된 그 이웃 친구를 보며 악덕이 이제 더 이상 지속되지 않으리라는 것을 깨닫는다. 사실 그 이웃 친구는 결혼한다. 그렇지만 버림받은 자의 병은 낫지 않는다.(우리가 나중에 보게 될 테지만 성도착이 치유되는 경우에도.) 아침이면 그는 부엌에서 우유 배달 소년으로부터 신선한 크림을 직접 받기 원하며, 저녁이면 지나친 욕망으로 흥분하여 길을 헤매다가 술주정뱅이를 만나 바른 길로 안내해 주든가, 앞을 보지 못하는 장님의 헐렁한 옷을 고쳐 주기도 한다. 물론 어떤 성도착자의 삶은 때때로 변한 듯 보여, 악덕이(그렇게들 말하는) 그들의 습관에 나타나지 않기도 한다. 그러나 그 경우에도 악덕은 완전히 소멸

되지 않는다. 숨겨진 보석은 언젠가 다시 모습을 드러내는 법. 병자의 소변 양이 줄어드는 것은 바로 땀을 많이 흘렸기 때문이지만 배출은 항상 이루어져야 한다. 어느 날 동성애자 한 사람이 사촌을 잃고, 그러면 당신은 그의 달랠 수 없는 고통을 보면서 어쩌면 순결한 사랑, 또 상대를 소유하기보다는 존경심을 유지하려는 이런 사랑 속으로 욕망이 항목 변경에 의해 이동했음을 깨닫는데, 이는 마치 예산을 짤 때 총액은 달라지지 않은 채 몇몇 지출이 다른 회계 연도로 넘어가는 것과 마찬가지다. 병자에게 두드러기가 나면 잠시 그로 인해 몸의 일상적인 불편함이 사라지듯, 어린 친척에 대한 순수한 사랑이 일시적인 전이(轉移)를 통해 성도착자의 습관을 대체하며, 이 습관은 머잖아 그것이 대신하고 치유했던 병의 자리를 되찾게 될 것이다.

그동안 고독자의 이웃인 결혼한 친구가 돌아온다. 그리하여 그들 부부를 초대해야 하는 날, 그는 젊은 아내의 아름다움과 남편이 아내에게 보여 주는 다정한 모습을 보면서 자신의 과거를 부끄러워한다. 이미 임신 중인 아내는 남편을 두고 일찍 돌아가야 한다. 집에 돌아갈 시간이 되자 남편은 친구에게 조금 데려다주기를 부탁하고, 처음에는 어떤 의혹도 그의 머리를 스치지 않았지만, 갈림길에 이르자 곧 아기 아버지가 될 등산가가 한마디 말도 없이 그를 풀밭 위로 쓰러뜨린다. 이 일로 만남은 다시 시작되어 젊은 여인의 남자 사촌이 그리 멀지 않은 곳으로 이사 오는 날까지 계속되는데, 그 후로 남편은 항상 그 사촌하고만 산책을 한다. 또 남편은 버림받은 친구가 저녁에 자기를 보러 와서 가까이 다가오려고 하면 격노하고, 친구가 이제는 역겨움만을 불러일으킨다는 사실도 간파하지 못한다면서 화를 내며 밀어낸다. 그렇지만 한번은 이 불충한 이웃이 보낸 낯선 사람이 찾아온다. 그러나 버림받은 친구는 너무 바쁜 탓에 그를 집 안에 들이지 못하고, 그 낯선 이가 무슨 목적으로 왔는지를 나중에야 깨닫는다.

그리하여 고독자는 홀로 초췌해져 간다. 근처 해수욕장에 가서 어느 철도원에게 뭔가를 물어보는 일 말고는 별다른 즐거움을 갖지 못한다. 하지만 그 철도원마저 승진하여 프랑스 다른 끝으로 발령을 받는다. 고독자는 이제 그에게 기차 시간이나 일등실 요금을 물으러 갈 수 없으며, 그래서 그리젤다* 처럼 자신의 탑 속에 돌아가 꿈을 꾸기 전에 해변을 서성인다. 어떤 아르고 원정대 용사도 구하러 오지 않는 그 기이한 안드로메다**처럼, 모래 위에서 죽어 가는 메마른 해파리처럼 서성인다. 또는 기차가 출발하기 전 플랫폼에 남아 느긋하게 여행자들의 무리를 향해 시선을 던지는데, 이 시선은 다른 종족에 속한 여행자들의 눈에는 냉담하고 거만하며 혹은 방심한 듯 보이겠지만, 몇몇 곤충이 같은 종류의 곤충을 유인하기 위해 자신을 치장하는 그런 반짝이는 광채나, 혹은 몇몇 꽃들

* 그리젤다 또는 그리셀리디스는 중세 전설과 『데카메론』에 나오는 여인으로, 정절과 순종의 미덕을 상징한다.

** 안드로메다에 대해서는 『잃어버린 시간을 찾아서』 1권 232쪽 주석 참조. 그러나 안드로메다를 구하러 온 것은 이 소설에서 말하는 것처럼 아르고 원정대의 용사가 아닌, 메두사를 퇴치하고 돌아오던 페르세우스였다.

이 꽃을 수정해 줄 곤충을 유인하려고 뿜어내는 꽃꿀처럼, 그에게 제공된 너무도 특이하고 알아보기 힘든 쾌락의 희귀한 애호가, 그와 더불어 역의 플랫폼에 서 있던 우리 전문가가 그들만의 기이한 언어를 말할 수 있는 그런 동업자의 눈은 결코 속이지 못한다. 이런 언어에 기껏해야 플랫폼의 어느 누더기 입은 자만이 물질적 이득을 얻으려는 생각에, 마치 콜레주 드 프랑스에서 청강생 하나 없이 떠들어 대는 산스크리트어 교수의 강의실에 그저 몸이나 덥히려고 강의를 들으러 오는 사람처럼, 관심을 보이는 척할 것이다. 해파리, 오르키데*! 발베크에서 본능적인 것만을 좇을 때에는 해파리가 역겨웠다. 그러나 미슐레**처럼 박물학과 미학적 관점에서 해파리 보는 법을 알고 나자, 내 눈에는 해파리가 흡사 아름다운 하늘색 꽃 줄처럼 보였다. 그것은 투명한 벨벳 꽃잎을 지닌 바다의 연보랏빛 오르키데가 아닐까? 동물계와 식물계의 수많은 생물들처럼, 그러나 그 안에 남성 기관이 격막으로 여성 기관과 분리되어 있어 벌새나 작은 꿀벌이 꽃가루를 날라 주든가 아니면 사람이 인공적으로 수정해 주지 않으면 열매를 맺지 못하

---

* 오르키데(orchidée)의 그리스어 어원은 남성의 성기를 의미하는 orchis이다. 그러나 꽃 모양은 여성의 성기처럼 닫혔다 열렸다 한다 하여 여성성을 환기하는 것으로 간주되기도 한다. 그러므로 이런 오르키데의 양성성이 문맥의 이해에 필수적인 경우를 제외하고는 그냥 난초꽃으로 옮겼음을 밝혀 둔다.

** 미슐레는 『바다』(1861)에서 해파리를 묘사하면서 "이토록 매력적인 존재에게 왜 이렇게 끔찍한 이름을 붙였을까?"라는 물음을 던진다.(『소돔』, 폴리오, 551쪽 참조.) 프랑스어로 해파리(méduse)와 그리스 신화에 나오는 메두사(Méduse)는 동음이의어다.

는 그런 바닐라를 생산하는 식물처럼,* 샤를뤼스 씨는(여기서 수정이란 단어는 정신적인 의미에서 이해되어야 한다. 남성과 남성의 육체적 결합은 아무것도 생산하지 못하지만, 한 개인이 음미할 수 있는 유일한 쾌락을 접하게 해 주며, 또 "여기 이 세상 모든 영혼이 그의 음악과 불꽃과 혹은 향기를"** 누군가에게 줄 수 있다는 점에서는 중요하기 때문이다.) 예외적인 존재라고 불릴 만한 사람 가운데 하나였다. 왜냐하면 아무리 그런 사람들의 수가 많다 해도, 다른 사람에게는 그토록 쉬운 성적 욕망의 충족이 너무도 많은 조건의 일치를 필요로 하여 사람을 만나기가 너무 어려웠기 때문이다. 샤를뤼스 씨 같은 사람들에게서(또 독자는 이미 예감했을 테지만 앞으로 이 책에서 조금씩 보게 될 것으로, 쾌락의 필요 때문에 절반의 쾌락으로 만족하고 감수하는 타협이 이루어진다는 조건 아래) 상호적 사랑은 보통 사람들에게서 찾아볼 수 있는 매우 크고 때로는 극복하기 힘든 어려움 외에도 지극히 특별한 어려움을 추가하므로 모든 이들에게서 항상 드물게 느껴지는 것이 그들에게는 거의 불가능한 것이 되어, 그리하여 그들의 생각에 진정으로 행복한 만남이, 또는 자연에 의해 그렇게 보이는 만남이 이루어진다면, 그들의 행복은 정상

---

* 바닐라에 대해서는 『잃어버린 시간을 찾아서』 6권 136쪽 참조. 암꽃, 수꽃, 양성의 꽃이 달린 이 식물은 1841년 레위니옹 섬의 한 흑인 노예가 바늘 끝으로 처음 수정하는 방법을 발견했다.

** 빅토르 위고의 『마음의 목소리』(1837)에 나오는 시로 이렇게 시작된다. "여기 이 세상 모든 영혼이/ 그의 음악과 불꽃을/ 혹은 향기를 (……)/ 누군가에게 주느니."(『소돔』, 폴리오, 552쪽에서 재인용.) 레날도 안은 1880년 이 시에 의거해 「몽상」이란 곡을 작곡했다.

적인 연인이 느끼는 행복을 훨씬 뛰어넘는 뭔가 경이롭고도 선택받은, 지극히 필연적인 것이 된다. 캐풀릿 가와 몬터규 가*의 반목은, 옛 조끼 재봉사가 얌전하게 사무실에 가려고 하다가 배가 불룩 나온 50대 남자에게 현혹되어 비틀거리기 전까지 극복한 온갖 종류의 방해나, 사랑을 가져다준 그 평범하지 않은 우연에 자연이 치르게 한 특별한 도태(淘汰) 작업에 비하면 아무것도 아니다. 이 로미오와 이 줄리엣은 그들의 사랑이 한순간의 변덕이 아니라 기질의 조화로움을 통해, 그것도 자신의 기질뿐 아니라 조상들의 기질, 아주 오래된 유전적 기질을 통해 미리 준비되어 온 진정한 운명이며, 그리하여 그들과 맺어지는 존재는 출생 이전부터 그들에게 속했고, 우리의 전생(前生)을 보냈던 세계를 지배하는 힘에 비교할 만한 힘으로 그 마음을 사로잡았다고 생각할 수 있다. 샤를뤼스 씨는, 난초꽃이 오래전부터 기다려 오던 일종의 기적이라고 할 수 있는, 그토록 사실임 직하지 않은 우연을 통해서만 받을 수 있는 꽃가루를 벌이 가져왔는지 보려고 한 나의 주의력을 다른 곳으로 돌리게 했다. 그러나 방금 내가 목격한 장면 역시 그와 거의 동일한 종류의, 아니 그에 못지않은 경이로운 기적이었다. 그 만남을 이런 관점에서 보는 순간, 모든 것은 아름다움으로 각인된 듯 보였다. 수꽃이 암꽃에서 너무 멀리 떨어져 있어 곤충 없이는 수정할 수 없으므로 곤충에게 꽃

* 셰익스피어의 『로미오와 줄리엣』에 나오는 베로나의 명문가다. 로미오는 몬터규 가, 줄리엣은 캐풀릿 가에 속한다.

의 수정을 강요하려고 자연이 발명해 낸 가장 경이로운 술책들, 바람이 꽃가루를 운반하고 꽃가루를 수꽃에서 보다 쉽게 떨어지게 하여 지나는 길에 암꽃이 꽃가루를 쉽게 붙잡을 수 있도록 해 주면서 곤충을 유인할 필요가 없으므로 더 이상 필요치 않은 꽃꿀의 분비와 곤충을 끄는 꽃부리의 광채조차 제거하는 술책, 또 꽃이 그 자체로서만 열매를 맺을 수 있는 경우 거기 필요한 꽃가루를 위해서만 보존되도록 다른 꽃가루에게 면역시키는 액체를 분비케 하는 술책, 이 모든 술책은 내 눈에 나이가 들어 가는 성도착자에게 사랑의 쾌락을 보장하도록 운명 지어진 다른 성도착자의 하위 변종의 삶보다 경이로워 보이지 않았다. 그들은 모든 남자에게 끌리는 것이 아니라 — 마치 '털부처꽃(Lythrum salicaria)'*처럼, 화주의 길이가 다른 세 형태의 암술을 가진 꽃의 수정을 조절하는 현상과 비교할 만한 그런 일치와 조화 현상에 의해 — 자기보다 훨씬 나이가 많은 남자들에게만 끌린다. 쥐피앵은 지금 막 이런 하위 변종의 사례를 내게 제공해 주었으며, 그것은 다른 사례에 비하면 눈에 잘 띄지 않지만, 모든 인간 식물 채집가나 모든 정신 식물학자가 그 희귀성에도 불구하고 관찰할 수 있는 사례로, 다른 젊은이들의 제안에는 무관심한 채 건장하고 배가 나온 50대 남자의 제안만을 기다린 한 나약한 젊은 남자에 의해 제시될 것이다. 이는 마치 짧은 암술대를 가진 '앵초

---

* 직립한 줄기에 털이 났다 하여 털부처꽃이라고 불린다. 그것의 학명에서 lythrum은 '꽃이 피처럼 붉다'는 뜻이며, salicaria는 '버드나무 속의 잎과 비슷하다'는 뜻이다.

(Primula veris)'* 같은 자웅 동주**의 꽃이, 긴 암술대를 가진 앵초의 꽃가루를 즐겁게 받아들이면서도, 그 역시 짧은 암술대를 가진 다른 앵초에 의해 수정될 때라야 열매를 맺는 것과도 흡사하다. 샤를뤼스 씨로 말하자면, 게다가 훗날 알게 된 일이지만, 그의 결합 형태는 여러 종류였는데, 그중 어떤 것은 다양하고 거의 지각되지 않을 정도로 즉각적으로 이루어진다는 점, 또 특히 두 배우 사이에 접촉이 없다는 이유로, 결코 닿을 수 없는 이웃집 꽃의 꽃가루에 의해 수정되는 그런 정원의 꽃들을 연상시켰다. 사실 어떤 사람들은 자기 집에 오게 하여 몇 시간 동안 자기 주도하에 이야기만 나누어도 어느 만남에서 불붙었던 욕망을 진정시키는 데 부족함이 없었다. 이야기를 나누는 것만으로도 그들의 교접은 적충류***에게서처럼 그렇게 쉽게 이루어졌다. 때로는 게르망트네 만찬 후에 불려갔던 밤에 남작이 나에게 했던 것처럼, 방문객의 면전에 격렬한 훈계를 던지면서 욕망을 충족하기도 했다. 이는 마치 몇몇 꽃이 무의식적으로 공범이 된 그 당황한 곤충에게 어떤 충동적 에너지 덕분에 멀리서 꽃가루를 뿌리는 것과도 같다. 욕망의 피지배자에서 지배자가 된 샤를뤼스 씨는 불안이 가시고 마

---

* 앵초꽃의 어원인 라틴어 프리물라 베리스(Purimula veris)는 '봄에(veris) 처음으로(primula) 피는 꽃'이란 의미이다.

** 대부분의 동물에서 암컷과 수컷이 따로 있는 것과 달리 식물은 암꽃과 수꽃이 한 개의 식물 안에 있는 경우가 많은데 이를 자웅 동주라고 하며 동물인 경우에는 자웅 동체라고 한다.

*** 오늘날에는 원생동물 섬모충강으로 분류되는 이 미세 동물은 말린 풀의 침에서 나왔다 하여 이런 이름이 붙었다.

음이 진정되었다고 느끼자 바로 성적 매력을 상실한 것처럼 보이는 방문객을 내쫓았다. 끝으로 성도착 자체는 성도착자가 여성과 유리한 관계를 가지려고 여성과 지나치게 비슷해지는 데서 연유하므로 그 결과 많은 자웅 동주의 꽃은 수정하지 못하고, 다시 말해 자가 수정의 불임 상태로 남는 그런 상위 법칙에 결부된다. 남성을 찾는 성도착자들이 대개 그들처럼 여성화된 성도착자로 만족하는 것은 사실이다. 그러나 그들이 여성에 속하지 않는 것만으로도 충분하며, 이는 그들이 자기 몸 안에 가지고 있는 여성의 배아를 사용할 수 없기 때문이다. 이런 현상은 수많은 자웅 동주 꽃이나, 달팽이처럼 스스로 수태할 수는 없지만 다른 자웅 동체 동물에 의해 수태할 수 있는 몇몇 자웅 동체 동물에서도 찾아볼 수 있다. 이렇게 해서 고대의 동양이나 그리스 황금시대에 기꺼이 자신들을 결부시키는 성도착자들은, 자웅 이주의 꽃도 단성 동물*도 존재하지 않았던 더 오랜 시험 시대에, 즉 여성을 해부해 보면 초보적인 남성 기관의 흔적이, 남성을 해부해 보면 여성 기관의 흔적이 보존되어 있는 듯 보이는 최초의 자웅 동체 시대에 그 기원을 두고 있는지도 모른다.** 쥐피앵과 샤를뤼스

---

* 자웅 이주란 은행나무처럼 암꽃과 수꽃이 각기 다른 그루에 생기는 것으로 암수딴그루라고도 한다. 이에 반해 단성 식물은 오이나 호박처럼 한 개의 꽃 안에 암술 혹은 수술만 있는 것을 가리키며, 단성 동물은 암수 어느 하나의 생식 기관만을 가진 동물을 가리킨다.

** 플라톤의 『향연』에서 아리스토파네스는 동성애가 사랑에서 비롯되었다고 주장한다. 즉 태초에 인간의 성은 남성과 여성 그리고 제3의 성인 남녀 성이 있었으며, 그리고 남성의 몸은 남성 두 사람이, 여성의 몸은 여성 두 사람이, 남녀

씨의 몸짓도 처음에는 잘 이해되지 않았지만, 이제 다윈에 따르면 국화과라고 지칭되는 꽃들이 곤충을 유혹하려고 어쩌면 멀리까지 그 모습을 보이기 위해 두상꽃차례*의 꽃 부분을 높이 쳐드는 몸짓만큼이나 나의 관심을 끌었는데, 이는 흡사 어떤 암술대의 길이가 다른 꽃이 곤충에게 길을 내주려고 수술을 뒤집거나 구부리는 혹은 세정수를 제공하는 몸짓, 아니면 단지 꽃가루의 향기나 꽃부리의 광채가 이 순간 곤충을 마당 안으로 유인했던 몸짓과도 같았다. 그날부터 샤를뤼스 씨는 빌파리지 부인 댁에 방문하는 시간을 변경해야 했는데, 다른 곳에서보다 쥐피앵을 편하게 만날 수 없어서가 아니라, 내게도 그러했던 것처럼 오후 햇살과 관목의 꽃이 아마도 그의 추억과 연결되어서였을 것이다. 게다가 그는 쥐피앵네 식구들을 빌파리지 부인과 게르망트 공작 부인, 모든 찬란한 고객들에게 추천하는 데서 그치지 않았으며, 그리하여 귀부인들은 수를 놓는 조카딸에게 대단한 열성을 보였는데, 그중 몇 명은 남작의 말에 저항하거나 조금 지체했다는 이유만으로도 본보

---

성은 남성과 여성이 등을 맞대고 붙어 있었다고 한다. 그러다 제우스가 이들을 달걀 가르듯이 절반으로 가른 후부터 자신의 잃어버린 반쪽을 그리워하며 살아간다는 것이다. 성의 분리에 대한 다윈의 학설도 이런 '초기의 자웅 동성'을 이용해 성도착을 설명한다. 식물이나 자연에 의한 이와 같은 설명은 성도착을 결백한 것으로 만들지만, 질 들뢰즈가 지적했듯이 프루스트의 이론은 19세기 말의 의학처럼 자연에 반하는 악덕의 개념으로서의 성도착과, 질병의 개념으로서의 성도착 사이에서 흔들리는 모호성을 보이고 있다.(『소돔』, 폴리오, 552쪽 참조.)

* 국화꽃처럼 여러 개가 모여 머리 모양을 이루면서 하나의 송이처럼 보이는 꽃을 가리킨다.

기를 보여 주기 위해, 혹은 그의 분노를 불러일으켰다 해서, 혹은 그가 지배하려는 시도에 반기를 들었다 해서 남작에게 끔찍한 보복의 대상이 되었으므로, 부인들은 더욱 열성을 보일 수밖에 없었다. 남작은 쥐피앵의 자리를 보다 수익성 많은 자리로 만들어 주다가 마침내 자신의 비서로 삼았고, 우리가 훗날 보게 될 환경에 안착시켰다. "아! 행복한 사람이야, 쥐피앵은." 하고 사람들이 표하는 호의가 자신을 향한 것이냐, 남들을 향한 것이냐에 따라 그 호의를 축소하거나 과장하는 경향이 있는 프랑수아즈가 말했다. 게다가 그녀는 정말로 쥐피앵을 좋아해서 과장할 필요나 시기심 같은 것도 느끼지 않았으므로 "남작은 참 좋은 분이셔."라고 덧붙였다. "정말로 훌륭하고 신앙심도 깊고, 정말로 품위 있는 분이셔! 내게 시집보낼 딸이 있고, 또 내가 돈 많은 세계의 사람이라면 남작님에게 눈 딱 감고 딸을 드릴 텐데." "하지만 프랑수아즈," 하고 어머니가 부드럽게 말했다. "당신 딸에겐 남편이 많겠어요. 이미 쥐피앵에게 딸을 주겠다고 약속한 걸 기억해 봐요." "아! 저런!" 하고 프랑수아즈가 대답했다. "남작님도 여자를 행복하게 해 줄 분이라서요. 부자로 태어나든 가난뱅이로 태어나든 본성은 어쩌지 못하는 법이죠. 남작님과 쥐피앵은 같은 종류의 사람이에요."

게다가 그때 나는 이런 첫 번째 계시와 직면하여 그토록 신중하게 선택된 결합의 성격을 지나치게 과장해서 생각했는지도 모른다. 물론 샤를뤼스 같은 부류의 남자들은 삶의 가능성과 어떤 타협도 하지 않고 다른 부류의 남성, 즉 여성을 좋아하는 남성(또 그 결과 그를 사랑할 수 없는 남성)의 사랑을 추구하는 특별한 사람들이다. 난초꽃이 벌에게 수작을 부리듯, 쥐피앵이 샤를뤼스 씨의 주위를 맴도는 모습을 목격하며 내가 안마당에서 생각했던 것과 달리, 우리가 동정하는 이런 예외적인 존재들의 수는 무척 많으며, 끝에 가서야 밝혀질 어떤 이유 때문에 이 작품이 전개되는 과정에서 알게 되겠지만, 또 그들 자신도 자기들이 소수가 아니라 지나치게 많다는 사실을 한탄한다. 왜냐하면 「창세기」가 말하듯, 사람들의 울부짖음이 하느님에게까지 닿았으므로 소돔 주민이 정말로 온갖 잘못된 짓을 저질렀는지를 알기 위해 두 명의 천사를 성문에 보낸 것은 — 우리는 이런 사실을 기뻐할 수밖에 없지만 — 매우 잘못된 선택이었으며, 하느님은 그 임무를 차라리 소도미스트* 에게 맡겼어야 했기 때문이다. 소도미스트라면, "여섯 명의 아이를 가진 아비입니다. 정부가 둘입니다."와 같은 변명에도 그 번쩍이는 불 칼**을 관대하게 거두지 않고 형벌도 감해 주지 않았으리라. 그는 이렇게 대답했을 것이다. "그래, 네 아내는 가혹한 질투의 고문으로 시달렸겠구나. 설령 그 여인들이 고모

* 소도미스트(Sodomiste)란 구약 성서의 Sodome이란 도시에서 유래한 말로, 「창세기」 19장에는 하느님이 보낸 천사들에게 소돔 주민이 나쁜 짓을 하려고 했다는 점 외에는 구체적으로 그 죄악이 명시되어 있지 않다. 그 후 유대인의 묵시록 등 여러 문헌에 나타난 바에 따라 이 단어는 변태적 성행위(sodomie)를 하는 자를 가리키게 된다. 이 글에서는 문맥에 따라 소도미스트 혹은 남색가로 옮기고자 한다.

** 번쩍이는 불 칼을 가진 천사는, 소돔과 고모라의 멸망을 지켜볼 때가 아니라, 아담과 하와가 에덴동산에서 쫓겨날 때 나타난다.(「창세기」 3장 24절)

라에서 선택되지 않았다 해도, 너는 너의 밤을 헤브론*의 양떼를 지키는 녀석과 보냈겠지." 그러고는 가던 길에서 곧장 걸음을 돌려 소돔으로 가서 그 마을을 불과 유황의 비로 멸망시켰으리라. 반대로 모든 수치스러운 소도미스트들은 도망치도록 허용되었으며, 비록 젊은 소년 하나가 눈에 띄어 롯의 아내처럼 뒤를 돌아본다 해도 그 때문에 그들이 그녀처럼 소금 기둥으로 변하지는 않았으리라.** 그리하여 그들에게는 많은 후손들이 생겼으며, 또 그 후손들에게서 마치 방탕한 여인이 진열장 뒤에 전시된 구두를 보는 척하면서 대학생 쪽으로 머리를 돌리듯이 그 몸짓은 상습적인 것으로 남아 있었다. 이런 소도미스트의 후손들은 너무도 수가 많아 「창세기」가 말하는 또 다른 시구인 "땅의 먼지를 셀 수 있는 자라야 네 후손도 셀 수 있을 것이다."***를 그들에게 적용할 수 있을 정도다. 그들은 지구 전체에 정착하여 모든 직업에 종사하면서 가장 폐쇄적인 클럽에 가입한다. 만약 어느 소도미스트의 가입이 거부된다면, 그 거부는 대다수의 소도미스트가 던진 반대표 때문으

---

* 헤브론은 예루살렘 남쪽에 있는 성지로, 아브라함을 위시한 이스라엘 족장들의 무덤이 있는 곳이다. 아랍어로 '벗'이란 의미를 가진 이 도시는 오랫동안 유대 지방의 수도였다.

** 「창세기」 18~19장에 나오는 이 이야기를 요약해 보면, 소돔과 고모라를 벌하려는 하느님께 롯이 간청하자 하느님은 의인 열 명만 있어도 멸망시키지 않겠다고 약속한다. 그러나 롯이 약속을 지키지 못하자 하느님은 도시를 파괴하려 한다. 그러자 천사들이 롯과 가족들에게 도망치라고 말하면서 절대로 뒤를 돌아보지 말라고 명하나, 롯의 아내는 뒤를 돌아보다 소금 기둥으로 변한다.

*** 「창세기」 13장 16~17절.

로, 그들은 조상들에게서 저주받은 도시를 떠나게 만들었던 거짓말을 물려받았으므로 소도미를 단죄하는 데 세심한 주의를 기울인다. 그들도 언젠가 그 도시로 돌아갈 수 있다. 물론 그들은 모든 나라에서 동양적이며 교양 있고 음악을 좋아하고 남을 비방하기 좋아하는 집단을, 매력적인 장점과 참기 어려운 결점을 가진 집단을 형성할 것이다. 우리는 다음 부분에서 그들을 보다 깊이 있는 모습으로 만나게 될 것이다. 그러나 지금은 잠정적으로나마 시온주의* 운동을 장려했던 것과 같은 방식으로 소도미스트 운동을 일으켜 소돔을 재건하려는 그 치명적인 과오를 미연에 방지하고 싶었을 뿐이다. 그런데 소도미스트들은 소돔에 도착하자마자 소돔 주민이 아니라는 듯한 표정을 지으면서, 그곳을 떠나 다른 도시에서 아내를 얻고 정부를 두고, 더 나아가 그들에 적합한 온갖 오락거리를 찾아낼 것이다. 그들은 도시가 텅 비고, 굶주림이 늑대를 숲에서 나오게 하는 그런 지극한 필요를 느끼는 날에만 소돔에 갈 것이며, 다시 말해 모든 것은 결국 런던과 로마, 페트로그라드** 와 파리에서처럼 행해질 것이다.

여하튼 그날, 나는 공작 부인을 방문하기 전에 그토록 멀리까지는 생각해 보지 못했으며, 쥐피앵과 샤를뤼스의 결합을

---

* 시온주의를 실천하는 사람을 가리키는 시오니스트와 소도미스트가 가지는 음성학적 유사성은 프루스트에게서 유대인과 동성애 테마가 밀접하게 연관되었음을 보여 준다.

** 지금의 상트페테르부르크를 말한다. 1914년에 페트로그라드로 개칭되었다가 1991년 본래 이름을 되찾았다.

지켜보느라 어쩌면 벌이 꽃을 수정하는 모습을 놓쳤을지 모른다는 사실이 안타깝게 느껴졌다.

# 2부

# 1장

사교계에서의 샤를뤼스 씨 — 어떤 의사 — 보그베르 부인의 특징적인 얼굴 — 아르파종 부인과 위베르 로베르의 분수, 블라디미르 대공작의 유쾌함 — 아몽쿠르 부인, 시트리 부인, 생퇴베르트 부인 등등 — 스완과 게르망트 대공의 기이한 대화 — 전화 속의 알베르틴 — 발베크에서의 두 번째이자 마지막 체류를 기다리면서 한 방문들 — 발베크 도착 — 마음의 간헐

게르망트 댁에서의 저녁 파티 초대를 확신할 수 없었던 나는 파티 참석을 서두르지 않고 밖에서 한가로이 서성거렸다. 여름의 태양도 나와 마찬가지로 움직임을 서두르지 않는 듯 보였다. 밤 9시가 지났는데도 콩코르드 광장의 룩소르 오벨리스크*에는 해가 분홍빛 누가처럼 드리워져 있었다. 그러다 해가 그 빛깔을 수정하여 금속 물질로 바꾸자 오벨리스크는 더없이 소중한 모습을 띠면서, 보다 가늘고 유연한 빛을 덧붙였다. 어쩌면 사람들이 그 보석을 비틀어 놓은 듯, 아니 이미 가볍게 휘어 놓은 듯했다. 이제 하늘에는 정성껏 껍질을 벗겨 사등분한 오렌지 모양의 달이 조금은 손상된 모양으로 떠 있었

* 파리 콩코르드 광장에는 원래 룩소르 신전에 세워졌던 람세스 2세의 기념비 하나가 서 있는데, 1829년 이집트 총독이 기증하여 1836년 파리에 세워졌다.

다. 하지만 잠시 후면 더없이 단단한 황금으로 만들어진 듯 보일 것이었다. 그 뒤에 홀로 웅크린 가련한 작은 별은 외로운 달의 동반자로서 유일하게 시중들 것이며, 한편 자신의 친구를 보호하면서도 더 대담하게 앞장서는 달은, 마치 저항하기 힘든 무기나 동양의 상징처럼 그 풍만하고도 경이로운 황금빛 초승달을 휘두를 터였다.*

게르망트 대공 부인의 저택 앞에서 나는 샤텔로 공작을 만났다. 삼십 분 전만 해도 초대도 받지 않고 가는 게 아닌가 하는 두려움에 사로잡혀 몹시 걱정했던 일이 — 게다가 금방 다시 사로잡히겠지만 — 더 이상 생각나지 않았다. 우리는 불안해하다가도, 우리를 사로잡는 어떤 오락거리 덕분에 그것을 잊어버리고, 그리하여 위험한 시간이 아주 한참이나 지난 후에야 그 불안했던 마음을 기억해 내곤 한다. 나는 젊은 공작에게 인사를 하고 저택 안으로 들어갔다. 그러나 우선은 곧 있을 일을 이해하게 해 줄 어떤 작은 상황에 대해 얘기하고자 한다.

그날 저녁도 다른 날과 마찬가지로 샤텔로 공작에 대해, 게다가 그가 누구인지 의심하지 않고 깊이 생각하는 사람이 있었는데, 바로 게르망트 부인의 안내원이었다.(당시에는 '큰 소리로 손님을 안내하는 사람'이라고 불렀다.)** 샤텔로 씨는 대공 부인의 내밀한 친구는 아니었지만, 대공 부인의 사촌이었

---

* 여기서 초승달이라고 옮긴 프랑스어의 croissant에는 '낫'과 '초승달'이란 의미가 동시에 담겨 있다. 초승달은 이슬람교의 상징이다.

** 『잃어버린 시간을 찾아서』 2권 238쪽 주석 참조.

으므로 그날 부인의 살롱에 처음 초대받았다. 십 년 전부터 대공 부인과 사이가 틀어졌다가 열흘 전에야 화해한 그의 부모가, 마침 그날 저녁에 파리를 떠나야 했으므로 아들을 대신 보냈던 것이다. 그런데 며칠 전 대공 부인의 안내원은 샹젤리제에서 매력적으로 보이지만, 신원을 식별할 수 없는 젊은이 한 사람을 만났다. 젊은이가 관대한 사람인데도 자신에게 다정하게 대해 주지 않아서가 아니었다. 그렇게 젊은 신사에게 자신이 표해야 한다고 생각했던 온갖 호의를 오히려 그 신사로부터 받았기 때문이다. 그러나 샤텔로 씨는 신중하지 못한 것만큼이나 겁도 많았다. 자기가 상대하는 사람이 누구인지 알지 못했으므로, 그는 더욱 익명성을 유지하기로 결심했다. 만약 상대가 누구인지 알았다면, 더 큰 공포에 — 비록 근거가 없긴 했지만 — 사로잡혔을 것이다. 샤텔로 씨는 영국인으로 통하는 데 만족했고, 대단히 큰 기쁨과 관대함을 빛진 누군가를 다시 보고 싶어 하는 안내원의 온갖 열정적인 질문에도 가브리엘 거리를 따라 걸으면서 "나는 프랑스어를 할 줄 모릅니다.(I do not speak french.)"라고만 대답했다.

비록 게르망트 공작이, 어쨌든 사촌인 대공의 모계 혈통 탓에 게르망트-바비에르 대공 부인의 살롱에서 뭔가 쿠르부아지에 살롱과 유사한 점을 발견하는 척 꾸몄음에도 불구하고,*

* 『잃어버린 시간을 찾아서』 6권 217쪽에 보면 게르망트 대공의 조모가 쿠르부아지에 가문 출신이라는 표현이 나온다.

사람들은 일반적으로 다른 곳에서는 찾아볼 수 없는 살롱의 혁신적인 성격 때문에 대공 부인의 창의적 정신과 지적 우월성을 높이 평가했다. 만찬이 끝난 후 이어지는 대연회가 아무리 중요하다 해도, 게르망트 대공 부인 댁에서는 손님들이 작은 그룹을 이루고, 필요에 따라서는 서로 등을 돌려 앉도록 의자가 배치되었다. 대공 부인은 이런 그룹 중 하나에 다가가, 특별히 좋아한다는 듯 앉으면서 자신의 사교적 감각을 강조했다. 더 나아가 다른 그룹의 손님을 골라 그쪽으로 부르는 일도 주저하지 않았다. 이를테면 대공 부인이 다른 그룹의 자리에서 등을 보이고 앉은 빌뮈르 부인이 얼마나 아름다운 목을 가졌는지 모른다고 드타유 씨*에게 지적하면 드타유 씨는 당연히 이에 동의했고, 그러면 대공 부인은 주저하지 않고 목소리를 높였다. "빌뮈르 부인, 드타유 씨가 위대한 화가로서 당신 목을 찬미하는 중이에요." 빌뮈르 부인은 그 말이 대화로의 직접적인 초대임을 감지했다. 그녀는 승마하던 습관에서 취득한 능란한 솜씨로, 의자를 원의 4분의 3쯤 천천히 회전하여 옆에 앉은 사람을 조금도 방해하는 일 없이 대공 부인의 거의 정면에 마주 앉았다. "드타유 씨를 잘 모르시나요?"라며 손님의 능숙하고도 조심스러운 회전만으로는 충분치 않다고 생각한 여주인이 물었다. "그분은 잘 모르지만 작품은 알고 있어요." 하고 빌뮈르 부인은 존경 어린 표정과 매력적인 말

---

* 드타유 씨에 대해서는 『잃어버린 시간을 찾아서』 6권 197쪽 주석 참조. 그의 「꿈」이란 작품은 애국적인 메시지가 담긴 우의화로 1888년 '살롱'에 전시되어 많은 대중의 호응을 받았으며, 현재는 오르세 미술관에 전시되어 있다.

투, 많은 사람들이 부러워하는 적절한 태도로, 이름이 불리는 것만으로는 정식 소개를 하기에 충분치 않다고 생각했는지 그 유명한 화가에게 거의 눈에 띄지 않을 만큼의 인사를 하며 대답했다. "이쪽으로 오세요, 드타유 씨." 하고 대공 부인이 말했다. "빌뤼르 부인을 소개할게요." 빌뤼르 부인은 조금 전 그 「꿈」의 저자를 향해 돌아섰을 때만큼이나 능란한 솜씨로 그에게 자리를 내주었다. 그러자 대공 부인은 그녀 자신을 위해 의자를 하나 앞으로 내밀었다. 사실 그녀가 빌뤼르 부인을 부른 것은 정해진 십 분을 보낸 첫째 그룹을 떠나, 둘째 그룹에서 같은 시간 동안 자신의 모습을 보여 주기 위한 구실에 지나지 않았다. 그렇게 해서 사십오 분 동안 거기 모인 모든 그룹은 그녀의 방문을 받았으며, 그 방문은 매번 즉흥적으로 그녀의 각별한 관심과 더불어, 또 특히 얼마나 자연스럽게 "대귀족 부인이 손님을 접대할 줄 아는지"를 강조하기 위한 목적으로 진행되었다. 하지만 지금은 파티 손님들이 모두 도착한 참이었고, 안주인은 입구에서 멀리 떨어지지 않은 곳에 — 도도하고 꼿꼿한 자세로 거의 왕족 같은 위엄을 보이면서 그 특유의 작열하는 불꽃 같은 눈길을 하고 — 못생긴 두 왕족 부인과 스페인 대사 부인 사이에 앉아 있었다.

나는 먼저 도착한 몇몇 손님들 뒤에 줄을 섰다. 그러다 대공 부인과 마주하게 되었는데, 물론 수없이 많은 아름다운 여인들 사이에서 그녀의 아름다움만을 그날 파티의 추억이라 말할 수는 없다. 하지만 내가 보기에, 아름다운 메달처럼 완벽하게 주조된 여주인의 얼굴은 기념할 만한 가치가 있었다. 대공 부인은 자기 집 파티가 있기 며칠 전에 만난 손님들에게 그들과 담소를 나누는 것이 대단한 기쁨인 양 "와 주실 거죠, 그렇죠?"라고 말하는 습관이 있었다. 그러나 일단 그들이 그녀 앞에 서면, 완전히 태도를 바꾸어 할 말이 전혀 없다는 듯 일어서지도 않고, 그저 두 왕족과 대사 부인과 더불어 나누던 그 무의미한 대화를 잠시 중단하고 "와 주셔서 고마워요."라는 말로 감사 인사를 했는데, 그조차도 손님이 자기 집에 옴으로써 친절함을 증명해 보였다고 생각해서가 아니라, 자신의 친절함을 보다 돋보이게 하기 위해 하는 말이었다. 그런 후 부인은 금방 손님을 다른 손님의 흐름 속으로 내던지면서 "정원 입구에 가면 게르망트 씨를 만날 수 있을 거예요."라고 덧붙였고, 손님들은 그를 방문하느라 그녀를 조용히 내버려 두었다. 어떤 손님들에게는 한마디도 건네지 않고, 그들이 보석 전시회라도 구경하러 왔다는 듯, 자신의 경탄할 만한 줄마노 같은 눈을 보여 주는 것으로 만족했다.

내 앞을 처음으로 지나간 사람은 샤텔로 씨였다.

살롱으로부터 오는 모든 미소와 손으로 하는 모든 인사에 대답하느라 그는 안내원을 보지 못했다. 하지만 첫 순간부터 안내원은 그를 알아보았다. 자신이 그토록 알고 싶어 했던 그의 정체를 조금 후면 알게 될 터였다. 이틀 전에 만난 그 '영국인'에게 어떤 이름으로 소개해야 할지를 물어보면서, 안내원은 감동하는 데서 그치지 않고 자신이 신중하고 세심하게 처신하지 못했다고 생각했다. 그렇게 기습적으로 간파하고 공개적으로 떠들어 대는 것이 죄스럽다고 느껴지는 비밀을 모든 사람 앞에(그렇지만 그들은 전혀 의심도 하지 않을) 폭로한다는 생각이 들었기 때문이다. "샤텔로 공작!"이라는 대답을 들으면서, 얼마나 큰 자만심이 안내원의 마음을 뒤흔들었던지 한순간 그는 말을 잇지 못했다. 공작이 그를 바라보고 그가 누구인지 알아차렸으며 그래서 자신이 끝났다고 생각한 반면, 정신을 차린 하인은 지나치게 간략하게 말해진 호칭을 스스로 보충할 만큼 그 가문을 잘 알고 있었으므로, 내밀한 애정에 의해 부드러워진 그런 직업적인 힘을 가지고 "샤텔로 공작님 왕족 전하!"*라고 크게 외쳤다. 하지만 이제는 내 이름이 불릴 차례였다. 그때까지 나를 보지 못한 여주인을 쳐다보느라 정신이 팔려 있던 나는, 사형 집행인처럼 검은 옷을 입은 안내원의 그 무시무시한 직책에 대해 — 샤텔로 씨에게는 다른 형태로 나타났지만 — 한 번도 생각해 보지 못했는데, 안내원은 불청객을 붙잡아 문밖으로 내쫓을 태세인 건장한 사내들인, 가장 멋진 제복을 입은 한 무리의 하인들에게 둘러싸여 있었다. 안내원은 내 이름을 물었고, 나는 사형수가 단두대에 몸을 맡기듯이 기계적으로 이름을 말했다. 그러자 그는 즉시 위엄 있게 머리를 쳐들었으며, 또 내가 초대

* 원문에는 Son Altesse Monseigneur le duc de Châtellerault로 표기되었다. 일반적으로 전하라고 옮긴 Son Altesse는 왕이나 왕족을, Monseigneur는 왕세자나 추기경을 부르는 존칭이지만(오를레앙 공은 Monseigneur le duc d'Orléans이라고 지칭된다.) 안내원은 이 둘을 다 사용하여 지극한 경의를 표하고 있다. 이런 존칭은 다른 무엇보다 샤텔로가 왕족 출신임을 강조하기 위해 사용되었으므로 이렇게 옮겨 보았다.

받지 않았다면 내 자존심을 상하지 않도록, 초대를 받았다면 게르망트 대공 부인의 자존심을 상하게 하지 않도록 작은 목소리로 내 이름을 불러 달라고 부탁할 틈도 주지 않은 채, 저택의 둥근 천장이 흔들릴 정도로 힘차게 내 불안한 이름의 음절을 외쳤다.

저명한 헉슬리*는(그의 조카가 현재 영국 문단에서 주도적인 자리를 점하고 있는) 누군가 공손한 몸짓으로 권하는 안락의자에 노신사가 앉아 있는 모습을 자주 보고는 더 이상 사교계에 나갈 용기를 내지 못한 한 여자 환자에 대해 이야기했다. 여인은 그 초대의 몸짓과 의자에 앉은 노신사의 존재 중 어느 하나가 환각임을 확신했는데, 이미 다른 사람이 앉아 있는 자리를 그녀에게 권할 리는 없었기 때문이다. 헉슬리가 이 병을 고치기 위해 그녀에게 억지로 다시 파티에 나가도록 권했을 때, 그녀는 다른 사람이 그녀에게 보여 주는 그 다정한 표시가 실제 일인지, 아니면 존재하지 않는 환상인지 확인하기 위해 공공장소에서 직접 살과 피를 가진 신사의 무릎 위에 앉아 보는 게 어떨지 물어보면서 잠시 괴로운 망설임에 시달렸다고 한다. 그녀가 짧은 순간 느낀 불확실성은 잔인했다. 그러나 아마도 내가 느낀 것보다는 덜 잔인했을 것이다. 앞으로 있을 대재앙을 알리는 소리처럼 내 이름이 요란하게 울리는 걸 지각한 순

* Thomas Henry Huxley(1825~1895). 영국의 생물학자로 다윈의 진화론 수용에 커다란 영향을 미쳤다. 『멋진 신세계』의 저자 올더스 헉슬리는 그의 조카가 아니라 손자로, 1919년 프루스트의 『꽃핀 소녀들의 그늘에서』의 서평을 썼다.

간부터 어쨌든 나는 내 진심을 변호하기 위해, 또 어떤 의혹에도 시달리지 않는다는 듯 단호한 표정으로 대공 부인을 향해 나아가야 했다.

몇 걸음 나아갔을 때 대공 부인이 나를 보았고, 나는 내가 어떤 음모의 희생물이었음을 더 이상 의심하지 않았다. 그녀가 다른 손님을 대할 때처럼 그냥 자리에 앉아 있지 않고 자리에서 일어나 내게로 왔기 때문이다. 잠시 후 나는 안락의자에 앉기로 결심한 헉슬리의 여자 환자가, 안락의자는 비어 있었고, 노신사의 존재가 환각이었음을 깨달았을 때처럼 긴 안도의 숨을 내쉴 수 있었다. 대공 부인이 미소를 지으면서 내게 손을 내밀었기 때문이다. 그녀는 다음과 같이 끝나는 말레르브의 시절(詩節) 특유의 우아함으로 잠시 그렇게 서 있었다.

그리고 그들을 영접하기 위해 천사들은 일어나도다.*

그녀는 마치 내가 게르망트 공작 부인 없이는 따분해한다는 듯 공작 부인이 아직 도착하지 않은 걸 사과했다. 그녀는 이런 인사말을 하기 위해 한쪽 손을 잡으면서 우아함이 가득 깃든 몸짓으로 내 주위를 한 바퀴 뺑 돌았고, 나는 그 소용돌이 속으로 빨려 들어가는 느낌이었다. 그녀는 어느 코티용** 춤

---

* 말레르브(François de Malherbe, 1555~1628)는 프랑스 고전주의 시대의 최고 시인이자 이론가로, 여기 인용된 시 구절은 그의 「성 베드로의 눈물」(1587) 중 일부이다.

** 18세기에 프랑스에서 시작된 춤으로 네 명 또는 여덟 명이 리더의 지시에

을 지휘하는 여인처럼 내게 상아 달린 지팡이를, 혹은 손목시계를 내밀 거라는 기대마저 하게 했다. 그러나 사실을 말하자면 그런 것은 하나도 주지 않았고, 보스턴 춤을 추는 대신 베토벤의 거룩하고도 성스러운 사중주곡을 듣고 있어서 그 숭고한 어조를 방해하는 게 두렵다는 듯 거기서 대화를 중단했고, 아니 시작조차 하지 않았으며, 또 내가 들어오는 걸 보았을 때처럼 여전히 환하게 빛나는 얼굴로 대공이 있는 곳을 알려 주었을 뿐이다.

나는 그녀로부터 멀어졌고 더 이상 그 곁으로 가까이 갈 생각도 하지 못했는데, 그토록 그녀는 내게 할 말이 전혀 없는 것처럼, 스스로 무한한 선의에서 도도하게 단두대에 올라갔던 수많은 귀부인들이 그러했듯이, 그토록 키 크고 아름답고 고귀한 멋진 여인이 감히 내게 멜리사 액*을 줄 용기가 나지 않아 "대공은 정원에 계실 거예요."라는 이미 두 번이나 했던 말만을 되풀이하는 것처럼 보였다. 그런데 대공 옆에 간다는 것은 내 의혹이 다른 형태로 다시 살아나는 걸 느낀다는 의미였다.

어쨌든 나를 소개해 줄 누군가를 찾아야 했다. 온갖 대화를 압도하는 샤를뤼스 씨의 지칠 줄 모르는 재잘거림이 들려왔다. 그는 지금 막 소개받은 시도니아 공작 각하와 담소를 나누고 있었다. 같은 직업을 가진 사람들이 서로를 알아보듯이, 같은 악덕을 가진 사람들도 서로를 알아보는 법이다. 샤를뤼스

따라 추는 궁중 춤이다. 이때 리더는 여러 다양한 물건을 사용한다.

* 지중해 연안에 나는 멜리사 풀로 만든 강심제로, 기운을 북돋아 주고 소화와 두통에도 쓰인다.

씨와 시도니아 씨는 각각 상대방에게서 바로 악덕의 냄새를 맡았다. 그 악덕이란, 같이 있으면 상대방이 자신의 말을 중단하는 걸 참을 수 없을 정도로 혼자 떠들어 대기를 좋아한다는 것이었다. 어느 유명한 소네트*가 말하듯, 그 병에는 어떤 약도 없다고 즉시 판단했으므로, 그들은 침묵을 지키는 대신 상대가 뭐라고 지껄이든 상관하지 않고 각자 지껄이기로 작정했다. 이것이 바로 몰리에르의 연극에서 여러 사람이 동시에 다른 것을 말하는 데서 생기는 그런 웅성거림을 만들어 냈다.** 남작은 우렁찬 목소리로 시도니아 씨의 가냘픈 목소리를 덮으면서 자신의 우세를 확신했다. 그렇지만 시도니아 씨를 저지하지는 못했는데, 샤를뤼스 씨가 숨을 고르고 있을 때 흔들리지 않고 연설을 계속해 대는 스페인 대귀족의 속삭임이 그 간격을 메꾸었기 때문이다. 샤를뤼스 씨에게 나를 게르망트 대공에게 소개시켜 달라고 부탁하고 싶었으나, 샤를뤼스 씨가 화를 낼까 봐 두려웠다.(그럴 만한 이유는 너무도 많았다.) 나는 그에게 가장 배은망덕한 방식으로 행동했는데, 그의 제안을 두 번째로 거절한, 그가 그렇게나 날 다정하게 집까지 데려다준 밤 이후로 어떤 소식도 전하지 않았기 때문이다.*** 그렇지

---

* 펠릭스 아르베르(Félix Arvers, 1806~1850)가 1833년에 발표한 『나의 잃어버린 시간들』에 나오는 「아르베르의 소네트」를 암시한다.(『소돔』, 폴리오, 554쪽 참조.)

** 몰리에르의 「상상병 환자」에 나오는 아르강과 디아푸아뤼스 의사의 대화를 환기한다.

*** 『잃어버린 시간을 찾아서』 6권 427~433쪽 참조.

만 바로 그날 오후에 내가 목격한 쥐피앵과 그 사이에 있었던 장면을 미리 예감하고 그 구실로 삼았던 것은 아니다. 그런 일은 생각해 본 적도 없었다. 실은 얼마 전에 부모님께서 아직도 샤를뤼스 씨에게 편지를 쓰려고 노력하지 않는다며 나의 게으름을 나무랐을 때, 나는 부모님께, 나에게 그런 수치스러운 제안을 받아들이게 할 작정이냐고 아주 심하게 비난한 적이 있었다. 나의 분노와, 부모님을 가장 화나게 할 대답을 찾아내고 싶은 바람이 그런 거짓 대답을 하게 했던 것이다. 사실 나는 남작의 제안 아래서 어떤 관능적인 것이나 감상적인 것도 상상하지 못했다. 부모님께는 그 제안이 순수한 광기와도 같은 것이라고 말했다. 그러나 때로 미래는 우리가 알지 못하는 사이에 우리 속에 머무르며, 또 우리가 거짓이라고 생각하면서 했던 말이 임박한 미래에 있을 현실을 그려 내기도 한다.

샤를뤼스 씨는 아마도 내가 감사 인사를 하지 않은 것을 용서했을지도 모른다. 하지만 그를 격노하게 한 것은, 얼마 전부터 내가 그의 형수 댁에 나타난 것과 마찬가지로 이날 저녁 내가 게르망트 대공 부인 댁에 나타났다는 것인데, 이 일은 "그런 살롱에는 나를 통해서만 들어갈 수 있다네."라는 그의 엄숙한 선언을 조롱하는 것처럼 보였기 때문이다. 이는 아주 중대한 잘못이자 어쩌면 용서받을 수 없는 죄로, 나는 위계 절차를 따르지 않았던 것이다. 샤를뤼스 씨는 자신의 명령에 복종하지 않고 증오하는 인간들에게는 아무리 벼락같이 고함을 지르면서 격노해 봐야 그것이 허울 좋은 고함에 지나지 않는다는 걸, 어느 누구도 어느 곳에서도 쫓아낼 힘이 없다는 걸 잘 알고 있었다. 그러나 나 같은 풋내기에게는 지금은 많이 약화되었지만 여전히 강력한 힘을 행사할 수 있다고 믿고 있을지도 몰랐다. 그러니 내가 그곳에 있다는 사실 자체가 그의 주장에 대한 냉소적인 부인(否認)의 몸짓처럼 여겨지는 파티에서 그에게 부탁을 하는 것은 적절하지 않다고 생각했다.

그때 나는 꽤 속된 인간인 E 교수 때문에 잠시 걸음을 멈췄다. 그는 게르망트네 사람들 집에서 나를 보자 놀라워했다. 나 역시 그를 보고 놀랐는데, 그런 종류의 인물을 이전에도 거기에서 본 적이 없었고, 그 후에도 게르망트 대공 부인 댁에서 보지 못했기 때문이다. 그는 감염성 폐렴에 대한 처방으로 대공의 병을 고쳤고, 그래서 게르망트 부인이 특별히 감사의 표시로 관례를 깨뜨리고 초대한 참이었다. 아는 사람이 하나도 없는 살롱에서 마치 죽음의 사자처럼 끝없이 홀로 배회하다가 나를 알아보자, 그는 난생처음 내게 무한히 할 말이 많다고 느끼고는 그 덕분에 침착함을 되찾았으며, 또 그런 이유로 내게 다가왔다. 그러나 다른 이유도 있었다. 그는 자신이 결코 오진을 한 적이 없다는 사실에 대단한 중요성을 부여했다. 그런데 우편물을 많이 받는 탓에 한 번밖에 보지 못한 환자의 경우 병의 진행이 그가 말한 대로 이루어졌는지가 늘 생각나지 않았다. 발작으로 쓰러진 할머니를 내가 그의 집에 데리고 갔던 저녁에 그가 그토록 많은 훈장을 옷에 달게 했던 일을 사람들은 아마도 잊지 않았을 것이다.* 그 후 많은 시간이 흘렀고

* 『잃어버린 시간을 찾아서』 6권 15~17쪽 참조.

그는 당시에 자신이 부고를 받았는지를 잘 기억하지 못했다. "할머니는 돌아가셨을 테죠, 안 그런가요?" 하고 그는 거의 단정에 가까운 목소리로 가벼운 의혹을 가라앉히며 말했다. "아! 맞아요! 댁의 할머니를 처음 본 순간부터 내 진단은 아주 비관적이었어요. 기억이 잘 나는군요."

이렇게 해서 E 교수는 할머니의 죽음을 알게 되었고, 아니 다시 알게 되었고, 나는 그 점을 그와 의학계 전체를 칭찬하기 위해 말했지만, 그렇다고 그가 만족한 기색을 보인 것은 아니며, 어쩌면 마음속으로는 그렇게 느끼지도 않는 듯했다. 의사들이 오진을 하는 일은 수없이 많다. 그들은 보통 치료에 대해서는 낙관적이지만 결과에 대해서는 비관적으로 말하는 우를 범한다. "포도주라고요? 적당량을 마시면 그렇게 해가 되지 않을 겁니다. 어쨌든 강장제니까요. 육체적인 쾌락? 어쨌건 그건 기능이니까 그렇게 과하지만 않으면 괜찮을 겁니다. 잘 알아들으셨죠? 뭐든 지나치면 해롭답니다." 그런 말 때문에 환자는 물과 금욕이라는 두 가지 소생 요법을 포기하고 싶은 유혹을 느낀다. 하지만 심장에 알부민이 있다면 어쩌고 하면서 의사는 오래 살지 못할 거라고 생각한다. 또 심각하긴 하지만 단순한 기능성 장애조차 암이라고 상상하곤 한다. 따라서 의사에 따르면 치명적인 병은 고칠 수 없으므로 환자 왕진은 불필요하다. 그렇게 하여 스스로를 돌볼 수밖에 없었던 환자가 스스로 엄격한 식이 요법을 시행하여 병이 낫거나 적어도 생명이 연장된 경우, 오래전에 페르라셰즈 묘지에 들어갔으리라 믿었던 이 환자로부터 오페라 거리에서 인사받는 의

사는 모자를 벗는 동작에서 무례한 비웃음의 몸짓을 보게 될 것이다. 이 년 전에 사형 선고를 내렸을 때도 전혀 두려워하는 기색 없던 어느 얼빠진 녀석이 바로 자기 코와 수염 옆에서 결백한 얼굴로 산책하는 모습을 보는 중죄 재판소 재판장도 이 의사만큼 화가 나지는 않을 것이다. 의사들은 대체로(물론 모든 의사들이 그런 것은 아니며 나는 머릿속으로 몇몇 훌륭한 예외를 기억하고 있다.) 진단이 틀리지 않을 때 느끼는 즐거움보다, 자신들의 오진에 대해 느끼는 분노와 불만이 더 크다. 바로 그런 이유로 E 교수가 자신의 진단이 틀리지 않았다는 걸 알고 틀림없이 느꼈을 지적 만족감이 무엇이든, 그는 우리 집에 닥친 불행에 대해 슬픈 어조로 말할 줄 알았던 것이다. 그는 자신의 냉정함을 되찾게 하고 거기 남아 있을 구실을 제공하는 우리의 대화를 짧게 줄이고 싶어 하지 않았다. 그는 그날의 심한 더위에 대해, 비록 학식도 있고 적절한 프랑스어를 구사할 줄 알면서도 "아! 고체온증(hyperthermie)* 때문에 괴롭지 않소?"라고 말했다. 이는 의학이 몰리에르 이후 학문적인 측면에서는 조금 발전했을지 모르지만, 어휘적인 측면에서는 전혀 발전하지 않았음을 보여 준다. 나의 대화 상대자가 덧붙였다. "중요한 건 특히 이런 날씨에는 지나치게 불을 많이 땐 살롱에서 땀을 흘리는 일 따위는 피해야 한다는 거요. 집에 돌아가서 물을 마시고 싶으면 열로 고칠 수 있을 거요."(이 말은 물

* 주변 환경 온도가 높아 몸의 온도가 정상보다 훨씬 더 높이 올라가는 경우를 가리킨다.

론 더운 음료수란 의미였다.)

할머니가 돌아가신 방식 때문에 이 주제에 관심이 많았던 나는, 최근 어느 저명한 학자의 책에서 땀을 흘리는 것은 다른 곳으로 배출할 수 있는 물질을 피부를 통해 배출하게 함으로써 오히려 신장을 해롭게 한다는 내용을 읽은 적이 있었다. 심하게 더운 날 할머니가 돌아가셨다는 슬픔 때문에 나는 그 더위에 책임을 묻고 싶을 정도였다. 나는 그 사실을 E 박사에게 말하지는 않았지만, 교수 자신이 내게 말했다. "이렇게 땀을 많이 흘리는 더운 날에도 장점이 있다면 그건 신장의 부담을 덜어 준다는 거요." 의학은 정확한 학문이 아니다.

이제 내게 달라붙은 E 교수는 나로부터 떨어지지 않기만을 소망했다. 그러나 바로 그때 나는 뒤로 한 발짝 물러서며 게르망트 대공 부인에게 좌우로 크게 몸을 구부리면서 인사하는 보구베르 후작을 보았다. 노르푸아 씨가 최근에 그를 내게 소개해 주었으므로, 나는 그가 이 집 주인에게 같은 일을 해 주기를 기대했다. 작품의 균형을 위해 젊은 시절 어떤 사건의 결과로 보구베르 씨가 소돔이라고 불리는 세계에서 샤를뤼스 씨와 '속마음을 털어놓는 사이'라고 할 수 있는 몇 안 되는 남성 중의 하나가 되었는지는(어쩌면 유일한 남성인지도 모르지만) 여기서 설명할 수 없다.* 하지만 테오도시우스 왕에게 파

---

* 샤를뤼스와 보구베르의 관계를 보여 주는 일화 하나가(보구베르라는 이름이 지칭되는 일 없이, 이상한 취향을 보이던 남자로 소개된다.) 『잃어버린 시간을 찾아서』 4권 186~187쪽에 나온다. 보구베르의 실제 모델로는 러시아 주재 프랑스 대사였던 몽테벨로(1838~1907) 후작이 언급된다. 테오도시우스 왕에 대

견된 우리 측 공사였던 그가 남작과 동일한 단점을 몇 가지 가졌다 해도 그것은 매우 미미한 반영에 불과했다. 상대방을 매혹하고 싶은 욕망과, 멸시당할지도 모른다는 두려움, 아니 적어도 상대방에게 들킬지도 모른다는 두려움—똑같이 허구적인 것이지만—때문에 남작을 번갈아 사로잡는 호감과 증오가 보구베르 후작에게서는 무한히 약화되고 감상적이고 어리석은 형태로 나타났을 뿐이다. 순결함과 플라톤주의(이 야심 많은 자는 시험을 치르는 나이가 되면서부터 온갖 쾌락을 희생해 왔다.), 특히 그의 지적 무능에 의해 우스꽝스러워지긴 했지만, 보구베르 씨는 그래도 이런 호감과 증오가 번갈아 교차하는 모습을 보여 주었다. 그러나 샤를뤼스 씨에게서 과도한 찬사가 진정한 웅변술로 폭발하고, 가장 섬세하고도 신랄하며 또 한 인간을 영원히 특징짓는 그런 비웃음으로 풍미를 더했다면, 보구베르 씨는 반대로 최하층의 인간이나 상류 사회 인사와 공무원의 상투적인 말로 자신의 호감을 표현했고, 남을 원망할 때도(남작과 마찬가지로 보통은 완전히 꾸며낸) 쉬지 않고 별 재치도 없는 악의적인 말을 계속해 댐으로써 상대방의 감정을 상하게 했으며, 게다가 그 말들은 공사가 육 개월 전에 했던 말, 어쩌면 얼마 후에 다시 하게 될 말들과 보통은 모순되었으므로, 이런 규칙적인 변화가 보구베르 씨의 삶에 여러 상이한 단계에 걸쳐 거의 천체계와도 흡사한 시적 정취를 부여했다. 만일 이런 규칙성이 없었다면 보구베르 씨만큼 별자

---

해서는 『잃어버린 시간을 찾아서』 3권 24쪽 주석 참조.

리를 연상시키지 않는 인간도 없었을 것이다.

그가 내게 보낸 인사에는 샤를뤼스 씨의 인사를 생각나게 하는 것이 아무것도 없었다. 보구베르 씨는 자신의 인사에 사교계나 외교계의 태도라고 생각되는 수많은 몸짓 외에도, 기사답고 경쾌한 모습을 담았으며, 또 사는 게 즐겁다는 듯이 — 비록 마음속으로는 승진도 못하고 은퇴 협박을 받으며 직업의 쓴맛을 씹고 있었지만 — , 다른 한편으론 젊고 남성적이며 매력적인 사람처럼 보이려고 미소도 지었는데, 실은 그토록 매혹적인 모습을 간직하고 싶은 얼굴 주위에 주름살이 파인 걸 알기에 그는 감히 거울을 마주하러 갈 생각도 하지 못하고 있었다. 이는 그가 실제로 상대를 정복할 의향이 없음을 말해 주는데, 그것을 생각하는 것만으로도 사람들이 할 말과 스캔들과 협박이 무서웠기 때문이다. 케도르세*를 생각하고 거기서 훌륭한 경력을 쌓기로 결심한 날부터 거의 유아적인 방탕한 생활에서 절대적인 금욕 생활로 이동한 그는, 마치 우리 안에 갇힌 짐승처럼 공포와 욕망과 어리석음을 표현하는 눈길을 사방에 던지고 있었다. 그 어리석음이 얼마나 대단했던지, 소년 시절에 알았던 불량배가 이제는 더 이상 어린아이가 아님을 깨닫지 못하고, 신문팔이가 그의 면전에서 "신문이요!"라고 외치기라도 하면 그는 자신이 식별되고 추적을 받는다는 생각에 욕망보다는 공포로 몸을 떨었다.

그러나 이 은혜를 모르는 케도르세를 위해 쾌락을 희생하

* 프랑스 외무성이 있는 곳으로 『잃어버린 시간을 찾아서』 3권 53쪽 참조.

는 대신 — 바로 그런 이유로 더 환심을 사고 싶어 했는지도 모르지만 — 보구베르 씨는 때때로 갑작스러운 욕망의 충동을 느꼈다. 아무 정당한 이유도 없이 한 젊은이를 외교 사절단에 들어오게 하려고 얼마나 많은 편지로 외무성을 괴롭혔으며, 또 얼마나 개인적인 술수를 부리고 보구베르 부인의 신용을 선취했는지는 하느님만이 아실 일이다.(부인은 뚱뚱한 몸집과 훌륭한 태생, 남성적인 모습, 특히 남편의 진부함 때문에 뛰어난 자질을 갖추었으며 그리하여 실질적으로 공사의 업무를 수행한다고 여겨졌다.) 사실 몇 달이나 몇 해 후에 그 시시한 담당관이 악의적인 의도가 전혀 없이 자기 상관에게 냉담한 표정을 짓기만 해도, 상관은 자신이 무시당하거나 배신당했다고 생각하여 예전에 자신을 만족시켜 주었을 때와 같은 히스테릭한 열정으로 그 담당관을 징계했다. 보구베르 씨는 그를 소환하려고 온갖 수단을 동원했고, 정무실장은 날마다 그로부터 "이런 약삭빠른 녀석을 내쫓기 위해 뭘 기다리는 겁니까? 녀석을 위해서라도 좀 훈련을 시키시지요. 녀석은 조금 궁핍한 생활을 할 필요가 있습니다."라는 편지를 받았다. 바로 그런 까닭에 테오도시우스 왕에게 파견된 공사직이 그리 유쾌한 것만은 아니었다. 그러나 그 밖의 다른 일에 대해서는 사교계 인사로서의 완벽한 식견 덕분에 보구베르 씨는 외국에서 프랑스 정부를 대표하는 가장 훌륭한 인사 중의 하나였다. 자칭 그보다 뛰어나다고 하는 만사에 박학한 어느 자코뱅파* 단원이 그

* 자코뱅파(Jacobins)란 프랑스 혁명 당시 로베스피에르를 중심으로 급진적 혁

와 교체되었을 때, 프랑스와 테오도시우스 왕이 지배하는 나라 사이에는 얼마 가지 않아 곧 전쟁이 발발했다.

보구베르 씨는 샤를뤼스 씨처럼 먼저 인사하기를 싫어했다. 두 사람 다 인사에 답하는 쪽을 선호했는데, 서로 만나지 못한 후부터 상대가 자신에 관해 들었을지도 모르는 험담이 — 그런 험담이 없다면 먼저 손을 내밀었겠지만 — 두려웠기 때문이다. 나에 대해서는 보구베르 씨가 그런 질문을 제기할 필요가 없었지만, 나는 나이 차이 때문에라도 그에게 먼저 인사를 하러 갔다. 그는 감탄하며 기쁜 표정으로 답했고, 두 눈은 양쪽에 뜯어먹으면 안 되는 개자리풀*이라도 있는 듯 계속 움직였다. 나는 먼저 보구베르 부인에게 소개받기를 청하는 편이 더 적절하겠다고 생각했는데, 대공에게는 나중에 소개해 달라고 부탁할 작정이었다. 아내를 나와 교제하게 하는 것이 자기에게나 아내에게 큰 기쁨이 된다고 생각했는지, 그는 결연한 걸음걸이로 나를 후작 부인에게 데려갔다. 부인 앞에 도착해서는 손과 발로 나를 가리키면서 온갖 가능한 경의의 표시를 하면서도 아무 말도 하지 않았고, 잠시 후에 나를 아내 곁에 혼자 남겨 놓고는 활기찬 모습으로 물러갔다. 부인은 즉시 내게 손을 내밀었지만 누구를 상대로 이런 상냥한 표현을 하는지는 모르는 것처럼 보였다. 보구베르 씨가 내 이름

명을 주장한 과격파이다. 파리의 자코뱅 수도원을 근거지로 한데서 그 이름이 연유한다.

* 유럽이 원산지로 목초지에서 많이 발견되는 이 풀은 땅을 기듯이 자라며 노란 꽃을 피운다.

을 말하는 걸 잊어버렸기 때문인데, 어쩌면 그가 나를 알아보지 못하면서도 예의상 그 사실을 고백하고 싶지 않아 그 소개를 무언극처럼 만들었을지도 모른다는 생각이 들었다. 따라서 나의 상황은 조금도 진척되지 않았다. 내 이름도 모르는 부인을 통해 어떻게 집주인에게 소개된단 말인가? 게다가 나는 잠시 보구베르 부인과 담소를 나눌 수밖에 없었다. 그런데 이 일은 두 가지 관점에서 나를 짜증 나게 했다. 하나는 알베르틴이(나는 그녀에게 「페드르」 연극 칸막이 좌석을 주었다.) 자정 조금 전에 나를 보러 오기로 약속했으므로, 이 파티에서 시간을 끌고 싶지 않았던 것이다. 물론 내가 알베르틴에게 반했다는 말은 아니다. 비록 일 년 중 가장 더운 이런 시기에는 자유로운 관능이 보다 자발적으로 미각 기관에서 상쾌함을 찾는 법이지만, 내가 그날 밤 그녀를 오게 한 것은 오로지 관능적인 욕망에 복종한 결과였다. 이런 관능적인 욕망 덕분에 우리는 한 소녀에게 키스를 하기보다는 오히려 오렌지 주스나 해수욕을 갈망하며, 혹은 하늘의 갈증을 해소해 주는 그 껍질 벗긴 즙 많은 달의 관조를 갈망한다. 그렇지만 나는 알베르틴 곁에 누워 — 게다가 그녀는 내게 시원한 물결을 떠올렸으므로 — 여러 매력적인 얼굴들이 틀림없이 내 마음에 남길 아쉬움으로부터 벗어날 수 있기를 기대했다.(왜냐하면 대공 부인의 파티는 귀부인들뿐 아니라 젊은 아가씨들의 파티이기도 했으니까.) 다른 하나는 울적한 부르봉 가의 얼굴을 투영하는 보구베르 부인의 그 당당한 얼굴에서는 매력적인 모습을 전혀 찾아볼 수 없었다는 점이다.

절대로 악의가 담긴 말은 아니지만, 외무성에서는 이 부부 중 치마를 입은 쪽은 남편이며 바지를 입은 쪽은 아내라는 말도 있었다. 그런데 그 말에는 우리가 생각하는 것 이상의 진리가 담겨 있었다. 보구베르 부인은 남자였다. 그녀가 항상 그랬는지, 아니면 내가 지금 보는 것처럼 그렇게 되어 갔는지는 중요하지 않다. 왜냐하면 어느 경우든 우리는 자연의 가장 감동적인 기적을 대상으로 하며, 특히 이 자연의 기적이 인간 세계를 꽃의 세계와 유사하게 만들기 때문이다. 첫 번째 가정에서 — 만일 미래의 보구베르 부인이 예전부터 늘 심하게 남자 같은 여자였다면 — 자연은 동시에 악마적이면서도 관대한 술책에 의해 젊은 여성에게 남성이라는 기만적인 외관을 부여한다. 또 여성을 좋아하지 않고 그런 악덕에서 치유되고 싶어 하는 젊은 남성은, 시장통의 인부를 연상시키는 여성을 찾아내고 약혼녀로 삼는다는 그런 기만적인 술책을 기쁘게 생각한다. 반대의 경우, 즉 여성이 처음부터 남성적인 특징을 가지고 있었던 게 아닌 경우, 여성은 점차 남편의 마음에 들려고 혹은 무의식적으로, 마치 몇몇 꽃이 곤충을 유인하고자 스스로 곤충인 양 꾸미는 그런 모방 작업에 의해, 점차 남성적인 특징을 띠게 된다. 사랑을 받지 못한다는, 남성이 아니라는 안타까움이 그녀를 남성적으로 만드는 것이다. 지금 우리와 관계되는 경우를 제외하고라도, 지극히 정상적인 부부가 결국에 가서는 서로를 닮아 가며, 때로는 서로의 특징마저 교환하는 경우가 얼마나 많은지를 보지 못한 사람이 어디 있겠는가? 독일의 전 수상 뷜로 대공은 이탈리아 여인과 결혼했다.* 마침내 사람들은 핀치오 언덕에서 독일인 남편이 이탈리아인의 섬세함을, 이탈리아 대공 부인이 독일인의 뻣뻣함을 소유하게 된 것에 주목했다. 여기서 기술한 법칙을 떠나 조금 특이한 경우를 말해 본다면, 동방에서는 아주 유명한 이름이지만, 그 기원에 관해서는 이름 외에는 알려진 게 없는 한 프랑스 외교관이 있다.** 그런데 나이가 들고 늙어 가면서 그때까지 꿈에도 의심하지 못했던 동방인의 모습이 그에게서 점차 드러나기 시작했고, 그래서 사람들은 그의 이런 모습을 보면서 터키 모자만 쓰면 완벽한 동방인으로 보일 거라며 아쉬워했다.

우리가 지금 막 환기한 그 동방풍 대사의 알려지지 않은 품행 얘기로 돌아가 보면, 조상 대대로 뚱뚱한 몸매를 이어받은 보구베르 부인은 교육에 의해 후천적으로 취득하거나 미리 타고난 공주의 전형을 구현했으며, 그 불멸의 이미지가 언제나 승마복을 입고 남편으로부터 남성다움 이상의 것을 빼앗아 여성을 좋아하지 않는 남성들의 단점을 그대로 따르면서도, 자신의 수다스러운 편지를 통해서는 루이 14세 시대 궁전의 대귀족들 사이에 있었던 온갖 관계를 고발하는 팔라

---

* Bernhard von Bülow(1849~1929). 독일 정치가로 1900년부터 1909년까지 세계정책을 추진한 빌헬름 2세 아래서 수상을 지냈다. 로마에서 대사로 재직 중이던 1886년, 마리아 베카델리(Maria Beccadeli)를 만나 결혼했다.

** 1914년부터 1917년까지 상트페테르부르크에서 프랑스 대사를 지낸 외교관이자 작가였던 모리스 팔레올로그(Maurice Paléologue, 1859~1944)를 가리킨다. 그의 이름은 1261년부터 1453년까지 콘스탄티노플을 지배했던 비잔틴 제국의 팔라이올로고스(Palaiologos) 왕가에서 연유한다.

틴 공주 자체였다.* 보구베르 부인과 같은 여성들의 남성화를 조장하는 또 다른 원인은, 남편에게서 버림받고 그로 인해 느껴지는 수치심이 그들에게서 여성에 속하는 온갖 요소들을 점차 시들게 한다는 것이었다. 마침내 그들은 남편에게 없는 장점과 단점을 소유하기에 이른다. 남편이 점점 경박하고 여성화되며 무분별해질수록, 그들은 남편이 실천해야 할 미덕을 구현하는 그 매력 없는 초상화 속의 인물처럼 되어간다.

비난과 권태와 분노의 흔적이 보구베르 부인의 그 가지런한 얼굴에서 빛을 걷어 냈다. 슬프게도 나는 그녀가 나를 보구베르 씨 마음에 드는 젊은이 중의 하나인 듯, 남편이 늙어 가면서 좋아하게 된, 그래서 그녀 자신이 되고 싶은 사람이란 듯이 관심과 호기심 어린 시선으로 바라보는 걸 느꼈다. 그녀는 마치 최신 유행 상품 목록에 그려진 예쁜 여자에게(사실은 모든 페이지에 동일 인물이 나오지만 다른 자세와 의상의 변화 덕분에 여러 명의 다른 인물로 증가되는 듯한 환상을 주는) 잘 어울리는 정장을 베낄 때와 같은 그런 시골 사람들의 주의력이 담겨 있는 시선으로 나를 바라보았다. 보구베르 부인을 끌어당긴 나

* 루이 14세의 동생 '므시외'의 두 번째 아내 샤를로트 드 바비에르(1652~ 1722)를 가리킨다. 팔라틴 공주였던 그녀는 방대한 서간집을 통해 남편의 동성애와 주변 귀족들, 그리고 그녀가 파리에서 목격한 풍습을 기술했다.(『소돔』, 폴리오, 555쪽 참조.) 팔라틴 공주에 대해서는 『잃어버린 시간을 찾아서』 3권 206쪽 주석 참조. 여기서는 보구베르 부인이 동방풍 대사로 환기되는 중세의 이미지를 거쳐 17세기 팔라틴 공주의 이미지로 각인되고 있음을 보여 준다.

의 식물적 매력이 꽤나 강했던지, 그녀는 오렌지 주스를 마시러 가는 곳까지 데려다달라며 내 팔을 붙잡기까지 했다. 그러나 나는 곧 그곳을 떠나야 하는데도 아직 집주인에게 소개되지 않았다는 핑계를 대면서 그녀에게서 빠져나왔다.

집주인이 몇몇 사람과 담소를 나누고 있는 정원 입구와 나의 거리는 그리 멀지 않았다. 그러나 내게는 그 거리가 지속적으로 타오르는 불길의 위험에 직면해야 통과할 수 있는 길보다 무서웠다.

나를 소개해 줄 만한 많은 여인들이 정원에 있는 것 같았지만, 그들은 그곳에서 열광하며 경탄하는 척하면서도 뭘 해야 할지 모르는 듯 보였다. 이런 종류의 연회는 열리기 전부터 그 기쁨이나 불만이 미리 알려진다는 특징이 있다. 초대받지 않은 사람들의 주목을 끄는 다음 날에 가서야 그것은 현실성을 띤다. 많은 문인들의 내면에 자리한 그런 자만심을 갖지 않은 진정한 작가만이, 자신에게 항상 큰 찬사를 보내오던 비평가가 시시한 작가 이름은 인용하면서 그의 이름은 인용하지 않은 걸 보아도 그런 놀라움을 안겨 주는 일에 신경 쓸 여유를 갖지 못한다. 써야 할 책이 그를 요구하기 때문이다. 하지만 사교계 여인은 할 일이 없으므로 《르 피가로》에서 "어제 게르망트 대공 부부는 성대한 연회를 베풀었다." 같은 기사만 읽어도, "뭐라고? 사흘 전에 마리질베르와 만나 한 시간이나 얘기했는데도 그런 얘기는 하지 않던데."라고 외치면서 자기가 게르망트 부부에게 무슨 짓을 했는지를 알아내려고 머리를 쥐어짠다. 사실 대공 부인의 연회에 관한 한, 초대받은 손님들의 놀라움은 초대받지 않은 이들의 놀라움만큼이나 컸다. 그 연회는 가장 기대하지 않을 때 터져 나왔고, 또 게르망트 대공 부인이 오랫동안 잊고 지내던 인물들을 초대했기 때문이다. 그리고 대부분의 사교계 인사들은 거의가 시시한 인간인지라, 각자 자기와 같은 부류의 인간을 판단할 때면 그들의 상냥함을 판단 기준으로 삼는 탓에, 초대를 받으면 좋아하고 초대를 받지 못하면 싫어한다. 후자의 경우로 말하자면, 대공 부인은 친한 친구라고 해도 초대하지 않는 일이 있었는데, 그 이유는 그들을 파문했던 '팔라메드'의 불만을 살까 두려웠기 때문이다. 그렇다면 부인이 샤를뤼스 씨에게 내 얘기를 하지 않은 것은 거의 확실했다. 그렇지 않았다면 내가 이 자리에 있지 못했을 테니까. 그는 이제 독일 대사와 나란히 정원 앞 저택으로 이어지는 큰 계단 난간에 팔꿈치를 괴고 있었다. 따라서 남작 주위에 몰려들어 남작의 모습을 거의 가리다시피 하는 서너 명의 여성 찬미자들이 있음에도 나는 남작에게 인사를 하러 가지 않을 수 없었다. 그는 손님들의 이름을 거명하면서 응답했다. "안녕하시오, 뒤 아제 씨. 안녕하세요, 라 투르 뒤 팽베르클로즈 부인. 안녕하세요, 라 투르 뒤 팽구베르네 부인. 안녕, 필리베르. 안녕하세요, 친애하는 대사 부인." 짐승이 날카롭게 지속적으로 짖어 대는 듯한 소리가 사이사이 샤를뤼스 씨의 호의적인 충고나 질문으로 (대답도 듣지 않은 채) 중단되었고, 그는 무관심을 표시하기 위해 꾸민, 온화하고 관대한 어조로 말했다. "따님이 감기 들지 않게 조심하세요. 정원에는 항상 습기가 많으니까요. 안녕하세요, 브랑트* 부인, 안녕하세요, 메클랑부르 부인, 아가씨도 오셨나요? 멋진 분홍빛 드레스를 입었나요? 안녕, 생제랑." 물론 이런 태도에는 자만심이 깃들어 있었다. 샤를뤼스 씨는 자신이 이 연회에서 특권적 자리를 차지하는 게르망트의 일원임을 알았던 것이다. 그러나 거기에는 자만심만 있는 것이 아니었다. 미학적인 재능을 가진 이 인간에게는, 연회라는 단어 자체가 사교계 인사의 집에서 베풀어지는 연회가 아니라 카르파초나 베로네제**의 그림에 나오는 것과 같은 그런 사치스럽고 흥미로운 연회의 의미를 환기했다. 아니 독일 왕족인 샤를뤼스 씨는 「탄호이저」***에서 전개되는 연회를 그려 보면서, 자신이 마르크그라프이기라도 한 듯, 바르트부르크 성 입구에서 각각의 손님들에게 관대하고도 기분 좋은 인사말을 건네는 한편, 성과 정원에서의 손님들의 긴 흐름은 백 번이나 반복되는 긴 악절, 저 유명한 '행진곡'의 환대를 받았다.

---

* 브랑트 후작 부인은 샤를뤼스의 실제 모델인 몽테스큐의 아주머니이며, 블라디미르 대공작 부인은 메클랑부르 태생이다.

** 초고에서 프루스트는 카르파초의 「성녀 우르술라의 전설」, 베로네제의 「레위 가의 향연」이라고 적었다. 이 두 그림은 현재 베네치아의 아카데미아 미술관에 있다.

*** 바그너의 오페라로 1845년에 초연되었다. 13세기에 바르트부르크의 기사인 탄호이저는 베누스와 쾌락에 빠지지만 순결한 엘리자베트의 사랑으로 구원을 받는다. 여기서 말하는 '행진곡'은 2막에 나오는 「입장 행진곡」을 가리킨다. 그리고 마르크그라프(Markgraf, 프랑스어로 Margrave)는 중세 독일의 마르크(Mark, 邊境)의 방위를 맡던 변경백(邊境伯)이었으나 나중에는 신성 로마 제국의 후작으로 인정되었다. 프랑스의 후작 마르키(Marquis)라는 호칭은 여기서 연유한다.

그렇지만 나는 결정을 내려야 했다. 나무 아래에는 나와 이리저리 연결되는 몇몇 부인이 있었지만, 그들은 사촌인 공작 부인의 집이 아니라 대공 부인의 집에 있었으며, 또 작센 도자기 접시 앞이 아니라 마로니에 나무 아래에 있어 어딘가 변한 듯 보였다.* 환경의 우아함이 여기서는 아무 역할도 하지 못했다. 설령 그 우아함이 오리안의 집에 훨씬 미치지 못한다 해도 나로서는 똑같이 혼란스러웠으리라. 우리가 있는 살롱의 전기가 꺼져 대신 석유램프로 바꾸어야 하는 경우 모든 것은 다른 모습으로 보인다. 수브레 부인이 이런 불확실성에서 나를 꺼내 주었다. "안녕하세요." 하고 부인이 내 곁으로 오면서 말했다. "게르망트 공작 부인을 뵌 지 오래되셨나요?" 그녀는 이런 종류의 말에 특별한 어조를 부여하여, 단순히 어리석음에서 하는 말이 아니라는 걸 증명해 보이는 능력이 탁월했다. 보통 사람들은 무슨 말을 해야 좋을지 몰라 그들이 공통으로 아는, 대개는 아주 막연한 관계의 사람 이름들을 인용하면서 접근한다. 그러나 그녀는 오히려 자신의 눈길을 다음과 같은 의미를 전하는 섬세한 전선으로 이용했다. "내가 당신을 알아보지 못한다고 생각하지 마세요. 당신은 게르망트 대공 부인 댁에서 본 바로 그 젊은이죠. 똑똑히 기억해요." 그러나 불행히도 겉으로는 바보 같지만 섬세한 의도를 가진 이 구절이 내게 펼치는 보호의 손길은 지극히 미약해서 내가 이용하려 하는 순간 바로 사라졌다. 수브레 부인은 어느 유력 인사에게 청

---

* 작센 도자기는 독일 태생의 대공 부인을 상징하는 은유이다.

탁하는 일을 도와달라는 요청을 받는 경우, 청탁자의 눈에는 청탁자를 추천하는 듯 보이지만, 고위층 인사의 눈에는 청탁자를 추천하지 않는 것처럼 보이게 하는 기술을 가지고 있었는데, 이렇게 해서 이 이중의 의미를 담은 몸짓은 청탁자에게는 자신에 대한 감사의 신용 대출을 트게 하면서도 후자에게는 어떤 채무도 지지 않게 했다. 부인의 호의에 용기를 얻은 나는 게르망트 대공에게 나를 소개해 달라고 부탁할 참이었는데, 그녀는 집주인이 우리 쪽을 보지 않는 틈을 이용하여 어머니처럼 내 어깨를 붙잡더니 자신을 볼 수 없는 대공의 돌린 얼굴을 향해 미소를 지었으며, 또 자칭 후견인인 척하면서도 의도된 불필요한 동작으로 나를 대공 쪽으로 밀었는데, 이 동작은 진퇴양난에 빠진 나를 거의 원점으로 되돌려 놓았다. 사교계 인사들의 비겁함이란 바로 이런 것이다.

내 이름을 부르면서 인사하러 온 어느 부인은 그보다 더 비겁했다. 나는 그녀와 얘기를 나누면서도 그 이름을 떠올리려고 애썼다. 그녀와 식사한 일이나 그녀가 내게 했던 말은 아주 기억이 잘 났다. 하지만 그런 추억이 담겨 있는 내 내면의 지대를 아무리 주의 깊게 둘러봐도 이름은 찾을 수 없었다.* 그렇지만 이름은 거기 있었다. 내 생각은 이름의 윤곽을 파악하

---

* 이 기억에 대한 여담은 베르그손이 1912년 「영혼과 육체」라는 제목으로 행한 강연을 환기하는 듯 보인다. 이 강연은 1919년 발간된 『정신 에너지』에 수록되었으며, 프루스트가 이 책을 자신의 수면에 관한 성찰을 위해(『잃어버린 시간을 찾아서』 8권 236쪽) 참조한 것처럼 보인다고 지적된다.(『소돔』, 폴리오, 555쪽 참조.)

고, 첫 글자를 찾아내어 마침내 이름 전체를 밝히기 위해 이름과 더불어 어떤 놀이를 시작했다. 덩어리와 무게는 대략 느낄 수 있었지만, 그 형태로 말하자면 내가 아무리 마음의 어두운 내면 속에 웅크린 그 이해할 수 없는 포로와 대조하면서 "이건 아닌데."라고 말해 봐야 소용없는 일이었다. 물론 나의 정신은 가장 어려운 이름도 지어낼 수 있었다. 그러나 불행하게도 내 정신은 창조가 아닌 재생을 해야 했다. 정신의 모든 활동이 현실에 복종하지 않는다면 그건 무척 쉬운 일이었을 것이다. 그러나 지금 나는 현실에 복종해야 했다. 마침내 이름 전체가 단번에 나타났다. "아르파종 부인."* 나타났다는 건 맞는 말이 아니다. 이름이 그 자체의 추진력으로 나타났으리라고는 생각되지 않기 때문이다. 또한 그 부인에 관련된 수많은 가벼운 추억들, 내가 계속해서 도움을 청했던 그 모든 추억들이(이를테면 "이 부인은 수브레 부인의 친구로 빅토르 위고 얘기가 나오자마자 공포와 혐오가 섞인 너무도 순진한 존경심을 품었어."와 같은 격려의 말에서 나온 추억이) 나와 그녀의 이름 사이로 날아다니면서 어쨌든 그 이름을 다시 떠오르게 하는 데 도움을 주었다고는 생각하지 않는다. 하나의 이름을 찾아내려고 할 때 우리 기억 속에서 벌어지는 그 커다란 숨바꼭질에는, 일련의 점진적인 근사치란 존재하지 않는다. 아무것도 보이지 않다가 갑자기 짐작한다고 믿었던 이름과는 완전히 다

* 게르망트 공작에게 버림받은 여인이다. 빅토르 위고에 대한 아르파종 부인의 견해에 대해서는 『잃어버린 시간을 찾아서』 6권 301~302쪽 참조.

른 정확한 이름이 나타난다. 아니, 우리에게 온 것은 이름이 아니다. 오히려 살아가는 동안 우리는 이름이 분명히 구별되는 지대로부터 멀어지면서 시간을 보내다가, 내적 시선의 예리함을 키워 주는 의지와 주의력의 단련을 통해 갑자기 희미한 어둠을 뚫고 뚜렷이 볼 수 있었던 것이다. 어쨌든 망각과 기억 사이에 중간 단계가 있다면, 이 단계는 무의식적인 것이다. 진짜 이름을 찾기까지 우리가 통과하는 이런 단계적 이름들은 전부 틀린 것이다. 그리고 그것은 진짜 이름에 접근하는 것을 도와주지 않는다. 정확히 말해 이름이라고도 할 수 없는 그것은 우리가 이름을 되찾아도 발견되지 않는, 단순한 자음의 나열에 불과하다. 게다가 무(無)에서 현실로 넘어가는 이런 정신 작용은 매우 신비스러워서, 이 가짜 자음도 결국은 우리가 정확한 이름을 포착할 수 있도록 도와주기 위해 서툴게 내밀어진 예비 장대인지 모른다. "이 모든 말들은," 하고 독자는 말할 것이다. "부인이 친절하지 않다는 사실에 대해 아무것도 가르쳐 주지 않아요. 하지만 당신이 이 문제에 그렇게 오랜 시간을 지체했으니, 작가 선생, 일 분만 더 시간을 허비해서 당신같이 젊은 사람이(혹은 당신이 주인공이 아니라면 당신의 주인공 같은 사람이) 그토록 잘 아는 여인의 이름을 기억하지 못할 만큼 벌써 기억력이 없는 게 유감이라고 말하게 해 주시오." 독자 선생, 사실 유감입니다. 그리고 당신이 거기서, 이름과 말들이 사유의 밝은 지대로부터 사라져 우리가 가장 잘 알던 사람들의 이름조차 스스로에게 명명하기를 단념해야 하는 시기가 온 조짐을 느낀다면, 당신이 생각하는 것보다 훨씬 슬픈 일이오. 사실 우리가 잘 아는 이름을 되찾기 위해 젊은 시절부터 이런 노고가 필요하다는 것은 정말 유감스러운 일이지요. 그러나 이런 결함이 단지 우리가 잘 알지 못하는 이름, 물론 자연스럽게 잊어버린 이름, 기억하느라 피로해지고 싶지 않은 이름과 더불어서만 나타난다면, 이런 결함도 이득이 없는 건 아닙니다. "그렇다면 그게 뭔가요?" 독자 선생, 질병만이 그걸 주목하게 하고 가르쳐 주고, 병에 걸리지 않았다면 우리가 알지 못할 구조를 분석하게 해 줄 거요. 밤마다 침대에 풀썩 쓰러져서는 잠에서 깨어나 자리에서 일어나는 순간까지는 더 이상 살아 있지 않은 남자, 그런 남자가 잠에 관해 커다란 발견이 아니라면 적어도 작은 관찰이라도 해 보려고 생각할 것 같소? 그는 자신이 자는지 마는지도 잘 알지 못하오. 약간의 불면은 잠을 음미하고 어둠 속에서 빛을 투사하는 데 그리 쓸모없는 것만은 아니라오. 결함 없는 기억이란 기억 현상을 연구하기 위한 강력한 자극제는 되지 못한다오. "어쨌든 아르파종 부인이 당신을 대공에게 소개해 주었나요?" 아니요. 하지만 얘기를 계속하게 그만 입을 다물어 주시오.*

아르파종 부인은 수브레 부인보다 훨씬 비겁했지만 그녀의 비겁함에는 용서할 점이 많았다. 그녀는 자신이 사교계에서 힘이 없다는 걸 잘 알았다. 그 힘은 그녀가 게르망트 공작과 가진 관계로 인해 더 약화되었다. 거기다 게르망트 공작이 그

---

* 독자와 작가가 나누는 이 대화는 『잃어버린 시간을 찾아서』에서는 드문 것으로, 18세기 작가 스턴이나 디드로를 연상시킨다.(『운명론자 자크와 그의 주인』, 민음사, 36~39쪽 참조.)

녀를 버린 사실이 결정적인 한 방을 가했다. 대공에게 소개시켜 달라는 나의 부탁으로 인해 기분이 불쾌해진 그녀는 침묵을 지키기로 결심했는데, 순진하게도 내 말을 듣지 못한 척하면 내가 믿으리라고 생각했던 모양이다. 그녀는 자신의 눈썹이 분노로 일그러진 사실조차 깨닫지 못했다. 어쩌면 그 사실을 깨달았지만 그런 모순에도 아랑곳하지 않고 자신이 내게 줄 수 있는 신중함의 교훈을 너무 속되지 않게 표현하는 데 이용했는지도 모른다. 내 말은 무언의 교훈, 그렇다고 웅변적이지 않은 것은 아닌 그런 교훈을 의미한다.

게다가 아르파종 부인은 몹시 난처했다. 많은 시선이 모퉁이에 있는 르네상스 양식의 발코니 쪽으로 들어 올려졌는데, 거기에는 그 시대에 흔히 찾아볼 수 있는 기념비적인 조각상 대신 그에 못지않게 조형적이고 아름다운 쉬르지르뒤크 공작 부인,* 아르파종 부인의 뒤를 이어 바쟁 드 게르망트의 마음을 사로잡은 여인이 몸을 기울이고 있었기 때문이다. 싸늘한 밤공기를 막아 주는 가벼운 하얀 망사 아래로 날아오를 듯이 유연한 승리의 여신상**의 몸매가 보였다. 정원에 이르는 아래층 방에 들어간 샤를뤼스 씨에게 도움을 청하는 수밖에 없었다. 나는 여유를 가지고(샤를뤼스 씨가 휘스트*** 게임에 열중하

---

* 이후부터 이 이름은(196쪽 주석 참조.) 쉬르지 부인으로 약칭되며, 또 공작 부인이 아닌 후작 부인으로 불린다.

** 파리 루브르 박물관에 있는 「날개 달린 니케」(승리의 여신상)를 가리킨다.(『잃어버린 시간을 찾아서』 2권 123쪽 주석 참조.)

*** 카드 게임의 하나이다.

는 척하면서 주위 사람들을 쳐다보지 않는 것처럼 꾸몄으므로) 그가 입은 연미복에서 의도된 예술가적 단순함을 감상할 수 있었는데, 그 옷은 양재사만이 식별할 수 있는 아주 미세한 것에 의해 휘슬러의 검은색과 흰색의 '하모니'*를, 아니 차라리 검은색과 흰색과 붉은색의 하모니를 연상시켰다. 셔츠 가슴 장식에 몰타** 교단의 기사가 다는 하양, 검정, 빨강의 칠보 십자가가 넓은 끈에 매달려 있었기 때문이다. 그때 남작이 하던 게임이 조카를 데리고 온 갈라르동 부인으로 인해 중단되었다. 쿠르부아지에 자작인 조카는 얼굴은 잘생겼지만 어딘지 건방져 보였다. "사촌 양반," 하고 갈라르동 부인이 말했다. "내 조카 아달베르를 소개할게요. 아달베르, 늘 얘기하던 그 유명한 팔라메드 아저씨란다." "안녕하세요, 갈라르동 부인." 하고 샤를뤼스 씨가 대답했다. 그러고는 젊은이는 쳐다보지도 않고 "안녕하시오, 므시외." 하고 무뚝뚝한 표정과 지극히 불손한 목소리로 덧붙였으므로 모두들 아연실색했다. 어쩌면 샤를뤼스 씨는 갈라르동 부인이 자신의 품행에 의심을 품고 또 그런 사실을 비추는 기쁨에 한 번도 저항한 적이 없음을 알고, 조카에게 친절히 대했다가는 부인이 무슨 얘기를 늘

---

* 프루스트는 초고에서 이 그림이 휘슬러의 「회색과 검은색의 구성 1번」이라는 부제가 달린 「화가의 어머니」(1872년 작, 오르세 미술관 소장)임을 명시하고 있다. 특히 휘슬러가 그린 '금색과 검은색의 구성'이라는 부제가 달린 몽테스큐의 초상화(1891년 작, 뉴욕 프릭 컬렉션 소장)를 연상시킨다고 지적된다.(『소돔』, 폴리오, 556쪽 참조.)

** 몰타 기사단에 대해서는 『잃어버린 시간을 찾아서』 6권 447쪽 참조.

어놓을지 몰라 아예 그걸 차단시키는 동시에, 자신이 젊은이들에게 관심이 없음을 요란하게 공표하려고 했는지도 모른다. 아니면 앞에서 언급한 아달베르가 숙모의 말에 충분히 공손한 태도로 대답하지 않았다고 생각했을 수도 있다. 어쩌면 그처럼 매력적인 사촌을 나중에 공략하고 싶어서, 외교 활동을 시작하기 전에 군사 활동으로 먼저 그것을 뒷받침하는 군주처럼 미리 도발하는 이점을 스스로에게 부여하고 싶었는지도 모른다.

샤를뤼스 씨는 대공을 소개해 달라는 나의 부탁을, 생각했던 것만큼 어렵지 않게 들어주었다. 한편 최근 이십 년 동안 이 돈키호테는 수많은 풍차와(대개는 그에 대해 못되게 굴었다고 주장하는 친척과) 싸웠고, 많은 사람들을 이런저런 게르망트네 집에 "초대하기가 불가능한 자들"이라며 왕래를 금했지만, 게르망트 사람들은 자기를 위해 부인이나 형제, 자식들을 버리기 원하는 이 시동생 또는 사촌의 추상같은 원한, 하지만 납득할 수 없는 원한에 동조하느라 자신들이 좋아하는 사람들과 사이가 틀어질까 봐, 또 관심을 끄는 몇몇 신참과의 교제를 죽을 때까지 하지 못하게 될까 봐 겁을 먹기 시작했다. 여느 게르망트 사람들보다 총명한 샤를뤼스 씨는 자신이 제명하라는 명령을 두 번에 한 번밖에 시행하지 않은 걸 보고는 앞일을 미리 예상하고 언젠가는 자신도 제거될지 모른다는 두려움에서, 불길이 번지는 걸 막으려고 이른바 몸값을 낮추기 시작했다. 게다가 그는 자신이 미워하는 사람에게는 몇 달이고 몇 해고 동일한 삶을 누리게 하는 능력이 있었으나 — 그런 사람을 초대하는 것은 참지 못했으며, 또 자신에게 방해가 되는 자의 신분은 전혀 고려 대상이 아니었으므로 그자가 여왕이라고 해도 짐꾼처럼 싸웠을 것이다. — 반면 너무 자주 분노를 폭발해서, 결국 그 폭발은 불완전한 것이 되고 말았다. "바보 같은 놈, 악랄한 건달, 원래 있던 곳으로 돌아가게 해 주지. 하수구로 쓸어 넣어야지. 애석하게도 거기서도 도시 위생에는 해를 끼치겠지만." 하고 그는 집에 혼자 있을 때에도 무례하다고 생각되는 편지를 읽거나, 남이 옮긴 말을 들을 때면 그렇게 부르짖었다. 그러나 두 번째 바보를 향해 새로운 분노가 폭발하면서 앞의 분노는 사라졌으며, 또 첫째 녀석이 조금이라도 경의를 표하면 그 녀석이 초래한 위기는 증오의 토대를 세울 만큼 충분히 지속되지 않은 채 금세 잊혔다. 그래서 어쩌면 — 나에 대한 불쾌감에도 불구하고 — 대공에게 소개시켜 달라고 부탁했을 때, 내가 그저 되는 대로 들어와서는 그를 믿고 계속 눌러앉으려 하는 무례를 저지른다고 생각하지 않도록 소심한 마음에서 다음과 같은 말을 덧붙일 불행한 생각만 하지 않았어도, 그 일은 성공했을지 모른다. "저는 두 분을 잘 압니다. 대공 부인은 제게 매우 친절하십니다." "그래, 자네가 그들을 잘 안다면 어째서 내가 자네를 소개하는 데 필요하지?" 하고 그는 톡 쏘는 어조로 대답하면서 내게 등을 돌리고, 교황 대사와 독일 대사 그리고 내가 모르는 한 인물과 함께 그 위장된 게임을 다시 했다.

그때 예전에 에기용 공작이 희귀 동물을 길렀던 정원 안쪽으로부터 우아한 여인들의 내음을 맡으며 그중 어느 하나도 놓치지 않으려는 듯 킁킁거리는 소리가, 크게 열린 문을 통해 내게로까지 들려왔다. 그 소리는 가까이 다가왔고 무심코 내가 그 방향으로 가자 브레오테 씨의 "안녕."이라는 속삭임이 내 귀에 들렸는데, 그 소리는 칼날을 날카롭게 갈 때 나는 칼의 이 빠진 쇳소리도 아니고, 경작된 땅을 황폐하게 만드는 새끼 멧돼지 소리는 더욱 아닌, 잠재적인 구세주의 목소리와도 같은 것이었다. 수브레 부인만큼 영향력은 크지 않지만, 근본적으로 남의 일 돌보는 걸 싫어하지 않고, 대공과도 아르파종 부인 이상으로 편한 사이이며, 게르망트네 사회에서의 내 위치에 대해 어쩌면 환상을 품고 있을지도 모르는, 아니 어쩌면 나 자신보다 내 위치를 더 잘 알고 있을 사람이었지만, 그럼에도 처음 몇 초 동안은 그의 주의를 끌기가 조금 힘이 들었다. 왜냐하면 그가 콧등을 팔딱거리고 콧구멍을 벌름거리며 사방으로 얼굴을 돌리면서, 마치 걸작이 500점은 걸려 있는 곳 앞에 서 있기라도 한 듯 외알 안경 낀 눈을 묘하게 크게 뜨고 있었기 때문이다. 그러나 나의 부탁을 듣자 그는 만족하며 받아들였고, 나를 대공에게로 데리고 가더니, 흡사 대공에게 자신이 추천하는 프티 푸르가 담긴 접시라도 건네는 것처럼, 좋아한다는 듯 형식적이고 속된 표정으로 나를 소개했다. 손님을 맞이하는 게르망트 공작의 태도가 자신이 원할 때면 상냥하고 우호적이며 다정하고 친밀한 느낌이 나는 것만큼이나 대공의 접대는 부자연스럽고 엄숙하고 거만해 보였다. 그는 거의 미소도 짓지 않고 정중하게 나를 '므시외'라고 불렀다. 나는 공작이 자기 사촌의 거만함을 비웃는 소리를 자주 들어 왔다. 그러나 냉정하고 진지한 어조가 바쟁의 언어와 지극히 대조를 보이는 대공의 처음 몇 마디에서 나는 남을 근본적으로 무시하는 사람은 바로 첫 방문부터 당신과 "대등한 동료"라고 말하는 공작이며, 두 사촌 중 정말로 소탈한 사람은 바로 대공임을 금방 알아차렸다. 나는 그의 신중한 태도에서 뭔가 보다 의연한 감정을, 그로서는 상상할 수 없는 일이기에 평등이라고까지는 말할 수 없어도, 적어도 자기보다 열등한 사람에게 베푸는 것 같은 그런 남을 배려하는 마음씨를 발견했다. 마치 위계질서가 강한 사회에서, 이를테면 법원이나 대학 같은 데서 자신들의 높은 직책을 의식하는 검사장이나 '학장'이, 아마도 실제로는 더 많은 소박함을, 그들을 알면 알수록 그 전통적인 거만함 아래서 경쾌한 우정을 가장하는 현대인보다 더 많은 선량함과 진정한 소박함과 다정함을 숨기는 일이 있는 것처럼 말이다. "아버님의 직업을 따를 생각이오?" 하고 그는 거리감은 있지만 관심 있는 표정으로 내게 말했다. 호의를 표하느라 물어본 말에 지나지 않는다는 걸 알았기에 나는 간단히 답하고는 그가 새로 온 손님들을 접대하도록 자리를 떴다.

스완의 모습이 보여 그에게 말을 건네고 싶었으나 그때 마침 게르망트 대공이 오데트 남편의 인사를 앉은 자리에서 받는 대신, 흡입 펌프와 같은 힘으로 그를 정원 구석으로 끌고 갔으며, 그러자 몇몇 이들은 "저자를 내쫓으려는 거요."라고까지 말했다.

그날 사교계에서 얼마나 정신이 없었던지, 나는 이틀이 지난 후에야 신문을 통해 파티 내내 체코 관현악단이 연주했고,

매 순간 벵골의 섬광 신호등*이 연달아 발사되었다는 사실을 알았지만, 그래도 저 유명한 위베르 로베르**의 분수를 구경하러 갈 정도의 주의력은 있었다.

빈터 한쪽 아름다운 나무들 사이에, 그중 몇 그루는 분수만큼이나 오래된 아름다운 나무들 사이에 외따로 세워진 분수는 멀리서 가느다랗고 부동의 상태로 굳어진 듯, 창백하고 파르르 떠는 깃털 같은 물줄기에서 떨어지는 보다 미세한 물보라만이 미풍에 흔들리는 모습이 보였다. 18세기는 선의 우아함을 보다 순화시켰지만, 물의 분출 양식을 결정하면서 그 삶을 정지한 듯했다. 이런 거리에서 보면 그것은 물의 감각보다는 오히려 예술의 인상을 풍겼다. 꼭대기에 지속적으로 쌓이는 습한 구름마저 베르사유 궁전 주변의 하늘에 모이는 구름처럼 그 시대의 성격을 간직했다. 그러나 가까이에서 보면 고대 궁전의 돌처럼 예전에 계획된 도안을 존중하면서도 항상 새로운 물줄기를 뿜어 대며, 건축가의 오래된 명령에 따르기를 원하면서도 정확히 따를 수 없어 명령을 어기는, 그 수없이 산산이 부서지며 튀어 오르는 물방울이 멀리서는 단 한 번의 도약으로 솟아오르는 듯한 인상을 준다는 걸 깨달았다. 이런

---

* 벵골의 섬광 신호등에 대해서는 『잃어버린 시간을 찾아서』 1권 83쪽 주석 참조.

** 위베르 로베르의 분수에 대해서는 『잃어버린 시간을 찾아서』 1권 78쪽 주석 참조. 위베르 로베르(Hubert Robert, 1733~1808)는 18세기를 대표하는 풍경화가로서 분수 그림을 많이 그렸다. 프루스트는 그의 「생클루에서 본 전망」(1786)에 의거해 게르망트 대공 저택의 분수를 묘사했다.

도약은 실제로는 물이 떨어지면서 흩어지는 것만큼이나 자주 끊겼지만, 멀리서 보면 굴절되지 않고 조밀하며 균열 없는 연속성을 담보하는 것 같았다. 그러나 더 가까이에서 보면 모든 것이 선으로 보이는 이 연속성은, 물이 솟아오르는 혹은 부서지는 온갖 지점에서, 그것과 평행으로 솟아오르는 두 번째 물줄기가 선 안에 들어오거나, 측면의 반복으로 첫 번째 물줄기보다 더 높이 솟아올라 그 자체로 가장 높은 곳에 이른 것이 확실했지만, 벌써 힘에 겨운지 이내 세 번째 물줄기가 그 뒤를 잇는 것이 보였다. 좀 더 가까이에서는 힘없는 물방울들이 물기둥에서 떨어지면서 도중에 올라오는 자매 물방울들과 엇갈렸으며, 또 때로는 쉬지 않고 뿜어 대는 그 혼란스러운 공기의 소용돌이에 찢어지거나 휩쓸리면서 연못으로 가라앉기 전에 잠시 공중에 떠돌았다. 물방울들은 그 망설임과 반대 방향에서의 솟구침으로 팽팽한 물줄기의 수직적인 상승을 방해하며, 또 그 상승을 그것의 부드러운 수증기로 흐릿하게 만들었는데, 이 물줄기는 자기 위에 수많은 작은 물방울들로 이루어진, 그러나 변하지 않는 금빛 갈색으로 그려진 모양의 긴 타원형 구름을 나르면서, 견고하고 흔들림 없는 모습으로 빠르고 날씬하게 올라가더니 이내 하늘의 구름과 합쳐졌다. 불행하게도 한 줄기 바람만 불어도 구름을 옆으로 땅 위에 보내기에 충분했다. 때로는 제멋대로 노는 물줄기가 단 한 번의 분출로 갈라져 나와, 그것을 바라보던 군중이 조심성 없이 적당히 거리를 두고 서 있지 않았다면 뼛속까지 적셨을지도 모른다.

그때 미풍이 불 때를 제외하고는 거의 일어나지 않는 그런 작은 사건 중의 하나가 벌어졌는데, 꽤 불쾌한 사건이었다. 누군가가 아르파종 부인에게 게르망트 공작이 — 실제로는 아직 도착하지 않은 — 쉬르지 부인과 함께 분홍색 대리석 회랑 안에 있는 것처럼 말했다. 회랑은 분수대 둘레에 쳐진 돌에서 시작하여 가운데가 뚫린 두 열로 세워진 돌기둥을 통해 갈 수 있었다. 그런데 아르파종 부인이 그런 돌기둥 하나에 이르렀을 때, 세찬 더운 바람이 불어와 물줄기를 비틀면서 아름다운 부인 위로 마구 쏟아붓는 바람에, 드러난 가슴에서 드레스 속까지 물이 방울져 떨어지면서 부인은 욕조 속에 빠진 사람처럼 온몸이 젖고 말았다. 그러자 그녀와 멀지 않은 곳으로부터 박자에 맞춰 으르렁대는 소리가 온 군대에 들릴 정도로 크게 울려 퍼졌고, 그렇지만 군대 전체가 아니라 각각의 분대를 향해 연이어 보내지는 듯 주기적으로 이어졌다. 아르파종 부인이 물에 흠뻑 젖은 걸 보고 블라디미르 대공작이 폭소를 터뜨린 것이었다. 그는 나중에 이 일이 자신이 평생 목격한 것 중 가장 재미있는 광경의 하나였다고 얘기했다. 몇몇 인정 많은 사람들은, 마흔이 훨씬 넘었지만 어느 누구에게도 도움을 청하지 않고 손수 스카프로 몸을 닦으면서 분수대의 테두리 돌을 심술궂게 적시고 있는 물에도 불구하고 그곳을 빠져나온 부인에게, 이 모스코바 출신의 대공작이 한마디 위로의 말을 건넨다면 부인이 틀림없이 기뻐할 거라고 충고했다. 그러자 그 인정 많은 대공작은 뭔가 해야 한다는 생각이 들었는지, 군대 소리처럼 우렁차게 울려 퍼지는 마지막 웃음소리가 약간 진정되자, 이번에는 조금 전보다 더 세찬 으르렁거림으로

"브라보, 노친네!" 하고 마치 극장에서처럼 박수를 치며 소리쳤다. 아르파종 부인은 다른 사람이 그녀의 젊음을 희생시키면서 능란한 솜씨로 칭찬하는 걸 느끼지 못할 사람은 아니었다. 그래서 누군가가 물소리에 귀가 먹먹해져서는 — 그렇지만 천둥 같은 대공작 전하의 목소리가 그 소리를 압도하는 가운데 — "대공작 전하께서 부인에게 뭔가 말씀하신 것 같은데요."라고 말하자, 그녀는 "아뇨, 수브레 부인에게 말씀하신 거예요."라고 대답했다.

나는 정원을 가로질러 계단을 다시 올라갔는데, 대공이 스완과 함께 멀리 사라진 후여서 샤를뤼스 씨의 주위에는, 루이 14세가 베르사유에 없을 때면 동생인 '므시외' 댁에 더 많은 사람들이 모여들었던 것과 마찬가지로 손님들이 불어나고 있었다.* 지나가는 도중에 남작이 나를 불러 세웠고, 내 뒤로 부인 두 명과 젊은이 하나가 남작에게 인사하려고 다가왔다.

"여기서 만나다니 반갑군." 하고 그가 내게 손을 내밀며 말했다. "안녕하세요, 라 트레무이유 부인. 안녕, 에르미니." 그러나 조금 전에 자신이 게르망트 저택에서는 주인 노릇을 한다고 말한 기억이 그가 불만스럽게 여기지만 막지 못했던 것에 대해 만족해하는 것처럼 보이고 싶은 욕망을 주었고, 거기에 대귀족의 무례함과 히스테리 환자의 쾌활함이 더해져서는

* 루이 14세의 동생 필리프 도를레앙(Philippe d'Orléans, 1640~1701)을 가리킨다.(『잃어버린 시간을 찾아서』 6권 208쪽 참조.) 그의 팔레루아얄 저택과 생클루 성에는 많은 사람들이 모여들었는데, 샤를뤼스와 '므시외'는 집안에서 가장 박학하다는 점 외에도 둘 다 동성애자라는 공통점이 있다.

이내 지나치게 냉소적인 모습을 띠었다. "반갑네." 하고 그는 말을 이었다. "하지만 정말 우습군." 그러고는 웃음을 터뜨리기 시작했는데, 이런 웃음은 기쁨과 함께 인간의 말로는 그 기쁨을 표현할 수 없다는 무력감을 증명했다. 그동안 몇몇 사람들은 남작에게 접근하는 일이 얼마나 어려우며, 또 그가 얼마나 오만방자한 '욕설'을 하는 데 적임자인지 깨닫고는 호기심에서 다가왔다가, 거의 무례하다고 할 만한 서두름으로 부리나케 도망쳤다. "자, 화내지 말게." 하고 그는 내 어깨를 부드럽게 만지며 말했다. "자네도 내가 자네를 좋아한다는 걸 알지 않나. 안녕, 앙티오슈. 안녕, 루이르네. 분수를 보러 갔었나?" 하고 그는 질문이라기보다는 확인하는 어조로 물었다. "아름답지 않은가. 정말 대단해. 물론 몇 가지를 제거했다면 더 훌륭했겠지만, 그렇게 했다간 프랑스에서 그와 비슷한 것은 전혀 찾아볼 수 없겠지. 하지만 지금 이대로도 가장 훌륭한 것 중의 하나라고 할 수 있지. 브레오테는 저기에 작은 초롱불을 단 게 잘못이라고 말하겠지만, 그런 엉뚱한 생각을 한 게 바로 자신임을 잊게 하려는 걸세. 하지만 결국 그는 그걸 흉하게 만드는 데 조금밖에 성공하지 못했네. 걸작은 창조하기보다는 훼손시키기가 더 힘든 법이지. 하기야 브레오테가 위베르 로베르보다 강력하지 않다는 걸 우린 이미 어렴풋이 짐작하고 있었지만 말일세."

나는 저택으로 들어가는 방문객들의 줄에 다시 섰다. "내 멋진 사촌 오리안을 본 지 오래되셨나요?" 하고 조금 전 입구의 안락의자를 떠난 대공 부인이 나와 함께 살롱에 들어가면서 물었다. "오리안은 오늘 저녁에 올 거예요. 오후에 만났거든요." 하고 안주인이 덧붙였다. "온다고 약속했어요. 게다가 당신은 목요일 이탈리아 왕비가 대사관에서 베푸는 만찬에서 우리와 함께 식사하는 걸로 알고 있는데요. '전하'라고 불리는 분들은 모두 모여들 테니 매우 겁이 날 것 같아요." 게르망트 대공 부인이 전하들에게 겁을 먹을 리는 만무했다. 그녀의 살롱은 그런 사람들로 넘쳐 났고 그녀 자신도 "나의 코부르크* 아이들"이라는 말을 흡사 "내 어린 강아지"라고 말하듯 했으니까. 이렇게 게르망트 대공 부인은 "겁이 날 것 같아요."란 말을 단순한 어리석음에서 내뱉었고 사교계 인사들 사이에서 이런 어리석음은 허영심보다 강했다. 그녀 자신의 족보로 말하자면, 역사 교수 자격증 취득자보다도 알지 못했다. 자신과 교우하는 지인들에 대해서는 사람들이 그들에게 붙인 별명을 안다는 걸 보여 주고 싶어 했다. 사람들이 자주 '사과(la Pomme)'**라고 부르는 라 포믈리에르 후작 부인 댁에서 열리는 다음 주 만찬에 가느냐는 물음에 내가 아니라고 대답하자, 대공 부인은 잠시 침묵을 지켰다. 그러다 비의도적인 박학함과 진부함, 일반 정신에의 부합을 고의로 늘어놓는 것 외에는 다른 이유가 없다는 듯한 말투로 "'사과'는 꽤 유쾌한 여인이에요!"라고 덧붙였다.

대공 부인이 나와 얘기하는 동안, 마침 게르망트 공작 부부

---

* 『잃어버린 시간을 찾아서』 5권 343쪽 주석 참조.

** 라 포믈리에르(la Pommelière)란 이름이 '사과'란 뜻의 라 폼(la pomme)에서 연유했기 때문이다.

가 들어왔다. 그러나 나는 도중에 터키 대사 부인*에게 붙잡혀 그들을 맞으러 갈 수가 없었다. 그녀는 내가 방금 떠나온 안주인을 가리키면서 내 손을 붙잡고 외쳤다. "대공 부인은 참으로 멋진 분이에요! 얼마나 뛰어난 분인지, 어느 누구보다도! 내가 만일 남자라면……" 하고 조금은 동방의 저속함과 관능을 환기하며 덧붙였다. "나는 저런 천상의 여인에게 내 삶을 바치고 싶어요." 대공 부인이 매력적인 분으로 보이는 건 사실이지만 나는 그녀의 사촌인 공작 부인을 더 잘 안다고 대답했다. "하지만 두 분은 전혀 달라요." 하고 대사 부인이 말했다. "오리안은 사교계의 매력적인 여인으로 그녀의 재치는 메메나 바발로부터 나온 거죠. 하지만 마리질베르는 '중요한 인물'이에요."

지인들에 대해 나 스스로 생각해야 할 바를 이렇게 반박할 여지도 없이 타인에게서 듣는 것은 기분 좋은 일이 아니다. 그리고 대사 부인이 게르망트 공작 부인의 가치를 나보다 더 정확히 판단한다고 볼 만한 근거도 없었다. 다른 한편으로 대사 부인에 대한 나의 불쾌함을 설명해 주는 것은 그저 지인에 지나지 않는 사람, 아니 친구라 할지라도 그런 사람의 결점은 우리에게 진짜 독이 되기 때문인데, 다행히도 우리는 이런 독에 대해 '면역력을 갖고 있다.' 그러나 여기서 과학적 비교 자료를 나열하거나 과민성 반응**에 대해 얘기할 생각은 전혀 없으

* 터키 대사 부인에 대해서는 『잃어버린 시간을 찾아서』 6권 378~379쪽 참조.
** 면역 반응을 일으키는 항원이 우리 몸속에 들어오면 화학 물질이 생겨 쇼크와 같은 심한 전신 반응이 나타나는 것을 가리킨다.

니, 우리의 교우 관계나 순전히 사교적인 관계에는 일시적으로 치유되지만 어떤 감정의 폭발로 재개되는 적개심이 있다는 점만을 말하고자 한다. 일반적으로 '자연스러운 상태'에 있는 동안에는 사람들은 그런 독이 들어와도 좀처럼 상처를 받지 않는다. 터키 대사 부인은 그녀가 모르는 사람들을 가리키기 위해 '바발'이니 '메메'니라고 함으로써 보통 때는 내가 참을 수 있었던 면역 반응의 효력을 중단시켰다. 물론 내가 그녀에게 화를 낸 것은 부당한 일이었는데, 그녀가 그렇게 말한 것은 자신이 메메의 내밀한 친구임을 믿게 하려는 의도가 아니라, 너무 빠른 시일 내에 교육을 받아 자신이 이 나라의 관습이라고 믿은 대로 그 고귀한 귀족들을 지칭했기 때문이다. 그녀는 몇 달 만에 학습을 마쳤고 단계적으로 배우지 않았다. 그러나 좀 더 깊이 생각해 보니 내가 대사 부인 곁에서 불쾌함을 느낀 데에는 또 다른 이유가 있었다. 그렇게 오래된 일은 아니지만, 동일한 이 외교계의 인물은 '오리안'의 집에서 뭔가 의도가 담긴 진지한 표정으로, 게르망트 대공 부인이 솔직히 적대적으로 보인다고 말한 적이 있었다. 나는 당시 그런 식의 의견 돌변에는 신경을 쓰지 않기로 했다. 그러나 오늘 밤의 연회 초대 덕분에 그 일이 생각났다. 게르망트 대공 부인이 숭고한 인물이라고 말할 때의 대사 부인은 전적으로 진심이었다. 그녀는 늘 그렇게 생각해 왔다. 하지만 지금까지 한 번도 대공 부인 댁에 초대받은 적이 없었으므로, 이런 비초대의 유형에 원칙적으로 자발적 기권의 형태를 부여해야 한다고 생각했다. 그러나 이제 그녀는 초대를 받았고, 아마 앞으로도 그럴 가능성이 많았으므로, 그녀의 호감은 자유롭게 표현될 수 있었다. 타인들에 대해 우리가 가진 의견의 4분의 3을 설명하기 위해 구태여 사랑의 원한이나 정치 권력에서의 배제 등을 운운할 필요는 없다. 우리의 판단은 불확실한 채로 남아 있다. 초대받느냐 초대받지 못하느냐가 그것을 결정한다. 게다가 나와 함께 살롱을 시찰한 게르망트 공작 부인이 말했듯이, 터키 대사 부인은 "맡은 역할을 잘했다." 그녀는 특히 쓸모가 많았다. 사교계의 진정한 별들은 사교계에 나타나는 데 지쳐 있었다. 그래서 그 별들을 보는 데 관심이 있는 사람은 자주 그들이 거의 홀로 빛나는 지구 반대편으로 이주해야 한다. 그러나 오토만 제국의 대사 부인과 비슷한 여인들은 모두 최근에야 사교계에 등장했으므로, 말하자면, 동시에 도처에서 자신을 빛내지 않고는 배기지 못한다. 그들은 파티나 연회라고 불리는 그런 종류의 공연에 유용한 자들로, 위독하다 할 만한 상태에서라도 거기에 불참하기보다는 끌려서라도 가기를 바란다. 사람들이 항상 기댈 수 있는, 무슨 일이 있어도 파티를 놓치지 않기를 열망하는 단역 배우들이다. 따라서 이런 여인들을 가짜 별인 줄도 모르고 멋의 여왕으로 간주하는 바보 같은 젊은이들에게 자기들이 알지 못하는, 사교계를 떠나 방석 그림을 그리는 스탕디슈 부인이, 어떤 이유에서 두도빌 공작 부인만큼이나 대단한 귀부인인지를 설명하려면 가르침이 필요할 것이다.*

* 스탕디슈(Hélène Standish, 1847~1911) 부인은 그레필(Greffulhe) 백작 부인의 사촌으로 당시 파리 사교계에서 빼어난 미모를 자랑했다. 영국 에드워드 7세의 정부이기도 한 그녀를, 프루스트는 게르망트 공작 부인의 모델인 그레

일상의 삶에서 게르망트 공작 부인의 눈은 뭔가 정신이 나간 듯 조금 우울해 보였다. 친구에게 인사를 해야 할 때에만, 마치 그 친구가 전적으로 재담이나 매력적인 특징 자체라는 듯, 미식가의 얼굴에 정교함과 기쁨의 표현을 가져다주는 맛있는 진미라도 되는 듯, 그녀의 눈은 재치의 불꽃을 반짝였다. 그러나 대연회에서는 너무 많은 인사를 해야 했으므로, 매번 인사를 하고 나서 반짝거리는 눈빛을 끄는 일이 무척 피곤해 보였다. 마치 문학에 조예가 깊은 사람이 연극의 거장 중 한 사람의 최신작을 보러 극장에 갔다가 시시한 저녁을 보낼 리 없다는(이미 그런 적이 있었으므로) 확신을 보여 주려고, 안내원 여자에게 소지품을 주며 그에 걸맞은 미소를 짓기 위해 입가를 조절하고 눈에는 장난기 어린 칭찬의 빛으로 생기를 발산하는 것처럼, 공작 부인의 눈빛은 그곳에 도착한 후부터 파티가 계속되는 내내 타오르고 있었다. 사교계 여인의 눈길인, 그 빠르고 섬세하고 빈틈없는 양재사와도 같은 눈길을 티에폴로* 의 아름다운 붉은빛 파티용 망토에 마지막으로 던진 후 망토를 안내원에게 건네자, 그녀의 목을 감추는 진짜 루비 목걸이가 드러났고, 오리안은 몸에 지닌 다른 보석들만큼이나 자신

---

퓔 백작 부인과 함께 1912년에 처음 극장에서 만났는데, 이 두 여인은 게르망트 공작 부인과 대공 부인의 옷차림을 묘사하는 데 많은 도움을 주었다. 두도빌(Doudeauville) 공작 작위는 프랑스에서 가장 오래된 명문 중의 하나인 라 로슈푸코 가문의 한 분파에 속한다. 이 가문인 후손인 소스텐 드 두도빌 공작에 대해서는 260쪽 주석 참조.

* 티에폴로에 대해서는 『잃어버린 시간을 찾아서』 3권 203쪽 주석 참조.

의 눈빛이 반짝이는 것을 확인했다. 주빌 씨 같은 몇몇 '수다쟁이'들이 공작이 살롱에 들어가는 것을 막으려고 달려갔지만 아무런 소용이 없었다. "불쌍한 마마*가 죽기 직전임을 모르세요? 지금 막 종부 성사를 했다는군요." "알아요. 알고 있어요." 하고 게르망트 씨는 진입을 가로막는 그 훼방꾼을 저지하며 대답했다. "임종 시에 행하는 성체 배령이 최상의 효과를 자아냈나 봅니다." 하고 그는 대공의 파티 후에 있을, 결코 놓치지 않기로 결심한 가장무도회를 생각하고는 기쁨의 미소를 지으며 덧붙였다. "우리가 온 걸 사람들이 알아채지 못했으면 해요." 하고 공작 부인이 말했다. 그녀는 대공 부인이 그날 사촌인 그녀와 잠시 만났을 때, 파티에 온다고 약속했다는 얘기를 내게 했으므로, 이 말이 사전에 파기되었음을 짐작하지 못했다. 공작은 오 분 동안 내내 긴 눈길로 부인을 쏘아보더니 "오리안에게 자네가 품었던 의혹에 대해 말해 주었네."라고 말했다. 이제 그 의혹은 근거가 없으며, 그걸 없애기 위해 자신이 어떤 노력도 할 필요가 없음을 안 그녀는 엉뚱한 의혹이라며 나를 오랫동안 놀렸다. "어떻게 당신이 초대를 받지 않았을지도 모른다고 생각할 수가 있죠? 늘 초대받는 분이! 또 내가 있잖아요. 사촌 집에 당신을 초대받지 못하게 둘 것 같아요?" 그녀가 그 후에도 여러 번 나를 위해 아주 어려운 일을 해 주었다는 걸 말하지 않을 수 없다. 그렇지만 그 말을

---

* 마마란 애칭을 가진 오스몽 후작의 이 일화에 대해서는 『잃어버린 시간을 찾아서』 6권 449쪽 참조.

내가 너무 신중했다는 의미로 해석하지 않으려고 조심했다. 나는 귀족들의 상냥함을 표시하는, 말 또는 침묵으로 행해지는 이런 언어의 정확한 가치를 이해하기 시작했는데, 이런 상냥함은 그것이 베풀어지는 상대의 열등감을 달래 주기는 하지만 완전히 없애지는 못한다. 만약 없애는 경우 그것이 존재할 이유가 없기 때문이다. "하지만 당신은 우리와 동등해요. 우리보다 뛰어나지 않을지는 모르지만." 하고 게르망트 사람들은 그들의 모든 행동을 통해 그렇게 말하는 것 같았다. 그리고 그들은 우리가 상상할 수 있는 한 가장 친절한 방식으로 말했는데 그것은 우리가 자신들의 말을 믿어 주었으면 해서가 아니라 스스로 사랑받고 찬미받고 싶어서였다. 이런 상냥함의 허구적 성격을 파헤치는 일이 교육을 잘 받고 자랐다고 부르는 것이었으며, 상냥함을 진짜로 믿는 것은 잘못된 교육이었다. 게다가 나는 그로부터 얼마 지나지 않아 교훈을 하나 얻었고, 그것은 내게 귀족의 상냥함에 대한 몇몇 형태의 범위와 한계를 가장 완벽하고도 정확하게 가르쳐 주었다. 영국 여왕을 위해 몽모랑시 공작 부인이 베푼 오후 모임에서였다. 사람들이 뷔페에 가기 위해 일종의 작은 열을 지었고, 그 선두에서 여왕이 게르망트 공작의 팔을 잡고 걸어갔다. 바로 그때 내가 도착했다. 공작은 팔을 잡지 않은 다른 팔로, 적어도 40미터는 떨어진 곳에서 나를 부르는 수많은 우정의 몸짓을 했고, 그 몸짓은 내게 무서워하지 말고 다가오라고, 샌드위치 대신 내가 산 채로 잡아먹히는 일은 없을 거라고 말하는 듯 보였다. 그러나 궁정 언어를 완벽하게 습득하기 시작한 나는 한 발짝도 다가가지 않고, 대신 40미터나 되는 거리에서 허리를 깊숙이 구부려 인사했고, 하지만 잘 알지 못하는 사람에게 하듯이 미소도 짓지 않았으며, 그런 후에는 반대 방향으로 가던 길을 계속 갔다. 내가 걸작을 한 권 썼다고 해도, 그 인사만큼 게르망트네 사람들의 칭찬을 받지는 못했을 것이다. 그 인사는 그날 500명이나 넘는 사람들로부터 인사를 받아야 했던 공작뿐 아니라 공작 부인의 눈에도 띄지 않을 수 없었는데, 부인은 내 어머니를 만나자마자, 내가 잘못했느니 가까이 다가갔어야 했느니 하는 말은 하지 않으려고 조심하면서 이 얘기를 했고, 자기 남편이 내 인사에 대단히 감탄했으며, 거기에 그 이상의 것을 담기란 불가능했을 것이라고까지 말했다. 사람들은 이 인사에서 온갖 장점을 발견하기를 멈추지 않았고, 하지만 가장 소중하게 여겨지는 장점, 즉 내 인사가 신중했다는 말은 하지 않았다. 또 그들은 내게도 계속해서 칭찬을 늘어놓았는데 나는 그 칭찬이 과거 일에 대한 보상이라기보다는 미래에 대한 지침임을 깨달았다. 마치 어느 교육 기관의 원장이 학생들에게 정교한 방식으로 "여러분, 이 상장은 여러분보다는 여러분 부모님께 드리는 거예요. 부모님께서 내년에도 여러분을 이곳에 보내도록 드리는 것임을 잊지 마세요."라고 말하는 것처럼 말이다. 이렇게 해서 마르상트 부인은 누군가 다른 세계의 사람이 자신의 세계로 들어오면, 그 사람 앞에서 "우리가 찾을 때면 항상 있고 나머지 시간에는 잊어버리는" 그런 신중한 사람들을 칭찬했다. 이는 마치 역겨운 냄새가 나는 하인에게 간접적인 형태로 목욕을 하면 건강에도 좋을 거라고 말하는 것과도 같다.

게르망트 부인이 현관방을 떠나기 전 부인과 얘기하고 있을 때, 나는 앞으로 결코 착각하는 일 없이 식별하게 될 그런 목소리를 듣게 되었다. 그것은 보구베르 씨가 샤를뤼스 씨와 얘기하는 것과 같은 특별한 경우에 내는 목소리였다. 어떤 임상의는 진찰 중인 환자의 셔츠를 걷어 올리거나 숨소리를 들어 볼 필요도 없이 환자의 목소리만 듣고도 진단을 내릴 수 있다고 한다.* 그 후 나는 여러 번 살롱에서 어떤 남성의 억양이나 웃음소리에 놀라는 일이 있었으며, 남성은 그가 속한 직업의 언어나 그룹의 태도를 정확히 흉내 내어 매우 엄격한 품위 혹은 천박한 친숙함을 가장했지만, 그 거짓 목소리는 내 귀에 조율사의 기준 음처럼 작용하면서 '또 한 명의 샤를뤼스'라는 사실을 가르쳐 주기에 충분했다. 그때 대사관 직원들이 지나가다 샤를뤼스 씨에게 인사했다. 내가 그런 종류의 병을 발견한 것은 바로 그날(내가 샤를뤼스 씨와 쥐피앵의 모습을 목격한 날) 이후부터였지만, 나라면 진단을 내리기 위해 질문을 하거나 청진기를 댈 필요는 없었을 것이다. 하지만 보구베르 씨는 샤를뤼스 씨와 얘기하면서 뭔가 확신을 갖지 못한 듯 보였다. 그렇지만 청소년기의 의혹을 거친 후 그는 이제 자신이 어떻게 해야 할지 알고 있는 게 틀림없었다. 성도착자는 이 우주에 자기 같은 부류는 자신이 유일하다고 믿는다. 나중에 가

* 목소리에 의한 성도착자의 폭로는 프루스트 소설에서 빈번한 것으로, 독일의 신경학자 크라프트에빙(Krafft-Ebing, 1840~1902)에 의해 세기말에 보편화된 주제였다.(『소돔』, 폴리오, 557쪽 참조.)

서야 — 이 역시 과장된 사실이지만 — 유일한 예외적인 존재는 바로 정상적인 남성이라고 상상한다. 하지만 야심이 많고 소심한 보구베르 씨는 아주 오래전부터 그에게 있어 쾌락이라고 할 만한 것에 몸을 맡기지 못했다. 외교관 경력은 그의 삶에서 수도회에 들어간 것과 같은 효과를 자아냈다. 파리 정치 대학에 열성적으로 다니는 일과 병행한 외교관 경력은 스무 살 때부터 그를 기독교인의 순결에 몸 바치게 했다. 그리하여 각각의 감각이 사용되지 않으면 그 힘과 활력을 잃고 감퇴하듯이, 보구베르 씨는 문명인이 동굴 속의 인간만큼 힘을 행사하거나 예민한 청각을 갖지 못하는 것과 마찬가지로, 샤를뤼스 씨에게는 조금도 부족하지 않은 그런 특별한 통찰력을 상실했다. 그래서 파리나 외국의 공식 식탁에서 이 전권 공사는 제복을 입고 변장한 자들이 실은 자기와 동류임을 더 이상 식별하지 못할 때도 있었다. 그리하여 만약 그 이름이 자신의 취향과 관계된 것이라면 화를 내면서도, 다른 사람의 이름을 남들에게 알려 주는 일은 늘 재미있어하는 샤를뤼스 씨가 발음한 몇몇 이름들은 보구베르 씨에게 감미로운 놀라움을 야기했다. 그토록 많은 세월이 지난 후 거기서 어떤 다른 행운을 취하는 기회로 이용하려고 생각해서가 아니었다. 이런 신속한 폭로가, 마치 라신의 비극에서 아탈리와 아브넬에게 조아스가 다윗의 종족이며, 왕좌에 앉은 에스테르가 유대인 부모를 두었다는 사실을 알려 주었던 것과 마찬가지로* X 외교 사

* 라신의 「아탈리」(『잃어버린 시간을 찾아서』 4권 445쪽 주석 참조.) 5막 5장

절단이나 외무성 모 부서의 모습을 변화시켜, 외무성이 위치한 궁을 회고적으로 예루살렘 사원이나 수사의 왕좌가 있는 방*처럼 신비롭게 만들었기 때문이다. 샤를뤼스 씨에게 악수하러 온 그 젊은 직원들이 있는 대사관에 대해, 보구베르 씨는 마치 「에스테르」에 나오는 엘리즈마냥 감탄하는 표정을 지으며 소리쳤다.

> 오 하늘이시여! 얼마나 많은 순진한 아름다움의 벌 떼가
> 사방에서 떼 지어 제 눈앞에 나타나고 있나요!
> 얼마나 귀여운 수줍음이 그들 얼굴 위에 그려져 있나요!**

그러고는 좀 더 자세히 '알고' 싶다는 듯 미소를 지으며, 바보같이 샤를뤼스 씨에게 질문하는 듯한 탐욕스러운 눈길을 던졌다. "그렇소, 물론이오." 하고 샤를뤼스 씨는 무식한 사람

---

에서 조아드가 아브넬과 아탈리에게 조아스가 다윗의 종족임을 밝히는 장면과, 「에스테르」(『잃어버린 시간을 찾아서』 1권 113쪽 주석 참조.) 1막 1장에서 에스테르가 심복인 엘리즈에게 자신이 유대인임을 밝히는 장면을 가리킨다. 지금까지 성경 텍스트는 「에스더」, 라신의 작품은 「에스텔」로 각기 지칭했으나, 앞으로는 이 두 책을 「에스테르」로 통일하여 인용하고자 한다.

* 1912년 블랑슈 드 클레르몽토네르(Blanche de Clermont-Tonnerre)는 수사의 다리우스 궁(『잃어버린 시간을 찾아서』 5권 119쪽 주석 참조.)의 벽 장식을 그대로 모방하여 페르시아풍의 연회를 베풀었다고 한다.

** 「에스테르」 1막 1장. 샤를뤼스로부터 X 대사관의 서기관들이 '저주받은 종족'에 속한다는 사실을 전해 듣고 기뻐하는 보구베르의 모습을, 마치 에스테르가 이스라엘 소녀들에 둘러싸인 모습을 보면서 감탄하는 엘리즈에 비유한 대목이다.

에게 말하는 학자의 유식한 체하는 표정을 지었다. 그러자 보구베르 씨는 금방 그 젊은 서기관들로부터 눈을 떼지 않았는데(샤를뤼스 씨를 무척 짜증 나게 하는), 오랜 상습범인 프랑스 주재 X 대사가 그들을 아무렇게나 뽑지는 않았기 때문이다.* 보구베르 씨는 잠시 입을 다물었고, 나는 그의 그런 눈길만 바라보았다. 하지만 어려서부터 침묵에게도 고전 작품의 언어를 빌려주는 습관이 있던 나는, 보구베르 씨의 눈길로 하여금 에스테르가 엘리즈에게 설명하는 시구를, 즉 마르도셰가 종교에 대한 열성에서 자기 곁에 그 종교를 믿는 소녀들만을 두기를 원했다고 말하는 시구를 읊게 했다.**

그렇지만 우리 민족에 대한 그의 사랑이
이 궁전을 시온의 딸들로 가득 채웠네.
이국의 하늘 아래로 나처럼 옮겨져 온
그 운명에 동요하는 젊고 다정한 꽃들을,
세속적인 증인들로부터 멀리 떨어진 곳에서
그는〔탁월한 대사인〕그들을 기르기 위해 가르치고 정성을 다하네.***

---

* 1906년부터 파리 주재 노르웨이 대사였던 베델얄스버그(Wedel-Jarlsberg)를 가리키는 것처럼 보인다고 지적된다.(『소돔』, 폴리오, 558쪽 참조.)

** 마르도셰(모르도카이 혹은 모르드개)는 에스테르의 양부로 유대인 학살을 막은 선지자이며, 엘리즈는 에스테르 왕비의 심복이다.

*** 「에스테르」 1막 2장. 시온은 예루살렘의 언덕 이름으로, 다윗은 이곳에 궁전을 건설하여 유대인의 신앙 중심지로 삼았다.

드디어 보구베르 씨가 눈길 대신 입으로 말했다. "내가 머무는 나라에도 같은 일이 존재하지 않는지 누가 알겠어요?" 하고 그는 울적한 표정으로 말했다. "아마도 있을 거요." 하고 샤를뤼스 씨가 대답했다. "테오도시우스 왕을 필두로 해서, 그분에 관해서는 확실한 건 하나도 모르지만 말이오." "오! 하나도 모른다고요!" "그렇다면 그 정도로까지 그런 모습을 보이는 것은 허용되지 않소. 꾸민 태도를 취하는 것도 그렇고. 그분은 '사랑하는 그대(ma chère)'와 같은 유형으로 내가 가장 싫어하는 부류의 사람이오. 그분하고는 감히 거리에 나갈 생각도 하지 못하오. 그분이 어떤 사람인지는 당신이 나보다 더 잘 알 테지만. 널리 알려진 분이니까." "그분에 대해 완전히 잘못 생각하고 계시는군요. 뿐만 아니라 아주 매력적인 분이죠. 프랑스와 협정이 조인되던 날 왕께서는 절 포옹하셨죠. 그렇게까지 감동한 적이 없었어요." "당신이 그분을 원한다고 말할 순간이었군." "오! 천만에요, 무슨 그런 끔찍한 말씀을. 그분이 그런 의심을 받는다고 해도 전 전혀 겁나지 않지만요." 그들과 가까이 있었으므로 내 귀에도 그 말이 들렸고, 그래서 나는 마음속으로 이렇게 읊었다.

왕께서는 오늘날까지도 내가 누구인지 모른다네.
이 비밀이 늘 내 혀를 사슬로 묶고 있다네.*

---

* 「에스테르」 1막 1장.

반쯤은 침묵으로 반쯤은 말로 행해진 이 대화는 아주 짧은 시간 동안 이어졌고, 내가 게르망트 공작 부인과 함께 살롱 안으로 몇 걸음 들여놓았을 때, 정말 아름다운 어느 키 작은 갈색 머리 여인이 공작 부인의 발길을 멈추게 했다.

"무척 뵙고 싶었어요. 단눈치오*가 칸막이 좌석에서 부인을 보고, T 대공 부인께, 저렇게 아름다운 분은 본 적이 없으며 부인과 십 분만이라도 대화를 나눌 수 있다면 일생을 바쳐도 좋다고 편지를 써 보냈어요. 어쨌든 부인이 그렇게 할 수 없거나 원하지 않는다 해도 편지는 지금 제 수중에 있어요. 만날 약속을 정해 주세요. 이 자리에서 말할 수 없는 은밀한 것들이 있거든요. 당신은 절 알아보지 못하시나 봐요." 하고 그녀는 내게 말을 걸며 덧붙였다. "파름 대공 부인 댁에서 당신을 만났어요.(나는 그곳에 간 적이 없었다.) 러시아 황제께서는 당신 아버지가 페테르부르크에 와 주기를 바라나 봐요. 화요일에 와 주시면, 그날 마침 이스볼스키**도 와 계실 테니. 그 점에 관해 그

---

* Gabriele d'Annunzio(1863~1938). 이탈리아의 시인이자 소설가이다. 1910년에는 채무 때문에 프랑스로 도피했는데, 키가 작았지만 여성 편력으로 유명했으며 파리 사교계에서도 인기가 많았다.

** Alexandre Pavlovitch Isvolski(1856~1919). 제정 러시아의 외교관으로 1900년에서 1902년까지 주 일본 공사로 있을 때 한국의 영세 중립안을 건의했으나 일본의 반대로 철회했다. 1910년부터 1917년까지 주불 대사를 지내다 러시아 혁명 후 파리에서 사망했다. 그러나 1906년에 사망한 입센과 이스볼스키가 같은 시기에 만났을 가능성은 거의 없는 것으로 지적된다. 베르뒤랭 부인의 모델 중 하나로 거론되는 오베르농 부인은 단눈치오를 자기 집에 즐겨 초대했으며, 발표 후 세계적인 명성을 안겨 준 입센의 「인형의 집」(1879)이 처음 낭독된 곳도 바로 오베르농 부인의 살롱이었다고 한다.(『소돔』, 폴리오, 558쪽 참조.)

분과 말할 수 있을 거예요. 그런데 친애하는 부인께 드릴 선물이 있어요." 하고 이번에는 공작 부인 쪽으로 고개를 돌리며 말했다. "부인 외에는 누구에게도 드리고 싶지 않아요. 입센이 쓴 희곡 초고 세 편인데 그가 늙은 간병인을 통해 보내온 거랍니다. 하나는 제가 간직하고 다른 두 편은 부인께 드릴게요."

게르망트 공작은 그런 선물을 별로 반가워하지 않았다. 입센이나 단눈치오가 살아 있는지 죽었는지도 잘 모르면서 그는 벌써 소설가나 극작가가 아내를 방문하여 작품에 등장시키는 장면을 그려 보았다. 보통 사교계 인사들은 책을 일종의 정육면체로 상상하고, 한 면이 떨어져 나가면 작가가 서둘러 자신이 만난 사람들을 그 안에 '집어넣는다'고 생각한다. 그건 분명히 비열한 짓이고 따라서 작가는 하찮은 존재일 뿐이었다. 물론 지나는 길에 그들을 만나는 건 그리 따분하지 않다. 그들 덕분에 책이나 신문 기사를 읽으면서 "그 이면을 알고 가면을 벗길 수 있으니까." 그럼에도 가장 현명한 처사는 고인이 된 작가로 만족하는 것이다. 게르망트 씨가 "완벽하게 예의 바른" 사람이라고 생각하는 작가는 《골루아》*의 부고란을 쓰는 신사였다. 그는 적어도 공작이 자기 이름을 기재한 장례식에서 저명 인사들 중 '맨 먼저' 게르망트 씨의 이름을 인용하는 데 만족했으니까. 공작이 자기 이름이 기재되기를 원치 않을 때에는 유족에게 대신 애도의 글을 보내 조의를 표했다. 만일 유족이 "보내 준 편지 중 게르망트 공작을 비롯해서

* 『잃어버린 시간을 찾아서』 4권 408쪽 주석 참조.

등등"이라는 기사를 신문에 내면, 그것은 가십난 담당 기자의 잘못이 아니라 고인이 된 부인의 아들이나 형제, 부친의 잘못이므로, 공작은 그런 가족들을 벼락출세자로 규정하고 그 후로는 그들과 더 이상 교제하지 않기로 결심했다.(그는 관용어의 의미도 잘 모르면서 그것을 '나누어야 할 동전이 있다'*라는 관용어로 표현했다.) 어쨌든 입센과 단눈치오의 이름과 그들의 불확실한 생사 여부가 공작의 눈살을 찌푸리게 한 것은 사실이었다. 그는 우리로부터 그리 멀지 않은 곳에 있었으므로 티몰레옹 다몽쿠르 부인이 하는 여러 상냥한 말들을 들을 수 있었다. 그녀는 재치도 미모 못지않게 뛰어난 매력적인 여인으로, 이 둘 중의 어느 하나만으로도 충분히 사람들의 마음을 사로잡았을 그런 여인이었다. 그러나 현재 살고 있는 환경과는 다른 곳에서 태어나 처음에는 문학 살롱만을 드나들기를 열망했고, 연이어 절대적으로 위대한 작가들의 친구가 되었으며 — 결코 그들의 정부가 되지는 않았는데, 그만큼 그녀의 품행은 흠잡을 데가 없었다. — 작가들은 그녀에게 그들의 모든 초고를 주고 그녀를 위해서 책을 썼다. 이런 그녀가 우연히 포부르생제르맹에 들어오게 되었고, 그러자 그녀가 지닌 문학적 특권이 유용하게 사용되었다. 이제 그녀는 자신의 참석으로 인해 발산되는 우아함 외에 다른 우아함은 발산할 필요가 없는 위치에 있었다. 그러나 지난날 능란한 사교술과 처세

* '나누어야 할 동전이 있다'라고 직역한 관용어 avoir maille à partir는 보통은 '다툼이 있다', '사이가 틀어지다'라는 의미로 쓰이지만, 공작은 '교제를 하지 않는다'라는 의미로 썼음을 암시한다.

술, 남을 돕는 일에 익숙했던 그녀는 이제 그럴 필요가 없는데도 여전히 그 일을 계속했다. 그녀에겐 항상 누군가에게 누설할 국가 기밀이나 소개해 줄 실력자, 제공할 거장의 수채화가 있었다. 이런 모든 불필요한 매력에는 조금은 거짓이 포함되었지만, 그래도 그것은 그녀의 삶을 한 편의 재치가 번득이는 복잡하게 꼬인 코미디로 만들었고, 그녀가 도지사들과 장군을 임명하게 한 것도 정확한 사실이었다.

게르망트 공작 부인은 내 옆에서 걸으면서도 자신의 푸른 눈길을 앞으로 던졌고, 그러나 교제하고 싶지 않은, 이따금 멀리서 위험한 암초라고 느껴지는 이들을 피하기 위해 그 눈길을 허공에 떠돌게 했다. 우리는 손님들로 둘러싸인 두 개의 울타리 사이로 걸어갔으며, '오리안'을 소개받을 가능성이 전혀 없는 걸 아는 손님들은 적어도 자기 아내에게라도 '진기한 물건'인 양 그녀를 보여 주고 싶어 했다. "위르쉴, 빨리 와서 저 젊은이와 얘기하는 게르망트 부인을 보구려." 7월 14일 열병식이나 그랑프리* 수여식 때처럼 그들이 더 잘 보려고 의자 위로 올라가기 일보 직전임을 사람들은 느낄 수 있었다. 이는 게르망트 공작 부인이 사촌 동서인 게르망트 대공 부인보다 더 귀족다운 살롱을 가져서가 아니었다. 공작 부인 댁에는 대공 부인이 특히 남편 때문에 결코 초대하기를 원치 않는 사람들이 드나들었다. 대공 부인은 라 트레무이유 부인과 사강 부인의 절친한 친구인 알퐁스 드 로칠드 부인을 한 번도 초대하지

* 최강의 경주마를 가리는 파리 근교 롱샹 경마 대회에 주는 상을 가리킨다.

않았지만,* 오리안과 친한 로칠드 부인은 오리안 집에 자주 드나들었다. 이르슈 남작**의 경우도 마찬가지로, 영국 황태자는 남작을 오리안의 집에는 데리고 갔으나 대공 부인 댁에는 그들 마음에 들지 않을까 봐 데려가지 못했으며, 그 밖에 몇몇 저명한 나폴레옹파나 공화주의자들도 마찬가지로 공작 부인의 관심은 끌었지만, 투철한 왕당파인 대공은 결코 받아들이기를 원치 않았다. 대공의 유대인 배척주의 역시 아무리 신망 높은 우아한 여인 앞이라 할지라도 원칙상 결코 굽히는 법이 없었는데, 스완을 평생의 친구로 받아들인 것은 — 게다가 대공은 게르망트 사람 중에 유일하게 샤를이라고 부르지 않고 스완이라고 불렀다. — 스완의 조모가 유대인과 결혼한 신교도로 베리 공작***의 정부였다는 걸 알고, 스완의 부친이 베리 공작의 사생아라는 전설을 이따금 믿으려고 했기 때문이다. 이런 가설에 따르면, 게다가 틀린 가설이었지만, 스완은 그 자신이 가톨릭 신도로서, 부르봉 왕가의 아버지와 가톨릭 신도인 어머니 사이에 태어난 아들로 완전한 기독교인이었다.

"어떻게 이곳의 화려함을 모른다고 할 수 있죠?" 하고 공작

---

* 라 트레무이유 부인과 사강 부인, 로칠드 부인에 대해서는 각각 『잃어버린 시간을 찾아서』 2권 128쪽, 2권 10쪽, 5권 490쪽 주석 참조.

** 이르슈(Maurice de Hirsch, 1831~1896) 남작은 독일의 이스라엘계 재정가로 유대인을 위한 자선 활동에도 많은 기여를 했다.

*** 프랑스 왕족으로 그 일가 중에서도 장 1세 베리 공작(Jean I de Berry, 1340~1416)이 가장 유명하다. 예술품 수집가이자 예술가들을 후원한 것으로 알려졌으며, 특히 그의 소장품인 「베리 공작의 매우 호화로운 기도서」는 오늘날까지 전해진다.

부인은 우리가 있는 저택 얘기를 하면서 말했다. 그러나 사촌 동서의 '궁전'을 찬미한 다음 그녀는 서둘러 자신의 '누추한 집'이 천배나 더 좋다는 말을 덧붙였다. "이곳은 '방문하기에는' 더없이 멋진 장소지만 수많은 역사적 사건이 일어났던 방에서 잠을 자야 한다면, 난 슬퍼서 죽을 거예요. 블루아 성이나 퐁텐블로 성, 루브르 박물관에서조차 문이 닫힌 후 사람들로부터 잊힌 채로 남아 있는, 그래서 기껏해야 모날데스키*가 암살되었던 방 안에 내가 있구나라고 말하는 게 슬픔을 달래는 유일한 방법인 그런 곳에 있는 느낌이 들 테니까요. 캐모마일 차로도 부족할 거예요. 아! 저기 생퇴베르트 부인이 계시네요. 우리는 조금 전에 저분 댁에서 저녁 식사를 했어요. 내일은 저분이 일 년에 한 번 베푸는 대연회 날이어서 곧바로 주무시러 갈 거라고 생각했어요. 하지만 연회라면 놓치지 않는 분이죠. 오늘 연회가 설령 시골에서 열렸다 해도 그곳에 가지 않기보다는 차라리 가구 운반차라도 타고 가셨을 거예요."

사실상 생퇴베르트 부인이 오늘 저녁 이곳에 온 것은 다른 사람의 집에서 열리는 연회를 놓치지 않는 기쁨보다는 자기 집 연회의 성공을 확실히 하기 위해 마지막 회원을 모집하고, 어떻게 보면 내일 자신의 가든파티에서 찬란하게 전개될 부대의 열병식을 '최종' 점검하기 위해서였다. 몇 해 전부터 생퇴베르트 부인의 연회에 오는 손님들은 전혀 예전과 같지 않

---

* Jean de Monaldeschi. 이탈리아 귀족으로 스웨덴 크리스티나 여왕에 의해 1657년 퐁텐블로 성에서 살해되었다.

았다. 당시에는 그토록 드물었던 게르망트네의 여성 명사들이 — 여주인의 예절에 크게 만족해서 — 점차 그들의 친구들을 데려왔다. 이와 동시에 점진적인, 하지만 반대 방향에서의 작업을 통해 생퇴베르트 부인은 해마다 상류 사회에 낯선 손님들의 수를 축소해 갔다. 이런저런 사람의 모습이 보이지 않았다. 얼마 동안은 '한 번에 처리하는' 방식이 작동했는데, 이는 사람들에게 말하지 않고 연회를 열어 덕분에 버림받은 사람들만 초대해서 그들끼리 즐기게 하는 방식으로, 그렇게 하면 그들을 훌륭한 사람들과 함께 초대하지 않아도 되었던 것이다. 그들이 무슨 불평을 할 수 있겠는가? 그들에게는 ('빵과 서커스'라고 할 수 있는)* 프티 푸르와 훌륭한 음악 프로그램이 제공되지 않는가? 그리하여 지난날 생퇴베르트 부인의 살롱이 처음 등장했을 때, 흔들거리던 천장을 카리아티드** 여인상의 기둥처럼 떠받치다가 지금은 추방당한 두 명의 공작 부인과 완전히 대칭을 이루는 인물로서, 최근 상류 사회에 섞인 두 이질 분자만이 눈에 띄었다. 캉브르메르 노부인과 목소리가 아름다워 자주 노래 요청을 받는 건축가 아내였다. 그러나 생퇴베르트 부인 댁에서 아는 이가 하나도 없는 그들은 잃어버린 친구들을 슬퍼하면서 왠지 방해가 된다고 느꼈고, 때맞춰 이주하지 못한 두 마리 제비처럼 추위에 떨어야 했다. 그러다

---

* 고대 로마의 시인 유베날리스(Juvenalis)는 『풍자시집』에서 로마인들이 '빵과 서커스(panem et circenses)', 즉 먹는 것과 검투 같은 오락거리에만 관심이 있다고 신랄하게 비판했다.

** 고대 그리스의 건축에서 기둥으로 사용된 여인상.

다음 해에는 초대받지 못했다. 프랑크토 부인이 음악을 몹시 좋아하는 사촌을 위해 중재를 시도했다. 그러나 그녀는 "원하신다면 언제라도 음악을 들으러 들어오실 수 있어요. 범죄는 아니니까요."라는 말 이상의 분명한 대답은 들을 수 없었다. 캉브르메르 부인은 이 초대가 절박하지 않다고 생각해서 가지 않았다.

배척당한 자들을 위한 살롱에서 최상의 귀부인들을 위한 살롱으로 전환된(그 살롱이 취한 최근의 형태가 가장 우아한 멋의 외양으로 나타나는) 생퇴베르트 부인의 살롱을 보면서, 사람들은 그해 사교계 행사 중 가장 찬란한 연회를 다음 날 베풀 사람이 어떻게 전날 밤 자기편 군대의 마지막 점검을 위해 그곳에 올 필요가 있는지 의아하게 생각했을지도 모른다. 그런데 생퇴베르트 부인 살롱의 탁월함은 오후 모임이나 파티에는 한 번도 가 본 적 없이 그에 관한 기사를 《골루아》나 《피가로》를 통해 읽는 것을 사교 생활의 전부인 줄 아는 사람들 사이에서만 존재했다. 신문을 통해서만 세상을 보는 이런 사교계 인사들은 영국 대사 부인, 오스트리아 대사 부인 등등의 나열과, 위제 공작 부인과 라 트레무이유 공작 부인 등등의 나열만으로도 생퇴베르트 부인 살롱을 파리에서 첫째가는 살롱으로 상상하곤 했지만, 사실 이 살롱은 최하류 살롱 가운데 하나였다. 신문 보도가 거짓이라는 말은 아니다. 인용된 사람들의 대다수는 물론 참석했다. 그러나 그들 각자는 부탁이나 예의, 신세에 대한 보답으로 왔던 것이며, 또 자기들이 생퇴베르트 부인을 무한히 명예롭게 한다는 느낌을 받았다. 사람들이 많이 찾기보다는 피하는 이런 살롱은, 다시 말해 부탁을 받아야만 가는 살롱은 단지 '사교계 소식란'을 읽는 여성 독자들에게만 환상을 심어 준다. 그러나 그 여성 독자들은 진정으로 멋지고 우아한 연회는 놓치기 마련인데, 그런 연회는 '선택받은 사람들' 사이에 끼기를 열망하는 모든 공작 부인을 불러 모을 수 있는데도 여주인이 두세 명밖에 부르지 않고, 손님들 이름도 신문에 오르지 않는다. 그리하여 이런 여성들은 오늘날 광고가 가지는 효과를 알지 못하거나 무시한 탓에 스페인 여왕으로부터는 우아한 여성으로 인정받을지언정 일반 대중에게는 인정받지 못하는데, 스페인 여왕은 그들이 누구인지 알지만 일반 대중은 알지 못하기 때문이다.

생퇴베르트 부인은 그런 종류의 여인은 아니었으며, 그리하여 부지런한 일벌로서 다음 날 저녁 파티에 초대받은 사람들을 모으기 위해 그곳에 왔다. 샤를뤼스 씨는 초대받지 못했는데 부인 댁에 가기를 항상 거절해 왔기 때문이다. 하지만 그는 모든 사람들과 반목하는 사이였으므로, 생퇴베르트 부인은 그것을 그의 성격 책임으로 몰고 갈 수 있었다.

물론 문제가 되는 것이 오리안뿐이었다면 생퇴베르트 부인은 일부러 올 필요가 없었을 것이다. 초대는 구두로 이루어졌으며, 또 그것은 아카데미 회원들이 능란하게 구사하는 거짓 친절함의 우아한 몸짓으로 받아들여졌는데, 그런 몸짓에 감동한 아카데미 지원자는 그들이 자신을 위해 투표해 줄 것을 믿어 의심치 않는다. 그러나 거기에는 오리안만 있는 것이 아니었다. 아그리장트 대공은 올까? 또 뒤포르 부인은? 그래서 그녀는 신중을 기하기 위해 자신이 직접 이동하는 편이 보다 효과적이겠다고 판단했다. 어떤 이들에게는 넌지시 비추고 어떤 이들에게는 명령조로 말하면서, 그 모든 사람에게 그녀는 완곡한 말로 두 번 다시는 보지도 상상하지도 못할 오락거리가 있음을 알렸으며, 또 각자에게 그가 만나고 싶어 하는 사람이나 만날 필요가 있는 인물을 자신의 집에서 목격할 수 있을 거라 약속했다. 그리하여 일 년에 한 번 그녀에게 부여된 이런 종류의 직책, 다음 날 그해에 가장 중요한 가든파티를 개최할 누군가의 직책이 — 고대 사회의 몇몇 판관들처럼 — 그녀에게 일시적인 권한을 부여했다. 초대 손님 명단이 작성되고 마감되었으므로 그녀는 대공 부인의 여러 거실을 천천히 순회하면서 "내일 나를 잊지 않으시겠죠."라는 말을 그 각각의 귀에 연달아 쏟아부었다. 그러다 혹여 피해야 할 추남이나, 학창 시절의 친구인 관계로 '질베르'의 집에는 허용되지만 자신의 가든파티에는 아무 도움도 되지 않을 것 같은 시골 귀족이라도 보면 연신 미소를 지으면서 눈길을 다른 데로 돌리는 일시적인 승리감도 맛보았다. "초대는 구두로 했어요. 그런데 불행하게도 당신은 만나지 못했군요."라는 말을 할 수 있도록, 처음에는 그런 사람들에게 말을 하지 않는 편이 낫다고 생각했다. 이렇게 생퇴베르트 부인에 지나지 않는 그녀는 두리번거리는 눈으로, 대공 부인의 파티에 참석한 구성 분자들을 '선별했다.' 또 그렇게 행동하면서 자신이 진짜 게르망트 공작 부인이라고 생각했다.

공작 부인 역시 사람들이 생각하는 것처럼 그렇게 아무렇게나 인사와 미소를 보내는 것은 아니라고 말해야 한다. 그녀가 인사와 미소를 거절할 때도 분명히 의도가 있었다. "하지만 그녀가 나를 귀찮게 해서요."라고 부인은 말했다. "저 여자가 여는 파티에 대해 내가 한 시간이나 말을 해야 할까요?"

추한 모습과 어리석음, 또 몇몇 처신의 일탈로 인해, 사교계는 아니지만 몇몇 우아하고 내밀한 모임으로부터 추방당한 매우 검은 머리의 공작 부인이 지나갔다. "아!" 하고 게르망트 부인은 가짜 보석을 볼 때 감식가가 짓는 정확하고도 실망스러운 눈초리를 보내면서 내게 속삭였다. "이런 집에서 저런 사람을 초대하다니!" 거의 백치 같은 얼굴에 검은 털이 난 반점이 수없이 뒤덮인 얼굴을 보았다는 이유만으로도 게르망트 부인은 그날 연회에 대해 형편없는 점수를 매겼다. 같이 자라기는 했지만 모든 관계를 끊은 여자였다. 때문에 부인은 상대방의 인사에 가장 무뚝뚝한 고갯짓으로 답한 것이 전부였다. "이해가 안 가네요." 하고 그녀는 변명이라도 하려는 듯 말했다. "마리질베르가 왜 이 모든 쓰레기들과 함께 우릴 초대했는지. 이 동네 교구 신자들은 다 모인 것 같잖아요. 멜라니 푸르탈레스*네 집도 이보다는 잘 정돈되어 있었어요. 그 여자는 마음만 내키면 러시아 정교회의 시노드**나 오라투아르 수도원 사람들

---

* 제 2 제정 시에 파리 사교계의 여왕이었던 멜라니 푸르탈레스 혹은 에드몽 드 푸르탈레스 백작 부인(Mélanie de Pourtalès, 1836~1914)에 대해서는 『잃어버린 시간을 찾아서』 5권 213쪽 주석 참조.

** 시노드(saint-sinode)는 러시아 동방 정교회의 주교 회의를 가리킨다. 황제 표트르 1세에 의해 1721년 창설되었다. 오라투아르(Oratoire) 수도원(파리 리볼리 가에 위치하는)은 나폴레옹에 의해 1811년 프로테스탄트 교회로 귀속되었다.

을 모두 불렀을 거예요. 하지만 적어도 그런 날에는 우리보고 오라고 하지 않았죠." 하지만 많은 경우, 예술가의 초대를 싫어하는 남편과 언쟁을 벌이기를 두려워하는 소심증(마리질베르는 여러 예술가를 후원했으므로 어느 유명한 독일 여가수가 접근하지 못하도록 조심해야만 했다.) 때문에, 또한 민족주의에 대한 어떤 두려움 때문에, 샤를뤼스 씨처럼 게르망트 정신을 소유한 그녀는 사교계 인사의 관점에서는(지금은 참모 본부를 칭송하기 위해 평민인 장군을 몇몇 공작들보다 먼저 지나가게 하는) 민족주의를 경멸했지만, 자신이 보수적 사고에 반대되는 사람으로 평가된다는 걸 알고는 꽤 타협을 하고 있었으므로, 이런 반유대주의 모임에서는 스완에게 손을 내미는 것도 두려워했다. 이런 점에서 그녀는 조금 전 대공이 스완을 살롱에 들여보내지 않으려고 "일종의 언쟁을 벌였다."는 얘기를 듣고는 이내 안도했다. 그녀는 자신이 개인적으로 편애하고 싶은 "가련한 샤를"과 공개적으로는 대화를 나누고 싶지 않았다.

"저 여자는 또 누구지?" 하고 게르망트 부인은 키가 작고 어딘가 기이한 표정을 한 여인이, 마치 불행한 일을 겪은 듯 지극히 소박한 검정 드레스를 입은 채 남편과 자기에게 무릎을 구부리며 큰절을 하는 걸 보자 소리쳤다. 공작 부인은 그녀가 누구인지 알아보지 못하고, 모욕당한 듯 몸을 뒤로 젖히면서 무례한 표정으로 대답도 기다리지 않고 쳐다보았다. "저 사람은 누구죠, 바쟁?" 부인은 놀란 표정으로 물었고, 그러자 게르망트 씨는 오리안의 무례함을 만회하려는 듯 여인에게 인사하고 그의 손을 붙잡았다. "쇼스피에르 부인이잖

소. 당신이 너무 무례했소." "전 쇼스피에르가 누군지 모르는데요." "샹리보 노모의 조카요." "전 이 모든 것에 대해 아무것도 모르는데요. 저 여자는 누구고 왜 내게 인사하는 거죠?" "당신은 저 부인을 잘 알아요. 바로 샤를르발 부인의 딸, 앙리에트 몽모랑시요." "아! 그래요. 그 어머니라면 잘 알죠. 무척 매력적이고 재치 있는 분이었죠. 그런데 저 여잔 왜 내가 모르는 그 모든 이들과 결혼했을까요? 저 여자 이름이 쇼스피에르 부인이라고 했나요?" 하고 공작 부인은 질문하는 듯한 표정으로, 또 틀릴까 봐 겁이 난다는 듯 이름의 철자를 하나하나 떼어 발음하면서 물었다. 공작은 아내에게 매서운 눈길을 던졌다. "쇼스피에르라고 불리는 건 당신이 생각하는 것처럼 그렇게 우스운 일이 아니오. 쇼스피에르 영감은 우리가 조금 전에 열거한 샤를르발과 센쿠르 부인과 메를로 자작 부인과 형제지간이었소. 훌륭한 사람들이오." "아! 그만해요." 하고 공작 부인이 외쳤다. 그녀는 조련사마냥 맹수의 잡아먹을 듯한 눈길에 결코 겁먹고 싶어 하지 않았다. "바쟁, 당신은 절 기쁘게 해 주는군요. 어디서 그 이름들을 끄집어 왔는지는 모르지만 여하튼 축하해요. 전 쇼스피에르라는 이름은 모르지만 발자크는 읽었답니다. 당신만 발자크를 읽은 건 아니에요. 전 라비슈도 읽었어요. 샹리보라는 이름은 높이 평가해요. 샤를르발도 그리 싫지 않아요. 하지만 메를로는 걸작이라고 생각해요.* 게다가 쇼스피에르도 그리 나쁘지 않다는 걸 인정해요.

---

* 쇼스피에르(Chaussepierre)는 돌과 반바지 또는 길, 샹리보(Chanlivault)는

당신이 그 모든 이름을 수집한 거죠. 믿을 수 없어요. 당신은 책을 쓰고 싶어 하니까." 그녀가 내게 말했다. "샤를르발과 메를로를 기억하셔야 할 거예요. 그보다 나은 이름은 없을 테니까요." "그렇게 하다간 소송을 제기해서 감옥에 가게 될 거요. 당신은 아주 잘못된 조언을 하고 있소, 오리안." "이분이 잘못된 조언을 구하고 특히 그 조언을 따르고 싶어 한다면 주위에 부탁할 더 젊은 사람들이 얼마든지 있을 거예요. 하지만 이분은 어쩌면 책을 쓰는 일보다 더 나쁜 짓을 할지도 몰라요!" 우리로부터 꽤 떨어진 곳에서 아름답고 도도한 젊은 여인이 온통 다이아몬드와 망사로 치장한 하얀 드레스 차림으로 천천히 그 모습을 드러냈다. 게르망트 부인은 여인이 그녀의 우아함에 매료된 한 무리의 사람들 앞에서 얘기하는 모습을 바라보았다. "당신 누이는 어느 곳에서나 가장 아름다워요. 오늘 저녁도 매력적이군요." 부인은 마침 그곳을 지나가던 시메 대공에게 말하면서 의자에 앉았다.* 프로베르빌 대령이(동명의 장군이 그의 아저씨가 되는) 브레오테 씨와 같이 우리 곁에 와서 앉았고, 한편 보구베르 씨는 몸을 좌우로 흔들면서(그는 테니스를 칠 때도 지나치게 예의를 차려, 공을 받아넘기기 전에 일일이

---

들판, 샤를르발(Charleval)은 말(馬), 메를로(Merlerault)는 각각 티티새를 환기하는데, 공작 부인은 이런 시골이나 전원의 이미지를 환기하는 이름의 나열을 통해, 이들의 귀족적 지위가 자신에 비해 열등함을 조롱하고 있다. 이런 하찮은 귀족들에 대한 경멸은 발자크의 소설이나 라비슈의 연극에도 나타난다.

* 게르망트 공작 부인과 게르망트 대공 부인의 모델인 그레퓔(Greffulhe, 1860~1952) 백작 부인에 대한 암시이다. 그녀는 시메 대공의 여동생이었다.

저명 인사에게 허락을 구하는 바람에 그와 한편이 된 팀은 반드시 질수밖에 없었다.) 샤를뤼스 씨(그때까지 거기 모인 모든 여인 중 자신이 가장 찬미한다고 공표한 몰레 백작 부인의 커다란 치마폭에 감싸여 있는) 곁으로 되돌아가려고 했는데, 그때 마침 우연히도 파리에 와 있던 외교 사절단 중 몇 명이 남작에게 인사를 하고 있었다. 유달리 총명해 보이는 젊은 서기관 한 사람을 보자 보구베르씨는 명백히 질문이 피어오르는 미소를 띠며 샤를뤼스 씨를 응시했다. 샤를뤼스 씨는 어쩌면 남을 위태로운 일에 끌어들이는 짓은 기꺼이 했을 테지만, 이런 유일한 의미만을 가진 미소를 남으로부터 받자 자신의 평판이 위험해진다고 느껴 몹시 분노했다. "나는 정말 아무것도 모르오. 제발 부탁이니 당신의 호기심은 당신 자신을 위해서만 간직하구려. 나는 거기에 아무 관심도 없소. 게다가 특히 이번 경우 당신은 아주 중대한 실수를 저질렀소. 저 젊은이는 당신의 생각과 완전히 반대되는 녀석이오." 여기서 샤를뤼스 씨는, 바보 같은 녀석 하나 때문에 자신의 정체가 발각되자 화가 나서 진실을 말하지 않았던 것이다. 만약 남작이 진실을 말했더라면, 서기관은 그 대사관에서 예외적인 인물이 되었을 것이다. 사실 대사관은 매우 상이하고도 지극히 평범한 인물들로 구성되어 있어, 그 인물들이 선택된 동기가 무엇인지 알아보려고 할 때면 성도착자라는 이유 외에 다른 점은 전혀 찾을 수 없었다. 남색가인 외교관들로 구성된 이 작은 그룹의 선두에, 뮤직홀의 진행자 같은 코믹한 과장 연기로 여자를 좋아하고 여장 남자의 부대를 질서 정연하게 지휘하는 대사를 배치한 외무부의 상관들은 마치 대조의 법칙을 추구하는 듯 보였다.* 그러나 대사는 눈앞의 명백한 사실에도 이들 외교관들의 성도착을 믿지 않았다. 여자를 쫓아다니는 난봉꾼으로 착각한 참사관과 자기 누이를 즉시 결혼시킴으로써 그 사실을 증명해 보였다. 그런 후 그는 조금 불편함을 느꼈고 곧 새로운 대사와 교체되었는데, 이 새로운 대사는 대사관 전체를 동질적인 집단으로 만들었다. 다른 대사관이 이 대사관과 경쟁을 하려고 애썼지만, 도저히 상대가 되지 못했으며(마치 전국 경시 대회에서 어느 고등학교가 항상 우승을 차지하는 것처럼), 이렇게 십 년이 지난 후에야 이처럼 완벽한 그룹에 겨우 몇 명의 이질적인 담당관이 들어와 마침내 다른 대사관이 그 치명적인 명예를 빼앗고 선두에 설 수 있었다.

스완과 얘기를 나누어야 한다는 두려움에서 벗어나 안심한 게르망트 부인은 이제 스완이 집주인과 나눈 대화의 주제에만 관심을 기울였다. "어떤 주제였는지 아는가?" 하고 공작이 브레오테 씨에게 물었다. "작가 베르고트가 그 집에서 공연하게 한 단막극에 관한 얘기였답니다. 게다가 꽤 괜찮았나 봐요. 그런데 배우가 자기 얼굴을 질베르처럼 분장했는데, 사실상 베르고트 씨가 그 얼굴을 묘사하려고 했다나 봐요." "그래요. 질베르의 흉내를 내는 모습을 봤다면 얼마나 재미있었을까." 하고 공작 부인은 뭔가 깊은 생각에 잠긴 듯한 미소를 지으면서

* 동성애자가 아닌 대사와 동성애자인 외교관들의 대조가 강조된다는 의미이다.

말했다. "그 작은 공연에 관해서 말인데요." 하고 브레오테 씨가 그의 설치류 턱을 앞으로 내밀면서 말을 이었다. "질베르가 스완에게 해명을 요구하자, 스완은 그냥 '말도 안 돼요. 당신과 하나도 안 닮았어요. 당신이 훨씬 더 우스꽝스러워요!'라고만 대답했고, 그러자 모두들 재치가 넘친다고 생각했다는군요. 게다가," 하고 브레오테 씨가 말을 이었다. "그 작은 연극은 꽤 괜찮았다나 봐요. 몰레 부인도 그 자리에 있었는데 무척이나 재미있어했다는군요." "뭐라고요? 몰레 부인이 거기 갔었다고요?" 하고 공작 부인이 놀라 말했다. "아! 메메가 모든 일을 주선했을 거예요. 그런 장소에서는 항상 그런 일이 일어나곤 하죠. 어느 날인가 모두들 그곳에 가기 시작하고, 원칙 때문에 의도적으로 그곳에 가지 않는 나는 집 한구석에서 따분해하며 혼자 있겠죠." 브레오테 씨가 방금 한 얘기에 대한 대답을 통해서도 알 수 있듯이, 게르망트 공작 부인은 이미(스완의 살롱에 대해서가 아니라면 적어도 잠시 후 스완을 만날 가정에 대해) 새로운 관점을 택하고 있었다. "당신이 우리에게 한 설명은," 하고 프로베르빌 대령이 브레오테 씨에게 말했다 "완전히 날조됐어요. 나는 여러 이유로 그걸 알 수 있어요. 대공은 그냥 스완에게 호통을 쳤고, 우리 조상들의 말처럼 그런 의견을 공표한 이상 더는 자기 집에 나타나지 말라고 했어요. 그리고 제 생각에 질베르 아저씨가 호통을 친 건 수천 번 잘한 일이에요. 드레퓌스파라고 확인된 자와는 육 개월 전에 절교했어야 해요."

가련한 보구베르 씨는 지나치게 동작이 느린 테니스 선수였다가, 이번에는 테니스 선수가 가차 없이 던지는 대로 움직이는 수동적인 공이 되어, 게르망트 부인에게 달려들며 경의를 표했다. 그의 행동은 상당히 나쁜 의미로 받아들여졌다. 오리안은 자기 세계의 외교관을 — 혹은 정치가를 — 모두 멍청이라고 확신하며 살고 있었기 때문이다.

프로베르빌 씨는 얼마 전부터 사회가 군인에게 베푸는 특별대우의 혜택을 당연하게 누리고 있었다. 그와 결혼한 아내는 게르망트의 진짜 친척이었으나 불행히도 매우 가난한 집안 출신이었고, 그 자신도 재산을 거의 탕진하여 둘 다 거의 교제가 없었으므로, 간혹 친척의 사망이나 혼사 같은 집안의 큰 행사가 아니고는 제외되었다. 그렇지만 그들은 분명 상류 사회라는 공동체에 속했고, 이는 마치 이름뿐인 가톨릭 신자가 일 년에 단 한 번 '성찬대'*에 나가는 것과도 같았다. 만일 고인이 된 프로베르빌 장군에 대해 충실한 애정을 가진 생퇴베르트 부인이, 모든 수단을 써서 부부를 돕고 두 손녀딸에게도 옷이나 오락거리를 제공해 주지 않았다면, 그들의 물질적 상황은 꽤나 비참했을 것이다. 그러나 호인으로 통하는 대령은 감사할 줄 몰랐다. 그는 계속해서 무절제하게 화려한 생활을 찬양하는 후원자를 부러워했다. 해마다 생퇴베르트 부인이 베푸는 가든파티는 그에게나 아내와 아이들에게 세상의 모든 황금을 준다고 해도 바꾸고 싶지 않은 경이로운 기쁨이었지만, 생퇴베르트 부인이 꺼내 보일 자만심 넘치는 기쁨만 생각하면 이내 엉

---

* 예전에 가톨릭교회에서 신자들이 영성체를 받기 위해 무릎을 꿇던 제단을 가리킨다.

망이 되었다. 신문에서 가든파티가 예고되고 상세한 얘기가 기술된 후, "이 아름다운 연회에 대해서는 추후에 다시 다루게 될 것이다."라는 마키아벨리적인 언급이 덧붙여지고, 연이어 며칠 동안 그날 입은 의상에 대한 자세한 설명이 보충되었는데, 이 모든 것이 프로베르빌 사람들의 마음을 얼마나 아프게 했던지, 기쁨을 빼앗긴 그들은 그날 오후 모임을 기대할 수 있다는 걸 알면서도 매해 나쁜 날씨가 그 성공을 방해해 주기를 기원하거나, 연회를 망치게 할 소나기의 전조를 감미롭게 예측하면서 청우계에 물어보는 지경에 이르렀다.

"난 자네하고 정치 토론은 하고 싶지 않네, 프로베르빌." 하고 게르망트 씨가 말했다. "하지만 스완에 관해서는 우리에 대한 그의 처신이 차마 말로 표현할 수 없는 것임을 솔직히 말할 수 있네. 과거에 사교계에서 우리와 샤르트르 공작*의 후원을 받은 그를, 이제 사람들이 드레퓌스파라고 공개적으로 말하고 있으니. 나는 그 사람에게서 그런 일이 가능하다는 것을 도저히 믿을 수가 없네. 섬세한 미식가이자 실질적인 정신의 소유자요, 수집가이자 오래된 책의 애호가요, 조키 클럽 회원이자 모든 쪽에서 존경받는 인간이요, 우리가 마실 수 있는 최상의 포르토를 제공하는 훌륭한 가게 주소의 전문가요, 딜레탕트이자 한 집안의 가장인 그가 말이야. 아! 내가 얼마나 속아 왔던지! 나에 대해 말하는 게 아닐세. 나는 이미 늙은 짐승

* 샤르트르 공작은 스완의 친구이다.(『잃어버린 시간을 찾아서』 2권 213쪽 참조.) 오를레앙 가문에 속하는 이 작위는 흔히 장자가 계승했다.

이고, 내 의견 같은 건 문제도 되지 않는 부랑아임을 나 자신이 알고 있네. 오리안을 위해서라도 그 사람이 그래서는 안 되지. 그는 공개적으로 유대인과 유죄 선고를 받은 자의 추종자들을 비난해야 했네."

"그렇다네. 내 아내가 스완에게 항상 표해 온 우정을 봐서라도," 하고 공작은 말을 이었는데, 마음속으로는 드레퓌스의 유죄에 대해 어떤 의견을 가졌든 드레퓌스를 대역죄로 비난하는 것이야말로, 그동안 포부르생제르맹에서 받았던 환대에 대한 일종의 감사 표시라고 생각하는 게 분명했다. "그는 그들과 결별해야 했네. 이유는 오리안에게 물어보게. 그녀는 정말로 그에게 우정을 느꼈으니까." 공작 부인은 순진하고도 조용한 어조가 자신의 말에 보다 극적인 진솔함의 가치를 부여하리라 생각하고, 여학생 같은 목소리로 자기 입에서는 진실만 나온다는 듯, 눈에 조금은 우울한 빛을 감돌게 하면서 말했다. "정말이에요. 내가 샤를에게 진실한 애정을 느꼈다는 것은 전혀 감출 이유가 없어요!" "그 점에 관해, 자, 보게나, 내가 그렇게 말하도록 시킨 것은 아닐세. 이 모든 것에도 그는 은혜를 저버리고 드레퓌스파가 되었다네!"

"드레퓌스파에 관해서 말인데요." 하고 내가 말했다. "폰 대공도 그런 것 같던데요." "아! 그 사람 얘기를 잘해 줬네." 하고 게르망트 씨가 외쳤다. "그가 나보고 월요일 저녁에 식사하러 오라고 한 말을 잊어버릴 뻔했군. 하지만 드레퓌스파든 아니든, 그는 외국인이니 상관없네. 난 전혀 개의치 않아. 그러나 프랑스인은 문제가 다르네. 사실 스완은 유대인일세. 하지만 오늘날까지 — 미안하네, 프로베르빌. — 난 마음 약하게도 유대인도 프랑스인이 될 수 있다고 믿어 왔네. 내 말은 사교계 인사인 명예로운 유대인을 두고 하는 말일세. 그런데 스완은 진정한 의미에서 그런 사람이었네. 아! 그런데 그런 그가 이제 내가 틀렸음을 인정하라고 하고 있네. 그를 입양해서 친자식처럼 취급해 온 사회에 맞서 드레퓌스(죄가 있건 없건 스완의 사회에 전혀 속하지 않고, 스완이 여태껏 한 번도 만난 적 없는) 편을 들고 있으니 할 말이 없네. 우리 모두가 스완을 보증해 왔으니, 나는 나의 애국심과 마찬가지로 그의 애국심에 대해서도 책임을 졌을 걸세. 아! 그런데 이렇게 지독한 보답을 받을 줄이야! 솔직히 말해 나는 그가 그런 짓을 하리라고는 전혀 예상하지 못했네. 그보다는 낫게 평가했지. 그는 재치도 있었네.(물론 그 나름의 유형에서이긴 하지만.) 이미 알듯이 그는 정말 어처구니없을 만큼 수치스러운 결혼을 했네. 그런데 스완의 결혼으로 누가 가장 가슴 아파했는지 아나? 내 아내였네. 오리안은 내가 무감동한 체하는 태도라고 부르는 것에 자주 빠진다네. 그런데 사실인즉 오리안은 놀라운 힘으로 사물을 느낀다네." 게르망트 부인은 자신의 성격을 분석하는 말에 매혹되어 겸손한 표정으로, 남편의 찬사에 동의하기를 꺼리며, 특히 남편의 말을 중단하게 될까 봐 겁을 내며 한마디도 하지 않았다. 게르망트 씨가 이 주제에 대해 한 시간을 더 지껄인다 해도 그녀는 음악을 들을 때 이상으로 꼼짝하지 않았을 것이다. "그런데 오리안이 스완의 결혼 소식을 들었을 때가 기억나는군. 그녀는 매우 언짢아했네. 우리가 그토록 우정을 표했던 누군가가 하기엔 좋지 못한 행동이라고 생각했던 거지. 스완을 무척 좋아했으니까. 아내는 많이 슬퍼했네, 그렇지 않소, 오리안?" 게르망트 부인은 이렇게 직접 부름을 받은 데다, 이제는 끝에 이르렀다고 느껴지는 찬사의 말을, 그렇게 보이지 않으면서도 긍정할 수 있다는 점에서 그 말에 대답해야 한다고 생각했다. 그녀는 수줍어하면서도 소박한 어조로, 또 자신이 '느꼈다'는 것을 보여 주기 위해 그만큼 더 연구한 표정으로 조심스럽고도 부드럽게 말했다. "사실이에요, 바쟁의 말은 틀리지 않았어요." "그렇지만 그건 여전히 같은 게 아니라네. 뭐랄까, 비록 사랑도 어느 한계 안에 머물러야 한다는 게 내 견해지만 그래도 사랑은 사랑이니까. 젊은이 하나가, 코흘리개 아이가 유토피아에 미쳐 날뛰는 거라면 용서할 수도 있네. 하지만 스완은 지적인 인간이고 그 세련됨도 입증되었으며, 정교한 미술품 감정가로도 알려졌으며, 샤르트르 공작과 질베르와도 가까운 친구이고 보니!" 그 말을 하는 게르망트 씨의 어조는 매우 호의적이었을 뿐만 아니라 그가 자주 보여 주는 천박한 빛도 전혀 찾아볼 수 없었다. 그는 약간 화가 난 듯 서글픈 어조로 말했는데, 이를테면 식스 시장* 같은 렘브란트의 몇몇 인물들이 가진 번지르르하고도 대범한 매력에 일조하는 온화한 정중함을 온몸에서 내뿜었다. 드레퓌스 사건에서 스완이 취한 부도덕한 행동은 그만큼 의심의 여지가 없었으므로, 공작에게는 문제가 되지 않

* 렘브란트가 1654년에 그린 얀 식스(Jan Six) 시장의 초상화는 암스테르담 식스 가문의 소장품이다.

는 듯했다. 공작은 마치 자기가 가장 큰 희생을 치르고 교육시켜 온 자녀 중 하나가 그를 위해 만든 훌륭한 지위를 의도적으로 망가뜨리고, 집안의 원칙이나 편견이 용납할 수 없는 과오를 저질러 지금까지 존경을 받아 온 이름의 명예를 실추시키는 걸 보면서 아버지가 느끼는 것과 같은 비탄을 맛보았다. 사실 게르망트 씨는 예전에 생루가 드레퓌스파라는 사실을 알았을 때도 이렇게 고통스럽고 깊은 놀라움을 표명하지 않았다. 우선 생루는 잘못된 길에 들어선 젊은이로 여겨졌으므로, 그가 스스로 잘못을 고칠 때까지는 어떤 일도 놀라울 게 없었지만, 스완의 경우는 게르망트 씨가 "균형 잡힌 인간, 제일류의 지위를 차지한 인간"이라고 칭하는 사람이었다. 다음으로 특히 드레퓌스 사건이 일어난 지 꽤 오랜 시간이 지났으므로 그동안 일어난 사건들이 역사적 관점에서 부분적으로는 드레퓌스파의 주장을 정당화하는 듯 보였고, 반드레퓌스파의 반대는 두 배나 더 격렬해져, 처음에는 순전히 정치적인 대립이었던 것이 이제는 사회적인 대립으로 변했다. 그리하여 이제는 군국주의와 애국심이 문제가 되었고, 사회 안에 야기된 분노의 물결은 폭풍우의 시초에는 가지지 못했던 힘을 가지게 되었다. "당신도 알다시피," 하고 게르망트 공작이 말을 이었다. "스완이 그들을 절대적으로 지지하고자 하는 이상 스완에게 소중하다고 할 수 있는 유대인의 관점에서 보아도, 스완은 막대한 영향력을 초래한 과오를 저질렀다네. 그들은 모두 비밀리에 하나로 결합했고, 아무리 모르는 사람이라도 그들 종족의 일원이면 도움을 주도록, 어떻게 보면 강요받고 있다는 걸 그가 증명해 보였으니까. 이는 공동의 위험이네. 우리는 물론 너무 느긋했고, 그래서 스완이 저지른 과오는 그가 높은 평가를 받고 받아들여졌던 만큼, 또 우리가 아는 거의 유일한 유대인이라는 점에서 더 큰 울림을 자아낼 걸세. '하나에서 나머지 모든 걸 배워라.(*ab uno disce omnes.*)"*(때마침 그토록 적절한 인용문을 기억 속에서 찾아냈다는 만족감만으로도 배신당한 대귀족의 우울한 얼굴에서는 자랑스러운 미소가 환히 빛났다.)

나는 대공과 스완 사이에 정확히 무슨 일이 있었는지 알고 싶었고, 스완이 아직 파티를 떠나지 않았다면 그를 만나고 싶었다. 내가 스완을 보고 싶다는 소망을 말하자 공작 부인은 이렇게 대답했다. "저는 말이에요, 지나치게 그 사람을 만나려고 하지는 않겠어요. 조금 전에 생퇴베르트 부인 댁에서 들은 바에 의하면, 그가 죽기 전에 아내와 딸을 내게 소개해 주고 싶어 한다나 봐요. 그가 병에 걸린 건 정말이지 마음 아파요. 우선 병이 그렇게 중하지 않기를 바랄 뿐이죠. 다음으로 그래도 그것이 만날 이유는 되지 않는다고 생각해요. 그렇게 되면 모든 게 정말 너무 쉬울 테니까요. 재능이 없는 작가도 '아카데미에서 제게 투표해 주십시오. 아내가 죽어 가니 마지막 기쁨을 주고 싶어요.'라고만 말하면 되잖아요. 모든 죽어 가는 사람들과 사귀어야 한다면 살롱은 더 이상 존재하지 않을 거예요. 내 마부도 '내 딸이 많이 아프니 부디 절 파름 대공 부인

---

* 로마 시인 베르길리우스의 『아이네이스』에 나오는 구절로, 아이네이아스가 디도 여왕에게 어떻게 사악한 그리스인이 트로이인들을 설득해서 목마를 성 안에 들여보내게 했는지를 말해 주면서 한 말이다.(『소돔』, 폴리오, 560쪽 참조.)

댁에 초대받게 해 주십시오.'라고 주장하겠죠. 샤를을 무척 좋아하는 사람으로서 그의 부탁을 거절해야 한다면 매우 슬플 테니, 나는 그에게서 뭔가를 부탁받을 기회를 피하는 게 낫다고 생각한답니다. 그의 말처럼 그가 죽어 가는 게 아니기를 진심으로 바라요. 하지만 만일 그게 사실이라 해도, 그것이 십오 년 동안이나 내 친구들 가운데서도 가장 마음에 드는 친구를 빼앗아 간 두 여자와 사귀는 기회가 되지는 않을 거예요. 그땐 이미 그가 죽었을 테니까, 그를 보기 위해 그가 남긴 여자들을 이용할 수는 없죠."

그러나 브레오테 씨는 프로베르빌 대령이 조금 전에 날조라고 부정한 사실을 계속 되씹고 있었다. "당신 얘기가 정확하다는 걸 의심하지는 않지만, 내 친애하는 친구여," 하고 그가 말했다. "하지만 내 얘기도 확실한 소식통에서 나온 거요. 라 투르 도베르뉴 대공이 말해 줬으니까요." "자네 같은 학자가 아직도 라 투르 도베르뉴 대공을 입에 올리다니 놀라운 일이군." 게르망트 공작이 말을 중단했다. "그는 전혀 그런 사람이 아니라는 걸 알지 않나. 그 집안에는 이제 한 사람밖에 남아 있지 않네. 바로 오리안의 숙부, 부이용 공작*이지." "빌파

* 여기서 게르망트 공작은 라 투르 도베르뉴 가문의 진정한 소유자가 부이용 공작이라고 주장하는데, 이 대목은 19세기에 걸쳐 여러 번 재판이 벌어졌던 사건과 관계가 있다. 마지막 부이용 공작인 자크레오폴 드 라 투르 도베르뉴(Jacques-Léopold de La Tour d'Auvergne)가 1802년 자식 없이 사망하자 법원에서는 이름이 소멸된 것으로 선포했고, 하지만 이 가문의 분가가 이름의 소유권을 주장하면서 문제가 발생했다.(『소돔』, 폴리오, 560쪽 참조.)

리지 부인의 동생이죠?" 나는 빌파리지 부인이 부이용 가문의 딸임을 떠올리고 말했다. "그렇다네. 오리안, 랑브르사크 부인이 당신에게 인사하고 있소."

사실 이따금 랑브르사크 공작 부인의 얼굴에서 자신을 알아본 몇몇 사람에게 보내는 희미한 미소가 유성처럼 형성되었다가 사라지는 것이 보였다. 그러나 이 미소는 적극적인 긍정, 혹은 무언의, 그렇지만 분명한 의미를 가진 언어로 점점 뚜렷해지는 대신, 아무것도 식별할 수 없는 일종의 완벽한 황홀감 속으로 거의 바로 자취를 감추었고, 한편 그녀의 머리는 지극히 행복한 축복의 몸짓으로 기울어지면서, 마치 조금은 총기를 잃은 주교가 여성 군중에게 성체를 주기 위해 기울이는 몸짓을 연상시켰다. 랑브르사크 부인은 조금도 총기를 잃지 않았다. 하지만 나는 시대에 뒤진 이런 특별한 유형의 품위를 알고 있었다. 콩브레와 파리에서 할머니의 모든 친구들은 사교 모임에서, 성체 거양할 때나 장례식 동안 성당에서 누군가 아는 사람을 보면 그들이 부드럽게 던진 인사가 기도로 끝나는, 그렇게 천사같이 행복한 표정으로 인사하는 습관이 있었다. 게르망트 씨의 말 한마디가 지금 내가 한 비교를 보완해 주었다. "하지만 자네는 부이용 공작과 만났네." 게르망트 씨가 내게 말했다. "조금 전 자네가 내 서재에 들어왔을 때 나갔던 분이지. 체구가 작고 백발인." 나는 그를 콩브레의 프티 부르주아로 착각했는데, 지금 곰곰이 생각해 보니 빌파리지 부인과 닮은 데가 있는 것 같았다. 랑브르사크 공작 부인의 덧없는 인사와 할머니 친구들이 건네던 인사의 유사성이 나의 관심을 끌기 시작했는데, 그것은 인사하는 사람이 프티 부르주아이건 대귀족이건 간에 좁고 폐쇄적인 환경에서 지속되는 옛 풍습을 보여 주었고, 또 아를랭쿠르 자작과 로이자 퓌제 시대의 교육*과 그 교육이 반영하는 영혼의 몫이 무엇인지 마치 고고학자에게서처럼 되찾게 해 주었다. 나이가 같은 콩브레의 프티 부르주아와 부이용 공작 사이에 존재하는 완벽한 외관상의 일치가(생루의 외조부인 라로슈푸코 공작을 은판 사진에서 보았을 때 그 모습이 내 작은할아버지의 의복과 표정과 태도와 동일한 걸 보고 이미 놀란 적이 있지만), 지금은 사회적 차이와 개인적 차이도 멀리서 보면 한 시대의 동질성 안에서 더 잘 용해된다는 점을 상기시켜 주었다. 한 개인에게서 의복의 유사성과 시대정신이 반사된 얼굴 모습은 그가 속한 사회 계급보다 훨씬 중요하므로 — 계급이란 기껏해야 당사자의 자만심이나 타인의 상상 속에서만 큰 자리를 차지한다. — 루이필리프 시대의 대귀족이 루이 15세 시대의 대귀족보다 동시대의 부르주아와 더 유사하다는 사실을 이해하기 위해서는 루브르 박물관의 회랑을 구태여 돌아다닐 필요가 없는 것이 진실이다.**

그때 게르망트 대공 부인이 후원하는 바이에른 출신의 장

* 아를랭쿠르(Arlincourt, 1789~1856) 자작은 왕정 복고 시대의 작가로, 역사 소설이란 가면 아래 새로운 체제를 반대하는 일종의 선전문을 썼다. 로이자 퓌제(Loïsa Puget, 1810~1889)는 프랑스의 작곡가로 1830년경 살롱에서 자작곡을 노래했다.(『소돔』, 폴리오, 560~561쪽 참조.)

** 루이 15세는 루이 14세의 뒤를 이어 1715년부터 1774년까지 통치했으며, 루이필리프는 1830년부터 1848년까지 통치했다. 한 개인의 모습이나 의복은 사회적인 계급의 차이보다 시대정신에 더 많은 영향을 받는다는 의미이다.

발 음악가가 오리안에게 인사를 했다. 오리안은 목례했고, 게르망트 씨는 자신이 알지 못하는 누군가에게, 더욱이 괴상한 모습을 하고 그의 눈에 매우 평판이 나빠 보이는 사내에게 아내가 인사하는 걸 보자 무척 화가 나서 "저 괴짜 녀석은 누구요?"라고 질문하는 듯한 무서운 표정으로 아내를 향해 돌아섰다. 가련한 게르망트 부인은 이미 상당히 난처한 입장에 처했고, 만일 음악가가 이 박해받는 아내를 조금이라도 동정했다면 되도록 빨리 그곳을 떠났어야 했다. 그러나 공작의 사단에 속한 나이 든 추종자들 한가운데서, 어쩌면 그들의 존재가 그녀의 말 없는 인사의 동기가 되었으며, 또 자신이 부인을 모르지 않으며 정당한 권리로서 게르망트 부인에게 인사했다는 것을 보여 주기 위해 공개적으로 당한 모욕을 참고 싶지 않았든지, 아니면 막연히 실수를 저지르고 싶은 억제할 수 없는 충동에 따라 문자 그대로 그것이 그에게 예의범절을 실천하도록 부추겼는지 — 차라리 자신의 재치에 기대는 편이 더 나았을지도 모르는 순간에 — 음악가는 게르망트 부인에게 더 가까이 다가가 "공작 부인, 공작님께 소개받는 영광을 베풀어 주십시오."라고 말했다. 게르망트 부인은 몹시 불행했다. 하지만 결국 아무리 남편에게 배신당한 아내라 할지라도 그녀는 게르망트 부인이었고, 남편에게 자신이 아는 사람을 소개할 권리를 박탈당한 것처럼 보일 수는 없었다. "바쟁, 헤르베크 씨를 소개할게요." 그녀가 말했다. "내일 생퇴베르트 부인 댁에 가시는지는 여쭤보지 않겠습니다. 온 파리가 그곳에 갈 테니까요." 프로베르빌 대령이 게르망트 부인에게 헤르베크 씨의 무례한 요구로 초래된 고통스러운 인상을 지우려고 말했다. 한편 게르망트 공작은 그 무례한 음악가를 향해 단 한 번의 동작으로 단번에 돌아서면서, 마치 천둥을 일으키는 제우스처럼 웅장하고 노기등등한 모습으로 말없이 맞서며 잠시 부동의 자세를 취했는데, 두 눈은 분노와 놀라움으로 활활 타올랐고, 부스스한 머리는 화산 분화구에서 솟아 나온 것 같았다. 그러다가 어떤 충동적인 움직임에 사로잡힐 때에만 자신에게 요구된 예의를 수행한다는 듯, 공작은 도발적인 태도로 모든 사람에게 바이에른의 음악가를 모른다는 걸 확인시킨 후에야 하얀 장갑 낀 손을 등 뒤로 엇갈리면서 앞으로 넘어질 듯이 너무도 큰 경악과 격분이 새겨진 깊숙한 인사를, 너무도 느닷없고 격렬한 인사를 했으므로, 음악가는 부들부들 몸을 떨며 인사를 하면서도 그 무시무시한 머리에 복부를 강타당하지 않으려고 뒤로 물러섰다. "그런데 마침 난 파리에 없을 거예요." 공작 부인이 프로베르빌 대령에게 대답했다. "당신에게 말하지만(이런 말을 해서는 안 되지만) 이 나이가 되도록 몽포르르라모리* 성당의 채색 유리를 보지 못했답니다. 부끄러운 일이지만 사실이에요. 그래서 이런 무지의 죄를 바로잡으려고 내일 보러 가기로 약속했어요." 브레오테 씨는 교활한 미소를 지었다. 그는 사실상 공작 부인이 그 나이까지 몽포르르라모리의 채색 유리를 보지 못하고 지내 왔다 해서 그 예술적

* 일드프랑스 주에 있는 몽포르르라모리 성당에는 16세기의 아름다운 채색 유리가 있다.

방문이 매우 '위급한' 수술처럼 갑작스럽고도 긴급한 성격을 띨 리 없으며, 이십오 년 이상이나 유보해 왔으니 스물네 시간 연기한다고 해서 위험할 까닭이 없다는 걸 알았다. 공작 부인이 구상했던 계획은, 게르망트 방식으로 생퇴베르트 살롱은 정말이지 진짜 좋은 집이 아니며,《골루아》의 소식란을 당신 이름으로 장식하기 위해 초대하는 집에 불과하며, 거기서 볼 수 없는 여성들이야말로, 만일 그런 여성이 하나밖에 없다면, 그 여성에게는 최고의 우아한 여성이라는 낙인이 주어지는 집이라는 칙령을 공표하는 것이었다. 브레오테 씨의 정교한 재미는 게르망트 부인보다 신분이 낮은 사교계 인사들은 흉내도 내지 못하는 갖가지 일들을 게르망트 부인이 하는 걸 볼 때면, 마치 자기 땅에 애착을 가진 농부가 그 머리 위로 보다 자유롭고 행복한 사람들이 지나가는 모습만 봐도 미소를 짓는 것과 같은 시적 즐거움으로 배가되었는데, 이런 섬세한 즐거움은 프로베르빌 씨가 금방 느꼈던, 본심을 드러내지 않는 정신 나간 기쁨과는 아무 관계가 없었다.

다른 사람에게 자신의 웃음소리를 들리지 않게 하려는 프로베르빌 씨의 노력은 그의 얼굴을 수탉처럼 빨갛게 물들였으나, 그럼에도 그는 기쁨의 딸꾹질로 중간중간 말을 끊으면서 자비로운 어조로 외쳤다. "오! 가련한 생퇴베르트 아주머니, 이 일로 병이 나실 거예요! 안 가신다고요! 그 가련한 여인이 자신의 공작 부인을 모실 수 없다고요! 얼마나 타격이 클까요? 아주머니의 가슴이 터지고도 남겠네요!" 하고 그는 몸을 가누지 못할 정도로 웃어 대면서 덧붙였다. 그리고 이런 도취 상태에서 발을 구르고 손을 비벼 대지 않고는 못 배겼다. 게르망트 부인은 한쪽 눈과 한쪽 입술가로 프로베르빌 씨에게 미소를 지으면서 그의 다정한 의도를 음미했지만, 여전히 참을 수 없을 만큼 따분한 기분이 들어 드디어는 그의 곁을 떠나기로 결심했다.

"그런데 여기서 인사를 '해야만' 해요." 하고 그녀는 어쩔 수 없이 체념해야 한다는 듯 울적한 표정으로, 또 그 일이 마치 그녀에게 무슨 불행한 일이라도 된다는 듯이 자리에서 일어서면서 말했다. 푸른 눈의 매력 아래 그녀의 부드럽고 리듬 있는 목소리가 어느 요정의 시적 탄식을 떠올렸다. "바쟁이 마리를 잠시 보고 오라고 해서요." 사실인즉 그녀는 프로베르빌이 그 채색 유리 얘기를 처음 들었으면서도 계속해서 몽포르라모리에 가는 그녀가 부럽다고 하는 말을 듣는 게 지겨웠고, 또 그가 무슨 일이 있어도 생퇴베르트 부인의 오후 모임을 놓치지 않으리라는 걸 알았던 것이다. "그럼 안녕히 계세요. 얘기도 거의 못했는데, 사교계가 이렇죠. 서로 만나지 못하고, 하고 싶은 말도 하지 못하고, 게다가 어디서나 우리 인생은 다 같아요. 죽은 후에는 좀 더 나아지기를 바랄 뿐이죠. 적어도 거기서는 늘 가슴을 드러낸 옷을 입을 필요는 없을 테니까요. 또 누가 아나요? 혹시 큰 연회를 위해 자기 뼈와 구더기를 과시하게 될지? 저기, 랑피용 아주머니를 보세요. 저분과 가슴 파인 드레스를 입은 해골 사이에 대단한 차이가 있다고 생각하세요? 사실 저분은 가슴 파인 드레스를 입을 자격이 충분해요. 적어도 100살은 됐을 테니까요. 제가 사교계에 처음 데뷔했을 때도 저분은 이미 성스러운 괴물 같은 존재였고 전 저분 앞에서 인사하기를 거부했어요. 아주 오래전에 돌아가신 줄로 생각했거든요. 게다가 바로 그 점이 저분이 우리에게 제공하는 광경에 대한 유일한 설명일 거예요. 얼마나 인상적이고 전례적인지! 흡사 캄포산토* 같다니까요!" 공작 부인이 프로베르빌을 떠났다. 그가 따라갔다. "마지막으로 한마디 하고 싶습니다." 그러자 조금 짜증이 난 부인이 "또 무슨 말인데요?" 하고 거만하게 말했다. 그는 부인이 마지막 순간에 가서 몽포르라모리에 대한 의견을 바꿀까 봐 겁이 났다. "생퇴베르트 부인의 마음을 아프게 하지 않으려고 감히 부인께 말씀드리지 못했습니다만, 부인께서 그 댁에 가지 않는다고 하셨으니, 부인을 위해 제가 무척 다행으로 생각한다고 말씀드릴 수 있겠습니다. 그 댁에는 홍역 환자가 있거든요!" "오! 저런!" 병을 무서워하는 오리안이 말했다. "하지만 전 괜찮아요. 이미 앓은 적이 있거든요. 두 번 걸리지는 않을 테니까요." "의사들은 그렇게들 말하지만, 전 네 번이나 걸린 사람도 알고 있답니다. 어쨌든 알려 드렸으니." 그로 말하자면 이 허구적인 홍역에 진짜로 걸려 침대에 꼼짝없이 드러눕지 않는 한, 그가 그토록 여러 달 동안 기다려 오던 생퇴베르트 연회를 단

---

* 이탈리아어로 '묘소'를 의미한다. 특히 안마당을 둘러싼 정방형 고딕 건축으로 13세기 말에 완성된 피사의 캄포산토를 가리킨다. 그곳에는 이미 『스완』에서 언급된 베노초 고촐리(『잃어버린 시간을 찾아서』 1권 72쪽 주석 참조.)의 구약 성서를 소재로 한 일련의 벽화와, 작자 미상의 「죽음의 승리」, 「최후의 심판」, 「지옥」 등의 벽화가 있다.(『소돔』, 폴리오, 561쪽 참조.)

념하는 일은 결코 없었을 것이다. 거기에는 그토록 많은 우아한 여인들을 만나는 기쁨, 아니 그보다는 연회에서 몇몇 실수를 확인하는 기쁨, 또 특히 우아한 여인들과 교제를 텄다고 오랫동안 자랑하고, 그 실수를 과장하거나 지어내면서 안타까워하는 기쁨이 있었다.

공작 부인이 자리를 옮기는 틈을 이용하여 나도 스완에 대해 알아보려고 흡연실 쪽으로 가기 위해 자리에서 일어났다. "바발이 한 말은 한마디도 믿지 마세요." 그녀가 말했다. "그 귀여운 몰레 백작 부인이 절대 그런 곳에 낄 리 없어요. 우리를 끌어들이려고 하는 말이에요. 그들은 어느 누구도 초대하지 않고 어느 곳에서도 초대받지 못해요. 스완 자신이 그걸 고백하더군요. '우리 부부는 우리 집 벽난로 구석에 단둘만 있습니다.'라고요. 그 사람은 늘 '우리'라고 말해요. 왕을 흉내 내는 게 아니라 자기 아내를 대신해서 그러는 거죠. 난 우기지 않았어요. 하지만 사정은 잘 알죠."라고 그녀는 덧붙였다. 부인과 나는 젊은이 둘과 마주쳤는데, 그들의 상이하면서도 두드러진 아름다움은 한 여인으로부터 나온 것이었다. 게르망트 공작의 새로운 정부인 쉬르지 부인의 두 아들이었다. 그들의 모습에서는 어머니의 완벽한 아름다움이 빛났지만 나름 차이가 있었다. 한 아들에게는 쉬르지 부인의 왕족 기품이 남성적인 육체 속에 전해져 물결치면서, 열렬하고 붉은빛의 성스러운 창백함이 동일하게 어머니와 아들의 대리석 같은 두 볼에 흘러내렸다. 그러나 동생은 어머니의 그리스풍 이마와 완벽한 코와 조각 같은 목, 그리고 끝없는 눈길을 물려받았다. 여신이 배분한 다양한 선물로 만들어진 이런 아들들의 이중적인 아름다움은, 그 아름다움의 원인이 그들 밖에 있다고 생각되는 추상적인 기쁨을 제공했다. 마치 어머니의 주된 속성이 두 아들의 상이한 육체 속에 육화된 것 같았다. 젊은이 중 하나가 어머니의 체격과 안색이라면, 다른 하나는 그녀의 시선이었는데, 이는 마치 신들이 제우스 혹은 아테나의 '힘'과 '아름다움'에 지나지 않는 것과도 같았다. 게르망트 씨에 대해 한껏 존경심을 담아 그들은 "우리 부모님의 가장 친한 친구분"이라고 말했는데, 형은 어쩌면 이유를 모르면서도 공작 부인이 자기 어머니에게 적의를 품은 걸 알고 공작 부인에게 인사하러 가지 않는 편이 신중하다고 판단했는지, 우리를 보자 슬쩍 고개를 돌렸다. 어리석은 데다 근시여서 항상 형을 흉내 내는 동생은 감히 개인적인 의견도 갖지 못한 채 같은 각도로 머리를 숙였고, 그리하여 그들은 우의화에 나오는 두 인물처럼 줄지어 오락실 쪽으로 빠져나갔다.

그 방에 도착하는 순간 나는 아직은 아름답지만 입에 거의 거품을 물다시피 한 시트리 후작 부인에게 붙잡혔다. 그녀는 꽤 고상한 가문에서 태어나 빛나는 결혼을 하려고 애쓰다가 드디어는 증조모가 오말-로렌*인 시트리 후작과 그 빛나는 결혼을 성취했다. 하지만 만족감을 느끼자마자 그녀의 부정적

* 시트리 부인은 프랑스의 명문인 오말 가문과 로렌 가문의 후손인 시트리 후작과 결혼함으로써 왕족의 반열에 올랐다는 의미이다. 오말 공작령은 로렌 공작령에 편입되었으며, 또 로렌 공작령은 프랑스 왕실로 귀속되었다.

인 성격은 상류 사회 사람들을 끔찍하게 여겼는데, 그렇다고 해서 사교 생활을 완전히 배척한 것도 아니었다. 그녀는 파티에서 모든 사람을 조롱했을 뿐만 아니라 그 조롱이 얼마나 격렬했던지 자신의 웃음소리가 충분히 신랄하지 않다고 느껴질 때면, 그 웃음소리를 목구멍에서 나오는 마찰음으로 변화시키곤 했다. "아!" 그녀는 내 곁을 이제 막 떠난 게르망트 공작 부인을 가리키며 말했다. "내가 어안이 벙벙한 것은 어떻게 부인이 저런 삶을 살 수 있는가 하는 거죠." 이 말은 '이교도들이' 스스로 진리를 깨닫지 못한 것에 격노한 성녀나, 어쩌면 대량 학살의 욕망에 시달리는 무정부주의자가 할 만한 말 아닐까? 어쨌든 이런 폭언은 정당화될 수 없었다. 왜냐하면 우선 게르망트 부인이 사는 '저런 삶'이란 것이 시트리 부인의 삶과 거의 차이가 없었기 때문이다.(분개한다는 점을 제외하고는.) 시트리 부인은 공작 부인이 마리질베르의 파티에 참석하는 그런 참기 힘든 희생을 감내할 수 있다는 사실에 경악했다. 이 특별한 경우, 시트리 부인은 대공 부인을 몹시 좋아했고, 사실 대공 부인은 매우 좋은 사람이었으므로 파티에 가면 대공 부인이 무척이나 기뻐하리라는 걸 알고 있었음을 말해야 한다. 그래서 이 연회에 오려고 그녀가 재능 있다고 생각하는, 또 그녀를 러시아 발레의 신비에 입문시켜 줄 러시아 무용수와의 약속도 취소했던 것이다. 오리안이 이런저런 손님에게 인사하는 모습을 보면서 시트리 부인이 느끼는 그 응집된 분노의 또 다른 이유는, 게르망트 부인이 비록 심하지는 않지만 그녀를 괴롭히는 병과 같은 증상을 보여 준다는 데 있었다.

게다가 우리는 이미 앞에서 게르망트 부인이 선천적으로 그 병의 씨앗을 가지고 있음을 보았다. 끝으로 시트리 부인보다 훨씬 지적인 게르망트 부인은 그런 허무주의에 관해 그녀보다 더 많은 권리를(사교적인 것에만 국한되지 않고 모든 것을 경멸할 권리를) 가지고 있었지만, 실상 몇몇 장점은 이웃을 괴롭히는 데 쓰이기보다는 오히려 이웃의 단점을 참는 데 더 도움이 되는 법이다. 그러므로 위대한 재능을 가진 사람은 보통 타인의 어리석은 짓에 바보만큼 주의를 기울이지 않는다. 그동안 공작 부인의 기지가 어떤 종류의 것인지 꽤 오랫동안 기술했으므로, 그것이 비록 숭고한 지성과는 공통점이 없다 해도, 적어도 여러 다른 형태의 문장을 사용하는 데 있어서(번역가처럼) 능란한 기지를 발휘한다는 건 충분히 납득할 만한 일이다. 그런데 시트리 부인에게는 그런 기지가 전혀 없었으므로, 그녀와 비슷한 사람들의 자질을 경멸할 자격이 없는 것처럼 보였다. 그녀는 모든 사람을 바보라고 생각했지만, 그녀의 대화나 편지를 보면 자신이 그토록 경멸하는 사람들보다 오히려 더 열등해 보였다. 그녀에게는 게다가 강한 파괴 욕구가 있어서 사교계를 거의 단념한 후에도 그녀가 추구하는 기쁨은 하나둘 연이어 그 무시무시한 파괴력의 영향을 받았다. 파티가 끝난 후 어느 음악 모임에 갈 때면 그녀는 "당신은 그런 걸 음악이라고 들으세요? 아! 때에 따라 다르긴 하죠. 하지만 얼마나 따분한지. 아! 베토벤, 그 수염이라니!"*라며 말하기 시

* 수염(barbe)이란 은어로 '지겨운 사람', '귀찮은 사람'을 뜻한다.

작했다. 바그너나 프랑크 드뷔시에 대해서는 '수염'이라는 말조차 하지 않고 이발사처럼 얼굴로 손만 가져갔다. 그러다 이내 모든 것에 권태를 느꼈다. "아름다운 것은 얼마나 권태로운지! 아! 그림이란 얼마나 우리를 미치게 만드는지! 당신 말이 맞아요. 편지를 쓰는 일은 얼마나 권태로운지!" 그러다 드디어는 우리의 삶 자체가 '지겨운 것'이라고 단언하기에 이르렀는데, 그녀가 이런 비교 항을 어디서 취했는지는 알 수 없는 일이다.*

내가 게르망트 공작 부인 댁에서 식사한 첫날 저녁 공작 부인이 그 방에 대한 얘기를 해 준 탓인지, 오락실인지 흡연실인지 하는 방에는 그림이 그려진 포석과 삼각의자, 당신을 쳐다보는 듯한 신들과 동물들의 형상, 의자 팔걸이를 따라 길게 누워 있는 스핑크스, 특히 에트루리아**와 이집트 예술을 조금은 모방한 듯 보이는 상징적 기호들로 뒤덮인 대리석과 칠보로 모자이크된 커다란 탁자가 놓여 있었는데, 이런 오락실은 내가 보기에 진짜 마법의 방 같은 효과를 자아냈다. 그런데 반짝거리는 점술용 탁자 쪽으로 의자를 끌어당겨 앉은 샤를뤼스 씨는, 주위에서 일어나는 일에는 관심도 없는 듯, 어떤 카드에도 손대지 않고 내가 들어간 사실도 알아채지 못한 채, 자기만의 의지와 추리력으로 온 힘을 다해 별자리 점

---

* 여기서 구어체로 '따분하다', '지겹다'를 뜻하는 rasant이란 단어는 '수염을 깎다'라는 의미의 raser란 동사에서 나온 것이다.

** 대략 기원전 10세기경부터 기원전 4세기까지 에트루리아인은 지금의 이탈리아 토스카나 지방에 정착해서 많은 문화 유적을 남겼다.

을 치는 마술사처럼 보였다. 그는 삼각의자에 앉아 신탁을 전하는 피티아 무녀*처럼 눈을 부릅떴으며, 게다가 지극히 단순한 움직임도 허용치 않는 일에 전념하고 있어(문제를 풀기 전에는 다른 것은 전혀 하려고 하지 않는 계산원처럼) 아무것도 그를 방해하지 못한다는 듯, 조금 전에 입에 문 여송연을 옆에 내려놓았는데, 더 이상 담배를 피울 만큼의 정신적 여유도 없는 듯 보였다. 그의 정면에 놓인 안락의자 팔걸이에 매달린 두 명의 웅크린 신(神)을 보면서, 사람들은 남작이 스핑크스의 수수께끼를 풀려고 애쓴다고 생각했겠지만, 오히려 남작이 풀려고 한 것은 게임을 하려고 그 의자에 앉은 살아 있는 젊은 오이디푸스의 수수께끼였다. 그런데 샤를뤼스 씨가 그토록 긴장하며 그의 모든 정신력을 기울여 전념하는 '도형'은, 사실을 말하자면 우리가 보통 '보다 기하학적 방법으로' 연구하는 것이 아닌,** 젊은 쉬르지 후작 얼굴의 선이 제시하는 도형이었다. 샤를뤼스 씨가 앞에 두고 그렇게나 깊이 몰두하는 도형은, 방패형 문장에 쓰인 경구나 수수께끼 또는 대수학 문제처럼 보였고, 그는 거기서 수수께끼를 풀고 공식을 끌어내려고 하는 것 같았다. 그 앞에서 수수께끼 같은 기호와 율법의 석판에 새겨진 도형은 늙은 마법사에게 젊은이의 운명이 어떤 방향으로 가는지를 가르쳐 주는 마법의 책처럼 보

* 『잃어버린 시간을 찾아서』 5권 252쪽 주석 참조. 피티아 무녀는 델포이 신전에서 삼각의자에 앉아 신탁을 전한 것으로 알려졌다.

** 프랑스어 figure에는 '도형', '얼굴', '형상'이란 뜻이 있으나 여기서는 '기하학적 방법'이란 원문의 표현을 존중하여 '도형'으로 옮겼다.

였다. 갑자기 그는 내가 바라보는 걸 의식하고 마치 꿈에서 깨어난 듯 고개를 들고 얼굴을 붉히면서 미소를 지었다. 그때 쉬르지 부인의 또 다른 아들이 카드놀이하는 형의 카드를 보려고 다가왔다. 내가 그들이 한 형제라고 말하자, 샤를뤼스 씨의 얼굴은 그렇게 훌륭하고 뛰어난 걸작을 만든 집안에 대한 감탄을 감추지 못했다. 또 남작은 쉬르지르뒤크 부인의 두 아들이 어머니만 같은 게 아니라 아버지도 같다는 사실을 알자 더욱 열광했다. 제우스의 자녀들은 서로 달랐다. 처음에 제우스는 현명한 자식을 많이 낳을 운명이라고 해서 메티스와 결혼했고, 이어 테미스와 결혼했으며, 그 중간에 에우리노메와 므네모시네와 레토를 거쳐 마지막으로 드디어 헤라와 결혼했다.* 그러나 쉬르지 부인은 단 한 남편에게서 두 아들을 낳았고, 그 아들들은 그녀의 미모를, 그것도 각기 다른 미모를 물려받았다.

마침내 나는 스완이 내가 있는 방으로 들어오는 기쁨을 맛보았지만, 방이 너무 커서 그는 금방 나를 알아보지 못했다. 그것은 슬픔이 섞인 기쁨으로, 그 슬픔에는 어쩌면 다른 손님들은 느끼지 못했을지 모르지만, 사람들이 보통 죽음이 이미 얼굴에 쓰여 있다고 말하는, 임박한 죽음의 예기치 못한 특이한 형태가 행사하는 일종의 매혹이 서려 있었다. 그리고 신중하지 못한 호기심과 잔인함, 고요하면서도 걱정스러운 자기

---

* 제우스는 지혜의 여신 메티스와 율법의 여신 테미스, 결혼과 가정의 여신 헤라를 아내로 두었으며, 바다의 님프 에우리노메와 기억의 여신 므네모시네, 아폴론과 아르테미스의 어머니 레토와는 연인 관계였다.

반성이 깃든(아마도 로베르 같았으면 동시에 "거대한 바다가 바람으로 요동칠 때는 감미롭도다."와 "기억하라, 사람아, 흙에서 왔다는 것을."이라고 말했으리라.),* 거의 무례하다고 할 만한 놀란 시선들이 모두 그의 얼굴에 고정되었는데, 기우는 달처럼 병으로 피폐해진 두 뺨은 어떤 각도에서 보면, 아마도 스완이 자신을 바라보는 각도에서 보면, 견고하지 못한 무대 장치처럼 푹 꺼져 있어서 착시 현상만이 두께의 흔적을 줄 수 있었다. 그렇게 푹 꺼져 코를 작아지게 하는 뺨이 더 이상 없어서인지, 아니면 그 자체가 중독 현상인 동맥 경화가 그의 코를 술 취한 사람처럼 빨갛게 만들었는지, 아니면 모르핀 때문에 코의 형태가 일그러졌는지, 스완의 폴리치넬라** 인형 같은 코는 오랫동안 매력적인 얼굴에 흡수되어 눈에 띄지 않았지만, 지금은 거대하게 부어올라 그 시뻘건 모양이 어느 흥미로운 발루아 왕조*** 사람의 코라기보다는 차라리 늙은 히브리인의 코처럼 보였다. 어쩌면 최근에 이르러 그에게서 인종을 특징짓는 육체적 전형(典型)과 마찬가지로 인종이란 개념이 다른 유대인들과의 정

* 첫 번째 인용문(*suave mari magno*)은 이미 『게르망트』에서 나왔던 것으로, "거대한 바다가 바람으로 요동칠 때 타인의 불행을 보는 일은 감미롭도다."에서 첫 부분 '거대한 바다가 바람으로 요동칠 때'와 마지막의 '감미롭도다'를 기술한 것이며(『잃어버린 시간을 찾아서』 6권 298쪽 주석 참조.), 두 번째 인용문(*memento quia pulvis*)은 '재의 수요일'에서 사제가 신도들 머리에 재를 뿌리며 "기억하라 사람아, 흙에서 왔으니 흙으로 돌아간다는 것을."에서 앞부분만 기술한 것이다.

** 이탈리아 인형극에 나오는 어릿광대로 앞뒤가 튀어나오고 코가 크며 콧소리로 말하는 특징이 있다.

*** 1328년부터 1589년까지 카페 왕조에 뒤이어 프랑스를 지배했다.

신적인 연대감을 한층 더 강조했는데, 스완이 평생 동안 잊고 지냈지만 그의 치명적인 병과 드레퓌스 사건과 반유대주의 선전이 접목되면서 그 연대감을 깨어나게 했는지도 몰랐다. 무척 예리하지만 세련된 사교계 인사인 몇몇 유대인들에게는, 그 삶의 어느 주어진 시간에 마치 연극에서처럼 등장하기 위해, 동시에 야비한 인간과 예언자가 예비로 또 무대 뒤에 준비되어 있다. 스완은 예언자의 나이에 도달했다. 물론 병의 영향 때문이긴 했지만 마치 얼음덩어리가 녹으면 모서리 전체가 떨어져 나가듯 얼굴 윤곽 전체가 사라진, 상당히 변한 모습이었다. 나 자신과의 관계에서도 그가 얼마나 변했는지 나는 충격을 받지 않을 수 없었다. 그토록 훌륭한 교양인이며 그를 만나는 일이 권태로운 것과는 거리가 멀어, 샹젤리제에서 나타난 모습만 봐도 가슴이 두근거렸고, 그가 입은 실크 안감을 댄 케이프코트에 다가가는 것조차 부끄러웠으며,* 또 그가 사는 아파트 문 앞에서 끝없는 당혹감과 두려움에 사로잡혀 감히 초인종도 누르지 못했을 정도로 어떻게 내가 예전에 그렇게 많은 신비로움의 씨를 뿌릴 수 있었는지 지금은 도저히 이해가 되지 않았다. 이 모든 것이 그의 집뿐 아니라 그란 인간 자체로부터도 사라졌으며, 또 그와 담소를 나누는 일도 유쾌하거나 불쾌하다는 생각을 떠나 내 신경 조직에 어떤 영향도 미치지 못했다.

그뿐만 아니라 내가 게르망트 공작의 서재에서 만난 오후

---

* 『잃어버린 시간을 찾아서』 2권 372쪽 참조.

부터도 — 요컨대, 몇 시간 전부터 — 그는 얼마나 변했는지 모른다! 대공과 진짜 언쟁이 붙어 그 일이 그를 뒤흔들어 놓은 걸까? 이런 가정은 불필요했다. 병이 위중한 사람에게는 미미한 노력만을 요하는 일도 금방 지나친 부담이 된다. 피곤한 몸을 파티의 열기에 조금만 노출해도 안색은, 마치 너무 익은 배나 상하기 직전의 우유가 하루도 안 가듯이, 일그러지고 창백해진다. 게다가 스완의 머리털은 듬성듬성했으며, 게르망트 부인의 말마따나 모피 보관업자가 필요한 듯, 캠퍼 기름을 발랐지만 아주 서투르게 발라져 있었다.* 흡연실을 가로질러 스완에게 말을 걸러 가려는데 공교롭게도 누군가의 손이 내 어깨를 덮쳤다. "안녕 친구, 마흔여덟 시간 예정으로 파리에 왔어. 네 집에 들렀더니 여기 있다고 하더군. 그러니까 자네 덕분에 우리 숙모께서는 내가 그녀의 파티에 참석하는 영광을 얻게 된 거라고." 생루였다. 나는 내가 얼마나 그 저택을 아름답게 생각하는지 모른다고 말했다. "그래, 꽤 역사적인 건물이지. 나야 지긋지긋하지만. 팔라메드 아저씨 옆으로는 가지 말자고. 아니면 우릴 덮칠지도 몰라. 몰레 부인(지금은 그녀가 대단한 영향력을 가지고 있는 모양이야.)이 방금 떠나서 어쩔 줄 몰라 하고 있거든. 진짜 대단한 광경이었다지. 아저씨는 부인 곁에서 한 발짝도 떠나지 않고 마차에 태운 다음에야 놓아주었대. 아저씨를 원망하는 건 아니지만, 나한테

---

* 캠퍼 기름을 강하고 날카로운 향 때문에 의료용이나 방충제를 만드는 재료로 쓰인다. 여기에서는 스완의 머리털이 빠진 모양을, 마치 좀이나 벌레가 먹어 모피 보관업자에게 맡기는 망가진 모피에 비유하고 있다.

는 그토록 늘 엄격하게 굴던 친족 회의가, 그중에서도 가장 사악한 사람이 동 쥐앙만큼이나 많은 여자와 관계를 가졌고, 그 나이에도 방탕한 생활을 계속하는 내 후견인 대리 샤를뤼스 아저씨를 위시하여, 가장 방탕한 생활을 영위하는 친척들로 구성되었다는 점이 우스꽝스럽다는 거지. 한때 내게 법률 고문을 임명하는 문제가 제기된 적이 있어. 나이 든 그 호색한들이 모두 내 문제를 검토하기 위해, 또 내가 어머니 마음을 아프게 한다며 훈계하기 위해 날 불렀을 때, 그들은 서로 얼굴을 쳐다보면서 틀림없이 웃음을 터뜨렸을 거야. 네가 친족 회의의 구성원을 살펴보았어도, 여자의 치맛자락을 가장 많이 걷어 올린 자들만 일부러 뽑아 놓은 것처럼 보였을 테니까." 내 친구의 놀라움이 더 이상 정당하지 않은 듯 보이는 샤를뤼스 씨는 제외하고라도, 여러 다른 이유에서, 하기야 이런 이유 역시 훗날 내 정신 속에서 변하겠지만, 지난날 미친 짓을 했거나 아직도 하고 있는 친척들이 젊은이에게 덕행에 대한 훈계를 하는 게 몹시 놀랍다는 로베르의 생각은 잘못된 것이었다.

격세 유전이나 가족의 닮은 모습만이 문제라고 해도, 훈계를 하는 아저씨가 자신이 질책해야 할 조카와 거의 동일한 단점을 갖는 것은 불가피한 일이다. 게다가 아저씨는 새로운 상황에 부딪칠 때마다 '다른 것'이라고 믿는 인간의 능력에 속은 것일 뿐, 자신의 훈계 속에 어떤 위선도 담고 있지 않았는데, 이러한 능력 때문에 인간은 예술적이고 정치적인 등등의 오류를, 십 년 전에는 자신이 동일한 것을 진실로 간주했다는 사실은 깨닫지 못한 채로 받아들이는 것이다. 이를테면 다른 유파의 회화를 비난하거나, 그들의 증오를 받아 마땅하다고 생각되던 다른 정치적 사건에 대해, 이제 그런 오류로부터 벗어났음에도 불구하고 새롭게 위장된 모습 아래서 그 오류를 알아보지 못하고 수용하는 것이 그러하다. 설령 아저씨의 과오가 조카의 그것과 다르다 할지라도, 유전적 요인은 어느 정도 그 인과율을 설명할 수 있다. 왜냐하면 복사본이 원본과 다르듯, 결과는 반드시 원인과 같지 않으며, 또 아저씨의 과오가 아무리 크다 해도, 아저씨 자신은 전적으로 그 과오가 그리 중대하지 않다고 믿을 수 있기 때문이다.

샤를뤼스 씨가, 당시 아저씨의 진짜 취향이 무엇인지 몰랐던 로베르에게 화를 내며 꾸짖기를 마쳤을 때, 비록 남작이 아직 자신의 취향을 자책하던 시기라고 해도, 사교계 인사의 관점에서 로베르가 자기보다 훨씬 죄가 많다고 생각했다면 그것은 정말 진심이었을 것이다. 로베르는 아저씨가 그를 설득하는 책임을 맡았을 때 그의 세계로부터 거의 쫓겨날 뻔하지 않았던가? 조키 클럽에서도 거의 낙선될 뻔하지 않았던가? 최하류층 여인을 위해 쓴 그 엄청난 돈과, 단 한 명의 사교계 인사도 찾아볼 수 없는 작가나 배우와 유대인 들과의 우정, 배신자의 견해와 별로 다를 바 없는 정치적 견해, 그리고 온 가족에게 초래한 고통으로 인해 웃음거리가 되지 않았던가? 이런 추문으로 얼룩진 삶을 어떻게 샤를뤼스 씨의 삶과 비교할 수 있단 말인가? 그때까지 게르망트의 막대한 지위를 유지해 왔고 지금도 그 지위를 확대하고 있으며, 가장 엄선된 모임에서 인기를 누리고 찬미받으며 사교계에서 절대적인 특권을 영위하는 존재로서 부르봉 왕가의 공주였던* 탁월한 여인과 결혼하여 그 여인을 행복하게 해 줄 줄 알았고, 사교계에서는 그런 관례가 없을 정도로 그 여인을 추모하기 위해 열렬하고 적절한 의식을 바쳐 왔고, 또 그렇게 하면서 좋은 남편이자 좋은 아들 노릇을 해 온 남자의 삶과 말이다.

"하지만 샤를뤼스 씨에게 그렇게 많은 정부가 있었다는 게 확실해?" 나는 물었다. 물론 이는 내가 목격한 비밀을 폭로하려는 악마적인 의도에서 한 말이 아니라, 그가 잘못된 사실을 그렇게나 확신하면서 자신감을 가지고 주장하는 것에 짜증이 나서 한 말이었다. 로베르는 내가 순진하다고 생각했는지 어깨를 으쓱하는 것으로 대답을 대신했다. "게다가 난 아저씨를 비난하지 않아. 아저씨가 전적으로 옳다고 생각해." 그러고는 발베크에서라면 끔찍하게 여겼을 이론을 개진하기 시작했다.(발베크에서는 유혹자들을 비난하는 것만으로는 부족하며 죽음만이 그런 죄악에 걸맞은 유일한 형벌이라고 생각했었다.) 그때 생루는 여전히 사랑하며 질투하고 있었다. 그는 내게 사창가에 대해서도 찬사를 늘어놓았다. "그런 데에서라야 발에 꼭 맞는 신발을 찾을 수 있어. 군대에서 내 '사이즈'라고 말하는 것처럼 말이야." 이제 그는 그런 유의 장소에 대해 발베크에서라면 내가 그 얘기를 슬쩍 듣는 것만으로도 일으켰을 혐오감

* 이 소설에서 샤를뤼스의 아내가 부르봉 왕가의 일원임을 암시하는 유일한 대목이다. 샤를뤼스의 아내 숭배에 대해서는 『잃어버린 시간을 찾아서』 6권 328~329쪽 참조.

을 더 이상 의식하지 못했으며, 또 나는 그에게서 그런 장소에 대한 얘기를 들으면서, 내게 그걸 가르쳐 준 사람이 블로크였다고 말했다. 그러자 로베르는 블로크가 간 곳이 틀림없이 "지극히 궁핍한 가난뱅이들의 천국"이었을 거라고 대답했다. "어쨌든 그래도 장소에 따라 다르니, 그곳이 어디였지?" 나는 정확히 대답하지 않았다. 로베르가 그토록 사랑했던 라셸이 1루이를 받고 몸을 내맡겼던 곳이었기 때문이다. "여하튼 멋진 여자들이 가는 훨씬 나은 곳을 내가 알려 주지." 블로크가 가르쳐 준 곳보다 훨씬 좋은 집에 될 수 있는 한 빨리 데려다달라는 내 말을 듣고, 생루는 다음 날 떠나야 하기 때문에 이번에는 갈 수 없다고 진심으로 미안해했다. "다음에 올 때 가자고."라고 그가 말했다. "너도 보게 될 거야. 젊은 아가씨들이 있어." 하면서 그는 약간 신비스러운 표정으로 말했다. "좋은 집안의 아가씬데, 아마 이름이 오르주빌이라지. 좋은 집안의 딸이 어떤 건지 정확히 말해 주지. 그녀의 어머니는 조금은 라 크루아레베크 가문의 태생이라고 할 수 있는데 상류 사회 사람이야.* 아마도 내가 착각하는 게 아니라면 오리안 숙모하고도 조금은 친척이 될걸. 그 젊은 아가씨만 봐도 좋은 집안의 딸이라는 게 느껴져.(나는 한순간 로베르의 목소리에서 게르망트 수호신의 그림자가 펼쳐지는 것을 느꼈다. 그림자는 구름처럼, 그러나 아주 높은 곳에서 지나갔고 멈추지 않았다.) 내가

* 오르주빌의 어원은 오트게르의 영지이며, 라 크루아레베크는 '주교의 십자가'란 뜻이다.

생각하기엔 무척이나 멋진 일인 것 같아. 부모가 늘 몸이 아파서 그녀를 돌봐 줄 수가 없어. 그래서 늘 따분해하니, 네가 그 아이에게 오락거리를 찾아 주길 기대할게!" "오! 언제 다시 돌아올 거야?" "몰라, 네가 공작 부인에게만 집착하는 게 아니라면(공작 부인이란 귀족 계급에게는 특별히 찬란한 계급을 지칭하는 유일한 칭호로서, 마치 일반 대중이 공주라고 부르는 것과도 같다.) 다른 종류의 여인으로는 퓌트뷔스 부인의 수석 시녀가 있어."

그때 쉬르지 부인이 아들들을 찾기 위해 오락실에 들어왔다. 그녀를 본 샤를뤼스 씨는 다정하게 다가갔고, 남작에게서 지극히 냉정한 태도를 기대했던 후작 부인은 놀라면서도 그만큼 기분이 좋아 보였다. 집안에서 유일하게 오리안의 보호자라고 언제나 자처해 왔던 남작은 — 공작의 유산과 공작 부인에 대한 질투심 때문에 공작의 욕망에 지나치게 자주 관대함을 보여 온 — 형의 정부들에 대해 가혹할 정도로 거리를 두어 왔다. 따라서 쉬르지 부인은 남작에게서 그녀가 두려워했던 태도의 동기는 잘 이해했을 테지만, 이와 정반대되는 환대의 동기 같은 건 꿈에도 생각해 보지 못했을 것이다. 남작은 자케*가 예전에 그린 부인의 초상화에 대해 감탄의 말을 전했다. 감탄은 열광으로 이어졌으며, 또 그 열광은 후작 부인이 그에게서 빠져나가지 못하도록, 로베르가 적의 군대 병력을

* Gustave Jacquet(1846~1909). 프랑스의 풍속화가로 사교계 인사들을 많이 그렸다. 친구인 몽테스큐가 그의 사후에 열린 전시회 카탈로그에 서문을 썼다.

일정한 지점에 묶어 두려고 할 때 쓰는 말이라고 했던 것처럼 '그녀를 붙잡아 두기 위해' 쓰였으므로, 부분적으로는 타산적인 행동이었지만, 어쩌면 진심에서 우러난 말이었을 수도 있다. 왜냐하면 만일 모든 사람이 두 아들에게서 왕비의 풍모와 쉬르지 부인의 눈을 보고 찬미하고 즐거워했다면, 남작은 이런 매력이 그들의 어머니에게서 한 묶음으로 결합된 걸 보고 상반되지만 생생한 기쁨을 느낄 수 있었다. 마치 초상화가 그 자체로는 욕망을 불러일으키지 못하지만, 그것이 불러일으키는 미학적 찬미에 의해 욕망을 일깨우고 부양하는 것처럼 말이다. 이런 욕망이 자케의 초상화에 회고적으로 관능적 매력을 부여하는 원인이 되었으며, 또 그 순간 남작은 두 젊은 쉬르지의 생리학적 계보를 연구하기 위해서라면 기꺼이 자케의 초상화를 구입했을 것이다.

"내 말이 과장이 아니라는 걸 알겠지." 하고 로베르가 말했다. "쉬르지 부인에 대한 아저씨의 열성을 좀 보라고. 그래도 놀라운데. 오리안이 알면 얼마나 화가 날까. 솔직히 말해 저런 여자에게 달려들지 않아도 여자는 얼마든지 많은데." 하고 그는 덧붙였다. 사랑에 빠지지 않은 사람들이 흔히 그러듯이, 그는 우리가 수없이 심사숙고한 끝에, 또 갖가지 장점과 편의에 따라 사랑할 사람을 선택한다고 생각했다. 더욱이 자기 아저씨가 여인에게 열중한다고 착각하는 로베르는 분개한 마음에서 샤를뤼스 씨에 대해 지나치게 경솔한 말을 하고 있었다. 인간은 아무런 벌도 받지 않고 항상 누군가의 조카가 되는 것은 아니다. 대부분의 경우 그들의 중개에 의해 유전적 습관 하나가 머지않아 전해진다. 이렇게 해서 우리는 「아저씨와 조카」* 라는 제목의 독일 희극처럼, 수많은 초상화로 장식된 화랑을 만들 수 있으며, 거기서 아저씨가 점점 자신을 닮아 가는 조카를, 물론 무의식적이긴 하나 질투의 시선으로 지켜보는 모습을 보게 될 것이다. 나는 실제 혈연관계가 아닌 아저씨, 즉 조카의 처삼촌까지 전시하지 않는다면 그 화랑은 불완전할 수밖에 없다는 말을 덧붙이고자 한다. 샤를뤼스 같은 신사들은 사실 자신만이 좋은 남편이며, 더 나아가 자신만이 아내가 질투하지 않는 유일한 사람이라고 확신하기 때문에, 보통은 조카딸에 대한 애정에서 그 조카딸을 자기 같은 남자와 결혼시킨다. 이 점이 유사성의 실타래를 복잡하게 만든다. 조카딸에 대한 애정에, 때로는 조카딸의 약혼자에 대한 애정이 더해지는 것이다. 이런 결혼은 드물지 않으며, 흔히 행복한 결혼이라고 일컬어진다.

"우리가 무슨 말을 하고 있었지? 아! 퓌트뷔스 부인의 시녀인 그 키 큰 금발 여자 애기를 했지? 그 여잔 여자도 좋아하는데 너한텐 큰 상관이 없을 거라 생각해. 솔직히 말하면 난 그렇게 아름다운 여자는 처음 봤어." "뭔가 상당히 조르조네**풍

---

* 독일 작가 실러(Schiller)의 3막 희극으로 원명은 「아저씨로 오인된 조카」(1803)이다. 실러의 이 연극은 프랑스에서 「아저씨와 조카」라는 이름으로 여러 번 공연되었다.

** 조르조네(Giorgione)는 이탈리아의 화가로 16세기 베네치아 유파의 창시자이다. 프루스트 시대에 조르조네와 관계되는 미의 유형은 루브르 박물관 소장의 「전원의 합주」(1508~1509)에 나오는 두 여인을 가리킨다. 이 그림은 전통적으로 조르조네의 그림으로 간주되지만, 조르조네가 시작하고 티치아노가 완성

의 여자처럼 상상되는데?" "완전히 조르조네풍이야. 아! 파리에서 지낼 시간이 있다면 얼마나 멋진 일이 많을까? 그러고 나서 다음으로 넘어가고. 왜냐하면 너도 알다시피 사랑이란 헛소리에 불과하잖아. 나는 거기서 완전히 벗어났어." 곧 나는 그가 문학에의 꿈을 접은 걸 알고 깜짝 놀랐는데, 지난번에 만났을 때는 문학가들에 대한 미망에서만 깨어난 줄로 알았기 때문이다.("그들은 거의 모두가 나쁜 놈들이야."라고 그는 내게 말했었다. 라셸의 몇몇 친구에 대해 그가 가진 원한의 정당함을 설명해 줄 수 있는 대목이었다. 그 친구들은 사실 그녀가 로베르라는 '다른 종족의 인간'으로부터 영향을 받도록 내버려 두는 한 재능을 발휘하지 못할 거라고 설득했으며, 그래서 그들은 그녀와 함께 로베르가 베푼 저녁 식사에서, 그를 면전에 두고 야유했다. 그런데 사실 문학에 대한 로베르의 사랑은 심오한 면이 전혀 없었고, 그의 진짜 기질에서 나온 것도 아닌 그저 라셸에 대한 사랑의 파생물에 지나지 않았으므로, 라셸에 대한 사랑이 사라지자 함께 사라졌고, 동시에 쾌락을 쫓는 남자에 대한 혐오와 여성의 미덕에 대한 종교적 존경심도 사라졌다.)

"저 두 젊은이의 표정은 정말 묘하지 않나요! 게임에 쏟는 저 신기한 열정을 보십시오! 후작 부인." 하고 샤를뤼스 씨는 쉬르지 부인에게 그녀의 두 아들을 가리키면서 그들이 누구인지 완전히 모른다는 듯 말했다. "저들은 필시 동양인인가 봅니다. 뭔가 특징이 있어요. 어쩌면 터키인일지도 모릅니

한 것으로 보는 시각도 있다.

다." 그는 순진함을 가장하면서 동시에 막연한 반감을 표시하려고 그렇게 덧붙였는데, 이 반감이 나중에 호감으로 변하더라도, 그 호감은 그들이 쉬르지 부인의 아들이라는 자질 덕분에, 남작이 그들이 누구인지 알았을 때에야만 시작되었음을 입증해 줄 것이었다. 어쩌면 또한 샤를뤼스 씨의 천성이 오만방자하여 그 재능을 실행하는 데서 기쁨을 느꼈으므로, 이 두 젊은이의 이름을 모른다고 여겨지는 틈을 이용해서 쉬르지 부인을 웃음거리로 만들고 또 자신의 습관적인 조롱에 전념했던 것인지도 모른다. 마치 스카팽이 주인으로 변장한 틈을 이용해서 주인을 몽둥이로 실컷 때린 것처럼.*

"제 아들들이에요." 하고 쉬르지 부인은 얼굴을 붉히며 말했는데, 그녀가 보다 교활하고 고결하지 않은 여자였다면 그렇게까지 얼굴을 붉히지는 않았을 것이다. 만일 그랬다면 그녀는 젊은이에 대한 샤를뤼스 씨의 절대적인 무관심이나 비웃는 태도, 여성에 대한 지나치게 가식적인 찬미가 그의 본성의 참된 실체를 드러내지 않는 것과 마찬가지로 진지하지 않다는 걸 깨달았을 테니까. 그로부터 끝없이 찬미의 말을 듣는 여성은, 자기와 얘기하면서도 한 남성에게 눈길을 던지고 그런 후에 주목하지 않는 척 꾸미는 눈길에 오히려 질투심을 느꼈을지 모른다. 왜냐하면 그 눈길이야말로 샤를뤼스 씨가 여성에게 던지는 것과는 달랐기 때문이다. 그것은 마음 깊숙한

* 1671년에 발표된 몰리에르의 「스카팽의 간계」에서 스카팽은 터키인들이 습격했다는 거짓말로 주인을 자루 속에 집어넣고 터키인을 흉내 내며 주인을 마음껏 때린다.

곳에서 우러나온 특별한 눈길, 마치 양재사가 즉각적인 방식으로 의상에 주목하여 그 눈길로 자신의 직업을 드러내는 것처럼, 저녁 모임에서조차 순진하게도 젊은이들 쪽을 향하지 않고는 못 배기는 그런 눈길이었다.

"오! 신기하군요." 샤를뤼스 씨는 여전히 거만하게, 처음 그가 가정했던 것과는 다른 현실로 생각을 옮기기 위해서는 긴 여정을 거쳐야 한다는 듯 대답했다. 그러고는 "하지만 전 그들을 모르는데요." 하고 자신이 조금 전에 지나치게 반감을 표현했던 것은 아닌지, 그래서 후작 부인이 그들을 소개하려는 의도를 취소하지나 않을지 걱정하며 덧붙였다. "제 아이들을 소개해도 될까요?" 하고 쉬르지 부인이 수줍게 물었다. "저런, 부인께서 좋으실 대로 하시죠. 저야 뭐 아무래도 괜찮지만, 저렇게 젊은 두 분에게는 제가 별로 재미있는 인물이 아닐지도 모르겠군요." 하고 샤를뤼스 씨는 어쩔 수 없이 예의를 차려야만 하는 사람처럼 망설이듯 무관심한 표정으로 읊조렸다. "아르뉠프, 빅튀르니앵, 빨리 오거라." 하고 쉬르지 부인이 말했다. 빅튀르니앵이 주저하지 않고 금방 일어섰고, 자기 형보다 더 멀리 보지 못하는 아르뉠프가 온순하게 그를 좇아갔다.

"이제는 아들 차례군." 하고 로베르가 내게 말했다. "우스워 죽을 지경이야. 집에서 키우는 개한테까지 아첨하는 꼴이라니.* 아저씨가 제비족을 싫어하는 만큼 더 희극적이군. 또

---

* 몰리에르의 「학식을 뽐내는 여인들」 2막 3장에 나오는 "그는 집에서 키우는

얼마나 진지하게 녀석들 말을 듣고 있는지 좀 보라고. 만일 내가 저 녀석들을 소개했다면, 아저씨는 아마도 날 내팽개쳤을 걸. 난 오리안에게 인사하러 가야 돼. 파리에서 지내는 시간이 너무 짧아서 여기서 모두를 봐야 해. 아니면 집으로 명함을 놓으러 가야 하거든." "얼마나 잘 자랐으며 얼마나 상냥한 태도인지!" 하고 샤를뤼스 씨가 말하는 중이었다. "그렇게 생각하세요?" 하고 쉬르지 부인이 몹시 기뻐하며 대답했다.

스완이 나를 보고 생루와 내가 있는 쪽으로 다가왔다. 스완에게 있어 유대인으로서의 활기는 사교계 인사로서의 농담보다 세련되지 않았다. "안녕한가." 하고 그가 말했다. "저런, 우리 셋이 있으니 무슨 결사체* 회의라도 하는 줄 알겠군. 자칫하면 금고가 어디 있는지 찾으러 오겠어." 그는 보세르퐈유** 씨가 등 뒤에서 그의 말을 듣고 있는 걸 알지 못했다. 장군은 자기도 모르게 눈살을 찌푸렸다. 우리 바로 옆에서 샤를뤼스 씨의 목소리가 들렸다. "뭐 자네 이름이 빅튀르니앵이라고? 『고미술 진열실』에 나오는 이름과 같은?"*** 남작은 두 청년과의 대화를 연장하려고 이렇게 말했다. "그렇습니다, 발자크의." 하고 쉬르지의 장남이 말했다. 그는 그 소

---

개의 마음에조차 들려고 애쓴다."라는 대사를 약간 변형한 것이다.

* 유대인 반대파는 드레퓌스 사건의 재심파를 '결사체(Syndicat)'라고 불렀다고 한다.(『게르망트』, 폴리오, 563쪽 참조.)

** 『잃어버린 시간을 찾아서』 6권 381쪽 참조.

*** 빅튀르니앵 데스그리뇽은 발자크의 『고미술 진열실』(1838)에 나오는 주인공이다. 뛰어난 외모를 가진 주인공이 시골에서 파리로 올라와 여인들과의 연애 사건으로 희생양이 되는 이야기이다.

설가의 글은 한 줄도 읽지 않았지만, 교수가 며칠 전에 그의 이름과 데스그리뇽의 이름이 유사하다는 걸 가르쳐 주었다. 쉬르지 부인은 아들의 빛나는 모습과, 샤를뤼스 씨가 그렇게 풍부한 아들의 학식 앞에서 황홀해하는 모습을 보며 매우 기뻐했다.

"루베*가 전적으로 우리 편이라는군. 정확한 소식통에 따르면." 하고 스완이 이번에는 장군이 듣지 못하도록 낮은 소리로 생루에게 말했다. 드레퓌스 사건이 주된 관심사가 된 후부터 그는 무엇보다 아내와 공화파의 관계에 관심을 두었다.**

"그렇게까지는 아닙니다. 전적으로 잘못 생각하고 계시는군요." 하고 생루가 대답했다. "그 사건은 첫 단추가 잘못 끼워졌으며, 전 거기 연루되었던 걸 후회하고 있습니다. 저하고는 이제 상관없는 일입니다. 그 일이 재개된다면 멀리 물러나 있겠습니다. 저는 군인이고 다른 무엇보다도 군대 편이니까요. 스완 씨와 같이 더 있을 거라면 나중에 보자고. 아주머니 곁에 가야 하니까." 하지만 나는 그가 앙브르사크 양과 얘기하러 가는 것을 보았고, 그러자 그들의 가능한 약혼에 대해 그가 거짓말한 게 생각나 마음이 슬펐다. 그러나 그가 겨우 삼십 분 전에야, 앙브르사크 양이 무척이나 부자인 탓에 이 결혼을 열망하는 마르상트 부인에 의해 소개되었다는 걸 알고는 다

---

* Emile Loubet(1838~1929). 드레퓌스 재심 기간 동안(1899~1906) 프랑스의 대통령이었다.

** 스완 부인과 공화파의 친교에 대해서는 『잃어버린 시간을 찾아서』 3권 162쪽 참조.

시 마음을 놓았다.

"어쨌든," 하고 샤를뤼스 씨가 쉬르지 부인에게 말했다. "발자크를 읽고, 발자크가 누구인지 아는 유식한 젊은이를 보는군요. 특히 그런 젊은이가 지극히 드문, 나와 같은 부류의 사람들 집이나 우리 집안 같은 곳에서 만나니 더 기쁘군요." 그는 우리 집안이라는 말을 강조하며 덧붙였다. 게르망트네 사람들은 아무리 만인이 평등하다고 생각하는 척하려고 해도 소용없었는데, '명문가에서 태어났거나' 특히 그들보다 '열등한 가문에서 태어난' 사람들과 자리를 같이하는 큰 행사에서는 그들의 비위를 맞추기를 열망했고 또 그렇게 할 수 있을 때에는, 가문의 오래된 회고담을 꺼내기를 주저하지 않았다. "예전에는," 하고 남작이 말했다. "귀족이란 지성이나 심성이 가장 훌륭한 사람을 의미했죠. 그런데 우리 중에서 처음으로 빅튀르니앵 데스그리뇽이 누구인지 아는 사람을 만났네요. 처음이란 말은 잘못됐군요. 폴리냐크*나 몽테스큐 같은 사람도 있으니까요." 샤를뤼스 씨는 아들을 이 두 사람과 동일시하면 후작 부인이 황홀해하리라는 걸 알고 그렇게 덧붙였다. "게다가 저는 부인의 아드님들이 누구를 닮았는지 알겠군요. 외조부께서 18세기의 유명한 소장품을 갖고 계신 분이 아닙니까. 어느 날 제 집으로 점심 식사를 하러 오는 기쁨을 베풀어 주신다면 제 소장품도 보여 드리죠." 하고 그는 동생인

* 프루스트의 지인인 에드몽 드 폴리냐크 대공(『잃어버린 시간을 찾아서』 6권 384쪽 주석 참조.)과 몽테스큐 백작(『잃어버린 시간을 찾아서』 2권 259쪽 주석 참조.)을 가리킨다.

빅튀르니앵에게 말했다. "발자크가 직접 수정한 『고미술 진열실』의 희귀본도 보여 드리지. 두 사람의 빅튀르니앵을 함께 대조할 수 있다면 더없이 즐겁겠소."

나는 스완을 떠날 결심을 하지 못했다. 그는 너무 지쳐서 환자 몸이 화학 반응을 관찰하는 증류기에 불과한 그런 피로의 단계에 이르러 있었다. 그의 얼굴에는 이제 살아 있는 것의 세계에 속하지 않는 프러시안 블루*의 작은 점들이 두드러졌고, 중고등학교에서 '실험' 시간 후에 '과학' 교실에 남아 있는, 그토록 역겹게 느껴지는 종류의 냄새를 풍겼다. 나는 그에게 게르망트 대공과 오래 대화를 나누지 않았는지, 또 그 내용이 무엇인지 얘기해 줄 수 있느냐고 물었다. "말해 주지." 하고 그가 말했다. "하지만 먼저 샤를뤼스 씨와 쉬르지 부인 곁에 잠시 갔다 오게나. 난 여기서 기다리지."

사실 샤를뤼스 씨는 쉬르지 부인에게 방이 너무 더우니 잠시 다른 방에 가서 앉자고 제안하면서도 두 아들에게는 어머니와 함께 오라고 청하지 않고 내게 청했다. 그는 두 젊은이를 유인한 후에 이런 방식으로 그들에게 집착하지 않는 것처럼 꾸미고 있었다. 게다가 내게도 쉬운 예의를 베푼 셈이었다. 쉬르지르뒤크 부인은 그리 평판이 좋은 편이 아니었으니까.

불행히도 우리가 통로 없는 창문 옆 트인 공간에 앉자마자 남작의 조롱 대상인 생퇴베르트 부인이 지나갔다. 부인은 어

---

* '진한 파랑' 또는 '감청색'을 의미하는데, 1704년 베를린에서 처음 발견되었다 해서 이런 이름이 붙었다.

쩌면 자신이 샤를뤼스 씨에게 불러일으키는 좋지 못한 감정을 감추려고, 또는 공공연히 멸시하려고, 특히 남작과 친밀하게 대화하는 부인과 자신이 아주 친한 사이임을 보여 주려고 그 유명한 미인에게 다정하지만 멸시하는 듯한 인사를 건넸고, 그녀는 곁눈으로 샤를뤼스 씨를 쳐다보면서 비웃는 미소로 답했다. 그러나 창문 옆 트인 공간이 협소했으므로 생퇴베르트 부인이 우리 뒤에서 여전히 내일 올 손님을 모집하며 그 사이에 끼어 쉽게 빠져나가지 못하고 있을 때, 두 젊은이의 어머니 앞에서 자신의 거만한 열변을 과시하고 싶었던 샤를뤼스 씨는 그 소중한 순간을 놓치지 않으려고 주의를 기울였다. 내가 별 악의 없이 한 바보 같은 질문으로 그는 승리의 노래를 부를 기회를 얻었고, 불쌍한 생퇴베르트 부인은 우리 등 뒤에서 거의 꼼짝없이 그 말을 한마디도 빼놓지 않고 들어야만 했다. "이 무례한 젊은이가," 하고 그는 쉬르지 부인에게 나를 가리키면서 말했다. "이런 종류의 생리적 욕구는 숨겨야 하는데 전혀 개의치 않고; 내가 생퇴베르트 부인 댁에 갈 건지 묻는군요. 다시 말해 내 생각에는 복통이 있는지 묻는 것 같군요. 어쨌든 볼일을 보기 위해서라면, 내 기억이 정확하다면 내가 사교계에 드나들기 시작했을 때 벌써 100살 기념 잔치를 했던 사람의 집보다는 더 편안한 장소로 갈 겁니다. 다시 말해 그 집에는 가지 않을 거라는 얘기죠. 그렇지만 그분보다 누가 더 흥미로운 얘기를 들려주겠습니까? 제1제정과 왕정복고 시대를 보고 또 살았으니 수많은 역사적 회고담을 알고 있을 뿐만 아니라, '성인(聖人)' 같은 데는 전혀 없고 나이를 먹어도 깡충거리고 돌아다니는 가벼운 엉덩이로 보아 '외설적이고' 내밀한 얘기들도 엄청나게 많이 알고 있겠지요!* 이런 흥미진진한 시대에 관한 질문을 가로막는 것이 바로 내 후각 기관의 예민함이죠. 부인 옆에 있는 것만으로도 충분하니까요. 난 갑자기 중얼거리죠. '저런! 누가 내 요강을 깨뜨렸네.' 실은 후작 부인이 뭔가 초대할 목적으로 입을 열었을 뿐인데요. 그러니 내가 만일 운 나쁘게도 그분 집에 가게 된다면, 그 요강이 수없이 불어나서 거대한 분뇨 통이 되리라는 건 이해하시겠지요. 하지만 그분은 신비로운 이름을 갖고 있어, 난 항상 그 분을 생각하면 '큰 기쁨(jubilation)'에 사로잡히죠. 비록 이미 오래전에 금혼식(jubilé)을 보내고 소위 「쇠락」**이라고 불리는 어리석은 시를 연상시키지만 말입니다. '아! 푸르른, 그날 내 영혼은 얼마나 푸르렀던가!' 그러나 내게는 보다 건전한 푸르름이 필요해요. 저 지칠 줄 모르는 거리 여인이 '가든파티'를 연다고 하는데, 나 같으면 '진흙탕 산책으로의 초대'라고 부르겠어요. 부인은 거기서 진흙탕으로 몸을 더럽히실 생각인가요?" 하고 그는 쉬르지 부인에게 물었고 이번에는 부인이 난처해했다. 남작에게는 가지 않는 척하고 싶었지만, 생퇴베르

---

* 샤를뤼스는 생퇴베르트(Saint-Euverte) 부인 이름이 '성인'을 가리키는 saint과 '외설적인' 혹은 '초록색'이나 '푸른색'을 의미하는 verte로 구성되었다고 해석하면서 조롱하고 있다.

** 가브리엘 비케르(Gabriel Vicaire)와 앙리 보클레르(Henri Beauclair)가 「쇠락, 아도레 플루페트의 퇴폐시(Déliquescences, poèmes décadents d'Adoré Floupette)」란 제목으로 1885년 발표한 작품으로 많은 논란을 야기했다. 상징주의 시에 대한 일종의 패러디로 간주된다.(『소돔』, 플레이아드 III, 1375쪽 참조.)

트 부인의 오후 모임을 놓치느니 차라리 자신의 수명을 며칠 줄이는 편이 더 낫다고 생각했기에, 그녀는 중간을 택해, 즉 모호한 태도로 궁지를 벗어나려 했다. 이런 모호한 태도는 바보 같은 예술 애호가와 초라한 양재사처럼 보이게 했으므로, 샤를뤼스 씨는 쉬르지 부인의 마음에 들기를 열망하면서도 그녀의 기분을 망치는 걸 두려워하는 기색 없이 "그런 것이 통하지 않는다는 걸" 보여 주려고 웃음을 터뜨리기 시작했다.

"저는 언제나 계획을 세우는 분들을 존경해요." 하고 그녀가 말했다. "전 흔히 마지막 순간에 가서 취소하거든요. 여름 드레스가 문제가 되면 모든 걸 변경할 수도 있으니까요. 순간적인 영감에 따라 행동하는 거죠."

나는 샤를뤼스 씨가 방금 늘어놓은 그 가증스러운 짧은 연설에 격분했다. 가든파티의 주최자에게 선물을 잔뜩 안겨 주고 싶었다. 그러나 사교계도 정치계와 마찬가지라 피해자는 매우 비열해서 가해자를 오래 원망하지 않는 법이다. 우리 때문에 통로가 막혔던 창문의 트인 공간에서 겨우 빠져나온 생퇴베르트 부인은 지나가다 자기도 모르게 남작의 몸을 스쳤고, 그러자 그녀는 온갖 분노를 수포로 만드는 속물적인 반사작용에서, 아니 어쩌면 첫 번째 시도로 보이지 않는 그런 종류의 접근을 하려는 희망에서 "어머 용서하세요, 사를뤼스 씨, 제가 아프게 한 건 아니겠죠." 하고 마치 주인 앞에 무릎을 꿇듯이 소리쳤다. 샤를뤼스 씨는 그저 냉소적인 폭소를 터뜨리는 것으로 응답했고, 그러다가 양보해서 "안녕하세요."라고 한마디 했는데, 그것도 후작 부인이 먼저 인사를 하는 바람에 그제야 부인을 처음 알아보았다는 듯이 꾸밈으로써 또 다른 모욕을 주었다. 마침내 생퇴베르트 부인이 내 마음을 아프게 하는 지극히 비굴한 태도로 다가오더니, 나를 옆으로 끌고 가 귀에다 대고 말했다. "내가 샤를뤼스 씨에게 도대체 뭘 했다는 거죠? 누군가의 주장처럼 내가 저분에 비해 충분히 우아하지 않다는 건가요?"라며 목청껏 웃어 댔다. 나는 신중했다. 한편으로는 그녀가 실제로 자기만큼 우아한 사람이 없다고 믿거나 혹은 믿게 하려고 하는 것이 어리석게 생각되었다. 또 한편으로는 그들이 말하는 것에, 별로 웃기지도 않는 것에 그토록 소리 높여 웃어 대는 사람들은 그 모든 폭소를 스스로 떠맡음으로써 우리가 끼어드는 것을 면제해 준다.

"다른 분들은 내가 저분을 초대하지 않아서 기분이 상했다고 말해요. 하지만 저분은 별로 마음이 내키지 않아요. 내게 뭔가 불만이 있는 것 같아요.(이건 좀 약한 표현인 듯 보였다.) 좀 알아보고 내일 말하러 와 주세요. 그리고 혹시 저분이 후회하는 마음이 들어서 당신과 함께 오고 싶다고 하면 모시고 오세요. 용서받지 못할 죄는 없으니까요. 그렇게 되면 쉬르지 부인이 불편해할 테니 오히려 기쁘기까지 하네요. 당신에게 모든 걸 맡기겠어요. 당신은 이런 모든 일에 가장 섬세한 감각을 가지고 있고, 또 나는 손님들을 구걸하는 모습을 보이고 싶지 않으니까요. 어쨌든 전적으로 당신만 믿을게요."

스완이 나를 기다리다 지쳤겠다는 생각이 들었다. 게다가 알베르틴 때문에 너무 늦게 돌아가고 싶지 않았던 나는 쉬르지 부인과 샤를뤼스 씨에게 작별 인사를 하고, 오락실로 나의 아픈 사람을 만나러 갔다. 나는 그에게 그들이 정원에서 대담을 나누던 중 대공에게 한 얘기가, 정말로 브레오테 씨가(나는 그의 이름을 말하지 않았다.) 우리에게 전한 그 베르고트의 소극에 관한 것이었느냐고 물었다. 그러자 그는 웃음을 터뜨렸다. "한마디도 사실이 아닐세, 한마디도. 완전히 지어낸, 그야말로 터무니없는 얘기야. 정말로 이런 자연 발생적인 오류라니 도저히 믿어지지가 않네. 누가 자네에게 그런 말을 했는지는 묻지 않겠네만, 이처럼 제한된 환경에서 점점 거슬러 올라가 그것이 어떻게 형성되었는지를 알아보는 것도 흥미로운 일일 걸세. 더욱이 대공이 내게 한 얘기가 어떻게 사람들의 관심을 끌 수 있단 말인가? 호기심이 많군. 사랑에 빠져 질투에 사로잡혔을 때 말고 나는 한 번도 호기심을 느껴 본 적이 없네. 그리고 그런 호기심이 내게 가르쳐 준 것이라곤! 자네 질투하나?" 나는 스완에게 한 번도 질투를 느껴 본 적이 없으며 그것이 뭘 의미하는지도 알지 못한다고 했다. "그렇다면 축하하네. 두 가지 관점에서 볼 때 약간의 질투는 완전히 불쾌한 것만도 아니라네. 하나는 호기심 없는 인간에게 타인의 삶에, 아니 적어도 어느 한 사람의 삶에 관심을 갖게 해 준다는 거지. 그리고 다음으로는 여인을 소유하고 함께 마차에 오르고 그 여인을 혼자 내버려 두지 않으면서 감미로움을 느끼게 해 준다네. 그러나 그건 병의 초기나 거의 완치되었을 때의 일이지. 그사이에 가장 끔찍한 형벌이 주어진다네. 게다가 내가 자네에게 말한 두 가지 감미로움도 실은 나는 별로 맛보지 못했다고 말해야 하네. 첫 번째 감미로움은 내 성격의 결함 때문에 맛볼 수 없었는데, 나는 오래 깊이 생각하는 성격이 못 되네. 두 번째 감미로움은 어떤 상황 때문에 내가 질투했던 여인의 잘못, 아니 여인들의 잘못 때문에 맛볼 수 없었네. 하지만 그런 건 아무것도 아닐세. 뭔가에 더 이상 집착하지 않는다 해도 집착했다는 사실 자체는 중요한 거라네. 거기에는 항상 다른 사람에게는 빠져나가는 이유들이 있기 때문이지. 그런 감정들에 대한 추억이야말로 우리 마음속에 있다는 걸 느끼게 되네. 그 추억을 바라보기 위해서는 우리 마음속으로 들어가야 하네. 이런 관념론자의 횡설수설을 너무 비웃지 말게. 내가 말하고 싶은 건 내가 삶을 매우 사랑했고, 예술을 매우 사랑했다는 걸세. 그렇다네! 이제는 타인들과 사는 게 조금은 피곤하게 느껴지니, 예전에 내가 가졌던 이런 지극히 개인적인 감정들이, 모든 수집가들의 괴벽이긴 하지만, 무척 소중하게 느껴지네. 나는 내 마음을 일종의 진열장인 양 스스로에게 열어 보이고, 다른 사람들은 알지 못했을 그토록 많은 사랑을 하나하나 바라본다네. 그리고 지금 내가 다른 무엇보다도 애착을 가지는 이런 수집품에 대해, 마자랭*이 그의 책에 대해 말한 것처럼, 게다가 어떤 고뇌도 없이 이 모든 것을 떠나는 게 조금은 귀찮을 뿐이라고 중얼거린다네. 그런데 다시 대

---

* Jules Mazarin(1602~1661). 이탈리아 출신의 추기경이자 정치가로 1639년 프랑스로 귀화하여, 루이 13세와 루이 14세 치하에서 재상을 지냈다. 수많은 예술품과 서적을 소장한 것으로 유명하며 1643년에는 그의 개인 도서관이 최초의 공공 도서관으로 개방되었다. 프루스트도 이 도서관에(파리 6구 콩티 강변로 소재) 사서로 임용되었으나 한 번도 출근하지 않았다.

공과의 대담으로 돌아가 보면, 나는 그 대담을 단 한 사람에게만 얘기하려 하는데, 그게 바로 자넬세." 그의 말을 들으려고 하는데, 오락실로 돌아온 샤를뤼스 씨가 우리 옆에서 끝없이 대화를 이어 가는 바람에 방해를 받았다. "그런데 자네도 책을 읽는가? 무엇을 하는가?" 하고 샤를뤼스 씨가 발자크라는 이름조차 모르는 아르뉠프 백작에게 물었다. 그러나 무엇이든 작게 보이는 근시가 그에게 아주 멀리 보는 듯한 모습을 부여했고, 그리하여 그리스 조각 같은 신에게는 보기 드문 시적 정취가 그의 눈동자 속에 멀리 있는 신비로운 별처럼 새겨졌다.

"정원에서 몇 걸음 걸으면 어떻겠습니까?" 하고 나는 스완에게 말했다. 한편 아르뉠프 백작은 적어도 그의 정신적 발달이 온전하지 못하다는 걸 보여 주는 듯한 혀 짧은 소리로 샤를뤼스 씨에게 친절하고 순진하게 정확한 대답을 했다. "오! 저는 골프나 테니스, 조깅, 특히 폴로를 한답니다." 여러 모습으로 나누어진 아테나 여신이 어떤 도시에서는 '지혜'의 여신이기를 멈추고, 그녀의 일부를 순전히 스포츠의 여신, 말의 여신, 즉 '아테나 히피아'*로 구현한 것 같았다. 그는 또한 생모리츠로 스키를 타러 가는데, 팔라스 트리토게네이아가 자주 높은 산꼭대기에 나타나서는 말 탄 사람들을 잡아가기 때문이라고 했다.** "아!" 하고 샤를뤼스 씨는 지식인의 초연한 태

---

* 아테나 히피아(Hippia)는 '말(馬)의 여신 아테나'란 뜻이다.

** 르콩트 드릴이 번역한 『오르피크 찬가』(1869) 중 「아테나의 향기」를 암시하는 대목이다.("제우스의 유일한 딸인 팔라스가…… 높은 산꼭대기를 통과하

도로 대답했는데, 지식인은 남을 조롱한다는 걸 감추려는 노력조차 하지 않을 뿐만 아니라, 자신을 타인보다 지극히 우월하게 여겨 바보가 아닌 사람들의 지성마저 지나치게 경멸하므로, 진짜 바보인 자들도 뭔가 다른 방식으로 자기 마음에 들기만 하면, 바보가 아닌 사람들과 다르게 취급하지 않는다. 아르뷜프에게 말하면서, 샤를뤼스 씨는 자신이 그렇게 말한다는 사실 자체만으로도 모든 사람이 틀림없이 부러워하고 인정할 만한 우월성을 그에게 부여한다고 생각했다. "아닐세." 하고 스완이 대답했다 "나는 너무 피곤해서 걸을 수가 없네. 차라리 어디 구석에라도 앉지. 더 이상 서 있을 수가 없네." 사실이었다. 그렇지만 얘기를 시작하자마자 그는 그것만으로도 벌써 활기를 되찾은 것처럼 보였다. 왜냐하면 아무리 심한 피로감이라 할지라도, 특히 신경이 예민한 사람의 경우, 그 안에는 우리의 주의력에 달려 있는, 또 단지 기억에 의해서만 보존되는 부분이 있기 때문이다. 피로할까 봐 걱정하면 금방 피로해지는 법이므로, 피로에서 회복되기 위해서는 피로를 잊어버리는 것만으로도 충분하다. 물론 스완은 흐트러지고 시들시들한 채로 도착해서는 더 이상 몸을 가누지 못하면서도 일단 대화가 시작되면 마치 물에 잠긴 꽃이 피어나듯 활기를 되찾으면서 몇 시간이고 자신의 말에서 힘을 길어 올릴 수 있는,

---

며…… 말 탄 사람들을 쫓아다닌다.") 팔라스와 트리토게네이아는 아테나 여신의 또 다른 이름으로, 팔라스('소녀'란 뜻이다.)는 어린 시절 친구를 실수로 죽게 하여 그녀를 기억하고자 붙인 이름이며, 트리토게네이아는 아테나 여신이 태어났다고 알려진 리비아의 트리토니스 호숫가에서 연유한다.

그런 피로하면서도 피로할 줄 모르는 사람은 전혀 아니었으나, 불행하게도 그 힘은 이야기를 듣는, 또 말하는 사람이 정신이 깨어 있다고 느끼면 느낄수록 점점 더 탈진한 것처럼 보이는 상대에게는 전해지지 않는 법이다. 그러나 스완은 생명력과 죽음에의 저항에 개개인이 참여하는 듯 보이는 그 강한 유대 인종에 속했다. 유대 인종이 박해로 시달린 것처럼, 각자 특별한 병에 걸린 그들은, 가능한 모든 한계 너머로까지 연장되는 그 무서운 단말마의 고통 속에서 끝없이 발버둥 치는데, 그때 그들의 얼굴에서 보이는 것은 기도 의식의 시간이 다가와 아시리아의 프리즈*에서처럼 기계적인 움직임으로 나아가는 먼 친척들의 그 어김없는 행렬이 시작되기 전에 마지막 숨을 쉬기 위해 부풀어 오른 거대한 코 밑에 놓인 예언자의 수염뿐이다.

우리는 자리에 앉으러 갔고, 하지만 샤를뤼스 씨가 두 명의 젊은 쉬르지와 그들의 어머니와 함께 형성한 그룹을 떠나기에 앞서 스완은 전문가의 탐욕스럽고도 부릅뜬 눈길로 오랫동안 여인의 코르사주를 뚫어지게 바라보았다. 그는 좀 더 잘 보려고 외알 안경을 꼈으며, 또 내게 말을 하면서도 이따금 부인 쪽으로 시선을 던졌다. "내가 대공과 나눈 대화를 한마디 한마디 정확히 그대로 하겠네." 우리가 의자에 앉자 스완이 말했다. "내가 조금 전에 말한 걸 기억한다면, 내가 왜 내 속내

* 다리우스 궁의 프리즈를 암시한다.(『잃어버린 시간을 찾아서』 5권 306쪽 참조.)

를 털어놓는 상대로 자네를 택했는지 알게 될 걸세. 그리고 거기에는 또 다른 이유가 있지만* 그것도 언젠가는 알게 되겠지. '친애하는 스완' 하고 게르망트 대공이 말했네. '내가 얼마 전부터 당신을 피한 듯 보였다면 용서하시오.(나는 이 점에 대해서는 전혀 깨닫지 못했네. 나 자신이 몸이 아픈 관계로 모든 사람을 피하고 있었으니까.) 우선 내가 들은 것과 예상하는 바에 따르면, 당신은 현재 국가를 갈라놓은 그 불행한 사건에서 나와 완전히 상반된 의견을 갖고 있소. 그런데 만일 당신이 내 앞에서 그 의견을 공표한다면 난 지극히 고통스러울 거요. 내 신경증이 얼마나 심해졌는지, 대공 부인은 이 년 전에 드레퓌스가 무죄라는 처남인 해세 대공작의 말을 듣고 그 말에 격렬하게 응수하는 데서 끝나지 않고, 나를 거스르지 않으려고 내 앞에서 그 말은 꺼내지도 않았을 정도였소. 거의 같은 시기에 스웨덴 황태자**가 파리에 왔는데, 아마도 외제니 황후***가 드레퓌스파라는 소문을 들었던지 대공 부인과 혼동해서는(이상한 혼동이라고 생각하지 않소? 내 아내 같은 신분의 여인과, 사람들이 말하는 것보다 훨씬 형편없는 귀족 태생인, 겨우 보나파르트에 불과한 자와 결혼한 스페인 여자를 혼동하다니.) 내 아내에게 이렇게 말했다

* 이 다른 이유에 대해서는 결코 알 수 없다고 화자는 기술한다.(『갇힌 여인』, 플레이아드 III, 705~706쪽 참조.)

** 오스카 2세와 소피아 왕비의 장남인 구스타브(1858~1950)를 가리킨다.

*** 나폴레옹 3세(루이나폴레옹 보나파르트)의 아내로 1826년 스페인 그라나다에서 출생했다. 영국 빅토리아 여왕과도 절친한 사이였으며, 실제로 드레퓌스파였다.

오. '대공 부인, 부인을 뵙게 되어 두 배로 기쁩니다. 부인께서는 드레퓌스 사건에 대해 저와 같은 의견을 가지신 걸로 알고 있으며, 또 전 그 사실이 전혀 놀랍지 않습니다. 대공 부인께서는 바이에른 태생이시니까요.' 하지만 황태자는 내 아내로부터 이런 대답밖에 듣지 못했다오. '저하, 저는 한낱 프랑스 대공 부인에 지나지 않으며, 또 제 나라의 모든 동포들처럼 생각한답니다.' 그런데 친애하는 스완, 일 년 반 전에 내가 보세르푀유 장군과 대화하던 중, 나는 재판 전개 과정에서 하나의 오류가 아닌 중대한 불법 행위들이 자행되었다는 의혹을 품게 되었소.'"

샤를뤼스 씨의 목소리가 우리 얘기를 중단시켰고(스완은 다른 사람이 자기 이야기를 듣는 걸 원치 않았다.), 샤를뤼스 씨는 (게다가 우리에게 별로 신경 쓰지 않는) 쉬르지 부인을 배웅하려고 지나가다 두 아들 때문인지, 아니면 이 순간이 끝나는 것을 보고 싶어 하지 않는 게르망트네 사람들 특유의 욕망, 그들을 일종의 불안한 무기력 상태로 빠뜨리는 욕망 때문인지 한 번 더 그녀를 붙잡기 위해 걸음을 멈추었다. 스완은 이 점에서 잠시 후에 쉬르지르뒤크(Surgis-le-Duc)라는 이름에 대해 내가 품고 있던 시적 정취를 모두 앗아 가는 뭔가를 가르쳐 주었다. 쉬르지르뒤크 후작 부인은 가난하며 그녀의 영지에 살고 있는 사촌인 쉬르지 백작보다 훨씬 높은 사교적 지위와 결혼을 통한 보다 훌륭한 인척 관계를 맺고 있었다. 그러나 그 호칭 끝에 붙은 '르 뒤크(le Duc)'란 단어는 내가 상상 속에서 부여하던 공작의 기원과는 전혀 관계가 없었으며, 또

'수도원장의 마을'을 뜻하는 '부르라베(Bourg-l'Abbé)'나 '왕의 숲'을 뜻하는 '부아르루아(Bois-le-Roi)'와의 비교를 가능케 하는 점도 전혀 없었다.* 단지 쉬르지의 한 백작이 왕정복고 시대에 부유한 기업가인 르뒤크 혹은 르 뒤크의 딸과 결혼했으며, 이 사람 자신도 그 시대에 가장 부자이며 프랑스 귀족원 의원**이던 화학 제품 제조업자의 아들이었다. 샤를 10세는 이 결혼에서 생긴 아이를 위해, 쉬르지 후작이란 작위가 이미 집안에 존재한다는 걸 알고 쉬르지르뒤크 후작이란 작위를 만들어 주었다. 르뒤크란 부르주아 식 이름이 추가되어도, 이 분가가 가진 막대한 재산 덕분에 왕국의 첫째가는 가문과 친척 관계를 맺는 데 방해가 되지 않았다. 또 현재의 쉬르지르뒤크 후작 부인도 매우 훌륭한 가문 태생이었으므로, 최상층의 신분을 유지할 수 있었다. 그런데 '사악한 악마'***가 그녀를 사로잡아 이미 정해진 신분을 무시하고 부부의 집에서 도망쳐 나오게 하여 가장 심한 추문으로 얼룩진 삶을 살도록 부추겼다. 그러다가 스무 살 때는 발아래로 보고 경멸하던

---

* 쉬르지 부인으로 약칭해서 불리는 '쉬르지르뒤크'란 이름에 대해, 화자는 이 이름에 붙은 '르뒤크'가 '백작'이란 의미와는 무관하게 단순히 '르뒤크'나 '르 뒤크'라고 불리는 평민을 가리키며, 예전에 수도원이 있던 마을에서 '수도원장'이란 말을 붙이거나, 왕의 소유인 숲에 '왕'이란 말을 붙이던 중세의 봉건적 관습과도 거리가 멀다는 것을 깨닫고 있다.

** 1814년 루이 18세는 영국의 상원 의원 제도를 본떠 귀족원 의원 제도를 설립했다. 이 제도는 1848년까지 계속되었다.

*** 「사악한 악마」는 보들레르가 번역한 에드거 앨런 포의 『새로운 기이한 이야기들』(1857)에 첫 번째로 수록된 작품이다.

사교계를 서른 살이 되자 무척 그리워하게 되었는데, 십 년 전부터 극히 드문 몇 명의 충실한 친구를 제외하고는 어느 누구도 그녀에게 인사를 하지 않았으며, 그래서 그녀는 자신이 태어나면서부터 소유했던 것을 하나하나 고심하면서 다시 정복하려고 시도하고 있었다.(왔다 갔다 하는 이런 행동은 그렇게 드문 것이 아니다.)

예전에는 그녀가 부인했고, 그들 차례가 되자 그들 역시 그녀를 부인한 대귀족인 친척들로 말하자면, 그녀는 그들을 자신에게 돌아오게 하여 그들과 보낸 유년 시절의 추억을 함께 회상할 수만 있다면 얼마나 기쁠지 모르겠다고 말하면서 용서를 빌었다. 자신의 속물근성을 숨기려고 그렇게 말하면서 그녀는 어쩌면 생각만큼 거짓말을 하지 않았는지도 모른다. "바쟁은 내 젊음의 전부예요!" 그녀는 게르망트 공작이 자신에게 돌아온 날 그렇게 말했다. 사실 그 말은 어느 정도 진실이었다. 그러나 그를 정부로 삼으면서 그녀는 계산을 잘못했다. 게르망트 공작 부인의 여자 친구들이 모두 공작 부인의 편을 들 것이고, 그렇게 되면 쉬르지 부인은 그토록 힘들게 다시 올라갔던 오르막길을 두 번째로 내려가야 할 처지였기 때문이다. "자, 그럼!" 대화의 연장을 열망하는 샤를뤼스 씨가 그녀에게 말했다. "그 아름다운 초상화의 발밑에 내 경의를 표해 주시기를. 초상화는 잘 있습니까? 어떻게 되었나요?" "그게 말이죠." 하고 쉬르지 부인이 대답했다. "아시다시피 전 이제 그 초상화를 갖고 있지 않아요. 남편이 마음에 들어 하지 않아서요." "마음에 들어 하지 않다뇨? 우리 시대의 걸작 중

하나로, 나티에의 「샤토루 공작 부인」*에 필적할 작품이며, 또 그보다 덜 당당하고 살의를 품은 여신을 포착했다고 주장하는 것도 아닌데요. 오! 그 작은 푸른 깃이라니! 베르메르라 해도 그렇게 훌륭한 솜씨로 천 조각에다 그림을 그리지는 못할 겁니다. 너무 큰 소리는 내지 않도록 하죠. 스완이 자기가 좋아하는 화가 델프트의 거장**을 위해 복수할 생각으로 달려들지도 모르니까요." 후작 부인은 그녀에게 인사하려고 일어선 스완을 향해 돌아서면서 미소 띤 얼굴로 손을 내밀었다. 그러나 나이가 들면서 남의 의견에 무관심해진 탓에 도덕적 의지를 상실해서인지, 아니면 욕망의 흥분과 그 욕망을 감추는 데 도움이 되는 동력이 약해지면서 물리적 힘을 상실해서인지, 스완은 후작 부인의 손을 잡으며 그녀의 목을 가까이, 또 위에서 내려다보게 되자, 진지하고도 주의 깊게 전념하는 듯한, 거의 걱정하는 듯한 눈길을 감추지 않고 그녀의 코르사주 깊숙한 곳으로 보냈으며, 또 콧구멍은 여인의 향기에 취한 듯 살짝 엿본 꽃에 가서 앉으려 하는 나비처럼 벌름거렸다. 갑자기 그는 방금 자신을 사로잡았던 현혹에서 벗어났고, 쉬르지 부인도 조금은 당황한 듯 깊은 호흡을 억제했는데, 그토록 욕망

---

* 나티에(Nattier, 1685~1766)는 루이 15세의 정부였던 샤토루(Chateauroux) 부인의 초상화를 여러 편 남겼는데 그중 하나는 베르사유 궁전 침실에 있다. 샤토루 부인은 우유부단한 루이 15세를 설득하여 오스트리아 왕위 계승 전쟁에 참석하도록 영향을 미친 것으로 알려져 있다.

** 「델프트의 풍경」을 그린 베르메르를 가리킨다.(『잃어버린 시간을 찾아서』 2권 26쪽 주석 참조.)

은 때때로 전염되는 법이다. "화가는 마음이 상했죠." 하고 그녀가 샤를뤼스 씨에게 말했다. "그래서 그림을 다시 가져갔어요. 지금은 디안 드 생퇴베르트 댁에 있다는군요." "걸작이 그렇게 형편없는 안목을 증명해 보이다니 도저히 믿어지지 않는데요." 남작이 대꾸했다.

"남작은 그녀의 초상화에 대해 말한 거라네. 나 역시 그 초상화에 대해서는 샤를뤼스처럼 말할 걸세." 하고 스완은 느릿느릿 건달 같은 어조로 말을 끄는 척하면서 커플이 멀어져 가는 모습을 눈길로 쫓았다. "초상화는 틀림없이 샤를뤼스보다는 내게 더 큰 기쁨을 주었을 테지만." 하고 그는 덧붙였다. 나는 사람들이 샤를뤼스 씨에 대해 하는 말이 사실이냐고 물었다. 나는 거짓말을 두 번이나 한 셈이었다. 왜냐하면 사람들이 하는 말에 대해서는 아무것도 몰랐지만, 반면 조금 전부터 내가 말하고 싶었던 것이 사실임은 너무도 잘 알았기 때문이다. 스완은 내가 마치 엉뚱한 소리를 한다는 듯 어깨를 으쓱했다. "말하자면 매우 매력적인 친구지. 하지만 순수하게 플라토닉한 관계라는 말을 덧붙일 필요가 있을까. 그는 다른 사람들보다 감상적이고 그게 전부라네. 게다가 그는 여인들과 결코 멀리 가는 법이 없어서 그것이 자네 말이 의미하는 그 엉뚱한 소문을 어떻게 보면 믿게 했을지도 모르네. 샤를뤼스는 어쩌면 그의 남자 친구들을 매우 좋아하네. 하지만 그 일은 그의 머리와 마음속에서만 일어날 뿐, 다른 데서는 한 번도 일어난 적이 없다는 걸 확신해도 되네. 어쩌면 우리가 마침내 잠시 조용히 있을 수 있을지도 모르겠군. 그래서 게르망트 대공이 계속했네. '당신도 알다시피, 군대를 숭배하는 나로서는 재판 전개 과정에서 불법 행위가 있을지도 모른다는 생각 때문에 매우 고통스러웠음을 고백하겠소. 나는 그 사실을 장군과 다시 얘기했고, 아! 슬프게도 그 점에 관해서는 조금도 의심할 필요가 없었소. 그 모든 걸 통해서도 무고한 사람이 지극히 치욕적인 형벌을 받는다는 생각은 단 한 번도 내 머리를 스쳐 간 적이 없음을 솔직히 말할 수 있소. 하지만 불법 행위에 대한 생각이 날 괴롭혔고, 그래서 나는 내가 읽고 싶지 않았던 것을 연구하기 시작했소. 그러자 이번에는 의혹이, 불법 행위에 관한 것뿐 아니라 결백함에 관한 의혹이 내 머리를 떠나지 않았소. 이 점에 관해 대공 부인에게 말해야 한다고는 생각하지 않소. 아내가 나만큼이나 프랑스 사람이 되었다는 건 하느님도 아실 거요. 어쨌든 내가 그녀와 결혼한 날부터 나는 그녀에게 우리 프랑스의 아름다움을, 나로서는 프랑스가 가진 가장 빛나는 아름다움인 프랑스 군대를 보여 주려고 얼마나 치근거렸는지 모른다오. 물론 몇몇 장교에만 해당되는 일이지만 그런 의혹을 그녀에게 전한다는 게 무척이나 힘들었소. 하지만 나는 군인 가문의 사람인지라 장교들이 잘못을 저지를 수 있다고는 믿고 싶지 않았소. 그래서 다시 그 사실을 보세르푀유에게 말했고, 그는 불법적인 음모가 꾸며졌으며, 명세서*가 어쩌면 드

* 여기서 명세서란 독일 대사관에서 발견된 프랑스 육군 기밀 자료 목록을 말한다. 프랑스 참모 본부는 문제의 명세서 필체와 같다는 이유만으로 드레퓌스를 스파이로 지목했다.(드레퓌스 사건에 대해서는 『잃어버린 시간을 찾아서』 5권 385쪽 주석 참조.)

레퓌스가 작성한 것이 아닐지도 모르며, 그러나 드레퓌스의 유죄를 명백히 입증하는 증거가 존재한다고 털어놓았소. 그것이 바로 앙리의 문서였소. 그런데 며칠이 지난 후 우리는 이 문서가 날조된 것임을 알게 되었고, 그때부터 나는 대공 부인 몰래 매일《르 시에클》*과《로로르》**를 읽기 시작했소. 곧 나는 더 이상 의심을 품지 않게 되었고 잠도 잘 수 없었소. 나는 나의 도덕적 고뇌를 친구인 푸아베 사제에게 털어놓았고, 놀랍게도 사제 역시 나와 같은 확신을 가지고 있었소. 그래서 나는 드레퓌스와 그 불행한 아내와 자식들을 위해 미사를 드려 달라고 신부에게 부탁했소. 그러는 동안 어느 날 아침 대공 부인 방에 들어갔다가, 아내의 시녀가 손안에 뭔가를 감추는 걸 보았소. 나는 웃으면서 뭐냐고 물었고, 그러자 시녀는 얼굴을 붉히면서 아무 말도 하려 하지 않았소. 나는 아내를 대단히 신뢰하고 있었는데, 이 사건 때문에 몹시 혼란스러웠소.(아마 대공 부인도 그랬을 거요. 그녀의 카르멜 수녀가 틀림없이 말해 줬을 거요.) 사랑하는 마리가 잠시 후 점심 식사에서 내게 거의 아무 말도 하지 않았으니까. 그날 나는 푸아레 사제에게 다음 날 드레퓌스를 위해 미사를 드려 달라고 부탁했소.'" "아, 이런!" 하고 스완이 말을 중단하며 낮은 소리로 외쳤다. 머리를 드니 게르망트 공작이 우리를 향해 걸어오고 있었다. "방해해서 미안하오, 내 아이들. 자네." 하고 그는 내게 말을 걸었다. "오리

---

* 1836년부터 1927년까지 발간된 신문으로 드레퓌스의 재심을 지지했다.

** 1897년에 창간된 신문으로 졸라가 1898년 1월 「나는 고발한다」를 발표하여 일약 유명해졌다.

안을 대신해서 전하러 왔네. 마리와 질베르가 대여섯 사람에게 야식을 들러 식탁에 남아 달라고 부탁했는데, 헤세 대공 부인, 리뉴 부인, 타랑트 부인, 슈브뢰즈 부인, 아랑베르 공작 부인이라네.* 애석하게도 우리는 남을 수 없네. 작은 무도회 같은 데 가야 하거든." 나는 그의 말을 듣고 있었지만, 마음속으로는 정해진 시간에 뭔가를 해야 할 때마다, 늘 시간에 주의하고 제때에 알려 주는 데 익숙한 사람에게 부탁하기 마련이다. 이 내적인 도우미가 마치 내가 몇 시간 전에 부탁했다는 듯이, 지금 이 순간 내 생각으로부터 멀리 떨어진 알베르틴이 연극이 끝나자마자 우리 집에 온다는 사실을 환기해 주었다. 따라서 나는 야식을 거절했다. 대공 부인 댁에 있는 게 즐겁지 않아서가 아니었다. 이처럼 인간은 여러 종류의 즐거움을 누릴 수 있다. 참된 즐거움은 그것을 위해 다른 즐거움을 포기하는 즐거움이다. 그러나 이 다른 즐거움이 눈에 보이고 오로지 그것만이 눈에 보일 때면 참된 즐거움인 양 믿게 하고, 그리하여 질투하는 이를 안심시키거나 속이면서 타인에 대한 판단을 잘못된 길로 이끈다. 그렇지만 우리가 이 다른 즐거움을 위해 참된 즐거움을 희생할 때에는 약간의 행복이나 괴로움만 느껴도 충분하다. 때로는 보다 진지하지만 본질적인 제삼의 즐거움이 있는데, 이 즐거움은 아직은 존재하지 않지만 그 잠재적 성격이 회한이나 절망을 일깨우면서 나타난다. 그렇지만

* 여기 나오는 여인들은 1908년 파리 사교계 명단에 나오는 이름들이다. 슈브뢰즈 부인에 대해서는 『잃어버린 시간을 찾아서』 5권 326쪽 주석 참조.

우리가 나중에 전념할 즐거움은 바로 이런 종류의 즐거움이다. 완전히 부차적인 즐거움의 예를 하나 들어 본다면, 군인은 평화 시에는 사랑을 위해 사교 생활을 희생할 것이다. 그러나 전쟁이 선포되면(애국적인 의무라는 개념은 끌어들일 필요도 없이) 사랑보다 강력한 전투에 대한 열정 때문에 사랑을 포기할 것이다. 스완이 아무리 나와 얘기하는 것이 행복하다고 말한다 해도 이는 소용없는 일이었는데, 나는 이런 대화가 그에게 늦은 시간과 병으로 시달리는 몸 상태 때문에, 밤을 새거나 과도한 행동으로 건강을 해치는 걸 아는 사람이 귀가 시에 절망적인 후회를 느끼는 것과 같은 피로를 주고 있음을 감지했다. 이런 후회의 감정은 마치 돈을 미친 듯 낭비하는 사람이 또다시 돈을 낭비할 때 느끼는 감정과도 흡사한데, 그렇지만 그러고도 그는 다음 날 창문으로 돈을 던지듯 또다시 낭비를 되풀이할 수밖에 없다. 나이나 병이 초래하는 우리 몸의 쇠약한 정도가 어느 수준에 이르면, 수면을 희생하거나 습관을 무시해서 얻는 모든 쾌락과 일탈은 근심거리가 된다. 이야기꾼은 예의상 혹은 흥분해서 계속 지껄이지만, 그는 잠들 수 있는 시간이 이미 지나갔으며, 다음에 따라올 불면과 피로가 진행되는 도중에 틀림없이 자신을 자책하리라는 걸 안다. 게다가 이미 일시적 쾌락도 끝났고, 당신의 대화 상대자에게 심심풀이로 보이는 것을 기분 좋게 받아들이기에는 몸이나 정신의 힘이 지나치게 비워져 있다. 이런 몸과 정신은 출발하는 날이나 이사 가는 날, 트렁크 위에 앉아 추시계에 눈길을 고정한 채로 방문객을 맞는 고역을 치르는 날의 아파트와도 같다. “드디어 우리만 있게 됐군." 하고 스완이 내게 말했다. "어디까지 얘기했는지 모르겠네. 대공이 푸아레 사제에게 드레퓌스를 위한 미사를 드려 줄 수 있는지 부탁했다는 말까지 했던가? '못 합니다, 하고 사제가 내게 대답했소.'(여기서 '내게'라고 말하는 사람은 대공이네. 대공이 내게 말하고 있으니까, 이해하겠나?) '오늘 아침 그를 위해 똑같이 미사를 드려 달라는 부탁을 받아서요.' '뭐라고요? 하고 내가 사제에게 말했소.' '그의 무죄를 확신하는 가톨릭 신자가 나 말고 또 있단 말입니까?' '예, 그런가 봅니다.' '하지만 그 다른 지지자의 확신은 나보다 오래되지 않았을 거 아닙니까?' '그렇지만 그 지지자는 대공님께서 드레퓌스의 유죄를 믿었을 때도 이미 제게 미사를 드려 달라고 부탁했는걸요.' '아! 우리 주변 사람이 아닌 게 분명하군요.' '정반댑니다.' '정말입니까? 우리 중에도 드레퓌스 지지파가 있단 말입니까? 궁금하게 하시는군요. 내가 만일 그 보기 드문 사람과 아는 사이라면 그 사람과 더불어 내 심중을 털어놓고 싶군요.' '아시는 분입니다.' '이름이 뭡니까?' '게르망트 대공 부인이십니다.' 내가 민족주의자들의 의견이나, 사랑하는 내 아내의 프랑스에 대한 믿음에 상처를 줄까 봐 두려워하는 동안, 아내는 나의 종교적 견해나 애국심에 걱정을 끼칠까 봐 두려워했던 거요. 하지만 그녀 쪽에서도 나처럼 생각했던 것이오. 비록 나보다 훨씬 전부터였지만. 그녀의 시녀가 방으로 들어가면서 감추었던 것, 그녀가 아침마다 사러 갔던 것은 바로 《로로르》였소. 친애하는 스완, 그때부터 나는 내 생각이 얼마나 당신 생각과 이 점에서는 흡사한지 말해 줌으로써 당신이 느낄 기쁨을 생각했다오. 더 일찍 말하지 않은 걸 용서하시오. 내가 대공 부인에 대해 지켜 왔던 침묵을 고려한다면, 그때는 당신처럼 생각하는 것이 당신과 다르게 생각하는 것보다 나를 훨씬 당신에게서 멀어지게 했을 거라고 해도 당신은 놀라지 않을 거요. 그만큼 내게는 접근하기 힘든 주제였으니까. 하나의 오류, 아니 여러 범죄들이 자행되었다고 생각하면 생각할수록, 군부에 대한 나의 사랑 때문에 나는 피를 흘린다오. 나와 비슷한 견해가 당신에게도 동일한 아픔을 주리라고는 전혀 생각하지 않았지만, 요전 날 당신이 군부에 대한 모독을 강력하게 비난했으며, 또 드레퓌스파들이 이런 모독자들과 동조하는 것을 비난했다고 누군가가 나에게 전해 주었소. 그 일이 나를 결심하게 했소. 다행스럽게도 소수이긴 하나 몇몇 장교들에 대해 내가 생각하는 바를 당신에게 고백하는 게 무척 고통스럽지만, 이제는 당신과 거리를 두지 않아도 된다고 생각하니, 특히 내가 예전에 다른 감정을 가졌다 할지라도 그 판결의 정당성에 대해 내가 어떤 의심도 품고 있지 않다고 당신이 느낄 것을 생각하니, 큰 위로가 된다오. 그런 의심을 품는 즉시 나는 단 한 가지만을, 즉 잘못된 것이 바로잡히기만을 바랄 뿐이오.' 대공의 이 말을 듣고 나는 깊이 감동했다네. 만일 자네가 나처럼 대공을 안다면, 대공이 거기까지 오는 데 얼마나 많은 길을 우회했는지 안다면 자네도 그에게 감동했을 걸세. 그만한 가치가 있는 사람이니까. 게다가 그의 견해 역시 놀랍지 않았네. 그는 그토록 성품이 곧은 사람이니까." 스완은 그날 오후에 이와는 반대로 드레퓌스 사건에서의 여론

이 유전적 요인의 지배를 받았다고 말한 사실을 잊고 있었다. 기껏해야 그는 지성인에 대해서만은 예외를 인정했는데, 생루에게서 이 지성이 유전적 요인을 물리쳐 그를 드레퓌스파로 만들었기 때문이다. 그런데 그는 지금 막 이런 승리가 짧은 기간밖에 지속되지 않았고 생루가 다른 진영으로 넘어갔음을 목격했다. 그래서 예전에 지성에 부여했던 역할을 지금은 곧은 마음씨에 부여했다. 사실 우리는 언제나 나중에 가서야 우리의 적이 해당 진영에 속하는 데에는 그 진영의 정당성과는 무관한 어떤 이유가 있으며, 또 우리처럼 생각하는 사람들이, 만약 그들을 인용하기에 도덕적인 품성이 지나치게 비열하거나 통찰력이 부족한 경우에는 각각 그 지성 또는 곧은 성품에 의해 그렇게 생각한다는 것을 알게 된다.

스완은 이제 자기와 같은 견해를 가진 사람들은 모두, 자신의 옛 친구 게르망트 대공뿐 아니라 내 학교 친구였던 블로크도 지성인이라고 생각했으므로, 예전에는 블로크를 멀리했지만 지금은 점심 식사에 초대했다. 게르망트 대공이 드레퓌스 지지파라는 스완의 말에 블로크는 많은 관심을 보였다. "피카르를 위한 우리 명단에 서명을 부탁해야겠군요. 그의 이름이라면 엄청난 효과를 자아낼 테니까요." 그러나 스완은 오랫동안 몸에 밴 습관 탓에 뒤늦게 떨쳐 버릴 수 없었던 사교계 인사로서의 외교적 온건함이 그 이스라엘인의 열렬한 신념에 결합되어, 서명할 연판장을 대공에게 보내게 해 달라는 블로크의 청을 — 비록 블로크 자신이 임의로 보내는 것이라 할지라도 — 거절했다. "그분은 그렇게 하실 수 없네. 불가능한 것을 부탁해서는 안 되네." 하고 스완은 되풀이했다. "수천 킬로미터나 되는 길을 걸어서 우리에게로 온 멋진 분이네. 자네들 명단에 서명한다면 자기편 사람들 사이에서 평판이 위태로워져. 우리 때문에 명예가 훼손될 테고 그러면 아마도 심중을 털어놓은 사실조차 후회하고 두 번 다시는 그런 얘기를 하지 않을 걸세." 뿐만 아니라 스완은 자신의 서명도 거부했다. 그의 이름이 지나치게 히브리적이어서 좋지 않은 효과를 자아낼 거라고 생각했던 것이다. 게다가 그는 드레퓌스 사건의 재심에 관해서는 모든 걸 인정했지만, 반군국주의 운동에는 일절 끼어들고 싶어 하지 않았다. 그는 지금까지 한 번도 하지 않았던 일, 즉 1870년 전쟁 때 젊은 유격대원으로서 받은 훈장을 달고 있었으며, 또 유언장에도 예전에 했던 것과 달리 레지옹 도뇌르 기사 훈장* 수훈자에 준하는 군사적 예우를 해 달라는 유언 변경 증서를 첨부했다. 그리하여 그것은 콩브레 성당 주위에 기병 중대 전체를 집결시켰는데, 프랑수아즈가 전쟁의 전망을 예감하고 그들의 장래를 생각하면서 눈물을 흘렸던 바로 그 기병대였다.** 간단히 말해 스완은 블로크의 연판장에 서명하기를 거절했고, 그 때문에 많은 사람들의 눈에는 드레퓌스 과격파로 보였지만, 내 학교 친구의 눈에는 미온적이고 민족주의에 오염된 국수주의자로 보였다.

스완은 지나치게 친구들이 많은 그 방에서 작별 인사를 해

---

* 나폴레옹 1세에 의해 제정된 레지옹 도뇌르 훈장 중 가장 등급이 낮은 5등급 훈장이다.

** 『잃어버린 시간을 찾아서』 1권 159쪽.

야 하는 번거로움을 피하려고 내게 악수도 하지 않고 떠났다. 하지만 그는 내게 이런 말을 했다. "자네 친구 질베르트를 보러 오지 않겠나. 그 아인 정말 많이 자랐고 변했네. 알아보지 못할 걸세. 자넬 보면 무척 기뻐할 거야." 나는 이제 질베르트를 사랑하지 않았다. 내게 그녀는 죽은 사람과 다름없었고, 오랫동안 나는 그 죽은 여인을 애도했으며 그러다가 망각이 찾아왔기에, 이제는 그녀가 다시 살아난다 해도 더 이상 그녀를 위해 만들어지지 않은 삶 속에 그녀를 끼워 넣을 수 없었다. 그녀를 보고 싶지 않았고, 예전에 그녀를 사랑했을 때, 그녀를 더 이상 사랑하지 않는 날이 오면 날마다 보여 주리라고 다짐했던, 즉 그녀를 보고 싶어 하지 않는다는 것을 보여 주고 싶은 마음마저 없어졌다.

그리하여 나는 질베르트에 대해 진심으로 그녀를 다시 만나고 싶지만 '내 의지와는 무관하다'고 말해지는 상황 때문에 방해를 받은 척 꾸미면서(사실 그런 상황이 일어나고 어느 정도 계속되려면 우리의 의지가 완전히 거부하지 않을 때라야 가능한데도) 초대는 신중하게 받아들이되, 딸을 보러 갈 수 없다며, 아직까지도 보러 가는 걸 방해하는 그 난처한 일들에 대해 딸에게 자세히 설명해 준다는 약속을 받아 낼 때까지는 스완을 떠나지 않았다. "게다가 집에 돌아가는 대로 곧 편지를 쓰겠습니다." 하고 나는 덧붙였다. "하지만 따님에게 그것이 협박 편지임을 말씀해 주세요. 왜냐하면 한두 달 후면 저는 완전히 자유로운 몸이 될 테고, 그러면 따님은 불안에 떨게 될 겁니다. 제가 예전처럼 댁에 자주 갈 테니까요."

나는 스완을 떠나기 전에 그의 건강에 대해 한마디 했다. "아니, 그렇게 나쁘지는 않네." 하고 그가 대답했다. "하기야 이미 말했듯이 꽤 피로하긴 하지만, 앞으로 일어날 일을 체념하고 미리 받아들이고 있네. 드레퓌스 사건이 종결되기 전에 죽는 것이 화가 난다는 것만은 인정하지. 그 모든 비열한 놈들이 갖은 술수를 부리고 있으니. 최종적으로는 패배하리란 걸 의심하지 않지만, 그래도 놈들은 아주 강력하고 도처에 지지자들을 갖고 있다네. 일이 가장 잘되어 가는 순간에 모든 게 무너져 버리니까. 드레퓌스가 복권하고 피카르가 대령이 되는 모습을 볼 때까지는 살고 싶네."

스완이 떠나자 나는 게르망트 대공 부인이 있는 큰 살롱으로 돌아갔는데, 어느 날 대공 부인과 내가 그토록 친한 사이가 되리라고는 당시에는 알지 못했다. 샤를뤼스 씨에 대한 부인의 정열도 처음에는 간파하지 못했다. 그저 어느 시기부터 남작이 흔히 드러내던 적대감을 게르망트 대공 부인에 대해서만은 전혀 보이지 않으며, 전과 마찬가지로 어쩌면 그 이상으로 그녀에 대한 애정을 품고, 남들이 그녀 얘기를 하는 걸 들을 때마다 불만스러운 표정으로 화를 낸다는 사실에 주목했을 뿐이다. 이제 그는 자신이 함께 만찬을 하고 싶은 사람들의 명단에 다시는 대공 부인의 이름을 넣지 않았다.

사실 예전에 어느 사악한 사교계 인사로부터 대공 부인이 완전히 변했으며, 또 그녀가 샤를뤼스 씨를 연모한다는 애기를 들었지만, 나는 어이없는 험담이라 여기고 화를 낸 적이 있다. 나는 놀랍게도 나와 관계되는 뭔가를 애기할 때 그 중간에 샤를뤼스 씨 얘기가 끼어들기라도 하면 대공 부인의 주의력이, 마치 병자가 우리 얘기라고 생각하고 따라서 산만하게 열의 없이 듣다가, 갑자기 자신이 걸린 병의 이름이 언급되는 걸 깨닫고 기뻐하면서 관심을 보이는, 보다 긴장된 단계에 이른다는 사실에 주목했다. 이처럼 내가 "마침 샤를뤼스 씨가 얘기하셨지만,"이라고 말하기만 해도 대공 부인은 늘어진 주의력의 고삐를 다시 손에 쥐곤 했다. 한번은 그녀 앞에서 샤를뤼스 씨가 요즘 어떤 사람에게 꽤 강한 감정을 느끼는 것 같다고 말하자, 놀랍게도 그 즉시 대공 부인의 눈에, 마치 눈동자 속에 어떤 균열의 홈이 파이듯, 우리의 말이 우리도 모르는 사이에 상대방의 마음속에 휘저어 놓은 어떤 상념에서 나온 듯, 말로는 표현할 수 없지만 혼란스러운 내면 깊숙한 곳으로부터 시선이란 표면까지 올라와 한 순간 눈빛마저 변하게 하는 은밀한 상념에서 나온 듯, 여느 때와는 다른 순간적인 선이 끼어드는 것이 보였다. 그러나 내 말에 대공 부인이 감동했다 해도 어떤 방식으로 그러했는지는 나로서는 알 수 없었다.

게다가 얼마 후 부인은 내게 샤를뤼스 씨에 대해 거의 터놓고 말하기 시작했다. 만일 그녀가 몇몇 소수의 사람들이 남작에 대해 퍼뜨린 소문을 암시했다면, 이는 그녀가 그 소문을 단순히 황당무계하게 지어낸 수치스러운 얘기로 생각했기 때문이다. 하지만 한편 그녀는 이렇게 말했다. "팔라메드처럼 그렇게 무한한 가치를 가진 남성에게 반한 여성이라면, 그분의 전부를 있는 그대로 받아들이고 이해하며, 그분의 자유와 기발한 행동을 존중해 주고, 또 어려움을 없애고 아픔을 달래 주는 일에만 신경을 써야 하는데, 그러기 위해서는 매우 드높은 식견과 헌신이 필요할 거예요." 그런데 게르망트 대공 부인은 모호한 표현이긴 하지만 이런 말로 가끔 샤를뤼스 씨가 하던 것과 같은 방식으로 자신이 찬미하려고 하는 것을 폭로했다. 나는 여태껏 샤를뤼스를 비방하는지 아닌지 확실하지 않은 사람들에게 샤를뤼스 씨가 여러 번 그런 식으로 말하는 걸 들은 적이 있었다. "인생의 좋고 나쁨을 다 경험하고, 모든 종류의 사람과, 도둑이든 왕이든 할 것 없이 다 사귀어 보고, 비록 도둑 쪽을 조금 더 선호하긴 하지만, 모든 형태의 아름다움을 추구해 보고, 이런 나로서는." 등등. 그리고 스스로 능란하다고 생각하는 이런 말을 통해, 그는 자신에 관한 소문이 퍼졌다는 걸 짐작도 못하는 사람들에게 그 소문이 거짓이라고 반박하면서(혹은 자기만이 중요하지 않다고 여기는 최소의 부분을 그럴듯하게 보이고 싶은 취향과 절제된 감각과 배려에 따라 사실로 인정하면서), 몇몇 이들에게는 자신에 관한 마지막 의혹을 벗겨 주고, 아직 의혹을 품지 않은 이들에게는 첫 번째 의혹을 안겨 주었다. 왜냐하면 온갖 은폐된 죄의 형태 중에서도 가장 발각될 위험이 큰 것은, 죄를 지은 사람의 마음속에 있는, 죄 자체를 은폐하려는 생각이기 때문이다. 그가 늘 죄를 의식한다는 사실은 일반적으로 그가 얼마나 죄에 무지하며, 또 완벽한 거짓말에 얼마나 쉽게 속아 넘어가는지 모르게 하지만, 반면 그가 결백하다고 생각하며 털어놓는 말도 그 고백을 듣는 이들에게 어느 정도로 진실을 드러나게 하는지도 깨닫지 못하게 한다. 게다가 이런 고백을 침묵하게 하려는 노력 또한 잘못된 것인데, 상류 사회에서 호의적인 지지를 받지 못하는 악덕은 없는 법이어서 이를테면 언니와 동생이 머물 숙소를, 언니가 단순히 동생으로서만 사랑하지 않는다는 사실을 알게 된 후 즉시 성관의 방 배치를 바꾸는 일을 우리는 보아 왔다. 그러나 대공 부인의 사랑을 내게 느닷없이 폭로한 것은 뭔가 특별한 사건으로 여기서는 길게 끌지 않으려고 한다. 그 이야기는 샤를뤼스 씨가 몹시 겁을 먹은 어느 버스 운전사를 만나러 가기 위해 작은 고데기로 머리를 만져 줄 이발사를 놓치지 않으려 하다가 왕비를 죽게 한, 아주 다른 이야기에 속하기 때문이다.* 그렇지만 대공 부인의 사랑 이야기를 끝내기 전에 어떤 작은 일이 내 눈을 뜨게 했는지는 말하고자 한다. 그날 나는 그녀와 단둘이서만 마차를 타고 있었다. 우리가 어느 우체국 앞을 지나가고 있을 때 부인이 마차를 세웠다. 그녀는 하인을 데리고 오지 않았다. 그녀는 토시에서 편지를 반쯤 꺼내 우체통에 넣으려고 마차에서 내리는 동작을 했다. 나는 그녀의 행동을 멈추게 하려 했고, 그녀는 가볍게 거절했다. 그때 우리 두 사람은 이미 우리의 첫 번째 동작이, 그녀는 뭔가 비밀을 지키려는 표정으로 자신의 명예를 위태롭게 했으며, 나는 이런 방어 태도에 맞서려 함으로써 뭔가 신중하지 못했음을 깨달았다. 그녀가 재빨리 정신을 차렸다. 돌연 얼굴이 붉어진 그

* 초고에는 샤를뤼스 씨에 대한 게르망트 대공 부인의 열정적인 사랑 이야기가 포함되었지만, 나중에 다시 포함시킨다는 목적 아래《자유 작품》에 1921년 11월 「소돔 II」의 발췌본인 「질투」를 발표하기 위해 삭제되었다. 하지만 추후 편집 과정에서 이 이야기는 최종본에 포함되지 못했다.(『소돔』, 폴리오, 565쪽 참조.)

녀는 내게 편지를 주었고, 나는 그 편지를 받지 않을 수 없었으며, 하지만 우체통에 넣으면서 본의 아니게 그것이 샤를뤼스 씨에게 보내는 편지임을 보았다.

게르망트 대공 부인 댁에서 열린 첫 번째 연회 이야기로 다시 돌아가 보면, 부인의 사촌 부부가 나를 데려다주겠다면서 몹시 서둘렀으므로, 나는 대공 부인에게 작별 인사를 하러 갔다. 게르망트 씨는 그동안 동생에게 작별 인사를 하고 싶어 했다. 조금 전에 쉬르지 부인이 잠시 틈을 내 문 안에서 공작에게 샤를뤼스 씨가 자기와 두 아들에게 매우 상냥하게 대해 줬다고 말했기 때문인데, 동생이 보여 준 그 큰 친절, 이런 종류의 상황에서 처음으로 동생이 보여 준 친절이 바쟁을 깊이 감동시켜 그리 오래 잠들지 않았던 가족의 정을 다시 일깨운 것이다. 우리가 대공 부인에게 작별 인사를 하고 있을 때, 실제로 애정을 억누르기 힘들었던지, 아니면 남작이 그날 저녁에 보인 행동이 형의 눈에도 띄지 않을 수 없었다는 걸 상기시키려 했는지, 마치 자세를 똑바로 하며 일어나는 개에게 앞으로도 유효한 기억의 연상 작용을 위해 사탕을 주는 것처럼, 바쟁은 샤를뤼스 씨에게 드러내 놓고 감사 인사를 하지 않으면서 그 애정을 표현하고자 했다. "어이, 내 동생!" 공작은 샤를뤼스 씨의 걸음을 멈추게 하면서 그의 팔을 다정하게 붙잡고 말했다. "작은 인사말 한마디도 하지 않고 형 앞을 지나가다니, 난 이제 너를 보지 않을 거다, 메메. 내가 너를 얼마나 그리워했는지 넌 아마 모를 거야. 옛 편지들을 찾다가 마침 가련한 우리 어머니의 편지를 발견했는데, 모두가 네게 보내는 매우 다정한 편지들이었단다." "고마워, 바쟁." 샤를뤼스 씨가 평소와 달리 흥분된 목소리로 대답했다. 그는 어머니 이야기만 나오면 감정을 억누르지 못했다. "게르망트 성에 널 위한 별채를 지을 수 있도록 빨리 결정해라." 하고 공작이 말을 이었다. "형제분이 저렇게 다정한 걸 보니 참 보기 좋군요." 하고 대공 부인이 오리안에게 말했다. "아! 그래요, 저런 형제는 그렇게 흔치 않을걸요. 저분과 함께 당신을 초대할게요." 공작 부인이 내게 약속했다. "당신은 저분과 사이가 나쁘지 않죠? ……그런데 뭐 저렇게 할 이야기가 많지?" 하고 그녀는 근심스러운 어조로 덧붙였는데, 그들 사이에 오가는 말이 불완전하게 들렸기 때문이다. 게르망트 씨가 잠시 아내를 멀리하고 동생과 먼 과거 얘기를 하면서 즐거워할 때마다 그녀는 늘 어떤 질투심 같은 걸 느꼈다. 형제가 그처럼 가까이에서 행복해할 때마다, 그리고 초조한 호기심을 억제하지 못하고 그들에게 다가갈 때마다, 그녀는 자신이 다가가는 것을 그들이 기뻐하지 않는다고 느꼈다. 그러나 그날 저녁엔 그 일상적인 질투심에 또 다른 질투심이 더해졌다. 쉬르지 부인이 게르망트 씨에게 그의 동생이 보여 준 친절을 얘기하면서 감사 인사를 해 달라고 부탁했다면, 같은 순간에 게르망트 부부의 헌신적인 여자 친구들은 공작 부인에게 남편의 정부가 그 동생과 마주 보며 대담하는 걸 목격했다는 사실을 알려 주어야 한다고 생각했던 것이다. 그 일이 게르망트 부인을 괴롭혔다. "기억해 봐, 우리가 예전에 게르망트 성에서 얼마나 행복했는지!" 공작은 샤를뤼스 씨를 상대로 말을 이었다. "네가 여름에 가끔 와 준다면, 우리는 또다시 즐거운 삶을 보낼 수 있을 거야. 늙은 쿠르보* 선생이 한 말 생각나? '왜 파스칼은 우리를 불안하게 하지? 왜냐하면 그가 불안……불안…….'" "불안하기(trou-blé) 때문이죠." 하고 샤를뤼스 씨는 여전히 선생님에게 대답하듯이 발음했다. "'그럼 왜 파스칼은 불안하지? 왜냐하면 그가 불안…… 불안…….'" "불안하게 하기(trou-blant) 때문이죠.**" "'아주 잘했어요. 합격이에요. 틀림없이 좋은 점수를 받을 거예요. 공작 부인께서 상으로 중국어 사전을 주실 거예요.'" "기억나, 바쟁? 그때 난, 바쟁, 중국풍에 심취해 있었어." "기억나냐고? 내 동생 메메! 에르베 드 생드니***가 네게 가져다준 옛 도자기가 아직도 눈에 선한데. 넌 중국에 가서 평생 살겠다고 우릴 협박할 정도로 그 나라에 빠져 있었지. 그 무렵 너는 벌써 정처 없이 오래 돌아다니기를 좋아했어. 아! 넌 특별한 인간이었지. 어떤 것에서도 다른 사람들과 같은 취향을 가진 적이 없었으니까." 그러나 이 말을 내뱉는 순간 그의 얼굴은 곧 벌겋게 달아올

---

* 프루스트의 콩도르세 중고등학교 시절 문학 교사였다.

** 이 문단에서 프루스트는 어린 시절 학교 선생님이 하던 말장난을 상기하고 있다. 파스칼이 인간이란 불안한 사람이자 불안하게 하는 사람이라고 한 말을 강조하기 위해, 첫 번째 '불안한(troublé)'이라는 trouber 동사의 과거 분사는 마치 구멍(trou)과 밀(blé)의 합성어인 것처럼, 두 번째 '불안하게 하다(troublant)'란 현재 분사는 구멍(trou)과 하얀색(blanc)의 합성어인 것처럼 표현하고 있다.(하얀색을 뜻하는 blanc과 troublant의 blant은 발음이 동일하다.).

*** Hervey de Saint-Denis(1823~1892). 문학가이자 중국학자로 콜레주 드 프랑스의 중국학 교수였다.

랐다. 동생의 품행을 알고 있었거나, 그것이 아니라면 적어도 동생에 대한 평판은 알고 있었기 때문이다. 그러나 이런 말을 한 적이 한 번도 없었던 만큼, 그는 그것에 관계되는 뭔가를 자신이 말했으며, 게다가 그 말을 하며 거북해했다는 사실에 더욱 거북함을 느꼈다. 잠시 침묵이 흐른 후 "어쩌면," 하고 그는 자기가 한 마지막 말을 지우기 위해 말했다. "네가 그토록 수많은 백인 여성을 좋아하고 그들의 마음에 들려고 하기 전에 어느 중국 여자에게 사랑에 빠졌었는지 누가 알아? 네가 오늘 저녁 한 부인과 얘기하면서 그 부인을 그토록 기쁘게 해 준 걸 보면 말이야. 부인은 네게 매료되었나 봐." 공작은 쉬르지 부인의 얘기를 하지 않기로 결심했지만 방금 저지른 실수로 생각이 온통 혼란에 빠져, 그들 대화의 원인이 되긴 했지만 대화에서는 언급해서 안 되는, 가장 가까운 사람에게로 달려들고 말았다. 그러나 샤를뤼스 씨는 형의 붉어진 얼굴을 알아보았다. 그리고 자신이 저지르지 않았다고 생각되는 죄에 대해 사람들이 앞에서 말할 때면 당황한 기색을 보이고 싶지 않아서 위태로운 대화를 계속해야 한다고 믿는 죄인들처럼 "저도 매료되었어요."라고 대답했다. "하지만 형이 조금 전에 한 말로 다시 돌아가고 싶군요. 내가 듣기엔 정말 진실 같으니까요. 형은 내가 다른 사람들과 같은 생각을 가진 적이 없다고 했는데, 아니 생각이 아니라 취향이라고 했죠. 맞는 말이에요! 난 어떤 것에도 다른 사람들과 같은 취향을 가진 적이 없어요. 정말 맞는 말이에요! 형은 내가 특별한 취향을 가졌다고 말했죠." "아니야. 그렇지 않아." 하고 게르망트 씨가 반박했다. 그는 사실 그런 말을 하지 않았고, 어쨌든 그 말이 의미하는 것이 실제로 동생에게 해당된다고는 어쩌면 믿지 않았을 것이다. 게다가 남작의 엄청난 지위를 전혀 해치지 않을 정도로 그렇게 확실하지 않은, 혹은 꽤 은밀하게 남아 있는 그런 기이한 행동 때문에 동생을 괴롭힐 권리가 자신에게 있다고도 어쩌면 믿지 않았을 것이다. 더욱이 동생의 이런 상황이 자신의 정부들에게 도움이 될지 모른다고 느끼자 공작은 그 대가로 뭔가 친절함을 베풀어야 한다고 생각했다. 비록 이 순간 동생의 어떤 '특별한' 관계를 알았다 해도, 동생이 그에게 도움을 줄 수 있다는 희망과 믿음이 깊었던 지난날의 추억이 한데 얽히면서, 게르망트 씨는 이런 관계를 무시하고 눈감아 주고 또 필요하면 도움을 주었을 것이다. "저기 바쟁, 안녕, 팔라메드!" 하고 분노와 호기심에 시달리던 공작 부인이 더 이상 참지 못하고 말했다. "당신이 여기서 밤을 보내기로 결심했다면 차라리 남아서 야식을 하는 편이 낫겠어요. 당신 때문에 마리와 나는 삼십 분 전부터 서 있었어요." 공작은 의미 있는 포옹을 하고 나서 동생을 떠났고, 우리 세 사람은 대공 부인 저택의 거대한 층계를 내려갔다.

층계 맨 꼭대기 양쪽에는 몇 쌍의 부부가 흩어져서 각기 마차가 나오기를 기다리고 있었다. 양쪽에 남편과 나를 거느리고 층계 왼편에 떨어져 홀로 꼿꼿이 선 공작 부인은 루비로 된 여밈 고리로 깃을 채운 티에폴로풍의 망토에 이미 휘감겨 있었고, 다른 여인들과 남성들은 이런 그녀의 우아함과 아름다움의 비밀을 간파하겠다는 듯이 뚫어지게 응시했다. 게르망트 부인과 같은 계단이긴 하지만 반대편 끝에서 마차를 기다리던 갈라르동 부인은, 이미 오래전에 사촌의 방문을 받을 희망을 잃어버린 터라 부인을 보지 않은 척하려고, 특히 부인이 자기에게 인사를 하지 않는다는 증거를 보이지 않으려고 등을 돌렸다. 갈라르동 부인은 함께 있는 신사들이 자신에게 오리안 얘기를 해야 한다고 믿는다는 사실 때문에 기분이 몹시 상해 있었다. "전 그녀를 보고 싶은 생각이 전혀 없어요." 하고 갈라르동 부인은 그들에게 대답했다. "게다가 조금 전에 언뜻 보긴 했지만 그녀도 이제는 늙어 가더군요. 어쩔 수 없나 봐요. 바쟁 자신도 그렇게 말하더군요. 정말로! 전 이해가 돼요. 그녀는 총명하지 않고, 매우 심술궂고, 태도도 형편없으며, 아름다움이 사라지고 나면 아무것도 남는 게 없으리라는 걸 자신도 느끼고 있을 거예요."

나는 이미 외투를 입고 있었는데, 실내의 열기 때문에 오한이 날까 봐 두려웠던 게르망트 씨가 함께 층계를 내려오면서 그 점을 비난했다. 얼마간 뒤팡루* 주교의 손을 거친 귀족 세대는 매우 형편없는 프랑스어를 구사했으므로(카스텔란** 집의 사람들은 예외였지만) 공작은 자기 생각을 이런 식으로 표현했다. "문밖으로 나가기 전까지는 외투를 입지 않는 편이 낫네. 적어도 '일반적인 학설'로는 그렇다네." 저택에서 나오던 이 모든 장면이 아직도 눈에 선하다. 액자에서 떨

* 『잃어버린 시간을 찾아서』 5권 313쪽 주석 참조.
** 『잃어버린 시간을 찾아서』 3권 370쪽 주석 참조.

어져 나온 듯한 초상화를 그 층계에 배치한다는 것 자체가 잘못된 일인지도 모르지만, 사교계에서의 마지막 파티가 될 이곳에서 사강 대공은 공작 부인에게 경의를 표하기 위해 단춧구멍에 꽂은 치자 꽃과 잘 어울리는 실크해트를 하얀 장갑 낀 손으로 벗으며 얼마나 크게 돌렸던지, 그 모자가 앙시앵 레짐 하의 깃털 꽂은 펠트 모자가 아닌 게 놀라울 정도였다. 그만큼 그 시대의 여러 조상들 얼굴이 이 대귀족의 얼굴에 정확히 재현되었다. 그가 공작 부인의 옆에 머문 시간은 아주 잠깐이었지만, 그가 취했던 한순간의 포즈는 살아 있는 광경과 뭔가 역사적인 장면과도 같은 것을 구성하기에 충분했다. 더욱이 그는 그 후에 죽었고, 또 살아 있을 때에도 얼핏 스친 정도였지만, 내게는 그가 얼마나 역사적인 인물, 적어도 사교계의 역사적인 인물이 되었는지, 내가 아는 여성이나 남성 중 누가 그의 누이나 조카라는 생각만으로도 종종 놀라곤 했다.

우리가 층계를 내려가는 동안 비록 나이는 더 많지만 마흔 살 정도로 보이는 여인이 나이에 걸맞게 피곤한 모습으로 층계를 올라왔다. 파름 공작의 사생아라고 알려진 오르빌레르 대공 부인이었는데, 그녀의 부드러운 목소리는 희미하게나마 오스트리아 악센트로 박자를 맞추고 있었다. 큰 키에 몸을 약간 기울이고 꽃무늬가 있는 하얀 실크 드레스 차림으로 올라오던 그녀는, 다이아몬드와 사파이어의 무거운 장식 사이로 피로에 지쳐 헐떡거리는 매력적인 가슴을 출렁이고 있었다. 엄청나게 비싸고 무거우며 불편한 진주 굴레를 거추장스러워하는 왕의 암말처럼 머리를 흔들면서, 그녀는 부드럽고 고혹적인 푸른빛 눈길을, 지금은 오래 사용하여 낡기 시작한 그래서 더욱 어루만지는 듯한 눈길을 떠나는 손님들에게 이리저리 던지며 다정하게 고개를 끄덕였다. "이런 시간에 오다니, 폴레트!" 하고 공작 부인이 말했다. "정말 속상해요. 하지만 물리적으로 가능하지 않았어요." 하고 오르빌레르 부인이 대답했는데, 말투는 게르망트 공작 부인에게서 빌린 것이었지만, 타고난 온화함과 머나먼 튜턴족*의 활기찬 억양이 담긴 진지한 어조가 그렇게도 부드러운 목소리에 더해져 있었다. 그녀는 지금 몇몇 연회에서 돌아오는 길이었지만, 다른 집에서의 연회 같은 속된 일이 아닌, 말하기에 너무 길고 복잡한 삶의 사정 때문이라고 암시하는 듯했다. 사실 그녀는 연회 때문에 늦게 도착한 것이 아니었다. 게르망트 대공이 오랫동안 아내에게 오르빌레르 부인을 초대하지 못하게 했고, 그래서 그 금지가 풀린 뒤에도 부인은 초대에 굶주린 듯한 인상을 풍기지 않으려고 그저 명함만 두고 가는 식으로 초대에 응했다. 그런 방법으로 이삼 년을 보내고 나서 그녀는 스스로 아주 늦은 시각에, 마치 연극이 끝나서 온 것처럼 연회에 나타났다. 그렇게 하면 연회에 집착하거나 그곳에 모습을 드러내는 일에 신경을 쓰는 것처럼 보이지 않고, 오로지 대공과 대공 부인을 위한 호의에서 손님의 4분의 3이 이미 떠나 "그들 부부와 보다 많은 시간을 즐길 수 있을 때" 방문하는 것처럼 보일 것이기 때문이

* 고대 게르만 민족의 한 분파이다.

었다. "오리안은 정말 마지막 단계까지 추락했군요." 하고 갈라르동 부인이 투덜거렸다. "나는 바쟁이 왜 오리안에게 오르빌레르 부인과 얘기하게 두는지 이해할 수 없어요. 갈라르동 씨라면 내가 저렇게 하는 걸 허락하지 않을 텐데." 나는 오르빌레르 부인이 게르망트 저택 근처에서 내게 사랑에 번민하는 듯한 긴 눈길을 던지며 뒤돌아보고 가게 앞에서 걸음을 멈추던 여인임을 알아보았다. 게르망트 부인이 나를 소개했다. 오르빌레르 부인은 지나치게 친절하지도 정신이 이상하지도 않은 매력적인 여인이었다. 그녀는 모든 사람들처럼 부드러운 눈길로…… 나를 바라보았다. 그러나 그 후 그녀를 다시 만났을 때, 나는 자신을 맡기는 듯하던 그런 제안은 단 한 번도 받지 못했다. 당신을 알아보는 듯한, 그리고 특별한 눈길이 있다. 젊은 남자는 몇몇 여성이나 — 몇몇 남성으로부터도 — 보통 때는 결코 받지 못하다가 그들이 당신과 사귀고 당신이 그들 지인들의 친구임을 알 때 이런 눈길을 받는다.

마차가 앞쪽에 있다고 알려 왔다. 게르망트 부인은 마차에 오르고 내릴 때처럼 빨간 스커트 자락을 붙잡았지만 후회 혹은 남을 기쁘게 하려는 욕망에 사로잡혔는지, 아니면 특히 물리적 방해가 강요하는 권태로운 행위를 더 이상 연장할 수 없다는 생각에서 그 짧은 순간을 이용하고 싶은 욕망에 사로잡혔는지, 갈라르동 부인을 쳐다보았다. 그리고 그제야 그녀를 목격했다는 듯, 갑작스러운 생각이 떠올랐다는 듯, 층계를 내려가기에 앞서 층계 끝까지 쭉 가로질러 사촌 앞에 도착해서는 기뻐하는 사촌에게 손을 내밀었다. "정말 오랜만이네요."

라고 말하고는 이런 표현에 포함되었다고 간주되는 유감 표시와 적절한 변명은 더 이상 펴 나갈 필요가 없다는 듯 공작 부인은 겁에 질린 표정으로 공작을 향해 돌아섰다. 사실 공작은 나와 함께 마차 쪽으로 내려가다 아내가 갈라르동 부인 쪽으로 가서 다른 마차들의 통행을 방해하는 걸 보고는 격노했다. "오리안은 그래도 여전히 아름답군요!" 하고 갈라르동 부인이 말했다. "사람들이 우리가 반목하는 사이라고 말할 때면 난 즐거워요. 우리 두 사람은 다른 사람에게는 알릴 필요가 없는 이유로 몇 해 동안 서로 못 보고 지내기도 하지만, 영원히 헤어지기에는 너무나 많은 추억을 공유하고 있거든요. 사실 오리안도, 날마다 만나지만 혈통이 같지 않은 그 숱한 사람들보다 나를 훨씬 좋아한다는 걸 잘 알고 있어요." 갈라르동 부인은 마치 사랑하는 여인이 좋아하는 남자보다 자신이 더 많은 사랑을 받고 있다고 어떻게든 믿고 싶어 하는 그런 멸시받는 연인들과도 흡사했다. 그리고(조금 전에 한 말과 모순된다는 점은 전혀 아랑곳하지 않고 게르망트 공작 부인에 관해 늘어놓는 찬사를 통해) 그녀는 간접적으로, 게르망트 공작 부인이 우아한 대귀족 부인을 선도해 나가는 교훈을 그녀의 사교계 경력을 통해 완전히 터득했으며, 또 자신의 가장 아름다운 옷차림이 찬사 외에 부러움을 불러일으킬 때면 그 부러움을 불식시키기 위해 온 층계를 건너가야 할 줄도 알아야 한다는 사실을 증명해 보였다. "적어도 구두가 젖지 않게 좀 조심하시지."(잠시 소나기가 떨어졌다.) 하고 여전히 화가 난 채로 기다리던 공작이 말했다.

돌아오는 동안 이인승 마차의 협소함 때문에 그 빨간 구두가 어쩔 수 없이 내 구두와 가까이 놓이게 되었다. 그러자 게르망트 부인은 구두가 닿을까 봐 걱정하면서 공작에게 말했다. "이 젊은 분이 무슨 만화인지는 모르겠지만 곧 그 만화에 나오는 것처럼 말하겠네요. '부인, 당장 저를 사랑한다고 말해 주십시오. 하지만 이렇게 제 발을 밟지는 마십시오.'라고요." 게다가 나의 상념은 게르망트 부인으로부터 꽤 멀어져 있었다. 생루가 사창가에 드나드는 어느 훌륭한 집안의 젊은 아가씨와 퓌트뷔스 남작 부인의 시녀 이야기를 한 후부터, 전혀 다른 두 계층에 속하는 수많은 아름다운 여인들이 불러일으키는 욕망이 이 두 사람 속에서 한 덩어리로 압축되었기 때문이다. 한쪽에는 천박하고 당당하며 위엄 있는, 공작 부인 얘기를 하면서도 '우리'라고 말하는 자만심에 부푼 명문가의 시녀들이 있고, 다른 한쪽에는 마차를 타거나 걸어가는 모습은 한 번도 본 적이 없지만 이따금 그들의 이름을 무도회 기사에서 읽기만 해도 어쩐지 사랑에 빠지게 되는 젊은 아가씨들이 있었는데, 그들이 어디서 여름을 보내는지 「성관(城館) 연감」에서 열심히 찾아보면서(가끔 비슷한 이름을 가지고 자신을 헤매게 하면서) 나는 번갈아 서쪽 평야와 북쪽 모래 언덕, 남프랑스의 소나무 숲에 살러 가는 꿈을 꾸곤 했다. 그러나 아무리 감미롭고 관능적인 질료를 녹여 생루가 그려 준 이상형에 따라 품행이 가벼운 아가씨와 퓌트뷔스 부인의 시녀를 구성하려 해 봐도 소용이 없었다. 내가 소유할지도 모르는 그 두 미인에게는 보지 않고는 알 수 없는, 즉 그들만의 개별적인 성격이 결여되어 있었다. 나의 욕망이 젊은 아가씨들을 향해 있는 몇 달 동안, 나는 생루가 말한 아가씨가 어떻게 생겼으며 또 누구인지 상상하느라, 또 시녀가 내 마음에 드는 동안은 퓌트뷔스 부인의 시녀가 어떻게 생겼는지, 누구인지 상상하느라 진이 빠졌다. 그러나 흔히 이름조차 모르는, 어쨌든 다시 만나기는 어렵고, 사귀기는 더 힘들며, 어쩌면 정복하기는 거의 불가능한, 그토록 수많은 덧없는 존재들에 대한 불안한 욕망으로 끝없이 동요하던 내가, 이렇게 곳곳에 흩어져 있는 덧없는 익명의 아름다움으로부터, 그들의 특징을 묘사하는 기록부를 갖춘 완벽한 표본 두 개를 추출하고, 뿐만 아니라 적어도 내가 원할 때는 언제라도 확실히 손안에 넣을 수 있게 되다니, 이 얼마나 마음을 놓이게 하는 일인가? 나는 이런 이중의 쾌락을 맛볼 시간을, 마치 내 작업을 시작할 시간처럼 뒤로 미루었는데, 그러나 내가 원할 때면 언제라도 시작할 수 있다는 확신이 그것을 소유하고 싶은 욕망으로부터 벗어나게 해 주었다. 마치 수면제를 손에 닿는 곳에 두기만 해도 그것을 쓰지 않고 잠들 수 있는 것처럼 말이다. 나는 온 우주에서 이 두 여인만을 욕망했으며, 사실 그 얼굴은 그려 볼 수 없었지만, 생루가 그들의 이름을 가르쳐 주고 그 호감을 보증했다. 그리하여 그가 조금 전에 한 말은 나의 상상력에 힘든 과제를 제공했지만, 반대로 내 의지에는 상당한 긴장 완화와 오래 지속되는 휴식을 가져다 주었다.

"그런데," 하고 공작 부인이 내게 말했다 "무도회를 제외하고 내가 당신에게 도움이 될 일은 없나요? 내가 당신을 소개해 주었으면 하는 살롱은 찾으셨어요?" 나는 소개받고 싶은 살롱이 하나 있지만, 별로 우아하지 않아서 걱정이라고 대답했다. "어딘데요?" 하고 그녀는 거의 입을 벌리지 않고 협박하듯 쉰 목소리로 물었다. "퓌트뷔스 남작 부인 댁이에요." 이번에는 부인이 정말로 화내는 시늉을 했다. "어머나, 그건 안 돼요. 날 놀리시나 봐. 내가 어떤 우연으로 그 형편없는 여자의 이름을 알게 됐는지는 모르겠지만. 하지만 그 여잔 사교계의 쓰레기예요. 마치 내 잡화상에게 당신을 소개시켜 달라고 하는 거나 같아요. 아니죠, 내 잡화상은 그래도 매력적인 사람인데. 당신은 좀 미쳤어요, 이 불쌍한 친구. 어쨌든 내가 당신에게 소개해 준 사람들에게 예의를 지키고, 그들 집을 방문해서 명함을 놓고, 그들을 보러 가고, 그들은 알지도 못하는 퓌트뷔스 남작 부인 얘기는 하지 않는, 그런 자비를 베풀어 주기를 바랄 뿐이에요." 나는 오르빌레르 부인이 조금은 품행이 가벼운 여자가 아닌지 물었다. "오! 전혀 아니에요. 혼동하시나 봐. 그녀는 오히려 얌전 빼는 축에 속해요, 안 그래요, 바쟁?" "그럼, 어쨌든 그 여자 얘기는 한 번도 들은 적이 없는 듯하오만."

"우리와 함께 가장무도회에 가지 않겠는가?" 하고 공작이 물었다. "자네에게 베네치아풍의 망토를 빌려주지. 그러면 굉장히 기뻐할 사람이 있는데. 우선 오리안은 두말할 필요도 없고, 바로 파름 대공 부인이라네. 부인은 내내 자네 칭찬을 노래하고 다니시고, 자네만 떠받든다네. 자넨 운이 좋아. — 조금은 노숙한 분이시니. — 절대적으로 정숙한 분이지. 그렇지 않았다면 부인은 자넬 귀부인의 애인(sigisbée)으로 삼았을 걸세. 내 젊은 시절에는 뭔가 '귀부인을 섬기는 기사'라고도 했네만."*

나는 가장무도회가 아닌 알베르틴과의 만남을 열망했다. 따라서 그의 초대를 거절했다. 마차가 멈추자 하인은 대문을 열라는 말을 하러 갔고, 말들은 대문이 활짝 열릴 때까지 발을 구르다 드디어 마차가 안마당으로 들어갔다. "다시 만나세."** 하고 공작이 말했다. "나는 때로 마리의 집과 이렇게 가까이 사는 게 조금은 후회가 돼요." 하고 공작 부인이 말했다. "마리를 무척 좋아하지만 이따금 덜 보고 싶을 때도 있으니까요. 하지만 오늘 저녁처럼 이렇게 가까이 사는 걸 후회한 적은 없어요. 당신하고 아주 조금밖에 있지 못하잖아요." "자, 오리안, 연설일랑 그만하시지." 공작 부인은 내가 잠시 그들의 집에 들르길 바랐다. 마침 아가씨 한 사람이 오기로 되어 있어서 그럴 수 없다고 말하자, 공작 부인은 크게 웃었고, 공작도 웃었다. "이상한 시간에 손님을 맞네요." 하고 부인이 말했다. "자, 여보, 서두릅시다." 하고 게르망트 씨가 아내에게 말했다. "12시 십오 분 전이오. 우리의 의상을 입을 시

* 여기서 '귀부인의 애인'이라고 옮긴 프랑스어의 sigisbée는 18세기 이탈리아의 귀족 사회에서 기혼녀의 공공연한 애인을 가리키던 치치스베오(cicisbeo)에서 연유한다. 귀부인을 섬기는 기사(cavalier servant)는 중세 기사도 정신을 가진, 귀부인을 따르고 섬기는 귀족 계급의 남자를 가리키는 말로 치치스베오와 거의 같은 의미로 사용되었다.

** 공작은 일반적인 표현인 Au revoir 대신 옛 표현인 A la revoyure를 사용했다.

간이오." 그는 현관문 앞에서 엄중하게 지키고 있던 여인들과 부딪쳤는데, 그 두 여인은 추문을 피하기 위해 손에 지팡이를 들고 밤중에 언덕 꼭대기에 있는 그들 집에서 내려오는 것을 겁내지 않았다. "바쟁, 자네가 그 가장무도회에서 사람들 눈에 띌까 봐 미리 알려 주고 싶었네. 불쌍한 아마니앵이 한 시간 전에 죽었네."* 공작은 한순간 크게 당황했다. 이 저주받은 산사람들로부터 오스몽 씨의 죽음을 통보받는 순간 그 유명한 가장무도회가 무너지는 장면이 보였다. 그러나 그는 재빨리 정신을 차려 두 사촌에게 쾌락을 단념하지 않겠다는 결심과, 프랑스어 표현법을 정확히 습득할 수 없다는 걸 보여 주는 말을 던졌다. "죽었다고! 절대 그럴 리 없어. 과장하는 거라고, 과장하는 거야!" 그러고는 등산용 지팡이를 짚고 밤중에 산을 올라갈 두 친척에게는 더 이상 신경 쓰지 않은 채 하인에게 서둘러 소식을 물었다. "내 투구는 잘 도착했는가?" "네, 공작님." "숨을 쉬는 데 필요한 작은 구멍도 있겠지? 난 질식하고 싶지 않으니, 제기랄!" "네, 공작님." "기가 막힐 정도로 불행한 밤이군. 오리안, 바발에게 끝이 뾰족하게 쳐들린 구두**가 당신 건지 물어본다는 걸 잊었군!" "하지만 여보, 오페라코미크의 의상사가 여기 와 있으니 말해 주겠죠. 그게 당신 박차***에 어울릴 거라고는 생각하지 않지만요."

---

* 『잃어버린 시간을 찾아서』, 6권 449~450쪽 참조.

** 14~15세기에 유행했던 구두로 끝이 50센티미터나 늘어난 것도 있었다고 한다.

*** 승마용 구두에 부착하는 U자형 도구.

"자, 의상사를 만나러 갑시다." 하고 공작이 말했다. "안녕 친구, 우리가 옷을 입는 동안이라도 자네를 즐겁게 하기 위해 함께 들어가자고 하고 싶지만. 그러나 우린 얘기를 계속할 테고, 그럼 자정이 될 테니 무도회가 완벽하려면 너무 늦게 도착해서는 안 되겠지."

나 또한 되도록이면 빨리 게르망트 부부를 떠나고 싶어 서둘렀다. 「페드르」는 11시 30분경에 끝날 예정이었다. 극장에서 오는 시간을 감안하면 알베르틴이 이미 도착했을 시간이었다. 나는 곧바로 프랑수아즈에게 갔다. "알베르틴 양 왔어요?" "아무도 오지 않았는데요." 그렇다면 아무도 오지 않는다는 의미란 말인가? 알베르틴의 방문이 불확실해 보이자 그만큼 그에 대한 욕망이 커지면서 마음이 무척 괴로웠다. 프랑수아즈도 난처해했는데 이유는 전혀 다른 데 있었다. 그녀는 맛있는 음식을 잔뜩 차린 식탁에 지금 막 자기 딸을 앉힌 참이었다. 그러나 내가 오는 소리를 듣고 접시를 치우고 바늘과 실을 늘어놓아 야식을 먹는 게 아니라 바느질을 하는 중인 것처럼 꾸미려고 했지만 그런 틈이 없는 걸 알고, "딸이 지금 수프를 한 스푼 들었어요."라고 말했다. "내가 억지로 뼈 조각을 조금 빨아 보라고 했어요." 하고 그녀는 마치 푸짐한 야식이 무슨 죄라도 되는 듯 딸이 먹는 야식을 하찮은 것으로 축소하려고 했다. 점심이나 저녁 식사 때 내가 실수로 부엌에 들어가기라도 하면, 프랑수아즈는 식사를 마친 척하면서 "'한 조각' 또는 '한 입' 먹으려고 했어요."라고 변명했다. 그러나 식탁을 뒤덮은 그 수많은 접시들을 보면서, 또 나의 갑작스러운 도착에 놀란 프랑수아즈가 나쁜 사람이 아닌데도 마치 나쁜 사람처럼 사라지게 할 시간이 없었던 접시들을 보면서 우리는 그 사실을 금방 확인할 수 있었다. 그러고 나서 그녀는 덧붙였다. "가서 자거라. 오늘은 그만하면 충분히 일했으니.(프랑수아즈는 자기 딸이 우리 돈을 전혀 축내지 않고 궁핍하게 생활할 뿐만 아니라 우리를 위해 죽도록 일하는 것처럼 보이고 싶어 했다.) 네가 부엌에 있으면 거추장스럽고, 특히 손님을 기다리시는 도련님에게는 방해가 된단다. 그러니 올라가거라." 하고 마치 딸을 자러 보내는데도 자신이 권위를 행사해야 한다는 듯이 말했다. 이제 야식은 잡쳤고 딸은 거기 겉으로만 남아 있었으므로 내가 오 분만 더 있었어도 그녀 자신이 도망쳤을 것이다. 프랑수아즈는 내 쪽으로 몸을 돌리며 아주 아름답고 서민적인 프랑스어로, 하지만 조금은 그녀만의 개별적인 프랑스어로 이렇게 말했다. "도련님 눈에는 저 애가 자고 싶어서 얼굴이 망가진 게 보이지 않나요."* 프랑수아즈의 딸과 얘기하지 않아도 된다고 생각하니 매우 기뻤다.

나는 프랑수아즈가 자기 어머니가 태어난 마을과 아주 가까운 곳에서 태어났다고 했는데, 하지만 그 고장은 땅의 성질이나 재배 식물, 특히 거기 사는 주민들의 몇몇 특징에서 그녀의 어머니가 태어난 마을과는 많이 달랐다. 이렇게 해서 '정육점 주인의 아내'와 프랑수아즈의 조카딸**은 사이가 매우 나빴

---

* '얼굴이 망가지다'라고 옮긴 couper la figure는 직역하면 '얼굴을 자르다', '훼손하다', 또 은어로는 '죽이다'라는 의미가 있다.

** 프랑수아즈의 조카딸은 정육점에서 일한다.(『잃어버린 시간을 찾아서』

지만, 심부름을 하러 갈 때면 도중에 언니네 집 또는 사촌 집에서 멈춰 언제 끝날지도 모르는 긴 대화로 시간을 지체했으며, 또 대화 중에는 그들이 심부름하러 나온 이유도 사라진다는 공통점이 있었다. 그래서 그들이 심부름에서 돌아올 때면, "그래, 노르푸아 후작님은 6시 15분에 댁에 계신다고 하던가요?"라고 물으면 "아! 잊었어요."라고 말하면서 이마를 치지도 않고 대신, "전 도련님이 그걸 물으실 줄 몰랐어요. 그냥 인사만 전하라시는 줄 알았어요."라고 대답했다. 이렇게 한 시간 전에 말한 것에 대해서도 "정신을 놓는" 반면, 그들은 언니나 사촌으로부터 한번 들은 것은 결코 머리에서 떼어 놓는 법이 없었다. 그리하여 만약 정육점 주인의 아내가 1870년에 영국인들이 프러시아인들과 같은 때 우리에게 전쟁을 일으켰다는 얘기를 누군가에게 들었다면(내가 아무리 틀렸다고 설명해도 소용없었다.) 그녀는 삼 주에 한 번씩은 나와 대화 중에 "그건 영국인들이 1870년에 프러시아인들과 같은 때 일으켰던 전쟁 때문이랍니다."라는 말을 되풀이했다. "그건 틀린 이야기라고 내가 백번을 일러 주었을 텐데요."라고 말하면 그녀는 자신의 신념이 조금도 흔들리지 않았음을 뜻하는 "어쨌든 그들을 원망할 이유는 없어요. 1870년 이래 세월이 많이 흘렀으니까요."와 같은 대답을 했다. 또 한번은 내가 인정하지 않는 영국과의 전쟁을 떠들어 대면서 이렇게도 말했다. "물론이에요. 전쟁을 하지 않는 편이 항상 낫죠. 하지만 어차피 해야 한다면

---

5권 237쪽)

즉시 하는 편이 나아요. 조금 전에 언니가 설명한 것처럼, 영국인이 1870년에 우리에게 전쟁을 일으킨 이후부터 무역 협정이 우리를 망하게 했어요. 우리가 영국인들을 물리치고 나면, 영국인은 단 한 명도 300프랑의 입국세를 지불하지 않고는 프랑스에 들어오지 못하게 해야 해요. 우리가 지금 영국에 갈 때 그러듯이 말이에요."*

매우 정직하다는 점 외에 자기가 말할 때 남이 말을 끊지 못하도록 귀머거리가 되는 집요함, 만일 남이 말을 끊으면 스무 번이나 같은 말을 되풀이하여, 드디어는 그들의 말에 일종의 바흐의 둔주곡과도 같은 결코 흔들리지 않은 견고함을 띠게 하는 것, 바로 이것이 인구가 채 500명도 안 되며 밤나무와 버드나무와 감자밭과 무밭이 에워싼 그 작은 고장 주민을 특징짓는 성격이었다.

반대로 프랑수아즈의 딸은 자신을 지나치게 오래된 오솔길로부터 빠져나온 오늘날의 여성으로 간주했고, 그래서 파리 은어를 말하며 그에 얽힌 농담도 일절 빼놓지 않았다. 프랑수아즈가 딸에게 내가 대공 부인 댁에서 나오는 길이라고 말하면, "아! 틀림없이 야자 열매 같은 시시한 대공 부인이겠죠."

---

* 여기서 '정육점 주인의 아내'라고 옮긴 la bouchère와 프랑수아즈의 조카딸, 그리고 프랑수아즈는 모두 같은 고향 사람들로 사촌이나 자매 관계로 얽혀 있어 촌수를 따지는 것이 무의미해 보인다. 이 문단에서는 다른 무엇보다도 한번 입력이 되면 계속해서 그것이 옳다고 주장하는 시골 여자들의 특징이 강조되고 있다. "정신을 놓은"(원문에서는 속어인 perdre la boule로 표현되었다.)이라는 표현이나, 프랑스와 프러시아의 전쟁인 1870년 전쟁을 영국과의 전쟁으로 고집하고, 계속해서 영국이 전쟁을 일으켰다고 주장하는 것이 그 예이다.

라고 말했고, 내가 손님을 기다리는 걸 보면 내 이름이 샤를이라고 믿는 척했다. 그래서 내가 순진하게 샤를이 아니라고 하면, 그녀는 기다렸다는 듯이, "아! 저는 '샤를이 기다린다', 즉 사기꾼(샤를라탕)이라고 말하는 줄 알았어요."라고 말했다.* 별로 좋은 취향의 말은 아니었다. 하지만 그녀가 알베르틴이 늦어지는 데 대한 위로로 한 말에는 전처럼 무관심할 수가 없었다. "당신은 영원히 기다릴 것 같네요. 그녀는 이제 오지 않을 거예요. 아! 오늘날의 우리 여자 제비족이란!"

이렇게 딸의 화법은 자기 어머니의 화법과 달랐다. 그러나 더 묘한 것은 어머니의 화법 또한 할머니의 화법과 달랐다는 점이다. 할머니는 바요르팽** 태생으로 프랑수아즈의 고장과 매우 가까웠다. 하지만 그들의 사투리는 두 개의 풍경처럼 약간 차이가 있었다. 프랑수아즈의 어머니가 태어난 고장은 계곡으로 내려가는 경사진 곳에 있었고 버드나무가 흔했다. 그런데 오히려 거기서 매우 먼 곳에 있는 프랑스의 한 지역에서는 메제글리즈와 거의 똑같은 사투리를 썼다.*** 그 사실을 알았을 때 나는 바로 마음이 불편해지는 걸 느꼈다. 실은 프랑수아즈가 그 고장 태생이자 그곳 사투리를 쓰는 집의 시녀와 긴

* '샤를이 기다린다(Charles attend)'와 '사기꾼(charlatan)'이 똑같이 샤를라탕으로 발음되는 데서 연유한 농담이다.

** 콩브레의 모델인 일리에(외르데루아르 데파르트망에 소재하는)에 있는 면 이름이다.

*** 메제글리즈는 콩브레(일리에) 인근의 마을로, 따라서 프랑수아즈 할머니의 고향인 바요르팽과는 가까운 거리에 있다.

대화를 나누는 모습을 본 적이 있었기 때문이다. 그들은 거의 서로의 말을 이해했고, 나는 그들의 말을 전혀 이해하지 못했다. 그리고 그들은 내가 이해하지 못한다는 사실을 알고도, 서로가 그토록 먼 고장에서 태어났으면서도 동향인이라는 기쁨 때문에 용서받을 수 있다고 믿었는지, 내 앞에서 계속해서 마치 남이 자기들 말을 알아듣기 원치 않을 때처럼 계속 그 외국어를 지껄여 댔다. 이런 언어학적 지리학과 하녀들의 우정에 대한 생동감 넘치는 연구는, 매주 부엌에서 계속되었지만 나는 거기에서 어떤 즐거움도 느끼지 못했다.

대문이 열릴 때마다 문지기가 전기 스위치를 눌러 계단에 불이 켜졌으며, 또 귀가하지 않은 세입자도 없었으므로 나는 곧 부엌을 떠나 응접실로 돌아와서 엿보았다. 아파트의 유리문을 완전히 가리지 못하는 폭 좁은 커튼이, 계단의 흐릿한 빛으로 생긴 어두운 수직 줄무늬를 어른거리게 했다. 만약 갑자기 그 줄무늬가 금빛으로 변한다면, 알베르틴이 아래층으로 들어와 이 분 후에는 내 옆에 있으리라. 어느 누구도 그 시각에는 올 수 없었기 때문이다. 그리하여 나는 어둠 속에 머무르기를 고집하는 줄무늬에서 눈을 떼지 못한 채 거기 그냥 있었다. 더 잘 보려고 온몸을 기울였다. 하지만 아무리 바라보아도, 또 나의 열렬한 욕망에도, 그 검은 선은 내가 만약 갑작스러운 의미 있는 마법에 걸려 빛나는 금빛 창살로 변한다면 느끼게 될 어떤 환희의 취기도 주지 않았다. 바로 이것이 게르망트의 파티가 계속되는 동안 단 삼 분도 생각해 보지 않았던 알베르틴에 대한 불안감이었다! 하지만 단순한 육체적 쾌락의 결핍에서 비롯된 이 감정은 예전에 다른 소녀들에 대해, 특히 늑장을 부리던 질베르트에 대해 느꼈던 기다림의 감정을 일깨우면서 내게 잔인한 정신적 고통을 안겨 주었다.

나는 방으로 돌아가야 했다. 프랑수아즈가 뒤따라왔다. 그녀는 내가 파티에서 돌아왔으니 단춧구멍에 꽂은 장미를 그대로 두는 게 불필요하다고 여겨 그걸 떼려고 온 것이었다. 프랑수아즈의 이런 몸짓이 알베르틴이 더 이상 올 수 없다는 걸 환기하고, 내가 그녀를 위해 우아하게 보이려고 했던 몸짓을 고백하게 함으로써 나를 화나게 했으며, 또 이 분노는 내가 그녀로부터 세차게 몸을 빼는 바람에 꽃이 망가지면서 "꽃을 이렇게 망가뜨리는 것보다는 내가 떼는 게 더 나았을 텐데요."라는 프랑수아즈의 말 때문에 두 배로 커졌다. 게다가 나는 그녀의 그 어떤 하찮은 말에도 화가 났다. 기다리는 동안 우리는 그토록 욕망하는 이의 부재를 괴로워하는 까닭에 타인의 현존을 견디지 못한다.

프랑수아즈가 방에서 나가자, 만일 이제 내가 알베르틴의 마음에 들려고 애써야 하는 지경까지 온 것이라면, 우리의 애무를 다시 시작하기 위해 그녀를 집에 오게 한 저녁 그토록 면도도 잘 하지 않고 여러 날 자란 덥수룩한 수염투성이 얼굴로 그녀 앞에 나타난 것이 매우 잘못된 일이었다는 생각이 들었다. 그래서 내게 관심을 잃은 그녀가 나를 혼자 내버려 두는 거라고 느꼈다. 그래도 알베르틴이 오는 경우를 생각해 방을 좀 더 아름답게 꾸미려고 나는 내가 가진 가장 아름다운 물건 중의 하나인 터키 구슬로 장식된 서류 케이스를 여러 해 만에 처음으로 침대 옆 탁자 위에 올려놓았는데, 베르고트의 소책자를 보관하라고 질베르트가 날 위해 만들어 주었던 그 서류 케이스를 나는 오랫동안 잠잘 때에도 마노 구슬 옆에 간직하고 싶어 했다. 게다가 어쩌면 여전히 오지 않는 알베르틴만큼이나 내게 고통스러운 감정을 불러일으킨 것은 지금 '다른 곳', 내가 알지 못하는 곳에서 더 즐거워하고 있을 그녀의 모습이었으며, 이 고통스러운 감정은, 비록 한 시간도 채 되기 전에 내가 질투할 수 없는 성격의 소유자라고 스완에게 말했음에도 불구하고, 내 여자 친구를 지금보다 더 가까운 시간의 간격을 두고 만났다면, 그녀가 어디서 누구와 함께 시간을 보내는지 알고 싶은 그런 불안한 욕구로 바뀌었을 것이다. 시간이 너무 늦어 감히 알베르틴에게 사람을 보내지는 못했지만, 어쩌면 어느 카페에서 여자 친구들과 야식을 먹던 그녀가 내게 전화를 걸지도 모른다는 희망에 나는 내 방에서 통화할 수 있도록 전화 스위치를 돌려놓았고, 보통 때 이 시각에 전화국과 연결되어 있는 문지기 방의 선은 끊었다. 프랑수아즈의 방으로 난 작은 복도에 수화기를 놓는 편이 보다 간단하고 방해도 덜 받았겠지만 별로 쓸모는 없었을 것이다. 문명의 발전은 각자에게 예상하지 못한 장점 또는 새로운 악덕을 드러나게 하여, 친구들과의 관계를 보다 소중하게 또는 견딜 수 없게 만든다. 이렇게 해서 에디슨의 발명은 프랑수아즈에게 아무리 편리해도, 아무리 급한 경우에도, 전화를 사용하지 않는다는 단점을 하나 더 추가하게 했다. 전화 사용법을 가르쳐 주려고 할 때마다, 그녀는 다른 사람들이 예방 주사를 맞을 때처럼 도망칠 방법을 찾아냈다. 이렇게 해서 전화는 내 방에 놓였고, 부모님을 귀찮게 하지 않도록 벨 소리는 회전판이 돌아가는 소리로 바뀌었다. 전화 소리를 듣지 못할까 봐 나는 움직이지 않았다. 얼마나 꼼짝하지 않았던지 몇 달 만에 처음으로 추시계의 똑딱거리는 소리를 지각할 정도였다. 프랑수아즈가 물건을 정돈하러 왔다. 그녀와 나는 얘기를 나누었고, 나는 한결같이 진부한 말로 계속되는 대화 중에 내 감정이 매 순간 두려움에서 불안으로, 불안에서 절대적 환멸로 바뀌는 게 정말 싫었다. 프랑수아즈에게 막연히 만족한다는 말을 해야 한다고 생각했지만, 말과 다르게 내 얼굴이 무척이나 불행한 표정을 하고 있는 걸 느꼈고, 그래서 나는 무관심한 척하면서 이렇게 고통스러운 표정을 짓는 모순을 설명하기 위해 류머티즘 때문에 아파서 그렇다고 핑계를 댔다. 프랑수아즈의 목소리는 비록 작았지만(알베르틴 때문이 아니었다. 프랑수아즈는 이미 오래전에 알베르틴이 올 시각이 지났다고 판단했으니까) 그녀 때문에 더 이상 오지 않을 구원의 부름을 듣지 못할까 봐 겁이 났다. 드디어 프랑수아즈가 자러 갔다. 나는 그녀를 냉담하게, 하지만 조용히 보냈는데, 그녀가 가면서 내는 소리가 전화 소리를 가리지 않도록 하기 위해서였다. 그런 후 다시 귀를 기울이며 괴로워하기 시작했다. 누군가를 기다릴 때면, 소리를 받아들이는 귀로부터 그것을 세밀히 조사하고 분석하는 정신에, 또 그 정신에서 결과를 전달하는 마음에 이르기까지, 이런 이중의 궤적이 너무도 빨리 전개되므로 우리는 그 지속을 지각하지 못하고 곧바로 우리 마음과 더불어 듣는다고 생각한다.

전화 소리를 듣고 싶다는, 언제나 불안을 더해 가며 결코 충족되지 않는 욕망의 재개가 나를 끊임없이 괴롭혔다. 나의 고독한 고뇌의 나선 속에서 번민하며 상승하는 움직임이 절정에 달했을 때, 사람 많은 파리 밤거리의 깊숙한 곳으로부터 느닷없이 내 곁으로 다가온 듯, 내 책장 바로 옆에서 전화기 회전판이 돌아가는 소리가, 숭고한 기계 소리가, 마치 「트리스탄」에 나오는 「흔드는 스카프」나 「목동의 갈피리 소리」*처럼 갑자기 들려왔다. 나는 달려들었다. 알베르틴이었다. "이런 시간에 전화를 해서 방해가 되지 않았나요?" "아니에요." 하고 나는 기쁨을 억누르며 말했는데, 이런 늦은 시간이라고 말한 것은, 아마도 조금 후에 매우 늦은 시각에 오는 걸 사과하려는 것이지 오지 않겠다는 의미는 아닐 거라고 생각했다. "올 거예요?" 나는 무심한 어조로 물었다. "아뇨, 당신이 나를 꼭 필요로 하지 않는 이상."

내 몸의 일부가 알베르틴 속에 있었으며, 이제 다른 부분이 거기 합류하려 했다. 그녀는 와야 했다. 그러나 처음에는 그렇게 말하지 않았다. 우리는 통화 중이었고, 그러므로 마지막 순간에 가서 그녀를 이쪽으로 오게 하거나 내가 그녀 집으로 달려가거나 할 수 있다고 생각했다. "그래요. 우리 집에서 아주 가까운 곳에 있어요." 하고 그녀가 말했다. "당신 집에서는 조

---

* 「흔드는 스카프」는 바그너의 오페라 「트리스탄과 이졸데」 2막에서 이졸데가 트리스탄을 향해 하얀 스카프를 흔들며 부를 때 나온다. 「목동의 갈피리 소리」는 3막에서 트리스탄이 홀로 바다를 바라보며 이졸데를 기다리는 고뇌에 사로잡혔을 때 들리는 음악이다.

금 멀어요. 전 당신 편지를 잘 읽지 않았어요. 지금에야 그 편지를 다시 읽었는데 당신이 기다릴까 봐 걱정되더군요." 나는 그녀가 거짓말한다고 생각했고, 그래서 이번에는 몹시 화가 나서 그녀를 보고 싶은 마음보다 그녀를 귀찮게 하고 싶은 마음에서 그녀를 강제로 오게 하고 싶었다. 그러나 우선은 거절한 다음 몇 분 후에 원하는 걸 얻고 싶었다. 하지만 그녀는 지금 어디에 있을까? 그녀의 말에는 다른 음향들이 섞여 있었다. 자전거 타는 사람의 경적 소리, 노래하는 여인의 목소리, 멀리서 들리는 군악대 소리가 사랑하는 사람의 목소리만큼이나 분명하게 울렸으며, 마치 모든 잔디와 풀이 함께 휩쓸려 나가는 흙덩어리처럼 지금 내 옆 가까이 들리는 소리의 주인공이 현재의 분위기에 휩싸인 알베르틴임을 가리키는 것만 같았다. 내가 들은 그 소리가 그녀의 귀를 때려 주의력을 방해하는 듯했다. 우리가 말하는 대화의 주제와 무관한 이런 진실의 세부적 요소는, 그 자체로는 불필요하지만 기적의 자명성을 드러내는 데에는 그만큼 필수적이다. 그것은 파리의 어느 거리를 묘사하는 듯한 간략하고도 매력적인 특징, 또한 「페드르」를 보고 나온 알베르틴을 우리 집에 오지 못하게 가로막는, 미지의 저녁 모임이 내포하고 있는 잔인하고도 날카로운 특징이었다. "미리 말해 두지만 당신을 이쪽으로 오게 하려는 건 아니에요. 이 시각에는 당신이 내게 몹시 방해가 될 테니까……."라고 내가 말했다. "졸려서 쓰러질 것 같아요. 게다가 복잡한 일도 많고요. 내가 하고 싶은 말은 그저 내가 쓴 편지에는 당신이 오해할 만한 내용이 하나도 없다는 거죠. 당신도 동의한다고 답했잖아요. 그런데 이해하지 못한다니, 도대체 무슨 말이죠?" "동의한다고는 했지만, 뭐에 동의했는지는 기억나지 않는다는 거죠. 하지만 당신이 화가 난 건 알아요. 참 난처하네요. 「페드르」를 보러 간 게 후회돼요. 이렇게 많은 문제를 일으킬 줄 알았으면……." 하고 그녀는 마치 잘못을 저지르고도 다른 일로 비난받는다고 믿는 척하는 사람처럼 덧붙였다. "「페드르」는 내 불만과는 아무 상관이 없어요. 내가 당신에게 보러 가라고 한 건데요." "그렇다면 내게 원한을 품고 있군요. 오늘 밤은 너무 늦어서 힘들어요. 그렇지 않으면 갔을 텐데. 내일이나 모레 사과하러 갈게요." "오! 아니에요, 알베르틴. 제발 부탁이에요. 하룻밤을 망치게 했으니 적어도 며칠 동안은 날 그냥 내버려 둬요. 이 주나 삼 주 안에는 시간이 없어요. 잘 들어 봐요. 우리가 서로에게 화가 난 느낌으로 지내는 게 불편하다면, 또 사실 당신 말이 맞을 수도 있고, 어차피 이 시각까지 당신을 기다리느라 피로가 쌓였으니 당신을 만난다고 해서 더 피로해지는 것도 아닐 테고, 당신도 밖에 있으니 지금 당장 오면 어떨까요? 잠을 깨기 위해 커피를 마실게요." "내일로 미루면 안 될까요? 난처한 일이……." 마치 오지 않을 듯이 말하는 그녀의 변명을 들으면서, 나는 이미 발베크에서 그 벨벳 같은 얼굴을 다시 보고 싶은 욕망에, 9월의 연보랏빛 바다를 배경으로 장밋빛 꽃 옆에 있을 그 순간을 향해 내 모든 나날들을 끌고 갔던 그 욕망에, 이와는 아주 다른 요소가 고통스럽게 결합하려 하는 걸 느꼈다. 한 존재에 대한 이 무시무시한 욕구를 나는 콩브레에서 어머니와 관련하여 체험했는데, 어머니가 프랑수아즈를 통해 2층에 올라올 수 없다고 말할 때면 그저 죽고 싶었다. 어머니에 대한 이런 옛 감정이 그 관능적인 대상으로 다만 해변의 꽃과도 같은 채색된 표면 혹은 분홍빛 살색을 가진, 보다 최근의 감정과 결합하여 하나의 유일한 요소를 만들어 내려고 노력하지만, 이 노력은 대개 몇 초밖에 지속되지 않는 그런 새로운 물체를(화학적인 의미에서) 만들어 낼 뿐이다. 적어도 어머니에 대한 감정과 알베르틴에 대한 감정이라는 이 두 요소는, 그날 저녁과 그 후에도 오랫동안 서로 분리되어 있었다. 그러나 이미 이날 전화에서 들은 마지막 말로부터 나는 알베르틴의 삶이 내게서 먼 거리에 위치하고 있어(물론 물리적 거리는 아니지만) 내가 그 삶을 손안에 넣으려고 할 때마다 언제나 힘든 탐색을 해야 하며, 더 나아가 그 삶은 야전 요새처럼, 또 보다 안전을 기하기 위해 우리가 나중에 관습적으로 '위장된 요새'라고 부르게 된 그런 종류의 것으로 조직되어 있다는 걸 깨닫기 시작했다. 게다가 알베르틴은 사회적으로 한 단계 높은 계층이긴 하지만, 당신의 편지를 가지고 온 배달부에게 그녀가 들어오면 전해 주겠다고 약속하는 문지기 여자와 같은 부류에 속했으며, 따라서 그녀는 — 당신이 밖에서 만나 편지를 쓰겠다고 결심한 사람이 바로 그 문지기임을 깨닫는 날까지, 분명 당신에게 가르쳐 준 처소에서 — 문지기 방에서 살고 있다.(그 처소는 다른 한편으로는 작은 사창가이고, 그 포주가 문지기 여자다.) 혹은 그녀는 당신에게 자신의 비밀을 폭로하지 않을 공범들만 알고 있는 집의 주소를 주기도 하는데, 편지는 전해지지만, 그녀는 살고 있지 않으며, 기껏해야 소지품이나 두는 그런 곳이다. 대여섯 개의 주름으로 접힌 삶, 그러므로 그녀를 만나거나 알고 싶을 때면 우리는 지나치게 왼쪽이나 오른쪽, 지나치게 앞이나 뒤에서 문을 두드리는 셈이며, 그리하여 몇 달, 몇 해 동안 아무것도 알지 못한다. 알베르틴에 관해 나는 끝내 아무것도 알지 못할 것이며, 진실의 세부적 요소와 거짓 사실의 수많은 얽힘 속에서 결코 빠져나오지 못하리라고 느꼈다. 그리고 그것은 언제나, 적어도 내가 그녀를 감옥에 가두지 않는 한(하지만 곧 도주하는), 마지막까지 언제나 그럴 것이라고 느꼈다. 그날 밤 이런 확신은 내 마음속에 단순히 어떤 불안만을 스치게 했지만, 나는 그 불안을 통해 앞으로 다가올 긴 고뇌를 예감하듯 온몸에 전율을 느꼈다.

"안 돼요." 하고 나는 대답했다. "당신에게 이미 말했지만 삼 주 안에는 시간이 없어요. 내일도 다른 날도 안 돼요." "그렇다면 지금 달려갈게요……. 하지만 곤란해요. 여자 친구 집에 있거든요……." 그녀는 자신의 오겠다는 제안을 내가 받아들이리라고는 생각하지 않았던 모양이다. 그러므로 그녀의 제안은 진심이 아니었으며, 그래서 나는 그녀를 궁지로 몰고 싶었다. "당신 여자 친구가 나와 무슨 상관이죠? 오고 안 오고는 당신 일이에요. 내가 와 달라고 부탁한 게 아니라 당신이 오겠다고 제안했으니까요." "화내지 말아요. 금방 삯마차에 올라타 십 분 안에 당신 집에 도착할게요." 이런 첫 번째 알림 후에 파리의 깊은 밤으로부터 멀리 있는 사람의 행동 반경을 측정하게 해 주는 그 눈에 보이지 않는 메시지가 내 방까지 발산되었고, 그리하여 지난날 내가 발베크의 하늘 아래서 알았던 바로 그 알베르틴이 솟아올라 모습을 드러내려 했다. 그때 식탁에 식기를 놓던 그랜드 호텔의 종업원들은 석양에 눈부셔했고, 활짝 열린 유리 창문을 통해서는 거의 지각할 수 없는 저녁 바람이 마지막 산책자들이 늑장 부리는 해변으로부터 아직 첫 번째 저녁 식사 손님도 앉지 않은 넓은 식당 안으로 자유롭게 흘러들었으며, 또 계산대 뒤편에 놓인 거울에는 리브벨을 향해 떠나는 마지막 배의 선체에서 반사된 붉은빛이 지나간 후에도, 연기에서 나오는 잿빛 반사광이 오랫동안 지체하고 있었다. 나는 알베르틴이 무슨 일로 늦었는지 더 이상 묻지 않았다. 프랑수아즈가 방에 들어와서 "알베르틴 양이 도착했어요."라고 말했을 때, 나는 고개도 움직이지 않고 가식적으로만 대답했다. "알베르틴 양이 왜 이렇게 늦게 왔을까?" 그러나 내 질문의 표면적인 진지함을 보완해 주는 대답을 듣고 싶은 호기심이 생겼다는 듯 프랑수아즈를 향해 눈을 들면서, 나는 생명 없는 의복이나 얼굴 표정을 말하게 할 줄 아는 기술에서는 라 베르마와 경쟁할 수 있을 정도로 능란한 프랑수아즈를 감탄과 분노의 시선으로 바라보았다. 그녀는 블라우스나 머리털을 길들일 줄 알았는데, 흰머리가 가장 많이 난 부분은 앞으로 나오게 하여 자신의 출생증명서마냥 과시했고, 목은 피로와 복종으로 휘어져 있었다. 이 모든 것은 프랑수아즈가 그 나이에 축축이 젖은 침대와 잠에서 한밤중에 끌려 나와 폐렴에 걸릴 위험을 무릅쓰고 급히 옷을 입어야만 했던 상황을 동정하고 있었다. 그래서 나는 알베르틴이 늦게 온 것을 변명하는 모습으로 보일까 봐 "어쨌든 그녀가 와서 매우 기쁘군. 모든 게 잘됐어."라고 말하면서 격한 기쁨을 터뜨렸다. 내가 프랑수아즈의 대답을 들었을 때 그 기쁨은 순수한 상태로 오래 남아 있지 못했다. 그녀는 한마디 불평도 하지 않고 참을 수 없는 기침마저 최선을 다해 억누르면서, 다만 오한이 나는 듯 숄을 가슴에 여미며 자신이 알베르틴에게 했던 말을, 그녀의 아주머니에게 안부를 물어보는 것도 빠뜨리지 않고, 전부 한마디 한마디 얘기하기 시작했다. "저는 바로 이렇게 말했어요. 도련님은 아가씨가 오지 않을까 봐 걱정했던 게 틀림없다고요. 지금은 방문할 시간도 아니고, 곧 아침이니까요. 하지만 아가씨는 매우 즐거운 장소에 있었던 모양이에요. 도련님을 기다리게 해서 유감이라는 말도 하지 않고, 다른 사람은 전혀 개의치 않는다는 식으로 이렇게 대답한 걸 보면요. '오지 않는 것보다는 늦게라도 오는 편이 낫잖아요.'" 그리고 프랑수아즈는 내 가슴을 찌르는 말을 덧붙였다. "그렇게 말하면서 아가씨는 자신을 폭로했어요. 어쩌면 숨기고 싶었을 테지만……."

나는 별로 놀라지 않았다. 프랑수아즈에게 심부름을 시키면, 그녀는 자신의 말에 곧잘 상세한 설명을 덧붙이느라 적어도 우리가 기대하는 대답을 하는 일이 드물다는 것은 조금 전에 말했다. 그러나 예외적으로 우리 친구가 한 말을 되풀이하는 경우, 아무리 짧은 말이라 할지라도 보통은 그 말에 동반된다고 확신하는 표현이나 어조를 필요에 따라 조정하면서 그녀는 뭔가 기분을 상하게 하는 것을 덧붙였다. 우리가 심부름 보낸 단골 상점에서 모욕을 받으면, 아마도 혼자 그렇게 상상했을 테지만, 그 경우 엄밀히 말하면 우리 이름으로 말한 것을 그녀가 대신해서 받았으므로, 그 모욕은 간접적으로는 우리에게 해당되며 따라서 그녀는 그 모욕을 기꺼이 감수한다고 말했다. 이런 그녀에게 우리는 그녀가 잘못 이해한 거라고, 그건 피해망상이라고, 모든 상인이 그녀에 맞서 동맹을 맺지는 않는다고 대답하는 수밖에 없었다. 게다가 나에게는 상인들의 감정이 별로 중요하지 않았다. 그러나 알베르틴의 감정은 달랐다. 그리고 "하지 않는 것보다 늦게라도 하는 편이 낫다."라는 그 냉소적인 경구를 전하면서, 프랑수아즈는 동시에 내게 알베르틴이 나하고 지내는 것보다 더 즐겁게 저녁 시간을 함께 보냈던 친구들을 떠올리게 했다. "아주 희극적이에요. 납작한 작은 모자에 커다란 눈하며, 우스꽝스러운 모습이에요. 특히 그 외투는 '짜집기'*하는 집에라도 보내야겠던데요. 좀이 다 먹었더라고요. 아가씨는 나를 즐겁게 해 줘요." 하고 프랑수아즈는 알베르틴을 비웃기라도 하듯 덧붙였는데, 내 인상은 공유하는 법이 거의 없으면서도 자기 인상은 알려주고 싶은 욕구를 느꼈던 모양이다. 나는 이 웃음이 멸시와 비웃음을 뜻한다는 걸 이해하는 척하기 싫었지만, 프랑수아즈에게 되갚아 주려고 그녀가 말하는 작은 모자를 알지 못하면서도 "프랑수아즈가 '납작한 작은 모자'라고 부른 것도 단순

* 짜깁기하는 사람을 프랑스어로 stoppeuse라고 하는데 프랑수아즈는 estoppeuse(여기서는 '짜집기'라고 옮긴다.)라고 틀리게 말한다.

히 멋진 모자일 뿐이야…….”고 대답했다 “다시 말해 세 배나 아무것도 아니라는 뜻이죠.”라며 이번에는 프랑수아즈가 솔직하게 자신의 진짜 경멸을 표현했다. 그래서 나는(내 거짓 대답이 분노가 아닌 진실의 표현처럼 보이게 하려고 부드럽고도 느린 어조로, 하지만 알베르틴을 기다리지 않게 하기 위해 시간을 낭비하지 않으면서) 프랑수아즈에게 이렇게 잔인한 말을 했다. “프랑수아즈는 탁월해.” 하고 나는 기분 좋은 말을 했다. “당신은 상냥하고 장점도 수없이 많아요. 하지만 파리에 처음 오던 날과 수준이 똑같아. 옷차림에 대한 지식이나 단어를 정확히 발음하지 못하고 틀린 연음을 하는 거나.” 그런데 그 이상 어리석은 비난도 없었다. 왜냐하면 우리가 정확히 발음한다고 그토록 자랑스러워하는 프랑스어 단어도, 실은 라틴어나 색슨어를 잘못 발음한 골루아인들의 입을 통해 전해진 ‘틀린 연음’에 지나지 않으며, 또 우리의 언어라는 것도 어느 다른 언어의 불완전한 발음에 불과하기 때문이다. 현재 쓰이는 상태에서의 언어적 특성과 프랑스어의 미래와 과거, 바로 이런 것들이 내가 프랑수아즈의 ‘오류’에서 관심을 가져야 하는 것들이었다. ‘짜깁기’를 ‘짜집기’로 발음하는 것은, 고래나 기린처럼 먼 시대로부터 살아남은 동물들이, 그 동물들의 삶이 통과한 단계를 우리에게 증명해 보이는 것만큼이나 신기한 일 아닌가? “또” 하고 나는 덧붙였다. “프랑수아즈는 여러 해가 지나도 배우지 못했으니 앞으로도 영원히 배우지 못할 거야. 하지만 안심해도 좋아. 그렇다고 그것이 당신이 매우 충실한 사람이고, 쇠고기 젤리를 기가 막히게 잘 만들며, 또 그 밖에 많은 일을 하는 데는 방해가 되지 않을 테니. 프랑수아즈가 단순한 모자라고 생각한 것도 실은 500프랑이나 하는 게르망트 대공 부인의 모자를 본뜬 거라고. 게다가 나는 가까운 날에 알베르틴 양에게 그보다 훨씬 아름다운 모자를 선물할 생각이야." 나는 프랑수아즈를 가장 괴롭히는 일이 그녀가 좋아하지 않는 사람들을 위해 내가 돈을 낭비하는 것임을 잘 알았다. 그녀는 몇 마디 대답을 했지만, 갑자기 숨이 가빠져서 나는 그녀의 말을 거의 알아들을 수 없었다. 나중에 심장병에 걸렸다는 말을 들었을 때, 나는 그녀의 말에 반박하는 그 잔인하고도 쓸데없는 기쁨을 거절하지 못했던 걸 얼마나 후회했는지 모른다! 더욱이 프랑수아즈가 알베르틴을 미워한 것은, 알베르틴이 가난해서 프랑수아즈가 나의 탁월함이라고 여기는 것을 더 많이 불어나게 해 줄 수 없었기 때문이다. 프랑수아즈는 내가 빌파리지 부인의 초대를 받을 때마다 관대한 미소를 지었다. 반대로 알베르틴에 대해서는 그녀가 상호주의 원칙을 실천하지 않는다고 화를 냈다. 나는 알베르틴에게서 받았다고 주장할 선물들을 머릿속에서 상상해야 하는 지경까지 이르렀고, 프랑수아즈는 그런 선물의 존재를 조금도 믿지 않았다. 이런 상호주의의 부재는 특히 음식에 관한 문제에서 프랑수아즈의 감정을 상하게 했다. 알베르틴이 어머니의 저녁 식사 초대를 받았을 때, 만일 우리가 봉탕 부인으로부터 초대를 받지 못하면(하지만 부인은, 남편이 예전에 정부 부처의 일에 싫증이 나면 그랬던 것처럼 '파견직'을 맡아 대부분의 시간 동안 파리에 없었다.), 프랑수아즈는 이것을 내 여자 친구 쪽의 무례한 행동으로 여겨 콩브레에 흔한 속담을 읊으면서 알베르틴을 간접적으로 비난했다.

> 내 빵을 먹자.
> 그래 좋아.
> 네 빵을 먹자.
> 이젠 배고프지 않아.

나는 편지를 쓰던 중인 척했다. "누구에게 써요?" 알베르틴이 방에 들어오면서 물었다. "내 귀여운 여자 친구인 질베르트 스완에게요. 그녀를 몰라요?" "모르는데요." 나는 알베르틴에게 저녁 모임에 관해 질문하지 않기로 했다. 그녀를 비난할 것 같고, 시간이 시간인 만큼 키스나 애무로 넘어가려면 화해할 시간이 충분하지 않을 것 같았기 때문이다. 따라서 나는 처음부터 키스나 애무로 시작하고 싶었다. 게다가 마음이 진정되었다고는 하나 아직은 행복하다는 느낌이 들지 않았다. 기다림을 특징짓는 모든 나침반과 방향 감각의 상실은, 기다리던 이가 도착한 후에도 여전히 지속되어 그 사람이 오면 얼마나 기쁠까 그려 보는 그런 평온한 마음을 대신하여 어떤 즐거움도 맛보지 못하게 한다. 알베르틴은 저기 있지만, 혼란에 빠진 신경은 계속 동요하면서 여전히 그녀를 기다리고 있었다. "멋진 키스를 해도 돼요, 알베르틴?" "당신이 원하는 만큼." 하고 그녀는 선의를 다해 말했다. 그녀가 이렇게 예뻐 보인 건 처음이었다. "한 번 더 해도 돼요? 그럼 내가 기뻐하리라는 걸, 무척 기뻐하리라는 걸 당신도 잘 알죠?" "나는 천배나 더 기쁜데요." 하고 그녀가 대답했다. "오! 당신 서류 케이스가 아주 멋지네요!" "가져요. 기념으로 줄게요." "당신은 정말 친절해요." 사랑하는 여인을 생각하면서 더 이상 사랑하지 않을 때의 자기 모습을 생각해 보려고 한다면, 우리는 영원히 소설적인 것에서 벗어날 수 있을 것이다. 질베르트의 서류 케이스나 마노 구슬이 지난날 그토록 중요하게 느껴졌던 것은 순전히 우리 마음의 내적 상태 덕분으로, 지금은 그저 그런 케이스나 구슬에 지나지 않았기 때문이다.

나는 알베르틴에게 뭐 좀 마시지 않겠느냐고 물었다. "저기 오렌지와 물이 보이는 것 같은데요." 하고 그녀가 말했다. "저거면 충분해요." 이렇게 해서 나는 그녀와 키스를 하며 게르망트 대공 부인 댁에서 하는 키스보다 더 감미로워 보이는 상쾌함을 음미할 수 있었다. 오렌지를 짜 넣은 물을 조금씩 마실수록, 오렌지는 그 성숙 과정이 내포하는 은밀한 삶과, 그것과는 전혀 다른 세계에 속하는 인간 몸의 몇몇 상태에 유효한 작용과, 몸을 살리는 데는 무력하지만 대신 몸에 이로운 세정 효과와, 요컨대 과일이 가진 수많은 신비로움을 내 지성이 아닌 내 감각에 드러내 보이고 전달해 주는 것 같았다.

알베르틴이 떠나고 나서, 질베르트에게 편지를 쓰겠다고 스완에게 약속한 일이 기억났고, 그래서 그 일을 당장 하는 편이 보다 친절하겠다는 생각이 들었다. 봉투에 질베르트 스완이라는 이름을 썼을 때, 내 공책을 그녀의 이름으로 뒤덮으며 그녀와 편지를 주고받는 환상을 품었던 예전과 달리 지금은 마치 지겨운 학교 숙제의 마지막 줄을 써넣을 때처럼 별 감동이 일지 않았다. 사실 예전에는 내가 그 이름을 직접 썼지만, 지금은 내 습관에 합류한 수많은 비서들 중 하나에게 그 과제가 맡겨졌다. 그는 최근에 내 습관에 의해 우리 집에 들어와 내 시중을 든 탓에 질베르트를 알지 못하고 그녀에 대한 내 말만을 들었으므로 그 말에 어떤 현실감도 부여하지 못했고, 또 그저 내가 사랑했던 소녀라는 사실만을 알았으므로 질베르트의 이름을 보다 평온한 마음으로 쓸 수 있었다.*

나는 질베르트를 냉정하다고 비난할 수 없었다. 지금 질베르트를 대하는 나란 존재가 그녀가 과거에 어떤 존재였는지를 이해하는 데 있어 가장 잘 선택된 '증인'이었기 때문이다. 다시 말해 서류 케이스나 마노 구슬은 알베르틴과 관련하여 단지 그것이 예전에 질베르트에게 의미했던 것, 즉 마음속 불꽃의 그림자가 비추는 것을 허락하지 않는 사람이라면 어느 누구에게라도 의미하는 것이 다시 되었기 때문이다. 그러나 지금은 내 마음속에 새로운 혼란이 일어나, 이번에는 말과 사물의 진정한 힘을 변화시켰다. 알베르틴이 다시 내게 감사 인사를 하려고 "전 터키석을 매우 좋아해요."라고 말했을 때, 나는 "터키석을 죽게 내버려 두지는 마세요."라고 마치 우리 우정의 미래를 돌에게 맡기듯 터키석에 맡기면서 대답했는데, 그렇지만 우리의 우정이 지난날 질베르트와 나를 맺어 주었던 감정을 보존하지 못했던 것처럼 알베르틴에게도 더 이상

---

* 여기서 비서는 습관의 은유적 표현이다.

그런 감정을 불러일으킬 수 없을 것이란 생각이 들었다.

이 시기에 역사의 모든 중요한 시기마다 재개되므로 언급할 가치가 있는 현상 하나가 벌어졌다. 내가 질베르트에게 편지를 쓰던 바로 그 순간, 게르망트 공작은 가장무도회에서 돌아오자마자 여전히 투구를 쓴 채로, 다음 날 공식적으로 상복을 입어야 한다는 생각에 예정된 온천 요법을 일주일 앞당기기로 결심했다. 그가 삼 주 후 온천에서 돌아왔을 때(이제 막 질베르트에게 편지 쓰기를 마쳤으므로 미리 앞당겨서 하는 얘기지만), 공작의 친구들은 처음에는 그렇게 무관심했다가 열렬한 드레퓌스 반대파가 된 공작이, 다음과 같은 말을 하는 걸 듣고는(마치 온천 요법이 방광에만 효력이 있지는 않았다는 듯이) 어안이 벙벙했다. "그러면 재심이 열릴 테고 그는 석방될 거요. 아무 죄도 없는 인간에게 형을 선고할 수는 없을 테니까. 프로베르빌 같은 정신 나간 자를 본 적 있소? 프랑스인들을 도살장에, 다시 말해 전쟁에 보낼 준비를 하는 장교 말이오! 이상한 시대요!" 그런데 그사이에 게르망트 공작은 온천에서 세 명의 매력적인 귀부인을(이탈리아의 어느 대공 부인과 그녀의 두 동서를) 알게 되었다. 부인들이 읽는 책이나 카지노에서 공연된 연극에 대해 몇 마디 하는 걸 들으면서, 공작은 자신이 뛰어난 지성을 갖춘 여인들을 상대하고 있으며, 그의 표현에 따르면, 도저히 그들을 따라갈 수 없다는 걸 금세 깨달았다. 그래서 대공 부인이 공작을 브리지 게임에 초대했을 때 그는 그만큼 기뻐하지 않을 수 없었다. 하지만 대공 부인 댁에 도착하자마자, 그가 드레퓌스 반대파로서의 열정을 가지고 단호하게 "이제는 저 유명한 드레퓌스 재심을 거론하는 소리가 들리지 않는군요."라고 말했을 때, 대공 부인과 그녀의 동서들이 다음과 같은 말을 하는 걸 듣고는 한결 놀라움이 커졌다. "이렇게 재심의 가능성이 가까웠던 적은 없는데요. 아무 짓도 하지 않은 누군가를 감옥에 붙잡아 둘 수는 없으니까요." "아! 아!" 하고 공작은, 마치 지금까지 총명하다고 믿었던 사람을 우스꽝스럽게 만들기 위해 이 집에서 통용되는 이상한 별명을 발견이라도 한 듯 처음에는 더듬거렸다. 그러나 며칠 후 위대한 예술가에 대해 왜 그렇게 부르는지도 모르면서 그저 비겁함과 모방 정신에서 사람들이 "여보게, 조조트!*"라고 외치듯, 공작은 여전히 이 집의 새로운 관습을 거북해하면서도 "정말로 그에게 비난할 점이 아무것도 없다면야!"라는 말을 입 밖에 내고야 말았다. 매력적인 세 명의 귀부인은 공작이 그렇게 빨리 움직이지 않는 걸 보고 조금은 심하게 그를 다루었다. "하지만 사실 총명한 사람이라면 어느 누구도 그에게 뭔가가 있다고는 믿지 않을걸요." 드레퓌스에게 반대되는 어떤 '결정적인' 사실이 나올 때마다, 또 공작이 그걸로 그 매력적인 귀부인들을 개종시킬 수 있다고 생각하고 그들에게 알리러 갈 때마다, 부인들은 웃음을 터뜨리면서 매우 정교한 변증법으로 그 논거가 전혀 가치가 없으며, 전적으로 우습기만 하다는 것을 별로 힘들이지 않고 증명해 보였다. 공작은 과격한 드레퓌

---

* 초상화가이자 파리 오페라좌 계단의 장식가인 조르주 클래랭(Georges Clairin, 1843~1919)의 별명이었다. 그는 졸라의 「나는 고발한다」가 발표된 후 탄원서에 서명했다.(『게르망트』, 폴리오, 567쪽 참조.)

스파가 되어 파리에 돌아왔다. 물론 우리는 이 경우, 세 명의 매력적인 귀부인들이 진리의 전달자가 아니라고 주장하는 것은 아니다. 그러나 십 년에 한 번은, 참된 신념으로 가득한 인간 세계에 지적인 부부 한 쌍이나 매력적인 여인 하나가 들어오게 되면, 몇 달 후 이 인간은 반대 의견 쪽으로 기울어진다는 사실에 주목해야 한다. 이 점에 관해서는 이런 진지한 인간처럼 행동하는 나라도 많은데, 많은 나라들이 한 민족에 대한 증오심으로 들끓다가 반년 후에는 그 민족에 대한 감정을 바꾸고 그들과 동맹 관계를 회복한다.

얼마 동안 나는 알베르틴을 보지 못했지만 게르망트 부인이 더 이상 내 상상력에 호소하지 못했으므로, 이런 게르망트 부인을 대신하여 다른 요정들과 또 그 요정들과 분리될 수 없는 처소를 찾아 나서는 일을 계속했다. 이는 마치 진주모나 칠보로 만들어진 관 혹은 요철 모양의 작은 탑 같은 조가비가 그걸 만들고 안에 가두는 연체동물과 분리될 수 없는 것과도 같다. 나는 귀부인들을 어떻게 분류해야 할지 알지 못했다. 이 문제의 어려운 점은 그것이 너무도 하찮아서 문제를 풀 수 없을 뿐만 아니라 문제 제기도 할 수 없다는 데 있었다. 귀부인에게 다가가기에 앞서 먼저 그 마술적인 저택에 가야 했다. 그런데 어느 부인은 여름이면 늘 점심 식사 후에 손님을 맞이했다. 그녀 집에 도착하기도 전에 삯마차의 덮개를 내려야 할 만큼 햇살이 강하게 비쳤으므로, 그런 햇살의 추억이 나도 모르는 사이에 전체적인 인상에 스며들었다. 나는 쿠르라렌*으로 가는 줄 알았다. 그런데 사실 현실적인 사람이라면 아마도 비웃었을 그런 모임에 도착하기 전부터, 나는 이탈리아를 여행할 때와 같은 매혹과 희열을 느꼈고, 이 감정은 내 기억 속에서 저택과 더 이상 분리되지 않았다. 게다가 그 계절 특유의 더위와 시간 때문에 부인은 손님을 맞는 커다란 장방형 1층 살롱 덧문을 완전히 닫아 놓고 있었다. 처음에 나는 여주인이나 손님들, 게르망트 공작 부인조차도 알아보지 못했는데, 공작 부인은 쉰 목소리로 그녀 옆에 있는 「에우로페의 유괴」** 장면을 나타낸 보베 장식 융단의 팔걸이의자에 와서 앉으라고 권했다. 그런 다음에야 나는 벽에서 접시꽃 무늬로 장식된 돛이 달린 선박들을 재현한 18세기의 거대한 장식 융단을 알아보았는데, 그 선박 아래 앉으니 센 강변의 궁전이 아니라 오케아노스 강가의 포세이돈 궁전에 있는 기분이었으며,*** 거기서 게르망트 공작 부인은 물의 여신처럼 보였다. 이 살롱과 다른 살롱들을 모두 나열하자면 끝이 없으리라. 이 사례만으로도 사교계에 대한 의견에 내가 시적 인상을 포함시켰음을 충분히 보여 준다고 생각하지만, 그걸 합산할 시에는 한 번도 이 시적 인상을 고려하지 않았으므로, 이런저런 살롱의 장점을 계산하는 나의 덧셈은 결코 맞지 않았다.

---

* 파리 콩코르드 광장과 그랑팔레 사이에 있는 길이다.

** 부셰의 그림으로(1747년 작) 루브르 박물관에 있다. 제우스가 황소로 둔갑하여 페니키아의 공주 에우로페를 유괴하고 크레타 섬으로 데려가면서 유럽의 기원이 시작되었다고 전해진다.

*** 오케아노스는 고대 그리스에서 대지를 둘러싼 거대한 강이나 바다, 또는 이를 의인화한 바다의 신(포세이돈 이전에 바다를 지배했던 신)을 가리킨다.

물론 오류의 원인은 그뿐만이 아니었다. 하지만 나는 발베크로의 출발을 앞두고 있어(슬프게도 나의 마지막 체류가 될 두 번째 체류를 앞두고 있었다.) 사교계를 묘사할 시간이 없었고, 따라서 그 자리는 추후로 미루어질 것이다. 단, 질베르트에게 편지를 보내고 스완네에게 돌아간 것처럼 보이는 이런 첫 번째 날조된 이유에(사교계를 좋아한다고 추측하게 하는 나의 비교적 경박한 삶이라는 이유에), 오데트 역시 부정확하지만 두 번째 이유를 추가할 수 있었다는 점만 말하고자 한다.* 왜냐하면 지금까지 나는 사교계가 어느 동일한 인간에게 취하는 여러 다른 양상을, 사교계가 변하지 않는다는 가정 아래서만 상상해 왔다. 다시 말해 아는 사람이 하나도 없는 그 동일한 여인이 모든 살롱에 드나들게 되고, 지배적 위치에 있던 다른 부인이 버림을 받는다면, 우리는 거기서 이따금 동일 사회에서 주식 투기의 결과로 엄청난 손실과 예기치 못한 부를 취득할 때와 같은 그런 순전히 개인적인 흥망성쇠만을 보게 된다. 그런데 그것이 전부가 아니다. 사교계의 현상은(예술적 움직임과 정치적 위기에 비하면, 또 대중의 취향을 연이어 사상극과 인상파 회화, 독일의 복합적인 음악과 러시아의 단순한 음악, 사회 사상과 정의 사상, 종교계의 반응과 애국심의 폭발 쪽으로 이끌어 가는 그런 진화에 비하면 매우 열등한) 물론 어느 정도는 개인의 흥망성쇠를, 멀리 있는 파편적이고 불확실하며 흐릿하고 변하기 쉬운 형태

---

* GF플라마리옹 판본에는 "이 살롱이 매우 우아한 살롱으로 변하고 있었기 때문이다."라는 구절이 적혀 있다.(『소돔』 1권, GF플라마리옹, 219쪽 참조.)

로 반사한다. 따라서 살롱이 다만 인간의 성격 연구에 적합한 정태적인 부동성 속에서만 묘사된다 해도, 살롱의 성격 또한 거의 역사적이라고 할 수 있는 움직임 속에 휩쓸리기 마련이다. 지적 진화를 조금이나마 진지하게 배우고 싶은 사교계 인사들이 품은 그런 새로운 것에 대한 취향이 그들로 하여금 그 진화를 좇아갈 수 있는 사회 그룹을 드나들거나, 또 그때까지 알려지지 않았던, 탁월한 정신 상태에 대한 희망을 아직 신선한 상태로 지닌 어느 안주인을 향해 기울어지게 하는 것이다. 반면 오랫동안 사교계에서 권력을 행사하던 여인들의 경우, 이런 정신 상태에 대한 희망은 이미 시들고 퇴색해진 탓에, 그 여인들의 강점과 약점을 다 아는 사교계 인사들의 상상력에 더 이상 호소력을 갖지 못한다. 이처럼 각각의 시대는 새로운 여성이나 새로운 여성들의 그룹에서 구현되며, 이런 여성들은 그 시대의 가장 새로운 호기심을 자극하는 일과 밀접하게 연관되어 있어, 마치 최근의 홍수에서 생겨난 낯선 종의 출현처럼 그들의 옷차림과 더불어 이제 막 그 순간에 나타난 듯 보이지만, 실은 새로운 통령 정부 시대나 새로운 총재 정부 시대가 시작될 때마다 나타나는 매력적인 미인인 것이다.* 그러나 흔히 이 새로운 안주인들은 단지, 마치 처음으로 장관이 된 정치가가 실은 사십 년 전부터 온갖 문을 두드렸는데도 결국 그

* 통령 정부는 1799년부터 1804년까지 나폴레옹이 정권을 공고히 한 체제이며, 총재 정부는 1795년부터 1799년까지, 즉 통령 정부가 확립되기 전까지 나폴레옹이 쿠데타로 정권을 장악한 체제를 가리킨다. 이 두 체제는 문화적 스타일이 아주 달랐다.

문을 열지 못했던 것처럼, 사교계에는 알려지지 않았지만 그래도 아주 오래전부터 훌륭한 손님이 없는 관계로 '소수의 내밀한' 인사들만 초대했던 여성들이다. 물론 항상 그런 것은 아니지만, 러시아 발레의 놀라운 개화와 더불어 박스트, 니진스키, 브누아, 스트라빈스키의 천재를 연이어 발견한 여인이자,* 이 모든 뛰어난 신인들의 젊은 후견인인 유르벨레티예프** 대공 부인이 그때까지 본 적 없던 거대한 흔들거리는 깃털 장식을 머리에 꽂고 나타나 파리지엔들 모두가 그것을 모방하려고 애썼을 때, 사람들은 그 경이로운 존재가 러시아 무용가들에 의해 수많은 가방들과 함께 그들의 가장 소중한 보석처럼 실려 왔다는 걸 믿을 수 있었다. 그러나 러시아 발레 공연 때마다 사람들은 무대 측면 칸막이 좌석에 앉은 대공 부인 옆에 지금까지 귀족 사회에 알려지지 않았던 베르뒤랭 부인이 마치 요정처럼 앉아 있는 모습을 목격하게 될 텐데, 베르뒤랭 부인이 디아길레프***의 발레단과 함께 최근에 상륙했다고 쉽게

---

* 박스트에 대해서는 『잃어버린 시간을 찾아서』 4권 500쪽 주석 참조. 니진스키는 디아길레프의 인정을 받아 1909년 파리 공연에 첫 출연했다. 브누아(Alexandre Benois, 1870~1960)는 러시아 화가이자 미술사가로 파리 공연 시 러시아 발레의 무대 장식가였다. 스트라빈스키는 디아길레프의 요청으로 러시아 발레단과 함께 파리에 왔으며, 그가 작곡한 「불새」(1910)와 「봄의 제전」(1913)은 커다란 반향을 일으켰다.

** 허구적인 인물이다. 1907년 프루스트와 같은 시기에 카부르에 체류했던 미샤 고데브스카(Misia Godebska, 1872~1950)를 모델로 한 것처럼 보인다고 지적된다.(『게르망트』, 폴리오, 567쪽 참조.)

*** Diaghilev(1872~1929). 러시아 발레단의 지휘자로 1909년 「발레 뤼스」를 창단하여 니진스키, 카르사비나 등의 신진 무용가들을 발굴하고, 드뷔시, 라

믿었던 사람들에게, 우리는 이 여인이 이미 여러 시기에 존재했던 사람으로서 다양한 변신을 거쳤으며, 이번 변신이 예전과 다른 점은 '여주인'이라고 불리는 그녀가 그토록 오랫동안 덧없이 기다려 온 성공을 마침내 안겨 준 첫 번째 성공이며, 앞으로 그 성공은 점점 더 빠른 속도로 확실하게 진행될 것이라고 대답할 수 있다. 스완 부인에 대해 말하자면 사실상 그녀가 표상하는 새로움에는 이런 집단적 성격이 없었다. 그녀의 살롱은 한 인간, 재능이 거의 다 고갈된 순간 갑자기 어둠에서 커다란 광명을 향해 뛰쳐나온 죽어 가는 한 남자 주위에서 결정화되었다. 베르고트의 작품은 대단한 열광을 불러일으켰다. 그는 하루 종일 스완 부인 댁에서 지냈으며* 또 그런 사실을 과시했는데, 그녀는 어느 유력 인사에게 "그분에게 말씀드릴게요. 당신을 위해 글을 써 주실 거예요."라고 속삭일 정도였다. 게다가 베르고트는 그렇게 할 수 있는 상태여서 스완 부인을 위해 단막극을 써 주기도 했다. 죽음에 가까워지면서 그의 건강은 할머니 소식을 물으러 왔을 때보다는 조금 나아진 편이었다. 심한 육체적 고통이 그에게 식이 요법을 강요했던 것이다. 병이란 우리가 가장 귀 기울이는 의사로서 인간은 선의와 지식에는 약속만 하지만 고통에는 복종하는 법이다.

물론 베르뒤랭 부인의 작은 패거리는 조금은 민족주의적

---

벨, 스트라빈스키, 프로코피예프 등에게 작곡을 의뢰하면서 현대 무용사에 큰 족적을 남겼다.

* 베르고트의 모델 중 하나로 거론되는 아나톨 프랑스는 카이야베 부인(Mme Caillavet)의 살롱에서 군림했다.

성향에 다분히 문학적이며, 그리고 무엇보다도 현재 베르고트풍의 스완 부인 살롱보다 활기찬 관심을 불러일으키고 있었다. 이 작은 패거리는 사실 최고조에 이른 오래된 정치적 위기, 즉 드레퓌스 지지 운동의 활동 중심이었다. 그러나 사교계 사람들 대부분은 강력한 재심 반대파여서 드레퓌스파의 살롱을, 마치 다른 시기의 코뮌파*의 살롱만큼이나 불가능한 것으로 생각했다. 카프라롤라** 대공 부인은 그녀가 주최하는 대규모 전시회 일로 베르뒤랭 부인과 알게 되었고, 작은 패거리 중 몇몇 흥미로운 사람들을 빼내 자신의 살롱에 끌어들이려는 희망에서 긴 시간 방문했다. 그 방문 동안 카프라롤라 대공 부인은(게르망트 공작 부인을 축소해서 연기하는) 기존의 견해와 반대되는 입장을 취하면서 자기 쪽 사람들을 바보라고 단언했는데, 베르뒤랭 부인은 이를 매우 용기 있는 행동이라고 생각했다. 하지만 이와 같은 용기는 나중에 발베크 경마장에서 민족주의 부인네들이 던지는 시선의 불길을 받으며 감히 베르뒤랭 부인에게 인사하러 가는 데까지는 이르지 못했다. 스완 부인으로 말하자면, 드레퓌스 반대파는 그녀가 '보수적'이라는 사실에 고마워했으며, 이 사실은 그녀가 유대인과 결혼했다는 점에서 가치가 배가되었다. 그렇지만 한 번도 그녀의

* 코뮌파란 1871년 3월부터 두 달 동안 노동자 봉기에 의해 수립되었던 자치 정부 파리 코뮌을 지칭한다. 잔인한 숙청과 학살로 유명했다.

** 프루스트는 1913년에 로마에서 북서쪽 50킬로미터 떨어진 소도시 카프라롤라에 있는 빌라 파르네세를 임대할 생각을 했다고 한다.(『소돔』, 폴리오, 568쪽)

집에 가 본 적이 없는 사람들은, 그녀가 신원이 불확실한 몇몇 이스라엘 사람들과 베르고트의 제자들만을 초대한다고 상상했다. 이처럼 스완 부인보다 훨씬 뛰어난 평가를 받는 여인들조차 사회 계급의 최하층으로 분류되었는데, 출생이나 사교적인 만찬과 파티를 싫어한다는 이유로(초대받지 못한 탓에 그들 모습이 보이지 않는 거라고 잘못된 추측을 하면서), 또는 사교계 인사와의 친교 얘기는 전혀 하지 않고 단지 문학과 예술 얘기만을 한다는 이유로, 또는 사람들이 그들 집에 가는 것을 숨기거나 다른 사람에게 폐가 되지 않도록 그들을 초대한다는 걸 숨긴다는 이유로, 요컨대 그들 중 누군가를 몇몇 사람들 눈에 초대받지 못하는 여인으로 만드는 수많은 이유가 있다. 오데트의 경우도 마찬가지였다. 에피누아 대공 부인은 '프랑스 조국 연맹'*을 위한 모금 때문에 스완 부인을 보러 가야 했는데, 마치 단골 잡화상에 들어가듯 그녀가 경멸하는 사람의 얼굴도 아닌 모르는 얼굴만을 보게 될 거라 확신하며 들어갔다가 문이 열리는 순간, 그곳이 자신이 상상했던 살롱이 아니라 마법의 방이며, 막을 내리지 않고 무대를 바꾸는 요정극에서처럼 긴 의자에 반쯤 누웠거나 안락의자에 앉아 안주인을 세례명으로 부르는 눈부신 조연 배우들이 부인 자신도 집에 끌어들이기 힘든 전하들과 공작 부인임을 알아보고는 그 자리에서 꼼짝하지 못했다. 그리고 그때 오데트의 자비로운 시선 아래서 로 후작과 루이 드 튀렌 백작, 보르게제 대공과 에스트

* 『잃어버린 시간을 찾아서』 5권 389쪽 주석 참조.

레 공작*은 오렌지 주스와 프티 푸르 비스켓을 나르면서 왕실의 빵 관리자와 술 따르는 하인의 역할을 하고 있었다. 자기도 모르게 사교계의 장점을 인간의 내면적 가치에 포함시키고 있던 에피누아 대공 부인은 먼저 스완 부인의 이미지를 그녀의 몸에서 분리하고 그 몸 안에 다시 상류 사회 여인의 이미지를 집어넣어야 했다. 자신의 실제 삶을 신문에 드러내지 않는 여인들의 삶에 대한 무지가 몇몇 상황에 신비의 베일을 씌운다.(바로 이 점이 살롱의 다양화에 기여한다.) 오데트의 경우, 처음에는 최고 상류 사회에 속하는 몇몇 사람들이 베르고트를 알고 싶은 호기심에서, 그녀가 베푸는 내밀한 저녁 식사에 왔다. 그녀는 최근에 터득한 요령을 발휘해서 그 사실을 과시하지 않았다. 그들은 그곳에서 — 오데트가 작은 동아리와의 분리 후에도 어쩌면 동아리에 대한 추억 때문에 그 전통을 고수하고 있는 — 저마다의 식기가 놓여 있는 광경** 따위를 보았다. 오데트는 그들을 베르고트와 함께 관심을 끄는 '첫 공연'에 데려갔으며, 이것이 결국은 베르고트의 목숨을 앗아 갔다. 그들은 이 모든 새로운 것에 관심을 가질 만한 그들 세계의 소수 여인들에게 오데트 얘기를 했다. 여인들은 베르고트

---

* 조키 클럽 회원인 로 후작(marquis du Lau d'Allemans)은, 스완의 실제 모델인 샤를 아스와 튀렌(Turenne) 백작과 함께 웨일스 공의 친구로서(『잃어버린 시간을 찾아서』 1권 37쪽 참조.) 멜라니 드 푸르탈레스 부인의 살롱을 드나들었다. 조바니 보르게제(Giovanni Borghèse)와 에스트레(Estrées) 공작은 실제 인물로 명문가 태생이다.

** 베르뒤랭 부인 살롱의 특징이었다.(『잃어버린 시간을 찾아서』 2권 11쪽 참조.)

의 내밀한 친구인 오데트가 그의 작품에 조금은 협력했다고 확신하면서, 포부르생제르맹의 가장 뛰어난 여인들보다 천배는 더 지적이라고 믿었다. 이는 자신들의 온 정치적 희망을 신념이 확고한 두메르 씨와 데샤넬 씨*와 같은 몇몇 공화파에 걸고, 반면 그들이 만찬에 초대하는 샤레트나 두도빌** 등등의 왕당파 사람들 손에 맡기면 프랑스의 파멸을 본다고 생각하는 것과 동일한 이유였다. 오데트의 이와 같은 위상 변화는 그녀 쪽에서의 신중한 태도와 더불어 보다 확실하고 빠르게 이루어졌고, 살롱의 발전과 쇠퇴를 《골루아》 기사에 일임하는 경향을 가진 일반 대중은 이런 사실을 전혀 의심하지 못했다. 그리하여 어느 날 자선 사업을 목적으로 파리의 가장 우아한 극장 가운데 하나에서 행해진 베르고트 연극의 총연습 때, 작가 자리인 정면 칸막이 좌석에 스완 부인과 마르상트 부인 옆으로, 게르망트 부인의 점진적인 소멸과 더불어(명예에 싫증을 느낀 부인이 거의 노력도 하지 않고 사라져 가면서) 가장 인기 있는 사람, 시대의 여왕이 되어 가는 몰레 백작 부인이 앉으러 가는 모습을 보는 것이야말로 정말로 대단한 극적 반전이었다. "우

* Paul Doumer(1857~1922). 급진파 하원 의원으로 1895년에서 1896년까지 재무부 장관을 지냈다.

Paul Deschanel(1855~1922). 1885년부터 공화파 하원 의원으로 1920년 2월부터 9월까지 프랑스 대통령이었다.

** 샤레트(Charette) 가문은 프랑스 혁명기에 가톨릭 세력과 왕당파가 1793년에 일으킨 '방데 반란'의 주역이었다. 두도빌 공작(Sosthène de la Rochefoucauld, duc de Doudeauville, 1825~1908)은 1871년에 구성된 의회에 진출하여 가장 활발한 왕당파로 활동했다.

리가 의심조차 하지 못했을 때 그녀는 올라가기 시작했어!" 하고 몰래 백작 부인이 칸막이 좌석에 들어오는 모습을 본 순간 사람들은 오데트에 대해 이렇게 말했다. "마지막 단계를 통과했군." 그러므로 스완 부인은 내가 그녀의 딸에게 다시 접근한 것이 속물근성 때문이라고 생각할 수도 있었다. 오데트는 그 찬란한 두 여자 친구가 옆에 있는데도, 그저 연극의 대사를 들으러 왔다는 듯, 예전에 건강 때문에 몸을 단련시키려고 불로뉴 숲을 지나갈 때와 마찬가지로 매우 주의 깊게 귀를 기울였다. 예전에 그녀에게 별로 열성을 보이지 않던 남자들도 모든 사람들을 방해하면서 2층 정면 관람석으로 달려와서는 그녀를 에워싼 그 대단한 무리에 접근하려고 그녀의 손에 매달렸다. 그러면 그녀는 냉소적인 미소가 아니라 다정한 미소로 그들의 질문에 인내심 있게 대답하면서, 사람들이 생각하는 이상으로 침착한 척 꾸몄는데, 이런 과시는 그저 평상시에 조심스럽게 감추어 온 내밀한 관계를 뒤늦게 보여 준 것에 불과하므로, 그녀의 침착함도 어쩌면 진심에서 우러난 것인지도 몰랐다. 모든 이들의 시선을 끄는 세 여인 뒤로, 아그리장트 대공과 루이 드 튀렌 백작과 브레오테 후작에 둘러싸인 베르고트가 앉아 있었다. 그런데 이미 도처에서 초대받고 독창성을 모색하는 일 외에 자신을 높일 수 있는 방법을 기대하지 못하는 사람들에게, 높은 지성을 소유하고 그 옆에 가면 모든 인기 있는 극작가들과 소설가들을 만날 수 있을 것으로 기대되는 안주인에게 끌려가며 자신의 가치를 증명하는 것은, 게르망트 대공 부인의 파티에 — 프로그램도 없고 새로운 매력도 없이 그토록 여러 해 전부터 계속되어 왔으며, 우리가 앞에서 길게 묘사한 것과 거의 비슷한 — 가는 것보다 훨씬 자극적이고 활기찬 일임을 우리는 쉽게 이해할 수 있다. 사람들의 호기심으로부터 조금은 멀어진 게르망트와 같은 대사교계에서의 새로운 지적 유행은, 베르고트가 스완 부인을 위해 쓴 그 재치 넘치는 소품이나, 베르뒤랭 부인 집에서 피카르나 클레망소와 졸라와 레나크와 라보리가 모이는 진정한 '공안위원회'*(사교계가 드레퓌스 사건에 관심을 가지는 경우)의 집회 같은, 그들의 이미지에 어울리는 오락거리에서 구현되는 것이 아니었다.**

질베르트 또한 자기 어머니의 위상을 높이는 데 한몫했다. 스완의 아저씨 한 분이 최근에 이 아가씨에게 8000만 프랑에 가까운 재산을 남겼고, 그 일로 포부르생제르맹 사회가 그녀를 생각하기 시작했기 때문이다. 그 이면에는 스완이 죽어 가면서 드레퓌스파와 견해를 같이했다는 사실이 작용했는데, 이런 사실은 그의 아내에게 해가 되기는커녕 오히려 도움이 되었다. 그 사실은 오데트를 해치지 않았는데 사람들은 이렇게들 말했다. "노망이 난 스완은 멍청해서 누구도 그에게 신

* 공안위원회는 프랑스 혁명 당시(1793~1795) 공포 정치를 펼쳤던 혁명 기관이다.

** 여기에 언급된 이들은 모두 드레퓌스 재심을 위해 투쟁한 인물들이다.(『잃어버린 시간을 찾아서』 5권 196쪽 참조.) 게르망트의 살롱과 같은 대사교계에서 파티의 성공 여부는 파티가 제공하는 새로운 내용이 아니라 오로지 대귀족의 참석 여부에 달려 있다는 의미이다.

경 쓰지 않아. 중요한 건 그의 아내로, 매력적인 여자지." 게다가 스완의 드레퓌스 지지마저 오데트에게는 유익했다. 오데트가 자신을 제멋대로 내버려 두었다면, 아마도 상류 사회 여인들에게 먼저 접근했을 테고 그것이 그녀를 파멸로 이끌었을 것이다. 그러나 그녀는 저녁마다 남편을 포부르생제르맹 만찬에 끌고 다녔고, 스완은 완강하게 구석에 혼자 있다가 오데트가 민족주의를 주장하는 어느 귀부인에게 소개받는 모습이라도 보면 거리낌 없이 큰 목소리로 외쳤다. "오데트, 당신 미쳤소. 좀 가만히 있구려. 당신 쪽에서 유대인 배척파들의 소개를 받다니 비굴한 짓이오. 난 허락할 수 없소." 사람들이 자신의 뒤를 쫓아다니는 것만을 보아 온 사교계 인사들은 그렇게 거만하고 버릇없는 행동에 익숙하지 않았다. 그들은 처음으로 자신들보다 '위에' 있다고 믿는 누군가를 만났던 것이다. 사람들은 이런 스완의 비난에 대해 얘기했고, 오데트의 집에는 방문의 표시를 나타내는 명함이 비처럼 쏟아졌다. 오데트가 아르파종 부인의 집을 방문했을 때, 호기심 가득한 열렬한 교감의 장이 펼쳐졌다. "당신에게 저분을 소개해 드려서 불쾌하진 않으시죠? 매우 친절하신 분이에요. 저분을 소개한 건 바로 마리 드 마르상트예요." 하고 아르파종 부인이 말했다. "불쾌하다뇨? 오히려 정반대인걸요. 더할 나위 없이 지적인 분 같던데요. 매력적이고. 오히려 전 그분을 뵙고 싶었어요. 저분이 어디에 사시는지 좀 말씀해 주세요." 아르파종 부인은 스완 부인에게 이틀 전에 그분 집에서 무척 즐거운 시간을 보냈으며 그분을 위해 생퇴베르트 부인을 기꺼이 버렸다고 말했다. 그리고 그건 사실이었다. 왜냐하면 스완 부인을 좋아하는 것은, 마치 차 모임에 가지 않고 음악회에 가는 것처럼, 지적인 사람임을 표명하는 것과 다름없었으니 말이다. 그러나 생퇴베르트 부인이 오데트와 같은 시간에 아르파종 부인을 방문했을 때, 생퇴베르트 부인은 매우 속물이며, 또 아르파종 부인은 이런 생퇴베르트 부인을 경멸하면서도 부인이 베푸는 연회에는 초대받기를 열망했으므로, 오데트가 누구인지 알지 못하도록 부인에게 그녀를 소개하지 않았다. 생퇴베르트 후작 부인은 오데트를 본 적이 없었으므로 외출을 거의 하지 않는 어느 대공 부인이라고 상상하고 자신의 방문을 오래 끌면서 오데트의 말에 간접적인 대답만을 했지만, 아르파종 부인은 완강했다. 마침내 생퇴베르트 부인이 단념하고 돌아갔다. "전 당신을 소개하지 않았어요. 사람들은 그분 댁에 가는 걸 좋아하지 않아요. 엄청나게 많은 사람을 초대하거든요. 당신도 빠져나올 수 없을 정도로요." 하고 안주인이 오데트에게 말했다. "오! 괜찮아요." 하고 오데트가 아쉬운 듯 말했다. 하지만 그녀는 사람들이 생퇴베르트 부인 댁에 가는 걸 좋아하지 않는다는 사실을 기억했다. 그것은 어떤 점에서는 진실이었고, 그래서 그녀는 생퇴베르트 부인보다 자신의 위상이 우월하다고 결론지었다. 실은 생퇴베르트 부인의 위상이 훨씬 높았으며 오데트는 아직 아무것도 가지지 못한 상태였지만 말이다.

스완 부인은 그 점을 깨닫지 못했으며, 또 게르망트 부인의 여자 친구들이 모두 아르파종 부인과 친분이 있는데도, 아르파종 부인의 초대를 받으면 신중한 태도로 이렇게 말했다. "아르파종 부인 댁에 가긴 하지만 모두들 절 구식이라고 생각하실 거예요. 게르망트 부인 때문에 마음이 좀 불편해서요." (그런데 그녀는 게르망트 부인을 알지 못했다.)* 상류 사회의 남성들은 스완 부인이 상류층 사람들과 거의 교제를 하지 않는 것은 틀림없이 그녀가 뛰어난 여인이며 어쩌면 위대한 음악가이기 때문일 거라고 생각했고, 그래서 그녀의 집에 가는 일이 마치 공작에게 이학 박사의 학위가 그러하듯이 사교계에 관한 별도의 학위 수여 같은 것이라고 생각했다. 지극히 시시한 여인들은 이와 반대되는 이유로 오데트에게 매력을 느꼈다. 오데트가 콜론**의 연주회에 가며, 또 스스로를 바그너 숭배자라고 선포하는 말을 들으면서 그들은 오데트가 '자유분방한 여자'라고 결론 내렸고 이런 그녀를 알고 싶은 생각이 불처럼 강하게 일었던 것이다. 그러나 자신의 위치를 확신할 수 없었던 그들은 오데트와 친한 것처럼 보여 사람들 앞에서 그 위치가 위태로워질까 두려웠고 그래서 어쩌다 자선 음악회에서 스완 부인을 만나더라도 감히 로슈슈아르 부인의 눈앞에서는 그 바이로이트***에 갈 수 있었던 여인에게 — 방탕한 생활을 한다는 의미인 — 인사하는 것이 불가능하다고 여겨 그녀를

* 아르파종 부인은 게르망트 공작의 전 정부였다.(102쪽 참조.)

** Edouard Colonne(1838~1910). 파리 콜론 교향악단을 창설한 지휘자로 프랑스 음악을 지키는 데 앞장섰다.

*** 바이로이트에 대해서는 『잃어버린 시간을 찾아서』 2권 198~199쪽 참조. 당시 바이로이트 음악제에 가는 것은 부의 상징이었다.

외면했다.

누구나 타인의 집을 방문할 때면 다른 모습이 되는 법이다. 요정의 세계에서 이루어지는 경이로운 변신은 말할 필요도 없지만, 브레오테 씨 자신도 스완 부인의 살롱에서는 보통 때 그를 둘러싸던 사람들의 부재와, 연회에 가는 대신 《르뷔 데 되 몽드》*를 읽기 위해 오래된 커다란 코안경을 걸치고 집에 틀어박힐 때처럼 만족스러운 표정과, 오데트를 보러 오면서 거행한다고 생각되는 그 신비로운 의식으로 인해 갑자기 가치가 부각되면서 새로운 인간처럼 보였다. 나 자신도 몽모랑시-뤽상부르 공작 부인이 이런 새로운 환경에서 겪을 변화를 볼 수 있다면 많은 걸 희생할 수 있었을 것이다. 그러나 그녀는 결코 오데트에게 소개될 수 있는 사람이 아니었다. 오리안 게르망트 부인을 대하는 몽모랑시 부인의 태도는 오리안이 그녀를 대하는 태도보다 훨씬 관대했는데, 이런 그녀가 게르망트 부인에 대해 다음과 같이 말하는 걸 듣고 나는 깜짝 놀랐다. "오리안은 재치가 번뜩이는 사람들을 많이 알고, 또 모두들 그녀를 좋아해요. 그녀가 좀 더 많은 재치를 계속해서 발휘했다면, 마침내 살롱을 가질 수 있었을 텐데. 사실은 그녀가 그걸 원치 않았어요. 그녀가 맞아요. 그녀는 그런대로 행복하고 모든 이에게 인기가 있으니까요." 게르망트 부인이 '살롱'을 가지고 있지 않다면, 도대체 무엇이 '살롱'이란 말인가? 그래도 이 말이 던진 놀라움은, 내가 게르망트 부인에게 몽모랑

* 『잃어버린 시간을 찾아서』 3권 30쪽 주석 참조.

시 부인 댁에 가기를 좋아한다고 말하여 그녀에게 야기했던 놀라움에 비하면 그래도 적은 편이었다. 게르망트 부인은 몽모랑시 부인을 늙은 바보로 취급했다. "그래도," 하고 게르망트 부인이 말했다. "어쩔 수 없어요. 제 아주머니니까요. 하지만 당신은! 그분은 유쾌한 사람들을 모을 줄 몰라요." 게르망트 부인은 내가 유쾌한 사람들에게 전혀 관심도 없고, 부인이 '아르파종의 살롱'이라고 말할 때면 내 눈에 노란 나비가 보이고, 또 '스완의 살롱'이라고 말할 때면(스완 부인은 겨울철이면 6시부터 7시까지 집에 있었다.) 흐릿해진 날개가 달린 검은 나비가 보인다는 것도 알지 못했다. 게다가 부인은, 스완의 살롱은 살롱이라고 할 수도 없는, 그녀는 가까이 갈 수 없지만 그래도 '에스프리를 가진 사람들'이 자주 가는 곳이므로 내가 가기에는 괜찮다고 판단했다. 그러나 뤽상부르 부인은! 내가 이미 눈에 뜨일 만한 뭔가를 '만들어 냈다면,' 부인은 내가 가진 속물근성의 일부가 재능으로 통합될 수 있다고 결론 내렸으리라. 또 나는 게르망트 부인을 몹시 실망시켰다. 내가 몽모랑시 부인 댁으로(그녀가 믿었듯이) '수첩에 적거나' '연구하기 위해' 가지 않는다고 말했기 때문이다. 하기야 게르망트 부인은 사교계의 소설가들과 마찬가지로 잘못 생각하고 있었는데, 그들은 속물이나 자칭 속물이라고 주장하는 사람들의 행동을 외부에서 냉혹하게 분석하면서도, 우리의 상상력 속에서 사회적인 봄이 개화하는 시기에 이런 속물의 내면으로 들어가 보려고도 하지 않는다. 나 역시 몽모랑시 부인 댁에 가면서 어떤 큰 기쁨을 느꼈는지 알려고 할 때마다 조금은 실망감을 금치 못했다. 그녀는 포부르생제르맹의 오래된 저택에 살았으며, 저택 안에는 작은 정원으로 분리된 별채들이 있었다. 둥근 천장 밑에는 팔코네의 작품으로 일컬어지는, 샘을 표현한 작은 조각상이 있었으며* 거기서 물기가 지속적으로 새어 나왔다. 그로부터 조금 떨어진 곳에는 문지기 여인이 슬픔 때문인지, 아니면 신경 쇠약이나 편두통 혹은 감기 때문인지, 늘 충혈된 눈으로 당신에게 결코 대답하는 일 없이, 그저 공작 부인이 댁에 있음을 알리는 어렴풋한 몸짓을 하면서, '나를 잊지 마세요'라고 말하는 꽃으로 가득 채워진 수반 위로 몇 방울 눈물을 눈꺼풀에서 떨구었다. 콩브레 정원에 있던 정원사의 작은 석고상을 떠올리게 하는 이런 작은 조각상을 보는 기쁨도, 고대의 몇몇 공중목욕탕처럼 축축하고 메아리의 울림으로 가득한 그 거대한 계단과 응접실에 놓인 — 그토록 푸르디 푸른 — 시네라리아**로 채워진 꽃병들, 그리고 특히 윌랄리의 방에서 울리던 것과 정확히 똑같은 종소리가 내게 주는 기쁨에 비하면 하찮은 것이었다. 그 종소리는 나의 열광을 절정에 이르게 했고, 하지만 몽모랑시 부인에게 설명하기에는 그 열광이 너무도 미미해 보여, 부인은 언제나 황홀해하는 나의 모습을 보면서도 그 까닭을 알지 못했다.

---

* 팔코네(Falconet)의 「목욕하는 여인」(1757년 작, 루브르 박물관 소장)을 연상시킨다고 지적된다. 프루스트의 친구였던 조르주 드 로리스(Georges de Lauris)는 스트로스 부인의 살롱을 이렇게 묘사했다.

** 국화과에 속하는 꽃으로 푸른빛과 보랏빛, 하얀색과 붉은색 두상화가 핀다. 카나리아 섬이 원산지이다.

## 마음의 간헐*

내가 두 번째로 발베크에 도착했을 때는 첫 번째 때와 사뭇 사정이 달랐다. 호텔 지배인이 직접 퐁타쿨뢰브르**까지 마중을 나와 자신이 얼마나 작위를 가진 손님을 중시하는지 여러 번 되풀이해서 말했는데, 혹시 나를 귀족으로 대하는 게 아닌지 걱정되었지만, 곧 지배인의 어두운 문법 기억 속에서는 작위를 가진(titré) 손님이 단골손님(attitré)을 뜻할 뿐이라는 걸 알게 되었다. 게다가 그는 새로운 언어를 배우면서 이전에 배운 언어를 틀리게 말했다. 그는 호텔 맨 꼭대기에 내 숙소를 마련했다고 했다. "당신에게 '무례함의 결여로'〔예의의 결여로〕이 방을 드렸다고는 생각하지 마시기 바랍니다. '당신이 받을 자격이 없는'〔당신에게 어울리는 방〕을 드리는 데 대해 걱정을 하면서도 소음 때문에 그렇게 했습니다. 이곳은 위에 아무도 없으니까 '천공기'(고막)가 지치지 않을 겁니다. 그러니 안심하세요. 창문이 덜커덩거리지 않게 전부 닫으라고 할 테니까

---

* 1912년에는 『잃어버린 시간』 전체에 이 제목을 부여하려고 했으며, 또 1921년에는 이 부분을 별도로 《NRF》에 발표했을 만큼 작가에게 중요한 단장이다. 원제인 intermittences du cœur는 얼마의 시간적 간격을 두고 중단되었다 되풀이되는 심장 장애를 가리키는 의학 용어이다. 그러나 프루스트는 이 용어를 보다 정신적인 의미에서 사용하고 있으며, 또 1912년에 발간된 비네발메르(Binet-Valmer)의 소설 『혼란한 마음』이 자신이 다루는 주제와 흡사하다고 생각하여 제목으로 쓸 계획을 포기했다는 점에서, 보다 포괄적인 의미를 가진 '마음의 간헐'로 옮겼다.(F. Leriche & C. Rannoux, *Sodome et Gomorrhe de Proust*, Atlande, 2000, 122쪽 참조.)

** 『잃어버린 시간을 찾아서』 4권 41쪽 참조.

요. 그 점에 있어서는 제가 '견디기 힘든'〔너그럽지 못한〕 사람입니다."(이 말은 그의 생각을 직접 표현한 것이 아니라, 어쩌면 그 점에 대해 그를 언제나 지나치게 가혹하다고 생각하는 층의 담당 종업원들 생각인지도 몰랐다.) 게다가 그 방들은 내가 처음 체류했을 때 묵었던 방이었다. 첫 번째 체류 시의 방들도 지금보다 낮은 곳에 있지 않았지만, 이제 나에 대한 지배인의 평가는 높아졌다. 내가 원하면 불도 땔 수 있었으나(의사의 명에 따라 부활절이 끝나자마자 출발했으니), 지배인은 천장에 '텀'〔틈〕이 생길까 봐 걱정했다. "특히 불을 땔 때는 먼저 불길이 완전히 '소비될 때까지'(탈 때까지) 기다리십시오. 불길이 벽난로에 닿지 않는 게 중요하니까요. 방을 좀 밝게 하려고 선반에 오래된 커다란 중국 '가발'〔꽃병〕을 두었는데, 망가질 수도 있습니다."*

그는 매우 슬픈 표정으로 셰르부르의 변호사 사망 소식을 알려 주었다. "그분은 '판에 박힌'(아마도 '교활한') 늙은이였는데," 하고 말하면서, 변호사의 종말이 '실패한' 삶, 즉 방탕한 삶 때문에 앞당겨졌음을 암시했다. "벌써 얼마 전부터 저녁 식사가 끝나면 살롱에서 '웅크린'(아마도 '졸고 있는') 모습

---

* 지배인의 말실수에 대해서는 『잃어버린 시간을 찾아서』 4권 49쪽 참조. 이 문단에서는 '예의(politesse)'를 '무례함(impolitesse)'으로, '당신에게 어울리는 방(une chambre digne de vous)'을 '당신이 받을 자격이 없는 방(une chambre indigne de vous)'으로, '고막(tympan)'은 '천공기(trépan)'로, '너그럽지 못한(intolérant)'을 '견디기 힘든(intolérable)'으로, '틈(fissure)'을 '텀(fixure)'으로, '타다(consumer)'는 '소비하다(consommer)'로, '꽃병(potiche)'은 '가발(postiche)'로 각기 잘못 표현했다. 원문에서 잘못된 표현이 지적된 경우에는 소괄호로, 원문에서 지적되지 않은 경우에는 대괄호로 표시했다.

을 보았죠. 최근에는 너무 변해서 그분인 줄 몰랐다면, 거의 '감사하지도'(아마도 '알아보지도') 못했을 겁니다."*

이에 반해 캉의 법원장은 행복한 보상을, 레지옹도뇌르 3등 훈장 수훈자의 '채찍'〔훈장을 매는 리본〕을 받았다. "물론 그럴 자격이야 확실히 있지만 아무래도 그의 커다란 '무능력'〔능력〕 때문에 주어진 것 같아요." 게다가 어제 저녁 《에코 드 파리》**에 그 훈장에 관한 기사가 실렸지만 지배인은 아직 '서명 끝의 장식 획'(첫 문단)밖에 읽지 못했다. 카요*** 씨의 정책이 신문에서 비난받고 있었다. "게다가 저는 그들이 옳다고 생각해요." 하고 그가 말했다. "카이요 씨는 우리를 지나치게 독일의 둥근 지붕 아래(독일의 지배 아래) 두고 있어요."**** 호텔 경영자가 다루는 이런 종류의 주제가 너무도 따분해서 나는 더 이상 그의 말을 듣지 않았다. 발베크로 나를 다시 돌아오게 한 이미지들을 떠올려 보았다. 그것은 과거의 것과 많이 달랐으며, 이

---

* '교활한(roublard)'은 '판에 박힌(routinier)'으로, '방탕(débauches)'은 '실패(déboires)'로, '졸고 있는(s'assoupir)'은 '웅크린(s'accroupir)'으로, '알아보다(reconnaissable)'는 '감사하다(reconnaissant)'로 각기 잘못 표현했다.

** 1884년에 창간된 신문으로 처음에는 주로 문학과 예술을 다루었으나 점차 보수적인 가톨릭파 신문이 되었다.

*** Joseph Caillaux(1863~1944). 1911년부터 1912년까지 프랑스 내무부 장관을 지냈다. 모로코 사건 때 독일에 항복했다고 비난받았던 여론을 환기하는 것으로 보인다.

**** 이 문단에 나오는 지배인의 말실수를 순서대로 나열해 보면, '훈장 매는 리본(cravate)'은 '채찍(cravache)'으로, '능력(puissance)'은 '무능력(impuissance)'으로, '문단(paragraphe)'은 '서명 끝의 장식 획(paraphe)'으로, '~의 지배 아래(sous la coupe)'는 '둥근 지붕 아래(sous la coupole)'로 각기 잘못 표현했다.

번에 찾으러 온 이미지 역시 처음 보았던 안개 낀 풍경만큼이나 찬란했다. 그렇지만 그것은 나를 실망시킬 게 틀림없었다. 추억에 의해 선택된 이미지는 우리의 상상력으로 형성되고 현실로 파괴된 이미지만큼이나 그렇게 자의적이고 비좁고 포착하기 힘들다. 우리 밖에 있는 실제 장소가 몽상으로 채색된 그림보다 기억 속의 장면을 더 잘 보존할 이유도 없다. 게다가 새로운 현실은 우리를 떠나게 했던 욕망마저 어쩌면 망각하고 증오하게 할지도 몰랐다.

나를 발베크로 향하게 한 욕망은 부분적으로는 베르뒤랭 부부가(나는 아직 베르뒤랭 부부의 초대에 한 번도 응한 적이 없었으므로, 파리에서 그들을 방문하지 못한 점을 사과하러 시골로 찾아가면 반드시 기쁘게 받아 줄 거라고 생각했다.) 그들의 신도 여러 명이 이 해안에서 바캉스를 보낸다는 걸 알고, 그 때문에 캉브르메르 씨가 소유한 성관 중의 하나(라 라스플리에르)*를 여름 내내 빌려, 그곳에 퓌트뷔스 부인을 초대했기 때문이다. 그 사실을 안 저녁(파리에서) 나는 거의 미치다시피 했고, 부인이 시녀를 발베크로 데리고 가는지 알아보려고 젊은 하인을 보냈다. 밤 11시였다. 문지기는 오래 지체한 끝에 문을 열어 주었지만 기적적으로 내 심부름꾼을 내쫓지도 순경을 부르지도 않았으며, 거칠게 대하면서도 원하는 정보를 다 주었다. 그의 말에 따르면 수석 시녀는 여주인과 함께 올 것이며 처음에

* 콩브레-일리에 근처에는 라 라슈플리에르라고 불리는 작은 마을이 있다. 이 이름의 어원은 아라슈펠 혹은 라슈펠 가문과 관계되는데 이에 대해서는 『잃어버린 시간을 찾아서』 8권 201~203쪽 참조.

는 독일에 있는 온천에 갔다가 다음에는 비아리츠, 마지막으로 베르뒤랭네가 머무는 곳으로 갈 거라고 했다. 이 말을 듣고 나니 마음이 진정되면서 앞으로 할 일이 많다는 사실이 만족스럽게 생각됐다. 거리에서 만난 아름다운 여인들을 추천장도 없이 뒤쫓아가는 일은 하지 않아도 되었던 것이다. 그날 밤 베르뒤랭 댁에서 시녀의 여주인과 더불어 저녁 식사를 하는 것만으로도 조르조네*가 그린 듯한 시녀에게는 훌륭한 추천장이 될 것이다. 게다가 그녀는 내가 라 라스플리에르를 빌린 부르주아들뿐만 아니라 그 지주들을 알고 지내며, 특히 생루의 지인임을 알고 나면 나에 대해 좋은 인상을 가질 게 틀림없었다. 생루는 지금 멀리 떨어져 있어 시녀에게 나를 추천해 줄 수 없었지만(그녀는 로베르의 이름도 몰랐다.) 대신 캉브르메르 부인에게 나를 위해 아주 호의적인 편지를 써 주었다. 그는 여러 가지로 내게 도움이 될 베르뒤랭 부부 외에도, 르그랑댕 태생의 며느리 캉브르메르 부인과의 담소가 나의 관심을 끌 거라고 말했다. "지적인 여인이야." 하고 그는 단언했다. "물론 어느 수준까지. 결정적인 것은 아니지만."('결정적'이란 로베르가 '숭고한' 것을 대신해서 쓴 말이었는데, 그는 오륙 년마다 자신이 좋아하는 표현 몇 개를 중요한 부분은 그대로 보존한 채 바꾸는 습관이 있었다.) "하지만 그녀는 기질이 있어. 개성이나 직관도 있고 필요한 말을 적절하게 할 줄도 알아. 이따금 짜증 나게 하기도 하고, '상류 사회 인사'인 척하려고 바보 같은 말을 내뱉

* 『잃어버린 시간을 찾아서』 2권 348쪽 주석 참조

기도 하지만, 캉브르메르네만큼 우아하지 않은 집안도 없으니 그만큼 더 우스꽝스럽다고 할 수 있지. 그녀가 언제나 '유행의 첨단'을 걷는 건 아니지만, 어쨌든 아직은 교제하는 걸 견딜 수 있는 사람들 중의 하나지."

로베르의 추천장이 그들에게 도착하자, 캉브르메르네 사람들은 로베르에게 간접적으로나마 상냥하게 굴고 싶은 속물근성에서인지, 아니면 조카 중 하나가 동시에르에서 로베르의 도움을 받은 데 대한 감사의 표시에서인지, 또 특히 그들의 선의와 손님을 환대하는 전통에서인지 내게 그들의 집에 머물 것을 청하면서, 혹시 내가 보다 자유로운 생활을 선호한다면 나를 위해 숙소를 찾아 주겠다는 제안을 담은 장문의 편지를 보내왔다. 내가 발베크의 그랜드 호텔에 묵기로 되어 있다며 생루가 거절하자, 그럼 적어도 도착과 동시에 방문해 주기를 기다리겠다면서 내가 너무 지체할 경우, 그들 쪽에서 가든파티에 참석해 달라고 조르기 위해 반드시 날 찾아오겠다고 대답했다.

물론 퓌트뷔스 부인의 시녀를 발베크라는 고장에 본질적인 방식으로 연결시켜 주는 것은 아무것도 없었다. 그녀는 내가 메제글리즈* 노상에서 홀로 그토록 헛되이도 온 욕망의 힘을 다해 자주 불러 보았던 그 농부 아가씨처럼 날 위해 존재하지 않을 것이다.

그러나 나는 한 여인으로부터 그녀의 미지의 부분에 대해

* 『잃어버린 시간을 찾아서』 1권 274쪽 참조.

제곱근 같은 것을 끌어내려는 시도를 이미 오래전에 포기했는데, 이 미지수는 상대를 소개받는 것만으로도 대개는 사라져 버렸다. 적어도 오랫동안 찾아가지 않았던 발베크에서 그 고장과 여인 사이에 어떤 필연적 관계가 존재하지 않는다 해도, 적어도 파리에서처럼 현실의 감정이 습관으로 인해 지워지지는 않는 이점은 있을 것이다. 파리에서라면 내 방에서나 내가 아는 방에서나, 내가 여인 곁에서 얻을 수 있는 기쁨은, 일상적인 것 한가운데 있는 내게 한순간도 뭔가 새로운 삶에 이르는 환상은 줄 수 없었을 것이다.(왜냐하면 만일 습관이 우리의 두 번째 천성이라면, 이 습관은 첫 번째 천성의 잔인함이나 매력도 갖지 못한 채 그에 대한 인식을 가로막기 때문이다.) 그런데 이런 환상을, 어쩌면 한 줄기 햇살 앞에서 감수성이 다시 살아나고, 내가 욕망하던 시녀가 드디어는 나를 열광하게 할 새로운 고장에서라면 느낄 수 있을지도 몰랐다. 그런데 어떤 사정으로 인해 그 여인이 발베크에 오지도 않고, 뿐만 아니라 그녀의 방문을 다른 무엇보다도 두려워하게 되는 것을, 그리하여 내 여행의 주된 목적이 이루어지지도 추진되지도 않는다는 것을 우리는 후에 알게 될 것이다. 물론 퓌트뷔스 부인은 사교 시즌이 되어도 그 즉시 베르뒤랭네 살롱에 나타나지는 않았을 것이다. 그러나 우리가 선택한 기쁨은 그것의 도래가 확실시되는 경우, 기다리는 동안 여기저기서 상대편의 마음에 들려는 노력이 나태해지고 사랑하기 힘든 무력감에 빠지면서 결국은 우리로부터 멀어지고 만다. 게다가 나는 첫 번째 여행 때처럼 그렇게 실질적인 것과 거리가 먼 정신으로 발베크에 가지 않았다. 우리의 추억에는 순수한 상상 속에서보다 언제나 더 많은 이기주의가 들어 있다. 나는 정확히 아름다운 미지의 여인들로 가득한 곳에 간다는 것을 인식하고 있었다. 바닷가에는 무도회에 뒤지지 않을 만큼 아름다운 낯선 여인들이 있었으며, 또 나는 게르망트 부인이 화려한 만찬에 초대하는 대신 무도회를 개최하는 여주인에게 부탁해서 춤을 추는 남성 파트너 명단에 내 이름을 끼워 주었을 때 더 자주 느꼈던 그런 기쁨과 더불어 호텔 앞이나 방파제에서의 산책을 미리 상상했다. 예전에는 그토록 거북하게 느껴졌던, 발베크에서 여성을 사귀는 일이 지금은 쉽게 생각되었으며, 이는 첫 번째 여행 때는 없었던 교우 관계와 후원자들이 있었던 덕분이다.

나는 정치적 장광설을 늘어놓는 지배인의 말을 듣고 있지 않았지만 그의 목소리는 나를 몽상에서 깨어나게 했다. 그는 화제를 바꿔 법원장이 내가 도착했다는 소식을 듣고 무척 기뻐했으며 바로 그날 저녁 나를 보러 방에 올 것이라고 전했다. 그의 방문에 대한 생각으로 몹시 불안해진 나는 피로를 느끼기 시작했고, 그래서 그 방문을 막아 달라고 부탁했으며(그는 그렇게 하겠다고 약속했다.) 보다 확실히 하기 위해 첫날 밤에는 종업원들을 시켜 내 층에 보초를 서게 해 달라고 부탁했다. 지배인은 종업원들을 그리 좋아하지 않는 듯했다. "항상 녀석들의 뒤를 쫓아다녀야 한답니다. 다들 모두가 '무기력'〔기력〕이 부족해서요. 제가 없으면 다들 꼼짝도 하지 않아요. 손님 방 앞에 엘리베이터 보이를 연락병으로 세우겠습니다." 나는 지배인에게 엘리베이터 보이가 드디어 "제복 입은 종업원 우두

머리"가 되었느냐고 물었다. "아직 이곳에서 그는 그렇게 연장자가 아닙니다." 하고 그가 대답했다. "그보다 나이 많은 동료들이 있어서요. 만약 그를 승진시키면 동료들이 소리를 지를걸요. 모든 일에는 '알갱이로 만드는'〔등급을 정하는〕 과정이 필요하니까요. 엘리베이터 앞에서의 '능력'(태도)이 좋다는 건 저도 인정합니다만, 그런 위치에 이르려면 아직은 좀 어립니다. 아주 오래된 다른 고참들과 대조될 겁니다. 녀석에게는 성실함이라는 '원초적인 자질'(아마도 '첫째가는 자질', '가장 중요한 자질')이 부족하거든요. 녀석은 '위기에 빠져야 해요.' (내 대화 상대자는 '신중해져야 해요.'라고 말하는 것 같았다.) 하기야 녀석은 저만 믿으면 되지만 말입니다. 저야 무엇에든 정통하니까요. 그랜드 호텔 지배인으로 승진하기 전에 파야르* 씨 밑에서 제 경력의 첫발을 디뎠거든요." 이런 비교는 내게 깊은 인상을 주었고, 나는 지배인에게 직접 퐁타쿨뢰브르까지 와 주어서 감사하다고 말했다. "오! 아무것도 아닙니다. '무한한'〔미미한〕 시간밖에 소비하지 않은걸요."** 어쨌든 우리는 도착했다.

나의 온 존재가 송두리째 뒤흔들렸다. 첫날 밤부터 피로에

---

* 1880년에 문을 연 파리 8구 이탈리앵 대로에 있는 레스토랑의 주인 이름이다. 프루스트의 친구 레날도 안이 이 식당을 좋아했다.

** 지배인은 '기력(energie)'을 '무기력(inertie)'으로, '등급을 정하기(graduation)'를 '알갱이로 만들기(granulation)'로, '태도(attitude)'를 '능력(aptitude)'으로, '첫 번째(primordial)'를 '원초적(primitif)'으로, '신중하다(avoir du plomb dans la tête)'를 '위기에 빠지다(avoir du plomb dans l'aile)'로, '미미한(infime)'을 '무한한(infini)'으로 잘못 말했다.

의한 심장 발작의 통증을 참으려고 애쓰면서 나는 신발을 벗기 위해 조심스럽게 천천히 몸을 구부렸다. 하지만 발목 부츠의 첫 단추에 손이 닿자마자, 뭔가 미지의 성스러운 존재로 채워진 듯 가슴이 부풀어 오르면서 오열에 흔들리더니 눈에서 눈물이 주르르 흘러나왔다. 지금 나를 도우러 온, 그리하여 메마른 영혼으로부터 나를 구해 준 존재는, 몇 해 전 동일한 절망과 고독의 순간에, 내가 자아라는 것을 전혀 갖지 못했던 순간에, 내 마음에 들어와서 나를 나 자신에게 되돌려주었던 바로 그 존재였는데, 왜냐하면 그 존재가 나였고 동시에 나 이상의 것이었기 때문이다.(안에 담긴 내용물보다 더 큰 그릇으로 그 내용물을 내게 가져다주는.) 나는 그 순간 기억 속에서, 도착했던 첫날 저녁의 피로로 몸을 기울이던 할머니의 얼굴을, 그토록 다정하고 걱정과 실망이 담겼던 얼굴을 보았다. 그리워하지 않는다는 사실에 놀라서 자책하는 그런 이름뿐인 할머니가 아니라, 나의 진정한 할머니, 할머니가 쓰러지셨던 샹젤리제 이후 처음으로 완전한 비의지적 추억 속에서 그 살아 있는 실재를 되찾은 할머니였다. 이런 실재는 상념에 의해 재창조되지 않는 이상 우리에게 존재하지 않는다.(만약 그렇지 않다면 거대한 전투에 참여했던 인간은 모두 위대한 서사시인이 되리라.) 이렇게 해서 할머니의 품 안에 달려들고 싶은 미친 듯한 욕망에 사로잡힌 바로 그 순간에야 — 사실의 달력을 감정의 달력에 일치시키지 못하게끔 방해하는 빈번한 시간 착오 때문에 할머니의 장례식을 치른 지 일 년 이상이 지나서야 — 나는 할머니가 돌아가셨다는 사실을 깨달았다. 할머니가 돌아가신 후부터 나는 자주 할머니에 대해 얘기하고 생각했지만, 은혜를 모르는 이기적이고 잔인한 젊은이로서의 말과 생각 아래서는 할머니와 닮은 점을 하나도 찾을 수 없었다. 왜냐하면 경박하고 쾌락을 좋아하고 병든 할머니를 보는 데 익숙한 나는 할머니가 살아 계셨을 때의 추억을 잠재적인 상태로만 마음에 담고 있었기 때문이다. 우리가 어떤 순간에 영혼을 생각하든, 영혼의 풍요로움에 대한 숱한 결산표에도 불구하고, 우리의 총체적인 영혼은 허구적인 가치밖에 갖지 못한다. 그 까닭은 그것이 상상 속의 풍요로움이든 아니면 실제적인 풍요로움이든, 이를테면 내게서 게르망트의 옛 이름이 그러했던 것처럼, 혹은 그보다 훨씬 중요한 할머니에 대한 진짜 추억이든 간에 거기에는 우리가 마음대로 사용할 수 없는 이런저런 부분이 담겨 있기 때문이다. 기억의 혼란에 마음의 간헐이 맞닿아 있기 때문이다. 아마도 우리의 정신적 가치를 담고 있는 그릇과도 비슷한 육체의 실존이, 우리로 하여금 모든 내적 자산이나 지나간 기쁨과 고통 전부가 우리 소유하에 있다고 믿게 한 탓인지도 모른다. 그러므로 어쩌면 그런 기쁨과 고통이 도주한다는 혹은 되돌아온다는 생각은 정확한 것이 아니다. 어쨌든 우리 마음속에 남아 있다고 해도 그런 감정은 대부분의 경우 우리에게 전혀 도움이 되지 않는 미지의 영역에 있으며, 그중 가장 일상적인 것조차 다른 종류의 추억으로 억압되어 우리의 의식 안에서 그 감정과의 동시성을 배제한다. 그러나 기쁨과 고통이 보존된 감각의 틀을 다시 포착하게 되면, 그 기쁨이나 고통은 그것과 양립할 수 없는 다른 모든 것들을 차례로 쫓아 버리고 유일하게 그 감정을 체험했던 자아만을 우리 몸 안에 놓는 힘을 갖게 된다. 그런데 조금 전 내가 갑자기 되찾은 자아는, 발베크에 도착했을 때 할머니가 내 옷을 벗겨 주던 그 아득한 저녁 이후 존재하지 않았으므로, 지극히 자연스럽게 그 자아가 전혀 알지 못하는 현재의 하루 뒤가 아니라 — 마치 우리의 시간에는 상이한 계열체가 병행한다는 듯 — 어떤 단절도 없이 그 과거의 첫날 저녁에, 할머니가 나를 향해 몸을 기울였던 그 순간에 연결되는 것이었다. 그때의 자아가, 그토록 오랫동안 사라졌던 자아가 지금 바로 다시 내 곁에 있어, 마치 잠에서 덜 깬 사람이 달아나는 꿈을 뒤쫓으며 그 꿈의 소리를 가까이에서 인지한다고 느끼듯이, 할머니가 내게 몸을 기울이기 바로 전에 했던 말이, 그저 꿈에 지나지 않는 말이 아직도 귀에서 들리는 듯했다. 이제 나는 할머니의 품 안으로 피신하려고 애쓰는, 할머니에게 키스하며 그 아픔의 흔적을 지우려고 애쓰는 존재에 지나지 않았으므로, 이 존재를 만일 내가 얼마 전부터 내 마음속에 연이어 나타난 이런저런 모습 가운데 하나라고 상상해야 한다면 많은 어려움이 따랐을 테고, 마찬가지로 적어도 한동안은 내가 더 이상 그런 존재가 아니었으므로 그 존재들 가운데 하나가 가졌던 욕망과 기쁨을 다시 느끼기 위해서는 많은 노력이, 게다가 무익하기만 한 노력이 필요했을 것이다. 나는 할머니가 실내복 차림으로 내 발목 부츠에 몸을 기울이기 한 시간 전에도, 더위로 숨 막힐 듯한 거리를 헤매다가 과자 가게 앞에서 할머니를 포옹하고 싶은 욕구에 아직도 할머니 없이 보내야 하는 그 시간을 결코 기다릴 수 없다고 생각했던 일을 기억했다. 그리고 그와 같은 욕구가 다시 살아난 지금, 나는 몇 시간이고 기다릴 수 있지만 할머니는 내 곁에 있을 수 없으며, 그저 그 욕구를 발견한 데 지나지 않는다는 것도 알게 되었다. 왜냐하면 할머니를 처음으로 살아 있는 진정한 존재, 내 가슴을 산산조각 낼 정도로 부풀어 오르게 하는 존재라고 느끼면서, 마침내 할머니를 되찾으면서 내가 영원히 할머니를 잃어버렸다는 사실을 깨달았기 때문이다. 영원히 잃어버린 존재, 나는 그 점을 이해할 수 없었고, 다만 다음과 같은 모순의 고뇌만을 받아들이려고 했을 뿐이다. 즉 한편에는 내가 알았던 대로 살아남은, 다시 말해 나를 위해 만들어진 존재와 애정, 세상이 시작된 이래 어떤 위인의 재능이나 천재도 내가 가진 결점의 단 하나만큼도 가치가 없다고 생각할 정도로 만사가 내 안에서 할머니의 보완물이자 목적이며 지속적인 지향점을 발견하던 사랑이 존재하며, 다른 한편에는 내가 이런 지복이 현존한다고 다시 느끼자마자, 내 정신 속에서 그 애정의 이미지를 지우고 삶을 파괴하고, 과거로 거슬러 올라가 우리 두 사람 사이에 예정된 운명을 파기하여 거울 속에서 보듯 할머니를 되찾는 순간, 할머니를 어느 누구의 곁에 있는, 그저 우연히 내 곁에서 몇 년을 보낸 사람 같은, 이전이나 이후로나 할머니에게 내가 아무것도 아니었으며 또 아무것도 아닐 한낱 낯선 여인으로 만드는 허무의 확실성이 마치 되풀이되는 육체의 고통처럼 달려들어 그 지복을 관통한다고 느끼는 모순이 있었다.

내가 얼마 전부터 느끼는 기쁨 대신에 그 순간 유일하게 맛볼 수 있다고 생각한 기쁨은, 과거를 손질하여 할머니가 예전에 느꼈던 아픔을 덜어 주는 일이었으리라. 그러나 내가 떠올린 것은, 물론 할머니의 건강을 위해서는 해로웠을 테지만 나를 위해서 하는 일이라면 기분 좋게 해 주려고 지친 할머니에게 적합한 실내복, 거의 상징적이라 할 수 있는 그런 할머니의 실내복 입은 모습만은 아니었다. 조금씩 나는 나의 괴로움을 할머니에게 보이고, 필요에 따라서는 그 괴로움을 과장하고 할머니를 아프게 하는 온갖 기회를 이용하여, 마치 나의 다정함이 내 행복과 마찬가지로 할머니의 행복을 만들어 낼 수 있다는 듯, 내 입맞춤으로 그 아픔을 지울 수 있다고 상상했던 것도 기억했다. 그리고 더 끔찍한 일은, 지금은 내 추억 속에서 애정에 의해 빚어지고 기울어진 할머니 얼굴의 사면 위로 퍼져 가는 행복의 발견만이 내 행복으로 생각되었지만, 예전에는 할머니의 얼굴에서 아주 작은 기쁨까지도 뿌리째 뽑아 버리려고 미친 듯이 분노했는데, 이를테면 생루가 할머니의 사진을 찍어 주던 날,* 커다란 챙 달린 모자를 쓰고 잘 어울리는 흐릿한 빛 속에서 할머니가 포즈를 취하느라 교태를 부리며 거의 우스꽝스럽기까지 한 유치한 모습을 감추지 못한다고 생각하여 초조한 나머지 할머니의 마음을 아프게 하는 몇 마디 말을 중얼거리고 말았고, 할머니의 일그러진 얼굴을 보고 그 말이 할머니에게 명중하고 상처를 주었음을 느낄 수 있

* 할머니가 자신의 죽음을 예감하면서 사진 찍는 장면에 대해서는 『잃어버린 시간을 찾아서』 4권 247~248쪽 참조.

었다. 숱한 입맞춤으로 할머니를 위로하는 일이 영원히 불가능해진 지금, 그 말에 가슴이 미어지는 사람은 바로 나였다.

그러나 나는 할머니의 일그러진 얼굴을, 할머니의 마음속에 있는 괴로움을, 아니 내 마음속의 괴로움을 더 이상 지울 수 없었다. 망자는 우리 마음속에만 존재하므로, 망자에게 가한 상처가 집요하게 기억 속에서 되살아날 때 그 상처가 쉬지 않고 아프게 하는 것은 바로 우리 자신이기 때문이다. 그 아픔이 아무리 가혹한 것이라 할지라도, 나는 온 힘을 다해 거기에 매달렸다. 그 아픔은 할머니에 대해 내가 가진 추억의 결과이며, 할머니에 대한 추억이 분명히 내 마음속에 현존하는 증거라고 느꼈기 때문이다. 나는 할머니를 진정으로 고통에 의해서만 기억한다고 느꼈으며, 그리하여 할머니에 대한 기억을 고정시켜 놓은 그 못들이 더 단단하게 내 마음에 박히기를 열망했다. 나는 괴로움을 달콤하게 만들거나 미화하려고 하지 않았으며, 할머니의 사진에(생루가 찍어 주고 이제는 내가 간직하는) 기도를 하거나 말을 걸면서 — 마치 우리와 떨어져 있어도 개인적으로 남아 있어 우리를 알고, 결코 파기할 수 없는 조화로움으로 우리에게 연결되어 있는 존재라는듯이 — 할머니가 그저 이 자리에 없을 뿐이라는 듯, 일시적으로만 눈에 보이지 않는다는 듯 애써 꾸미려고 하지도 않았다. 나는 결코 그렇게 하지 않았다. 왜냐하면 나는 괴로워하기만을 바라지 않고, 내가 원치 않았는데도 갑자기 감내하게 된 그런 고뇌의 독창성을 존중하면서, 내 마음에서 교차하는 생존과 허무라는 그 기이하고도 모순된 현상이 되살아날 때마다 고뇌의 고유한 법칙에 따라 계속해서 그것을 감내하고 싶었기 때문이다. 이렇게 고통스럽고 지금은 이해할 수 없는 인상으로부터 어느 날인가 약간의 진실을 끌어낼 수 있을지 어떨지는 확실치 않지만, 그래도 내가 만일 조금이라도 진실을 추출할 수 있다면, 그것은 내 지성의 지침을 따르지 않고, 내 소심함으로 굴절되거나 약화되지도 않은 채, 죽음 자체가, 죽음의 갑작스러운 계시가 마치 벼락처럼 초자연적이며 비인간적인 도식에 따라 내 몸속에 신비로운 이중의 밭고랑을 파 놓은, 그렇게 특별하고도 자발적인 인상에서만 올 수 있다는 것을 깨달았다.(지금까지 살아오면서 겪은 할머니에 대한 망각으로 말하자면, 나는 진실을 끌어내기 위해 그 망각에 매달릴 생각조차 하지 못했다. 왜냐하면 망각 자체에 존재하는 것은 부정(否定)적인 요소이자, 삶의 실제 순간을 재창조할 수 없어 관례적이고 냉담한 이미지로 대체되어야 하는 약화된 사유뿐이기 때문이다.) 그렇지만 어쩌면 생존 본능이, 우리를 고통으로부터 보호하려는 기발한 지성이 아직도 연기 나는 폐허 위에 이미 유익하고도 불길한 작업의 첫 번째 토대를 설치하고 축조하기 시작했는지, 나는 사랑하는 이의 이런저런 판단을 기억하는 감미로움을, 아직도 할머니가 그런 판단을 할 수 있다는 듯이, 마치 할머니가 존재한다는 듯이, 마치 내가 할머니를 위해 계속해서 존재한다는 듯이 지나치게 음미했는지도 모른다. 그러나 내가 잠들자마자, 내 눈이 외부 사물에 닫힌 보다 진실한 시간에 이르자마자, 잠의 세계는(그 문턱에서 내 지성과 의지가 일시적으로 마비되어 더 이상 나로 하여금 실제 인상의 냉혹함과 맞설 수 없게 하는) 신비롭게 비치는 내장의 반투명한 기관 깊숙한 곳으로부터, 할머니의 생존과 허무라는 그 고통스러운 결합을 투영하고 굴절시켰다. 잠의 세계에서 우리 신체 기관의 장애 요소에 의해 지배를 받는 내적 지각은 심장이나 호흡의 리듬을 빨라지게 하는데, 같은 양의 공포와 슬픔과 회한도 정맥에 주사하면 그 효과가 백배나 세게 작용하기 때문이다. 거기서 지하 도시의 동맥인 지하 도로를 답사하기 위해 마음속에 있는 여섯 굽이의 레테 강*을 건너듯 우리 자신의 피라는 검은 물결의 배를 타면, 근엄한 표정의 위대한 얼굴들이 연이어 나타나고 다가오고 눈물을 흘리게 하고 멀어진다. 어두운 정면 현관에 이르자마자 할머니의 얼굴을 찾았으나 헛된 일이었다. 그렇지만 나는 할머니가 여전히 존재한다는 것을, 하지만 추억처럼 희미하고 축소된 삶으로 존재한다는 것을 알았다. 어둠이 짙어지고 바람이 불었다. 나를 할머니에게 데려다주기로 한 아버지는 아직 오지 않았다. 갑자기 숨이 막히면서 심장이 굳어지는 느낌이 들었는데, 몇 주 전부터 할머니에게 편지 쓰는 걸 잊어버린 사실이 이제 막 생각났기 때문이다. 할머니는 나에 대해 뭐라고 생각하셨을까? "어떡하지?" 하고 나는 말했다. "사람들이 할머니를 위해 빌린 그 작은 방에서 할머니는 얼마나 불행하실까. 예전에 하녀가 쓰던 방만큼이나 작은 방에서 홀로, 보

* 레테는 고대 그리스어로 '망각'을 의미한다. 지옥의 신 하데스가 지배하는 저승에 이르려면 다섯 개의 강을 건너야 하며 레테는 이중 마지막 강이다. 프루스트는 초고에서 레테 강 대신 베르길리우스가 『아이네이스』에서 말한 지옥의 강 '스틱스'를 적었다고 지적된다.(『소돔』, 폴리오, 570쪽 참조.)

살피는 간병인 하나만을 둔 채 몸도 움직이지 못하고, 아직은 마비가 심하지 않은데도 전혀 일어날 생각도 하지 않으시니! 할머니는 틀림없이 당신이 죽으면 내가 할머니를 잊는다고 생각하실 거야! 당신이 혼자이며 버림받았다고 느끼시겠지! 그래, 할머니를 보러 달려가야 해, 일 분도 기다릴 수 없어, 아버지가 도착할 때까지 기다릴 수 없어. 그런데 어디로 가야 하지? 내가 어떻게 주소를 잊어버릴 수 있지? 할머니가 아직 나를 알아보셔야 할 텐데! 내가 어떻게 몇 달이나 할머니를 잊을 수 있었지?" 날은 어두웠고 나는 찾지 못할 것이다. 바람이 내 걸음을 가로막는다. 하지만 아버지가 내 앞에서 거닐고 있다. 아버지에게 소리친다. "할머니가 어디 계세요? 주소를 말씀해 주세요. 할머니는 괜찮아요? 정말 부족한 게 아무것도 없으시대요?" "그럼, 없고말고."라고 아버지가 말씀하신다. "걱정하지 마라. 안심해도 된단다. 간병인은 정돈된 사람이야. 필요한 게 별로 없으시지만 그래도 혹시 있다면 사 드릴 수 있도록 적지만 얼마간의 돈을 이따금 보내 드리고 있단다. 할머니가 가끔 네가 어떻게 지내느냐고 물어보시더구나. 네가 책을 쓸 거라고 말씀드렸단다. 만족하시는 것 같더라. 눈물을 닦으셨으니." 그때 나는 할머니가 돌아가신 지 얼마 되지 않아, 마치 집에서 쫓겨난 늙은 하녀나 낯선 여인처럼 겸손한 태도로 내게 눈물을 흘리면서 했던 말이 기억나는 것만 같았다. "그래도 가끔 너를 보게 해 다오. 너무 여러 해 동안 날 보러 오지 않은 채 내버려 두지 말고. 네가 내 손자였으며 할머니는 손자를 잊지 못한다는 걸 기억해라." 할머니의 순종적이며 불행하고 온화한 얼굴을 다시 떠올리면서, 나는 곧바로 할머니에게 달려가 그때 했어야 했던 대답을 하고 싶었다. "할머니는 몇 번이든 원하시는 만큼 절 볼 수 있어요. 저한테는 이 세상에 할머니뿐이에요. 다시는 절대로 할머니를 떠나지 않을 거예요." 내가 할머니가 누워 계신 곳으로 가지 않은 여러 달 동안 할머니는 나의 침묵 때문에 얼마나 눈물을 흘리셨을까! 나 역시 눈물을 흘리며 아버지에게 말한다. "빨리 할머니 주소를 주세요. 절 데려다주세요." 그러나 아버지는 말한다. "네가 할머니를 볼 수 있을지…… 모르겠구나. 그리고 너도 알다시피 할머니는 몹시 약하시고, 예전의 할머니가 아니란다. 오히려 고통스러워하실 거야. 또 정확한 주소도 생각나지 않고." "하지만 아버지는 잘 아실 테니, 죽은 사람이 더 이상 살아 있지 않다는 건 사실이 아니라고 말씀해 주세요. 사람들은 그렇게들 말하지만, 그래도 할머닌 아직 존재하시니 그건 사실이 아니죠." 아버지는 서글픈 미소를 짓는다. "오! 매우 조금, 너도 알다시피 매우 조금 존재하신단다. 어쨌든 너는 그곳에 가지 않는 편이 좋겠다. 할머니에겐 부족한 게 아무것도 없단다. 모든 것이 잘 정리되어 있어." "하지만 할머니는 혼자 계실 때가 많잖아요?" "그래. 하지만 할머니에게는 그 편이 더 나을 거다. 생각하시지 않는 편이 더 나을 거야. 생각하면 자주 아프니까. 게다가 너도 알다시피 할머니는 기력이 거의 다하셨단다. 그곳에 가는 방법에 대해서는 정확한 지침을 남겨 놓으마. 네가 거기서 뭘 할 수 있을지는 모르겠지만, 또 간병인도 네가 할머니를 보지 못하게 할 거고." "아버지도 잘 아시잖아요. 제가 언제나 할머니 옆에서 살려고 한다는 것을, 사슴, 사슴, 프랑시스 잠, 포크…….”* 그러나 이미 나는 어두운 굽이의 강을 다시 건넜고, 산 사람의 세계가 열리는 수면으로 올라와 있었다. 그래서 내가 아무리 “프랑시스 잠, 사슴, 사슴.” 하고 되풀이해도, 이 말의 연결이 조금 전만 해도 그렇게 자연스럽게 표현했던 그 투명한 의미와 논리를 더 이상 제시하지 못했으므로, 나는 기억도 하지 못했다. 조금 전에 아버지가 말씀하셨던 ‘아이아스’**란 단어가 어떤 의심의 여지도 없이 금방 ‘감기 걸리지 않게 조심하거라’를 뜻하는지도 이해하지 못했다. 내가

---

* 이 꿈은 많은 연구가들의 주목을 받아 왔다. 우선 ‘사슴’은 플로베르의 단편집 『세 가지 이야기』(1877)에 나오는 「수도사 성 쥘리앵의 전설」과 관련이 있다고 풀이된다. 어느 날 실수로 사슴을 죽인 쥘리앵이 사슴의 예언에 따라 부모를 죽이고 평생 회한과 자책에 시달린다는 플로베르의 이야기에서처럼, 사슴은 프루스트에게 있어 부모에 대한 죄의식의 상징으로, 그 대표적 표현이 『스완』에 나오는 ‘몽주뱅 일화’다. 프랑시스 잠(1868~1938, Francis Jammes)은 프랑스 신고전파 시인으로, 프루스트는 『스완』이 발간된 후 그에게 이 책을 보냈고, 이에 시인은 프루스트를 셰익스피어와 발자크에 버금가는 작가라고 칭찬했지만, 부친 모독을 다룬 ‘몽주뱅 일화’는 비난했다고 한다. 또한 ‘포크’는 프루스트에게서 비의지적 기억의 매개물로, 『스완』의 오래된 초고에는 이 포크 부딪치는 소리가 기차로 콩브레에 도착하는 장면과 연결되는 것으로 설정되었다. 『되찾은 시간』에서 비의지적 기억의 매개물로 등장하는 스푼은 이런 오랜 습작 과정의 산물이라고 지적된다.(『소돔』, 폴리오, 571쪽 참조.)

** 소포클레스의 「아이아스」에 나오는 이 인물은 트로이 전쟁에 참여한 뛰어난 용사였으나, 아킬레우스가 죽은 후 그의 유품인 무구(武具)를 가지려고 오디세우스와 다투다 패하자 양 떼를 그리스군으로 착각하고 학살한 광기의 인간이다. 프루스트는 「존속 살해에 대한 자식의 감정」(1907년 발표)이란 글에서 어머니를 죽인 앙리 반 블라렌베르게의 범죄를 아이아스의 광기에 비유했다.

덧문 닫는 걸 잊어버려 아마도 밝은 날의 햇빛이 나를 깨운 모양이었다. 하지만 지난날 할머니가 몇 시간이고 관조했던 바다 물결은 차마 내 눈으로 바라볼 수 없었다. 무관심하기만 한 물결의 아름다움이라는 새로운 이미지가 이내 할머니가 물결을 보지 못한다는 관념으로 보완되었기 때문이다. 이제는 해변의 빛나는 충일감이 내 마음속에 빈자리를 파 놓았으므로 나는 물결 소리에 귀를 막고 싶었다. 아주 어렸을 때 할머니를 잃어버렸던 공원의 그 오솔길과 잔디밭처럼, 모든 것이 내게 "우린 할머니를 보지 못했어."라고 말하는 듯했으며, 또 창백하고 성스러운 하늘의 둥근 천장 아래서, 나는 마치 할머니가 안 계신 수평선을 차단하는 푸르스름하고도 거대한 종 아래 있는 것처럼 가슴이 짓눌리는 기분이었다. 나는 아무것도 보지 않으려고 벽 쪽으로 얼굴을 돌렸고, 그러나 슬프게도 이번에는 그 칸막이벽이 내게 저항했다. 예전엔 우리 둘 사이에서 아침의 메신저 역할을 했으며, 감정의 온갖 미묘한 차이를 드러내는 바이올린만큼이나 그토록 온순하게 할머니를 깨울까 봐, 혹시 할머니가 이미 깨어나셨다면 할머니가 그 소리를 듣지 못해 감히 움직이지도 못하는 게 아닐까 걱정하는 내 마음을 그토록 정확히 할머니에게 전해 주었고, 다음에는 금방 두 번째 악기의 대답처럼 할머니가 오시는 소리를 알려 주어 그토록 내 마음을 안심시켜 주었던 그 칸막이벽이.* 할머니가 연

---

* 칸막이벽의 노크 소리에 대해서는 『잃어버린 시간을 찾아서』 4권 54~55쪽 참조.

주할지도 모르는, 또 아직도 할머니의 손가락으로 진동하고 있을지도 모르는 피아노에 다가가는 것만큼이나 나는 그 칸막이벽에 다가갈 용기가 없었다. 지금은 이 벽을 노크해도, 더 세게 노크해도, 결코 할머니를 깨울 수 없으며 아무 대답도 듣지 못하리라는 걸, 할머니가 더 이상 돌아오지 않으리라는 걸 알았던 것이다. 만약 천국이란 게 있다면, 내가 하느님께 바라는 가장 큰 소망은 그곳에서 이 칸막이벽을 세 번 작게 노크하고, 그러면 할머니는 수천 개의 소리 속에서도 그 소리를 곧 알아듣고, '흥분하지 말거라, 작은 생쥐야, 네가 초조해한다는 걸 잘 알고 있다. 곧 가마.'라는 뜻이 담긴 다른 노크 소리로 응답하면서, 우리 두 사람에게는 결코 너무 길지 않을 그 영원이란 시간을 할머니와 함께 보내는 것이었다.

지배인이 와서 내게 아래로 내려오지 않겠느냐고 물었다. 식당에서 무심코 내 '일자리를'〔자리를〕 살펴보다가 내 모습이 보이지 않아 혹시 예전처럼 호흡 곤란 증세가 재발한 게 아닌지 걱정되어 올라왔다는 것이다. 그것이 심하지 않은 작은 '목병들'〔목병〕이기를 바라면서, '칼립투스'〔유칼립투스〕라고 불리는 약의 도움을 받으면 금방 진정시킬 수 있다는 말을 들었다고 내게 단언했다.*

---

* 지배인의 말실수로, '자리(place)' 대신에 '일자리(placement)'를, '목병(mal de gorge)' 대신에 '목병들(maux de gorge)'을, '유칼립투스(eucalyptus)' 대신에 '칼립투스(calyptus)'란 단어를 사용했다. 유칼립투스는 호주산 고무나무로 유럽에서는 감염이나 천식 환자의 안정을 위해 오랫동안 치료 목적으로 사용되었다.

그는 내게 알베르틴의 쪽지를 전해 주었다. 금년에는 발베크에 올 계획이 없었는데 계획을 변경하여 사흘 전부터 발베크는 아니지만, 발베크에서 전차로 십 분 걸리는 이웃 휴양지에 와 있다는 것이었다. 내가 여행으로 피곤할까 봐 첫날 저녁은 삼갔지만, 자기를 보고 싶으면 언제든 알려 달라는 내용이었다. 나는 그녀를 만나기 위해서가 아니라 만나지 않을 목적에서 그녀가 직접 왔는지 알아보았다. "그럼요." 하고 지배인이 답했다. "그런데 되도록 아주 빨리 뵙고 싶어 하시는 것 같던데요. 손님께 아주 '궁핍한'(불가피한)* 일이 있으시다면 또 모르지만. 보시다시피," 하고 그는 결론을 내렸다. "이곳에서는 요컨대 모두들 손님을 원한답니다." 하지만 나는 아무도 보고 싶지 않았다.

그럼에도 전날 이곳에 도착했을 때 나는 해수욕장 생활의 나태한 매력에 다시 매혹되는 기분이었다. 예전처럼 말이 없는 엘리베이터 보이가 이번에는 경멸이 아닌 존경을 담은 표정으로, 또 기쁨에 상기된 얼굴로 승강기를 운전했다. 위로 솟은 기둥을 따라 올라가면서 예전에 낯선 호텔이 지닌 신비로움을 느끼게 했던 곳을 통과했는데, 그곳에서는 어느 누구의 보호나 명성도 없이 그저 여느 관광객으로 도착하면, 방으로 돌아가는 각각의 단골손님이나 저녁 식사 하러 내려가는 젊은 아가씨, 묘한 선을 그리며 복도를 지나가는 하녀, 귀부인을 동

* '불가피한(nécessaire)'이란 말 대신에 '궁핍한(nécessiteux)'이란 말을 사용했다.

반하고 저녁 식사 하러 내려가는 아메리카에서 온 아가씨가 당신이 원하는 것은 전혀 읽을 수 없는 눈길을 던진다. 그런데 이번에는 그와 반대로 내 집에 있는 것 같은 기분이었으며, 또 우리가 언제나 다시 시작해야 하는 일, 즉 눈꺼풀을 뒤집는 것보다는 시간이 걸리고 어려운 일인, 즉 우리를 두렵게 하는 영혼 대신 친숙한 영혼을 사물에 부여하는 일을 여러 번 실행했던, 내가 잘 아는 호텔을 올라간다는 너무도 안온한 기쁨을 느꼈다. 그래서 갑작스러운 영혼의 변화가 나를 기다리리라고는 꿈에도 의심하지 못한 채, 늘 다른 호텔에 가서 처음 식사를 하고, 우리의 마법에 걸린 삶을 지켜 주는 것처럼 보이는 그 무시무시한 용이 각각의 층이나 방문 앞에서 습관에 의해 죽어 가기 전에, 고급 호텔과 카지노, 바닷가에서 거대한 폴립의 군생체 같은 방식으로 한데 모여 공동생활을 하는 그 낯선 여인들에게 다가가야 하지 않을까 하고 물어보는 것이었다.

그 따분한 법원장이 그토록 서둘러 나를 보려고 한다는 사실에도 나는 기쁨을 느꼈다. 첫 번째 날의 파도와 바다의 짙푸른 산맥, 빙하와 폭포, 그 상승과 무심한 당당함을 보았으며, 오랜만에 처음으로 손을 씻으면서 그랜드 호텔의 지나치게 향이 진한 비누의 특이한 냄새를 맡는 것만으로도, 그 냄새가 동시에 현재의 순간과 과거 체류 시의 순간에 속하는 듯 보여, 넥타이를 바꾸기 위해서만 방으로 돌아가는 그런 특별한 삶의 실제 매력처럼 과거와 현재 사이에서 표류했다. 침대 시트가 너무 섬세하고 가볍고 넓어서 침대를 제대로 두르거나 가만히 있지 못하고, 움직이는 소용돌이처럼 담요 주위에서 부풀어 오르는 모습도 예전 같았다면 슬프게 느껴졌으리라. 그러나 지금 그것은 둥글게 부푼 불편한 돛 위에서 첫날 아침의 영광스럽고도 희망에 찬 태양을 잠재울 뿐이었다. 하지만 그런 태양이 나타날 틈도 없었다. 밤사이에 끔찍하고도 성스러운 존재가 부활했던 것이다. 나는 지배인에게 나가 달라고, 아무도 들여보내지 말아 달라고 부탁했다. 그대로 누워 있겠다고 말하면서 약국으로 사람을 보내 좋은 진통제를 사 오게 하겠다는 그의 제안도 거절했다. 그는 마음속으로 '칼립투스'〔유칼립투스〕의 냄새 때문에 손님들이 불편해할까 봐 걱정하다 내가 거절하자 기뻐했다. 그래서 "시류에 환하시군요."〔잘하신 겁니다.〕라는 칭찬과 더불어 다음과 같은 충고도 덧붙였다. "문에 손을 더럽히지 않도록 조심하십시오. 제가 열쇠구멍에 기름을 '유인해 두었으니까요.'〔칠해 두었으니까요.〕" 만약 종업원이 손님 방문을 두들기면, 그는 '굴러떨어질 겁니다.'〔심하게 두들겨 맞을 겁니다.〕 그리고 전 약속한 건 꼭 지킵니다. '연습하는 것'을 좋아하지 않으니까요.(물론 '같은 말을 두 번 되풀이하는 것'을 좋아하지 않는다는 의미였다.) 밑에 '당나귀'(아마도 '큰 통')가 있으니 기운이 좀 나도록 오래된 포도주라도 꺼내 올까요?* 저는 그걸 요나탄〔요카난〕**의 머리처럼 은

* '잘하신 겁니다(dans le vrai)'를 '시류에 환하다(dans le mouvement)'로, '칠하다(enduire)'를 '유인하다(induire)'로, '심하게 두들겨 맞을 겁니다(roué de coups)'는 '굴러떨어질 겁니다(roulé de coups)'로, '큰 통(barrique)'은 '당나귀(bourrique)'로 각기 잘못 말했다.

** 살로메가 세례 요한의 목을 달라고 계부인 헤로데에게 요구하는 장면을 환

쟁반에 가져오지는 않을 것이며, 또 그 포도주가 '샤토 라피트'*가 아니라는 것도 미리 말씀드립니다. 거의 '모호한'(대등한)** 가치를 가진 것이긴 하지만 말입니다. 그리고 소화가 잘되니 작은 가자미 한 마리를 튀겨 드리죠." 나는 모두 거절했다. 하지만 가자미(sole)란 생선 이름이 그토록 수없이 주문을 많이 한 남자의 입에서 버드나무(saule)라고 발음되는 걸 듣고는 놀라지 않을 수 없었다.***

지배인의 약속에도 불구하고 잠시 후 종업원이 캉브르메르 후작 부인의 귀 접은 명함을 가져왔다. 나를 만나러 온 노부인은 내가 방에 있는지 물어보고, 내가 어제 저녁에 도착했으며 몸도 아프다는 말을 듣고는 더 이상 고집을 피우지 않고 (틀림없이 도중에 약국이나 잡화상 앞에서 멈춰 하인이 마차 의자에서 뛰어내려 뭔가 돈을 지불하거나 필요한 물건을 샀을 것이다.) 말 두 필이 끄는 스프링 여덟 개가 달린 사륜마차를 타고 페테른으로 다시 출발했다. 발베크 거리와, 발베크와 페테른 사이에 위치한 해안의 작은 다른 지역에서는 마차 굴러가는 소리가 자주 들렸고, 사람들은 이런 마차의 화려함에 감탄했다. 단골 거래상 앞에 멈추는 것이 산책의 목적은 아니었다.

---

기한다. 요나탄( Ionathan)은 플로베르의 「헤로디아스」에 나오는 세례 요한의 이름인 요카난(Iaokanann)을 잘못 발음한 것이다.

* 최고급 보르도 와인이다.

** '대등한(équivalent)'을 '모호한(équivoque)'으로 잘못 발음했다.

*** '가자미'를 뜻하는 sole과 '버드나무'를 뜻하는 saule 사이에는 모음의 개폐음에 따른 약간의 발음상의 차이가 있다.

오히려 후작 부인과 잘 어울리는 시골 귀족이나 부르주아 집에서 열리는 다과회나 가든파티가 목적이었다. 그러나 후작 부인은 자신의 출신과 재산에 의해 근방의 소귀족들 위에 높이 군림하면서도, 그 선량함과 소박함으로 자신을 초대한 사람들을 실망시킬까 봐 아주 하찮은 이웃들 모임에도 참석했다. 물론 캉브르메르 부인은 질식할 것 같은 작은 살롱의 더위 속에 대개는 재능 없는 가수의 목소리를 듣고 이 지역 저명 인사이자 명성 높은 음악가 자격으로 그 가수에 대해 과장된 칭찬을 늘어놓기보다는 차라리 페테른의 아름다운 정원에서 — 아래서 작은 만(灣)의 잔잔한 물결이 꽃 한가운데로 사라지는 — 산책하거나 머무는 걸 더 좋아했을 것이다. 그러나 그녀는 자기를 초대한 '염색업자 멘빌' 혹은 '오만한 샤통쿠르'의 귀족이나 프랑부르주아인 집주인이 자신의 방문 가능성을 이미 예고했다는 걸 알고 있었다.* 그런데 만약 그날 캉브르메르 부인이 외출하면서도 그 연회에 참석하지 않는다면, 바다를 따라 난 작은 해변가에서 온 이런저런 손님이 후작 부인의 사륜마차 소리를 듣거나 볼 가능성이 많았으므로, 페테른을 떠날 수 없다는 핑계는 댈 수 없었을 것이다. 한편 이런 집주인들은 캉브르메르 부인이 갈 자리가 아니라고 생각되는 사람들의 집에서 열리는 음악회에 부인이 자주 가는 걸 보면서, 후작 부인이 너무 착한 탓에 지위가 조금은 실

---

* '염색업자 멘빌'과 '오만한 샤통쿠르'의 프랑스어 표기는 각각 Maineville-la-Teinturière와 Chattoncourt-l'Orgueilleux이다. 그리고 '프랑부르주아'는 중세 때 군주나 귀족과 주종 관계를 맺음으로써 조세를 면제받은 평민을 가리킨다.

추된다고 여겼지만, 이런 생각도 그들이 초대하는 입장이 되고 보면 금방 사라져 버리고, 그들의 다과회에 그녀가 올지 안 올지를 열렬히 물어보곤 했다. 집주인의 딸 또는 별장 생활을 하는 어느 아마추어가 첫 번째 곡을 노래한 후에, 한 손님이 시계방 또는 약국 앞에서 저 유명한 사륜마차의 말들이 멈춰 있는 걸 보았다고 알려 오기라도 하면(후작 부인이 오후 모임에 온다는 명백한 표시였으므로) 며칠 전부터 느껴 왔던 불안감은 얼마나 진정되었던지! 그러면 캉브르메르 부인은 (곧 그때 자기 집에 머물고 있던 손님들을 동반한 부인이 며느리와 함께 지체하지 않고 나타나 그들과 함께 온 것을 허락해 달라고 청했으며, 또 그 부탁은 무척 기쁜 마음으로 받아들여졌다.) 집주인의 눈에 온갖 광채를 되찾았다. 어쩌면 집주인에게는 기다리던 캉브르메르 부인의 방문으로 받는 보상이 그가 한 달 전에 내린 결정, 다시 말해 오후 모임을 개최하여 온갖 소란을 감수하고 비용을 부담한다는 결정을 내리게 된 결정적인 은밀한 동기였는지도 모른다. 후작 부인이 그들의 다과회에 참석한 모습을 보자, 집주인은 별로 대단치 않은 이웃집에 갔던 부인의 호의 대신 부인 가문의 오래됨이나 성관의 호화로움, 르그랑댕으로 태어난 며느리의 오만한 모습이 생각났다. 이 며느리는 조금은 퇴색한 시어머니의 선량함을 돋보이게 하는 존재였다. 집주인들은 벌써 《골루아》의 사교란에 실린 짤막한 기사를 읽는 듯한 기분이었는데, 실은 그들 자신이 온 방문을 걸어 잠그고 가족끼리 날조해 낸 기사였다. "브르타뉴의 작은 구석에서 열린 최고의 엄선된 오후 모임에 참석한 손님들은 대단히 즐거운 시간을 보낸 후 집주인에게 가까운 시일 내에 다시 모임을 열겠다는 약속을 받고서야 헤어졌다." 그들은 날마다 신문을 기다렸고 자신들이 주최했던 오후 모임 기사가 실리지 않자 불안해했으며, 또 캉브르메르 부인이 수많은 독자들에게는 알려지지 않고 그들이 초대한 손님들에게만 알려질까 봐 걱정했다. 마침내 축복의 날이 도래했다. "발베크에서의 사교 시즌은 금년에 예외적으로 화려하다. 특히 오후에 개최되는 작은 연주회가 유행이다." 등등. 다행히도 캉브르메르 부인의 이름이 정확히 표기되어 '어쩌다 우연히', 하지만 첫머리에 인용되었다. 이제는 그들이 초대하지 못한 사람들과의 불화를 초래할지도 모르는 이런 신문 기사의 부주의에 매우 난처한 표정을 지으면서, 누가 신의 없이 그런 소문을 냈는지 캉브르메르 부인 앞에서 위선적으로 묻기만 하면 되었고, 후작 부인은 그런 소문에 대해 인자한 귀부인답게 "난처해하시는 것도 이해가 되네요. 하지만 저로서는 댁에 있었다는 걸 사람들이 알게 되어 그저 행복할 뿐이에요."라고 말했다.

내게 전한 명함에다 캉브르메르 부인은 모레 오후 모임이 있다고 급히 몇 자 적어 놓았다. 이 초대가 이틀 전에만 이루어졌어도 아무리 사교 생활에 지쳤다고는 하나, 정원으로 옮겨 놓은 사교 생활을 음미하는 일은 내게 커다란 기쁨을 주었을 것이다. 페테른이 위치한 방향 덕분에 무화과나무와 종려나무와 장미나무 묘목이 노지에서 바다까지 자라고 있었고, 자주 지중해처럼 푸르고 잔잔한 바다에는 집주인의 작은 요트가 놓여 있었는데, 요트는 파티가 시작되기 전 만(灣)의 건너편 해변으로 가장 중요한 손님들을 모시러 갔다가, 손님들이 모두 도착하면 햇빛을 가리는 돛의 차양 덕분에 다과회를 위한 식당으로 사용되었고, 해가 지면 태우고 왔던 손님들을 데리고 가기 위해 다시 떠났다. 이 매력적인 사치는 그만큼 비용이 들었고, 그래서 여러 다른 방법으로 수입을 늘리려고 애쓰던 캉브르메르 부인이 그녀의 소유지 중 페테른과는 아주 다른, 라 라스플리에르를 처음으로 남에게 임대한 것도 그 비용의 일부를 충당하기 위해서였다. 그렇다. 이틀 전이었다면 새로운 환경에서 시시하지만 낯선 귀족들로 둘러싸인 오후 모임이 파리의 '상류 생활'에 젖은 나의 기분을 조금은 바꾸어 주었을지 모른다. 그러나 이제 쾌락은 내게 아무 의미가 없었다. 그래서 나는 한 시간 전에 알베르틴을 돌려보냈듯이, 캉브르메르 부인에게도 사과 편지를 썼다. 고열이 식욕을 끊어 버리듯, 슬픔은 내 마음속에서 온갖 욕망의 가능성을 완전히 파기했다. 어머니는 다음 날 도착하기로 되어 있었다. 이제는 낯설고 타락한 삶이 가슴 미어지는 추억의 회귀로 대체되었고, 또 이 추억은 어머니의 영혼과 마찬가지로 내 영혼에 가시관을 씌우고 고귀하게 만들었으므로, 나는 내가 어머니 곁에 살기에 그렇게 자격이 부족하다고 느끼지 않았으며, 또 어머니를 더욱 잘 이해할 수 있을 것 같은 기분이 들었다. 나는 그렇게 생각했다. 그런데 사실은 어머니의 슬픔 같은 — 사랑하는 이를 잃자마자 오랫동안, 또 때로는 영원히, 당신의 삶을 문자 그대로 송두리째 앗아 가는 — 참된 슬픔과, 또 다른 일시적인 슬픔, 어쨌든 나의 슬픔이 그러하겠지만, 우리가 사건을 제대로 느끼려면 사건을 '이해할' 필요가 있는데, 너무 늦게 찾아와서 너무 빨리 사라지는, 그래서 사건이 일어난 지 오랜 후에야 깨닫게 되는 슬픔 사이에는 큰 차이가 있다. 대다수의 사람들이 느끼는 이런 슬픔과 현재 나를 괴롭히는 슬픔 사이에 다른 점이 있다면, 그것은 다만 비의지적 추억의 양상을 띤다는 점이었다.

어머니의 슬픔처럼 그렇게 심오한 슬픔으로 말하자면, 어느 날엔가 나도 그 슬픔을 맛보게 될 테지만(이 이야기의 후속편에서 보게 될 것이다.) 지금은 그 슬픔을 알지 못했으며, 또 그것은 내가 상상했던 것과도 달랐다. 그렇지만 자신이 맡은 역할을 잘 알고 오래전부터 그 역할을 대신해 온 낭송자가, 마지막 순간에야 도착해서 낭송할 대목을 한 번밖에 읽지 못했는데도 막상 대사를 할 차례가 오면 아무도 그가 늦은 걸 알아채지 못할 정도로 능숙하게 숨길 줄 알듯이, 어머니가 도착했을 때 나는 아주 최근에 시작된 이 슬픔이 언제나 나와 함께했다는 듯이 말했다. 어머니는 할머니와 함께 있었던 장소의 풍경이 나의 슬픔을 깨어나게 했다고(사실은 그렇지 않았지만) 생각했다. 그때 나는 처음으로 어머니의 고통에 비하면 아무것도 아니지만 내 눈을 뜨게 한 고통을 체험했으므로, 어머니가 얼마나 괴로워했을지 깨달으며 겁에 질렸다. 처음으로 나는 할머니가 돌아가신 이래 어머니가 지었던 그 눈물 없는 멍한 시선이(프랑수아즈로 하여금 어머니에게 연민을 느끼지 못하게 한) 망자에 대한 추억과 허무라는 그 이해할 수 없는 모순에 고정되어 있음을 인지했다.* 게다가 여전히 검은 베일을 썼지만 새로운 고장에서 보다 옷차림을 단정히 한 모습을 보면서, 나는 어머니의 마음속에서 이루어진 변모에 더 큰 충격을 받았다. 쾌활함을 모두 잃었다는 말로는 충분치 않았다. 일종의 애원하는 상으로 주조되고 응고된 어머니의 얼굴은 너무 갑작스러운 동작이나 큰 소리를 내면, 그녀를 떠나지 않는 그 고통스러운 현존을 모독하는 일이 될지도 모른다고 겁내는 것 같았다. 특히 크레이프 망토를 입고 들어오는 어머니의 모습에, 나는 눈앞에서 보는 것이 — 파리에서는 나로부터 빠져나갔던 — 더 이상 어머니가 아닌 할머니임을 알아보았다. 마치 왕가나 공작 가문에서 가장이 죽으면 아들이 그 작위를 물려받으며, 또 오를레앙 공작, 타랑트 대공 혹은 롬 대공이 프랑스 국왕, 라 트레무이유 공작, 게르망트 공작이 되는 것처럼,** 그렇게 자주 다른 종류의, 보다 심오한 기원을 가진 사건의 도래로 인해 산 자는 망자에 사로잡히고 그래서 그의 닮은 후계자이자 중단된 삶의 계승자가 된다. 어쩌면 어머니의 죽음에 따르는 커다란 슬픔은, 나의 어머니와 같은 딸에게서는 자기 안에 가지고 있는 번데기를 깨고 그 존재의 탈바

---

* 추억이란 죽은 자를 살아나게 하지만, 허무는 그들이 살아 있다는 모든 관념을 배제하기 때문에 모순으로 느껴지는 것이다.

** 어떤 오를레앙 공작도 아버지를 계승하여 왕의 자리에 오르지 않았다고 지적된다.(『소돔』, 폴리오, 572쪽 참조.) 타랑트 대공의 작위는 라 트레무이유 집안에 속한다.(『잃어버린 시간을 찾아서』 6권 478쪽 참조.) 게르망트 공작은 자기 아버지가 돌아가시기 전에는 롬 대공이었다.

꿈과 출현을 서두르게 할 뿐, 만일 여러 단계를 생략하고 단번에 여러 기간들을 뛰어넘게 하는 이런 급변이 없다면 그 존재는 좀 더 느리게 나타났을지도 모른다. 어쩌면 더 이상 존재하지 않는 이에 대한 그리움에는 일종의 암시가 작용하여 마음속에 이미 잠재적으로 가지고 있던 유사성을 결국 우리 모습에 드러나게 하고, 특별히 개별적인 우리의 활동을(내 어머니의 경우 자기 아버지로부터 물려받은 양식 있는 판단과 냉소적인 활기를), 사랑하는 이가 살아 있는 동안은 비록 그에게 해가 된다 할지라도 그로부터 온전히 물려받은 성격과 균형을 이루기 때문에 드러내기를 두려워하지 않던 활동을 멈추게 하는지도 모른다. 사랑하는 이가 죽으면 우리는 다른 사람이 될까 두려워 망자의 실제 모습만을 찬미하며, 당시 이미 우리의 모습이었으나 다른 것에 섞여 있던 모습을 배제하고, 오로지 망자의 있는 그대로의 모습만을 물려받으려 한다. 이런 의미에서(우리가 보통 듣는 그렇게 모호하고 거짓 의미에서가 아니라) 죽음은 헛되지 않으며, 망자는 계속해서 우리에게 영향을 미친다고 할 수 있다. 망자는 산 자보다 많은 영향을 미치는데, 그 이유는 진정한 실재란 정신 작용의 대상이기 때문에 정신을 통해서만 표출되며, 우리는 나날의 삶이 감추는 것을 사유에 의해 재창조할 때에야 진정으로 그것을 인식할 수 있기 때문이다. 끝으로 망자에 대한 이런 그리움의 의식에서, 우리는 망자가 생전에 좋아했던 것을 맹목적으로 숭배하고 싶어 한다. 어머니는 할머니의 가방, 사파이어나 다이아몬드로 만들어진 것보다 더 소중해진 그 가방과 할머니가 꼈던 토시, 두 사람의 닮은 모습을 더욱 강조하는 그 모든 옷가지에서 잠시도 떨어지려 하지 않았으며, 뿐만 아니라 할머니가 늘 가지고 다니던 세비녜 부인의 책에서도 — 세비녜 부인의 『서간집』 초고를 준다 해도 결코 바꾸지 않았을 — 잠시도 떨어지려 하지 않았다. 어머니는 예전에 할머니가 세비녜 부인이나 보세르장* 부인을 한 번이라도 인용하지 않고는 편지를 쓰지 않는다고 할머니를 놀리곤 하셨다. 어머니가 발베크에 도착하기 전에 내가 받은 세 통의 편지에서, 어머니는 마치 그것이 어머니가 내게 보내는 편지가 아니라, 할머니가 어머니에게 보내는 편지인 것처럼 매번 세비녜 부인을 인용하셨다. 어머니는 할머니가 날마다 편지에서 말했던 그 바닷가를 보기 위해 방파제에 내려가고 싶어 하셨다. 손에 자기 어머니가 들었던 '우산 겸용 양산'을 들고, 사랑하는 이가 자기보다 먼저 밟았던 모래밭을 검은 옷차림으로 수줍고 경건한 걸음으로 걸어가는 어머니를 나는 창문에서 바라보았는데, 그때의 어머니는 마치 파도가 망자를 데려다줄지도 모른다는 듯 망자를 찾아 나선 것처럼 보였다. 어머니 혼자서 식사하지 않게 하기 위해서는 어머니와 함께 내려가야 했다. 법원장과 변호사 협회 회장 미망인이 어머니에게 소개되었다. 할머니와 관계되는 일이라면 무엇이든 민감한 어머니는, 법원장의 말에 한없이 감동해서 그 추억을 언제까지나 간직하고 고마움을 표하고 싶어 했지만, 반대로 변호사 협회 회장의 아내가 망자에 대한 회고담을 한마디

* 허구의 작가로 『잃어버린 시간을 찾아서』 4권 26쪽 주석 참조.

도 하지 않는 걸 보고는 분개하며 괴로워하셨다. 실제로 법원장이 변호사 협회 회장의 아내보다 할머니에게 더 관심이 있었던 것은 아니다. 한 사람의 감동적인 말과 다른 한 사람의 침묵은, 비록 어머니는 그 사이에 커다란 차이를 두셨지만, 죽은 이들이 우리에게 불러일으키는 무관심을 표현하는 상이한 방식에 지나지 않았다. 그러나 나도 모르게 내 괴로움을 조금 비친 말에서 어머니는 특히 따뜻한 위로를 받으신 것 같았다. 그 괴로움은 할머니가 사람들 마음속에 살아 있다는 걸 증명하는 다른 모든 것과 마찬가지로, 어머니를 행복하게 해 줄 수밖에 없었다.(어머니가 나에 대해 갖고 있는 온갖 애정에도 불구하고.) 이후부터 어머니는 매일같이 해변에 내려가서 앉았으며, 또 할머니가 좋아했던 두 권의 책, 보세르장 부인의 『회고록』과 세비녜 부인의 『서간집』을 읽으셨다. 어머니와 그리고 우리 중 어느 누구도 사람들이 세비녜 부인을 '재치 있는 후작부인'이라고 부르는 걸 참지 못했는데, 이는 라퐁텐을 '호인'이라고 부를 때도 마찬가지였다.* 그런데 『서간집』에서 '나의 딸'이란 말을 읽을 때마다, 어머니는 자신의 어머니가 그 말을 한다고 생각했다.

어머니는 운 나쁘게도 방해받고 싶지 않은 순례 여행 중에 바닷가에서 딸을 뒤에 거느린 콩브레의 한 부인을 만났다. 이름이 푸생 부인이었던 것으로 기억한다. 하지만 우리 사이에

---

* 세비녜 부인과 라퐁텐의 이 호칭은 생트뵈브가 일상적으로 그들을 부르던 호칭이었다고 한다.(『소돔』, 폴리오, 572쪽 참조.)

서 부인은 '꼭 마음에 들걸'이란 별명으로만 불렸다. 부인은 이 말을 끊임없이 되풀이하면서 딸들이 병에 걸리지 않도록 경고했는데, 예를 들면 딸 중 하나가 눈을 비비면 "정말 안염에라도 걸리면, 꼭 마음에 들걸."이라고 말했다. 부인은 멀리서 어머니에게 비탄에 젖은 긴 인사를 보냈는데, 이는 애도의 표시가 아닌 그녀가 받은 교육을 보여 주기 위함이었다. 만약 우리가 할머니를 여의지 않았다 해도, 또 불행할 이유가 없다 해도 그녀는 같은 식으로 인사를 건넸을 것이다. 콩브레의 거대한 정원에서 조금은 칩거 생활을 하는 부인은 모든 것이 충분히 부드럽지 않다고 생각했는지, 프랑스어 단어나 이름조차도 부드럽게 만드는 과정을 거치도록 했다. 시럽을 붓는 은숟가락을 '퀴예르(cuiller)'로 발음하는 것이 너무 거칠다고 생각해서 부인은 이를 '쾨이예르(cueiller)'라고 말했다. 『텔레마크』의 온화한 시인을 페늘롱(Fénelon)이라고 난폭하게 부르는 것은 예의에 어긋나므로 ― 가장 총명하고 선하고 충실하며, 누구든 그를 만난 사람은 결코 잊지 못하는 베르트랑 드 페늘롱*을 가장 친한 친구로 가진 나 역시 사정을 잘 알면서도 그렇게 지칭했다. ― 그 이름에 악상테귀를 붙이면 조금 더 부드러워진다고 생각해서는 항상 페넬롱(Fénélon)이라고 불렀다. 이런 푸생 부인의 별로 온화하지 않은 사위로, 이름은 잊

* Bertrand de Fénelon(1878~1914). 생루의 모델이 되는 인물 중 하나로, 『텔레마크의 모험』의 저자인 캉브레 주교 동생의 후손이다. 프루스트가 무척 사랑하던 친구로 1914년 전쟁에서 전사했다.(『텔레마크의 모험』에 대해서는 『잃어버린 시간을 찾아서』 3권 51쪽 주석 참조.)

었지만 콩브레에서 공증인을 하던 사람이 있었는데, 그는 금고를 가지고 가서 특히 내 아저씨에게 상당한 액수의 손실을 입혔다. 그러나 대부분의 콩브레 사람들은 이 집안의 다른 사람들과 사이가 좋았으므로 조금도 냉담하게 굴지 않고 푸생 부인을 동정했다. 부인은 손님을 초대하지 않았지만 그 집 철책 앞을 지나갈 때마다 사람들은 걸음을 멈추고 정원의 아름다운 녹음을, 그 너머로 다른 것은 아무것도 분간할 수 없는 녹음을 찬미했다. 부인은 발베크에서 우리를 거의 방해하지 않았고, 나는 이런 부인을 딱 한 번 만났는데, 그녀는 손톱을 깨무는 딸에게 "손가락에 염증이라도 생기면, 꼭 마음에 들걸."이라고 말하고 있었다.

어머니가 해변에서 책을 읽는 동안 나는 방에 혼자 있었다. 할머니가 살아 있던 마지막 시간과 그에 관련된 모든 것들, 할머니의 마지막 산책을 위해 우리가 외출하면서 열어 두었던 계단 문이 생각났다. 이 모든 것과 대조적으로 세상의 나머지 것은 거의 현실이 아닌 듯 나의 고뇌로 오염되었다. 마침내 어머니가 내게 외출을 요구했다. 그러자 매 걸음이, 내가 잊고 있던 카지노나 첫날 저녁 할머니를 기다리며 뒤게트루앵*의 기념비까지 갔던 거리의 어떤 모습이, 마치 우리가 더 이상 맞서 싸울 수 없는 바람처럼 내가 앞으로 나아가는 걸 방해했다. 나는 아무것도 보지 않으려고 눈을 아래로 내렸다. 조금 기운을 차린 후에는, 아무리 오래 기다려도 이제 할머니를 되찾을

---

* 『잃어버린 시간을 찾아서』 4권 46쪽 주석 참조.

수 없다는 걸 알고 — 처음 도착했던 예전 저녁에는 할머니를 되찾았지만 — 호텔 쪽으로 발길을 돌렸다. 첫 외출이었으므로, 내가 아직 보지 못했던 많은 하인들이 신기한 듯 나를 바라보았다. 호텔 문턱에서조차 제복 입은 젊은 종업원이 챙 달린 모자를 벗으면서 인사하고 재빨리 모자를 다시 썼다. 나는 에메가 내게 경의를 표하도록 그의 표현처럼 '명령을 전달했다'고 생각했다. 그러나 나는 종업원이 그때 들어온 다른 손님에게도 다시 모자를 벗는 걸 보았다. 사실인즉 그 젊은이는 평생 동안 모자를 벗고 쓰는 일 말고는 할 줄 아는 게 없었고, 그러나 그 일을 썩 잘했다. 다른 것은 몰라도 그 일은 아주 잘한다는 사실을 깨달은 그는, 가능한 한 하루에도 수없이 그 일을 수행했고, 그로써 손님들에게 은밀하지만 보편적인 호감을 샀으며, 호텔 안내원에게도 큰 호감을 주었다. 제복 입은 종업원을 고용하는 임무를 맡은 호텔 안내원은 이런 진기한 녀석을 발견할 때까지는 일주일 만에 해고해야 하는 사람들만을 구했었는데, 에메도 크게 놀라 이렇게 말했다. "그렇지만 그 일은 공손하기만 하면 되는 일이어서 그렇게 어렵지도 않은데." 지배인은 또한 그가 근사한 '존재감(présence)'이라고 부르는 것을 그들이 가져 주기를 바랐는데, 그들이 거기 그렇게 있어야 한다는 말인지, 아니면 '기품(prestance)'이란 말을 잘못 기억한 것인지는 잘 모르겠다. 호텔 뒤편에 펼쳐진 잔디밭은 새로 조성된 몇 개의 꽃 핀 화단과 이국적인 소관목과 더불어, 첫해에 그 유연하고도 가느다란 몸매와 묘한 머리카락 빛깔로 현관 밖을 장식하던 제복 입은 종업원이 사라져서 그런

지 모습이 달라 보였다. 종업원은 두 형과 타이피스트인 누나가 그랬던 것처럼 자신을 비서로 고용한 폴란드 백작 부인을 따라 떠났다. 그의 형들과 누나는 그들의 매력에 반한 다양한 성(性)과 나라의 명사들에 의해 호텔에서 선발되어 나갔다. 동생만이 사팔뜨기여서 아무도 원치 않았으므로 혼자 남아 있었다. 그래서 그는 폴란드 백작 부인과 다른 두 사람의 보호자가 발베크의 호텔에 얼마 동안 지내러 오자 매우 행복했다. 형들을 질투하면서도 좋아했으므로 그렇게 몇 주 동안 가족의 정을 느꼈던 것이다. 퐁트브로 수녀원장은 수녀들 곁을 떠나, 루이 14세가 그의 정부인 또 다른 모르트마르 집안 출신인 몽테스팡 부인에게 베푸는 환대를 같이 나누러 가는 습관이 있지 않았던가?* 종업원에게는 그해가 발베크에 온 첫해였다. 그는 아직 나를 몰랐지만, 고참 동료들이 내 이름에 '므시외'란 호칭을 붙여서 부르는 걸 듣고는 따라 했는데, 자신이 유명하다고 판단한 사람을 잘 안다는 것을 보여 주어야 한다고 생각했는지, 아니면 오 분 전까지는 알지 못했지만 결코 소홀히 대하지 않는 것처럼 보이는 것이 예절에 부합한다고 생각

---

* 몽테스팡 부인(Athénaïs de Montespan, 1641~1707)의 언니 마리마들렌 드 로슈슈아르는 1670년 퐁트브로 수녀원의 원장이 되었다. 생시몽은 『회고록』에서 "그녀는 일 때문에 파리에 오래 머물렀다. 왕과 몽테스팡 부인의 사랑이 절정에 달했던 시기였다. 수녀원장은 궁전에 자주 오래 머물렀고 왕은 그녀 없이는 지내기 힘들 정도로 그녀를 높이 평가했다."라고 서술했다.(『소돔』, 폴리오, 572쪽에서 재인용.) 몽테스팡 후작 부인은 루이 14세의 정부로 그들 사이에는 일곱 명의 자녀가 있었다. 몽테스팡 부인과 수녀원장은 둘 다 모르트마르 공작인 로슈슈아르 가문 태생이다.

했는지, 처음부터 그들을 만족한 표정으로 흉내 냈다. 나는 이 고급 호텔이 몇몇 이들에게 주는 매력을 잘 알았다. 호텔은 극장처럼 지어졌고, 수많은 단역 배우들이 아치형 천장에 이르기까지 호텔에 활기를 불어넣고 있었다. 손님들은 일종의 관객에 지나지 않았지만 지속적으로 연극에 참여하는 듯 보였는데, 배우가 객석에서 연기하는 무대가 아니라, 관객의 삶이 호화로운 무대 한가운데서 펼쳐지는 그런 연극이었다. 테니스 선수가 하얀 플란넬 재킷 차림으로 들어왔고, 그에게 편지를 건네는 호텔 안내원은 은빛 장식줄이 달린 푸른 제복을 입고 있었다. 만약 테니스 선수가 걸어서 올라갈 생각이 아니라면, 승강기를 작동시키기 위해서는 역시 사치스러운 옷을 입은 엘리베이터 보이를 자기 옆에 두고 배우들 사이로 끼어들 수밖에 없었다. 각 층의 복도에는 파나테나이아* 축제를 부조한 프리즈에서처럼 바다를 배경으로 한 아름다운 하녀들과 전령 시녀들의 도피처가 숨겨져 있었고, 여성미에 반한 애호가들은 그들의 작은 방까지 복잡한 우회로를 통해 찾아갔다. 아래층은 남성적인 요소가 지배했고, 그것은 지극히 한가로운 젊은 종업원들 때문에 호텔을 일종의 유대 기독교적인 비극이 형성되고 지속적으로 공연되는 무대로 만들었다. 그래서 그들을 보고 있노라면, 나는 라신의 시구를 떠올리지 않을 수 없었는데, 물론 게르망트 대공 부인 댁에서 샤를뤼스 씨에

* 파나테나이아는 아테나 여신을 기리기 위해 아테네에서 행해지던 대축제로, 파르테논 신전의 프리즈에 그 행렬이 부조되었다.

게 인사하는 젊은 서기관을 보면서 보구베르 씨가 떠올린 시구가 아니라,* 라신의 또 다른 시구, 이번에는 「에스테르」에 나오는 대사 대신 「아탈리」에 나오는 대사가 떠올랐다. 왜냐하면 17세기에는 회랑이라고 불렸던 호텔의 홀에 들어서자마자, 제복 입은 젊은 하인들로 이루어진 "융성한 백성"**이 특히 오후 간식 시간에는 라신의 연극에 나오는 이스라엘 소녀들의 합창대처럼 거기 우뚝 서 있었기 때문이다. 그들 중 어느 누구도 맡은 일이 없었으므로, 아탈리가 어린 왕자 조아스에게 "그대가 맡은 일은 무엇인가?"***라고 물었을 때 조아스가 아탈리를 위해 찾아낸 그 막연한 대답조차 하지 못할 것 같았다. 기껏해야 누군가가 늙은 여왕처럼 그들 중 하나에게,

> 하지만 이곳에 갇힌 백성들은 모두
> 무슨 일을 하고 있는가?****

라고 물어보면, 그는 이렇게 대답했을 것이다.

> 이 의식들의 화려한 절차를 보고 있습니다.*****

---

* 라신 작품의 두 번째 인용이다.(보구베르와 대사관 직원에 관해 처음 인용한 장면에 대해서는 125~128쪽 참조.)

** 「에스테르」 2막 8장과 「아탈리」 1막 1장.

*** 「아탈리」 2막 7장. 아탈리가 조아스에게 하는 질문이다.

**** 「아탈리」 2막 7장. 아탈리가 조아스에게 하는 질문이다.

***** 「아탈리」 2막 7장. 아탈리의 질문에 대한 조아스의 대답이다. 조금 수정해서 인용된 글이다.

"그리고 저도 거기 기여하고 있습니다."라고. 이따금 젊은 단역 배우 중 하나가 보다 중요한 역할을 맡은 인물 쪽으로 갔고, 그런 후 그 잘생긴 젊은이는 다시 합창대로 돌아왔다. 명상을 위한 휴식 시간이 아니라면, 그들은 모두 무의미하고 정중하고 장식적이고도 일상적인 동작을 연속적으로 짜 맞추고 있었다. 왜냐하면 "외출 일"을 제외하고는 "세상과 멀리 떨어진 채로 키워져"* 신전의 문턱을 넘어서지 않는 그들은 「아탈리」에 나오는 레위족과도 같은 성직자의 삶을 영위하고 있었기 때문이다. 화려한 양탄자로 덮인 계단 아랫부분에서 놀고 있는 그 "젊고 충실한 무리"** 앞에서 나는 내가 발베크의 그랜드 호텔에 있는지 아니면 솔로몬 신전에 있는지 묻고 있었다.

나는 곧바로 방에 다시 올라갔다. 보통 나의 상념은 할머니가 병으로 시달리던 마지막 나날들의 고통에 고정되어 있었다. 나는 그 고통을 타인의 고통 자체보다 더 견디기 힘든, 우리의 잔인한 동정심이 덧붙여진 그런 요소로 확대하면서 되살아나게 했다. 우리가 사랑하는 이의 고통을 재현하는 데 지나지 않는다고 믿을 때에도 연민은 고통을 과장하기 마련이다. 어쩌면 고통을 겪는 사람들이 고통에 대해 가진 인식보다 연민이 더 진실한지도 모른다. 그런 고통 속에는 그 삶의 슬픔이 감춰져 있지만, 연민에는 고통을 보고 절망하는 감정이

* 「아탈리」 2막 9장. 합창대가 조아스에 대해 하는 말이다.
** 「아탈리」 1막 3장, 조아스의 고모인 조자베트가 하는 말이다.

담겨 있기 때문이다. 그렇지만 내가 오랫동안 알지 못했던 사실을, 할머니가 돌아가시기 전날 잠시 의식이 돌아온 순간 내가 거기 없다는 걸 확인하고 어머니의 손을 붙잡으며 그 열기 어린 입술을 갖다 대면서 “잘 있거라, 내 딸. 영원히 안녕.”이라고 말한 것을 알았다면, 나의 연민은 새로운 감정의 폭발로 할머니가 겪은 고통을 넘어섰을지도 모른다. 그리고 어쩌면 어머니가 계속해서 응시한 것도 바로 그 추억이었는지 모른다. 그러다 감미로운 추억들이 다시 돌아왔다. 그분은 나의 할머니였고, 나는 그분의 손자였다. 할머니의 얼굴 표정은 나만을 위한 언어로 쓰여 있었다. 할머니는 내 삶의 전부였고, 다른 사람들은 할머니와의 관계 아래서만, 할머니가 그들에 대해 내리는 판단에 의해서만 존재했다. 아니다. 우발적인 것이 아니라고 하기에 우리의 관계는 너무나 덧없었다. 할머니는 더 이상 나를 알지 못할 것이며, 나는 할머니를 결코 다시 보지 못할 것이다. 우리는 서로를 위해서만 창조된 것이 아니었고, 그녀는 낯선 여인이었다. 나는 그 낯선 여인을 생루가 찍은 사진 속에서 보았다. 알베르틴을 만난 어머니는 알베르틴이 할머니와 나에 대해 한 따뜻한 말 때문에 알베르틴을 만나 보라고 우겼다. 그래서 나는 알베르틴과 만나기로 약속했다. 지배인에게 그녀가 오면 살롱에서 나를 기다리게 해 달라고 미리 부탁했다. 지배인은 내게 아주 오래전부터, 그녀가 ‘순결의 나이’에 이르기 훨씬 전부터 그녀와 그녀의 여자 친구들을 알았으며, 그들이 호텔에 대해 한 말 때문에 그들을 좋게 생각하지 않는다고 말했다. “그렇게 얘기하는 것으로 보아 그 여자아이들은 '유명하지'[유식하지] 않은 모양이에요.* 적어도 사람들이 그들을 헐뜯은 게 아니라면 말입니다." 나는 그가 말하는 '순결(pureté)'이 사춘기(puberté)를 뜻한다는 걸 쉽게 이해할 수 있었다. 알베르틴을 만나러 갈 시간을 기다리면서 생루가 찍어 준 사진을, 너무 바라본 탓에 더 이상 보지 못하는 그런 그림처럼 응시하고 있을 때, 마치 기억 상실증에 걸린 사람이 자기 이름을 기억해 내듯, 병자가 성격을 바꾸듯, 갑자기 '할머니다. 난 그분의 손자다.'라는 생각이 다시 떠올랐다. 알베르틴이 도착했다는 말을 전하러 들어온 프랑수아즈가 사진을 보고 "불쌍한 마님, 바로 마님이시네요. 뺨에 난 사마귀까지. 후작님이 사진을 찍던 날, 마님께서는 무척 편찮으셨지요. 그 전에도 두어 번 크게 아프셨지만. '프랑수아즈, 특히 우리 손자가 알아서는 안 돼요.'라고 말씀하셨죠. 마님은 자기 병을 잘 숨기셨고, 사람들과 함께 있을 때면 항상 명랑한 모습을 하셨어요. 하지만 혼자 계실 땐 가끔씩 조금은 서글퍼 보이셨죠. 하지만 그런 모습은 금방 지나갔어요. 또 마님께서는 이런 말씀도 하셨죠. '무슨 일이 일어나면 내 사진이 필요할 텐데. 찍어 둔 사진이 한 장도 없으니.' 그래서 저를 후작님에게 보내서 혹시 사진을 찍어 줄 수 있는지 물어보

* '유식한(lettré)'을 '유명한(illustré)'으로 잘못 말했다. 이 부분에 대해 1954년 판본에는 보다 자세히 기술되었다. "이 '유명한(illustré)'이란 단어는 나를 당혹스럽게 했다. 이 말은 어쩌면 '무식한(illettré)'이란 말과, 또 이 '무식한'은 '유식한(lettré)'이란 말과 혼동해서 쓰인 듯했기 때문이다."(『소돔과 고모라』, 플레이아드 II, 1954, 776쪽)

셨고, 또 자기가 그런 부탁을 했다는 얘기를 도련님에게 하지 말라는 말씀도 하셨어요. 그러나 후작님이 승낙했다는 말을 전하러 돌아왔을 때, 마님께서는 너무 안색이 안 좋으셔서 사진 찍는 걸 원치 않으셨어요. '내 모습이 너무 끔찍해요. 차라리 사진이 없는 게 낫겠어요.' 하지만 마님은 바보가 아니셨으니 결국은 챙을 내린 큰 모자를 쓰시고 잘 단장하셨죠. 대낮의 햇빛에만 나가지만 않으면 눈에 띄지 않을 정도였어요. 마님은 사진을 마음에 들어 하셨어요. 왜냐하면 그때 마님께서는 발베크에서 집으로 돌아갈 수 있으리라고 믿지 않으셨거든요. 제가 아무리 '마님, 그렇게 말씀하지 마세요. 전 마님께서 그렇게 말씀하시는 걸 듣고 싶지 않아요.'라고 말해도 소용없었어요. 마님의 머릿속은 오로지 그 생각뿐이었으니까요. 그리고 정말 며칠 동안 식사도 하지 못하셨어요. 바로 그런 까닭에 도련님에게 후작님과 함께 멀리 식사하러 가라고 부추기셨던 거예요. 그때 마님은 식탁에 가는 대신 책을 읽는 척하셨지만, 후작님의 마차가 떠나면 바로 잠을 자러 올라가셨답니다. 어떤 날은 아직 당신을 볼 수 있을 때 따님을 오게 할까 생각도 하셨답니다. 하지만 지금까지 당신의 병에 대해 아무 말도 하지 않은 탓에 따님이 놀랄까 봐 겁을 내셨죠. '남편과 같이 있는 게 더 나아요. 그래요, 프랑수아즈.'" 프랑수아즈는 나를 보고 갑자기 어디 불편하냐고 물었다. 나는 아니라고 대답했다. "도련님께서 얘기하도록 절 묶어 놓으신 바람에 한 말이에요. 도련님을 방문한 손님이 아마 벌써 도착하셨을 거예요. 제가 내려가야 해요. 여기 있을 사람은 못 돼요. 언제나 바삐 움직이는 사람이니까 벌써 떠났을지도 모르겠네요. 기다리는 걸 좋아하지 않거든요. 아! 지금은 알베르틴 양이라니, 놀라운 일이군요." "프랑수아즈는 잘못 생각하고 있어. 알베르틴은 아주 괜찮은 사람이야. 여기 있기에는 과분할 만큼 괜찮은 사람이라고. 하지만 오늘은 볼 수 없다고 말해 줘."

만일 내가 눈물을 흘리는 모습이라도 보였다면 프랑수아즈는 얼마나 연민을 담아 과장된 말을 늘어놓았을까! 나는 조심스럽게 얼굴을 감췄다. 그러지 않으면 그녀가 날 동정했을 테니까. 하지만 동정을 한 쪽은 나였다. 마치 눈물을 흘리는 것이 우리를 아프게 한다는 듯, 혹은 그들을 아프게 한다는 듯, 우리의 우는 모습을 차마 보지 못하는 그 가련한 하녀들의 마음을 우리는 충분히 헤아리지 못한다. 내가 어렸을 때 프랑수아즈는 이렇게 말했다. "그렇게 울지 마세요. 나는 도련님이 그렇게 우는 모습을 보는 게 싫어요." 우리는 거창한 미사여구나 증언을 싫어하지만 이는 잘못된 것이다. 이렇게 해서 불쌍한 하녀가 도둑 누명을 쓰고 해고되고, 어쩌면 부당하게 해고되어 얼굴이 새파랗게 질린 채로 마치 의심받는다는 사실 자체가 이미 죄를 저지른 것과 다름없다는 듯이 갑자기 비굴해지면서 자기 아버지의 정직함과 어머니의 원칙과 조상들의 충고를 내세우며 늘어놓는 그런 시골의 감동적 광경이나 전설에 마음을 닫는다. 물론 우리의 눈물을 견디지 못하는 그 하녀는, 아무 거리낌 없이 아래층 하녀가 바람이 잘 통하는 걸 좋아한다고 해서, 또 그걸 못하게 하는 건 예의가 아니라면서 우리를 폐렴에 걸리게 할 수도 있다. 프랑수아즈처럼 분별 있는 하녀들도 잘못을 저지르며, 그래서 '정의'는 실현 불가능한 것이 된다. 하녀들의 소박한 기쁨마저 주인들의 거부나 야유를 야기한다. 왜냐하면 하녀들이 우리에게 부탁하는 것은 언제나 하찮은 것이지만 어리석게도 감상적이고 비위생적이기 때문이다. 그래서 그들은 이렇게 말할지도 모른다. "한 해에 한 번 하는 부탁도 왜 들어주지 않죠?" 그렇지만 주인은 그녀들에게 — 또는 그들에게 — 그것이 그처럼 어리석고 위험하지 않다면 훨씬 더 많은 걸 허락해 주었을 것이다. 물론 가련한 하녀가 몸을 떨며 자신이 저지르지 않은 죄까지 고백할 준비를 마치고 "오늘 저녁이라도 필요하면 떠나겠어요."라고 말하는 그런 겸손함에는 어느 누구도 저항하지 못한다. 그러나 또한 어머니로부터 물려받은 유산과 훌륭한 '경작지' 같은 것에 대해 그녀가 떠들어 대는 그 엄숙하고도 협박하는 듯한 상투적인 말에도 불구하고, 명예로운 삶과 조상을 과시하면서 왕홀(王笏)마냥 빗자루를 붙잡고, 비극에서 맡은 역할을 밀고 나가고, 가끔은 눈물로 그 역할을 중단하면서 당당하게 몸을 일으켜 세우는 우리의 늙은 요리사 앞에서는 무심하게 굴지 않을 줄도 알아야 한다. 그날 나는 그 장면을 기억하거나 상상하면서 우리의 늙은 하녀와 그것을 결부시켰고, 그 후부터는 프랑수아즈가 알베르틴에게 아무리 심하게 굴어도, 사실 간헐적인 방식이긴 하지만 가장 강렬한 종류의 애정, 연민에 근거하는 애정을 가지고 프랑수아즈를 사랑했다.

당연히 나는 하루 종일 할머니의 사진 앞에 머물면서 괴로워했다. 사진은 나를 고문했다. 그래도 저녁때 있었던 지배인의 방문보다는 덜했다. 그는 내가 할머니 얘기를 하자 다시금 애도의 뜻을 표하면서 다음과 같이 말했던 것이다.(자신이 즐겨 쓰는 단어들을 틀리게 발음하면서.) "그날은 바로 손님의 외조모 되는 분께서 '기쫄'하신 날이었어요.* 다른 손님들 때문에 곧 손님께 알려 드리려고 했어요. 호텔에 해가 될지도 모르니까요. 그날 저녁으로 부인께서 떠나시는 편이 낫다고 생각했죠. 하지만 부인께서는 제게 아무에게도 말하지 말라고 부탁하시면서 다시는 '기쫄'하는 일이 없을 거라고, 그런 일이 생기면 그 즉시 떠나겠다고 약속하셨어요. 그런데 부인께서 머무르신 층의 책임자가 그런 일이 또 일어났다고 보고하더군요. 하지만 손님들은 우리가 만족시켜 드리려고 애쓰던 오래된 고객이셨고, 또 아무도 항의하는 사람이 없어서……." 그렇다면 할머니는 여러 번 기절하셨고 그 사실을 내게 숨겼던 것이다. 어쩌면 내가 할머니에게 상냥하게 대하지 않았을 때조차, 할머니는 그토록 몸이 아프면서도 나를 화나게 하지 않으려고 기분 좋은 척 조심하며 호텔 밖으로 내쫓기지 않으려고 아주 건강한 모습을 보여야 했던 것이다. 그렇게 발음하는 걸 듣자 무슨 말인지 전혀 상상이 가지 않았고, 만일 다른 사람들에게 적용되었다면 아마도 우스꽝스럽게 보였을 그 '기쫄'이란 단어도, 독창적인 불협화음과도 흡사한 낯선 음향의 새로움 안에 오랫동안 남아, 내 마음속에서 가장 고통스러운

* 지배인이 '기절'이란 뜻의 프랑스어 syncope를 symecope로 잘못 발음했으므로 '기쫄'로 표기한다.

감각을 깨어나게 했다.

다음 날 나는 어머니의 부탁으로 잠시 모래밭 위에, 아니 모래 언덕 사이에 누우려고 나갔다. 그곳의 움푹 팬 곳에 몸을 숨기면 알베르틴과 친구들이 나를 찾을 수 없다는 걸 알았기 때문이다. 내려뜨린 눈꺼풀 아래로 온통 분홍빛을 띠는 한 줄기 빛, 눈 안쪽 막의 빛만이 스쳐 가는 듯했다. 눈꺼풀이 완전히 감겼다. 그러자 안락의자에 앉은 할머니의 모습이 나타났다. 너무도 쇠약한 할머니는 다른 사람보다 살아 있는 빛이 덜했다. 그래도 숨 쉬는 소리는 들렸다. 이따금 아버지와 내가 말하는 것을 이해했다는 표시를 보여 주었다. 그러나 내가 아무리 할머니에게 키스를 해도 그 눈에서 애정의 눈길을 깨어나게 하거나 약간의 핏기를 볼에 띠게 할 수는 없었다. 스스로 부재하는 할머니는 나를 사랑하지 않는 듯, 나를 알아보거나 어쩌면 나를 보지도 못하는 듯했다. 나는 할머니의 무관심과 실의, 그 침묵하는 불만의 비밀을 간파할 수 없었다. 나는 아버지를 옆으로 데리고 갔다. "이젠 아시겠죠." 하고 나는 말했다. "두말할 필요도 없어요. 할머니는 정확히 모든 걸 다 이해하고 계세요. 할머니가 살아 있다고 믿게 하는 완벽한 모습이에요. 죽은 사람은 살아 있지 않다고 주장하는 아버지의 사촌을 오게 할 수 있다면! 할머니는 돌아가신 지 일 년이 지났지만 어쨌든 언제나 살아 계세요. 그런데 왜 제게 키스하려고 하지 않을까요?" "저기 보렴, 할머니의 가련한 머리가 다시 아래로 처지지 않니." "하지만 할머니는 금방이라도 샹젤리제에 가고 싶어 하실 거예요." "미친 짓이다!" "정말 아버지는 그 산책이 할머니 몸에 해로울 거라고, 할머니를 더 죽게 할 거라고 생각하세요? 할머니가 더 이상 저를 사랑하지 않는 건 불가능해요. 할머니에게 키스를 해도 소용없으며, 다시는 영원히 미소도 안 지을까요?" "어쩔 수 없단다. 죽은 사람은 죽은 사람이야."

며칠이 지나자 나는 생루가 찍은 사진을 보다 편한 마음으로 바라볼 수 있었다. 프랑수아즈가 내게 말했던 것의 추억이 더 이상 나를 떠나지 않고 또 내가 그에 익숙해져서, 사진이 그 추억을 깨어나게 하지 않았기 때문이다. 그러나 그날의 그렇게 심각하고도 고통스러웠던 상태에 대해 내가 가졌던 관념과는 대조적으로, 사진은 할머니가 사용했던 술책을 — 내게 들킨 후에도 여전히 나를 속이는 데 성공한 — 이용하여 얼굴을 조금 가린 모자 아래로 할머니를 얼마나 우아하고 근심 없는 모습으로 보이게 했던지, 나는 지금껏 상상했던 것보다 할머니가 훨씬 불행하지도, 아프지도 않다고 생각했다. 그렇지만 할머니의 뺨은 자기도 모르게 그것만의 고유한 표현을, 마치 자신이 선택되고 가리켜졌다고 느끼는 짐승의 눈길처럼 뭔가 창백하고도 얼빠진 기색을 띠었으므로, 할머니는 사형 선고를 받은 사람과도 같은 본의 아니게 어둡고 무의식적으로 비극적인 사람처럼 보였고, 이런 모습은 나로부터는 빠져나갔으나, 어머니에게는 자기 어머니의 사진이라기보다는 오히려 할머니의 병과 그 병이 할머니 얼굴에 난폭하게 가한 모욕의 사진으로 보여 두 번 다시는 그 사진을 보지 못하게 했다.

그러던 어느 날 나는 알베르틴의 방문을 받아들이겠다는 말을 전하기로 결심했다. 그날은 때 이른 무더위가 찾아온 아침으로, 노는 아이들과 야유하는 해수욕객들과 신문팔이의 수많은 외침이 불꽃에 뒤엉킨 불화살로 타오르는 바닷가를, 작은 파도가 한 방울 한 방울 시원함으로 적셔 주는 바닷가를 그려 보였다. 그때 교향곡 연주가 물의 찰랑거리는 소리에 뒤섞이며 시작되었고, 그 안에서 바이올린은 바다를 헤매는 꿀벌 떼처럼 파르르 떨었다. 그러자 나는 곧 알베르틴의 웃음소리를 다시 듣고 싶고 그녀의 친구들도 다시 보고 싶어졌는데, 파도 위로 뚜렷이 드러나는 그 소녀들은 내 추억 속에서 발베크와는 떨어질 수 없는 매력이자 발베크의 특징적인 식물군으로 남아 있었다. 나는 프랑수아즈를 시켜 알베르틴에게 다음 주에 만나자는 쪽지를 보내기로 결심했으며, 그동안 천천히 높아지는 바다는 파도가 부서질 때마다 흘러나오는 크리스털의 흐름으로, 마치 이탈리아 대성당 꼭대기에서 푸른 반암과 거품 이는 벽옥의 용마루 사이로 솟아오르는 바이올린 든 천사들처럼, 악절이 서로 분리되며 나타나는 멜로디를 완전히 뒤덮었다. 그러나 알베르틴이 찾아온 날은 날씨가 다시 나빠져서 싸늘했으며, 게다가 나는 그녀의 웃음소리를 들을 기회도 갖지 못했다. 그녀는 기분이 매우 나빠 보였다. "올해는 발베크가 지겨워요."라고 그녀가 말했다. "오래 머무르지 않으려고 해요. 알다시피 전 부활절부터 이곳에 와 있는데 한 달이 지났지만 아는 사람이 아무도 없어요. 그래도 재미있을 거라고 생각하는 모양이죠." 조금 전에 내린 비와 시시각각 변하는 하늘에도, 나는 알베르틴을 에프르빌*까지 데려다준 후 — 알베르틴은 봉탕 부인의 별장이 있는 이 작은 해변과, 그녀가 '숙식하는' 로즈몽드 부모가 사는 앵카르빌 사이를, 그녀의 표현에 따르면 "정기적으로 왕복하고 있었다." — 할머니와 함께 산책하러 갔을 때 빌파리지 부인의 마차를 타고 지나갔던 큰 도로 쪽으로 혼자 산책을 나갔다. 반짝이는 햇빛에 아직 마르지 않은 물웅덩이가 땅을 진짜 늪처럼 만들어 놓았고, 그러자 예전에 온몸이 진흙투성이가 되지 않고는 한 걸음도 옮기지 못하셨던 할머니가 생각났다. 하지만 도로에 이르자 얼마나 눈이 부시던지! 8월에 할머니와 함께 보았을 때는 나뭇잎과 사과나무 부지 같은 것밖에 없었는데, 지금은 꽃이 만발한 사과나무들이 끝없이 이어지면서 상상할 수 없는 사치스러운 모습을 하고, 한 번도 본 적 없는 그 햇빛에 반짝이는 경이로운 분홍빛 새틴 옷자락을 망칠까 봐 조심하는 기색도 없이, 진흙탕에 발을 담근 채 무도회 복장으로 서 있었다. 멀리 보이는 바다의 수평선은 일본 판화의 배경과 흡사한 효과를 사과나무에 주고 있었다. 꽃들 사이로 하늘을 바라보려고 머리를 들자, 하늘의 푸르름을 보다 고요하고 강렬한 빛으로 비추던 꽃들이 천국의 깊이를 보여 주기 위해 옆으로 비켜서는 듯했다. 이

* 봉탕 부인의 빌라가 위치한 에프르빌은 1954년 판본에는 에그르빌로 표기되었으나, 에그르빌은 이 고장 지명이 에프르빌로 확정되기 전 긴 모색 과정의 산물처럼 보이며, 『소돔과 고모라』 2부에 이르면 에프르빌의 어원이 스프레빌라 또는 아프리빌라라고 기술됨으로써 보다 명확해지고 있다.(『소돔』, 플레이아드 III, 1441쪽 참조.)

런 푸른 빛깔 아래로 가볍지만 싸늘한 미풍이 붉게 물든 꽃다발을 살짝 흔들었다. 푸른 박새들이 나뭇가지에 앉으면서, 마치 이국 취향의 색채 애호가가 이 살아 있는 아름다움을 인공적으로 만들어 냈다는 듯, 관대한 꽃들 사이를 펄쩍펄쩍 뛰어다녔다. 그러나 그 아름다움은 눈물을 자아낼 정도로 감동적이었는데, 세련된 예술의 효과를 그토록 멀리 밀고 나가면서도 더없이 자연스럽게 느껴졌고, 또 사과나무가 농부들처럼 거기 들판 한가운데, 프랑스의 큰길 위에 우뚝 서 있었기 때문이다. 그러다 햇살에 뒤이어 갑자기 빗줄기가 떨어졌다. 빗줄기는 온 수평선에 줄무늬를 그리면서 사과나무 행렬을 그 잿빛 망 속에 조였다. 하지만 사과나무는 쏟아지는 소나기 아래 차가워진 바람을 맞으면서도 활짝 핀 분홍빛 꽃의 아름다움을 계속해서 쳐들고 있었다. 어느 봄날이었다.

# 2장

알베르틴의 비밀 — 그녀가 거울을 통해 보는 소녀들 — 미지의 여인 —
엘리베이터 보이 — 캉브르메르 부인 — 니심 베르나르 씨의 즐거움 —
모렐의 기이한 성격에 대한 첫 번째 스케치 —
샤를뤼스 씨가 베르뒤랭네에서 저녁 식사를 하다

이런 고독한 산책 중에 느끼는 기쁨이 내 안에 있는 할머니의 추억을 약화시키지나 않을까 두려웠던 나는 할머니가 느꼈던 그 커다란 정신적인 괴로움을 생각하면서 추억을 되살리려고 노력했다. 그 괴로움은 나의 부름에 응해 마음속에서 축조되려고 시도하면서 거대한 기둥을 들어 올렸다. 하지만 내 마음이 아마도 그 괴로움에 비해 지나치게 작았는지, 나는 그렇게나 큰 고통을 견딜 힘이 없었고, 나의 주의력은 고통 전체가 다시 형성되려는 순간 나에게서 빠져나갔으며, 또 그 아치형 구조물들도 마치 파도가 둥근 천장 모양의 기복을 완성하기 전에 부서져 버리듯, 서로 연결되기도 전에 주저앉고 말았다.

그렇지만 잘 때 꾸는 꿈만으로도 나는 할머니의 죽음과 관련된 나의 슬픔이 줄어들었다는 걸 알 수 있었으리라. 왜냐하면 할머니가 존재하지 않는다는 관념이 꿈속에서 할머니를 덜 억압하는 듯 보였기 때문이다. 물론 할머니는 꿈속에서도 여전히 병든 모습으로 나타났으나 회복 중이었고, 전보다 건강해 보였다. 그리고 만약 할머니가 아팠던 사실을 넌지시 비추기라도 하면, 나는 입맞춤으로 그 입을 막으면서 이제는 완전히 회복됐다고 안심시켰다. 나는 회의주의자들에게 죽음이란 진정 회복될 수 있는 병이라고 설득하고 싶었다. 하지만 지난날 할머니가 가졌던 그 풍요로운 자연스러움은 찾아볼 수 없었다. 할머니의 말씀은 나의 말에 대한 조금은 나약하고 온순한 대답, 거의 단순한 메아리에 지나지 않았다. 할머니는 이제 나 자신의 상념을 반영할 뿐이었다.

육체적인 욕망을 다시 느끼는 것은 아직 불가능한 상태였지만, 알베르틴은 내게 뭔가 행복에의 욕망 같은 걸 다시 불러일으키기 시작했다. 공유된 애정에 대한 몇몇 몽상은 우리 마음속을 늘 떠돌다가 어떤 친화력에 의해 함께 쾌락을 맛보았던 여인의 추억(이미 추억이 어렴풋해졌다는 조건 아래)과 쉽게 결합된다. 이 감정은 육체적 욕망이 내게 떠올렸던 모습과는 다른, 보다 온순하고 쾌활함은 줄어든 알베르틴의 얼굴을 상기시켰다. 그리고 이 감정은 육체적 욕망보다 절박하지 않았으므로, 나는 알베르틴이 발베크를 떠나기 전에 그녀를 다시 보려고 시도하는 일 없이 오는 겨울까지 그 욕망의 실현을 쉽게 미룰 수 있을 것 같았다. 그러나 여전히 생생하기만 한 슬픔 한가운데서도 육체적 욕망은 다시 살아나는 법이다. 날마다 오랜 시간 휴식을 취하는 나의 침대로 알베르틴이 와서 예전과 같은 놀이를 다시 해 주기를 바랐다. 아이가 죽은 바로 그 방에서 부부가 이내 다시 포옹을 하고 죽은 아이에게 동생을 만들어 주는 것을 우리는 목격하지 않는가? 나는 그런 욕망에서 마음을 다른 데로 돌리려고 애쓰면서 그날의 바다를 바라보기 위해 창가로 갔다. 첫해와 마찬가지로 바다는 같은 모습을 하고 있는 날이 거의 없었다. 지금이 소나기가 내리는 봄이어서인지, 아니면 비록 내가 첫해와 같은 시기에 왔다고 해도 다른 날씨가, 보다 변하기 쉬운 날씨가 눈에 띄지 않게 부드럽게 두근거리는 그 푸른 가슴을 추어올리면서 내가 바닷가에서 더운 날 잠든 모습을 보았던, 그 몇몇 나태하고도 수증기 어린 부서지기 쉬운 바다의 매력을 이 해안에서는 찾지 말라고 만류했기 때문인지, 아니면 특히 전에는 내가 일부러 회피했던 요소들을 엘스티르의 가르침을 받은 내 눈이 정확하게 포착하여 첫해에는 보지 못했던 것을 오랫동안 관조했기 때문인지, 바다는 첫해의 바다와 거의 닮은 데가 없어 보였다. 빌파리지 부인과 하던 전원 산책과 영원한 대양이라는 그 접근할 수 없는 신화적인 존재가 가까이서 흐르는, 당시에는 그토록 강한 인상을 주던 대조적인 양상은 더 이상 존재하지 않았다. 그리고 어떤 날은 바다가 오히려 이제 거의 전원 풍경 자체로 보이기까지 했다. 드물긴 하지만 정말 화창한 날에는 더위가 바다 위에 마치 들판을 건너듯 먼지투성이의 하얀 길을 그어 놓아 그 뒤로 가느다란 낚싯배의 돛대가 마을 종탑처럼 튀어나왔다. 멀리 떨어진 공장처럼 연통만 보이는 예인선은 연기를 내뿜고 있었으며, 한편 홀로 수평선에 불룩 나온 하얀 사각형은 아마도 돛에 의해 그려진 듯 보였지만, 석회암처럼 단단한 모양이 병원이나 학교 같은 외딴 건물 모서리에 햇빛이 비친 것 같았다. 또 구름과 바람이 태양과 어우러지는 날이면, 그것은 판단의 오류는 아니라도 첫 번째 시선의 착시 효과를, 그 시선이 우리의 상상력에 깨어나게 하는 암시 작용을 완성하는 듯했다. 왜냐하면 마치 시골에서 서로 다른 종류의 식물을 재배하는 경작지가 인접할 때처럼, 뚜렷하게 색이 다른 공간의 교차와 진흙투성이의 누렇고 거칠며 고르지 못한 바다 표면, 한 무리의 민첩한 수부들이 수확을 하는 듯 보이는 쪽배를 시야에서 가리는 제방과 비탈, 이 모든 것들이 비바람 부는 날에는 바다를, 예전에 내가 지나갔고 이제 곧 산책하게 될 그런 마차가 다닐 수 있는 땅만큼이나 다양하고 단단하고 기복이 심하고 사람들로 붐비는 경작지로 만들었기 때문이다. 그리고 한번은 더 이상 욕망에 저항할 수 없었던 나는 다시 잠자리에 드는 대신 옷을 입고 앵카르빌로 알베르틴을 찾으러 나섰다. 그녀에게 두빌까지 나와의 동행을 부탁하고, 거기서 페테른으로 캉브르메르 부인을 방문하러 가고, 그다음에는 라 라스플리에르로 베르뒤랭 부인을 방문하러 갈 생각이었다. 내가 베르뒤랭 부인을 방문할 동안 알베르틴은 해변에서 나를 기다리고 우리는 함께 밤중에 돌아올 것이었다. 나는 작은 지방 열차를 타러 갔다. 예전에 알베르틴과 그 친구들을 통해 나는 이 지역에서 통용되는 열차의 온갖 별명들을 알게 되었는데, 그 열차는 수없이 빙빙 돌아간다고 해서 '토르티야르',* 좀처럼 앞으로 나아가지 못한다고 해서 '타코', 통행인들보고 조심하라고 내는 그 끔찍한 기적 소리 때문에 '대서양 횡단 열차', 케이블 열차는 아니지만 절벽을 기어 올라간다고 해서, 또 엄밀히 말해 이동식 철도인 '드코빌'**도 아니지만 철로 폭이 60센티미터밖에 안 된다고 해서 '드코빌' 또는 '퓌니', 발베크에서 앙제빌을 지나 그라트바스트로 간다고 해서 B. A. G., 노르망디 남부 전차 노선에 속한다고 해서 '트람' 혹은 T. S. N.이라고 불렸다.*** 객차 안에 들어가 자리를 잡았는데 그곳에는 나 혼자뿐이었다. 태양이 찬란히 비치는 숨이 막힐 듯한 날이었다. 푸른 차양을 내리자 한 줄기 햇빛이 들어왔다. 그러나 곧 파리에서 발베크로 출발하는 기차 안의 할머니 모습이 보였다. 그때 할머니는 맥주를 마시는 나의 모습을 보기 너무 괴로워 하시며 일부러 눈을 감고 자는 시늉을 했다. 할아버지가 코냑을 마실 때마다 할머니가 괴로워하는 모습을 참을 수 없었던 내가, 남의 권유에 따라 그것도 할머니가 내게 치명적이라고 여기는 음료를 마시는 모습을 보는 고통을 할머니에게 안겼으며, 뿐만 아니라 내 멋대로 마시게 내버려 두어 달라고 강요했고, 게다가 나

* 『잃어버린 시간을 찾아서』 4권 371쪽. 문맥에 따라 '토르티야르' 또는 '지방열차'로 옮기고자 한다.

** 좁은 폭의 이동식 철도를 만든 폴 드코빌(Paul Decauville, 1846~1922)의 이름을 따서 이렇게 명명했다. '퓌니'는 케이블 열차(funiculaire)의 준말이다.

*** B. A. G.는 발베크와 앙제빌과 그라트바스트의 약자이며, '트람'은 전차의 약자이며, T. S. N.은 노르망디 남부 전차(Tramway du Sud de la Normandie)의 약자이다.

의 분노와 호흡 곤란 발작 때문에 숭고한 인종의 미덕에서 내가 술을 마시도록 도와주거나 권하도록 강요하기조차 했으며, 이런 나의 기억 앞에는 아무것도 보지 않으려고 두 눈을 감고 절망하며 침묵을 지키던 이미지가 있었다.* 이 추억은 요술 방망이처럼 눈 깜짝할 사이에 얼마 전부터 잃어버리고 있던 영혼을 내게 되돌려주었다. 내 입술이 오로지 망자에게 입맞춤하고 싶은 욕망에 사로잡혀 있는데, 내가 로즈몽드**와 더불어 도대체 무엇을 할 수 있단 말인가? 할머니가 겪었던 고통이 매 순간 다시 형성되면서 내 가슴이 이토록 뛰는데, 내가 캉브르메르네 사람들과 베르뒤랭네 사람들에게 도대체 무슨 말을 할 수 있단 말인가? 나는 객차 안에 그대로 있을 수 없었다. 기차가 '염색업자 멘빌' 역에서 멈추자, 나는 계획을 포기하고 기차에서 내렸다. 멘빌은 얼마 전부터 상당히 중요해졌고 특별한 명성도 얻게 되었는데, 수많은 카지노의 지배인이자 행복을 파는 장사꾼이 거기서 멀지 않은 곳에 고급 호텔의 사치와 경쟁하기 위해 저급한 취향의 호화판 건물을 지었기 때문이다. 이 건물에 대해서는 나중에 말할 테지만, 프랑스에서 여러 해안에 지을 예정이었던, 솔직히 말하면 멋쟁이들을 위한 첫 번째 공창(公娼)이었다. 유일한 것이었다. 물론 각 항구에는 선원들과 그림 소재가 될 만한 것을 좋아하는 애호가들에게만 가치 있는 사창가가 있는

* 『잃어버린 시간을 찾아서』 4권 24~25쪽 참조.
** 알베르틴의 오기(誤記)처럼 보인다고 지적된다.(『소돔』, 폴리오, 574쪽 참조.)

데, 아득히 먼 옛날 지어진 성당 바로 옆에서 그 성당만큼이나 오래되고 위엄이 있으며 또 이끼로 뒤덮인 여주인이 그녀의 악명 높은 집 문 앞에 서서 낚싯배의 귀환을 기다리는 광경은 사람들을 즐겁게 한다.

그곳 가족들이 시장에게 아무리 항의해도 소용없이 그곳에 건방지게 세워진 그 눈부신 '쾌락'의 집을 지나 절벽에 이른 나는, 발베크 방향으로 이어진 꼬불꼬불한 오솔길을 쫓아갔다. 산사나무가 부르는 소리를 들었지만 대답하지 않았다. 옆에 있는 사과나무 꽃들보다 풍성함이 덜한 산사나무 꽃들은 대규모 사과주 제조인의 딸들이 갖고 있는 그 분홍색 꽃잎의 싱그러운 안색은 인정하면서도 사과 꽃이 너무 무겁다고 생각하는 모양이었다. 사과 꽃보다 지참금이 많지 않은 산사 꽃들은 그렇지만 사람들이 그들을 더 많이 찾으며, 사람들을 즐겁게 하는 데는 헝클어진 하얀 옷만으로도 충분하다는 걸 알고 있었다.

내가 돌아오자 호텔 안내원이 곤빌 후작 부부, 앙프르빌 자작 부부, 베른빌 백작 부부, 그랭쿠르 후작 부부, 아므농쿠르 백작, 멘빌 백작 부인, 프랑크토 백작 부부, 에글빌 가문 태생의 샤베르니 백작 부인이 전하는 부고장을 주었는데, 이 부고장이 왜 내게 보내졌는지는, 마침내 거기서 메닐 라 기샤르 가문 태생의 캉브르메르 후작 부인과 캉브르메르 후작의 이름을 알아보았을 때, 또 고인이 캉브르메르의 사촌으로 엘레오노르-외프라지-욍베르틴 드 캉브르메르라고 불리는 크리크토 백작 부인임을 확인하고서야 비로소 깨달았다. 그 지방 가문 전체의 이름이 가늘고 촘촘한 줄로 채워져 나열된 곳에는 부르주아는 단 한 명도 없고 유명한 작위도 없었지만, 그 모든 시골 귀족들의 이름에는 — 그 모든 흥미로운 고장의 이름에는 — '빌(ville)'과 '쿠르(court)' 같은 경쾌한 어미(語尾)나, 때로는 '토(tot)' 같은 보다 둔탁한 어미가 노래하고 있었다. 그들 성관의 기와지붕 혹은 성당의 초벽이란 옷을 입고, 흔들거리는 머리를 노르망디풍의 채광창이나 원추형 지붕의 드러난 목재 골조로 장식되기 위해서만 겨우 둥근 지붕이나 본채 위로 비죽 내민 이름들은, 사방 200킬로미터에 일정한 순서로 놓이고 흩어진 모든 작은 마을들을 소집하는 종을 울려, 그 마을들을 밀집 대형으로 단 하나도 빠뜨리거나 불청객을 끼워 넣는 일 없이, 검정색 테두리를 친 귀족풍 편지*의 조밀한 직사각형 장기판에 배열해 놓은 듯했다.

어머니는 자기 방으로 다시 올라가 세비네 부인의 이런 구절을 명상하셨다. "나는 내 기분을 달래 주겠다고 하는 사람은 아무도 만나지 않는단다. 그들은 우회적인 말로 널 생각하는 나를 방해하며, 그래서 내 기분을 상하게 한단다."** 법원장이 어머니에게 기분 전환을 해야 한다고 말했던 것이다. 그는 내게도 "파름 대공 부인이랍니다."라고 속삭였다. 그러나 사법관이 가리키는 여인이 파름 대공 부인과 아무 관계도 없다는 걸 알고 나의 두려움은 사라졌다. 그러나 파름 대공 부인이

* 여기서 '귀족풍 편지'란 '귀족들의 이름만 나열된 편지'란 뜻이다.

** 세비네 부인이 딸 그리냥 부인에게 1671년 2월에 보낸 편지로 약간 수정이 가해졌다.

퀵상부르 부인 댁에서 돌아가는 길에 하룻밤 묵으려고 호텔에 방을 예약했다는 사실이 알려지면서, 이 소식은 새로운 귀부인이 도착할 때마다 파름 대공 부인으로 착각하는 — 또 내게는 내 다락방으로 올라가서 틀어박히는 — 효과를 자아냈다. 하지만 나는 혼자 있고 싶지 않았다. 이제 4시밖에 되지 않은 시간이었다. 그래서 나는 오후의 끝자락을 함께 보내기 위해 프랑수아즈에게 알베르틴을 찾아가 달라고 부탁했다.

알베르틴이 내게 불어넣을 그 지속적이고 고통스러운 의혹, 게다가 그 의혹이 띠게 될 특별한 성격, 특히 고모라적인 성격이 이미 시작되었다고 말한다면, 내가 거짓을 말하는 것일까. 물론 그날부터 — 하지만 처음은 아니었다. — 나의 기다림은 조금 불안했다. 프랑수아즈가 한참 동안 돌아오지 않자 나는 절망하기 시작했다. 나는 전등도 켜지 않았다. 날은 거의 저물어 있었다. 바람이 카지노의 깃발을 펄럭였다. 그리고 밀물이 몰려오는 모래사장의 고요 속에 더 힘이 빠진, 또 뭔가 이 불안하고 거짓된 시간의 초조하고도 막연한 감정을 표현하고 확대하는 목소리처럼, 호텔 앞에 세워진 작은 배럴 오르간이 비엔나 왈츠를 연주했다. 마침내 프랑수아즈가 돌아왔다. 그러나 혼자였다. "최대한 빨리 갔지만, 아가씨는 머리 손질이 만족스럽게 되지 않았다면서 오려 하지 않았어요. 한 시간이나 머릿기름을 바르며 치장하지 않았다면, 오 분도 안 걸려 끝났을 거예요. 이제 이곳은 진짜 향수 파는 가게 같을걸요. 아가씨가 오고 있어요. 거울 앞에서 단장하느라 뒤처진 거죠. 전 이미 도착한 줄 알았는데요." 알베르틴이 도착할 때까지는 그 후로도 한 참을 더 기다려야 했다. 그러나 이번에는 그녀가 보여 준 쾌활함과 상냥함이 나의 슬픔을 지워 주었다. 그녀는 (요전 날에 말한 것과는 달리) 이번 계절 내내 이곳에 있을 거라고 알렸고, 발베크에 왔던 첫해처럼 날마다 만날 수 있는지 물었다. 나는 그녀에게 요즘 내가 마음이 무척 슬프니 파리에서처럼 마지막 순간에만 가끔 사람을 보내겠다고 말했다. "마음이 괴롭거나, 또 만나고 싶은 생각이 들면 언제든 망설이지 마세요." 하고 그녀가 말했다. "사람을 보내 나를 부르세요. 금방 달려올게요. 그리고 호텔에서 스캔들 나는 게 두렵지만 않다면, 당신이 원하는 만큼 오래 있을게요." 프랑수아즈는 알베르틴을 데려오면서 나를 위해 수고할 때마다, 또 나를 기쁘게 하는 데 성공할 때마다 짓는 그런 행복한 표정을 지었다. 그러나 알베르틴이란 존재 자체는 이런 그녀의 기쁨에 아무 도움이 되지 않았는지 바로 그다음 날부터 다음과 같은 심오한 말을 했다. "도련님은 그 아가씨를 만나시면 안 돼요. 전 어떤 종류의 성격을 지닌 아가씨인지 잘 알아요. 도련님에게 슬픔을 안겨 줄 사람이에요." 알베르틴을 데려다주면서 나는 불이 켜진 식당에서 파름 대공 부인을 보았다. 그녀가 내 모습을 보지 않게 조심하면서 가만히 바라보기만 했다. 그러나 게르망트네 댁에서 나를 미소 짓게 했던 왕족의 예절에는 어떤 위대함이 있다는 점은 인정한다. 왕족들은 어디서나 원칙적으로 자기 집에 있는 것처럼 행동하며, 또 의전(儀典)이란 집주인이 자기 집에 있을 때도 자기 집이 아닌 왕자의 집에 있다는 걸 보여 주기 위해 손에 모자를 들고 있어야 하는 그런 가치 없는 죽은 관습으로 그 원칙을 표현하는 것이다. 파름 대공 부인은 이 관념을 공식화하지 않았을지 모르지만, 얼마나 거기에 젖어 있었던지, 부인의 행동 하나하나가 상황에 따라 자발적으로 만들어진 듯 그 관념을 표현하고 있었다. 식탁에서 일어날 때면, 부인은 마치 어느 성관을 떠나면서 시중을 들어 준 집사에게 상을 내리는 것처럼, 에메가 오로지 부인만을 위해 거기 있었다는 듯 많은 팁을 주었다. 게다가 부인은 팁을 주는 데서 그치지 않고, 우아한 미소와 더불어 어머니로부터 물려받은 다정하고 영합적인 말도 몇 마디 했다. 자칫하면 에메에게 호텔 관리가 잘되었고, 노르망디에도 꽃이 한창이라 세상 모든 나라 중 프랑스가 제일 좋다고 말할 듯이 보였다. 또 다른 동전이 부인의 손에서 와인 담당자에게로 슬며시 건네졌는데, 열병식을 마친 장군처럼 그녀는 자신의 만족감을 표하기 위해 그를 불렀던 것이다. 그 순간 엘리베이터 보이가 답장을 전하러 왔다. 보이 또한 그녀로부터 말과 미소와 팁을 받았으며, 이 모든 것에는 부인이 그들과 다르지 않다는 걸 증명해 보이는 겸손하고도 용기를 북돋우는 말이 끼워졌다. 에메와 와인 담당자와 엘리베이터 보이와 여타 사람들은 그들을 향해 미소 짓는 분에게 귀밑까지 가득 미소를 담아 답하지 않으면 예의에 벗어난다고 생각했고, 그리하여 부인은 이내 하인 그룹에 둘러싸여 그들과 친절하게 담소를 나누었으며, 이런 태도는 고급 호텔에서는 흔한 일이 아니었으므로, 부인의 이름을 모르고 해변을 지나가던 사람들은 부인이 발베크의 고객으로, 평범한 가문 출신이거나 직업적인 이해관계 때문에(어쩌면 샴페인 판매원의 아내일지도 몰랐다.) 진짜 세련된 손님들에 비해 하인과 별로 다를 바 없는 손님이라고 생각했다. 내 쪽에서는 파름-파르마 궁전과, 대공 부인에게 주어진 반은 종교적이고 반은 정치적인 충고를 생각했는데, 부인은 어느 날인가 자신이 통치할 날을 위해 백성의 마음을 얻어야 한다는 듯 백성을 대했다. 아니, 이미 통치하는 것처럼 행동했다.

나는 다시 방에 올라갔고, 그러나 이번에는 혼자가 아니었다. 누군가가 슈만의 곡을 감미롭게 연주하고 있었다. 물론 사람들은, 우리가 가장 사랑하는 사람들조차도 우리로부터 발산되는 슬픔이나 짜증에 질릴 수 있다. 그렇지만 우리의 감정을 고조시키는 힘을 가진, 인간으로서는 도저히 미치지 못하는 것이 바로 피아노다.

알베르틴은 친구들 집에 가서 며칠 자리를 비우게 될 날짜와, 저녁에 자기가 필요할 경우를 대비하여 모두들 가까운 곳에 살고 있으니 그 친구들의 주소도 적어 놓으라고 했다. 그녀를 찾기 위해 그녀 주위에 있는 꽃들의 연결고리가 이 소녀에서 저 소녀로 자연스럽게 맺어졌다. 그녀의 많은 친구들이 — 아직은 알베르틴을 사랑하지 않았으므로 — 이 해변 또는 저 해변에서 내게 쾌락의 순간을 주었던 사실을 감히 고백하고자 한다. 내가 기억하기로 이런 자비로운 친구들의 수는 그리 많지 않았다. 그러나 최근에 와서 다시 생각해 보니 그들의 이름이 기억났다. 이 계절만 해도 열두 명의 소녀가 나름 여린 호감을 내게 베풀었다. 이름 하나가 더 생각났고, 그래서 열세 명이 되었다. 그때 나는 유치하게도 이 열셋이라는 숫자에 머무르는 게 겁이 났다. 슬프게도 그들 중 첫 번째 소녀였던 알베르틴을 망각했다는 생각이 들었고, 그러자 더 이상 존재하지 않는 알베르틴은 열네 번째 소녀가 되었다.

원래 이야기로 다시 돌아가 보면, 나는 알베르틴이 앵카르빌에 있지 않을 이런저런 날 그녀를 찾기 위해 소녀들의 주소와 이름을 적긴 했지만, 차라리 그런 날을 이용해서 베르뒤랭 부인 댁에 가기로 마음먹었다. 게다가 우리의 욕망은 여러 상이한 여인들에 대해 항상 동일한 힘을 갖지 않는다. 어느 저녁에는 이런저런 여인 없이는 도저히 견딜 수 없을 것 같은 생각이 들다가도 그 후 한두 달 동안은 그녀가 우리의 마음을 전혀 흔들지 못하기도 한다. 여기서는 이런 엇갈림의 동기를 연구할 자리가 아니지만, 어쨌든 커다란 관능적인 피로 후에 찾아오는 일시적 노화 현상 동안 우리를 떠나지 않는 여인의 이미지가, 이마 정도밖에 키스하지 않는 여인일 수도 있다. 알베르틴으로 말하자면, 나는 그녀를 아주 드물게만, 상당한 거리를 두고 그녀 없이는 도저히 견딜 수 없을 것 같은 그런 저녁에만 만났다. 프랑수아즈가 갈 수 없을 정도로 그녀가 발베크에서 멀리 떨어져 있을 때 그러한 욕망에 사로잡히기라도 하면, 나는 엘리베이터 보이에게 평소보다 일찍 일을 마치도록 부탁하고 그를 에프르빌, 라소뉴, 생프리슈로 보냈다. 그가 내 방에 들어올 때면 항상 방문을 열어 두었는데, 자신이 맡은 '일'을 무척이나 양심적으로 했음에도 아침 5시부터 수많은 청소를 하는 등 무척 힘든 일을 하여 문을 닫을 노력까지 할 결심이 서지 않는다는 듯, 누군가가 문이 열렸다고 지적하면, 그는 뒤로 돌아가 전력을 다해 문을 가볍게 밀었다. 그를 특징짓는 이런 민주주의적인 자부심은, 자유업 중에서도 조금은 수가 많은 변호사나 의사와 문인 들은 도저히 따라갈 수 없을 정도였다. 그들은 다른 변호사나 의사와 문인들을 그저 "나의 동업자"라고 부르지만, 그에 반해 엘리베이터 보이는 당연히 이를테면 학사원처럼 수가 적은 집단에만 제한된 용어를 사용하면서,* 격일제로 엘리베이터 보이 일을 하는 제복 입은 종업원에 대해 "제 '동료'에게 교대해 줄 수 있을지 물어보겠습니다."라고 말했다. 이런 자부심도 그가 '대우'라고 부르는 것을 개선할 목적에서 심부름 수당 받는 일은 막지 못했으므로, 프랑수아즈는 그를 끔찍이도 싫어했다. "그래요. 처음에는 매우 착한 사람처럼 보이지만, 어떤 날은 감옥소 문처럼 무례하답니다.** 그저 돈 벌 욕심뿐이에요." 예전에 욀랄리를 자주 포함시켰던 사람들의 부류였는데, 유감스럽게도 프랑수아즈는 어느 날에는 온갖 불행을 가져오리라는 이유로 이미 알베르틴도 그 안에 포함시켰다. 내가 가난한 여자 친구를 위해 엄마에게 여러 번 하찮은 싸구려 장신구를 사 달라고 부탁하는 모습을 보고, 또 봉탕 부인이 모든 일을 다 하는 하녀 한 명만을 쓰고 있으므로 이 점에 대해 변명할 여지가 없다고 생각했다.

---

* 엘리베이터 보이의 언어 사용에 대해서 『잃어버린 시간을 찾아서』 4권 267~268쪽 참조. 그는 '급료' 대신 '대우'를 '하인의 제복' 대신 '튜닉'을 사용했다.

** 원문에는 '감옥소의 문처럼 예의 바르다(poli comme une porte de prison)'라고 적혀 있으나, '무례함'을 뜻하는 반어적 표현이라는 점에서 수정해서 옮겼다.

엘리베이터 보이는 재빨리 내가 제복이라고 부르고, 그가 '튜닉'이라고 부르는 것을 벗어던지고는 밀짚모자를 쓰고 단장을 든 채 거동을 조심하면서 몸을 뒤로 젖히며 나타났는데, 이는 그의 어머니가 결코 '일꾼'이나 제복 입은 '종업원' 같은 티를 내지 말라고 당부한 탓이었다. 일을 마치고 나면 일꾼이 더 이상 일꾼이 아닌 채로 책 덕분에 학문에 다가갈 수 있는 것처럼, 엘리베이터 보이는 밀짚모자와 장갑 덕분에 멋을 부릴 수 있었다. 그날 저녁 손님들을 위층으로 올려 보내는 일을 그만둔 그는, 수술복 벗은 젊은 외과 의사나 군복 벗은 생루 준사관처럼 자신이 완벽한 사교계 인사가 되었다고 생각했다. 게다가 그에게는 야심이 없지 않았고, 우리를 두 층 사이에 멈추지 않게 할 정도로 승강기를 조종하는 재능도 꽤 있었다. 그러나 그의 언어는 오류투성이였다. 그에게 야심이 있다고 생각한 이유는, 그의 상사인 호텔 안내원(concierge)에 대해 말하면서, 마치 제복 입은 종업원이 '개인 저택'이라고 불렀을 만한 집을 파리에 소유하고 있는 사람이 자기 집 문지기(concierge)에 대해 말하는 것과 똑같은 어조로 '나의 안내원'이라고 말했기 때문이다.* 엘리베이터 보이의 언어로 말하자면, 하루에도 쉰 번 이상이나 손님들이 승강기를 '아상쇠르(ascenseur)'라고 발음하는 걸 들었으면서도 정작 본인은 '악상쇠르(accenseur)'라고밖에 발음하지 못하는 게 참으로 신기했다. 이 엘리베이

* 프랑스어의 concierge란 단어가 호텔에서 짐을 들어 주는 일에서부터 호텔 정보나 관광 정보를 제공하는 일 등 모든 안내를 맡은 '호텔 안내원(concierge)'과, 동시에 아파트나 개인 저택의 '문지기(concierge)'에 사용되고 있음을 의미한다.

터 보이에게는 우리를 짜증 나게 하는 버릇이 몇 개 있었다. 내가 무슨 말을 하든 덮어놓고 "그럼요! 그렇고말고요!"라는 관용구로 말을 가로막았는데, 이는 내 지적이 너무도 당연해서 누구나 다 아는 말이라는 의미, 혹은 내 주의를 그쪽으로 돌리게 한 것이 바로 자신이니 모든 걸 자신의 공으로 돌리겠다는 의미처럼 보였다. 그가 매우 활기차게 감탄하며 내뱉는 "그럼요! 그렇고말고요!"는 자신이 한 번도 생각해 본 적 없는 일에 대해서도 이 분에 한 번은 반드시 그의 입에 돌아왔으므로, 나는 몹시 화가 나서 그가 아무것도 이해하지 못했음을 보여 주려고 이와 반대되는 말을 하기 시작했다. 그런데 나의 첫 번째 주장과 일치하지 않는 그 주장에도, 그는 당연하다는 듯 여전히 "그럼요! 그렇고말고요!"라고 대답했다. 또 본래 의미로 썼으면 완전히 적절했을 자신의 직업에 관한 몇 가지 용어를 비유적인 의미로만 사용한다는 점이 쉽게 용서되지 않았다. 이를테면 '페달을 밟다'라는 동사의 경우처럼 꽤 유치한 재치를 표현하려는 의도를 담고 있었기 때문이다. 그는 자전거를 타고 심부름을 갈 때는 결코 그 단어를 사용하지 않았지만, 시간에 대기 위해 서두를 때에는 자신이 빨리 걸었다는 걸 밝히기 위해 "그럼요, 페달을 밟았다니까요!"라고 말했다. 엘리베이터 보이는 키가 작고 빈약한 체격에 꽤 못생긴 편이었다. 그런데도 키가 크고 호리호리하고 날씬한 청년 얘기가 나올 때마다, "아! 알아요. 저처럼 키가 큰 친구 말이죠."라고 말했다. 어느 날 나는 그가 가져오는 답장을 기다리다 계단을 올라오는 소리에 초조함을 느끼곤 방문을 열었는데, 그때 나는 엔디미온*처럼 아름다운, 믿을 수 없을 정도로 완벽한 모습의 제복 입은 종업원이 내가 모르는 한 귀부인에게 온 것을 보았다. 엘리베이터 보이가 들어왔을 때, 나는 그의 답장을 얼마나 초조하게 기다렸는지 모른다면서 그가 올라온 줄 알았는데 실은 노르망디 호텔의 제복 입은 종업원이었다고 말했다. "아! 누구인지 알아요!" 하고 그가 말했다. "그곳에 저와 똑같은 체격을 가진 종업원은 한 사람밖에 없어요. 얼굴도 얼마나 닮았는지 사람들이 착각할 정도랍니다. 완전히 제 동생 같다니까요." 마지막으로 그는 처음 순간부터 모든 걸 다 이해한 것처럼 보이고 싶어 했으므로, 누군가가 그에게 뭔가를 충고하면 "예, 예, 아주 잘 알아들었습니다."라고 말했는데, 얼마나 분명하고 총명한 어조로 대답했는지 얼마 동안은 나도 착각했을 정도다. 그러나 인간이란 알면 알수록, 부식성 혼합물에 담긴 금속처럼 점점 그 장점을(때로는 단점조차도) 잃어 가는 모습을 띠게 된다. 그에게 충고하기에 앞서 나는, 그가 문을 열어 놓은 것을 보았다. 나는 그 점을 지적했고, 누가 우리 말을 들을까 봐 걱정했다. 그는 흔쾌히 내 뜻에 따라 열린 틈을 약간 좁힌 다음 다시 돌아왔다. "손님을 기쁘게 하려고 그런 겁니다. 하지만 이 층에는 우리 두 사람밖에 없습니다." 이내 한 사람, 두 사람, 세 사람이 지나가는 소리가 들렸다. 사람들이 경솔한 언동을 할지도 모른다는 생각에 나는 짜증이 났

* 제우스의 아들 혹은 손자로 그리스 신화에 나오는 미소년이다. 달의 여신 셀레네가 그의 잠든 모습에 반해 영원히 깨어나지 못하게 했다는 이야기가 전해진다.

는데, 특히 그럼에도 그가 전혀 놀라지 않으면서 손님들의 왕래는 보통 있는 일이라는 표정을 짓는 걸 보자 더욱 짜증이 났다. "예, 옆방 하녀가 소지품을 찾으러 가는 거랍니다."

"오! 별일 아니에요. 와인 담당자가 열쇠를 위층으로 가져가는 거랍니다." "아니에요. 아무것도 아니에요. 손님께서는 말씀하셔도 됩니다. 제 동료가 자기 일을 하러 가는 겁니다." 복도를 지나가는 사람들의 그 모든 이유가 내 말을 듣지나 않을까 하는 두려움을 감소시키지는 못했으므로, 그는 나의 단호한 명령에 따라, '오토바이'를 타기 원하는 이 자전거 선수의 힘으로는 감당하기 어려운, 문을 닫으러 가는 일 대신에 문을 조금 더 밀러 갔다. "이렇게 하면 안심할 수 있습니다." 우리가 얼마나 마음을 놓았는지 한 아메리카 여인이 들어왔다가 방을 잘못 알았다고 사과하면서 물러갔다. "아가씨를 모셔 와요." 하고 나는 내 손으로 문을 힘껏 쾅 닫은 후에 말했다.(그 소리에 다른 종업원이 열린 창문이 없는지 확인하려고 들어왔다.) "잘 기억해요. 알베르틴 시모네 양이에요. 게다가 봉투에 쓰여 있으니, 내가 보내서 온 거라고 말하기만 하면 돼요. 기꺼이 오실 테니까요." 하고 나는 그를 격려하면서, 또 나를 지나치게 낮추지 않으려는 의도로 덧붙였다. "그럼요!" "아니에요. 반대로 아가씨가 기꺼이 온다는 건 전혀 당연한 일이 아니에요. 베른빌에서 이곳까지 오는 길이 매우 불편하거든요." "알겠습니다!" "당신과 같이 오자고 말하세요." "예, 예, 아주 잘 알겠습니다." 하고 그는 오래전부터 더 이상 내게 '좋은 인상'을 주지 못하게 된 그 분명하면서도 교활한 어조로 말했다. 그의 행동이 거의 기계적이며, 분명한 외양 아래 많은 모호함과 어리석음이 감추어져 있다는 걸 알았기 때문이다. "몇 시쯤 돌아올 수 있어요?" "그렇게 오래 걸리지는 않을 겁니다.(J'ai pas pour bien longtemps.)" 하고 엘리베이터 보이는, 부정문을 말할 때 pas를 ne와 함께 쓰는 잘못을 되풀이하지 말고, 늘 부정사 하나만을 사용해야 한다고 규정한 벨리즈*의 법칙을 극단으로 밀고 나가면서 말했다. "저는 그곳에 갈 수 있습니다. 마침 점심시간에 스무 명분의 식사를 살롱에 차려야 해서 조금 전까지는 외출이 금지되어 있었지만, 오후에는 제가 외출할 차례거든요. 저녁에 잠시 나가면 됩니다. 자전거를 탈 겁니다. 그렇게 하면 빨리 갈 수 있으니까요." "손님 많이 기다리셨죠. 아가씨께서 저와 같이 오셨습니다. 아래층에 계십니다." "아! 고마워요. 호텔 안내원이 내게 화를 내지 않았어요?" "폴 씨 말인가요? 그 사람은 제가 어디 있었는지도 모를 걸요. 문을 관리하는 책임자라고 해도 할 말이 없을 거예요." 그러나 한번은 내가 "꼭 모시고 와야 해요."라고 말하자, 그는 미소를 지으면서 말했다. "손님도 아시다시피 전 아가씨를 만나지 못했어요. 거기 안 계세요. 오래 기다릴 수 없어서요. 호텔에서 '파견된'〔해고된〕 제 동료처럼 될까 봐 겁이 나서요." (엘리베이터 보이는 '처음으로 직장에 들어가다(entrer)'란 말도 '돌아가다(rentrer)'란 단어를 사용해서 "난 정말 우체국에 '돌아가고'

---

* 1672년에 공연된 5막극 「유식한 여자들」에서 몰리에르가 극중 인물인 벨리즈를 통해 문법 규칙에 대한 지나친 숭배를 희화시키고 있는 것에 대한 풍자다.

〔들어가고〕 싶어요."라고 말했는데, 그것이 어떤 일에 대한 보상 때문인지, 아니면 뭔가 자신과 관계되는 일의 충격을 완화시킬 목적이었는지, 아니면 그것이 남과 관계되는 일이라 보다 교활하고 사악한 방식으로 그 일을 암시하기 위해서였는지는 잘 모르겠지만, '해고되다(renvoyé)'의 r을 삭제하고 "전 그가 파견되었다는(envoyé) 걸 잘 알고 있어요."라고 말했다.)* 그가 미소를 지은 것은 악의가 아니라 소심함 때문이었다. 그는 자신이 저지른 잘못의 중함을 농담으로 축소하려고 했다. 마찬가지로 "손님도 아시다시피 전 아가씨를 만나지 못했어요."라는 말은 내가 실제로 그런 사실을 안다고 생각해서 한 말이 아니었다. 오히려 정반대로, 내가 그 사실을 모른다는 걸 의심하지 않았으며, 또 그 점에 대해 무척 겁을 냈다. 그래서 그는 "손님도 아시다시피"라고 말함으로써 내게 알려 주어야 할 말을 입 밖에 내면서 거쳐야 할 불안감을 스스로 피하려 했던 것이다. 잘못을 저지르다 발각된 이들이 웃는다고 해서 화를 내면 안 된다. 우리를 조롱하려고 웃는 것이 아니라 우리가 못마땅하게 생각할까 봐 불안에 떠는 것이기 때문이다. 웃는 이들에게 진심 어린 연민을 표하고 지극한 상냥함을 보여 주자. 진짜 발병이라도 한 듯 몹시 당황한 엘리베이터 보이는 뇌일혈 환자처럼 얼굴이 붉어졌을 뿐만 아니라, 언어까지도 변하면서 갑자기 내게 친근하

* 엘리베이터 보이는 '해고되다(renvoyé)'란 단어가 '파견되다(envoyé)'와 아무 관련이 없는데도, 마치 renvoyé에 붙은 r이, '들어가다(rentrer)'에 붙은 r처럼, '반복'이나 '원 상태로 돌아가다'를 의미하는 어간의 r로 쓰인 것으로 잘못 해석하고 있다.

게 굴었다. 그는 내게 마침내 알베르틴이 에프르빌에 없었으며, 9시가 돼야 돌아올 것이며, 또 행여 — '혹시'라는 의미였지만 — 그보다 조금 일찍 돌아오면 사람들이 내 쪽지를 전해 줄 것이며, 어쨌든 새벽 1시까지는 호텔 방에 올 거라고 설명했다.

하지만 나의 잔인한 의혹이 보다 견고해지기 시작한 것은 그날 저녁이 아니었다. 아니 지체하지 않고 지금 즉시 말해 본다면, 사건이 일어난 것은 몇 주 후였지만, 그 의혹은 코타르의 지적에서 시작되었다. 그날 알베르틴과 친구들은 나를 앵카르빌 카지노로 끌고 가고 싶어 했는데, 운 좋게도 열차 고장으로 — 수리하는 데 꽤 시간이 걸리는 — 그곳에 멈추지 않았다면 나는 그들과 만나지 못했을 것이다.(나를 여러 번 초대한 베르뒤랭 부인을 방문하러 가는 길이었다.) 열차 수리가 끝나기를 기다리면서 여기저기 걷다가 문득 앵카르빌에 왕진을 온 코타르 의사와 마주쳤다. 그가 내 편지에 전혀 답장을 보내오지 않았으므로, 나는 인사를 할지 말지 망설이며 머뭇거렸다. 그러나 사람들이 모두 같은 방식으로 호의를 표현하는 것은 아니다. 사교계 사람들처럼 동일하게 정해진 예의범절의 교육을 강요받지 않은 코타르는 선의가 가득했으며, 다만 그가 선의를 표할 기회를 갖기까지 우리가 그 사실을 몰랐고 그래서 부인했던 것이다. 그는 내게 사과를 하면서 편지를 잘 받았고, 베르뒤랭 부부에게도 내가 왔다는 소식을 알렸으며, 그들이 날 무척 보고 싶어 하니 만나 보기를 권한다고 말했다. 그는 마침 그곳에서의 만찬을 위해 작은 지방 열차를 타려고 하니 그날 저녁 날 데려가고 싶다고 했다. 나는 망설였고 그가 열차를 타려면 아직 시간이 있고, 고장 수리도 오래 걸릴 것 같아, 그를 작은 카지노로 안내했다. 그곳은 내가 처음 도착한 저녁 무척이나 쓸쓸해 보이던 카지노 중의 하나로 지금은 소녀들의 시끄럽게 떠드는 소리로 가득했는데, 소녀들은 남자 파트너가 없어서 자기들끼리 춤추고 있었다. 앙드레가 미끄럼질을 하면서 내게로 왔다. 나는 잠시 후 코타르와 함께 베르뒤랭네로 다시 떠날 생각이었지만, 알베르틴과 함께 남고 싶다는 생생한 욕망에 사로잡혀 결국은 코타르의 제안을 거절했다. 알베르틴이 웃는 소리를 들었던 것이다. 그러자 그 웃음소리는 금방 문지르고 나온 듯한 분홍빛 살과 향기로운 내벽을 연상시켰으며,* 거기서 제라늄 향기처럼 톡 쏘는 관능적이며 의미심장한 웃음소리는 그것과 더불어 거의 손에 만져질 듯한 자극적이고 은밀한 미립자 몇 방울을 옮기는 듯했다.

내가 모르는 소녀 하나가 피아노를 치기 시작했고, 앙드레가 알베르틴에게 같이 왈츠를 추자고 청했다. 이 작은 카지노 안에 소녀들과 남는다는 생각에 즐거워진 나는 코타르에게 그들이 무척 춤을 잘 춘다고 지적했다. 그러나 그는 의사의 전문적 관점에서, 또 내가 소녀들과 인사하는 모습을 틀림없이 보았는데도 잘못된 교육을 받은 탓인지 소녀들과 아는 사이라는 것도 고려하지 않고 이렇게 대답했다. "그렇다네. 하지만 저런 습관을 취하도록 딸들을 내버려 둔 부모들도 참으로

* 여기서 살과 내벽은 각각 입술과 혀의 은유이다.

신중하지 못하군. 나라면 물론 내 딸들을 이런 곳에 오지 못하도록 할 걸세. 어쨌든 여자아이들이 예쁘기는 한가? 나는 저 아이들의 얼굴을 구별하지 못하겠네. 저런, 저걸 보게나." 하고 그는 서로를 껴안고 천천히 왈츠를 추는 앙드레와 알베르틴을 가리키면서 덧붙였다. "코안경을 잊어버리고 와서 잘 보이지는 않지만 저 아이들은 틀림없이 쾌락의 절정에 있을 걸세. 여자들이 다른 무엇보다도 젖가슴을 통해 쾌락을 맛본다는 걸 사람들은 잘 알지 못하네. 저 아이들의 젖가슴이 완전히 붙어 있는 걸 보게나." 실제로 앙드레와 알베르틴 사이에서 젖가슴의 접촉은 멈추지 않았다. 코타르의 지적을 들었는지 아니면 짐작했는지는 잘 모르겠지만, 그들은 가볍게 몸을 뗀 채 왈츠를 계속 추었다. 그때 앙드레가 알베르틴에게 한마디 했고, 그러자 알베르틴은 조금 전 내가 들었던 그 날카롭고도 뜻깊은 웃음을 터뜨렸다. 하지만 그 웃음소리가 이번에 내게 자아낸 혼란은 보다 잔인할 수밖에 없었다. 알베르틴은 그 웃음소리를 통해 은밀하고도 관능적인 전율을 앙드레에게 가리키고 확인하려 하는 듯했다. 그것은 미지의 축제에서 처음이나 마지막에 울리는 화음과도 같았다. 나는 코타르와 함께 다시 길을 떠났고 그와 얘기하는 데 정신이 팔려 이따금씩만 그 장면을 떠올렸다. 코타르와의 대화가 흥미로워서가 아니었다. 대화는 오히려 우리가 뒤 불봉 의사를 본 탓에, 의사는 우리를 보지 못했지만, 그 순간 무척 날카로워졌다. 의사는 발베크 만 건너편에서 얼마 동안 머물고 있었는데, 많은 사람들이 그의 진찰을 받으러 왔다. 그런데 바캉스 중에는 의사 일을 하지 않는다고 선언하는 습관이 있었음에도 코타르는 이 해안에서 엄선된 단골 환자를 만들기 기대했고, 뒤 불봉이 이 일에 방해가 되었다. 물론 발베크의 의사는 코타르에게 걸림돌이 될 수 없었다. 다만 그는 모든 것을 다 아는 매우 양심적인 의사였고, 그래서 조금만 가렵다고 말해도 즉시 복합적인 처방의, 거기 적합한 크림이나 로션, 연고를 알려 주었다. 마리 지네스트*가 그 멋진 언어로 말한 것처럼, 그는 상처와 부상에 '마술을 걸 줄' 알았다. 그러나 그는 유명하지 않았고 따라서 코타르에게 그가 안긴 근심은 매우 미미했다. 자신이 맡은 강좌를 임상학 강좌로 바꾸기를 원한 날부터 코타르는 중독 분야의 전문가가 되었다. 의학상의 위험한 혁신인 이 중독 분야는, 모든 제품은 유사 약과는 달리 전혀 독성이 없으며 오히려 해독 작용까지 한다고 하면서 제약 회사의 상표를 쇄신하는 데 일조했다. 이것이 바로 인기 광고다. 상표 밑에는 알아보기 힘든 글자로 제품이 철저하게 소독되었음을 보증하는 문구가 마치 지나간 유행의 희미한 흔적처럼 남아 있을 뿐이다. 또 중독 현상은 환자의 마비가 중독에서 온 불편함에 불과하다고 믿게 함으로써 환자를 안심시키는 용도로 쓰이기도 한다. 그런데 대공작이 발베크에 며칠 지내려고 왔다가 한쪽 눈이 심하게 부어올라 코타르에게 왕진을 청했는데, 코타르는 100프랑짜리 지폐 몇 개를 받고(교수는 그보다 적은 금액을 받고는 움직이려 하지 않았다.) 염증의 원인이 중독에 있다고 보고 해독

---

* 429쪽 주석 참조.

을 위한 식이 요법을 처방했다. 그래도 눈의 부기가 가라앉지 않자, 대공작은 발베크의 평범한 의사 쪽으로 갑자기 방향을 틀었고, 의사는 오 분 만에 눈에서 먼지 조각을 꺼냈다. 다음 날 눈의 부기는 나타나지 않았다. 그렇지만 코타르에게 보다 위험한 적수는 유명한 신경병 의사였다. 그는 붉은 낯빛에 쾌활하며 늘 신경 쇠약 환자를 접하면서도 매우 건강했으며, 뿐만 아니라 "안녕하세요."와 "또 만납시다."라는 인사말로 커다란 웃음을 터뜨리면서, 비록 잠시 후에는 운동선수 같은 팔로 그들에게 구속복* 입히는 일을 도와줄지언정 그들을 안심시켰다. 하지만 사교계에서 담소를 나눌 때면 그것이 정치 얘기든 문학 얘기든, 그는 당신이 하는 얘기를 매우 주의 깊고 호의적인 태도로 "무슨 일이신가요?"라고 말하는 듯한 표정으로 들으면서, 마치 환자를 진찰하는 것처럼 금방 말을 꺼내지 않았다. 그러나 재능이 어떠하든 그는 전문의였다. 그래서 코타르의 모든 분노는 뒤 불봉 의사에게로 옮겨 갔다. 그러나 나는 곧 호텔로 돌아가기 위해 베르뒤랭 부부의 친구인 코타르 교수를 떠났으며, 그에게 곧 베르뒤랭 부부를 보러 가겠다고 약속했다.

알베르틴과 앙드레에 관해 코타르가 한 말은 내게 깊은 상처를 남겼으나, 중독의 효과가 어느 정도 시간이 지난 후에야 나타나듯 가장 끔찍한 고통을 바로 느낀 것은 아니었다.

---

* 정신병자나 범죄자 등 자해 또는 타인에게 상해를 입힐 위험이 있는 사람에게 강제로 입히는 옷으로 1772년 데이비드 맥브라이드(David MacBride)에 의해 처음 고안되었다고 한다.

알베르틴은 엘리베이터 보이가 찾으러 갔던 저녁, 반드시 올 것이라는 보이의 단언에도 오지 않았다. 사랑을 낳게 하는 여러 요인에는 물론 누군가의 매력적인 모습보다는 "안 돼요. 오늘 저녁엔 시간이 없어요."와 같은 말이 더 빈번하게 작용한다. 친구와 같이 있을 때면 우리는 그런 말에 주의를 기울이지 않는다. 저녁 내내 즐겁게 보내면서 더 이상 어느 이미지에 전념하지도 않는다. 그 시간 동안 이미지는 필요한 혼합물 속에 잠겨 있다. 집에 들어가면서 지극히 선명하게 인화된 사진을 발견한다. 더 이상 어젯밤 아무것도 아닌 일로 포기했을 삶이 아님을 깨닫는다. 비록 계속해서 죽음을 두려워하지 않을지라도, 이제는 감히 결별 같은 것은 생각하지 못하기 때문이다.

게다가 새벽 1시(엘리베이터 보이가 정한 시간)가 아니라 3시부터는 그녀가 나타날 가능성이 줄어들었다고 생각하면서도 더 이상 예전처럼 괴로워하지 않았다. 오히려 그녀가 오지 않는다는 확신이 전적으로 안정감을, 상쾌함을 가져다주었다. 그날 밤은 내가 그녀를 보지 못하는 수많은 밤 가운데 하나일 뿐이라는, 그런 관념에서 나는 출발했다. 그리고 그때부터 다음 날 혹은 다른 날에 그녀와 만나리라는 생각이 내가 받아들인 이 무(無)의 관념 위로 뚜렷이 부각되면서 오히려 감미롭게만 느껴졌다. 가끔 이런 기다림의 저녁에 우리가 먹은 약으로부터 고뇌가 연유하기도 한다. 아픈 사람은 그 고뇌를 잘못 해석해서 자신이 오지 않는 여인 때문에 괴로워한다고 생각한다. 사랑은 이 경우 몇몇 신경병과 마찬가지로 고통스러운 불안감에 대한 부정확한 설명에서 생겨난다. 그리고 사랑이란 항상(그 원인이 무엇이든) 왜곡된 감정이기에, 적어도 사랑에 관한 한 그 설명을 바로잡을 필요는 없다.

다음 날 알베르틴이 지금에서야 에프르빌에 돌아왔으며, 그래서 편지를 제때 받지 못했으나 내가 원한다면 그날 저녁으로 나를 보러 오겠다고 편지로 알려 왔다. 그때 나는 그 편지의 마지막 말 뒤에서, 그녀가 일찍이 내게 전화를 통해서 했던 그 마지막 말과 마찬가지로, 그녀가 나보다 더 좋아하는 쾌락과 인물의 현존을 느낀 기분이었다. 또다시 나는 우리가 마음속에 늘 가지고 있는 그 잠재적인 사랑 때문에, 그녀가 했을지도 모르는 일들을 알고 싶은 고통스러운 호기심에 동요했으며, 한순간 그 사랑이 나를 알베르틴에게 연결하는 것처럼 생각되었지만, 잠시 그 자리에서 전율하는 데 그쳤으며, 또 마지막 웅성거림도 더 이상 나아가는 일 없이 그냥 사그라지고 말았다.

발베크에서의 첫 번째 체류 동안 나는 알베르틴의 성격을 — 어쩌면 앙드레도 나와 마찬가지였을 테지만 — 잘못 이해하고 있었다. 우리의 온갖 애원에도 그녀를 붙잡지 못하고, 가든파티에 가거나 당나귀 타고 산책하기, 소풍 가는 일을 막지 못했으므로, 나는 그녀가 천성적으로 경박하다고 생각했다. 발베크에서의 두 번째 체류 기간 동안 나는 이 경박함이 겉모습에 지나지 않으며, 가든파티도 꾸며낸 이야기가 아니라면 방패막이에 지나지 않는다고 추측했다. 다음의 일은 여러 다양한 형태로 일어났다.(내 말은 그 일이 내 쪽에서 전혀 투명하지 않은 유리를 통해 관찰되었으므로 상대 쪽의 진실 여부는 결코 알 수 없다는 의미이다.) 알베르틴은 내게 가장 정열적인 애정을 맹세했다. 그녀는 앵프르빌에서 날마다 5시에 손님들을 맞는, 혹은 그렇게 보이는 어느 귀부인을 방문하러 가야 한다며 시계를 여러 번 쳐다보았다. 의혹에 시달리며 또 몸이 아프다고 느낀 나는 알베르틴에게 함께 있어 달라고 애원했다. 그러나 그 귀부인이 별로 손님 접대를 좋아하지 않으며 예민한 데다, 또 알베르틴의 말에 따르면 진력나게 하는 사람인지라 틀림없이 화를 낼 거라면서 그럴 수 없다고 했다.(게다가 그녀는 오 분밖에 시간이 없었다.) "하지만 한 번쯤은 방문을 빠질 수도 있지 않나요?" "안 돼요. 아주머니가 다른 무엇보다도 예의 바르게 대해야 한다고 가르치신걸요." "하지만 나는 당신이 무례하게 구는 걸 여러 차례 봤는데요." "그건 다르죠. 부인이 날 원망해서 아주머니에게 시비를 걸지도 몰라요. 이미 그 부인과 그렇게 좋은 관계가 아니거든요. 그러니 내가 한 번쯤 부인을 보러 가기를 바랄 거예요" "하지만 부인이 날마다 손님을 맞는다고 하지 않았나요?" 그러자 알베르틴은 자신의 말이 '들통난 걸' 깨닫고 다른 이유를 댔다. "물론이죠. 부인은 매일 손님을 맞아요. 하지만 오늘은 부인 댁에서 친구들을 만나기로 약속했거든요. 그러면 따분함이 좀 덜할 거예요." "그렇다면 알베르틴, 당신은 나보다 그 부인과 친구들이 더 좋다는 거예요? 따분한 방문의 위험을 감수하지 않기 위해 나를 혼자 쓸쓸히 내버려 두는 편이 더 좋단 말이죠?" "그 방문이 따분하건 말건 상관없어요. 친구들에 대한 헌신이죠. 내 이륜마차로 데리고 와야 해요 그것 말고는 친구들에게 교통수단이 없어요." 나는 알베르틴에게 저녁 10시까지 앵프르빌에서 출발하는 열차가 있다고 지적했다. "맞아요. 하지만 알다시피 부인이 우리보고 만찬까지 남아 있어 달라고 부탁할 수도 있으니까요. 부인은 손님 접대를 아주 좋아하거든요." "그럼 거절하면 되죠." "아주머니를 화나게 할 거예요." "게다가 당신이 만찬에 참석해도 10시 기차는 탈 수 있어요." "조금 빠듯해요." "그렇다면 내가 시내로 저녁 식사를 하러 가면 기차로 돌아오지 못하겠네요. 하지만 알베르틴, 우리 일을 간단히 해요. 공기를 쐬는 게 나한테 좋을 거라는 생각이 들어요. 당신이 그 부인을 버릴 수 없다고 하니, 내가 앵프르빌까지 당신과 동행하죠. 겁내지 말아요. '엘리자베트의 탑(그 부인의 별장)'까지는 가지 않을 테니, 부인도 당신 친구도 만나지 못할 거예요." 알베르틴은 끔찍한 충격을 받은 듯 더 이상 말을 잇지 못했다. 그녀는 해수욕이 자신에게 별 도움이 되지 않는다고 말했다. "내가 당신과 같이 가는 게 싫어요?" "어떻게 그런 말을 할 수 있죠? 나의 가장 큰 기쁨이 당신과의 외출이라는 걸 잘 알면서." 갑작스러운 반전이 일어났다. "우리가 함께 산책을 하면서 발베크 건너편으로 가지 말라는 법은 없잖아요? 거기서 함께 저녁 식사를 해요. 대단히 멋질 거예요. 사실 그쪽이 훨씬 근사해요. 안 그래도 앵프르빌과 시금치 색을 칠한 그 모든 장소에 싫증이 나기 시작하던 참이에요." "하지만 당신 아주머니 친구분이 당신이 가지 않으면 화를 내실 텐데요." "그럼 곧 화가 풀리시겠죠." "아뇨. 사람들을 화나게 해서는 안 돼요." "그분은 알아차리시지도 못하실 거예요. 매일같이 손님들을 접대하니까요. 내일이나 모레, 일주일, 보름 후에 가도 괜찮을 거예요." "그럼 당신 친구들은요?" "오! 그 애들도 그동안 나를 자주 팽개쳤어요. 이번엔 내 차례예요." "하지만 당신이 제안하는 그쪽엔 9시 이후에 기차가 없을 텐데요." "잘됐네요. 9시라면 완벽해요. 귀가 문제로 계획을 중단해서는 안 돼요. 짐수레나 자전거는 언제든 발견할 수 있을 테니까요. 혹시 없어도 두 다리가 있잖아요." "언제든 발견하다니, 알베르틴, 말이 너무 지나치군요. 앵프르빌 쪽이라면 목조 건물의 작은 역이 다닥다닥 붙어 있으니까 괜찮지만, 건너편은 달라요." "그쪽이라 해도 제가 당신을 안전하게 데려오겠다고 약속드릴게요." 알베르틴이 말하고 싶어 하지 않는 어떤 계획된 일을 나 때문에 포기하고, 그래서 누군가가 나처럼 불행해지리라는 생각이 들었다. 내가 동행한다고 하는 바람에 그 일이 가능하지 않다는 걸 알고 주저 없이 그냥 포기한 것이었다. 그녀는 그것이 돌이킬 수 없는 일임을 알고 있었다. 살면서 여러 가지 일을 하는 여성들이 모두 그렇듯이, 그녀는 결코 약화되지 않는 받침점, 즉 의혹과 질투를 가지고 있었기 때문이다. 물론 그녀는 이런 의혹과 질투를 자극하려고 하지 않았으며 오히려 그 반대였다. 그러나 연인들은 의심이 많으며 그래서 거짓을 금방 눈치챈다. 그래서 알베르틴은 경험상(그것이 질투에서 비롯된 것임을 조금도 짐작하지 못하고) 자신이 어느 저녁에 팽개친 사람들을 반드시 다시 만나리라 확신했다. 그녀가 날 위해 버린 그 미지의 인간은 괴로워하고 그 때문에 더욱 그녀를 사랑하게 될 것이며(알베르틴은 그 때문이라는 걸 알지 못했지만), 계속 괴로워하지 않으려고 스스로 그녀에게 다시 돌아갔으리라.(나도 그렇게 했을 테지만.) 그러나 나는 그녀를 아프게 하고 나 자신을 피로하게 만들며, 여러 다양한 형태의 헤아릴 수도 없는 심문과 감시의 그 무시무시한 길로 들어서고 싶지 않았다. "아녜요, 알베르틴. 난 당신의 즐거움을 망치고 싶지 않아요. 앵프르빌의 부인 댁에 가도록 해요. 아니면 당신이 그 이름을 빌린 사람이든. 어쨌든 그분 댁에 가도록 해요. 난 상관없어요. 내가 당신과 같이 가고 싶지 않은 진짜 이유는 당신이 그걸 원치 않으며, 또 나와 하게 될 산책이 당신이 원하던 산책이 아니라는 걸 알기 때문이죠. 그 증거로 당신은 알아채지 못했지만 다섯 번 이상이나 모순된 말을 했어요." 불쌍한 알베르틴은 자기가 어떤 거짓말을 했는지 정확히 알지 못했으므로, 자신이 알아채지 못한 그 모순된 말이 보다 심각한 것은 아닌지 불안해했다. "내가 모순된 말을 했을 수도 있겠네요. 바닷바람 때문에 판단력을 완전히 잃었거든요. 나는 늘 사람들 이름을 바꿔 말해요." 그리고(이 말은 그녀가 내게 그녀 말을 믿게 하려고 이제는 더 이상 수많은 달콤한 주장을 할 필요가 없다는 걸 증명했다.) 나는 단지 어렴풋이 상상했을 뿐인 이런 고백을 들으면서 상처의 아픔 같은 걸 느꼈다. "그렇다면 좋아요. 난 가요." 하고 나와 함께 저녁 시간을 보내지 않아도 되는 핑계를 나로부터 제공받은 지금, 그녀는 또 다른 그 사람에게 늦지 않도록 시계를 쳐다보며 비극적인 어조로 말했다. "당신은 너무 나빠요. 난 당신과 즐거운 저녁 시간을 보내려고 모든 걸 변경했는데, 당신은 원치 않으며 또 내가 거짓말을 한다고 비난하다니. 당신이 이렇게 잔인하게 구는 건 처음 봐요. 바다가 내 무덤이 될 거예요. 영원히 다시는 당신을 보지 못할 거예요.(그녀가 다음 날 돌아오리라는 걸 확신했고 실제로도 돌아왔지만, 이 말에 내 가슴은 심하게 고동쳤다.) 나는 빠져 죽을 거예요. 물에 몸을 던질 거예요." "사포*처럼?" "또 모욕적인 말이군요! 당신은 내 말뿐 아니라 내 행동도 의심하는군요." "아뇨, 내 귀여운 사람, 다른 뜻은 없어요. 맹세컨대 사포가 바다에 뛰어들었다는 건 당신도 알잖아요." "당신은 절 조금도 신뢰하지 않는군요." 그녀는 벽시계를 보고 이십 분 전이라는 걸 확인하고는 자기가 하려고 하는 일을 못하게 될까 봐 겁이 났는지 더없이 짧은 작별 인사를 택했다.(더욱이 그녀는 다음 날 나를 보러 와서는 이 인사말에 대해 사과했는데, 아마도 그다음 날은 그 사람이 바빴던 모양이다.) 그녀는 도망치듯 달려가면서 비통한 어조로 "영원히 안녕!"이라고 외쳤다. 어쩌면 그녀는 정말 슬펐을지도 모른다. 그 순간 자기가 한 행동에 대해 나보다 더 잘 알았고, 나 이상으로 자신에게 엄격하면서도 관대한 그녀는, 그렇지만 이런 식으로 날 떠난다면 내가 더 이상 그녀를 만나고 싶어 하지 않을 거라고 의심했을지도 모른다. 그런데 나는 다른 사람이 나보다 더 질투를 느낀다고 생각할 만큼 그녀가 나를 좋아한다고 믿었다.

---

* 그리스 시인 사포는 기원전 6세기에 소녀들과 함께 레스보스 섬에서 생활했으며, 바로 이 섬에서 여자 동성애자를 지칭하는 레즈비언이라는 말이 유래한다고 전해진다. 뱃사공 파온에게 반해 사랑에 빠졌으나 버림을 받아 바다에 몸을 던졌다는 얘기도 있다.

며칠 후 발베크에서 우리가 카지노 무도회장에 있을 때, 이제는 아주 아름다운 소녀들이 된 블로크의 여동생과 사촌 누이가 들어왔는데, 나는 내 여자 친구들 때문에 그들에게 인사하지 않았다. 두 소녀 중 더 어린 사촌 누이*가 나의 첫 번째 체류 때 알게 된 여배우와 함께 산다는 소문이 공공연히 돌았기 때문이다. 누군가가 낮은 소리로 그 소문을 앙드레에게 넌지시 비추자, 앙드레는 이렇게 말했다. "오! 그 점에 대해선 나도 알베르틴과 같아요. 우리 두 사람은 그 이상 끔찍한 일은 없다고 생각해요." 알베르틴으로 말하자면, 그녀는 우리가 앉아 있는 긴 의자에 앉아 나와 함께 얘기를 나누면서, 취향이 나쁜 이 두 소녀에게 등을 돌렸다. 그렇지만 그 동작을 하기에 앞서 블로크 양과 사촌 누이가 나타난 순간 나는 내 친구의 눈에 돌연 깊은 관심의 빛이 스쳐 갔으며, 또 그것이 이따금 내 장난꾸러기 같은 소녀의 얼굴에 진지하고도 심각하기까지 한, 그러다 이내 슬픈 빛을 띠게 한다는 사실에 주목했다. 그러나 알베르틴은 곧 내가 있는 쪽으로 시선을 돌렸고, 하지만 그 시선에는 특이하게도 꿈꾸는 듯한 부동의 빛이 서려 있었다. 블로크 양과 사촌 누이는 큰 웃음과 단정치 못한 고성을 지르고 난 후에야 그곳을 떠났다. 나는 알베르틴에게 어린 금발 소녀(여배우의 여자 친구)가 어제 꽃마차 행렬에서 상을 받은 소녀와 같은 사람이 아니냐고 물었다. "아! 모르겠어요." 하고 알베르

* 여기서는 익명인 블로크의 사촌 누이의 이름이 『갇힌 여인』에 이르면 에스테르 레비임이 밝혀지는데 레아 양(『잃어버린 시간을 찾아서』 4권 431~432쪽 참조.)의 친구이다.

틴이 말했다. "그들 중에 금발 여자아이가 있었나요? 그 애들에겐 별로 관심이 없어서요. 한 번도 쳐다보지 않았어요. 금발이 있었니?" 하고 그녀는 질문하는 듯 초연한 표정으로 자신의 세 친구에게 물었다. 매일같이 방파제에서 만나는 사람들을 모른 척하는 알베르틴의 모습이 지나치게 과장되어 내 눈엔 꾸민 것처럼 보였다. "그 여자애들도 우리를 많이 쳐다보는 것 같지는 않았어요." 하고 나는 알베르틴에게 말했다. 어쩌면 분명히 의식하고 한 말은 아니었지만 알베르틴이 여자를 좋아할지도 모른다는 가정 아래, 그녀가 그들의 주의를 끌지 못했으며, 또 아무리 타락한 여자라 해도, 일반적으로 자신이 모르는 여자들에게는 신경 쓰지 않는 법이라고 알려 줌으로써 그녀가 후회하지 않도록 하기 위해서였다. "우리 쪽을 쳐다보지 않았다고요?" 하고 알베르틴은 별생각 없이 경솔하게 말했다. "그 애들은 내내 그 짓밖에 하지 않았는걸요." "하지만 당신은 알 수 없었을 텐데." 하고 내가 말했다. "등을 돌리고 있었잖아요." "그럼 저건요?" 하고 그녀는 내가 지금까지 주목하지 못했던 커다란 거울을 가리켰는데, 우리의 맞은편 벽에 걸려 있는 그 커다란 거울을, 내 여자 친구가 나와 얘기하면서도 뭔가에 사로잡힌 듯한 아름다운 눈길로 줄곧 응시했던 이유를 그제야 이해할 수 있었다.

코타르가 나와 함께 앵카르빌의 작은 카지노에 들어간 날부터, 나는 그가 입 밖에 낸 의견을 공유하지 않았지만, 알베르틴은 이제 내게 예전과 같은 사람이 아니었다. 그녀를 보면 분노가 치밀었다. 그녀가 다른 사람으로 보인 만큼 나 역시 변했다. 나는 더 이상 그녀에게 호의를 가지고 대하지 않았다. 그녀가 있는 자리에서든, 또는 그 말이 그녀에게 전해질 수 있다면 그녀가 없는 자리에서라도 나는 가장 기분을 상하게 하는 방식으로 그녀 얘기를 했다. 하지만 얼마간의 휴전 기간도 있었다. 어느 날 나는 알베르틴과 앙드레 둘 다 엘스티르의 집에 초대받은 사실을 알았다. 두 사람이 돌아오는 길에 기숙사 여학생들처럼 나쁜 취향의 소녀들을 흉내 내며 즐거워하고, 또 그렇게 하면서 내 가슴을 조이는 숫처녀의 은밀한 쾌락을 맛보리라는 생각이 들어, 나는 예고도 없이 그 두 사람을 방해하고 알베르틴이 기대하는 쾌락을 박탈하기 위해, 불시에 엘스티르의 집에 도착했다. 그러나 그곳에 있는 사람은 앙드레뿐이었다. 알베르틴은 아주머니가 그곳에 가기로 한 다른 날을 택했다. 그래서 나는 코타르의 생각이 틀림없이 틀렸다고 생각했다. 친구도 없이 혼자 있는 앙드레의 모습이 내게 준 좋은 인상이 이어지면서, 알베르틴에 대해서도 보다 다정한 마음이 들었다. 그러나 그런 마음도, 마치 허약한 사람의 건강 상태가 일시적으로 나아지는 듯 보이지만 아주 작은 것에도 병이 다시 도지듯이 그리 오래가지 않았다. 알베르틴은 그렇게 멀리 가지는 않았지만 그래도 어쩌면 완전히 순결하지는 않은 그런 놀이를 하도록 앙드레를 부추겼을지도 모른다. 이런 의혹에 시달리다 나는 마침내 그 의혹에서 멀어졌다. 그러나 치유와 동시에 나의 의혹은 다른 형태로 나타났다. 나는 조금 전에 앙드레가 그녀 특유의 우아한 몸짓으로 다정하게 알베르틴의 어깨에 머리를 기대면서, 반쯤 눈을 감고 목에 입 맞추는 모습을 보았다. 때로 그들은 서로 윙크를 교환하기도 했다. 둘이서만 물놀이하러 가는 모습을 본 누군가에게서 한마디 말이 튀어나온 적도 있었는데, 이런 모든 하찮은 일들은 주위 대기 속에서 일상적인 방식으로 떠돌아다니다 대부분의 사람들에게는 온종일 마셔도 건강에 해롭지 않고 기분도 달라지게 하지 않지만, 병에 걸리는 체질을 타고난 사람에게는 새로운 고통을 낳는 치명적인 원인이 된다. 때로는 알베르틴도 만나지 않고, 어느 누구와도 그녀 얘기를 하지 않은 채, 나는 기억 속에서 당시에는 순결하다고 생각했던, 지젤 옆에서 알베르틴이 취하던 자세를 떠올리기도 했다. 그 자세는 이제 내가 되찾게 된 마음의 안정을 깨뜨리기에 충분했으며, 나는 위험한 병균을 마시러 구태여 밖으로 나갈 필요가 없었다. 나는 코타르의 말처럼 스스로 중독되었다. 그때 나는 오데트를 향한 스완의 사랑과, 그의 모든 삶이 농락당했던 방식에 대해 내가 알게 된 모든 것을 생각해 보았다. 사실 스완의 삶에 대해 생각하려고 할 때마다, 알베르틴의 성격 전체를 조금씩 구성하게 해 주고, 전적으로 내가 통제할 수 없는 삶의 매 순간에 대해 고통스러운 해석을 내리게 해 준 가설은, 예전에 사람들이 얘기했던 스완 부인의 성격에 대한 추억과 고정관념이었다. 그 이야기들은 내 상상력으로 하여금 장차 알베르틴이 착한 소녀로 남는 대신 전직 매춘부와 똑같은 부도덕함과 똑같은 속임수의 재능을 가지게 될 거라고 가정하는 그런 유희에 일조했고, 그러자 언젠가 그녀를 사랑하게 될 경우 나를 기다리고 있을 온갖 괴로움이 생각났다.

어느 날 우리가 그랜드 호텔 앞의 방파제에 모였을 때, 내가 알베르틴에게 더할 수 없이 모욕적인 말을 해 대자 로즈몽드가 이렇게 말했다. "아! 알베르틴에 대해 많이 달라지셨네요? 예전에는 그녀밖에 없었고 그녀가 유리한 위치를 점한 듯 보였는데, 이제는 개에게 먹이를 던져 주는 것만큼이나 쓸모없다는 듯이 대하시네요." 나는 알베르틴에 대한 나의 태도를 보다 눈에 띄게 하려고 앙드레에게 내가 할 수 있는 온갖 다정한 말들을 했으며, 설령 알베르틴과 같은 악덕에 물들었다 해도, 그녀는 몸이 아프고 신경 쇠약으로 시달리고 있으니 알베르틴보다는 훨씬 더 용서받을 만하다고 생각했다. 그때 우리가 서 있는 모퉁이에 방파제와 수직으로 난 길에서 캉브르메르 부인의 사륜마차를 끄는 말 두 필이 종종걸음으로 튀어나오는 모습이 보였다. 마침 그 순간 우리 쪽으로 걸어오던 법원장은 마차를 알아보고 우리와 함께 있는 모습을 보이지 않으려고 단숨에 비켜섰다. 그러고는 후작 부인의 시선이 자기 시선과 마주칠 거라고 생각되는 순간 모자를 크게 돌리면서 인사했다. 그러나 마차는 예상한 대로 바닷가 길을 따라가지 않고 호텔 문 뒤로 사라졌다. 십 분도 더 지났을 때 엘리베이터 보이가 숨차게 달려와서 내게 알렸다. "캉브르메르 후작 부인께서 손님을 뵈러 이곳에 오셨어요. 방에도 올라가 보고 독서실도 가 보았지만 손님을 찾을 수 없었어요. 다행히도 해변을 살펴봐야겠다는 생각이 떠오르더군요." 그가 이 얘기를 끝내자마자 후작 부인이 며느리와 지극히 격식을 갖춘 신사를 뒤에 거느리고 내 쪽으로 걸어왔다. 아마도 이웃에서 열린 오후 모임이나 차 모임에서 오는 길인지 노년의 무게보다는 수많은 장신구의 무게로 허리가 휘어 보였는데, 아마도 자신이 만나러 온 사람에게 최대한 '정장 차림'을 갖춘 것처럼 보여야 보다 친절하고 자신의 계급에도 어울린다고 생각했던 모양이다. 요컨대 예전에, 할머니께서 우리가 어쩌면 발베크에 갈지도 모른다는 사실을 르그랑댕에게 알리지 말라고 했을 때 가장 두려워하셨던, 캉브르메르네 사람들이 호텔로 '상륙하는' 바로 그 모습이었다.* 그때 어머니는 그런 일은 불가능하다고 판단하시면서 우리가 괜히 겁을 먹는 거라고 웃음을 터뜨리셨다. 그렇지만 그 일이 마침내, 그러나 다른 길을 통해, 르그랑댕이 그 일에 어떤 역할도 하지 않은 채로 지금 일어난 것이었다. "나 여기 그대로 있어도 방해가 되지 않을까요?" 하고 알베르틴이 내게 물었다.(그녀의 눈에는 내가 방금 한 심한 말로 몇 방울의 눈물이 맺혀 있었고, 나는 그 눈물을 보지 못한 척했지만 알아보았으며, 그렇다고 해서 기쁘지도 않았다.) "할 말이 있어서요." 사파이어 핀이 꽂힌 깃털 모자가 캉브르메르 부인의 가발 위에 아무렇게나 놓여 있었는데, 마치 전시하기만 하면 그만인, 어떤 자리에 놓여도 상투적인 멋만을 보여 주며, 또 핀으로 고정해도 소용없이 그대로 있지 못하는 휘장처럼 보였다. 무더운 날이었음에도 호인인 귀부인은 법의 비슷한 새까만 짧은 망토를 걸치고 그 위에 흰 담비 스톨을 늘어뜨렸는데,

---

* 『잃어버린 시간을 찾아서』 1권 230쪽 참조.

스톨의 착용은 기온과 계절이 아닌, 의식의 성격과 연관이 있는 듯했다. 캉브르메르 부인의 가슴에는 짧은 체인에 매단 남작 부인관이 가슴 십자가처럼 늘어뜨려져 있었다.* 신사는 귀족 가문 출신의 파리에서 유명한 변호사로 캉브르메르 댁에 사흘 동안 머물러 온 참이었다. 그는 직업적인 경험을 완수한 덕분에 자신의 직업을 조금은 경멸하는, "내가 변호를 잘한다는 걸 알기 때문에 더 이상 변호하는 일은 재미없어." 또는 "이젠 수술하는 일은 더 이상 관심 없어. 내가 수술을 잘하는 걸 아니까."라고 말하는 사람들 중의 하나였다. 지성인이며 '예술가'인 그들은, 성공으로 후한 보상을 받는 그들의 원숙함 주위에 동료들이 인정하는 그 '지성'과 '예술가'의 기질이 찬연히 빛나는 것을 보는데, 그것이 그들에게 대체로 취향과 안목을 가져다준다. 위대한 예술가는 아니지만 매우 뛰어난 예술가의 그림에 열중하고, 그 작품을 구입하는 데 자신들의 경력을 통해서 번 막대한 수입을 사용한다. 캉브르메르네 친구가 선택한 화가는 르 시다네르**로, 아주 유쾌한 사람이었다. 그는 책에 대한 얘기도 잘했지만 진짜 거장의 책이 아닌,

---

* 남작 부인관 또는 남작관은 금빛 테두리가 진주로 감싸인 관을 가리키며, 가슴 십자가는 주교나 신부가 보통 끈이나 체인에 묶어 가슴에 다는 커다란 십자가를 가리킨다.

** Henri Le Sidaner(1862~1939). 프랑스 화가로 인상파의 영향을 받았으며, 메테를랭크와 로덴바흐의 친구였던 관계로 한때는 상징주의 그림을 그리기도 했다. 죽음의 도시인 브뤼헤와 베네치아의 공원과 운하, 상점, 실내를 빛의 효과로 표현했다. '뛰어난' 화가지만 '위대한' 화가는 아니었다고 지적된다.(『소돔』, 플레이아드 III, 1457쪽 참조.)

숙련된 작가의 책에 대해서만 말했다. 이 예술 애호가가 보여 준 단 하나의 불편한 단점은, 몇몇 판에 박힌 표현을 지속적으로 사용한다는 것이었다. 이를테면 '대부분'과 같은 표현은 그가 말하려는 사실에 뭔가 중요하고 불완전한 모습을 띠게 했다. 캉브르메르 부인은 로베르 드 생루에게 약속한 대로 나를 보러 오려고 그날 그녀의 친구들이 발베크 쪽에서 베푼 오후 모임을 이용해서 왔다고 말했다. "아시다시피 그분은 오래지 않아 이 고장으로 며칠 지내러 오실 거예요. 그분의 아저씨 샤를뤼스 씨가 형수인 뤽상부르 공작 부인의 별장에서 피서를 하고 계시고, 또 생루 씨는 이 기회를 이용해 자신의 아주머니에게도 인사하고, 예전에 매우 많은 사랑을 받고 존경을 받았던 연대도 방문하려나 봐요. 우리는 장교들을 집에 자주 초대하는데 하나같이 생루 씨에 대해 무한한 찬사를 보내더군요. 두 분이 함께 페테른에 와 주시면 정말 고맙고 기쁠 거예요." 나는 부인에게 알베르틴과 그 친구들을 소개했다. 캉브르메르 부인은 자기 며느리에게 우리 이름을 말했다. 며느리는 마지못해 교제해야 하는 페테른 부근의 소귀족들에게는 매우 냉정하고 자신의 평판을 위태롭게 할까 봐 겁이 나서 별로 말도 하지 않았지만, 내게는 반대로 환하게 빛나는 미소를 지으면서 손을 내밀었다. 그녀는 내가 로베르 드 생루의 친구라는 사실에 안심하고 기뻐했으며, 또 생루는 자신이 보이고 싶어 하는 모습보다는 훨씬 사교적인 세련됨을 간직하고 있어서 나를 게르망트네 사람들과 매우 친한 사이라고 말했다. 이처럼 젊은 캉브르메르 부인에게는 시어머니와 반대되는 전혀 다른 두 종류의 예절이 있었다. 오빠인 르그랑댕을 통해 나를 알았다면, 그녀는 내게 기껏해야 냉정하고 견디기 어려운 첫 번째 예절만을 허락했을 것이다. 그러나 게르망트네 친구를 대하는 데는 미소가 부족할 지경이었다. 호텔에서 손님을 맞이하기에 가장 편리한 방은 독서실이었는데, 예전에는 그렇게도 끔찍하게 여기던 그 장소를 지금은 하루에도 열 번씩 주인처럼 자유롭게 — 마치 오랫동안 병원에 입원하여 증세가 별로 심하지 않은 정신병자에게 의사가 열쇠를 맡기듯이 — 드나들고 있었다. 그래서 나는 캉브르메르 부인에게 독서실로 안내하겠다고 말했다. 사물의 모습도 인간의 얼굴처럼 변하는 탓에 독서실은 이제 내게 수줍음이나 매력을 불러일으키지 않았으므로, 나는 별 동요 없이 그런 제안을 할 수 있었다. 그러나 부인은 나의 제안을 거절하고 밖에 있고 싶어 했으며, 그래서 우리는 옥외에, 호텔 테라스에 앉았다. 나는 거기서 어머니가 내게 손님이 왔다는 소식을 듣고 서둘러 도망치느라 미처 챙겨 가지 못한 세비녜 부인의 책 한 권을 발견하고 집어 들었다. 할머니만큼이나 낯선 사람의 침입을 두려워해서 일단 포위당하면 빠져나가지 못할까 겁을 내며 그토록 빨리 도망치는 어머니의 모습은 언제나 아버지와 내게는 놀림거리였다. 캉브르메르 부인은 손에 양산 손잡이와 함께, 여러 개의 자수 주머니와 작은 상자, 석류석 장식줄이 달린 금색 지갑과 레이스 손수건을 들고 있었다. 내가 보기엔 그 모든 것을 의자에 내려놓는 편이 훨씬 편할 것 같았다. 그러나 그녀에게 주교의 교구 순회와 사교계의 사제직을 위해 쓰이는 장식품을 포기하라 말하는 것은 어쩐지 부적절하고 불필요한 일로 느껴졌다.* 우리는 여기저기 흩어진 갈매기들이 하얀 꽃잎마냥 나부끼는 잔잔한 바다를 바라보았다. 사교적인 대화가 우리를 비하시키는 단순한 '표현 수단'의 수준 때문에, 또한 우리 자신도 지각하지 못하는 그런 장점의 도움을 받아서가 아니라, 함께 있는 사람들로부터 틀림없이 높은 평가를 받으리라 생각되는 것의 도움으로 상대방의 마음에 들고 싶은 욕망에서 나는 본능적으로 르그랑댕 태생의 젊은 캉브르메르 부인에게 그녀의 오빠가 말했을 것과 같은 화법으로 말하기 시작했다. 나는 갈매기들에 대해 얘기하면서 "수련의 부동성과 하얀빛을 띠고 있네요."라고 말했다. 그리고 사실 흔들리는 작은 물결에 움직임이 없는 목표물을 제시하는 듯한 갈매기들과는 대조적으로, 갈매기를 뒤쫓는 물결은 어떤 의도에 의해 활기를 띠고 생명력을 얻는 것처럼 보인다. 사망한 남편의 재산을 상속받은 후작 부인은 발베크 바다의 뛰어난 전망을 끝없이 찬양하면서, 라 라스플리에르에서는 — 게다가 금년에 살고 있지 않은 — 파도가 멀리서밖에 보이지 않는다고 나를 부러워했다. 그녀에게는 예술에 대한(특히 음악에 대한) 열광적인 사랑과 동시에 치아의 결핍에서 비롯된 두개의 특이한 버릇이 있었다. 미학을 논할 때마다, 그녀의 침샘은 어느 발정기 동물의 침샘처럼 과다 분비 단

* 온갖 불필요한 장식품을 들고 방문한 캉브르메르 부인을 주교가 교구의 신자들을 방문하는 것에 빗댄 은유이다.

계에 들어갔고, 그리하여 이가 빠지고 연한 수염이 난 노부인의 입가에는 그에 적합한 자리가 아닌데도 몇 방울 침이 고여 있었다.* 이내 부인은 호흡을 다시 하는 누군가처럼 깊은 숨을 들이마시면서 단번에 그 침을 삼켰다. 끝으로 지나치게 위대한 음악의 아름다움에 대해 얘기할 때면, 그녀는 열광한 나머지 두 팔을 들어 올리고 몇 마디 간략한 의견을 정력적으로 되씹으면서 발음했고, 필요한 경우에는 코에서 콧물도 흘렸다. 그런데 나는 발베크와 같은 평범한 해변이 과연 '바다 전망'을 제공할 수 있을지에 대해서는 한 번도 생각해 본 적이 없었는데, 캉브르메르 부인의 말 몇 마디가 그 점에 관한 나의 생각을 바꾸어 놓았다. 그 대신 나는 부인에게 언덕 꼭대기에 위치한 라 라스플리에르에서 내다보이는 독특한 전경에 대해, 두 개의 벽난로가 있는 커다란 살롱에서 한쪽에 난 창문들을 통해서는 정원 끝의 나뭇잎들 사이로 바다가 발베크 너머로까지 보이고, 다른 쪽에 난 창문들을 통해서는 계곡이 내다보이는 그런 전경에 대해 사람들이 감탄하는 말을 늘 들어 왔다고 얘기했다. "당신은 정말 상냥하고 말씀도 참 잘하시네요. 나뭇잎들 사이로 바다라니, 근사해요. 마치 부채…… 같아요." 나는 침을 삼키고 수염을 말리기 위해 심호흡을 하는 그녀의 모습에서 그 말이 진심임을 느꼈다. 르그랑댕 태생의 젊은 후작 부인은 내 말이 아니라 시어머니의 말을 무시한

---

* 생시몽의 『회고록』을 보면 몽테스팡 부인의 누이인 티앙주 부인이 침을 과다 분비했다고 한다.(『소돔』, 플레이아드 III, 1457쪽 참조.)

다는 걸 보여 주려고 계속해서 냉담하게 굴었다. 게다가 그녀는 시어머니의 지성을 경멸했으며, 사람들이 캉브르메르 가문을 충분히 알아보지 못할까 봐 두려워 시어머니의 상냥한 태도를 늘 한심하게 생각했다. "그리고 정말 근사한 이름이에요. 이 모든 이름들의 기원에 대해 알고 싶어요." 하고 내가 말했다. "이름의 기원에 대해서는 말씀드릴 수 있어요." 하고 노부인은 부드럽게 대답했다. "그것은 내 조모인 아라슈펠 가문의 저택 이름이었어요. 유명한 가문은 아니지만 그래도 꽤 훌륭하고 아주 오래된 지방의 가문이었죠." "유명하지 않다니요." 하고 며느리가 퉁명스럽게 말을 끊었다. "바이외 대성당의 모든 채색 유리가 그 가문의 문장으로 채워졌고, 아브랑슈의 주요 성당에도 묘비들이 있는데요.* 이 오래된 이름에 관심이 있으시다면 한 해 늦게 오셨어요." 하고 그녀가 덧붙였다. "주임 사제가 교구를 바꾸는 일은 무척 힘든 일인데도, 제 개인 토지가 있는 여기서 아주 멀리 떨어진 콩브레의 착한 신부님께서 신경 쇠약에 걸리셔서 우리가 그분을 클리크토의 주임 사제직에 임명하도록 했었죠. 불행하게도 바다 공기가 나이 드신 그분에게는 좋은 효과를 주지 못했어요. 신경 쇠약이 심해져서 다시 콩브레로 돌아가셨으니까요. 하지만 우리 이웃으로 계시는 동안 그분은 온갖 고문서를 조사하러 다니는

* 노르망디 고딕 양식의 바이외 대성당에는(13세기에 세워진) 15세기 채색 유리가 몇 개 있다. 12세기에 세워진 아브랑슈 대성당은 1790년에 붕괴되었으나, 그 주요 성당인 네오고딕 양식의 생사튀르냉 성당에는 옛 건축물의 유물, 특히 13세기의 정문이 남아 있다.(『소돔』, 폴리오, 576쪽 참조.)

일에 소일하셨고, 이 지역 이름들에 관한 꽤 흥미로운 소책자도 쓰셨답니다. 그로 인해 이 일에 취미를 붙이셨는지, 이제는 마지막 여생을 콩브레와 그 근방에 관한 방대한 책을 집필하는 일에 쓰시는 모양이에요. 페테른 근방에 관해 그분이 쓴 책자를 보내 드리죠. 그것은 많은 인내심과 노력을 요하는 진정한 작업이랍니다. 시어머님께서 지나치게 겸손하게 말씀하시는 우리의 오래된 라 라스플리에르에 관해서도 그 책에서 매우 흥미로운 사실들을 읽으실 수 있을 거예요." "어쨌든 금년에는," 하고 미망인 캉브르메르 부인이 대답했다. "라 라스플리에르가 더 이상 우리 것이 아니며 또 제게 속하지도 않는답니다. 하지만 당신에게서는 화가의 자질이 느껴지는군요. 그림을 그리셔야 해요. 또 당신에게 라 라스플리에르보다 더 훌륭한 페테른을 보여 드리고 싶군요." 캉브르메르네 일가가 라 라스플리에르 저택을 베르뒤랭 부부에게 빌려준 후부터, 그곳의 높은 위치가 여러 해 동안 그들에게 의미했던 것, 다시 말해 그 고장에서 바다와 계곡을 동시에 조망할 수 있는 유일한 장소라는 장점은 갑자기 사라지고, 대신 그곳에 도착하고 나올 때마다 오르내려야 하는 불편함이 돌연 — 그 저택을 빌려준 후부터 — 인지되었다. 요컨대 캉브르메르 부인이 그곳을 임대한 것은 수입을 늘리려는 목적보다는 말(馬)에게 휴식을 주기 위해서인 것 같았다. 그녀는 오랫동안 거기 높은 곳에서 마치 파노라마처럼 멀리서만 바다를 바라보면서 해마다 두 달씩 보냈던 일은 까마득히 잊어버리고, 드디어 페테른에서 바다를 그렇게나 가까이 두게 되어 무척 기쁘다고 말했다.

"이 나이에 바다를 발견하는 중이에요." 하고 그녀가 말했다. "또 내가 그 일을 얼마나 즐기는지 아마 모르실 거예요! 바다는 제 기분을 좋게 해 줘요. 페테른에 억지로 살기 위해서라도라 라스플리에르를 거저 빌려주어야겠어요."

"더 흥미로운 주제로 돌아가 보면," 하고 르그랑댕의 동생이 연로한 후작 부인에게 "어머님,"이라고 하면서 말을 이었다. 해가 갈수록 그녀의 말투는 불손해지고 있었다. "조금 전에 수련 얘기를 하셨지만, 전 어머님이 클로드 모네가 그린 수련을 아시리라고 생각해요.* 대단한 천재죠! 제가 수련에 더 흥미를 가지게 된 이유는 콩브레 근방에, 제가 땅을 소유하고 있다고 말씀드린 그곳에……." 그러나 그녀는 콩브레 얘기를 지나치게 많이 하고 싶지는 않았던 모양이다. "아! 그건 틀림없이 우리 시대의 가장 위대한 화가 엘스티르가 우리에게 말해 준 연작일 거예요." 하고 지금까지 아무 말도 하지 않던 알베르틴이 소리쳤다. "아! 아가씨는 예술을 좋아하나 보군요." 하고 캉브르메르 부인이 깊은 숨을 쉬면서 침이 나오는 걸 삼키고 소리쳤다. "아가씨, 제가 엘스티르보다 르 시다네르 쪽을 더 좋아하는 걸 허락해 주시겠어요?" 하고 변호사는 전문가의 표정으로 미소를 지으면서 말했다. 그리고 지난날 엘스티르의 몇몇 '대담한' 시도를 좋아했거나 혹은 좋아하

* 모네는 1890년부터 연작을 그리기 시작했는데, 사물이 빛에 따라 변하는 모습을 보여 주는 「루앙 대성당」과 「수련」(1914~1926)은 이런 연작의 대표작이다. 그는 1893년 지베르니에 연못을 만들고 수련을 심었는데, 「수련」 연작은 1차 세계 대전의 전사자들을 추모하기 위해 그린 그의 마지막 작품이다.

는 것을 보았다는 듯 그는 이렇게 덧붙였다. "엘스티르는 재능도 있고 거의 전위적인 화가에 속했지만, 무슨 이유에서인지 그걸 유지하지 못했죠. 삶을 망쳤어요." 캉브르메르 부인은 엘스티르에 관해서는 변호사의 말에 동의했지만, 모네를 르 시다네르와 동등하게 취급함으로써 그 손님에게 큰 슬픔을 안겨 주었다. 그녀를 어리석다고 할 수는 없었다. 오히려 그녀는 내가 느끼기에 전적으로 불필요한 지성으로 넘치고 있었다. 그때 마침 해가 기울었고, 갈매기가 모네의 동일 연작에 속하는 또 다른 그림의 수련처럼 노랗게 되었다. 나는 그 연작을 잘 안다고 말했고(아직 감히 그녀 오빠의 이름을 말하지는 못했지만 오빠의 언어를 계속 흉내 내면서), 어제 이 시각에는 푸생의 빛이 지배적이어서 분명히 감탄했을 텐데, 그녀가 올 생각을 하지 못한 게 유감이라고 덧붙였다. 어제 왔어야 했을 거라고 말하는 자가 게르망트네 사람들은 알지도 못하는 어느 노르망디 시골 귀족이었다면, 캉브르메르-르그랑댕 부인은 아마도 모욕당한 표정으로 당당히 맞서려 했을 것이다. 그러나 나하고는 여전히 친밀한 사이였으므로 그녀는 사람의 마음을 녹이는 달콤함으로 다정하기만 했다. 이 아름다운 오후 끝자락의 더위 속에서, 내가 감히 대접할 생각도 하지 못했던 프티 푸르를 대신하여, 나는 캉브르메르 부인이라는 커다란 꿀 케이크에서 — 그녀는 거의 손도 대지 않은 — 마음대로 꿀을 모을 수 있었다.* 그러나 이런 푸생의 이름을 들은

* 캉브르메르 부인의 상냥함을 꿀 케이크에 빗댄 은유로서 화자는 자신을 꿀

사교계 여인은 상냥함을 잃지 않았으나 예술 애호가로서는 반론을 제기했다. 그 이름을 듣자마자 캉브르메르 부인은 거의 간격도 두지 않고 작게 혀 차는 소리를 입술에서 여섯 번이나 반복해서 냈는데, 그 소리는 마치 바보짓을 한 아이에게 그런 짓을 시작한데 대한 꾸중과, 더 이상 계속하면 안 된다는 금지의 의미로 쓰이는 듯했다. "제발 모네 같은 진짜 천재 다음에, 푸생처럼 재능 없는 그런 진부한 구닥다리 이름은 꺼내지 마세요. 솔직히 말해 난 푸생은 따분한 사람들 중에서도 가장 지겨운 사람이라고 생각해요. 당신은 뭐라고 하실지 모르지만, 저는 그것을 그림이라고도 부르기 싫어요. 모네, 드가, 마네, 그래요, 이런 사람들이야말로 화가죠! 그런데 참 신기하게도," 하고 그녀는 뭔가 캐는 듯한 매료된 시선으로 공간의 한 지점을 막연히 응시하면서 덧붙였는데, 거기서 자신의 고유한 상념을 알아본 것처럼 보였다. "아주 신기해요. 예전에는 마네를 선호했는데. 지금도 물론 여전히 마네를 좋아하기는 하지만, 어쩌면 모네를 더 좋아하는 것 같아요. 아! 대성당은!*" 그녀는 자신의 취향이 발전해 온 과정을 알려 주는 데 세심한 주의를 기울이면서 만족감을 표했다. 그녀에게는 그 취향이 통과한 단계가 모네의 기법이 거친 여러 다양한 단계 못지않게 중요하다는 것을 느낄 수 있었다. 그러나 나는 그녀가 이렇게 자신의 찬미 대상에 대한 속내를 털어놓아

---

벌에 비유하고 있다.

* 1892년과 1894년 사이에 모네가 그린 「루앙 대성당」 연작은 총 30편으로 구성되었다.

도 기쁘지 않았는데, 가장 편협한 시골 여자 앞에서도 그것을 고백하고 싶은 욕구를 느끼지 않고는 오 분도 못 버텼으리란 것을 알았기 때문이다. 모차르트와 바그너도 구별하지 못하는 아브랑슈의 어느 귀족 부인이 캉브르메르 부인 앞에서 "우리가 파리에 머무는 동안 새로 관심을 끌 만한 것은 아무것도 없었어요. 「펠레아스와 멜리장드」를 공연하는 오페라코미크에 한 번 갔지만 아주 끔찍했어요."*라고 말하자, 캉브르메르 부인은 혼란에 빠졌을 뿐만 아니라 소리 높여 '토론하고' 싶은 욕구를 느꼈다. "오히려 그 반대죠. 그 작품은 작은 걸작이에요." 그것은 어쩌면 콩브레에서 '대의를 위해 투쟁하다'라고 일컫는 우리 할머니 자매들로부터 배운 습관으로, 그들은 소위 '속물들에' 맞서 매주 자신들의 신을 방어해야 한다는 사실을 아는 그런 저녁 식사를 좋아했다. 이처럼 캉브르메르 부인은 다른 사람들이 정치 얘기를 하듯이 예술에 관해 "싸우면서" "피를 끓어오르게 하기를" 좋아했다. 사람들이 친구의 처신을 비난할 때 친구 편을 들듯 그녀는 드뷔시 편을 들었다. 그렇지만 "오히려 그 반대죠. 그 작품은 작은 걸작이에요."라고 말하면서도, 그녀는 자신이 꾸짖고 싶은 사람에게 토론할 필요도 없이 전적인 동의를 끌어낼 만큼 그렇게 진전된 예술적 소양을 즉석에서 발휘할 수 없다는 것을 깨달았을 것이다. "푸생에 대해 어떻게 생각하는지 르 시다네르에게 물

* 프루스트는 1902년 오페라코미크에서 공연된 「펠레아스와 멜리장드」에 열광했으며, 1911년에는 '무대 전화'를 통해 이 오페라를 자주 들었다고 한다.

어보아야겠군요." 하고 변호사가 내게 말했다. "그는 과묵한 사람이라 속마음을 밖으로 드러내지 않지만, 나는 그의 입을 여는 방법을 아니까요."

"여하간," 하고 캉브르메르 부인이 계속했다. "전 석양이 끔찍하게 싫어요. 낭만적이고 오페라 같아서 말이죠. 프랑스 남부에서 온 식물들로 꾸며진 시어머님 댁도 그래서 정말 싫답니다. 몬테카를로의 공원 같아요. 그래서인지 전 당신이 계신 이 해안이 더 좋아요. 더 슬프고 진지해요. 바다가 안 보이는 작은 오솔길도 있고. 비가 오는 날에는 진흙투성이가 되지만, 그래도 나름의 세계가 있어요. 베네치아 같아요. 전 대운하는 싫어하지만 그곳 골목길만큼 감동적인 것은 알지 못해요. 하기야 분위기의 문제지만." "하지만," 하고 캉브르메르 부인의 눈에 푸생을 복권시키는 방법은 푸생이 다시 유행이 되었다는 걸 알려 주는 것뿐이라고 느낀 나는 "드가 씨는 샹티이 미술관에 있는 푸생의 그림보다 더 아름다운 것은 알지 못한다고 단언하셨는데요.*"라고 말했다. "그래요? 전 샹티이의 그림은 알지 못해요." 드가와 다른 견해를 피력하고 싶지 않았던 캉브르메르 부인이 이렇게 말했다. "저는 루브르 박물관에 있는 푸생을 말하는 거랍니다. 거기에 있는 그림들은 끔찍해요." "드뷔시는 그 그림들도 무척이나 찬미하던데요." 부

---

* 17세기 프랑스 대표 화가인 푸생의 초기작 「유아 학살」(1625~1626)과 「테세우스」, 「레다」 등은 루브르 박물관이 아닌 샹티이 미술관에 소장되어 있다. 드가는 1890년 민족주의와 고전주의의 물결과 더불어 이런 제도권의 화가인 푸생을 재평가하는 데 기여했으며, 세잔도 이에 동참했다.

인은 잠시 침묵을 지키다가 "다시 봐야겠네요. 이 모든 것이 제 머릿속에서 좀 오래된 것이라서." 하고 대답했다. 마치 자신이 틀림없이 곧 하게 될 푸생에 대한 호의적 평가가 내가 지금 막 그녀에게 전한 소식 때문이 아니라, 자신의 이전 평가를 취소할 능력을 갖기 위해서는 루브르 박물관의 푸생에 대한 추가적인 조사, 이번에는 결정적인 조사에 달렸다는 듯이. 아직 그녀가 푸생을 찬미하지 않는다면 두 번째 심사숙고를 위해 판단을 유보하는 데 지나지 않으므로, 나는 이런 의견 철회의 시작에 만족하여 더는 그녀를 괴롭히지 않으려고 그녀의 시어머니에게 페테른의 아름다운 꽃들에 관한 얘기를 얼마나 여러 번 들었는지 모르겠다고 말했다. 그녀는 겸손하게 자기 집 뒤편에 있는 작은 사제의 정원* 얘기를 했는데, 아침마다 문을 밀고 들어가 실내복 차림으로 공작새에게 먹이를 주고 낳은 달걀을 찾고 백일홍과 장미꽃을 따거나 하면, 그 꽃들은 긴 식탁보를 따라 크림 달걀이나 생선튀김의 가장자리를 장식해 주어 정원의 오솔길을 연상시킨다고 말했다. "우리 집에 장미꽃이 많은 건 사실이에요." 하고 그녀는 내게 말했다. "장미원이 사는 집과 너무 가까워서 머리가 아플 때도 있답니다. 라 라스플리에르의 테라스 쪽이 더 쾌적하죠. 바람이 장미 향기를 가져다주지만 그래도 그 향기는 이미 머리를 덜 아프게 한답니다." 나는 며느리 쪽으로 머리를 돌려 "완전히 「펠레아

* 사제의 정원이란 성당 옆에 작은 텃밭에서 연유하는데, 채소나 꽃을 별 구분 없이 실용적인 용도로 키우는 곳을 가리킨다.

스」네요."라며 그녀의 현대적인 취향을 만족시켜 주었다. "테라스까지 올라오는 이 장미 향기가요. 악보만 읽어도 얼마나 진하게 풍기는지, 저는 그 장면을 들을 때마다 건초열과 장미열에 걸린 듯 재채기가 나온답니다."* "「펠레아스」는 정말 대단한 걸작이에요!" 하고 캉브르메르 부인이 외쳤다. "전 그 작품에 푹 빠져 있어요." 그러고는 교태를 부리고 싶어 하는 야성적인 여인의 몸짓으로 다가오면서, 또 손가락의 도움을 받아 상상 속의 악보를 찌르면서, 뭔가 그녀에게 펠레아스의 작별 인사와도 같은 것으로 생각되는 곡을 콧노래로 부르기 시작했는데, 그 순간 캉브르메르 부인인 그녀가 내게 그 장면을 환기하는 것이, 아니 어쩌면 자신이 그 장면을 기억한다는 사실을 보여 주는 것이 중요하다는 듯이, 열렬하고도 끈질기게 노래를 이어 갔다. "「파르시팔」보다도 아름답다고 생각해요."** 하고 그녀가 덧붙였다. "「파르시팔」에는 가장 위대한 아

---

* 「펠레아스와 멜리장드」 3막 3장. 지하 동굴에서 나온 펠레아스가 장미 향기를 들이마시며 "아! 드디어 숨을 쉴 것 같군."이라고 말하는 장면을 환기한다. 「펠레아스와 멜리장드」는 벨기에 작가 메테를랭크(Maeterlink)의 작품으로, 드뷔시(Debussy)가 오페라로 만들어 오페라코미크에서 1902년 공연하여 더욱 유명해졌다. 골로의 이복동생인 펠레아스와 그의 젊은 아내 멜리장드는 서로 사랑하는 사이이나, 질투에 사로잡힌 골로가 펠레아스를 죽이자 멜리장드도 따라 죽는다는, 상징주의 냄새가 짙게 풍기는 작품이다.

** 프루스트는 1911년 레날도 안에게 보낸 편지에서 드뷔시와 바그너를(비록 「펠레아스와 멜리장드」를 좋아하지 않는 레날도 안 때문에 조금은 조심스러운 지적이지만) 비교하면서 이렇게 썼다. "그것은 물론 인간적인 것이라곤 전혀 없는, 비록 내가 진짜로 음악을 좋아한다면 가장 싫어했을 감미로운 시, 다시 말해 덧없는 묘사에 그치는 것으로 가득합니다. 이에 반해 바그너는 한 주제에 관해(문학에서 내가 유일하게 높이 평가하는) 가깝고도 멀며, 쉽고도 어려운 것을

름다움에 멜로디가 있는 악절이라는 어떤 후광이 덧붙지만, 바로 멜로디가 있기 때문에 이미 구식인 셈이죠." "저는 부인께서 대단한 음악가란 걸 압니다, 부인." 하고 나는 미망인에게 말했다. "부인이 연주하는 음악을 무척 듣고 싶군요." 캉브르메르-르그랑댕 부인은 그 대화에 끼지 않으려고 바다를 쳐다보았다. 시어머니가 좋아하는 건 음악도 아니라고 여기면서, 그녀는 실제로 사람들이 가장 뛰어난 재능이라고 인정하는 것도 자칭 그런 것일 뿐, 별 관심거리도 되지 못하는 그저 뛰어난 기교에 불과하다고 생각했다. 사실 쇼팽의 유일한 생존 제자*가 스승의 연주 방식이나 '느낌'이 자신을 통해서 캉브르메르 부인에게만 전해졌다고 적절하게 공표했는데도, 쇼팽처럼 연주한다는 것은 이 폴란드 음악가를 어느 누구보다 경멸하는 르그랑댕의 여동생에게 추천장이 되지 못했다. "오! 날아가네요!" 하고 알베르틴이 순식간에 꽃의 익명성으로부터 벗어나 다 같이 태양을 향해 올라가는 갈매기를 가리키면서 소리쳤다.** "그들의 거인 같은 날개가 걸음을 방해하네요."*** 하고 캉브르메르 부인이 갈매기를 알바트로스와 혼동하면서 말했다. "전 갈매기를 매우 좋아해요. 암스테르담에서

---

포함하여 모든 걸 내뱉는 그런 작품을 쓰지요."(『소돔』, 폴리오, 577~578쪽에서 재인용.)

* 두 명의 캉브르메르 부인이 생퇴베르트 부인의 저녁 파티에서 쇼팽의 음악을 듣는 장면은 『잃어버린 시간을 찾아서』 2권 246~248쪽 참조.

** 362쪽을 보면 "갈매기들이 하얀 꽃잎마냥 나부끼는"이란 구절이 나온다.

*** 보들레르의 『악의 꽃』 「알바트로스」에 나오는 마지막 구절이다.

자주 보았어요."* 하고 알베르틴이 말했다. "갈매기에서는 바다 냄새가 나요. 길거리에 있는 돌에게도 바다 냄새를 맡으러 오니까요." "오! 네덜란드에 갔었다고요? 베르메르네**를 아세요?" 하고 캉브르메르 부인이 도도하게, 그리고 마치 "게르망트네를 아세요?"라고 말할 때와 같은 어조로 물었다. 속물근성이란 대상이 달라져도 그 억양은 변하지 않기 때문이다. 알베르틴은 모른다고 대답했다. 그녀는 그것이 현재 살아 있는 사람들을 가리킨다고 생각했다. 하지만 그런 사실이 눈에 띄지는 않았다. "당신에게 음악을 연주해 드릴 수 있다면 기쁘겠네요." 하고 캉브르메르 부인이 말했다. "하지만 아시다시피, 당신 세대의 사람들은 관심도 갖지 않는 것만 연주하고 있으니. 저는 쇼팽을 숭배하던 시대에 자랐거든요." 하고 그녀가 낮은 소리로 말했다. 부인은 며느리가 두려웠으며, 또 며느리에게 쇼팽은 음악도 아닌, 따라서 쇼팽을 잘 연주하든 못 연주하든 그건 아무 의미도 없는 일임을 알았던 것이다. 며느리는 시어머니의 기교가 뛰어나며, 각 음의 특징을 완벽하게 연주한다는 사실은 인정했다. "하지만 나에게 시어머님을 음악가라고 말하게 할 수는 없을 거예요."라고 캉브르메르-르그

---

* 1914년 이전 원고에서 알베르틴을 예고하는 인물은 유년 시절을 네덜란드에서 보낸 마리아였다.(『소돔』, 폴리오, 578쪽 참조.)

** 고유 명사 앞에 복수형 정관사가 붙으면 작품이나 가족, 사람들을 가리키는 것으로, 원문의 les Vermeer란 표현은 베르메르의 작품들로 옮겨져야 하나, 여기서는 알베르틴의 오류를 보여 주는 표현들이 이어지고 있어, 조금은 어색하더라도 '베르메르네'라고 옮겼다.

랑댕은 결론을 내렸다. 그녀는 자신이 '진보적이며' 또 (예술에 있어서만은) 그녀의 말마따나 '충분히 좌파적이지 못하다'고 믿었다. 음악은 진보할 뿐만 아니라 이 진보는 단 하나의 방향에서 이루어지며, 드뷔시는 바그너보다 조금 더 진보한, 어떻게 보면 바그너를 뛰어넘은 자라고 상상했다. 우리가 일시적으로 정복한 자로부터 해방되기 위해서는 그 정복한 자의 무기를 사용해야 하므로, 그녀 자신도 몇 년 후에는 믿게 될 테지만 드뷔시가 바그너로부터 완전히 독립하지는 못했다 해도, 그럼에도 모든 것이 표현된 지나치게 완벽한 작품에 대해 사람들이 싫증을 느끼기 시작하면서부터는 반대되는 요구를 충족시키기 위해 노력했다는 사실을 그녀는 이해하지 못했던 것이다. 물론 이런저런 이론들이, 정치에서 종교 단체를 반대하는 법령이나 동양에서의 전쟁을(자연에 위반되는 교육이나 황화론 같은)* 지지하는 것과 유사한 이론들이 이런 반작용을 한시적으로 지지해 왔다. 서두름의 시대에는 빠른 예술이 적합하다고 말해졌는데, 이는 마치 미래의 전쟁은 이 주 이상 지속되지 않을 것이며, 또는 기차를 타면서 합승 마차의 소중한 작은 구석들은 버려지겠지만 자동차에 의해 이 작은 구석

* 종교 단체에 대한 투쟁은, 특히 중등 교육에서의 종교계 학교의 놀라운 신장과 교회가 반드레퓌스파를 지지했다는 사실 때문에 급진파 정부 아래서 과격하게 진행되었다. 1901년 종교 단체가 학교를 세우는 데 사전 허가를 받도록 규정한 법령은 300개 종교계 학교를 폐쇄하는 조치로 나타났으며, 이 일로 교황청과의 외교 관계도 단절되었다. 일본의 승리로 끝난 1904년의 러일 전쟁은 유럽인들에게 황인종의 우월성과 식민지에서의 반대 세력을 강화시키는 데 기여했으며, 황화론은 1905년 이후 상투어가 되었다.(『소돔』, 폴리오, 578쪽 참조.)

들은 다시 명예를 되찾게 될 거라고 말하는 것과도 같다. 청중의 주의력을 피로하게 하지 말라는 충고도 주어졌는데, 이는 마치 우리가 여러 상이한 수준의 주의력을 갖지 못하며, 그 최고의 주의력을 일깨우는 것은 오로지 예술가의 일이라는 의미 같았다. 왜냐하면 시시한 글 몇 줄을 읽고 하품하는 사람들이 해마다 바그너의 사부작*을 들으러 바이로이트로 다시 여행을 떠났으니 말이다. 게다가 얼마 동안 드뷔시도 마스네**만큼이나 덧없다고 공표될 날이 올 것이며, 또 멜리장드가 주는 충격이 마농이 주는 충격과 동열로 추락할 날이 올지도 모르는 일이다. 이론과 유파란, 마치 미생물과 혈구처럼 서로를 잡아먹으며, 또 이런 투쟁으로 생명의 지속을 담보받기 때문이다. 그러나 그 시간은 아직 오지 않았다.

증권 거래소에서 상승 움직임이 일어나면 온 주식 시장이 이득을 보듯이, 경멸의 대상이던 몇몇 작가들이 이런 경멸을 받을 자격이 없어서, 혹은 — 경멸받는 작가를 칭찬하기만 해도 새로움이 되기에 — 단지 경멸을 받았다는 이유만으로 재평가될 기회를 얻었다. 또 사람들은 그 명성이 현재의 움직임에 별 영향을 끼치지 않은 것처럼 보이지만 새로운 거장 중 하

---

* 바그너의 악극 「니벨룽겐의 반지」는 서곡 「라인의 황금」(1869)과 제1극 「발퀴레」(1870), 제2극 「지그프리트」(1876), 제3극 「신들의 황혼」(1876)의 사부작으로 구성되었다.

** Jules Massenet(1842~1912). 아베 프레보의 소설 『마농 레스코』를 기반으로 1884년 「마농」이란 제목의 오페라를 만들었다. 조금은 대중적이고 친숙한 음악의 표상인 「마농」처럼, 드뷔시의 「펠레아스와 멜리장드」가 주는 충격도 시간이 지나면 진부해진다는 의미이다.

나가 그 이름을 호의적으로 인용한 탓에 고립된 과거에서 몇몇 독립적인 재능을 가진 이들을 찾아 나서기도 했다. 이는 흔히 그 거장이 누구든, 또 그 유파가 얼마나 배타적이든, 거장이 재능을 그의 독창적인 감각에 의거해서 판단하고, 또 그 재능이 어떤 분야에서 발견되든 그 재능을 인정하고, 만일 그것이 재능까지 가지 않는 경우에도 과거에 그가 음미했던, 청소년 시절의 어느 소중한 순간에 연결되는 뭔가 유쾌한 영감을 인정했기 때문이다. 때로는 거장이, 이전 시대의 몇몇 예술가가 자신이 하고 싶었던 것과 매우 유사한 것을 지극히 단순한 곡에서 실현했음을 점차적으로 인식한 때문이기도 했다. 그 때 거장은 이런 과거의 인물에게서 자신의 선구자를 발견한다. 과거의 인물에게서 다른 형태이기는 하지만, 일시적이고 부분적으로는 자신에게 우호적인 그런 노력을 좋아한다. 푸생의 작품에는 터너를 연상시키는 부분이 있으며, 몽테스키외의 작품에는 플로베르의 문장이 하나 들어 있다.* 또 거장이 좋아하는 작품에 대한 그 소문이, 출처는 모르지만 거장이 속한 유파에 잘못 퍼진 소문의 결과일 때도 있었다. 그러나 그때 인용된 이름은 때맞춰 들어간 유파의 보호 아래 그 유파에 붙은 상호의 혜택을 누리게 되는데, 왜냐하면 거장의 선택에는 어떤 자유나 진정한 취향이 담겨 있지만, 유파란 이론에 따라서만 움직이는 집단이기 때문이다. 이렇게 해서 우리의 정신

* 프루스트는 「플로베르의 문체에 관하여」(1920)란 글에서 플로베르가 그의 문장을 예고하는 표현을 몽테스키외에게서 발견하고 기뻐했다고 기술했다.(『소돔』, 폴리오, 578쪽 참조.)

은 이탈에 의해서만 발전하는 통상적인 흐름에 따라 때로는 이 방향, 때로는 반대 방향으로 기울어지면서, 몇몇 작품 위에 다시 빛을 비추었고, 거기에 정의나 쇄신에 대한 요구, 혹은 드뷔시의 취향이나 일시적인 기분, 어쩌면 드뷔시 자신은 언급한 적도 없는 어떤 지적 덕분에 쇼팽의 작품이 추가되었다. 사람들이 전적으로 신뢰하는 비평가들의 극찬을 받으면서, 또 「펠레아스」가 자아낸 감탄에 힘입어 쇼팽의 작품은 새로운 조명을 받았고, 쇼팽을 다시 들은 적 없었던 사람들조차도 그 곡들을 그렇게나 좋아하고 싶어 했으므로, 그들은 자기도 모르게, 그렇지만 뭔가 자유의 환상 같은 걸 가지고 쇼팽을 좋아하게 되었다. 그러나 캉브르메르-르그랑댕 부인은 한 해의 몇 달을 시골에서 지냈다. 파리에서도 몸이 아픈 부인은 자주 방 안에서 지냈다. 사실 이런 단점은 특히 캉브르메르 부인이 유행이라고 생각하면서 사용하는 표현과 또 문어체에 더 적합한 표현의 선택에서 느낄 수 있었는데, 그녀는 대화가 아닌 독서를 통해 그런 표현을 배웠으므로, 대화의 미묘한 차이를 구별하지 못했다. 대화란 새로운 표현보다는 남의 의견을 정확히 아는 데 필요한 것이다. 그렇지만 「야상곡」의 새로움은 아직 어느 평론에 의해서도 예고되지 않았다.* 그 소문은 '젊은이들'의 한담을 통해서만 전파되었다. 캉브르메르-르그랑댕 부인은 그 소문을 알지 못했다. 나는 그녀에게 그걸 알려

* 쇼팽은 19세기 말에는 시대에 뒤떨어진 것으로 폄하되었지만, 1차 세계 대전 직전에는 재조명되었다.

주는 기쁨을 느꼈으나, 마치 당구장에서 당구공을 맞히기 위해 쿠션을 겨냥하듯, 그 때문에 그녀의 시어머니에게 말을 걸면서 쇼팽은 유행에 뒤떨어지기는커녕 드뷔시가 좋아하는 음악가라고 했던 것이다.* "참 재미있네요!" 하고 며느리는, 그것이 마치 「펠레아스」의 작곡가가 던진 역설에 지나지 않는다는 듯 미소를 지으며 말했다. 그렇지만 이제부터는 분명 존경과 기쁨도 함께 느끼면서 쇼팽을 들을 것이었다. 그리하여 미망인에게 해방의 종을 울린 내 말은, 미망인의 얼굴에 나에 대한 감사와 특히 기쁨의 표현을 띠게 했다. 부인의 두 눈은 「라튀드 또는 삼십오 년의 감옥 생활」**이라는 연극에 나오는 라튀드의 눈처럼 빛났고, 그녀의 가슴은 베토벤이 「피델리오」***에서 잘 표현했듯이, 죄수들이 마침내 '생명을 주는 공기'를 마실 때의 그 부푼 가슴으로 바다 공기를 들이마셨다. 나는 그녀가 내 뺨에 그 수염 난 입술을 갖다 대려 한다고 생각했다. "뭐라고요? 당신이 쇼팽을 좋아한다고요? 이분이 쇼팽을 좋아해. 이분이 쇼팽을 좋아해." 하고 그녀는 열정적으로 콧

---

* 드뷔시는 자신의 중요한 모델이 쇼팽이라고 주장했다고 한다.(『소돔』, 폴리오, 579쪽 참조.)

** 픽세레쿠르(Pixérécourt)와 아니세 부르주아(Anicet Bourgeois)의 역사 멜로 드라마로 1834년에 초연되었다. 장앙리 라튀드(Jean-Henry Latude, 1725~1805)란 한 랑그도크의 모험가가 루이 15세의 정부인 퐁파두르 부인에게 폭발물을 보내고 삼십오 년 동안 감옥에 갇힌 이야기를 다룬 작품이다.

*** 베토벤이 프랑스 혁명 당시 한 귀족 부인이 감옥에 갇힌 남편을 구한 실화를 토대로 작곡한 오페라다. 1805년에 초연되었으나 여러 차례 수정되었다. 남편을 감옥에서 구한 기쁨이 대합창과 오케스트라의 웅장한 연주로 표출되면서 막이 내린다.

소리를 내며 외쳤는데, 이는 마치 "뭐라고요, 당신도 프랑크토 부인을 안다고요?"라고 말하는 것과도 비슷했다. 거기에는 그녀가 나와 프랑크토 부인의 관계에는 전혀 관심이 없지만, 쇼팽에 대한 나의 인식이 그녀를 일종의 예술적 착란 속으로 집어넣는다는 차이가 있을 뿐이었다. 침의 과다 분비만으로는 충분하지 않았다. 부인은 이런 쇼팽의 재발견에서 드뷔시가 한 역할은 이해하려는 노력조차 하지 않고 단지 내 판단이 자신에게 호의적이라는 사실만을 감지했다. 그녀는 음악에 대한 열광에 사로잡혔다. "엘로디! 엘로디! 이분이 쇼팽을 좋아하신다는구나." 그녀의 가슴은 부풀어 올랐고 팔은 허공에서 허우적거렸다. "아! 전 당신이 음악가임을 확실히 느꼈어요." 하고 그녀가 소리쳤다. "당신 같은 '혜술가'〔예술가〕*가 쇼팽을 좋아하는 마음을 전 이해해요. 정말로 아름다우니까요!" 그녀의 목소리 또한 쇼팽을 향한 열광을 표현하기 위해 데모스테네스**를 모방하면서, 해변의 모든 조약돌로 자신의 입술을 채운 듯 자갈 까는 소리를 냈다. 그동안 피난시킬 틈이 없었던 베일까지 적시고 나서야 마침내 썰물이 다가왔고, 후작 부인은 쇼팽의 추억으로 젖은 수염의 침 거품을 자수 손수건으로 닦을 수 있었다.

---

* 예술가를 뜻하는 artiste를 hhartiste로 잘못 발음했다.

** Demosthenes(기원전 384~기원전 322). 고대 그리스의 가장 위대한 웅변가다. 선천적인 말더듬이를 고치기 위해 조약돌을 입에 물거나 언덕을 달리는 등 혹독한 수업을 거쳐 웅변가가 되었다. 훗날 반(反)마케도니아 정서를 고취하는 정치 연설로 유명해졌다.

"아, 이런!" 하고 캉브르메르-르그랑댕 부인이 내게 말했다. "저희 어머님께서 너무 지체하신 것 같네요. 제 아저씨 스누빌(Ch'nouville) 댁에서 만찬이 있다는 걸 잊으셨나 봐요. 그리고 캉캉*은 기다리는 걸 좋아하지 않아요." 캉캉이 뭔지 몰랐던 나는 개의 이름일지도 모른다고 생각했다. 그러나 스누빌 사촌에 대해서는 다음과 같았다. 나이와 더불어 이름을 이런 식으로 발음하는 데서 맛보는 기쁨이 조금은 약화되기는 했지만, 젊은 후작 부인은 예전에 그 기쁨을 맛보기 위해 결혼을 결심했을 정도였다. 다른 사교 모임에서 슈누빌 가족에 대해 말할 때면, 보통 귀족을 표시하는 지시사 de에서 무음 e를 생략하는 것이 관례였다.(적어도 모음으로 끝나는 이름이 지시사 다음에 오는 경우에는 그러했다. 왜냐하면 그렇지 않은 경우, 이를테면 Madam d'Ch'nonceaux처럼 자음 음절을 세 번 연속해서 발음할 수 없는 경우에는 자연히 지시사 de에 기댈 수밖에 없기 때문이다.)** 그래서 사람들은 '슈느빌 씨(Monsieur d'

---

* 캉캉은 캉브르메르 후작의 별명이다. 이 이름에 대해서는 『잃어버린 시간을 찾아서』 8권 110쪽 참조.

** 보통 귀족들은 슈느빌 씨처럼 Monsieur 다음에 지시사 de가 오는 경우에는(자음 음절이 두 번 이어지는 경우) de의 e를 생략하고 Monsieur d'Chenouville이라고 발음한다. 그러나 madame, comte 같은 말 다음에 지시사 de가 오는 경우에는(자음 음절이 세 번 이어지는 경우) e를 세 번 연달아 생략해서(Madame de Chenonceaux에서 e를 생략해서 Madam'd'Ch'nonceaux 라고 하는 것처럼) 발음할 수는 없으므로 지시사 de를 보존해서 Madam'de Ch'nonceaux 혹은 Madam'de Ch'nouville이라고 발음한다. 그러나 캉브르메르 가문은 그들만의 속물근성에서, 앞에 어떤 말이 오든 그들에게 친숙한 Ch'nouville의 형태를 그대로 고수한다는 뜻이다.(여기서는 이런 표기상의 차이

Cheneville)'라고 발음했다. 캉브르메르 집안의 전통은 이와 반대였지만 강제적이었다. 그들은 모든 경우에 슈누빌(Chenouville)의 무음 e를 생략했다. 그래서 이름 앞에 내 사촌 또는 내 사촌 누이라는 말이 붙어도 언제나 '스누빌(Ch'nouville)'이지 결코 '슈누빌(Chenouville)'이 아니었다.(이 슈누빌의 부친으로 말할 것 같으면, 그들은 그를 우리 아저씨라고 불렀는데, 게르망트네 사람들처럼 oncle을 onk라고 줄여서 우리 '아찌(onk)'라고 발음할 만큼 페테른 사람들은 아직 상류층이 아니었으며, 또 자음을 생략하고 외래어를 모국어로 바꾸기 위해 게르망트네 사람들이 의도적으로 사용하는 그 이해할 수 없는 말들이 고대 프랑스어나 현대 방언만큼 이해하기 어려웠기 때문이다.) 캉브르메르 집안에 들어오는 사람은 누구나 이 스누빌이란 문제에 관해 경고를 받았지만, 르그랑댕 양은 그럴 필요가 없었다. 어느 날 누군가를 방문한 자리에서 그 집 아가씨가 '나의 위제 아주머니, 나의 루앙 아찌(ma tante d'Uzai, mon onk de Rouan)'라고 부르는 것을 듣고도,* 그녀는 그것이 자신이 위

---

를 나타내기 위해 조금은 자의적이지만 Ch'nouville은 '스누빌', Chenouville은 '슈누빌'로 표기했다.)

* 위제(Uzès) 가문(『잃어버린 시간을 찾아서』 4권 152쪽 참조.)은 사람 이름을 가리킬 때는 위제, 동명의 지명을 가리킬 때는 위제스라고 발음되나 캉브르메르 부인은 이런 사실을 알지 못한다. 또 로앙(Rohan) 가문은 브르타뉴의 명문으로 지역에 따라 루앙 또는 로앙이라고 발음되지만, 캉브르메르 부인은 로앙이라고 발음하는 것만 들었으므로 다른 이름으로 착각한 것이다. 아찌(onk)라는 생략어의 사용도 이런 착각에 일조했다. 그리고 위제 아줌마(Mame d'Uzai)에서 Mame은 Madame의 약칭이며, Uzai는 Uzès를 발음 기호에 따라 표기한 것이다.

제스와 로앙(Uzès et Rohan)이라고 발음하는 습관을 가졌던 명문가의 이름과 동일하다는 걸 바로 깨닫지 못했다. 그녀는 식탁에 새로이 고안된 식기를 보고 사용법을 몰라 감히 식사를 시작하지 못하는 사람의 놀라움과 당혹감과 수치심을 느꼈다. 하지만 그날 밤과 다음 날, 그녀는 기쁘게 위제스(Uzès)의 끝음 s를 생략하고 '위제 아주머니'라고 불렀는데, 이런 생략은 전날에는 그녀를 놀라게 했지만, 지금은 그걸 모르는 게 천박해 보였으므로, 친구가 위제 공작 부인의 흉상에 대해 얘기하자 기분이 언짢은 듯 거만한 어조로 "적어도 발음만은 제대로 할 줄 알아야지, 위제 아줌마(Mame d'Uzai)라고 말이야."라고 대답했다. 그때부터 단단한 물질이 보다 정교한 원소가 되어 가는 변환 작업에 의해 그녀는 부친으로부터 명예롭게 물려받은 막대한 재산과, 완벽한 교육, 소르본 대학에서 카로 교수와 브륀티에르 교수의 강의와 라무뢰 관현악단의 연주회에 열성적으로 출석하면서 배운 것들은* 모두 증발시켜 버리고, 어느 날인가 자신이 최종적으로 도달하게 될 숭고한 모습이 '나의 위제 아주머니'라고 부르는 즐거움에 있다는 걸 깨달았다. 적어도 결혼 초기에 자신이 좋아하지만 교제를 포기해야 했던 여자 친구들이 아니라, 자기가 좋아하지

---

* 카로(Emile-Marie Caro, 1826~1887)는 유심론 철학자이자 소르본 대학의 교수로 그의 강연은 대중적 인기를 얻었다. 브륀티에르에 대해서는 『잃어버린 시간을 찾아서』 3권 30쪽 주석 참조. 라무뢰(Charles Lamoureux, 1834~1899)는 바이올린 연주자이자 오케스트라 지휘자로 1881년에는 라무뢰 관현악단을 창설하여 고전 음악과 바그너를 소개하는 데 앞장섰다.

는 않지만 "위제 아주머니를 소개하겠어요."라고 말할 수 있는, 또 그런 친척 관계가 지나치게 어렵다는 걸 알았을 때는 "스누빌 아주머니를 소개할게요." 혹은 "위제네 사람들과 함께 식사하게 해 드릴게요."라고 말할 수 있는 그런 여자 친구들과 계속해서 교제할 생각을(그 때문에 결혼했으니까) 자신의 의식 속에서 배제하지 못했다. 캉브르메르 씨와의 결혼은 이 중에서도 첫 번째인 "스누빌 아주머니를 소개할게요."란 말을 할 기회는 제공했으나,* 그녀의 시부모가 드나드는 사교계는 그녀가 상상하고 계속해서 꿈꾸던 세계가 아니었으므로, "위제네 사람들과 함께 식사하도록 해 드릴게요."라는 두 번째 말을 할 기회는 제공하지 못했다. 또한 내게 로베르 생루의 얘기를 한 후에(그녀는 그 말을 하기 위해 로베르의 표현을 그대로 사용했는데, 왜냐하면 내가 그녀와 함께 얘기하면서 르그랑댕처럼 얘기하자, 그녀는 그 반대되는 암시 작용에 의해 로베르가 라셸로부터 빌렸다는 것도 모르고 로베르 식의 특유한 언어로 대답했기 때문이다.) 그녀는 엄지손가락과 집게손가락을 모으면서, 또 그녀가 포착하는 데 성공한, 한없이 작은 뭔가를 쳐다보는 듯 두 눈을 반쯤 감고는 "그분의 정신적 자질은 매우 뛰어나요."라며 얼마나 열렬하게 찬사를 늘어놓았는지, 혹시 그녀가 로베르를 연모하는 게 아닌가 하는 생각이 들 정도였다.(게다가 예전에 동시에르에 있을 때 로베르가 그녀의 연인이라

---

* 위제 가문은 프랑스의 명문가로 시골 귀족인 캉브르메르 가문에 비해 지나치게 높지만, 슈누빌 가문은 그들과 비슷한 수준의 가문이라는 의미이다.

고 주장하는 사람도 있었다.) 그러나 실은 내가 그 말을 로베르에게 전해 주고 다음과 같은 말에 이르기 위해서였다. "당신은 게르망트 공작 부인과 친분이 두터우시죠. 저는 몸이 아파 거의 외출도 못하지만, 공작 부인이 선별된 친구들의 사단에만 틀어박혀 지낸다는 사실은 잘 알아요. 매우 훌륭한 처사라고 생각해요. 저는 잘 알지 못하지만 대단히 탁월한 여인이라는 걸 알아요." 캉브르메르 부인이 공작 부인을 잘 알지 못한다는 걸 깨달은 나는, 그녀와 똑같은 수준으로 자신을 낮추기 위해 이 화제를 대충 넘기면서 후작 부인에게, 특히 그녀 오빠인 르그랑댕 씨를 잘 안다고 대답했다. 이 이름을 듣자 그녀는 내가 게르망트 부인의 이름을 들었을 때처럼 뭔가 얼버무리는 표정을 지었는데, 그러나 내가 아닌 자신에게 수치심을 주기 위해 그 이름을 말했다고 생각했는지 거기에 불만의 표정을 더했다. 르그랑댕으로 태어났다는 것이 그토록 그녀를 절망에 빠뜨렸던 것일까? 적어도 그녀 남편의 여동생들과 형수들은 그렇게 주장했으며, 그러나 그들은 시골 귀족 부인들로 어느 누구도 또 아무것도 알지 못했으므로, 캉브르메르 부인의 지성이나 그녀가 받은 교육, 그녀의 재산, 그녀가 병들기 전에 가졌던 신체적인 매력들을 질투했다. "그녀는 다른 것은 생각하지도 않아요. 바로 그것이 그녀를 죽이고 있어요." 하고 그 심술궂은 여인네들은 젊은 캉브르메르 부인의 얘기만 나오면 어느 누구에게나, 특히 귀족이 아닌 평민에게 그렇게 말하기를 좋아했다. 만일 상대가 잘난 체하는 바보라면 그 계급이 가진 수치스러운 조건을 확인시켜 줌으로써 자신들이 표하는 상냥함에 더 많은 가치를 부여하기 위함이었고, 상대가 소심하고 섬세한 평민이라면, 그 말을 그에게 적용해서, 자신들이 그를 예의 바르게 받아들이기는 하지만, 간접적으로는 그에 대해 무례하게 구는 즐거움을 맛보기 위해서였다. 그러나 이 귀부인들이 그들의 올케에 대해 진실을 말한다고 믿었다면 그건 잘못된 생각이었다. 그녀는 자신이 르그랑댕으로 태어났다는 것을 기억에서 모두 지워 버렸으므로 그 사실로 인해 전혀 괴로워하지 않았다. 내가 그 기억을 환기하자 그녀는 화가 났고 아무것도 이해하지 못했다는 듯 침묵을 지켰으며, 내 말에 정확한 대답을 하거나 확인해 줄 필요조차 느끼지 않았다.

"우리가 방문을 짧게 하는 주된 이유가 친척들 때문은 아니에요." 하고 아마도 '스누빌'이라고 말하는 기쁨에 며느리보다 더 싫증을 느꼈는지 캉브르메르 미망인이 말했다. "하지만 너무 많은 사람이 한꺼번에 오면 당신이 피곤해하실까 봐서. 저분은," 하고 그녀는 변호사를 가리키면서 말했다. "감히 부인과 아드님을 여기까지 데려오지도 못했어요. 우리를 기다리며 바닷가에서 산책하는 중인데 아마도 지금쯤은 지루해지기 시작했을 거예요." 나는 두 사람의 모습을 정확하게 가리키게 하고는 그들을 찾으러 달려갔다. 부인의 얼굴은 미나리아재비과의 여느 꽃처럼 동그랬으며 눈가에는 꽤 넓은 식물성 표시가 있었다. 그리고 인간의 생성도 식물의 종처럼 그 특징을 간직하는 법이므로, 어머니의 시든 얼굴에 나타나는 것과 똑같은, 변종의 분류를 도와주는 표시가 아들의 눈 밑에서도 부풀고 있었다. 부인과 아들에 대한 나의 열성에 변호사가 감동했다. 그는 나의 발베크 체류에 관심을 나타냈다. "조금은 낯선 곳에 와 있는 듯한 느낌이 들겠군요. 대부분이 외국 사람들이니까요." 그는 이렇게 말하면서 나를 바라보았는데, 그의 고객 대부분이 외국인이었음에도 외국인을 좋아하지 않았으므로, 자신의 그런 외국인 혐오증을 내가 반대하지 않는지 확인하고 싶었던 것이다. 만약 내가 반대한다면 그는 "물론 X 부인은 매력적인 여성일 수 있어요. 그건 원칙의 문제니까요."라며 양보했을 것이다. 당시 나는 외국인에 대해 어떤 의견도 없었으므로 반대 의견을 표명하지 않았고, 그러자 그는 자신이 안전한 땅에 있다고 느낀 듯했다. 내게 자신의 파리 집에 와서 르 시다네르의 소장품을 보지 않겠느냐고 묻고, 나와 막역한 사이라고 생각한 캉브르메르 사람들도 함께 모시고 오라고 부탁할 정도였으니까. "당신을 르 시다네르와 함께 초대하겠습니다." 하고 내가 이 축복된 날만 기다리며 살 것이라고 확신한 그가 말했다. "얼마나 대단한 분인지 알게 되실 겁니다. 또 그분의 그림은 당신을 매혹시킬 겁니다. 물론 대수집가들과 경쟁할 수는 없습니다만, 그분이 좋아하는 그림의 거의 대부분은 제가 소장하고 있다고 생각합니다. 발베크에서 오는 길이라면 더욱 관심을 가지게 될 겁니다. 바다 풍경이죠, 적어도 대부분이."* 식물성의 특징을 지닌 아내와 아

* 르 시다네르는 젊은 시절에 몇 점의 바다 풍경을 그렸다고 한다.(『소돔』, 폴리오, 579쪽)

들은 명상에 잠긴 모습으로 그의 말을 듣고 있었다. 파리에 있는 그들의 저택이 일종의 르 시다네르 신전임을 느낄 수 있었다. 이런 종류의 신전이 불필요한 것만은 아니다. 신이 자신에 대한 의혹에 사로잡힐 때면, 그의 작품을 위해 온 삶을 바친 사람들의 이런 반박할 수 없는 증언 덕분에 그 의견의 균열을 쉽게 막을 수 있기 때문이다.

캉브르메르 부인은 며느리가 보내는 신호에 따라 자리에서 일어나며 말했다. "페테른에서 머무르고 싶어 하지 않으시니까, 적어도 이번 주 어느 날은 점심을 들러 오지 않겠어요? 내일이라도?" 그리고 부인은 날 결심시키려는 듯 관대한 마음에서 덧붙였다. "크리즈누아 백작을 '되찾으실' 수 있을 거예요." 나는 그 백작을 알지 못했으므로 전혀 잃어버린 게 아니었다. 그녀는 다른 유혹거리를 반짝거리기 시작하다가 갑자기 멈추었다. 부인이 호텔에 와 있는 걸 안 법원장이 은밀하게 그녀를 찾다가 오랜 시간 기다린 후에 우연히 그녀를 만났다는 듯 인사를 하러 왔기 때문이다. 나는 캉브르메르 부인이 이제 막 내게 한 점심 초대를 법원장에게까지 확대할 생각이 없다는 걸 깨달았다 그렇지만 법원장은 나보다 더 오래전부터 그녀를 알았고, 수년 전부터 페테른의 오후 모임 고객 중의 하나여서 발베크의 첫 번째 체류 동안 내가 부러워했던 사람이었다. 그러나 사교계 인사들에게는 오래되었다는 것이 만사가 아니다. 오히려 그들은 호기심을 자극하는 새로운 교제를 위해 기꺼이 점심 식사를 남겨 두는데, 특히 그 교제가 생루의 추천과 같은 명망 있는 사람의 열렬한 추천 후에 이루어지는 경우에는 더욱 그러하다. 캉브르메르 부인은 법원장이 그녀의 말을 듣지 못했을 거라고 추측했지만, 그래도 마음속에 느껴지는 양심의 가책을 달래려고 그에게 가장 상냥한 말투로 말을 건넸다. 보통 때는 눈에 보이지 않는 리브벨의 금빛 해안을 멀리 수평선에서 적시고 있는 햇빛 속에서, 우리는 찬연한 푸른빛 하늘과 거의 분리되지 않은 작은 종이, 분홍빛과 은빛으로 미세하게 반짝이는 바다 위로 솟아오르면서 페테른 근방에 삼종 기도의 종소리를 울리는 것을 인지했다. "이것도 꽤 펠레아스풍이네요."* 하고 나는 캉브르메르-르그랑댕 부인에게 지적했다. "내가 말하려는 장면이 어떤 건지 아시겠죠?" "알 것 같군요." 하지만 어떤 추억에도 들어맞지 않는 그녀의 목소리와 얼굴, 또 어떤 지지도 받지 못하는 그녀의 미소는 '아무것도 몰라요'라는 대답만을 허공에 외치고 있었다. 미망인은 여기까지 종소리가 들린다는 사실에 아직 정신을 못 차린 듯 시간을 생각하며 일어섰다. "하지만 사실 보통 때는 발베크에서 저 해안도 보이지 않고 종소리도 들리지 않아요. 날씨가 변해서 수평선이 두 배로 확대되었나 봐요. 아니면 종소리가 부인을 찾아 여기까지 왔거나요. 부인이 떠나려고 하시는 걸 보니, 부인께 저녁 식사를 알리는 종인가 보죠." 하고 나는 말했다. 종소리에 덜 민감한 법원장은 슬며시 방파제를 바라보면서 그날 저녁 그처럼

---

* 「펠레아스와 멜리장드」 3막 3장. 앞에서 인용한 '장미 향기' 장면에는(373쪽 주석 참조.) 종소리도 울린다.

인적이 드물다는 사실에 애석해했다. “당신은 진정한 시인이에요.” 하고 캉브르메르 부인이 내게 말했다. “그토록 감수성이 예민하시고 정말 예술가라는 게 느껴져요. 우리 집에 오세요, 쇼팽을 연주해 드릴게요.” 하고 그녀는 황홀한 표정으로 두 팔을 들어 올리면서, 또 자갈을 옮길 때 나는 쉰 목소리를 내면서 덧붙였다. 그런 다음에 노부인은 침을 삼켰고, 본능적으로 아메리카 식 수염*이라고 불리는 콧수염을 손수건으로 가볍게 빗질하며 닦았다. 법원장은 후작 부인의 팔을 붙잡고 마차까지 인도함으로써 뜻하지 않게 내게 큰 도움을 주었다. 거기에는 다른 사람이 하려면 조금 망설여지지만 사교계 사람들은 그렇게 싫어하지 않는, 뭔가 천박하고 대담하고 과시적인 취향이 섞여 있었다. 게다가 그는 오래전부터 그런 행동을 하는 게 나보다 몸에 배어 있었다. 이런 그를 찬양하면서도 감히 흉내 내지 못하는 나는 캉브르메르-르그랑댕 부인 옆에서 걸었고, 그녀는 내가 손에 들고 있는 책을 보고 싶어 했다. 세비녜 부인이라는 이름에 얼굴을 찌푸렸다. 그리고 몇몇 신문에서 읽은 단어로, 그것도 말로 하고 여성형을 써서 17세기 작가에게 적용하자 뭔가 기이한 효과를 자아냈는데, 이렇게 물었다. “당신은 세비녜 부인이 정말로 ‘재능 있는(talentueuse)’** 작가라고 생각하세요?” 후작 부인은 길을

---

* 『잃어버린 시간을 찾아서』 4권 296쪽 주석 참조.

** ‘재능’을 뜻하는 talent이란 단어는 형용사 형태로는(여기서는 여성형으로 talentueuse로 표기됨.) 잘 쓰이지 않는데, 1876년 공쿠르 형제가 『라루스 프랑스어 대사전』(1857)에 의거해서 쓴 글에서는 찾아볼 수 있다고 한다.(『소돔』, 플레

떠나기에 앞서 하인에게 과자 가게의 주소를 주었는데, 저녁 먼지 때문에 분홍빛이 된 길에는, 계단 모양의 산등성이를 이루는 절벽이 푸른빛으로 빛나고 있었다. 그녀는 나이 든 마부에게 추위에 약한 말을 충분히 덮어 주었는지, 말발굽에 단 편자가 또 다른 말을 아프게 하지는 않는지 물었다. "날짜를 정해야 하니까 편지를 보낼게요." 하고 그녀는 낮은 목소리로 말했다. "제 며느리와 문학 얘기를 하시던데, 꽤 사랑스러운 아이죠." 하고 덧붙였다. 그녀는 그렇게 생각하지 않으면서도 아들이 돈 때문에 결혼한 것처럼 보이지 않게 하려고 그런 말을 하는 습관이 — 착한 마음에서 간직해 온 — 있었다. "게다가," 하고 그녀는 마지막으로 우물거리는 흥분된 소리로 덧붙였다. "며느리는 대단한 '혜술가'(예술가)랍니다!" 그러고는 머리를 흔들며 양산 손잡이를 쳐들면서 마차에 올라타더니 마치 견진 성사를 위해 순회하는 나이 든 주교처럼 그녀의 사제직 장식품에 파묻힌 채로 발베크 거리를 향해 다시 출발했다.

"부인이 당신을 저녁 식사에 초대한 모양이군요." 하고 마차가 멀어지고 내가 친구들과 함께 돌아오자 법원장이 준엄하게 말했다. "우리 사이가 불편해요. 내가 저들을 등한시한다고 여기는 모양입니다. 나는 정말 쉽게 사는 사람인데. 누구라도 날 필요로 하면 언제든 '여기 있습니다.'라고 대답할 준비가 되어 있으니까요. 하지만 저들은 날 움켜쥐려고 했어요.

---

이아드 III, 1466쪽 참조.)

아! 그러니," 하고 그는 뭔가를 구별하고 따지는 사람처럼 손가락을 쳐들면서 교활한 표정으로 덧붙였다. "그건 허락 못하죠. 내 바캉스의 자유를 해치는 것이니까요. 나는 '이제 그만!'이라고 말해야만 했어요. 당신은 저분과 사이가 매우 좋은 것 같군요. 내 나이가 되면 사교계가 얼마나 하찮은 것인지 깨달을 테고, 그러면 아무것도 아닌 일에 그처럼 중요성을 부여했던 걸 후회하게 될 겁니다. 자, 이제부터 난 저녁 식사 전에 한 바퀴 돌아야겠어요. 잘 있어요, 젊은이들." 하고 그는 이미 50보나 떨어져 있다는 듯, 아무에게나 외친다는 듯 소리를 질렀다.

내가 로즈몽드와 지젤에게 다시 만나자는 인사를 했을 때 그들은 알베르틴이 따라오지 않고 남는 걸 보고 놀랐다. "어머, 알베르틴, 뭐 해, 지금이 몇 신 줄 알아?" "돌아가." 하고 그녀는 단호하게 대답했다. "난 저분과 할 얘기가 있어." 하고 그녀는 순종하는 태도로 날 가리키면서 덧붙였다. 로즈몽드와 지젤은 나에 대한 존경심을 새로이 확신한다는 듯 나를 바라보았다. 적어도 잠시 동안은 로즈몽드와 지젤의 눈에도 내가 알베르틴에게 귀가 시간보다, 그녀의 친구들보다 더 중요한 그 무엇이며, 우리가 다른 사람은 끼어드는 게 불가능한 그런 심각한 비밀을 가진 것처럼 보인다고 느껴져 매우 즐거웠다. "오늘 저녁에는 널 볼 수 없는 거야?" "몰라, 저분에게 달렸어. 어쨌든 내일 봐." "내 방으로 올라가요." 하고 친구들이 멀어지자 나는 그녀에게 말했다. 우리는 승강기를 탔다. 그녀는 엘리베이터 보이 앞에서 침묵을 지켰다. 자기들끼리만 얘기하고 하인들에게는 말을 하지 않는 그 이상한 사람들인 주인과 관계되는 작은 것들을 알기 위해 개인적 관찰이나 추론에 의존해야만 했던 습관은, '주인들'보다 '종업원들'(엘리베이터 보이는 하인들을 그렇게 불렀다.) 사이에서 보다 뛰어난 선견지명의 능력을 발달시킨다. 우리의 신체 기관은 그 기관에 대한 우리의 필요가 커지거나 줄어드는 정도에 따라 쇠약해지며 또는 보다 강해지거나 정교해진다. 철도가 존재한 이래 기차를 놓쳐서는 안 된다는 필연성이 우리에게 분(分) 단위의 계산을 가르쳤으며, 반면 고대 로마인들에게는 천문학이 훨씬 간단했을 뿐만 아니라 그들의 삶도 별로 바쁘지 않았기에 분에 대한 개념은커녕 고정 시간의 개념도 거의 존재하지 않았다. 그래서 알베르틴과 내가 무언가에 정신이 팔려 있다는 걸 깨달은 엘리베이터 보이는 그 사실을 동료들에게 얘기할 생각이었다. 그러나 그는 요령이 없는 사람인지라 우리에게 끊임없이 말을 걸었다. 그렇지만 나는 그의 얼굴에서 우리를 자기 승강기에 태우게 한 것에 대한 일상적인 우정과 기쁨의 느낌 대신, 지극한 낙담과 불안의 표정이 그려지는 것을 보았다. 나는 그 까닭을 알지 못했지만 그래도 그의 기분을 조금 전환시키려고, 알베르틴에게 더 열중하면서도 지금 막 떠난 귀부인 이름이 카망베르가 아닌 캉브르메르 후작 부인이라고 말해 주었다.* 그때 우리가 통과

* 카망베르(Camembert)는 노르망디 지방에서 생산되는 프랑스의 대표적 치즈로 캉브르메르와 이름이 유사한 데서 연유한 화자의 농담이다.

한 층에서 얼굴이 못생긴 여종업원이 긴 베개를 나르다 내가 출발할 때 팁이라도 바라는 듯 공손히 인사하는 모습이 보였다. 처음 발베크에 도착했던 저녁 내가 그토록 욕망했던 종업원이었는지 알고 싶었지만 끝내 확인할 수 없었다. 엘리베이터 보이는 여전히 절망한 표정으로 대부분의 거짓 증인이 그러하듯 진심으로, 후작 부인이 자신의 방문을 알려 달라고 청했을 때 분명히 카망베르란 이름이었다고 단언했다. 또 사실 그가 이미 아는 이름을 들었다고 생각한 것은 지극히 자연스러운 일이었다. 게다가 엘리베이터 보이가 아닌 대다수의 사람들이 귀족 계급과 작위가 붙은 이름의 속성에 대해 가진 관념이란 게 매우 어렴풋한 정도였으므로, 카망베르라는 이름의 치즈가 보편적으로 알려진 이상 카망베르란 이름은 그에게 그만큼 그럴듯해 보였고, 후작령의 명성이 치즈를 유명하게 한 것이 아니라면, 후작령이 그토록 영광스러운 명성의 치즈에서 나왔다고 생각한다 해서 그리 놀랄 일은 아니었다. 그렇지만 내가 틀린 모습을 보이기 싫어하는 걸 보고, 주인들이란 아무리 하찮은 변덕에라도 복종하는 것을 보기 좋아하며, 아무리 명백한 거짓말에라도 수긍하는 모습을 보기 좋아한다고 생각하여, 그는 착한 하인으로서 앞으로는 캉브르메르라고 말하겠다고 약속했다. 사실 이 도시의 어느 가게 점원이나 근방의 농부도 캉브르메르라는 이름과 인간은 다 알고 있었으므로, 엘리베이터 보이와 같은 실수는 할 리가 없었다. 그러나 '발베크 그랜드 호텔'에서 일하는 사람들은 이 고장 사람들이 아니었다. 그들은 모두 곧바로 비아리츠와 니스와 몬테카를로로부터 모든 장비와 함께 보내진 사람들로, 그중 일부는 도빌, 일부는 디나르로 향했으며, 또 세 번째는 발베크에 남았다.*

그러나 엘리베이터 보이의 불안한 고통은 커져만 갔다. 내게 일상적으로 미소를 지으며 헌신적으로 대하던 모습도 다 잊어버린 걸 보면 그에게 뭔가 불행한 일이 닥친 게 틀림없었다. 어쩌면 '해고된 것인지도' 모를 일이었다. 지배인이 종업원에 관해 내가 결정한 것은 모두 승인하겠다고 약속했으므로, 이 경우라면 그가 남아 있을 수 있도록 힘을 써 주어야겠다고 결심했다. "손님은 원하시는 걸 모두 할 수 있습니다. 제가 미리 인준할 테니까요." 갑자기 승강기를 떠나면서 나는 엘리베이터 보이의 비탄과 놀란 표정을 이해했다. 내가 탈 때마다 주던 100수를 알베르틴 앞이라서 주지 않았던 것이다. 그래서 그 바보는 내가 제삼자 앞에서 팁 주는 모습을 보이기 싫어한다는 것은 알지 못하고, 이것이 최종적인 결정으로 앞으로 다시는 아무것도 주지 않을 거라고 생각하여 몸을 떨었던 것이다. 그는 내가 매우 '궁핍한'(게르망트 공작의 말처럼) 상황에 빠졌다고 상상했지만, 이러한 추측이 그에게 불러일으킨 것은 나에 대한 동정심이 아니라 지독히 이기적인 실망감이었다. 내가 전날 주었던, 그래서 그가 열에 들떠 기다리던 과도한 액수의 팁을, 어느 날 내가 감히 다시 주지 않고는 못

* 도빌은 노르망디, 디나르는 브르타뉴에 위치한 유명한 휴양지들로, 허구적인 도시 발베크가 실제의 도시들 사이에 끼어 있다.

배기는 모습을 보면서 어머니가 생각하셨던 것만큼 나는 내가 그렇게 무분별하다고 생각하지 않았다. 그러나 또한 평소에 그가 기뻐하는 모습을 보면서 나에 대한 애정의 표시라고 전혀 의심하지 않고 부여하던 의미가, 예전처럼 확고하게 믿어지지도 않았다. 절망에 빠진 엘리베이터 보이가 6층에서 뛰어내리려고 하는 모습을 보면서, 나는 만약 우리의 사회적 조건이, 이를테면 혁명 같은 것이 일어나서 서로의 처지가 뒤바뀐다면, 엘리베이터 보이는 나를 위해 친절하게 승강기를 운전해 주는 대신 부르주아가 되어 나를 집어던지는 것은 아닌지, 또 없는 자리에서는 무례한 말을 하면서도 우리가 불행하다고 하면 그렇게 모욕적인 태도로 대하지 않는 사교계보다 훨씬 더 큰 이중성이 어떤 계층의 서민에게 존재하는 것은 아닌지 자문하지 않을 수 없었다.

그렇지만 발베크 호텔에서 가장 타산적인 인물이 엘리베이터 보이라고 할 수는 없었다. 이런 관점에서 보면 종업원들은 두 부류로 나뉘었다. 한 부류는 손님들 사이에 차이를 두고, 그들 앞에서는 친절한 행동이라고 말하지만 그 친절이 무례하고 수상쩍은 사치를 과시하는 이방인의 무분별한 후한 인심보다는, 늙은 귀족이 주는 합리적인 팁에 더 민감하게 반응하는 사람들이었다.(더구나 그 귀족은 보트레유 장군에게 부탁해서 이십팔일 동안 그들의 징집을 면하게 해 줄 수 있었다.)* 또 다른

* 프루스트는 1908년 파리 사령관에게 군대에 소집된 자신의 하인을 위해 십삼 일간의 징집 유예를 청원하는 편지를 보낸 적이 있다.(『소돔』, 폴리오, 580쪽 참조.)

부류는 귀족이나 지성, 명성, 지위, 태도는 안중에도 없고, 모든 것을 숫자로만 보는 사람들이었다. 그들에게는 손님이 가진 돈, 아니 손님이 주는 돈이라는 등급만이 존재했다. 어쩌면 수많은 호텔을 돌아다닌 덕에 사교적인 처세술에 매우 능하다고 주장하는 에메가 바로 후자의 부류에 속하는지도 몰랐다. 그러나 그는 기껏해야 이런 종류의 평가에 사교적인 표현이나 가문에 대한 지식을 말하는 걸로 만족했는데, 이를테면 뤽상부르 대공 부인에 대해서도 "그 안에 돈이 많답니까?"라고 하는 정도였다.(이 의문 부호도 어떤 손님에게 파리에서 '셰프'를 구해 주거나, 발베크에서 바다가 보이는 식당 입구 왼쪽 식탁을 마련해 주기에 앞서 손님에 대해 알아보거나 자신이 얻은 정보를 최종적으로 점검할 목적에서 붙인 것이었다.) 그러나 사리사욕을 채우려는 마음이 없지 않았음에도 불구하고, 그는 엘리베이터 보이처럼 바보스럽게 절망 어린 표정으로 그 사실을 전시하지는 않았을 것이다. 하지만 엘리베이터 보이의 순진함이 사정을 보다 단순하게 만들었는지도 모른다. 큰 호텔이나 전에 라셸이 있던 집과 같은 장소가 편리한 것은, 지금까지 냉담하던 종업원이나 여자의 얼굴에 100프랑짜리, 하물며 1000프랑짜리 지폐를 다른 중개자 없이 보인다면, 비록 그 돈이 이번에는 다른 사람에게 주어지는 것이라 할지라도, 미소와 더불어 어떤 제안을 이끌어 낸다는 점이다. 반대로 정치 분야나 연인과 정부의 관계에서는, 지나치게 많은 것들이 돈과 순종 사이에 개입한다. 돈 때문에 미소를 짓게 되는 사람들조차 흔히 그것을 연결하는 내면의 과정은 쫓아갈 수 없다고 생각할 만큼 그렇게 미묘한 것들이 많다. 게다가 이것은 예의 바른 대화에서 "내게 남은 일이 뭔지 알아요. 내일이면 나를 시체 안치소에서 발견하겠죠." 따위의 말을 걸러 낸다. 그러므로 예의 바른 사회에서는 말해서는 안 되는 것을 얘기하는 소설가나 시인 또는 그 모든 숭고한 존재들은 찾아보기 힘들다.

복도에 우리 둘만 들어서자마자, 알베르틴은 "무엇 때문에 나한테 화난 거예요?"라고 말했다. 그녀에 대한 나의 가혹한 태도는 오히려 나 자신에게 더 힘들지 않았을까? 그 태도는 내 여자 친구에 대해 어쩌면 오랫동안 품어 왔던 두 개의 가설 중 어느 편이 진실인지를 묻고 알아내기 위해, 그녀로 하여금 두려워하고 애원하는 태도를 가지게 하려는, 내 쪽에서의 무의식적 술책은 아니었을까? 어쨌든 그녀의 질문을 들었을 때, 오랫동안 욕망하던 목적에 도달한 사람처럼 갑자기 행복한 느낌이 들었던 것은 사실이다. 그녀의 질문에 대답하기에 앞서 나는 그녀를 내 방문 앞까지 데려갔다. 문이 열리면서 방 안을 채웠던 분홍빛이 역류했고, 그러자 저녁을 위해 친 하얀색 모슬린 커튼이 새벽의 금빛 돈을무늬 비단으로 변했다. 나는 창문까지 갔다. 갈매기들이 다시 물결 위에 놓여 있었다. 하지만 이제 갈매기들은 분홍빛이었다. 나는 알베르틴에게 그 점을 지적했다. "우리 대화를 딴 데로 돌리지 말아요." 하고 그녀가 말했다. "나처럼 솔직해져요." 나는 거짓말을 했다. 그녀가 먼저 내 고백을 들어야 한다고, 얼마 전부터 내가 앙드레에게 품어 온 커다란 열정의 고백을 들어야 한다고 선언했다. 우리 삶에서 우리가 느끼지 못하는 사랑일 때만 하는,

그런 무대에나 어울리는 단순함과 솔직함을 가지고 나는 그렇게 고백했다. 발베크에서의 첫 번째 체류에 앞서 내가 질베르트에게 했던 거짓말을 반복하는 셈이었지만 그때와는 조금 달랐다. 그녀가 내 말을 더 잘 믿게 하려고 나는 더 이상 그녀를 사랑하지 않는다고 말했으며, 예전에는 그녀를 사랑할 뻔했으나 너무 많은 시간이 흘러 이제는 그녀가 내게 좋은 친구 이상은 아니며, 아무리 내가 원한다고 해도, 다시는 그녀에게 전만큼 열렬한 감정을 느끼는 것이 불가능해졌다는 말까지 입에서 내뱉고 말았다. 게다가 알베르틴에게 그녀에 대한 내 무관심의 항변을 강조하면서 — 특별한 상황 때문에 또 특별한 목적을 위해 — 한 여인이 그들을 사랑하고 그들 쪽에서도 그 여인을 진정으로 사랑할 수 있다고 믿기에는 지나치게 자신에 대해 회의적인 사람들이 사랑을 할 때면 항용 택하는 그런 이중의 리듬을 보다 잘 느낄 수 있도록, 보다 힘 있게 표시하려고 했을 뿐이다. 그들은 매우 상이한 여인들 옆에서도 같은 희망과 같은 불안을 느끼고, 같은 소설을 짓고 같은 말을 발언하지만, 그들의 감정과 행동은 사랑하는 여인과 긴밀하고도 필연적인 관계에 있지 않고, 마치 바위를 따라 던져지는 밀물처럼 그녀의 곁을 스쳐 가면서 물을 튀기고 그녀를 농락한다는 것을, 또 그들 자신의 불안정성에 대한 감정이 그들에게서 그토록 사랑받고 싶어 하는 여인이 그들을 사랑하지 않는다는 의혹만을 커지게 한다는 것을 깨달을 만큼 충분히 자신을 잘 알고 있다. 그녀가 우리 욕망의 분출 앞에 놓인 단순히 우발적인 사건에 지나지 않는데, 왜 우연이 우리를 그녀가 느끼는 욕망의 목표로 만들었단 말인가? 그러므로 우리 이웃이 우리에게 불어넣는 단순한 인간적인 감정과는 아주 다른 이런 종류의 감정을, 사랑의 감정이라는 그 특별한 감정을 모두 그녀에게 쏟아붓고 싶은 욕구를 느끼면서 한걸음 앞으로 나간 후 그녀에 대한 우리의 애정과 희망을 고백할 때면, 그 즉시 우리는 그녀의 마음을 언짢게 할까 봐 두려워하고, 또한 우리가 그녀에게 사용했던 언어가 특별히 그녀를 위해 만들어진 것이 아니라 다른 사람들을 위해 쓰였고 또 앞으로도 쓰일 언어이며, 만일 그녀가 우리를 사랑하지 않는다면 우리를 이해할 수 없으며, 또 박식한 사람이 무식한 사람에게 그들을 위한 것이 아닌 정교한 문장을 지껄이는 것과 같은 그런 무례함이나 안목의 부재로 우리가 그때 그 언어를 말했기 때문이라고 느끼면서 당혹스러워한다. 그리하여 이런 두려움과 수치심이, 비록 처음에는 뒤로 물러선다 할지라도, 이전에 고백했던 호의를 급히 취소하고 반격을 개시하여 존경심과 지배력을 다시 회복하고 싶은 역리듬을, 썰물을, 욕구를 끌어들이는 것이다. 이런 이중의 리듬은 동일한 사랑의 여러 다른 시기나, 여러 유사한 사랑에 해당하는 온갖 시기에도, 자신을 높이 평가하기보다는 자체 분석에 더 강한 모든 사람에게서 지각된다. 이 리듬이 만일 그때 내가 알베르틴에게 한 말 속에 보통 때보다 훨씬 강하게 강조되었다면, 그것은 그저 내 애정이 박자에 맞춰 노래하는 반대 리듬에 보다 빨리, 보다 힘차게 다가가기 위함이었다.

비록 알베르틴을 사랑할 수 없다는 말이 시간적으로 너무

거리가 있어 그녀가 믿기 어려웠을지는 모르지만, 나는 내가 욕망했으나 상대방의 잘못 혹은 나의 잘못으로 인해 사랑할 시간을 놓쳐 다시는 만날 수 없었던 몇몇 여인들로부터 꺼낸 사례를 가지고 자칭 내 성격의 괴상함이라고 부르는 것을 뒷받침하려 했다. 그렇게 하여 그녀를 다시 사랑할 수 없는 불가능성을 예의에 벗어난 행동인 양 사과하고, 동시에 그 심리적 이유를 마치 내게만 있는 특별한 일처럼 이해시키려고 했다. 그러나 나를 그런 식으로 설명하고 질베르트의 경우까지 자세히 설명하면서 — 엄밀히 말해 질베르트에게 진실이었던 것이 알베르틴에게 적용하자 거의 진실이 아닌 것이 되어 버렸지만 — 나는 내 주장을 스스로 납득할 수 없다고 믿는 척하면서 그럴듯한 것으로 만들었을 뿐이다. 알베르틴이 "나의 솔직한 화법"을 높이 평가하고, 추론의 정확한 논지를 인식한다고 느끼자, 나는 나의 솔직한 화법에 대해 용서를 빌면서, 진실을 말하는 게 언제나 우리의 마음을 불쾌하게 하고, 또 이 진실이 그녀에게는 틀림없이 이해할 수 없는 것으로 보일 거라고 말했다. 그러나 그녀는 반대로 나의 솔직함에 고마워했고, 게다가 그토록 흔하고 자연스러운 정신 상태를 매우 잘 이해한다고 덧붙였다.

앙드레에 대한 나의 허구적 감정과 알베르틴에 대한 무관심의 고백이 진실하고 과장되지 않았음을 보여 주기 위해, 나는 말하는 도중에 슬쩍 예의를 지키고 싶은 듯이 나의 고백을 지나치게 문자 그대로 해석하지 말아 달라고 다짐했고, 그리하여 알베르틴이 내 말에서 사랑을 의심할지도 모른다고 걱정할 필요도 없이, 그토록 오래전부터 나 자신으로부터 멀리해 왔고, 또 내게는 그토록 감미롭게 보였던 그런 다정한 태도로 마침내 그녀에게 말할 수 있었다. 나는 속내를 털어놓을 수 있는 그녀를 거의 애무하다시피 했다. 내가 사랑하는 그녀의 여자 친구 얘기를 하자니 눈에서 눈물이 다 났다. 그러나 진실을 말할 때가 오자, 마침내 그녀가 사랑이 무엇인지, 사랑의 민감한 성격과 괴로움이 무엇인지 알고 있으므로 어쩌면 이미 오래된 나의 여자 친구로서, 물론 내가 사랑하는 사람이 그녀가 아니므로 직접적인 것은 아니지만, 또 이런 말을 다시 하면 그녀의 마음이 상할지도 모르지만, 그녀가 앙드레에 대한 나의 사랑에 간접적으로 상처를 주어 야기한 그 커다란 슬픔을 멈추게 할 수도 있었을 거라고 마침내 말했다. 나는 얘기를 멈추고 우리 앞에서 멀리 서둘러 날아가는 외로운 새 한 마리를 바라보면서 알베르틴에게 그 새를 가리켰다. 날개를 규칙적으로 흔들며 허공을 때리던 새는 여기저기 잘게 찢어진 붉은 종잇조각처럼 보이는 반사로 얼룩진 해변 위를 날아가면서, 속도를 늦추거나 주의를 딴 데로 돌리거나 가던 길을 이탈하는 법 없이, 마치 매우 급하고 중요한 메시지를 멀리 운반하는 밀사(密事)처럼 이쪽 끝에서 저쪽 끝까지 해변을 전속력으로 통과했다. "적어도 저 새는 목적지에 곧장 가네요." 하고 알베르틴은 나를 비난하는 표정으로 말했다. "당신이 그런 말을 하는 건 내가 당신에게 하고 싶어 하는 말이 뭔지 모르기 때문이에요. 하지만 그 말을 하기는 너무 어려우니 그만 단념하는 게 좋겠어요. 당신을 화나게 할 게 뻔하니까요. 그래서 결국은 이렇게 되겠죠. 나는 내가 사랑하는 사람과 조금도 행복하지 않을 테고, 좋은 친구를 잃게 되겠죠." "화내지 않겠다고 맹세할 수 있어요." 그녀는 너무도 부드럽고 너무도 서글프게 온순하고 나로부터 그녀의 행복을 기다리는 듯 보였으므로 나는 자제하기가 힘들었으며, 또 더 이상 작은 분홍빛 들창코를 가진 장난기 어린 짓궂은 암코양이처럼 생기 있는 붉은 안색이 아니라, 넓고 납작하며 축 처지는 흐름으로 비탄에 젖은 슬픔의 충만함 속에, 선한 마음속에 녹아 있는 그 새로운 얼굴을, 거의 어머니에게 키스할 때와 같은 기쁨을 가지고 키스하지 않으려니 힘이 들었다. 그녀와 아무 관계도 없는 만성적인 광기와도 같은 나의 사랑을 고려하지 않고 나 자신을 그녀의 입장에 놓고 생각하니, 다정하고도 충실하게 대하는 데 익숙한 그 착한 소녀 앞에서, 또 그녀가 좋은 친구라고 믿고 있을 내가 몇 주 전부터 그녀의 뒤를 쫓아다니며 괴롭히다가, 마침내 이 괴롭힘이 절정에 이르렀다는 사실에 애처로운 마음이 들었다. 알베르틴에 대해 이런 깊은 연민의 감정을 느낀 것은 내가 우리 두 사람과는 무관하며, 또 거기서는 나의 질투심 많은 사랑도 사라지는 그런 순전히 인간적인 관점을 취했기 때문으로, 만일 그녀를 사랑하지 않았다면 이 연민도 그리 깊지는 않았을 것이다. 게다가 사랑의 고백에서 불화로(대립되는 연속적인 움직임에 의해 결코 풀어지지 않는, 또 우리를 한 인간과 보다 단단하게 묶어 놓는 매듭을 만들기 위한 가장 확실하고 효과적이며 위험한 방법인) 이어지는 이런 주기적인 리듬의 흔들림에서, 리듬의 두 요소 중 하나를 이루는 후퇴 운동 내부에 사랑과 대립되지만 어쩌면 무의식 속에서는 동일한 원인을 가지며, 어쨌든 늘 같은 효과를 내는 그런 인간적인 연민의 썰물을 식별한다고 해서 무슨 의미가 있겠는가? 우리가 나중에 한 여인에게 했던 모든 일들을 합산한 총계를 상기해 본다면, 우리의 사랑을 보여 주고 사랑을 받게 하고 사랑의 표시를 받고 싶은 욕망의 부추김을 받은 행동이, 그저 도덕적인 의무감에서 마치 우리가 사랑하지 않는 것처럼 사랑하는 사람에게 저지른 잘못을 바로잡으려는 인간적인 욕구에서 비롯된 행동보다 훨씬 적은 공간을 차지한다는 것을 자주 깨닫게 된다. "하지만 어쨌든 내가 뭘 할 수 있죠?" 하고 알베르틴이 물었다. 누군가가 문을 두드렸다. 엘리베이터 보이였다. 알베르틴의 아주머니가 마차로 호텔 앞을 지나가다 혹시 그녀가 있으면 데려가려고 우연히 멈췄다고 했다. 알베르틴은 지금은 내려갈 수 없으며, 자기를 기다리지 말고 저녁 식사를 하시라며, 또 자신은 몇 시에 돌아갈지 모른다고 대답해 달라고 했다. "아주머니가 화내실 텐데요?" "그렇지 않아요. 제 말을 아주 잘 이해하실 거예요." 이렇게 해서 — 적어도 지금 이 순간에는 어쩌면 다시는 돌아오지 않겠지만 — 일련의 상황 덕분에 나와의 대담이 알베르틴의 눈에는 그렇게도 명백히 다른 무엇보다도 우선시해야 하는 중요한 일로 보였고, 그래서 내 여자 친구는 아마도 가족들의 선례를 본능적으로 참조하고, 이를테면 봉탕 씨의 경력이 문제 되었을 때 여행에 돈을 아끼지 않았던 그런 상황을 나열해 보면서 아주머니가 저녁 식사 시간을 희생하는 일쯤은 지극히 당연하게 여길 거라고 믿어 의심치 않았다. 나 없이 그녀 집에서 보낸 그 먼 과거의 시간을, 알베르틴은 내게로 슬며시 밀어 넣었다. 나는 그 시간을 마음대로 사용할 수 있었다. 그녀가 사는 방식에 대해 사람들이 했던 말과, 또 동일한 악덕에 물든 여자들이 불러일으키는 깊은 혐오감에도, 나는 지금까지 사람들이 그녀의 공범이라고 가리킬 때까지는 그런 여자들에 대해 별로 신경 쓰지 않았으나, 지금은 내가 앙드레를 그토록 사랑하는 까닭에 내가 어떤 아픔을 느끼는지 그녀도 쉽게 이해할 수 있을 거라고 마침내 감히 말하고 말았다. 어쩌면 아무 관심도 없는 다른 여자의 이름을 인용하는 편이 좀 더 능숙한 처사였을지도 모른다. 그러나 코타르가 한 그 느닷없는 무시무시한 폭로는 내 마음속에 들어와 그 자체만으로도 온전히, 다른 어떤 것도 더해지지 않은 채로 나를 갈기갈기 찢어 놓았다. 만약 코타르가 그들이 왈츠를 추며 취하던 자세에 대해 지적하지 않았다면, 알베르틴이 앙드레를 사랑한다는 생각, 혹은 적어도 그녀와 애무 놀이를 할 수 있다는 생각은 결코 스스로 하지 못했을 것이며, 마찬가지로 나는 그 생각에서 내게는 아주 다른 생각인, 즉 알베르틴이 애정 때문이라고 변명할 수도 없는 그런 관계를 앙드레 외에 다른 여인들과 가졌을지도 모른다는 생각으로는 결코 넘어가지 못했을 것이다. 알베르틴은 그 말이 진실이 아니라고 맹세하기 전에, 사람들이 자신에 대해 그런 말을 하는 걸 들었을 때 흔히들 그러듯이 분노와 슬픔을 표출했고, 또 그 미지의 중상모략가에 대해 그가 누구인지 알고자 하는 격한 호기심과, 그가 틀렸다는 걸 증명하기 위해 그와 대면하고 싶다는 욕망도 표출했다. 그러나 적어도 나를 원망하지는 않는다고 단언했다. "그 말이 사실이라면 당신에게 고백했을 거예요. 그러나 앙드레와 나는 그런 일이라면 둘 다 매우 끔찍하게 생각해요. 이 나이에 이르기까지 머리를 짧게 하고 남자 같은 태도로 행동하는, 또 당신이 말하는 그런 종류의 여자를 만나지 않은 건 아니에요. 하지만 그것만큼 우리를 격분하게 하는 것도 없었어요." 알베르틴은 그저 말을, 단호하지만 증명되지 않은 말을 했을 뿐이다. 그러나 질투란 우리 주장의 신빙성보다는 그 주장을 말하는 강력한 어조에 의해 더 쉽게 제거되는 그런 병적인 의혹의 범주에 속하므로, 내 마음을 가장 진정시켜 준 것은 바로 그 말이었다. 게다가 우리로 하여금 불신하게 하는 동시에 믿게 하고, 사랑하는 여인을 다른 어느 여인보다 빨리 의심하는 동시에 그녀가 부인하는 말을 더 쉽게 믿도록 하는 것이 바로 사랑의 속성이다. 정숙한 여인만 있는 것은 아니라고 걱정하려면, 다시 말해 그런 사실을 깨달으려면 사랑해야 하고, 정숙한 여인이 있기를 바란다면, 다시 말해 그런 여인이 있다는 것을 확신하려면 또 사랑해야 한다. 고통을 구하자마자 곧 거기서 벗어나려고 하는 것이 인간이다. 이런 일의 성공을 가능하게 하는 제안은 진실처럼 보이기 쉬우며, 현재 우리 몸에 작용하는 진통제에 대해서는 시비를 걸지 않는 법이다. 거기다 사랑하는 존재가 아무리 다중적인 인간이라 해도, 어쨌든 그 존재가 우리 것으로 보이느냐, 아니면 그의 욕망이 우리가 아닌 다른 곳을 향해 있느냐에 따라 그 존재는 우리에게 두 개의 본질적인 인성을 제시한다. 그중 첫 번째 인성은 두 번째 인성의 실재를 믿지 못하게 하는 특별한 힘을, 그 인성이 야기한 고통을 진정시키는 특별한 비밀을 가지고 있다. 사랑의 대상은 연이어 병도 되고, 그 병을 중단하고 악화시키는 약도 된다. 물론 나는 스완의 사례가 내 상상력과 감동하는 능력에 행사한 힘 덕분에 오래전부터 내가 소망하는 것이 아닌, 내 두려움이 진실임을 믿을 준비가 되어 있었다. 그리하여 알베르틴의 말이 가져다준 감미로움은 한순간 내게 오데트의 이야기를 떠올리게 함으로써 위태로워질 뻔했다. 그러나 과거에는 스완의 고뇌를 이해하기 위해 나 자신을 그의 입장에 놓고 생각했으며 지금은 나 자신의 일인데도 마치 남의 일처럼 여기면서 진실을 찾고 있으므로 최악의 상황을 고려해 보는 것은 당연한 일이지만, 병사들이 그들에게 가장 유용해서가 아니라 적에게 가장 많이 노출되었다는 이유로 초소를 택하듯이, 나 자신에 대한 가혹함 때문에 지극히 고통스럽다는 이유만으로 어떤 가정을 다른 가정보다 진실하다고 믿는 오류도 범해서는 안 된다고 생각했다. 제법 괜찮은 부르주아 가문의 아가씨인 알베르틴과 어린 시절부터 어머니에 의해 팔린 화류계 여자인 오데트 사이에는 어떤 심연이 놓여 있었던 게 아닐까? 그러므로 한 여자의 말을 다른 여자의 말과 비교할 수는 없는 일이었다. 게다가 알베르틴은 내게 거짓말을 함으로써 오데트가 스완에게 얻어 낸 것과 동일한 이득을 전혀 얻을 수 없었다. 더구나 지금 알베르틴이 부인하고 있는 사실을 오데트는 스완에게 고백하지 않았던가. 이런 상황에 따른 사실의 차이도 고려하지 않고, 단지 오데트의 삶에 대해 내가 들은 것만 가지고 내 여자 친구의 실제 삶을 재구성하고, 그 가설이 다른 가설들보다 덜 고통스럽다는 이유로 그쪽으로 마음이 기울어진다면 똑같이 심각한 추론상의 오류를 — 비록 반대 방향이긴 하지만 — 저지르게 될지도 몰랐다. 내 앞에는 새로운 알베르틴이, 사실 나의 첫 번째 발베크 체류가 끝나 갈 무렵 이미 여러 번 엿보았지만, 나에 대한 애정 때문에 나의 의혹을 용서해 주고, 그 의혹을 사라지게 하려고 애쓰는 솔직하고 착한 알베르틴이 있었다. 그녀가 내 침대 위로 올라와 그 옆에 나를 앉게 했다. 나는 그녀가 나에게 한 말에 고마움을 표했고, 이제 우리 사이에 화해가 이루어졌으니, 다시는 결코 잔인하게 굴지 않겠다고 다짐했다. 나는 알베르틴에게 그래도 저녁 식사를 하러 돌아가야 한다고 말했다. 그녀는 이렇게 있는 것이 불편하냐고 물었다. 그러고는 내 머리를 끌어당기면서 지금까지 한 번도 해 준 적 없는, 어쩌면 우리의 불화가 끝난 데서 연유하는 그런 애무를 하기 위해 내 입술에 가볍게 혀를 대고 입술을 벌리려 했다. 처음에 나는 입술을 열지 않았다. "당신은 정말 나쁜 남자야!" 하고 그녀가 말했다.

나는 그날 저녁으로 그곳을 떠나 다시는 그녀를 만나지 말았어야 했다. 그때부터 나는 서로가 사랑하지 않는 혼자만의 사랑에서는 — 공유된 사랑을 하지 못하는 사람들이 있으므로 그냥 사랑이라고도 할 수 있는 — 여인의 선함이나 변덕 혹은 우연이, 우리가 정말로 사랑받을 때와 똑같은 말과 행동을 완벽한 일치감 속에서 우리 욕망에 구현하는 유일한 순간에라야 행복의 허상 같은 것을 느낄 수 있음을 예감했다. 이런 행복의 편린이 없었다면 나는 나보다 까다롭지도 않고 혜택도 받지 않은 사람에게도 행복이 존재할 수 있다는 걸 의심조차 해보지 못한 채 죽어 갈 것이기에, 그 작은 행복을 호기심 어린 눈으로 바라보며 기쁜 마음으로 향유하는 편이, 단지 이 지점에서 나타난 그것을 광대하고도 영속적인 행복의 일부로 가정하면서, 다음 날 이 가정이 틀렸다고 부인되지 않도록 어떤 예외적 순간의 술책 덕분에 얻은 은총에 만족하고 더 이상은 구하려고 애쓰지 않는 편이 현명했을지도 모른다. 발베크를 떠나 고독 속에 자신을 가두고 한순간 내가 사랑스러운 목소리로 만들 줄 알았으며, 또 내게 말하지 않기만을 바라는 것 외에 아무것도 요구하지 않는 목소리의 마지막 떨림과 조화를 이룬 채로, 이 목소리가 앞으로는 달라질 수밖에 없는 새로운 말의 불협화음으로 어느 페달 덕분에 내 마음속에 오랫동안 행복의 음조가 지속되었을지도 모르는 그 감수성 강한 정적을 깨뜨릴까 봐 두려워하면서 그냥 그렇게 있어야 했을 것이다.

알베르틴의 설명으로 마음을 진정한 나는 다시 어머니 곁에서 긴 시간을 보내기 시작했다. 어머니는 할머니의 젊은 시절에 대해 부드럽게 얘기하기를 좋아했다. 할머니 삶의 마지막을 어둡게 했을 그 슬픔에 대해 내가 자책할까 봐 두려웠던 어머니는 지금까지 내게 숨겨 왔지만, 할머니가 만족해했던 나의 첫 학창 시절로 돌아가기를 마다하지 않았다. 우리 두 사람은 콩브레 얘기를 반복해서 했다. 어머니는 콩브레에서는 적어도 내가 책을 많이 읽었으니, 만일 글을 쓰고 있지 않다면 발베크에서도 그때처럼 책을 읽어 보는 게 어떻겠느냐고 했다. 나는 콩브레의 추억과 그림이 그려진 예쁜 접시로 둘러싸이고 싶어서 『천일야화』를 다시 읽고 싶다고 했다. 지난날 콩브레에서처럼 어머니는 내 축일에 책을 선물해 주었는데, 나를 놀래 주려고 몰래 갈랑*이 프랑어로 번역한 『천일야화』와 마르드뤼스가 번역한 『천일야화』를 동시에 보내오게 했다. 그러나 이 두 번역본을 훑어본 어머니는 지적 자유에 대한 존중과 나의 사유적인 삶에 어설프게 끼어들지도 모른다는 걱정, 또 자신은 여성이며 어쩌면 자신에게는 필요한 문학적 재능이 결여되었을지도 모른다는 느낌과, 다른 한편으로는 자기에게 충격적이라고 느껴지는 것을 가지고 젊은 남자의 독서를 판단해서는 안 된다는 생각 때문에 혹시나 영향을 끼치지 않을까 걱정하면서도 내가 갈랑의 번역에 만족하기를 원했을 것이다. 우연히 몇 개의 이야기를 접하게 된 어머니는 주제의 부도덕성과 그 외설적 표현에 격분했다. 그러나 특히 브로치나 파라솔 겸용 우산과 외투, 세비녜 부인의 책뿐만 아니라 할머니의 생각과 언어 습관까지 유품처럼 소중히 간직해 온 어머니는 기회가 닿을 때마다 할머니가 뭐라고 말씀하실지 생각해 보고는 할머니가

---

* Antoine Galland(1646~1715). 루이 14세의 궁정을 위한 최초의 『천일야화』 프랑스어 번역본을 열두 권으로 1704년에서 1717년에 걸쳐 출간한 이래 프랑스 문학에 많은 영향을 미쳤다. 프루스트에게 있어 『천일야화』의 중요성은 『잃어버린 시간을 찾아서』 4권 433쪽 주석 참조. 마르드뤼스(Joseph Mardrus, 1869~1940)는 『천일야화』의 새로운 번역본을 1899년에서 1904년까지 출간했는데, 갈랑의 『천일야화』가 원전에 충실하지 않다고 비판했지만 그 자신은 외설성 논란에 시달렸다.

마르드뤼스의 책을 비난했을 거라고 확신했다. 어머니는 콩브레에서 내가 메제글리즈 쪽으로 산책을 나가기 전에 오귀스탱 티에리의 역사책을 읽는 걸 보고, 할머니가 내 독서와 산책에는 만족하셨지만, "다음에는 메로베(Merovée)가 지배하도다."라는 시의 반행에서 메로베가 메로비히(Merowig)이라고 불리는 걸 보고 분개했고, 또 카를로뱅지앵 대신 카롤랭지앵이라고 말하기를 거부하셨다고 했다.* 끝으로 나는 어머니에게 블로크가 르콩트 드릴의 뒤를 이어 호메로스의 신들에게 그리스 식 이름을 붙인데 대한 할머니의 생각을 얘기했다. 블로크는 마치 모든 문학적 재능이 거기 달려 있기라도 한 듯 가장 단순한 것에도 그리스어 식의 표기법 채택을 자신의 종교적 의무로 삼았다. 이를테면 집에서 마시는 술이 진짜 넥타르임을 알리는 편지에서, 그는 진짜 넥타르(nektar)라고 c대신 k를 썼는데, 그 때문에 그는 라마르트틴의 이름으로 그것을 조롱할 수 있었다.** 율리시스와 미네르

---

* 오귀스탱 티에리는 『메로빙거 시대 이야기』(1840)(『잃어버린 시간을 찾아서』 1권 116쪽 주석 참조.)의 세 번째 이야기를 '메로비히의 이야기'라고 칭하면서, 이런 독일식 발음이 책의 주제에 적합하다는 견해를 주석에서 밝히고 있다. 그리고 여기서 말하는 시의 반행은 "아베 고티에(Abbé Gauthier)가 쓴 프랑스 초기 세 명의 왕에 대한 시"에 해당하는 것으로, 아나톨 프랑스가 『내 친구의 책』(1885)에서 인용했다.(『소돔』, 폴리오, 581쪽 참조.) 또한 카롤링거 왕조는 19세기 말까지는 메로빙거, 즉 메로뱅지앵 왕조에 의거하여 카를로뱅지앵(Carlovingien)이라고 불렸으나 나중에는 카롤랭지앵(Carolingien)으로 수정되었다.

** 넥타르는 고대 그리스의 신들이 올림포스의 성찬에서 마셨다고 알려진 신주(神酒)로 보통 단맛의 음료를 가리킨다. 라마르트틴이 그의 유명한 시 「가을」에서 "나는 이제 단맛의 신주와 쓴맛이 함께 섞인 이 술잔을 마지막 한 방울까

바가 없는 『오디세이아』가 더 이상 할머니에게는 『오디세이아』가 아니듯이,* 『천일야화』의 제목이 이미 표지에서부터 다르며,** 할머니가 늘 익숙하게 불러 왔던 셰에라자드나 디나르자드***가 불멸의 친숙한 이름 대신 정확한 원어 발음으로 표기되거나, 매력적인 칼리프와 힘센 정령이 그들의 첫 번째 세례명을 박탈당하고 — 감히 이런 회교도인의 이야기에 세례명을 박탈당한다는 단어를 써도 된다면 — 각기 '칼리파트'와 '제니스'로 명명되어 더 이상 알아볼 수 없게 되었다는 걸 아셨다면, 할머니는 과연 뭐라고 하셨을까?**** 그렇지만 어머니는 이 두 권의 책을 내게 주셨고, 나는 너무 피곤해서 산책을 나갈 수 없는 날에 그 책을 읽겠다고 말했다.

그런 날은 그렇게 많지 않았다. 알베르틴과 그 친구들과 나

---

지 다 마시련다!(Je voudrais maintenant vider jusqu'à la lie/ Ce calice mêlé de nectar et de fiel!)"라고 노래하면서 단맛의 신주를 가리키는 nectar를 c로 쓴 것을 풍자하고 있다. 그리스어의 k가 프랑스어의 c로 변형되었지만, 그리스 찬미자인 르콩트 드릴의 뒤를 이은 블로크는 k로 표기하기를 고수한다.

* 호메로스의 『오디세이아』에 나오는 주인공으로 그리스어로는 오디세우스나 라틴명으로 울릭세스(Ulyxes) 또는 율리시스라고 불린다. 미네르바는 아테나 여신의 라틴명이다. 프랑스에서는 대부분의 신 이름이 로마 식으로(라틴어로) 표기된다.

** 마르드뤼스의 책 제목은 『천 밤과 하룻밤의 책』이다. 그리고 흔히 『천일야화』로 알려진 갈랑의 책 제목은 직역하면 『천하루 밤』이다.

*** 『천일야화』는 셰에라자드가 동생 디나르자드의 요청으로 이야기를 하는 형식으로 구성되어 있다.

**** 마르드뤼스의 번역본에는 회교도의 최고 통치자를 가리키는 칼리프(Caliphe)는 칼리파트로, 정령을 의미하는 제니(génie)는 제니스(Gennis)로 지칭되었다.

는 예전처럼 '무리를 지어' 절벽 위나 마리 앙투아네트 농장으로 간식을 먹으러 갔다. 하지만 알베르틴이 내게 큰 기쁨을 주는 날도 있었다. 그녀는 내게 이렇게 말했다. "오늘은 당신과 단둘이서만 있고 싶어요. 우리 둘이만 만나면 더 즐거울 거예요." 그때 만일 친구들 무리가 우리 두 사람을 두고 산책이나 간식을 먹으러 가면, 우리 두 사람을 찾지 못하게 하려고 그녀는 할 일이 있다고, 게다가 해명할 필요도 없다고 말했으며, 그리하여 단둘이서만 연인처럼 바가텔과 크루아될랑에 갔고, 그동안 그곳에서 우리를 찾아볼 생각은 전혀 하지 못한 친구들은 마리 앙투아네트 농장에 나타날 우리의 모습을 보려는 희망에서 한없이 그곳에 머물렀다. 그때의 더운 날씨가 떠오른다. 태양 아래서 일하던 농가 소년의 이마에서는 가끔씩 땀방울이 물탱크에서 흐르는 물방울마냥 수직으로 고르게 떨어졌고, 이웃의 '울타리를 친 경작지' 나무에서는 익은 과일들이 번갈아 떨어졌다. 오늘날까지도 이 더운 날씨는 감추어진 여인들의 신비로움과 더불어 내게는 사랑의 가장 단단한 부분으로 남아 있다. 사람들이 얘기했지만 한순간도 만날 생각조차 해 보지 못한 여인도 그런 날씨에 어느 멀리 떨어진 농가에서 만날 수만 있다면, 나는 이런 그녀를 알기 위해 그 주간의 모든 약속을 어겼을 것이다. 이런 종류의 날씨와 만남이 그 여인으로부터 오지 않는다는 걸 알아봐야 아무 소용 없는 일로, 그것은 내가 걸려들고 매달리기에 충분한 미끼, 그렇지만 이미 잘 알고 있는 미끼이다. 추운 날씨에 도시에서도 여인을 욕망할 수 있다는 걸 알지만 이 경우에는 소설적인 느낌이 동반되지 않아 사랑에 빠지기가 쉽지 않다. 사랑이 어떤 상황 덕분에 나를 끌어들였다 해서 그만큼 힘이 약화되는 것은 아니며, 다만 몇몇 사람들이 우리 삶에서 차지하는 비중이 점점 작아지면서, 또 오래 지속되기를 바라는 새로운 사랑이 우리의 삶과 동시에 축소되어 마지막 사랑이 될지도 모른다는 사실을 깨달으면서, 그 사람들에 대한 우리의 감정이 그러하듯, 사랑은 점점 우울해져 갈 뿐이다.

아직 발베크에는 사람들이 많지 않고 소녀들도 거의 없었다. 이따금 나는 해변에 서 있는 이런저런 소녀를 보았고, 그들은 별다른 매력은 없지만 숱한 우연의 일치를 통해 친구들과 함께 승마 연습장이나 체조 교실에서 나오는 걸 보는 순간 내가 가까이 다가갈 수 없어서 절망했던 소녀와 같은 인물로 확인되는 듯했다. 비록 같은 인물이라고 해도(또 그런 사실을 알베르틴에게 말하지 않으려고 내가 주의하는) 나를 사로잡았다고 믿었던 소녀는 존재하지 않았다. 그렇지만 소녀들의 얼굴이 바닷가에서 고정된 크기를 차지하지 않고 항구적인 형태도 제시함 없이, 나 자신의 기다림이나 불안한 욕망 혹은 그 자체로 충족된 행복의 감정, 그들이 입은 상이한 옷차림과 빠른 걸음걸이 혹은 그들의 부동성에 의해 축소되거나 부풀려지면서 변형되었으므로 나는 어떤 확신도 하지 못했다. 하지만 가까이에서 보니 두세 소녀는 꽤 매력적이었다. 그중 한 소녀는 볼 때마다 타마리* 거리나 모래 언덕, 아니 그보다는 절

---

* 프루스트가 『스완네 집 쪽으로』를 헌정한 가스통 칼메트의 별장 이름이

벽 위로 데려가고 싶었다. 그러나 무관심과 비교해서 욕망에는, 비록 일방적이긴 하지만 이미 사랑의 실현의 시작이라고 할 수 있는 대담성이 개입하며, 그럼에도 내 욕망과 그녀에게 키스를 요구하는 행동 사이에는 망설임과 소심증으로 점철된 무한한 '여백의 공간'이 있었다. 그때 나는 음료수를 파는 제과점에 들어가 연이어 일고여덟 잔의 포르토를 마셨다. 그러자 바로 내 욕망과 행동 사이의 그 메울 수 없던 거리감 대신 알코올의 효과가 이 둘을 연결하는 선을 그어 주었다. 망설임이나 두려움은 더 이상 설 자리가 없었다. 소녀가 내가 있는 곳까지 날아올 것 같았다. 나는 소녀에게 갔고 내 입술에서는 저절로 이런 말이 나왔다. "당신과 산책하고 싶어요. 절벽 위로 가고 싶지 않아요? 거기서는 아무에게도 방해받지 않을 거예요. 또 바람을 막아 주는 작은 숲 뒤에 지금은 사람이 살지 않은 조립식 집도 있답니다." 삶의 온갖 어려움이 제거되었고 우리 두 육체가 포옹하는 데에는 더 이상 어떤 장애물도 없었다. 적어도 내게는 장애물이 없었다. 왜냐하면 포르토를 마시지 않은 그녀에게서는 장애물이 완전히 증발하지 않았으니까. 만일 그녀가 술을 마시고 그 눈에 우주가 어떤 현실감을 잃었다 해도, 갑자기 그녀에게 실현될 것처럼 보이는 그 오래된 소중한 꿈이 어쩌면 내 품에 안기는 것은 전혀 아닐지도 몰랐다.

소녀들의 수는 많지 않았으며, 뿐만 아니라 아직 본격적인

---

다.(노르망디의 울가트 해변에 위치했다.)

‘시즌’이 아닌 이런 계절에는 오래 머무르지 않았다. 나는 그 중 한 소녀를, 콜레우스*의 붉은 안색과 초록색 눈과 적갈색 두 뺨, 그리고 그 가냘프고 대칭적인 얼굴이 몇몇 나무의 날개 달린 씨앗과도 흡사한 소녀를 기억한다. 어떤 바람이 그녀를 발베크로 데려왔는지, 또 어떤 바람이 그녀를 떠나게 했는지는 모르겠다. 그 일은 너무 갑작스레 일어났으므로 나는 며칠씩 슬픔에 잠겼고, 그녀가 영원히 떠난 걸 깨닫고 나서야 비로소 알베르틴에게 그 슬픔을 고백할 수 있었다.

소녀들 중 몇 명은 내가 전혀 알지 못했으며, 혹은 몇 해 전부터 전혀 만난 적이 없음을 말해야 한다. 그들을 만나기 전에 나는 편지를 자주 썼다. 그들의 답장이 내게 사랑의 가능성을 믿게 하는 경우엔 얼마나 큰 기쁨을 느꼈는지 모른다! 한 여인과의 우정을 시작하는 단계에서는, 비록 그 우정이 훗날 실현되지 않는다 해도 처음 받은 이런 편지들로부터 우리는 차마 떨어지지 못한다. 보다 가까이에서 향기를 들이마시려 할 때를 제외하고는 바라보기를 멈추지 않는, 아직도 싱싱한 아름다운 꽃과도 같은 그 편지들을 우리는 언제나 곁에 두고 싶어 한다. 우리가 암송하는 문장은 다시 읽기에 즐거우며, 또 문자 그대로 다 외우지 못하는 문장에서는 몇몇 표현에서 그 애정의 강도를 확인하고 싶어 한다. 그녀가 “친애하는 그대의 편지”라고 썼던가? 우리가 들이마시는 감미로움에 작은 환멸을 느낀다. 너무 빨리 읽었는지, 아니면 편지 보낸 사람의 알아보

* 잎이 붉은빛을 띤 화려한 관상용 식물이다.

기 힘든 필체 때문인지, 그녀는 "친애하는 그대의 편지"라고 쓰지 않고, "그대의 편지를 보면서"라고 썼는지도 모른다. 하지만 편지의 나머지 부분은 더없이 다정하다. 오! 이와 비슷한 꽃들이 내일도 와 주었으면! 그것으로도 충분하지 않으면, 글로 쓰인 단어에 시선이나 목소리를 대조하고 싶어 한다. 우리는 만날 약속을 하고, 주어진 묘사나 우리 자신의 개인적인 추억에 의해 요정 비비안을 만나리라고 믿었던 장소에서 — 어쩌면 그녀가 변하지 않았다 해도 — 장화 신은 고양이를 발견한다.* 그래도 그것은 어쨌든 '그녀'임에 틀림없으며, 우리가 욕망하던 여인이 바로 그녀이므로 우리는 다음 날의 만남을 약속한다. 그런데 우리가 꿈꾸었던 여인에 대한 이런 욕망은, 어떤 구체적인 존재의 아름다움을 필요로 하지 않는다. 이 욕망은 어느 존재에 대한 욕망일 뿐 향기처럼 아련하다.** 마치 소합향은 프로티라이아의 욕망이며, 사프란은 아이테르의 욕망이며, 향신료는 헤라의 욕망이며, 몰약은 구름의 향기이며, 만나는 니케의 욕망이며, 제단에서 피우는 향은 바다의 향기

---

* 비비안은 아서왕의 전설에 나오는 인물로 랑슬로 또는 랜슬롯을 모범적인 기사로 키운 호수의 여인이다. '장화 신은 고양이'는 페로의 콩트에 나오는 인물이다.

** 이 문단은 르콩트 드릴이 번역한 『오르피크 찬가』(189쪽 주석 참조.)에서 영감을 받았다. 고대 그리스에서의 우주 생성에 관한 독특한 교리를 제시하고, 오르페우스를 창시자로 받들며, 디오니소스를 숭배하는 오르페우스교에서 비롯된 이 『오르피크 찬가』는 대부분 2세기 이후에 쓰인 작자 미상의 기도서라 할 수 있다. 르콩트 드릴은 이를 프랑스어로 번역하여 총 83편의 짧은 시를(원래는 87편인) 「……의 향기」 라는 제목 아래 각각의 향기 이름을 부제로 붙이는 형식으로 발전시켰다.

라는 듯.* 그러나 『오르피크 찬가』가 노래하는 이 향기는 그것이 소중히 여기는 신들의 수보다 훨씬 적다. 몰약은 구름의 향기지만, 또한 프로토고노스와 포세이돈과 네레우스와 레토의 향기이기도 하다.** 제단에서 피우는 향은 바다의 향기지만, 아름다운 디케와 테미스와 키르케와 아홉 뮤즈와 에오스와 므네모시네와 낮의 여신과 디카이오시네의 향기이기도 하다.*** 소합향과 만나와 향신료로 말하자면, 그로부터 영감을 받은 신들이 너무 많아 그 이름을 말하려면 끝이 없을 정도다. 암피에데스는 제단에 피우는 향을 제외하고 온갖 향기를 가졌으며, 가이아는 잠두콩과 향신료만은 거부한다.**** 소녀들에 대한

---

* 소합향은 조록나무과의 소합향나무에서 나오는 향료이며, 사프란은 붓꽃과의 다년생 초목의 향료, 몰약은 미르나무의 향료, 만나는 물푸레나무의 향료이다. 또 프로티라이아는 출산의 여신인 아르테미스 여신을 가리키며, 아이테르는 천상계를 의인화한 신, 니케는 승리의 여신이다.

** 이 단락에서 신의 이름은 모두 그리스어로 표기되었으나 포세이돈만은 라틴 이름인 넵튠으로 표기되었다. 프로토고노스는 '처음 태어난 자'라는 뜻으로 우주 질서의 아버지, 포세이돈은 바다의 신, 네레우스는 호메로스가 '바다의 노인'이라고 부른 해신(海神), 레토는 티탄족의 여신으로 아폴론과 아르테미스의 어머니이다.

*** 디케는 제우스와 테미스 사이에서 태어난 정의의 여신, 테미스는 율법의 여신, 키르케는 태양신 헬리오스와 바다의 요정 페르세 사이에서 태어난 반신(半神)이다. 뮤즈는 예술의 여신으로 처음에는 세 명의 자매였으나 나중에는 아홉 명으로 바뀌었다. 에오스는 새벽의 여신, 므네모시네는 기억의 여신, 디카이오시네는 정의 또는 진리의 신이다. 낮의 신은 『오르피크 찬가』에는 등장하지 않지만, 아마도 프루스트가 태양신 헬리오스와 혼동한 듯하다고 지적된다.(『소돔』, 폴리오, 581쪽 참조.)

**** 암피에데스는 디오니소스의 별명이며, 가이아는 제우스 이전에 세계를 지배한 우라노스와 크로노스 같은 티탄족 신들을 낳은 여신이다.

나의 욕망도 이와 유사했다. 소녀들의 수보다 많지 않은 나의 욕망은 서로 유사한 환멸이나 슬픔으로 그 모습이 바뀌었다. 나는 결코 몰약은 원치 않았다. 나는 그것을 쥐피앵과 게르망트 대공 부인을 위해 남겨 놓았는데, 왜냐하면 몰약은 "두 개의 성(性)을 가지고, 황소 울음소리를 내며, 잊지 못할 기이한 축제를 수없이 행하고, 제물을 바치는 사제를 향해 즐겁게 내려오는"* 프로토고노스의 욕망이기 때문이다.

그러다 곧 계절이 절정에 이르렀다. 날마다 새로운 사람이 도착했고, 『천일야화』의 멋진 독서 대신에 산책하는 일이 갑자기 잦아졌는데, 거기에는 기쁨을 배제하는, 그리하여 그날들을 모두 망치게 한 어떤 이유가 있었다. 바닷가에는 이제 소녀들이 가득했고, 또 코타르가 내게 비추었던 생각이 새로운 의혹을 제시하지는 않았지만 나를 이 점에 대해 민감하고 취약하게 만들었으므로, 나는 새로운 의혹이 생기지 않도록 신중함을 기하려고 젊은 여자가 발베크에 도착하기만 해도 마음이 불안해져서는 알베르틴에게 그 여자와 사귀지 못하게 하고, 가능한 한 새로 온 그 여자의 도착조차 알아채지 못하게 하려고 아주 먼 곳으로의 소풍을 제안했다. 나는 물론 그보다 훨씬 더 나쁜 취향을 가진 여자들, 혹은 나쁜 평판이 도는 여

* 『오르피크 찬가』 중 「프로토고노스의 향기, 몰약」에 나오는 구절이다. 최초에 물과 대지(가이아)의 결합에서 크로노스가 태어나며, 이런 크로노스에서 "황금의 날개를 가지며 옆구리에 소의 머리, 머리 위에 거대한 뱀을 붙인 신이" 탄생하는데, 이것이 바로 프로토고노스 또는 제우스라고 불리는 신이다.(네이버 지식백과, 오르페우스교(『종교학 대사전』)에서 인용.)

자들을 두려워했다. 이 나쁜 평판이 근거 없는 중상모략에 지나지 않는다고 나의 여자 친구를 설득하려고 애를 쓰면서, 어쩌면 그녀가 그 타락한 여인과 관계를 맺으려고 한 것은 아닌지, 혹은 나 때문에 그런 여인을 찾지 못한 것을 후회하거나, 다른 사람들의 수많은 사례로 그토록 널리 퍼진 악덕이 죄가 되지 않는다고 믿는 것은 아닌지 하고, 아직은 무의식적인 어떤 공포 같은 것을 느꼈으나 차마 그 사실을 인정하지는 못했다. 모든 죄지은 여인의 악덕을 부정하면서도, 나는 사피즘*이 존재하지 않는다고 주장할 뻔하기도 했다. 알베르틴은 이런저런 여자의 악덕을 쉽사리 믿지 않는 내 의견에 동의했다. "그럼요. 그건 다만 그런 스타일로 보이고 싶은 거죠. 그런 척하는 거예요." 하지만 그때 나는 그 여자들의 결백을 옹호했던 사실을 후회했다. 예전에는 그토록 엄격하던 알베르틴이, 그에 대한 취향이 없는 여자라 할지라도 그렇게 보이고 싶어 할 정도로 그 '스타일'이 뭔가 그들을 아름답게 꾸며 주고 돋보이게 하는 것 같아 불쾌했다. 나는 어떤 여자도 발베크에 오지 않기를 바랐다. 퓌트뷔스 부인이 베르뒤랭네 별장에 도착할 시기가 가까워졌으므로, 생루가 자신이 선호하는 타입이라고 숨기지 않았던 그 부인의 시녀가 바닷가에 소풍을 나왔다가 혹시 내가 알베르틴 곁에 없는 날을 틈타 알베르틴을 타락시킬지도 모른다고 생각하자 온몸이 떨렸다. 코타르가 내

* 여성 동성애를 지칭하는 말로, 그리스 여성 시인 사포가 그의 여제자들과 성적 유희를 즐겼다 해서 나온 말이다.

게 털어놓은 바에 따르면, 베르뒤랭네 사람들이 내게 매우 관심을 갖고 있으며, 내 뒤를 쫓아다니는 모습을 보이지 않으면서 그 집에 나를 오게 할 수만 있다면 어떤 희생이라도 치를 각오가 되어 있다고 했으니, 내가 만약 파리에 돌아가 게르망트네 사람들을 전부 베르뒤랭네 집에 데려오겠다고 약속한다면, 베르뒤랭 부인이 퓌트뷔스 부인에게 뭔가 핑계를 대서 더 이상 자기 집에 머무를 수 없다고 알려 되도록 빨리 부인을 떠나게 할 수 있지 않을까 하고 자문해 볼 정도였다.

이런 생각에도 앙드레의 존재가 특히 날 불안하게 했으므로 알베르틴의 말이 날 진정시켜 준 효과는 조금 더 오래 지속되었다. 게다가 나는 그 일이 곧 필요 없어지리라는 것도 알고 있었다. 모든 사람들이 도착할 시간과 거의 같은 시간에 앙드레가 로즈몽드와 지젤과 함께 떠나 알베르틴 곁에 몇 주밖에 머무르지 않을 예정이었기 때문이다. 더욱이 그 몇 주 동안 알베르틴은, 그런 의혹이 내 마음에 남아 있다면 그 의혹을 없애고 다시는 생기지 않도록 자신이 하는 모든 행동이나 말을 그에 맞추는 것 같았다. 그녀는 단 한 번도 앙드레와 단둘이 남아 있지 않으려고 했고, 돌아갈 때는 나에게 자기 집 문 앞까지 데려다주고, 외출할 때는 자기를 데리러 와 달라고 고집했다. 한편 앙드레 쪽에서도 똑같은 노력을 하면서 알베르틴과의 만남을 피하는 것처럼 보였다. 그리고 그들 사이에 이루어진 이 표면적인 합의가 알베르틴이 우리 둘 사이에 있었던 대화를 자기 여자 친구에게 알려 주고 나의 엉뚱한 의혹을 진정시키게 좀 도와달라고 부탁했을 거라는 유일한 증거는 아니었다.

이 시기에 발베크의 그랜드 호텔에서는 스캔들 하나가 터졌고, 그 사건은 고뇌로 기울어진 내 마음을 바꾸지 못했다. 블로크의 누이가 얼마 전부터 옛 여배우와 은밀한 관계를 맺어 오다가 이내 그걸로 만족하지 못했던 것이다. 다른 사람이 본다는 생각이 그들의 쾌락에 변태적인 취향을 더해 주었으므로, 그들은 모든 이들의 시선 속에서 자신들의 위험한 장난을 즐기고 싶어 했다. 그 일은 오락실 바카라 테이블 옆에서 애무로 시작되었는데, 어쨌든 사람들 눈에는 내밀한 우정으로 비치는 그런 짓이었다. 다음에 그들이 한 행동은 보다 대담했다. 그리하여 마침내 어느 날 저녁, 아직 완전히 어둠에 잠기지 않은 무도회장 구석의 긴 의자 위에서 그들은 침대에서 하는 것과 똑같은 짓을 거리낌 없이 했다. 그리 멀지 않은 곳에 아내와 함께 있던 두 장교가 지배인에게 항의했다. 사람들은 한순간 이 항의가 효과를 발휘하리라고 생각했다. 그러나 두 장교는 그들이 살고 있는 네톨므로부터 발베크에 하루저녁을 보내러 왔으므로 지배인에게는 조금도 득이 되지 않았다. 반면 블로크 양은 자기도 모르는 사이에, 또 지배인이 어떤 관찰을 했는지는 모르겠지만, 그녀 위에는 니심 베르나르 씨의 보호가 감돌고 있었다. 니심 베르나르 씨가 왜 그토록 가문의 미덕을 높은 수준으로까지 실천했는지 그 까닭을 말해야 한다. 해마다 그는 자기 조카를 위해 발베크에 호화로운 별장을 빌렸고, 어떤 초대도 그가 자기 집에서 저녁 식사를 하려고, 사실은 그들 집에서 저녁 식사를 하려고 귀가하는 것을 막지 못했다. 그러나 점심 식사는 집에서 하는 법이 없었다. 매일 정오가 되면 그는 그랜드 호텔에 있었다. 다른 사람들이 오페라좌의 무용 연습생을 부양하듯, 그는 앞에서 언급한 「에스테르」와 「아탈리」의 젊은 이스라엘 사람들을 연상시키는 제복 입은 종업원들과 거의 비슷한 '보조 요리사'를 부양하고 있었다. 니심 베르나르 씨와 젊은 보조 요리사를 갈라놓은 사십 년의 세월이 그 요리사를 별로 유쾌하지 못한 접촉으로부터 구해 주었는지 모른다. 하지만 라신이 동일한 합창대를 통해 그토록 현명하게 말한 것처럼,

> 하느님, 갓 태어난 미덕은
> 얼마나 많은 위험 가운데서 불확실한 걸음을 옮기나요?
> 당신을 찾아 순결하고자 하는 영혼은
> 이런 목적 때문에 얼마나 많은 장애물을 만나게 되나요!*

그 젊은 보조 요리사는 발베크의 호텔-신전에서 "세상과 멀리 떨어진 채로 키워"**졌지만 대사제 조아드의 충고를 따르지 않았다.

> 부귀와 황금에 기대지 말지어다.***

---

* 「아탈리」 2막 9장.(「아탈리」에 대해서는 『잃어버린 시간을 찾아서』 4권 445쪽 주석 참조.) 이 부분은 합창대가 조아스의 생애를 노래하는 장면이다.
** 「아탈리」 2막 9장. 이 구절은 이미 311쪽에서 인용되었다.
*** 「아탈리」 4막 2장. 조금 수정해서 인용되었다.

그는 어쩌면 "죄인들이 지상을 덮도다."*라고 말하며 체념하고 받아들였던 모양이다. 사실이야 어떠하든 니심 베르나르가 기대했던 것보다 훨씬 짧은 기일에, 첫날부터

또는 두려움에서 또는 그를 어루만지기 위해
순결한 팔이 그를 조여 오는 것을 느꼈도다.**

그리고 둘째 날부터 니심 베르나르는 이 보조 요리사를 데리고 다니면서 "해로운 접근으로 그의 순결을 더럽혔다."*** 그때부터 그 남자아이의 삶은 변했다. 근무조 조장의 지시에 따라 빵과 소금을 나르면서도 그의 얼굴은 온통 이렇게 노래하고 있었다.

꽃에서 꽃으로, 쾌락에서 쾌락으로
우리 욕망을 거닐게 하자.****
지나가는 세월의 수는 불확실하기만 하니
오늘 우리의 삶을 서둘러 즐기자!*

---

* 「아탈리」 2막 9장.
** 「아탈리」 1막 2장. 조금 수정해서 인용되었다. 이 부분은 아탈리의 군사들에 의해 버려진 조아스가 살아 있는 모습을 보고 대사제 조아드의 아내 조자베트가 조아스를 어루만지며 구해 주는 장면이다. 어린아이를 구하는 모성의 따스한 손길이 프루스트의 작품에서는 동성애자의 은밀한 몸짓에 비유되어 그 변태적이고 부도덕한 성격이 더욱 강조되고 있다.
*** 「아탈리」 2막 9장. 조금 수정해서 인용되었다.
**** 「아탈리」 2막 9장.

명예와 직책은
맹목적인 온순한 복종의 대가이니,
그 서글픈 순결을 위해
누가 목소리를 높이러 오리오.**

그날부터 니심 베르나르 씨는 점심 식사 때만 되면 한 번도 빠지는 일 없이 와서 자기 자리를 차지했다.(마치 무용수를 부양하는 누군가가 무대 앞 오케스트라 좌석에 한 번도 빠지지 않고 나타나듯이. 그런데 자기를 그려 줄 드가***를 기다리는 그 여자 무용수는 매우 특징적인 유형의 인물이었다.) 식당 안과 멀리 종려나무 밑 계산원이 자리 잡고 있는 원경에 이르기까지, 모든 손님들에게 열성적으로 시중을 드는 소년의 움직임을 눈으로 쫓아가는 일은 니심 베르나르 씨에게는 커다란 즐거움이었지만, 그 젊은 합창대원은 자기가 충분히 사랑받고 있다고 여기는 사람에게는 똑같이 다정하게 굴 필요가 없다고 생각했는지, 혹은 이런 사랑에 짜증이 났는지, 혹은 남에게 들켜 다른 기회를 놓치게 될까 봐 두려웠는지, 니심 베르나르 씨의 부양을 받은 후부터는 전보다 열의를 보이지 않았다. 그러나 이런 냉담함조차 그 뒤에 감추어진 온갖 일들로 인해, 히브리인의 격세유전 탓인지 아니면 기독교 감정에 대한 모독 탓인지, 니심 베

* 「아탈리」 2막 9장.
** 「아탈리」 3막 8장. 조금 수정해서 인용되었다.
*** 드가(Edgar Degas)가 「무대 위의 무희」(1876~1877)와 같은 발레리나 그림을 많이 그렸다는 걸 암시하고 있다.

르나르 씨의 마음을 즐겁게 해 주었으며, 그는 특히 유대교든 기독교적인 것이든 라신의 의식을 좋아했다. 그 의식이 「에스테르」나 「아탈리」의 진짜 공연이라면, 몇 세기라는 차이 때문에 자기가 보호하는 사람에게 보다 중요한 역할을 얻어 주기 위해 그 작품의 저자인 장 라신과 사귀지 못한 것을 유감으로 생각했을 정도였다. 그러나 점심 식사 의식은 어느 작가로부터 유래한 것도 아니었으므로, 그는 '젊은 이스라엘인'이 소망하는 근무조의 부조장이나 조장으로까지 승진할 수 있도록 지배인과 에메와 좋은 관계를 유지하는 것으로 만족했다. 와인 담당 업무가 그에게 주어졌다. 그러나 베르나르 씨는 그 자리를 거부하게 했다. 소년이 날마다 초록색 식당 안을 돌아다니는 모습이나, 또 자기를 낯선 사람처럼 시중드는 모습을 보러 갈 수 없었기 때문이었다. 그런데 그 기쁨은 너무도 강렬했으므로, 베르나르 씨는 해마다 발베크로 다시 돌아갔고, 점심 식사는 밖에서 했다. 이런 습관들에 대해 블로크 씨는 해마다 발베크로 돌아가는 습관에서는 베르나르 씨가 다른 무엇보다 좋아하는 이 해안에서의 아름다운 빛과 일몰에 대한 시적 취향을, 밖에서 점심을 드는 습관에서는 늙은 독신자의 고질적인 괴벽을 알아보았다.

사실은 니심 베르나르 씨가 발베크로 돌아오는 진짜 이유를 의심하지 못한 친척들의 오류와, 현학적인 블로크 부인이 소위 '음식에서 외박하기'라고 부르는 오류는 보다 심오한 제2단계에서의 진리였다. 왜냐하면 니심 베르나르 씨 자신은 발베크 해변이나 식당에서 바라보는 바다 풍경에 대한 사랑과 그의 편집광적인 습관을, 아직은 숫처녀와 다를 바 없는 남자 종업원 중 하나를 마치 오페라좌의 무용 연습생마냥(아직은 자신을 그려 줄 드가를 발견하지 못한) 부양하는 취향과 무의식적으로 혼동하고 있다는 것을 알아차리지 못했기 때문이다. 그래서 니심 베르나르 씨는 발베크 호텔이라는 극장의 지배인과, 그 연출가이자 무대 감독인 에메와 — 그들의 역할이 이 사건 전체에 걸쳐 완전히 투명한 것만은 아니었지만 — 지극히 좋은 관계를 유지했다. 그들은 언젠가 큰 역할을, 어쩌면 식당 책임자의 자리를 얻기 위한 음모를 꾸밀지도 몰랐다. 그동안 니심 베르나르 씨의 즐거움은 매우 시적이고 고요한 관조 상태에 머물렀지만, 사교계에 나가기만 하면 언제라도 정부를 만날 수 있다는 걸 아는 — 이를테면 예전의 스완과 같은 — 조금은 여자들에게 인기 있는 남자의 성격을 가지고 있었다. 니심 베르나르 씨가 자리에 앉기만 하면, 그는 자신이 소망하는 대상이 과일이나 여송연을 담은 쟁반을 손에 들고 무대로 걸어 나오는 모습을 볼 것이었다. 그리하여 아침마다 조카딸에게 키스하고, 내 친구 블로크의 작업을 걱정하고, 말에게 손바닥을 내밀어 설탕 조각을 먹인 다음 그랜드 호텔에서의 점심 식사 시간에 맞추려고 들뜬 마음으로 서둘렀다. 집에 불이 나도 조카딸이 쓰러져도 틀림없이 출발했을 것이다. 그래서 그는 감기를 페스트처럼 무서워했다. 감기라도 걸리면 침대에 누워 있어야 했고 — 건강 염려증 환자였으므로 — 에메에게 간식 시간 전에 그 젊은 친구를 별장으로 보내 달라고 부탁해야 했기 때문이다.

게다가 그는 발베크 호텔에 있는 복도와 비밀 방들, 살롱, 휴대품 보관소, 식료품 저장소, 회랑의 온갖 미로를 좋아했다. 동양인의 격세유전에 따라 하렘을 좋아했고, 저녁이 되어 그곳을 떠날 때면 우회로를 남몰래 탐색하는 모습이 목격되었다.*

남의 눈에 띄지 않기 위해, 스캔들을 피하기 위해, 지하실까지 위험을 무릅쓰고 내려가는 니심 베르나르 씨가 젊은 레위인들을 찾아 나서는 모습에서 「유대 여인」에 나오는,

> 오! 우리 아버지 주님이시여,
> 우리들 사이로 내려오소서.
> 우리 비밀을 감추어 주소서
> 악인들의 눈에!**

란 구절을 떠올리는 동안 나는 반대로 한 외국 노부인을 시녀로서 동반하여 발베크에 온 두 자매 방으로 올라갔다. 이들 자매는 호텔 언어로 말하면 두 명의 '전령 시녀(courrières)'였고, 시종이나 시녀가 달음박질이나 심부름을 하기 위해 존재한다고 여기는 프랑수아즈의 언어로는 '심부름꾼(coursières)'이었다. 호텔은 조금 더 고상하게 "그는 외교 문서를 나르는 전령

* 프루스트는 초고에서 터키의 하렘 이야기를 다룬 라신의 「바자제」(1672)에 나오는 한 구절을 부언 설명하고 있다.(『소돔』, 폴리오, 582쪽 참조.)
** 알레비의 오페라 「유대 여인」(1835) 2막 1장에 나오는 합창이다.(「유대 여인」에 대해서는 『잃어버린 시간을 찾아서』 1권 164쪽 주석 참조.)

이다."라고 노래하던 시절에 머무르고 있었다.*

손님들이 시녀들의 방에 가기란 매우 어려웠으며 또 그 반대도 마찬가지였지만, 나는 젊은 두 여인, 마리 지네스트 양과 셀레스트 알바레 부인과 매우 순수하고도 깊은 우정을 맺었다.** 프랑스 중부의 높은 산악 지대 아래 시냇물과 급류가 흐르는(그들 집 바로 밑에서 물이 지나가 물방아가 돌아가고 여러 번 홍수로 침수되었던) 곳에서 태어난 그들은 자연을 그대로 간직한 것처럼 보였다. 마리 지네스트는 보다 규칙적으로 빠르고 격했지만, 셀레스트 알바레는 부드럽고 나른하며 호수처럼 잔잔하다가도 화가 나면 모든 것을 휩쓸고 망가뜨리는 물의 불어남과 소용돌이의 위험을 환기하는 그런 끔찍하고도 격렬한 분노를 반복했다. 그들은 아침나절 내가 아직 잠자리에 있을 때 나를 자주 보러 왔다. 나는 그토록 의도적으로 무식한 사람들을 본 적이 없었다. 학교에서 아무것도 배운 적이 없는 그들의 언어에는 그렇지만 상당히 문학적인 뭔가가 깃들어 있어, 그 어조에 담긴 거의 야성적이라 할 수 있는 타고난 성

---

* 여기서 '전령 시녀'라고 옮긴 courrière란 단어의 어원은 라틴어의 '달리다(currere)'로 우편물이나 우편물을 배달하는 전령이나 외교 문서를 나르는 메신저의 의미가 있다. '심부름꾼'이라고 옮긴 coursière의 어원과 동일하다. "그는 외교 문서를 나르는 전령이다."라는 구절은 오펜바흐의 오페라 「산적」(1869)에서 주인공 프라골레토가 부르는 「살타렐로」의 한 구절이다

** Céleste Gineste(1891~1984)는 오베르뉴 출신으로서, 프루스트가 택시 기사로 이용했던 오딜롱 알바레(Odilon Albaret)와 결혼하면서 프루스트와 인연을 맺었다. 1914년부터 프루스트 사망 시까지(1922년) 프루스트의 가정부로 일하면서 작가의 집필 생활에 크게 기여했다. 그리고 마리 지네스트는 이런 셀레스트의 언니로서 부모님이 돌아가시자(1918) 파리의 동생과 합류했다.

격만 아니었다면 일부러 꾸몄다고 생각될 정도였다. 내가 우유에 크루아상을 담그고 있을 때, 셀레스트는 내게 찬사와(나를 칭찬하기 위해서가 아니라 셀레스트의 그 기이한 재능을 칭찬하기 위해) 역시 날조된 매우 진지한 비난을 늘어놓으면서 친숙한 말투로 말했는데, 여기 그 말을 수정하지 않고 옮겨 본다. "오! 어치* 같은 머리털을 가진 까만 꼬마 악마네요! 오! 짓궂은 개구쟁이! 어머니께서 당신을 낳았을 때 뭐라고 생각하셨을지 모르겠네요. 새랑 똑같아요. 마리, 좀 봐, 깃털을 다듬고 목을 유연하게 돌리는 것 같지 않아? 너무도 가벼운 모양이 마치 새가 나는 법을 배우는 중인 것 같지 않아? 아! 당신을 만든 분들이 당신을 부자 계급에서 태어나게 했으니 정말 운이 좋으시네요. 그렇지 않았다면 당신처럼 낭비하는 사람이 과연 뭐가 되었을까요? 저기 좀 봐, 침대에 닿았다고 크루아상을 던지는 것하고. 오! 안 돼요, 우유를 흘리다니, 기다려요, 제가 냅킨을 매 드릴게요. 당신은 어떻게 하는지 모를 테니까요. 당신처럼 바보 같고 서투른 사람은 본 적이 없어요." 그러자 이번에는 몹시 화가 나서 동생을 꾸짖는 마리 지네스트의 보다 규칙적인 고함 소리가 들렸다. "이봐, 셀레스트, 입 좀 다물지 못해. 이분에게 그런 말을 하다니 미친 것 아냐." 셀레스트는 미소를 지을 뿐이었다. 그리고 내가 냅킨 매기를 싫어하자, "천만에 마리, 이분 좀 봐. 쿵! 뱀처럼 똑바로 몸을 세우

* 등과 배에 분홍빛을 띤 갈색과, 꽁지의 검정색이 대조를 이루는 까마귀과의 새.

는 걸 봐, 진짜 뱀이라고." 게다가 그녀는 이런 동물과의 비교를 남발했는데, 그녀의 말에 따르면 잠을 잘 때의 나는 나비처럼 밤새 날아다니고, 낮에는 다람쥐처럼 날쌘데 사람들은 그걸 알지 못한다고 했다. "마리도 알잖아, 우리 고장에서도 볼 수 있는 것처럼, 너무 날렵해서 사람들이 눈으로 쫓지도 못하는." "하지만 셀레스트, 이분은 뭘 먹을 때 냅킨 매는 걸 싫어해." "싫어하는 게 아니야. 아무도 자기 의지를 꺾지 못한다는 걸 보여 주려는 거지. 자기는 귀족이고 그 사실을 보여 주겠다는 거야. 필요하다면 열 번이라도 시트를 갈겠지만 그래도 이분은 양보하지 않을걸. 어제 간 시트는 사용 기간이 다 되었지만, 오늘 것은 이제 막 씌웠는데도 곧 다시 갈아야 해. 아! 이분이 가난한 사람들 사이에서 태어날 사람이 아니라고 한 말은 옳았어! 저기 좀 봐, 머리털이 곤두서면서 새의 깃털처럼 분노로 부풀어 오르고 있잖아. 가련한 작은 새!*" 여기서는 마리뿐 아니라 나도 항의했는데, 나는 스스로를 귀족이라고 생각해 본 적이 없기 때문이었다. 그러나 내 겸손함의 진정성을 절대 믿지 않는 셀레스트는 내 말을 끊었다. "아! 약아 빠진 꾀쟁이, 아! 달콤한 말이여! 배신자여! 꾀바른 자 중에서도 가장 꾀바르며, 짓궂은 자 중에서도 가장 짓궂은 자여! 아! 몰리에르여!"(그것은 그녀가 유일하게 아는 작가의 이름이었다. 하지만 그녀는 동시에 희곡을 쓰고 연기할 수 있는 누군가라는 의미에서 그

* 작은 새라고 옮긴 플루미수(ploumissou)는 프랑스 남부 지방 사투리로, 셀레스트가 화자에게 붙인 별명이다.

이름을 내게 부여했던 것이다.) "셀레스트!" 하고 몰리에르의 이름을 모르는 마리가, 혹시 새로운 욕설을 퍼붓는 게 아닌가 걱정하며 위압적으로 외쳤다. 셀레스트는 다시 미소를 지었다. "그럼 언니는 이분이 어렸을 때 찍은 사진을 서랍에서 보지 않았어? 이분은 사람들이 늘 자기에게 검소한 옷만 입혔다고 믿게 하고 싶어 했어. 그런데 사진을 보면 작은 단장을 들고 온통 모피와 레이스뿐이니, 왕자라도 그런 옷차림은 하지 못했을걸. 하지만 그런 옷차림도 이분의 지극히 당당한 모습과 깊숙한 곳까지 선한 마음씨에 비하면 아무것도 아니야." "그렇다면," 하고 마리의 퍼붓는 소리가 요란하게 울렸다. "이젠 이분의 서랍도 뒤진다는 거네." 마리의 근심을 진정시키려고 나는 그녀에게 니심 베르나르 씨의 행동을 어떻게 생각하느냐고 물었다. "아! 도련님, 그런 종류의 일이 있으리라고는 한 번도 생각해 보지 못했어요. 이곳에 와야만 했어요." 하고 그녀는 보다 심오한 말로 셀레스트를 단번에 제압하려고 했다. "우리 인생에서 무슨 일이 일어날지는 절대 알 수 없어요." 나는 화제를 바꾸기 위해서 밤낮으로 일하는 내 아버지의 삶에 대해 말했다. "아! 자기를 위해서는 아무것도, 단 일 분도, 단 하나의 기쁨도 남기지 않는 삶이죠. 모든 걸, 완전히 모든 걸 다른 이들을 위해 희생하는 일에 '바쳐진' 삶이죠……. 셀레스트, 저기 좀 봐. 담요 위로 손을 내밀고 크루아상을 드실 뿐인데도 얼마나 품위가 있어! 아무리 하찮은 일을 해도 프랑스 귀족 전체가 피레네 산맥을 따라 이분의 동작 하나하나에 옮겨 온 것 같다니까."

그토록 진실과는 거리가 먼 초상화에 압도된 나는 침묵을 지켰다. 셀레스트는 거기서 새로운 술책을 알아보았다. "아! 저렇게 순수해 보이는 이마 속에 뭐가 그렇게 많이 감추어져 있는지. 아몬드 속처럼 싱싱하고 다정한 뺨하며, 솜털이 보송한 새틴 같은 작은 손과 맹수의 발톱 같은 발톱하며." 등등. "마리, 명상하면서 우유 마시는 저 모습 좀 봐. 기도하고 싶은 생각이 들 정도잖아. 얼마나 진지한 모습이야! 이분 사진은 이런 순간에 찍어야 해. 완전히 어린아이 같아. 어린아이처럼 우유를 마셔 그렇게 투명한 피부를 갖게 됐나요? 아! 젊음이란! 정말 피부가 예뻐요! 당신은 절대 늙지 않을 거예요. 운이 좋군요. 어느 누구도 때리려 하지 않을 테니까요. 상대방의 의지를 굴복시킬 줄 아는 눈을 가졌잖아요. 이젠 화가 나셨네. 부정할 수 없는 사실이라는 듯 똑바로 서 계시네."

프랑수아즈는 자신이 두 명의 아첨꾼이라고 부르는 이 여자들이 나와 대화를 하려고 오는 것을 전혀 좋아하지 않았다. 종업원을 통해 무슨 일이 일어나고 있는지를 염탐하던 지배인은 손님이 시녀들과 얘기를 나누는 것은 품위가 없는 행동이라고 근엄하게 지적했다. 그 '아첨꾼들'을 호텔의 어느 손님보다 탁월하다고 여긴 나는, 아무리 설명해 봐야 그가 이해하지 못하리라고 확신했으므로 면전에서 코웃음을 치는 걸로 만족했다. 그리하여 두 자매는 다시 돌아왔다. "마리, 저 섬세한 얼굴 윤곽 좀 봐. 완벽한 세밀화야. 진열장 아래서 보는 가장 희귀한 것보다도 더 아름다워! 이분에겐 움직임이 있고, 밤낮으로 귀 기울이게 하는 말들이 있거든."

외국 귀부인이 그들을 데려올 수 있었던 것은 정말 기적이었는데, 왜냐하면 역사도 지리도 모르는 그들은 영국인이나 독일인, 러시아인, 이탈리아인과 같은 외국인 '벌레들'을 대놓고 싫어했으며, 또 물론 예외가 있긴 했지만 프랑스인만을 좋아했기 때문이다. 셀레스트와 마리의 얼굴은 그들이 살던 강에서 나온 유연한 찰흙의 습기를 그대로 간직하고 있어, 누군가가 호텔에 있는 한 외국인에 대해 말하기 시작하면, 그 외국인이 한 말을 되풀이하기 위해 그들의 얼굴에 그의 얼굴을 그대로 적용하는 바람에 그들의 입술은 그의 입술이 되고 그들의 눈은 그의 눈이 되었으므로, 사람들이 이 경탄할 만한 연극 가면을 간직하고 싶어 할 정도였다. 셀레스트도 지배인이나 내 친구 중 이런저런 친구가 한 말만을 되뇌는 시늉을 하면서, 그녀의 짧은 이야기에 블로크나 법원장 따위의 온갖 결점을 짓궂게 묘사한 날조된 말들을 그렇게 보이지 않도록 하면서 끼워 넣었다. 그것은 간단한 심부름 보고서라는 형태 아래 그녀 스스로가 친절하게 떠맡은, 남들은 도저히 모방할 수 없는 그런 인물 묘사였다. 아무것도 읽은 적이 없으며 신문조차 읽지 않는 그들이었다. 그렇지만 어느 날 그들은 내 침대 위에서 책을 한 권 발견했다. 그것은 생레제 레제*의 경이롭고도 난해

---

* Saint-Léger Léger(1887~1975). 생존 페르스(Saint-John Perse)로 알려진 프랑스 시인이다. 갈리마르 출판사가 그의 시집 『찬가』(1911)를 프루스트에게 보내오자, 그 책을 읽은 셀레스트는 "선생님, 이건 시가 아니에요. 수수께끼지."라고 말했고, 이에 프루스트도 크게 웃었다고 한다.(『소돔』, 폴리오, 582~583쪽 참조.)

한 시였다. 셀레스트는 몇 페이지를 읽더니 내게 말했다. "이것이 시라는 게 확실한가요? 차라리 수수께끼 아닌가요?" 물론 유년 시절에 "여기 이 세상에서 온갖 라일락 꽃은 죽어 가도다."*라는 단 하나의 시만을 배운 사람과 레제의 시 사이에는 중간 과정이 누락되어 있었다. 아무것도 배우지 않으려고 하는 그들의 집요함은 뭔가 조금은 비위생적이었던 그들의 고향 탓이었던 듯도 하다. 하지만 그들에겐 시인 못지않은 재능이 있었고, 보통 시인에게서는 찾아볼 수 없는 겸손함은 더 많이 갖추고 있었다. 셀레스트가 뭔가 주목할 만한 것을 말하고 나서, 내가 잘 기억이 나지 않아 다시 한번 말해 달라고 청하면, 잊어버렸다고 단언했으니 말이다. 그들은 결코 책을 읽지 않을 테지만 쓰는 일도 없을 터였다.

프랑수아즈는 그토록 소박한 이 여인들의 두 오빠가 각각 투르의 대주교 조카딸과 로데스 주교 친척과 결혼했음을 알고 깊은 인상을 받았다.** 지배인에게는 이 말이 아무 의미도 없었다. 셀레스트는 이따금 남편이 자기를 이해하지 못한다고 비난했지만, 나는 그녀의 남편이 이런 그녀를 참고 견디는 것이 놀랍기만 했다. 이따금 몸을 떨며 격노하고 모든 것을 다 때려 부수는 그녀의 모습은 정말 가증스러웠다. 우리의 피라

* 쉴리 프뤼돔(Sully Prudhomme)의 『스탕스와 시』(1865) 가운데 1부 「내면의 삶」에 수록된 「여기 이 세상에서」라는 제목의 시다.

** 셀레스트 알바레는 자신의 회고록에서 네 명의 오빠 중 하나가 투르의 대주교 조카와 결혼했다고 서술했지만, 로데스 주교는 언급하지 않았다고 지적된다.(『소돔』, 폴리오, 583쪽)

는 염분이 함유된 액체는 원래 원소였던 바다가 체내에 남아 있는 잔존물일 뿐이라고 누군가는 주장한다.* 나는 셀레스트가 화가 났을 때뿐만 아니라 우울증에 빠질 때도 자기 고장 시냇물의 리듬을 간직한다고 생각한다. 몹시 피곤할 때면 그녀는 시냇물과 같은 방식으로 완전히 메말라 버렸다. 그럴 때 그녀에게 생기를 주는 것은 아무것도 없었다. 그러다 갑자기 그녀의 크고 당당하며 날렵한 몸 안에서 순환이 다시 시작되었다. 유백색 빛을 띤 그녀의 투명하고 푸르스름한 살갗 속으로 물이 흘러들었다. 그녀는 햇빛 속에서 미소 지었고 그러면서 더욱 푸른빛을 띠었다. 그럴 때의 그녀는 정말 천상의 인간이었다.**

블로크의 가족은 그들의 아저씨가 집에서 전혀 점심을 먹지 않는 것에 대해 한 번도 의심을 하지 않았고, 어쩌면 어느 여배우와의 관계가 요구하는 늙은 독신자의 괴벽이라고 처음부터 묵인했지만, 발베크의 호텔 지배인에게는 니심 베르나르 씨와 관계되는 모든 것은 '금기 사항'이었다. 이렇게 해서 지배인은 아저씨에게 그 일을 언급조차 하지 못한 채, 결국은 조카딸도 비난하지 못하고 그저 세심한 주의를 기울여 줄 것만을 당부했다. 그런데 며칠 동안 카지노와 그랜드 호텔로부터 쫓겨날 거라 상상했던 아가씨와 여자 친구는 모든 문제가

---

* 바다나 물이 우주의 기본 원소라는 사실은 고대 그리스의 엠페도클레스의 저술에서도 확인된다.

** 셀레스트(Céleste)란 이름이 보통 명사로 쓰일 때는 '천상의', '하늘의'를 의미한다.

해결된 것을 보고 그들을 멀리했던 집안의 가장들에게 무슨 짓을 해도 처벌받지 않는다는 걸 보여 줄 수 있게 된 것을 무척 기뻐했다. 물론 모든 사람을 분노하게 했던 그런 공공연한 장면까지는 되풀이하지 않았다. 하지만 눈에 띄지 않게 조금씩 그들의 처신은 다시 시작되었다. 그리하여 어느 날 저녁 불을 반쯤 끈 카지노에서 내가 알베르틴과, 또 그곳에서 우연히 마주친 블로크와 함께 나오는데, 그들은 서로를 껴안은 채로 키스를 멈추지 않으며 지나가다 우리가 있는 쪽에 이르자, 킥킥대고 웃음을 터뜨리면서 외설적인 비명을 질렀다. 블로크는 자기 누이를 못 알아본 척하려고 시선을 떨구었고, 나는 이 특별하고도 끔찍한 언어가 어쩌면 알베르틴에게 보내진 것은 아닌가 하는 생각에 무척 괴로웠다.

또 다른 사건이 고모라 쪽으로 나의 관심을 집중시켰다. 나는 해변에서 날씬하고 창백한 아름다운 젊은 여자를 한 사람 보았다. 그녀의 눈은 기하학적으로 빛나는 광선을 중심부 주위에 배치했으므로 이런 그녀와 시선을 마주친 사람들은 마치 성좌를 보는 듯한 느낌을 받았다. 내 눈에는 그 아가씨가 알베르틴보다 훨씬 아름다워 보였고, 그래서 알베르틴을 단념하는 편이 더 현명하다는 생각이 들었다. 다만 그 아름다운 젊은 여자의 얼굴은 삶의 커다란 비열함과 저속한 술책을 부단히 용인하는 저 눈에 보이지 않은 대패로 다듬어져, 얼굴의 다른 어느 부분보다 고결한 그녀의 눈조차 탐욕과 욕망으로 빛나는 것 같았다. 그런데 다음 날 이 젊은 여인이 카지노에서 우리로부터 멀리 떨어져 있는데도, 시선의 불길을 끊임없이 번갈아 가면서 알베르틴에게 보내는 것이었다. 마치 등대의 도움을 받아 신호를 보내는 것 같았다. 나는 내 여자 친구가 자기에게 그토록 주의를 기울이는 누군가의 모습을 본 것 같아 괴로웠으며, 또 이렇게 끊임없이 불이 켜진 시선이 다음 날의 밀회를 의미하는 관례적인 표현은 아닌지 두렵기만 했다. 누가 알겠는가? 이 만남이 어쩌면 처음이 아니었을지. 빛나는 눈을 가진 그 젊은 여인은 다른 해에 발베크에 왔을 수도 있다. 어쩌면 알베르틴이 그녀의 욕망에 굴복했거나, 혹은 그녀의 여자 친구의 욕망에 굴복해서, 젊은 여인이 그런 빛나는 신호를 알베르틴에게 보내도 무방하다고 생각했는지도 모른다. 그렇다면 그 시선은 현재의 뭔가를 요구하는 차원을 넘어, 과거에 즐거운 시간을 보낸 데서 온 권리를 주장하고 있는 것이었다.

이 경우 그 만남은 틀림없이 처음이 아니며 다른 해 그들이 함께한 유희의 연속이었으리라. 사실 그 시선은 "너 원해?"라고 말하고 있지 않았다. 젊은 여인은 알베르틴을 보자마자 내 여자 친구가 기억하지 못할까 봐 겁이 나고 놀란 듯, 고개를 완전히 돌려 알베르틴을 향해 추억이 담긴 시선을 반짝거렸다. 알베르틴은 그녀를 분명히 보았으면서도 침착하게 미동도 하지 않았고, 그러자 젊은 여인은 다른 연인과 함께 있는 옛 정부를 보는 남성과 같은 신중함으로 알베르틴을 쳐다보기를 멈추고, 마치 그녀가 존재하지 않는다는 듯이 더 이상 관심을 두지 않았다.

그러나 며칠 후 나는 이 젊은 여인의 취향에 대한 증거와,

또한 그녀가 예전에 알베르틴을 알았을 가능성에 대한 증거를 확보했다. 자주 카지노 홀에서 두 소녀가 서로를 욕망할 때면 뭔가 빛의 현상처럼 한쪽에서 다른 한쪽으로 일종의 인광띠가 형성되었다. 지나는 길에 말해 본다면, 대기의 일부를 태우는 이런 별자리 기호의 발현 덕분에 — 비록 무게를 잴 수 없는 지극히 가벼운 움직임이라 할지라도 — 산산이 흩어졌던 고모라가 각각의 도시나 마을에서 헤어진 가족들과 다시 합류하기 위해, 성서 속의 도시를 재건하기 위해 노력하며, 한편 재건을 위한 동일한 노력이, 비록 그것이 간헐적인 재건을 위한 것이라 할지라도, 소돔으로부터 유배당한 그 향수에 젖은 자들과 위선자들, 때로는 용감한 자들에 의해 도처에서 계속되고 있다.

한번은 알베르틴이 알아보지 못하는 척했던 그 미지의 여인을, 블로크의 사촌 누이가 지나가는 순간에 본 적도 있다. 젊은 여인의 눈은 별처럼 빛났지만 그녀는 그 이스라엘 소녀를 알지 못하는 것이 분명했다. 젊은 여인은 그녀를 처음으로 보았고 욕망을 느낀 게 분명했지만, 알베르틴에게서와 같은 확실한 감정은 아니었다. 알베르틴과의 우정을 그토록 기대했던 여인은 그녀의 냉담함 앞에서, 마치 파리에 살지는 않지만 그곳에 익숙한 외국인이, 파리에 몇 주를 보내러 왔다가 자신이 즐거운 시간을 보냈던 작은 극장 자리에 이제 은행이 세워진 걸 보고 깜짝 놀랄 때와 같은 그런 놀라움을 느꼈다.

블로크의 사촌 누이가 테이블에 가서 앉더니 잡지를 보기 시작했다. 이내 젊은 여인이 무관심한 표정으로 그녀 곁에 가서 앉았다. 그러나 사람들은 테이블 아래에서 곧 그들의 발이 흔들리기 시작하고 그러다 다리와 손이 뒤얽히는 걸 볼 수 있었다. 그런 후 말이 이어지면서 대화가 시작되었고, 사방으로 아내를 찾으러 다니던 순진한 남편은 자기가 모르는 소녀와 함께 아내가 계획을 세우는 걸 보고 깜짝 놀랐다. 아내는 남편에게 블로크의 사촌 누이를 어린 시절의 친구라며 알아듣기 어려운 이름으로 소개했다. 소녀의 이름이 무엇인지 물어보는 걸 잊었던 것이다. 그러나 남편의 존재가 그들의 친밀함을 한 걸음 더 진전시켰다. 수도원에서 알았던 사이여서 서로 말을 놓았고, 나중에 이 일을 회상하면서 그들은 우롱당한 남편과 마찬가지로 크게 웃었는데, 이런 쾌활함은 새로운 애정의 몸짓을 낳게 하는 기회가 되었다.

알베르틴으로 말하자면, 나는 카지노나 바닷가 어느 곳에서도 다른 소녀를 대하는 그녀의 태도가 지나치게 자유분방하다고는 말할 수 없었다. 오히려 그녀의 태도는 과도하게 냉담하고 하찮아하는 듯이 보였는데, 좋은 교육의 영향이라기보다는 오히려 어떤 의혹을 따돌리기 위한 술책 같았다. 그녀는 이런저런 소녀에게 빠르고 차갑고 단정하게 큰 소리로 대답했다. "5시경에 테니스장으로 갈게. 내일 아침 8시경에는 수영하러 갈 거야." 그러고는 자기가 말을 건넨 상대방을 즉시 떠났는데, 그런 모습은 만날 약속을 하고, 또는 차라리 낮은 소리로 만날 약속을 하고, '남의 이목을 끌지 않기 위해' 큰 소리로 무의미한 말을 지껄이면서 남을 속이려는 끔찍한 시도처럼 보였다. 그러고는 자전거를 타고 전속력으로 달리는 모습을 보았을 때, 나는 그녀가 지금 막 떠난 소녀를 만나러 간다고 생각할 수밖에 없었다.

기껏해야 아름다운 젊은 여인이 해변 모퉁이에서 자동차로부터 내리기만 해도 알베르틴은 뒤를 돌아다보지 않고는 견디지 못했다. 그리고 곧 이런 설명을 덧붙였다. "해수욕장 앞에 세워진 새 깃발을 보았어요. 돈을 조금 더 써야 했는데. 그전 것도 볼품없었지만, 이번 건 정말이지 더 형편없네요."

한번은 알베르틴이 냉담한 척 꾸미는 데서 그치지 않았고, 그래서 나의 불행한 느낌은 더욱 커졌다. 알베르틴 아주머니의 친구로 '나쁜 취향'을 가진 여인이 가끔 봉탕 부인네 집에 이삼 일 지내러 왔는데, 그 여인과 이따금 만날지도 모른다고 내가 걱정한다는 걸 인지한 알베르틴은 친절하게도 더 이상 그 여인에게 인사하지 않겠다고 말했다. 그러다 그 여인이 앵카르빌에 오자, 알베르틴은 "그런데 그 여자가 여기 있는 걸 아세요? 누가 당신에게 말했나요?"라고 마치 그 여자를 은밀히 만나지 않는다는 걸 내게 보여 주려는 듯이 말했다. 어느 날 그녀는 그렇게 말하고 나서 덧붙였다. "그래요. 그녀를 해변에서 만났어요. 그래서 일부러 무례하게 지나가면서 거의 스치다시피 밀쳤죠." 알베르틴이 그 말을 했을 때 나는 그동안 한 번도 다시 생각해 보지 않았던, 봉탕 부인이 스완 부인에게 내 앞에서 했던 말을 떠올렸다. 부인은 조카인 알베르틴이 얼마나 무례한지 모르겠다고 마치 그것이 장점인 양 말했고, 또 어느 부처의 관료인지는 모르겠지만 그 관료 부인에게 어떻게 알베르틴이 그 부인의 아버지가 요리사 조수였다고 말했는지도 얘기해 주었다.* 하지만 사랑하는 이의 말은 오랫동안 순수한 상태로 유지되지 못하는 법이다. 그 말은 상하고 부패한다. 하루나 이틀 저녁 후 알베르틴이 했던 말이 다시 생각났고, 그러자 그 말은 더 이상 그녀가 그토록 뽐내던 그 좋지 못한 교육이 아니라 — 단지 나를 미소 짓게 할 뿐인 — 다른 것을 의미하는 것처럼 생각되었고, 알베르틴 자신도 어쩌면 구체적인 목적 없이 그 여인의 감각을 자극하기 위해, 아니면 그 여인에게 심술궂게도 예전의 제안을, 어쩌면 과거에 승낙했던 제안을 환기하려고 재빨리 스쳐 갔으며, 그 일이 사람들이 있는 공공장소에서 일어났으므로 내가 어쩌면 알지도 모른다고 여기고, 자기에게 불리한 해석을 미연에 방지하려 했는지도 모른다는 생각이 들었다.

그렇지만 알베르틴이 어쩌면 사랑했을지도 모르는 여인들로 인해 야기된 나의 질투가 갑자기 멈추려 했다.

(8권에서 계속)

* 『잃어버린 시간을 찾아서』 3권 299~300쪽 참조.

옮긴이 **김희영** Kim Hi-young. 한국외국어대학교 프랑스어과를 졸업하고 프랑스 파리 3대학에서 마르셀 프루스트 전공으로 불문학 석사와 박사 학위를 받았다. 서울대 불어불문학과 및 대학원 강사, 하버드대 방문교수와 예일대 연구교수, 한국외국어대학교 서양어대 학장 및 프랑스학회와 한국불어불문학회 회장을 역임했다. 「프루스트 소설의 철학적 독서」, 「프루스트의 은유와 환유」, 「프루스트와 자전적 글쓰기」, 「프루스트와 페미니즘 문학」 등의 논문을 발표했고, 『문학장과 문학권력』(공저)을 썼으며, 롤랑 바르트의 『사랑의 단상』과 『텍스트의 즐거움』, 사르트르의 『벽』과 『구토』, 디드로의 『운명론자 자크와 그의 주인』을 번역 출간했다. 현재 한국외국어대학교 명예 교수로 있다.

# 잃어버린 시간을 찾아서 7

**소돔과 고모라 1**

1판 1쇄 펴냄 2019년 1월 11일
1판 7쇄 펴냄 2023년 8월 16일

지은이 마르셀 프루스트
옮긴이 김희영
발행인 박근섭·박상준
펴낸곳 (주)민음사

출판등록 1966. 5. 19. 제16-490호
주소 서울특별시 강남구 도산대로1길 62(신사동)
강남출판문화센터 5층 (우편번호 06027)
대표전화 02-515-2000 | 팩시밀리 02-515-2007
홈페이지 www.minumsa.com



ISBN 978-89-374-8567-1 (04860)
978-89-374-8560-2 (세트)